本书系国家社科基金项目"钱锺书文学理论与文学创作研究"（11BZW089）结项成果

理论、交流、创作：钱锺书的"三维"文学空间

田建民 著

人民文学出版社

图书在版编目（CIP）数据

理论、交流、创作：钱锺书的"三维"文学空间／田建民著. -- 北京：人民文学出版社，2024. -- ISBN 978-7-02-018864-2

Ⅰ. I206.7

中国国家版本馆CIP数据核字第2024WD6429号

责任编辑	刘　伟
装帧设计	黄云香
责任印制	王重艺

出版发行　人民文学出版社
社　　址　北京市朝内大街166号
邮政编码　100705

印　　刷　优奇仕印刷河北有限公司
经　　销　全国新华书店等

字　　数　401千字
开　　本　880毫米×1230毫米　1/32
印　　张　16.875　插页3
版　　次　2024年10月北京第1版
印　　次　2024年10月第1次印刷

书　　号　978-7-02-018864-2
定　　价　96.00元

如有印装质量问题，请与本社图书销售中心调换。电话：010－65233595

目 录

序　言 ··· 刘勇 1

绪　论 ··· 1
　　先看钱锺书文艺思想和学术观的形成及特点 ············· 2
　　再看钱锺书与西方文学与文化的交流互动 ··············· 4
　　三看钱锺书文学创作上的风格特点 ····················· 6

第一章　中西文化碰撞的思想火花
　　　　——钱锺书文艺思想的形成 ······················· 9
　　第一节　中外文学交流与相互影响 ····················· 9
　　第二节　钱锺书成长的地域文化环境与家学渊源 ········· 15
　　第三节　钱锺书所受的正规的新式学校教育 ············· 22
　　第四节　钱锺书青少年时期接受的西方文学影响 ········· 24
　　第五节　钱锺书文艺及学术思想的形成 ················· 27

第二章　以文学本体论为特征的文学批评观 ··············· 32
　　第一节　强调以审美特性为标志的文学本体论思想 ······· 32
　　第二节　"不隔"的美学境界说 ························ 41
　　第三节　"耐读"的接受美学理论 ······················ 44
　　第四节　"唤应起讫，自为一周"的篇章布局理论 ········ 48

1

第三章　以文学本体论为特征的文学观与文学史观……… 56
- 第一节　文学的定义、定指及"如实以出"的历史主义态度…… 56
- 第二节　细别文章体制、品类与文体流变……………… 64
- 第三节　文学史的断代与分期……………………… 74
- 第四节　重在"考论行文之美"的述史原则……………… 79
- 第五节　揭橥中国固有的文学批评的"人化"特点………… 91
- 第六节　文言白话，未容轩轾……………………… 97

第四章　钱锺书英文论著简述（一）………………… 101
- 第一节　概说………………………………… 101
- 第二节　《苏东坡的文学背景及其赋》简述…………… 102
- 第三节　《还乡》（*The Return of the Native*）简述……… 106
- 第四节　《中国古代戏曲中的悲剧》（*Tragedy in Old Chinese Drama*）简述………………………………… 117
- 第五节　系列英文书评、短评简述…………………… 124

第五章　钱锺书英文论著简述（二）………………… 150
- 第一节　《十七世纪英国文学中的中国》（*China in the English Literature of the Seventeenth Century*）简述……… 151
- 第二节　《十八世纪英国文学中的中国（一）》（*China in the English Literature of the Eighteenth Century*）简述…… 167
- 第三节　《十八世纪英国文学中的中国（二）》（*China in the English Literature of the Eighteenth Century*）(II) 简述…… 187

第六章　钱锺书的幽默理论及幽默个案分析……………… 213
- 第一节　幽默概说…………………………… 213
- 第二节　幽默与机智、讽刺、滑稽…………………… 220
- 第三节　钱锺书的幽默理论………………………… 228

第四节　钱锺书的幽默个案分析……………………… 240

第七章　钱锺书的比喻理论及用喻个案分析……………… 265
　第一节　钱锺书的比喻理论……………………………… 266
　第二节　钱锺书比喻的形式特点………………………… 283
　第三节　钱锺书比喻的喻体（内容）特点……………… 296
　第四节　钱锺书比喻的应用特点………………………… 303

第八章　钱锺书的用典理论及用事个案分析……………… 312
　第一节　典故概说及钱锺书的用典理论………………… 312
　第二节　用事不使人觉——钱锺书用典个案分析之一… 318
　第三节　明用典故：激起读者的新鲜感和求知欲
　　　　　——钱锺书用典个案分析之二……………… 331
　第四节　皆有来历而别具面目——钱锺书用典个案分析之三… 342
　第五节　断章取义、为我所用——钱锺书用典个案分析之四… 349

第九章　钱锺书的雅俗观及"以俗为雅"个案分析………… 357
　第一节　钱锺书的雅俗观………………………………… 357
　第二节　雅俗相间、相辅相成
　　　　　——钱锺书"以俗为雅"个案分析之一………… 363
　第三节　苦心推敲表现为随意挥洒
　　　　　——钱锺书"以俗为雅"个案分析之二………… 372
　第四节　别出心裁的"杂小说"
　　　　　——钱锺书"以俗为雅"个案分析之三………… 379
　第五节　庄者谐之，谐者庄用
　　　　　——钱锺书"以俗为雅"个案分析之四………… 386
　第六节　以故为新
　　　　　——钱锺书"以俗为雅"个案分析之五………… 395

3

第十章 钱锺书的学术思想与个性风貌（代结语） 403
　第一节　作品风格与作家个性 403
　第二节　钱锺书的天赋与学识 408
　第三节　钱锺书炼句炼字的艺术追求 414
　第四节　钱锺书的个性学识对其创作及学术思想的影响 417
附录：钱锺书研究索引 426
　（一）文学史与辞书 426
　（二）综论 429
　（三）生平和思想研究 452
　（四）创作研究 468
　（五）治学论评 500

后　记 522

序　言

刘　勇

1970年代末，文学上的"新时期"开启之后，现代文学研究界首先做的是文学上的"拨乱反正"工作，开始对大批在极"左"思潮猖獗时被错误批判受到不公正对待的现代作家及其作品展开正面的研究与评价，即在文学上为这些作家作品"落实政策""平反昭雪"。随着思想解放与对外开放的深入，一股"发掘"没有被写进当时国内现代文学史的有成就的作家作品的风潮又悄然兴起。在这股"发掘"风潮的推动下，沈从文、刘呐鸥、穆时英、施蛰存、张爱玲、钱锺书、无名氏等一批沉寂多年的作家重新回到人们的视野，形成1980年代现代文学园地中一道争奇斗艳的亮丽文化风景线。

在这批重出江湖的作家中，钱锺书作为典型的学者型作家，在当时由知识荒芜而跨进知识渴望的特殊时期，很快引起了人们的关注和推崇。加之《围城》幽默睿智的知识分子个人化叙事，也确实给习惯于宏大严肃的政治叙事的读者以别开生面、别有天地之感。而一众传记作者从各种渠道发掘的传主的逸闻趣事，加上媒体的炒作和电视连续剧《围城》的拍摄播出，由此掀起了一波又一波的"钱锺书热"。有人热心倡导"钱学"；有人给钱锺书戴上"文化昆仑"①的桂冠;有人认为"以钱氏的惊才绝艳"可以登上学术的"无双谱"②;有人判定《围城》是中国近代文学中"最伟大的一部"③……

其实,严肃的学术研究最忌讳的就是给研究对象"戴帽子"或"排座次"。俗话说得好,"文无第一,武无第二"。一些研究者习惯于不吝把最高的赞誉和最大的"帽子"加在自己崇拜的研究对象头上,岂不知誉满则溢,仅凭喜好过度地推崇和赞誉是极易带来负面影响的。钱锺书也正应了这种"谤"由"誉"生的定律。由是,一面是"旷世奇才""国学大师""学术泰斗""一代鸿儒""文化昆仑"的种种赞誉;另一面也有人偏不认账,偏要对其横挑鼻子竖挑眼。如说钱锺书"读了那么多的书,却只得了许多零碎成果,所以我说他买椟还珠,……把他捧得像神一样的,我觉得不可理解。……小说《围城》没什么了不起的,我真是硬着头皮看完的。他卖弄英国人的小趣味,不仅不喜欢,还很不舒服"④;认为钱锺书"不是思想家",其学问"散钱失串","无理论中轴,缺少体系构架"⑤;认为"钱先生只是一位透过长期的知识积淀获取渊博知识的知识积累型学者。……知识渊博的钱先生只是知识的图书馆,Copy思

---

① 舒展:《文化昆仑钱锺书——关于刻不容缓研究钱锺书的一封信》,《随笔》1986年第5期。
② 柯灵:《促膝闲话锺书君》,《钱锺书研究》第一辑,文化艺术出版社,1989年版,第226页。
③ 夏志清著,刘绍铭等译:《中国现代小说史》,复旦大学出版社,2005年版,第282页。
④ 李泽厚:《关于中国现代诸作家》,李泽厚著,马群林选编:《李泽厚散文集》,世界图书出版公司,2018年版,第324页。
⑤ 刘再复:《五四新文化诸子评说》,刘再复:《共鉴"五四"》,福建教育出版社,2010年版,第11页。

想的软盘,将他称为中国'文化昆仑',将其与长城并列为中国至大奇迹,很有圣化之嫌,亦即定位得太离谱了。这与现今文化的走向南辕北辙"①。甚至有人指责钱锺书是"阿谀绅士的,抱着绅士的屁股眼亲嘴的"清客式的"帮闲文人"。他的《围城》是"为那些遗老遗少们寻开心,替那些妖姬艳女们讲恋经"的;是"钱锺书自己所求之不得的大观园";"是一幅有美皆臻无美不备的春宫画,是一剂外包糖衣内含毒素的滋阴补肾丸"②。

实事求是地说,把钱锺书推到"文化昆仑""无双谱"的高度、把《围城》定义为中国近代小说"最伟大的一部"的确有拔高之嫌,但把其矮化为"知识的图书馆,Copy思想的软盘",把《围城》与冯玉奇、张资平等的三角恋爱小说相提并论,则显然也有失公允。我们说,现代有成就的作家的创作风格是各有千秋的。王富仁先生曾比较多位作家的风格特点说:"鲁迅是最会抓镜头的中国现代小说家;徐訏是最会设圈套的中国现代小说家;老舍是最会找同情的中国现代小说家;巴金是与当时青年读者的心灵最相契合的中国现代小说家;沈从文是最会选材、最会写转折的中国现代小说家;张爱玲是最会为自己的小说谱曲、着色,最善于写人物的隐密(秘)心理活动的中国现代小说家……"③如果我们接着王先生的话,说"钱锺书是最富才学的中国现代小说家",王先生大概是不会反对的吧。事实上,学者有不同的研究领域,作家有不同的创作风格。研究者不能因为喜爱自己的研究对象,就把其推崇

---

① 汤溢泽:《从"钱锺书热"看中国文化界的悲剧》,汤溢泽编:《钱锺书〈围城〉批判》,湖南大学出版社,2000年版,第106页。
② 张羽:《从围城看钱锺书》,《同代人文艺丛刊》,1948年4月20日,第55—57页。
③ 王富仁:《呓语集》,中国文联出版社,2003年版,第61—62页。

为无双第一、顶好顶顶好。别人提出不同意见就一定要与人家争长论短辩驳不息。其实，这种无谓的论争对学术研究是没有助益的。

钱锺书作为一个以学识才情见长的学者型作家，在创作上的数量不算多，而且在思想表现的深度与影响力上也无法与鲁迅匹敌，但其以才学为根基的机智幽默的知识分子日常生活叙事风格，在现代文学史上的确独具一格，无法复制；其《谈艺录》《管锥编》《七缀集》等学术研究著作，在唐宋诗鉴赏、词章义理考论及文艺理论等方面也颇有建树；而其面向西方读者介绍中国文化和对中西文化进行比较的一系列英文论著，在中外比较和中西沟通方面也有着重要贡献。所以，研究钱锺书，就是要切实地归纳总结其创作与学术上的贡献；提炼其学术思想、研究方法、创作理论与创作个性；揭示其作品独特的思想内涵与风格特点等，这才是一个研究者真正应负的责任和该做的工作。

读了田建民教授的新书稿《理论、交流、创作：钱锺书的"三维"文学空间》，感到作者在研究钱锺书时绝没有一句无原则的追捧的空话，也不在其他人围绕"帽子"和"座次"引起的关于钱锺书的争论中纠缠，而是走着一条以学术问题为导向，坚持深挖细掘的踏实的治学之路。这部30来万字的书稿，对钱锺书之所以成为钱锺书的内因（天赋个性）、外因（中西文化碰撞的时代环境、家学渊源等）、其学术思想的形成与特点、学术贡献、创作风格等诸多方面都有深入的论述与剖析，而给人印象尤为深刻的，也是在钱锺书研究上最具突破与创新性的，则是以下三个方面。

一、提炼出了钱锺书以文学本体论和民族主体性为核心的学术思想体系。

钱锺书最被人诟病的就是说他在学术研究上"散钱失串"，

其学术思想"无理论中轴",不成体系。而一些为其辩护者则坚持钱锺书在学术思想上有其"潜体系"或"钱体系"。其实文艺上的所谓学术思想体系,说白了就是以一个基本的原则为中心,建立起一套阐释或说明有关文艺的本质、创作、欣赏与批评的富有内在逻辑的理论体系。如模仿说是以文学是对现实生活的反映为基本原则的理论体系;表现说是以文学是作家主观情感的自我表现为基本原则的理论体系;形式主义说则是以语言的陌生化引发读者的审美感受为基本原则的理论体系……那么钱锺书的"潜体系"或"钱体系"是怎么样的呢?

田建民教授由仔细阅读分析《中国文学小史序论》《中国固有的文学批评的一个特点》《中国诗与中国画》《论不隔》《落日颂》等文艺理论批评文章及《谈艺录》《管锥编》中有关谈文论艺的论断,提炼出钱锺书以文学本体论和民族主体性为核心的学术思想体系。指出这种强调文学自身的"文学性"的文学本体论思想,是统领钱锺书各种文艺观的纲。围绕这个"纲",在文学本质论上,钱锺书强调文学自身的"文学性",即那个使某一作品成为文学作品的本质的"内在规律";在文学真实的问题上,提出"所谓'不为无病呻吟'者即'修辞立其诚'之说也,窃以为惟其能无病呻吟,呻吟而能使读者信以为有病,方为文艺之佳作耳"[①]。把"能使人信",即作品的可接受性或文学性看为作品的"真"。即主张文艺的真伪,取决于自身艺术的美丑,而不能以其所言事实的真妄而判断艺术本身的美丑;在文学的"功用"上反对"文以载道"的社会实用"功用",而强调文学对欣赏者个体的独特的审美"功

[①] 钱锺书:《中国文学小史序论》,《国风》半月刊第3卷第8期,1933年10月16日。

用";在文学批评上强调"严美丑之别,雅正之殊"的价值评判标准;在文学史编撰上坚持"以能文为本"而不当"以立意为宗",即对入史作品重在"考论行文之美"的述史原则;在创作上讲求通过"唤应起讫,自为一周"的篇章布局和字句推敲修饰的"水磨"功夫,达到"不隔"、"耐读"、思转自圆、珠圆玉润的艺术境界。此外,钱锺书从文学的民族主体性角度,反对用西方文艺理论来硬套中国文学,强调中国文学有自己内在的一套认识与评价体系。即"横则严分体制,纵则细别品类。体制定其得失,品类辨其尊卑"①。传统文论中的"体制"、"体格"或"大要",类似于现在所说的"文体"或"体裁"。作者在使用某一文体时应自觉遵守这一体制约定俗成的惯例或规范。如果不同的文体混用或杂糅则是"失体"。而"品类"则指各种体裁尊卑的排定和题材内容的分等。由此形成以作品体裁形式、题材内容以及体裁形式是否"得体"来评判作品的尊卑高下的体系规范。可以说,田建民教授对钱锺书的以文学本体论和民族主体性为核心的学术思想体系的提炼是精准到位的,是把一些研究者朦胧感受到的钱锺书的"潜体系"加以明确化和系统化了。这无论对钱锺书的文艺思想、学术观点的认识和把握,还是对其文学作品的欣赏与理解,都有着启示与引领的作用。

二、首次对钱锺书的英文论著进行了系统的梳理与介绍,凸显出其在中西文化沟通和中外文学比较方面的成就与贡献。

目前的钱锺书研究,大致限于传记研究、创作研究、对《谈艺录》《管锥编》等的学术研究之研究、修辞学研究及西方现代

---

① 钱锺书:《中国文学小史序论》,《国风》半月刊第 3 卷第 8 期,1933 年 10 月 16 日。

文艺理论对钱锺书的影响研究，而对其早期面向西方读者介绍中国文学与文化、对中西文学与文化进行比较分析的一系列英文论著，则很少有人进行切实的考察与研究，致使学界对钱锺书在中外文化沟通和中西文学比较方面的重要贡献，没有足够的认识与关注。其实，钱锺书这些面向西方读者讨论中西文学与文化的英文论著，才称得上是真正意义上的平等的对话与交流，是钱锺书在中西文学与文化比较方面的具有不可替代性的成果。就我所知，田建民教授是较早关注钱锺书英文论著的学者。早在十多年前，他就发表了《站在中西文化碰撞的平台上与西方人对话——钱锺书英文论著初探》(《文学评论》2004年2期)和《钱锺书两篇英文文章所引起的论争》(《中国现代文学研究丛刊》2007年6期)等相关文章。而该书稿又用了两章的篇幅，对钱锺书面向西方读者用英文写的介绍中国传统的文学与文化，纠正西方人对中国文学与文化的误读、误解和误导的文章，以及重在考察中国文学与文化在西方传播演变的学位论文——《十七世纪英国文学中的中国》《十八世纪英国文学中的中国》，进行了全面而系统的梳理与介绍。可谓开辟了钱锺书研究的一个新领域。

三、对钱锺书独特的创作风格进行了多角度、多侧面的提炼与剖析。

谈起钱锺书创作的特点或风格，一般人们都会以幽默睿智、旁征博引、妙语连珠来概括或界定。这的确抓住了钱锺书式知识分子日常生活叙事与行文风格的特点，也道出了一般读者阅读其作品的独特的认知与感受。其实，钱锺书的创作，从根本上说，是以个性才学为根基的。也就是说，"个性才学"是"因"，而"独特风格"是"果"，这种"因"与"果"的结果是比较容易判定的。

但要判定"因""果"之间有着怎样的内在联系,从"因"到"果"有着怎样的演变升华的规律,或说要判定作家怎样把自己的天赋个性、气质才学转化升华为灵气活现的独具风格的文学作品,这却不是一个简单的判断能解决的问题,而是要像解答数学题似的呈现出一套逻辑严密的分析论证过程,让人们在这个论证过程中深入认识和理解作家的个性才学,怎样在创作中发挥作用并对作品风格产生影响。这种分析论证才是对文学的创作与欣赏最具启发意义和认识价值的。该书即切实地分析论证了钱锺书的个性才学在其创作中的内在作用及对形成其作品风格的巨大影响。

该书把钱锺书主要的个性才情提炼为俏皮幽默的天性与善于想象和联想的才能。认为这是形成其作品幽默风趣、妙语连珠的风格特点的最内在的原因。而学识渊博与对艺术技巧特别是语言表现的"水磨"功夫,则是形成其作品旁征博引、"太朴不雕"、"极炼如不炼"风格特点的内在原因。在此基础上,该书对钱锺书创作的幽默风趣的叙事、妙语连珠的比喻、古今中外典故的妙用及"以俗为雅"的格调,分别以专章进行了细致入微的分析与论证。如在谈钱锺书创作幽默风趣的风格特色时,作者先从钱锺书与生俱来的"痴气"及其生活成长环境来分析他的俏皮幽默的气质个性,认为这是形成其作品幽默风格的主体因素。而后从《说笑》等对幽默的相关论述中,提炼出钱锺书在对幽默进行理性的认识与思考基础上形成的自己的幽默观。再依据其强调幽默既需要幽默主体的机智,又需要有"可笑"或"幽默"的资料供"我们对着他笑"的观点,分析论述他作品中的"机智型"和"讽刺型"的幽默;依据其幽默者"不把自己看得严重",而往往"反躬自笑"的观点,论证分析其作品中的"自嘲型"的幽默;依据其幽默"替沉闷的人生透一口气"和"不亵不笑"的观点,论证分析其作品中的"亵戏型幽默"。这种分析论证,可谓逻辑清晰,环环相扣。

此外,该书平实而清晰的语言表述与论证风格也是值得称道的。我们知道,钱锺书的《谈艺录》《管锥编》《中国文学小史序论》等,都是用文言来谈文论艺的。以现代已经不再常用的文言谈论抽象的文艺理论问题,对其理解、阐释和评析的难度是很大的。对此,作者总是在深入理解的基础上用平实的语言进行细致而深入的阐释与评析。如:钱锺书把比喻看作"文学语言的根本"。[①]由此,他不仅在创作上把比喻用得出神入化,而且对比喻的目的与作用、性质与特点等诸多理论问题,也都有深入的分析和探讨。比如他在分析探讨文言之"一字多意之同时合用"问题时,引郑玄把《礼记·学记》的"不学博依,不能安诗"注为"广譬喻也,'依'或为'衣'"来论证"衣"与比喻的关联并进而揭示出比喻的特点与作用。"博依"的"博"即"广博",这是好理解的。那么"依"或"衣"怎么就指比喻呢?对此,钱锺书抓住衣服既遮蔽又装饰与比喻的"不显言直道而曲喻罕譬"之间的似同分析说:"则隐身适成引目之具,自障偏有自彰之效,相反相成,同体歧用。诗广譬喻,托物寓志;其意恍兮跃如,衣之隐也、障也;其词焕乎斐然,衣之引也、彰也。"[②]既论证了"衣"字的"一字多意之同时合用",也论证了穿衣与比喻二者之间的关联与作用。对此,该书作者认为,可能是佛流格尔博士提出的衣服之起是因"人类好装饰好卖弄的天性(exhibitionism);……人类一方面要卖弄,

---

[①] 钱锺书:《旧文四篇》,上海古籍出版社,1979年版,第36页。
[②] 钱锺书:《管锥编》第一册,中华书局,1986年版,第5—6页。

一方面要掩饰,衣服是一种委曲求全的折衷办法(compromise)"①的观点,引发了钱锺书对"博依"的"依"字的考证和解释,并进而引申到比喻上去。并阐释说:"穿衣服自然是为了遮体,但漂亮的衣服又起装饰打扮的作用,即'隐身适成引目之具,自障偏有自彰之效。'在文艺创作中,不直话直说而是使用比喻,特别是隐喻,这种曲折的表达方式,使内容显得含蓄而深沉。而这种含蓄和深沉恰好又是为了吸引读者。所以在钱锺书看来,在创作中使用比喻的缘由和动机就是出于作者的这样一种'自障偏有自彰之效'的心理。"再如:钱锺书既强调"逻辑不配裁判文艺",②即比喻可以不受逻辑的约束;同时又强调比喻要做到"似是而非,似非而是",或"如"而不"是",不"是"而"如",即要依据逻辑让人们认识到这种文艺性比喻的不合逻辑,是一种"事出有因的错误"。对钱锺书这些有关比喻特点的论述,该书作者提炼为"比喻既摆脱逻辑又运用逻辑"的命题。文艺性比喻应该是让读者感到新颖奇特而又能欣赏与理解。一方面,比喻可以偏离语言习惯与规范,即摆脱逻辑,以造成新鲜感和谐趣;另一方面,比喻又要运用逻辑让读者理解其犯的是"事出有因的错误"。摆脱逻辑是要变熟悉为陌生,而运用逻辑又是要变陌生为熟悉。正是这种陌生与熟悉的双轨运作,既给人以新鲜刺激的审美感受,又不至于造成阅读和接受障碍而产生拒绝心理。所以,偏离习惯与规范是在熟知习惯与规范的基础上,对习惯与规范进行更新与创造。是一种"出新意于法度之中,寄妙理于豪放之外"的"从

---

① 中书君:《为什么人要穿衣》,《大公报·世界思潮》第5期,1932年10月1日。
② 钱锺书:《钱锺书论学文选》第6卷,花城出版社,1990年版,第73页。

心所欲,不逾矩"。该书作者以朴实无华的语言,对钱锺书的以文言讲述的比喻理论,做出了如此逻辑清晰而恰切到位的阐释与评析,这是很难得的,也是需要语言能力与学术功底的支撑的。

总之,田建民教授的这部书稿,系统地提炼、阐释和论证了钱锺书的以审美为标志,以文学本体论和民族主体性为核心的文艺与学术思想体系;全面梳理与论述了钱锺书在中西文化沟通和中外文学比较方面的成就与贡献;深入分析论证了钱锺书独具的创作个性与独特的作品风格。这三个方面的研究成果,可以说是近些年来在钱锺书研究上所取得的标志性进展。对我们认识理解钱锺书的学术与创作是非常有助益的。由是,我将该书郑重地推荐给读者朋友们。是为序。

绪 论

20世纪80年代以降,钱锺书可谓人文学界最负盛名的作家和学者之一。在创作上,《围城》以其独具的才情趣味被誉为"是中国近代文学中最有趣和最用心经营的小说,可能亦是最伟大的一部"[①];在学术研究上,作者更是以"打通"古今中外、"打通"不同学科的渊博学识与气魄而被时人推崇为令人仰视的"文化昆仑"[②]。就文学来说,钱锺书的贡献大体表现在三个方面:一是以《谈艺录》《七缀集》《管锥编》等为代表的中文学术著作,以知识渊博、考证严密和辨析深刻而成为谈文论艺的学术典范;二是面向西方读者用英文写的介绍中国的文学、传统与文化,纠正西方人对中国的文学、传统与文化的误读、误解和误导,以及考证中国文学与文化在西方传播情况的一系列文章,即在中西文学与文化的沟通和交流方面的贡献;三是以《围城》《人·兽·鬼》《写在人生边上》等为代表的文学创作,以其独特的风格而在现代文学园地大放异彩。以往学界对钱锺书研究的论著基本集中在生平传记研究、文学创作研究及学术方法和修辞手法的研究上,对其文学理

---

① 夏志清著,刘绍铭等译:《中国现代小说史》,复旦大学出版社,2005年版,第282页。
② 舒展:《文化昆仑钱锺书——关于刻不容缓研究钱锺书的一封信》,《随笔》1986年第5期。

论则缺乏系统的总结与研究，而对他在中外文学与文化的比较和中西文学与文化的交流互动方面的研究，则更为薄弱。他面向西方读者介绍中国文学与文化和对中西文学与文化进行比较交流与互动的一系列英文论著，到目前为止，几乎处于无人问津的状态。本书意在从文学理论、文学交流与文学创作的"三维"文学空间，对钱锺书的文学成就与贡献进行系统的梳理与评价。

先看钱锺书文艺思想和学术观的形成及特点

本书从地域文化环境、家学渊源、严格的新式学校教育、域外文化的影响以及自身俏皮幽默的开放的性格心态等方面，系统考察钱锺书文艺思想和学术观的形成及特点。认为钱锺书的文艺理论思想，是在中外文化和文学思想的碰撞中产生的思想火花。他之所以能够青出于蓝而胜于蓝，在学术上超越父辈学者，其重要的原因就是他能够接纳中西文化并加以选择融汇，拥有更宽阔的学术视野和更丰富的学术理论和研究方法的资源。他对文艺的基本的认识、见解和观点是他青少年时期在中外文化和文学思想的碰撞中接受、比较、选择与融合的思想成果。其文艺思想和学术观具有如下特点。

其一，强调以审美特性为标志的文学本体论思想是其文艺思想的最根本的特点，是统领其各种文艺观的纲。这种以审美特性为标志的文学本体论思想反对传统的"文以载道"思想，不看重文学与历史和现实的紧密联系及文学的认知和教育作用，而是认为文学就是文学，强调文学作品自身的文学性。与 20 世纪初在苏联流行的"陌生化"的形式主义理论有相通之处。

其二，从文学本体论思想出发，提出"文学不宜定义而有定指"的论断。钱锺书认为中国古代有文体的概念，也有涵盖各种文体的文章的概念，而没有现代西方意义上的文学的概念。认为其他学科都是以其所涉及或研究的内容来给予定义，而文学定义却不是简单地由内容决定的，而是"独言功用"。这里所说的"功用"不是指的社会或政治的实用主义的"功用"，而是指的对欣赏者个体的独特的审美"功用"。就文学自身来说，因为审美是主体性极强的读者个体的体验和欣赏，因其自身的个性气质、学识修养、社会生活经历等的不同而有不同的审美趣味；此外，其他学科或事物的定义，仅用是与不是的存在判断来衡量，而文学定义却不能仅以是与不是的存在判断来衡量，而更重的是"严美丑之别，雅正之殊"的价值判断。衡量文学的标准是存在判断与价值判断合而为一的。在讨论文学的定义问题时突出了文学自身的文学性特质。

其三，尊重史实的史家态度。作为文学史家，在编撰文学史时，面对浩如烟海的资料，要避免像作家作品词典式的平面化与浅显化的材料的堆积，而是在尽可能"还原历史"的基础上处处显示出自己的发现、真知与个性。钱锺书主张：一要分清文学史与文学批评的不同的特点、职能及轻重关系；二要求"作史者须如实以出耳"的论从史出的历史主义的原则。认为：文学史和文学批评各有自己的特点和职能。文学史重的是记述作者在文学发展史上对某时代的文风或文体的贡献的承先启后的作用并以此来标明其在文学史上的地位和影响；而文学批评重的是揭示某些作家作品的独特的风格特点，并评判其艺术的得失或优劣。

其四，重视中国古代文学自身的文体特点及渊源流变。西方近现代文艺理论体系及概念与中国传统的文艺理论及概念不是对等的，而是存在着差异和错位的。钱锺书指出：我国古典文学，文体繁多且各自有其严格的规则或体式，形成分门别类的文学样式，各种文体的规则或体式不能混用或杂糅，否则就叫"失体"。体式之外，传统文论还讲"品类"。所谓"品类"，是指各种体裁尊卑的排定和题材内容的分等。是从作品体裁形式、题材内容以及体裁形式是否完美即"得体"或"失体"等角度来评判作品的尊卑高下的一套规则或标准。相传的文艺理论书籍，谈文的就仅谈文，说诗的就只谈诗，而没有把各种文体沟通综合产生像西方的"文学"概念。这是中国古代文艺理论的局限，然而也是它的特点。

此外，钱锺书提出文学史的断代与分期应以朝代的更迭和作品的风格为参照或标准；重在"考论行文之美"的述史原则；中国传统文学批评的"人化"特点及"文言白话，未容轩轾"的新旧兼容不怀门户之见的学术态度等。

再看钱锺书与西方文学与文化的交流互动

此项考察介绍的内容分两大部分。一是钱锺书面向西方读者用英文写的介绍中国的传统文学与文化，纠正西方人对中国文学与文化的误读、误解和误导及考证中国文学与文化在西方传播演变的一系列英文论著；二是他在牛津大学就读时写的学位论文：《十七世纪英国文学中的中国》(*China in the English Literature of* the Seventeenth Century》和《十八世纪英国文学中的中国》(China in the English Literature of the Eighteenth Century)。

第一部分包括《苏东坡的文学背景及其赋》(Su Tung-Po's Literary Background and His Prose-Poetry)、《还乡》(The Return of the Native)、《中国古代戏曲中的悲剧》(Tragedy in Old Chinese Drama) 及一系列的书评、短评等。这些文章的用意多是向西方人介绍真正的中国文学与文化，纠正西方人对中国文学与文化的误读、误解和误导。

第二部分即对钱锺书在牛津大学就读时写的学位论文《十七世纪英国文学中的中国》(China in the English Literature of the Seventeenth Century) 和《十八世纪英国文学中的中国》(China in the English Literature of the Eighteenth Century) 的翻译与介绍。钱锺书是中外比较文学研究的先行者，是中西文化沟通的使者。他的一支生花妙笔总是风趣地向中国人讲述着西方文学与文化而又向西方人介绍着中国的文学与文化。他在牛津大学就读时写的学位论文就是集中地做了这方面的工作。

《十七世纪英国文学中的中国》全面考察17世纪英国文献中有关中国的记载，对了解当时英国作家的思想心态与研究中西文学和文化交流有着重要的文献参考意义。文章通过考察大量的17世纪英国人的书籍、文章、信件、日记及谈话记录等，让人们了解当时英国人眼中的中国和中国人。他们以西方的习惯和价值标准来看待和评价中国的事物、历史和文化，对中国和中国人充满好奇、误解和误导。并且钱锺书通过细致的考据和梳理，辨明这些众多的有关中国的记载和评论的传承关系和来龙去脉。

《十八世纪英国文学中的中国》分为两部分。第一部分从一些18世纪英国书籍及报刊中出现过的偶尔提及的例子、文章及其他只言片语，来考察18世纪英国文献中有关中国的记载，其中不包括对中国文学和有关中国的神话故事以及有关中国的整本的书籍的翻译，这些是在第二部分中探讨的。钱锺书指出：18世纪英国文学总体上充溢着对中国文化的否定批评及特指的流行的中国工艺风潮。它看似不是对它所产生的社会环境的反映而是对之的一种矫正。18世纪英国人对中国人的欣赏不如17世纪的先辈们，对中国人的了解也不及同时代的法国人。18世纪英国作家对中国文明总的观点是"静止"；他们对中国人的"智慧"的总结论是"在科学上劣于欧洲人"；对中国人的性格总评是"诡计多端，偷奸取巧"；对中国古风的总括是"吹嘘、伪饰"。

第二部分考察了18世纪英国文学家写的关于中国题材的故事，特别考证和介绍了《赵氏孤儿》和《好逑传》在英国的翻译和传播。此外还考证和介绍了英文翻译即矫揉造作的中国文学的翻译及关于中国的杂集与论文，包括原著和编辑。这大量而艰苦的考证为研究中外文学与文化的交流奠定了基础。

三看钱锺书文学创作上的风格特点

首先，诙谐幽默是钱锺书创作的一大特色。钱锺书在承认幽默主体具有高度的机敏和智慧并具备诱发幽默感的客体对象这两大客观的前提条件下，强调幽默是一种脾气性格或心态，具体表现为具有高深修养的了悟世事人生的超越感及对人生和命运采取"一笑置之"的"游戏"或"自嘲"的态度；最理想而纯正的幽默表现为智者哲人的有会于心的微笑；幽默具有流动飘忽变化不居的不确定性，不能固定为模式，因此不可模仿和提倡。这种幽默观决定了他作品的幽默风趣的格调。

其二，对哲理思辨的偏爱决定了钱锺书喜欢对一些抽象的观念理论问题进行理性思辨，得出一些令人难以逆料而又合情入理的解释。使他能够把对古典文学的体验，把历来人们认为只可意会不可言传，或"知其然，不知其所以然"的感悟，用理性的语言，给人们说出"所以然"来，用逻辑分析和判断的方式给人们以系统清晰的认识。形成其作品的思辨特色。

其三，学识渊博是形成钱锺书创作个性的一个重要方面。这种个性反映在他的学术著作中就是旁征博引，说理深刻；反映在他的创作上就是各种中外典故的巧妙运用。善于想象和联想的才能，体现在作品中就是众多的令人叹为观止的新颖奇特的比喻。

其四，钱锺书从总的语言风格上，追求的是一种"以故为新，以俗为雅"的格调。"太朴不雕"，"极炼如不炼，出色而本色"的不露艺术的艺术是钱锺书语言上的一种自觉的美学追求，形成亦庄亦谐的新颖而又活泼的作品风格。

概而言之，本书意在从文学理论、文学交流与文学创作的"三维"文学空间对钱锺书进行全面而系统的研究，力求在以下四个方面对钱锺书研究取得新的进展与成果：一、真正了解和把握钱锺书学术思想的"潜体系"或"钱体系"，把握其文学本体论的理论基点而不局限于"东海西海，心理攸同；古学今学，道术未裂"[①]的"打通"说；二、认识钱锺书在中外比较文学与文化研究、

---

① 钱锺书：《谈艺录》，中华书局，1984年版，第1页。

互动上的先行者地位和所做出的突出贡献；三、认识形成钱锺书开阔的学术视野和独特的创作风格的各种内在和外在的因素，揭示其在文学创作上的独特风格；四、凸显在全球化文化竞争的进程中研究钱锺书的学术思想和文学创作，不但对学术研究和文学创作具有借鉴和指导的作用，而且对中华文化地位在世界上的确认和提升，对在全球化语境下如何正确对待西方文化和民族文化，对坚定地树立中华民族的文化自信，都具有重要的启发和借鉴的意义。

第 一 章

中西文化碰撞的思想火花
——钱锺书文艺思想的形成

第一节 中外文学交流与相互影响

  人类文明是在各个不同民族文化的相互交流、碰撞、影响与融合的过程中发展与完善起来的。作为文化的重要组成部分与承载载体的文学在各民族文化交流中不但扮演着重要的角色，而且自身在不断地吸收创造中完善与发展。中外文学交流可谓源远流长。中国文学对世界，尤其对亚洲近邻诸如日本、朝鲜、越南等国的文学乃至文化的发展产生了巨大的影响。日本最早的典籍《古事记》记载，早在公元三世纪中国典籍就传到日本。公元四世纪日本开始使用汉字。《日本书纪》载日本显宗天皇元年（485）3月3日，模仿王羲之等的"曲水流觞"，日本皇室在宫廷后院举行曲水诗宴，这是日本汉诗的滥觞。到唐朝更是留下了众多的中日诗人唱酬应和的佳话。《史记》即有"武王乃封箕子于朝鲜"的记载。[①] 汉字在一世纪时已被朝鲜朝野广泛使用。二世纪后广泛

---

  ① 《史记》卷三十八。

流传的《箜篌引》很明显是模仿我国的《诗经》体。到唐朝时在中国留学的新罗学子诗文颇佳，朴仁范、崔致远等有"新罗十贤"之称，[①]其中朴仁范为翰林学士。从越南早期神话传说与中国古代神话传说多相似之处可见中越两国文化交流融合的密切关系。汉武帝时开始在越南推行汉字，使之作为官方的交际工具。到唐朝时，李白、杜甫、白居易等大诗人均是越南知识分子所倾慕的对象。出现了被越人称为"安南千古文宗"的娴熟地用汉语写诗作文的姜公辅。所以，所谓的"远东文化圈"实际是以中国文化和文学为胚基和触媒而生长发育起来的。在西方，明末清初一些来华传教士开始热衷于译介中国典籍，1590年西班牙人高毋羡（Juan Cobo，？—1592）翻译了第一部汉籍《明心宝鉴》。此后，意大利人罗明坚（Michele Ruggieri，1543—1607）、利玛窦（Matteo Ricci，1552—1610）、法兰西人金尼阁（Nicolas Trigault，1577—1628）等用拉丁文翻译了"四书""五经"等儒家经典。随着法国人马若瑟（Joseph Henri M. de Premare，1666—1735）1734年把纪君祥的《赵氏孤儿》翻译成法语，很快这部元杂剧就风靡了欧洲。英国人哈切特（William Hatchett）、法国人伏尔泰（Voltaire，1694—1778）等纷纷以此为蓝本改编成具有本国特色的《中国孤儿》《中国英雄》等。再加上英国人托马斯·珀西（Thomas Percy，1729—1811）编译的长篇小说《好逑传》和其他欧洲汉学家翻译的《诗经》及《今古奇观》中的一些小说的问世，欧洲大陆很快刮起了一股"中华风"。

以上我们主要考察了中国文化和文学对世界其他民族文化和文

[①] 《史记》卷四十六列传。

学的影响，下面我们也来看一下其他民族文化和文学对我们的影响。因为既然是文化交流，那么相互碰撞、吸收和融合才是一种正常的文化形态。从历史看，中国文化接纳外来文化大致有三个高峰期。

第一个高峰期是在汉、唐时期。当时的中国以大国的姿态、盛世的自信和阔大的胸襟向世界开放，既毫无保留地把我们的文化播扬四海，又对外来文化博采众长，像鲁迅先生所说"运用脑髓，放出眼光，自己来拿"[①]！如此时期佛教乃至印度文化的大规模传入，其影响既广且深。甚至形成了儒、释、道三家比肩而立的局面。不仅影响了中国人的生活态度和思维方式，而且影响到语言、文学艺术等各个方面。大量佛经的翻译不仅成就了法显、玄奘、义静等精通汉文和梵文的翻译大师，形成了我国早期的翻译理论，如玄奘提出的"既须求真，又须喻俗"的翻译标准，而且输入了大量新语汇和新概念，冲破骈文的绳墨套套而形成了一种质朴通俗、骈散相间的新文体——译经体。此外，佛经中的佛理和禅趣开启了中国诗人的智慧和灵感，出现了以禅入诗、以禅说诗的新风气，奇幻的佛教故事也拓展了中国文人的想象空间，出现了志怪和传奇小说，甚至影响到以后的话本、拟话本、戏曲及小说。总之，"佛教及佛教艺术的传入促进了中国文艺美学观念及思维方式的变化，促进了中国文艺美学思潮的演变。……佛家的心性学说推动了中国文艺美学关于艺术家主体的探索，中国文艺美学的主体性意识得以加强。禅宗的顿悟说则有助于增强中国文艺美学的直觉感悟色彩"[②]。

[①] 鲁迅：《拿来主义》，《鲁迅全集》第6卷，人民文学出版社，2005年版，第40页。
[②] 周发祥、李岫：《中外文学交流史》，湖南教育出版社，1999年版，第30页。

第二个高峰期是在戊戌变法及五四新文化运动时期。由于清政府以天朝大国自居，实行闭关锁国政策，使我国在很长一段时间内失去了与其他国家和民族进行交流和学习的机会，逐渐把自己置于封闭落后的境地。鸦片战争的隆隆炮声惊醒了天朝帝国的迷梦，使中国人不得不睁开眼看世界。首先是以魏源等人的"以夷制夷"的实用主义思想为指导，模仿洋人的"船坚炮利"创建造船制炮的军工企业和近代军队的洋务运动，甲午中日战争的失败标志着洋务运动的破产；继而学习西方的君主立宪和议会共和掀起了旨在改变政治制度的维新变法和辛亥革命，戊戌新政只维持了区区百日，辛亥革命的胜利成果也很快变成了袁世凯取代清朝皇帝的筹码；进而，一批思想文化的先驱开始以西方的文化思想为参照系来检讨和反省中国的思想文化、伦理道德，于是一场真正改变了中国人几千年的礼教观念，引领中国的思想文化走上现代理性轨道的五四新文化和文学革命运动蓬蓬勃勃地开展起来。在这一系列的变革中，域外思想文化的介绍和吸收起了重要的参照和催化的作用。而一批有海外游历或学习经历的知识分子则是介绍和宣传域外文化思想的主体。如编著《普法战纪》，创作《扶桑游记》和《漫游随录》的王韬，翻译《天演论》的严复等。文学作为文化的重要分支和文化思想的承载体在这一系列的变革中不仅扮演着重要的角色，而且自身从观念、内容和形式都发生了质的变化。近代在翻译和介绍西方文学方面，虽然严复最早翻译过英国诗人亚历山大·蒲伯等人的诗歌，但真正以翻译西方文学作品而影响了一代知识分子的是被称为"译界之王"的林纾。他一生翻译了171部西方文学名著。第一部译著《巴黎茶花女遗事》刊行后风行全国。严复描述为"可怜一卷《茶花女》，断尽支那荡子魂"。林译小说使中国人真正了解了西方人的心理世界、生活方式和精神风貌，也使人们了解了西方小说这种文学体裁能够如此深刻地反映社会现实和细腻地描摹人物感情，从而改变了传统的视小说戏曲为"末技小道"的观念。可以说，林纾是在文学上为人们认识和了解西方打开了一个窗口，引起了人们对西方文学的极大兴趣。现代文学的大家如鲁迅、周作人、郭沫若、茅盾等年轻时无不痴迷于林译小说，从中吸取异域文学的营养，借鉴其文学思想和艺术技巧。虽然林纾后来激烈地反对白话文和新文学，但实际上他的翻译工作就是一项一直在铺设着新文学生长的温床而挖掘着旧文学的坟墓的异化工程。此外，受政治小说促进了日本的明治维新的启发，梁启超认识到了小说对政治的宣传作用，开始热心地鼓吹政治小说。他的《论小说与群治之关系》极力抬高小说的文学地位和社会政治作用，成为所谓"小说界革命"的宣言书。当然，介绍、引进和接纳域外文学及理论思潮的峰巅是1915年陈独秀创办《新青年》掀起新文化运动和1917年胡适发表《文学改良刍议》揭开五四文学革命的序幕。此后，写实主义、自然主义、浪漫主义、象征主义、各种各样的现代派、马克思主义及苏联的文艺作品和理论都纷纷涌入中国，真正是百花齐放，百家争鸣。五四新文学就是在这种开放的，各种中外文化和文学思潮与理论的碰撞与融合的环境中产生、成长、发展与成熟起来的。

第三个高峰期是在粉碎"四人帮"以后的新时期。新中国成立后至1966年"文化大革命"爆发，我们的对外交流主要是学习苏联老大哥的经验。文学上也主要是翻译《母亲》《钢铁是怎样炼成的》《青年近卫军》等反映苏联革命事业或卫国战争题材的作品及介绍并推行苏联的"社会主义现实主义"创作理论。而对欧美等西方的政治、文化及文学艺术基本上采取排斥和拒绝的态度。到十年"文革"期间，连苏联的东西也有了修正主义之嫌，古代的和域外的文化和文学都被戴上封、资、修的帽子加以批判，文化交流基本中断，文学翻译成为禁区。中国再次陷入与世隔绝的孤立状态。进入新时期，当我们以开放和进取的姿态主动打开国门面对世界的时候，我们首先看到的是我们的科学技术和经济发展已经大大落后于西方先进国家。这激励着我们大力引进科学技术，改变与经济发展和社会发展不相适应的经济体制和政治体制。与此相应，在思想文化、文学艺术和学术研究方面，也开始大量翻译和介绍国外的文学作品和文化与文艺思潮。诸如苏联的"解冻"文学，西方的现代主义、后现代主义、精神分析学、形式主义、结构主义与解构主义、解释学、新批评以及由本土传统文化孕育而出的新儒家等各种派别的文学作品和文学思潮纷至沓来。显示了人们在"左"的教条和僵化的思想中解放出来之后思想的自由和学术环境的宽松。尽管出现了一些唯新是骛或食洋不化的偏向，但这种全球化下的多元文化的共存、碰撞与融合才能真正促进文化和文学的健康而有活力的发展。

钱锺书的文艺思想就是在中外文化和文学思想的碰撞中产生的思想火花。虽然钱锺书经历了中国接纳外来文化的第二和第三个高峰期。但他的主要文艺思想在第二个高峰期已经基本形成，也就是说，他对文艺的基本的认识、见解和观点是他青少年时期在中外文化和文学思想的碰撞中接受、比较、选择与融合的思想成果。

第二节　钱锺书成长的地域文化环境与家学渊源

钱锺书文艺和学术思想的基础或底色是中国的学术传统和古典文学。

钱锺书1910年生于江苏无锡的一个世代书香家庭。无锡历史悠久，是一座具有三千多年历史的文化古城，位于长江三角洲平原腹地，北临浩瀚汹涌的长江，南濒烟波浩渺的太湖，西靠素有"江南第一山"之誉的惠山和象征着无锡古老历史的锡山。京杭古运河穿城而过。太湖之滨有鼋头渚、蠡园、梅园、锦园、万顷堂等著名自然景观；惠山之麓有寄畅园、天下第二泉、吟苑、东大池、惠山街等自然和人文名胜景观。真可谓锦绣的江南鱼米之乡上镶嵌的一颗璀璨的太湖明珠。无锡不仅自然风光优美，而且文化底蕴深厚。早在六七千年前，无锡先民就定居在这块土地上劳动、繁衍生息。早在商朝末年，周族领袖古公亶父（后称周太王）钟爱幼子季历之子昌（后称周文王），意欲传位于季历后立昌，其长子泰伯与次子仲雍体察父亲的心意，于是主动避位，从渭水之滨（今陕西岐山之地）南来梅里（今无锡县梅村）定居，并入乡随俗，断发文身，受到当地百姓拥戴，被奉立为勾吴之主。他们带来的中原文化与原有的江南地区文化有机融合，形成具有鲜明地域特色的吴文化。泰伯被孔子誉为"其可谓至德也已矣，三以天下让，民无得而称焉"[①]的"至德圣人"。历史上，以《孙子兵法》闻名的古代大军事家孙武曾隐迹无锡梅园。范蠡和西施也

[①] 孔子：《论语·泰伯》。

曾隐迹太湖,制陶经商。唐宋著名诗人李绅、皮日休、陆龟蒙、苏轼、秦观、杨万里、黄庭坚等均曾在无锡游览或定居。李绅脍炙人口的《悯农》诗"锄禾日当午,汗滴禾下土。谁知盘中餐,粒粒皆辛苦"就是他定居无锡梅里抵陀里(今无锡县东亭长大厦村)时写的。此外,无锡市内有创建于北宋政和元年的著名的东林书院。北宋理学家程颢、程颐嫡传弟子杨时长期在此讲学。明代著名思想家顾宪成、高攀龙等人先后主盟东林书院,聚众讲学。提倡志在世道,躬行实践,反对空发议论,脱离实际。当时影响之大,倾动朝野。作为反映顾宪成办学指导思想的名联:"风声雨声读书声,声声入耳;家事国事天下事,事事关心"已是广为人知的名联佳对。这就是物华天宝、人杰地灵的无锡。钱锺书自幼就生长在这怡人的山水和浓郁的文化氛围之中。

钱锺书幼承家学。在无锡的钱王祠的大堂上有一副楹联:"西临惠麓,东望锡峰,祠宇喜重新。吴越五王,亿万年馨香俎豆。/派衍梁溪,源分浙水,云礽欣愈盛。堠湖两系,千百年华贵簪缨。"此楹联一是标明了钱王祠在惠山与锡山之间的地理位置;二是简要追溯了无锡钱氏家族源于浙江,其始祖是五代十国时吴越国自钱镠而下的三世五王;三是表明其香火繁衍,人丁兴旺且多功名仕宦。且不论钱氏家族在历史上的升降沉浮,就钱锺书一脉来看,其诗礼传家的文采风流确实是长传不衰。钱锺书的父亲钱基博在自叙家族时说:"自以始得姓于三皇,初盛于汉,衰于唐,中兴于唐宋之际,下暨齐民于元明,儒于清,继继绳绳,卜年三千,虽家之华落不一,绩之隐曜无常,而修明著作,百祖无殊,典籍大备,灿然可征也。"① 他还说:"我祖上累代教书,所以家庭环境,

---

① 钱基博:《无锡光复志·自叙篇第六》。

适合于'求知';而且,'求知'的欲望很热烈。"①"累代教书"之说虽不可细究,因为钱锺书的祖父钱福炯似乎没有正式教过书。但也大致表明了钱家近代所从事的主要职业。钱锺书的曾祖父钱维桢曾师事清代著名地理学家、文学家李兆洛,与晚清资产阶级改良思想的先驱人物冯桂芬有密切交往。曾创办江阴全县义塾,受到江苏巡抚丁日昌的肯定。钱基博曾为其校录《似山居诗文存》。钱福炯的大哥钱福炜确曾选授苏州府长洲县学教谕,从事教学多年。钱锺书的父亲钱基博则确确实实是教过小学、中学、大学的一代名师。钱基博(1887—1957年)四岁开始与孪生弟弟钱基厚一起由母亲教授认字读书,能背诵《孝经》。"五岁从长兄子兰先生受书;九岁毕'四书'《易经》《尚书》《毛诗》《周礼》《礼记》《春秋左氏传》《古文翼》,皆能背诵。十岁伯父仲眉公教为策论,课以熟读《史记》、诸氏唐宋八家文选。而性喜读史,自十三岁读司马光《资治通鉴》、毕沅《续通鉴》,圈点七过;而于历代地名,必按图以索,积久生悟。因以精贯顾祖禹《读史方舆纪要》一书,下笔纚纚,议论证据今古。十六岁,草《中国舆地大势论》,得四万言,刊布梁启超主编之《新民丛报》。又以己意阐发文章利钝,仿陆士衡《文赋》,撰《说文》一篇,刊布刘光汉主编之《国粹学报》;意气甚盛。"②可见钱基博承家学在十五六岁时国学功底已经扎实完备。其16岁时的少作即得到国学大师梁启超的赞赏。辛亥革命前后曾短期在军政界供文职。撰《无锡光复志》。自26岁起投身教育,潜心教学与学术研究。先后任教于无锡县立第一小学、

---

① 钱基博:《自我检讨书(1952)》,《天涯》,2003年第1期。
② 钱基博:《自传》,《光华大学半月刊》,1935年第3卷第8期。

吴江丽则女子中学、江苏省第三师范学校、圣约翰大学国立清华学校、第四中山大学、私立无锡国学专门学校、光华大学、国立浙江大学、湖南蓝田国立师范学院、私立华中大学、华中师范学院。一生勤于笔耕。主要著作有《周易解题及其读法》《四书解题及其读法》《读庄子天下篇疏记》《韩愈志－韩愈文读》《明代文学》《版本通义》《国学必读》《经学通志》《现代中国文学史》《文史通义解题及其读法》《古文辞类纂解题及其读法》《老子解题及其读法》《骈文通义》等。其文才被人多方赞誉。"江西提法使陶大均睹其文章，骇为龚定盫复生"；清末诗人、曾国藩之孙曾广钧称赞其"运以豪气，扛以健笔，四十岁后，篇题日富，必能开一文派"；被称为"状元实业家"的张謇赞其"大江以北，未见其伦"；与张仲仁一起被称为"苏州二仲"的费树蔚（字仲深）赞其"岂惟江北，即江南宁复有第二手？"；一代宿学、同光诗派代表人物陈衍赞其"后贤可畏，独吾子尔！"[①]。可谓著作等身名闻士林的一代名家硕儒。

正是无锡的钟灵毓秀与钱家世代书香的文化土壤再加上异域文化的思想营养，孕育和培养出钱锺书这样一代文化巨人。就家学而论，家族文化气脉的传承赓续是钱氏家族百祖无殊的定规。虽然钱锺书谈到幼年读书时只简略说"余童时从先伯父与先君读书，经、史、'古文'而外，有'唐诗三百首'，心焉好之。独索冥行，渐解声律对偶，又发家藏清代各家诗集泛览焉"[②]。但从上文引其父钱基博《自传》言"九岁毕'四书'《易经》《尚书》《毛

[①] 钱基博：《自传》，《光华大学半月刊》，1935 年第 3 卷第 8 期。
[②] 钱锺书：《槐聚诗存·序》，生活·读书·新知三联书店，1995 年版，第 1 页。

诗》……皆能背诵"这段较为详细的描述，略可推知钱锺书童年时读书的概况。因为这既是代代相传的"家学"，且父子二人均是5岁启蒙，而老师又是同一个人，即钱基博的大哥钱基成。想必其教学内容与教学方法不会有大的改变。再加上钱基博教子极严，其闲暇时间都用在有意识地训练子侄读书和讨论学问上。钱基博对此曾有记述：

> 傍晚纳凉庭中，与诸儿论次及之，以为《答问》可配陈澧《东塾读书记》。倘学者先读陈《记》以端其向；继之《答问》以博其趣；庶于学问有从入之途，不为拘虚门户之见。儿子锺书因言："《答问》与陈《记》同一兼综汉宋；若论识议闳通，文笔犀利，则陈《记》远不如《答问》！"余告知曰："不然。陈君经生，朴实说理，学以淑身；朱生烈士，慷慨陈议，志在匡国。……"锺书因言："见朱生《佩弦斋文》，中有与康长素《论学》、《论书》诸书，皆极锐发。"又谓："朱生自诩'人称其经学，而不知吾史学远胜于经。'"大抵朱生持宋学以正汉学，盖陈君之所同趣；而治经学以得史意，则陈君之所未到。又其较也。闭门讲学而有子弟能相送难，此亦吾生之一乐。①

此外，钱基博还有意识地让钱锺书与当地一些著名学者交往学习。比如经常去拜访无锡国学专修馆馆长唐文治，与其讨论读

---

① 钱基博：曹毓英选编：《〈古籍举要〉序》，《钱基博学术论著选》，华中师范大学出版社，1997年版，第524—525页。

书心得。另一个经常拜访和交流的是国学大师钱穆。钱穆回忆钱基博时提到钱锺书说："当时其子锺书方在小学肄业，下学，亦常来室，随父归家。子泉出其课卷相示，其时锺书已聪慧异常人矣。"[1] 个人的聪慧、家学的承传、父亲的悉心培养与环境的陶染使钱锺书十几岁时已经打下了国学的牢固的根基。据杨绛记述，钱锺书上中学时就"常为父亲代笔写信，由口授而代写，由代写信而代作文章"。商务印书馆出版钱穆的一本书，上有钱基博的序文，据钱锺书说，"那是他代写的，一字没有改动"。他"写客套信从不起草，提笔就写，八行笺上，几次抬头，写来恰好八行，一行不多，一行不少。锺书说，那都是他父亲训练出来的"[2]。这里所说的钱穆的书是钱穆的《国学概论》。是其在无锡省立第三师范学校及省立苏州中学课堂讲义的基础上编撰而成。该书采用梁启超《清代学术概论》的方式，分期叙述每一时代学术思想的主要潮流。该书序言以钱穆同事至交的口吻，指出该书的不当之处。大意有三：一是指出该书第九讲述清代学术研究时不该遗漏毛奇龄和陈澧，此二人在清代学术史上是有一定贡献的；二是说此章对梁启超的《清代学术概论》"称引颇絮"而不查其"疏漏亦弥复可惊"；三是批评该书"专言经子，不及文史，控名责实，岂屏之不得与于国学？"其行文风格确实酷似钱锺书。如果说此文还存疑的话，那么《〈复堂日记续录〉序》则毫无疑问是钱锺书的少作。当时19岁的钱锺书中学毕业考取清华尚未入学。此序是为其父钱基博之友徐彦宽辑录的《念劬庐丛刻》中谭献（字

---

[1] 钱穆：《八十忆双亲 师友杂忆》，生活·读书·新知三联书店，1998年版，第133页。
[2] 杨绛：《杨绛作品集》二卷，中国社会科学出版社，1993年版，第147页。

复堂)的日记一辑所作。文章先从南宋理学家黄震的《黄氏日钞》和顾炎武的《日知录》追溯和阐发日记体的源流和特点,然后举曾国藩、翁同龢、李慈铭、王闿运诸家日记,比较指陈其各自的利弊得失。并重点对李慈铭和谭献的日记进行比较以突出谭的风格特色。"李承浙西乡先生之绪,嬗崇郑、许,诃禁西京之学,以为不过供一二心思才知之士,自便空疏;谭则以越人而颠倒于常州庄氏之门,谓可遥承贾、董,作师儒表,引冠绝学。鄙陶子珍之流为经生孱守,欲以微言大义相讽谕。此学问径途之大异者一也。谭既宗仰今文,而又信'六经皆史'之说,自有牴牾。拳拳奉《文史通义》以为能洞究六艺之原;李则以章氏乡后生,而好言证史之学,鄙夷实斋,谓同宋明腐儒,师心自用。此学问径途之大异者二也。李书矜心好诋,妄人俗学,横被先贤;谭书多褒少贬,微词申旨,未尝逸口。虽或见理有殊,而此亦德宇广狭之大异者焉。至于文字虽同归雅令,而李则祈向齐梁,虑周藻密;谭则志尚魏晋,辞隐情繁;亦貌同心异之一端也。"[1]十几岁的钱锺书已为父辈学者作序,而且文章写得汪洋恣肆,旁征博引,新意迭出。二十出头清华就读时即与当时的文坛名宿陈衍酬唱应和,纵论天下文人文章之得失,成为学术上的忘年之交。陈衍赞其"世兄记性好""世兄记得多""世兄诗才清妙,又佐以博闻强志""默存精外国语言文字,强记深思,博览载籍,文章渊雅,不屑屑枒然张架子"[2]。其父钱基博后来也不无得意地写道:"儿子锺书能承余学,尤喜搜罗明清两朝人集,以章(学诚)氏文史之义,抉前

---

[1] 钱锺书:《〈复堂日记续录〉序》,《钱锺书集》,生活·读书·新知三联书店,2011年版,第149—150页。
[2] 钱锺书:《石语》,《钱锺书集》,生活·读书·新知三联书店,2011年版,第5—12页。

贤著述之隐。发凡起例，得未曾有。每叹世有知言，异日得余父子日记，取其中之有系集部者，董理为篇，乃知余父子集部之学，当继嘉定钱（大昕）氏之史学以后先照映，非夸语也。"[1] 可见钱锺书国学的成熟、精深与完备。

第三节　钱锺书所受的正规的新式学校教育

值得注意的是，与其父钱基博相比，钱锺书因为接受了严格的新式学校教育和域外文化的影响以及自身俏皮幽默的开放的性格和心态，使其能青出于蓝而胜于蓝，无论在学术视野还是在理论、方法与创作上都已经超越了父亲钱基博。

我们知道，钱基博的学问靠的是家学和刻苦的自学。他没有进过新式的正规学校。而钱锺书除家学外，6岁曾进秦氏小学，10岁考入东林小学。东林小学前身即历史上著名的"东林书院"，在当时声望极佳，潘梓年、张振镛等名师在此执教。有"足迹得入依庸堂，人生一大幸"之说。依庸堂即校内原东林党人讲会之所。东林小学毕业后钱锺书考入苏州桃坞中学。桃坞中学是一所由美国教会所办的学校。校长由外国传教士担当。主要课程都用英语授课。据陈次园回忆，"这里，不会讲英语的最好免开尊口。听吧，连早操、军训、游戏、吵架……都用英语；中国地理教科书却用美国人诺顿著的原版西书；二十六个字母的发音，美国校长梅乃魁要亲执教鞭正它几个星期；初一年级第一次小考后，凡英语不

---

[1] 钱基博：《读清人集别录》，《光华大学半月刊》第4卷第6期，1936年3月。

及格的，一律退到补习班去"①。正是这种严格的西式教育，不仅培养了他的语言能力，而且也为他接受西方的治学方法和思想观念奠定了基础。1927年桃坞中学一度停办，钱锺书转入无锡辅仁中学。这所学校也是一所中西并重的学校。钱锺书曾在全校的国文、英文竞赛中得了两个第一名。1929年钱锺书考入清华大学外文系。正式开始了对西方语言文学的系统的学习与研究。清华是人才精英荟萃之地。当时的校长是五四时期就以办《新潮》杂志而声名显赫的罗家伦。一大批文史哲的顶尖人才如杨振声、朱自清、陈寅恪、杨树达、刘文典、俞平伯、闻一多、刘盼遂、王力、浦江青、朱光潜、罗根泽、赵万里、金岳霖、冯友兰、贺麟、蒋廷黻、钱穆、陶希圣等均在此任教。外国文学系更是以其雄厚的师资和优越的学习环境令学子们趋之若鹜。"谁不羡慕清华的西洋文学系呢？有那样多的西文书报，那样多的'大腹便便''蹄声得得'的洋鬼子，就是听他们的地道英文，也比其它大学'英华合璧'的土货，在教室中宣讲圣谕十三章强过百倍。"②当时的外系主任王文显，外籍教授有温德（R.Winter）、翟孟生（Jameson）、瑞恰慈（I.A.Richards）、毕莲（A.M.Bille）、吴可读（A.L.Pollard——Urguhart）等，华籍教授有吴宓、陈福田、叶公超、钱稻孙等。钱锺书在此可以说是如鱼得水，除了完成规定的学业课程之外，他"横扫清华图书馆"，与清华诸位博雅的师友就中西学问频繁地交流切磋。开始发表一系列融汇中西文化思想和理论方法、洋溢着不羁才华和独特个性的书评及理论研究文章。其学贯中西并

---

① 陈次园：《一些回忆与思索》，《昆山文史》第9辑，1990年12月印行。
② 猛攻：《转西洋文学系一点小经验》，《清华周刊》第35卷第11—12期。

能融会贯通的创作才华和学术路向已经初露锋芒。清华毕业后在光华大学任教不到两年即考取英庚款留学牛津专攻英国文学。完成规定的学分并以《十七、十八世纪英国文学中的中国》这篇十几万字的英文论文获得牛津大学的 B.Litt 学位。1937 年秋又就读于法国巴黎大学至 1938 年夏。至此钱锺书的西学也已可谓成熟完备。这种正规的新式学校教育及欧风美雨的留学经历是钱锺书之所以成为钱锺书的必不可少的外部条件。而这种经历和条件是包括其父钱基博在内的大多数前辈学者所缺少的，这也是时代使然。

第四节　钱锺书青少年时期接受的西方文学影响

此外，钱锺书的青少年时期正处于中国接纳外来文化的第二个高峰期，即戊戌变法之后到五四新文化运动直至 20 世纪 30 年代。在这样的时代环境中，他自小就受到西方文化特别是文学的影响与熏陶。在东林小学时，他就曾如醉如痴地沉浸在"林译小说"的西方世界中：

> 我自己就是读了林译而增加学习外国语文的兴趣的。商务印书馆发行的那两小箱《林译小说丛书》是我十一二岁时的大发现，带领我进了一个新天地，一个在《水浒》《西游记》《聊斋志异》以外另辟的世界。我事先也看过梁启超译的《十五小豪杰》、周桂笙译的侦探小说等，都觉得沉闷乏味。接触了林译，我才知道西洋小说会那么迷人。我把林译哈葛德、迭更司、欧文、司各德、斯威佛特的作品反复不厌地阅

览。假如我当时学习英语有什么自己意识到的动机，其中之一就是有一天能够痛痛快快地读遍哈葛德以及旁人的探险小说。①

此后在清华大学更是使其得以系统地学习、接受、研究和掌握了西方文化、文学和学术思想。清华的华籍教师如王文显、吴宓、陈福田、叶公超等均是学贯中西的大家，而外籍教授温德、瑞恰慈等也均是西方声名显赫、能成一家之言的学术大师。他们的言传身教，使钱锺书获益匪浅。如瑞恰慈就对钱锺书的学术思想和方法产生了颇大的影响。瑞恰慈是把西方近代新批评理论带到中国来的第一人。在来清华任教之前，他已经是享誉欧美的文学理论批评家。其《文学批评原理》《科学与诗》《意义之意义》《美学基础》等已在西方文学理论批评界产生了很大的影响。钱锺书在清华就读期间，瑞恰慈讲授"第一年英文""西洋小说""文学批评""现代西洋文学（一）诗；（二）戏剧；（三）小说"等课程。其中"文学批评"课程"讲授文学批评之原理及其发达之历史。自上古希腊亚里斯多德以至现今，凡文学批评上重要之典籍，均使学生诵读，而于教室讨论之。"②这些课程，尤其是"文学批评"课中的新批评理论给予了钱锺书直接而深远的影响。他在清华就读时，对西惠尔著的《美的生理学》写了一篇书评，其中就高度评价了瑞恰慈的文学批评理论。他说："老式的批评家只注

---

① 钱锺书：《林纾的翻译》，《钱锺书散文》，浙江文艺出版社，1997年版，第274—275页。
② 齐家莹编：《清华人文科学年谱》，清华大学出版社，1999年版，第89页。

重形式的或演绎的科学，而忽视实验的或归纳的科学；他们只注意科学的训练而并不能利用科学的发现。他们对于实验科学的发达，多少终有点'歧视'（不要说是'仇视'），还没有摆脱安诺德《文学与科学》演讲中的态度。这样看来，瑞恰慈先生的《文学批评原理》确是在英美批评界中一本破天荒的书。它至少叫我们知道，假设文学批评要有准确性的话，那么，决不是吟啸于书斋之中，一味'泛览乎诗书之典籍'可以了事的。我们在钻研故纸之余，对于日新又新的科学——尤其是心理学和生物学，应当有所借重。换句话讲，文学批评家以后宜少在图书馆里埋头，而多在实验室中动手。麦克斯·伊斯脱曼先生（Max Eastman）称瑞恰慈为'旷古一遇的人——教文学的心理学家'（Literary Mind 第五十七页），诚非过当。"①在《论俗气》一文中，钱锺书也征引瑞恰慈的观点来解释"俗气"的本质。他说："批评家对于他们认为'伤感主义'的作品，同声说'俗'，因为'伤感主义是对于一桩事物的过量的反应'（A response is sentimental if it is too great for the occasion）——这是瑞恰慈（I.A.Richards）先生的话，跟我们的理论不是一拍就合么？"②钱锺书在瑞恰慈那里不仅接受了理论和观点，更为重要的是接受了新批评的学术研究方法。有学者指出："在《谈艺录》、《宋诗选注》等著作中曾自觉不自觉地从事过新批评的实践。""在对李贺、李商隐、陶渊明、辛弃疾等人的诗歌分析中，他对其中一些字句的推敲、玩味和旁征博引，对于比喻中的两柄多边的含义的阐释，都可以看到新批评的'细

---

① 中书君：《美的生理学》，《新月》月刊第4卷第5期，1932年12月1日。
② 中书君：《论俗气》，《大公报·文艺副刊》，1933年11月4日。

读法'的痕迹。"①

第五节　钱锺书文艺及学术思想的形成

地域文化环境、家学渊源、严格的新式学校教育和域外文化的影响以及自身俏皮幽默的开放的性格和心态，使钱锺书能接纳中西文化并加以选择融汇，拥有更宽阔的学术视野和更丰富的学术理论和研究方法的资源，这是他能够青出于蓝而胜于蓝，在学术上超越父辈学者的重要原因。他的文艺及学术思想就是在中外文化和文学思想的碰撞中产生的思想火花。虽然他经历了中国接纳外来文化的第二和第三个高峰期。但他的主要文艺思想在第二个高峰期已经基本形成，也就是说，他对文艺的基本的认识、见解和观点是他青少年时期在中外文化和文学思想的碰撞中接受、比较、选择与融合的思想成果。

钱锺书最有代表性的学术著作《谈艺录》和《管锥编》，前者为随心所欲的传统诗话式的"赏析之作"，后者则是涉及传统的经、史、子、集及外国的文、史、哲的类于《容斋随笔》《日知录》式的文化随笔。两书中虽不时有令人会心而笑、拍案叫绝的赏析及文艺美学思想的闪光，但却没有系统的理论体系。加之作者在《读〈拉奥孔〉》中说："许多严密周全的思想和哲学系统经不起时间的推排销蚀，在整体上都垮塌了，但是它们的一些个别见解还为后世所采取而未失去时效。好比庞大的建筑物已遭破

---

① 王先霈主编：《文学批评原理》，华中师范大学出版社，1996年版，第154页。

坏，住不得人，也唬不得人了，而构成它的一些木石砖瓦仍然不失为可资利用的好材料。往往整个理论系统剩下来的东西只是一些片段思想。脱离了系统而遗留的片段思想和萌发而未构成系统的片段思想，两者同样是零碎的。眼里只有长篇大论，瞧不起片言只语，甚至陶醉于数量，重视废话一吨，轻视微言一克，那是浅薄庸俗的看法——假使不是懒惰粗浮的借口。"[1] 基于此，有些人就认为钱锺书是根本反对或不屑于建立理论体系。其实，这种看法是与实际不符的。建立自己的理论体系、写一部《中国文学史》，这一直是钱锺书青年，甚至中年时期的夙愿。钱锺书的同学邹文海回忆40年代与钱锺书谈论《围城》和杨绛的剧本时，曾正色告诉钱锺书，希望他的令名"不在他写的小说。以锺书之才，应该写一部中国文学史"。"锺书君深受西洋治学方法的熏陶，又不以词章家名，甚少旧有的门户家派之见，更兼猎涉广博，实在是写文学史最适当的人。他听了我的话也颇为动容，说要勉励以成朋友的愿望。"[2] 其实，邹文海不知道，早在1933年，钱锺书还在清华读书时，已经预备写"中国文学史"并梦想写"哲学家文学史"了。在那年10月他发表的《作者五人》的结尾，他写道："我有时梦想着写一本讲哲学家的文学史。……一切把糊涂当神秘、呐喊当辩证、自登广告当著作的人，恐怕在这本梦想的书里是没有地位的——不管他们的东西在世界上，不，在书架上占据着多大地位。所以，你看，这本文学史是当不得人名字典或点鬼簿用

---

[1] 钱锺书：《钱锺书论学文选》第6卷，花城出版社，1990年版，第62页。
[2] 邹文海：《忆钱锺书》，《传记文学》（台北）创刊号，1962年6月。

的。"① 当然，这本"讲哲学家的文学史"没有出版或许根本就没有动笔，但是，从这里我们可以看出钱锺书对那些"人名字典或点鬼簿用"的文学史的批评和不满以及他对作家作品的审美态度和取舍标准。并据此推测他已经预备写的《中国文学史》的神采风貌了。遗憾的是，他的《中国文学史》一直未能面世，按照钱锺书的说法："我们对采摘不到的葡萄，不但想象它酸，也很可能想象它分外的甜；"② "作者最好的诗是作者还没写出来的诗。"③所以我一直在想，钱锺书最好的小说应该是《百合心》，而最好的学术著作应该是《中国文学史》。令人欣慰的是，我们虽然没有看到他的《中国文学史》，但我们还是读到了他为他的文学史写的一篇长达一万余言的序论，比较系统地表达了他的文学观和批评观。这篇序论，连同他那时发表的一系列述评和理论文章，表现了他早期的美学思想和他建立理论体系的愿望。我们也可以从这些狂放不羁的文章中看到青年钱锺书"方且负才使气，""以为兴酣可摇五岳，笔落足扫千军"④ 的气概。而钱锺书之所以终于没有在他最重要的学术著作中建立系统的理论体系，或许是由于时代的变化，阅历的增加，"尽退虚锋"，于是以"一种业余消遣者的随便和从容"，不愿"负有指导读者、教训作者的重大使命"⑤，因而认定"诗、词、随笔里，小说、戏曲里，乃至谣谚和训诂里，

---

① 钱锺书：《作者五人》，《大公报》，1933 年 10 月 5 日。
② 钱锺书：《围城·重印前记》，人民文学出版社，1980 年版。
③ 中书君：《落日颂》，《新月》月刊第 4 卷第 6 期。
④ 钱锺书：《管锥编》第三册，中华书局，1986 年版，第 1206 页。
⑤ 钱锺书：《写在人生边上·序》，开明书店，1949 年 9 月版。

往往无意中三言两语，说出了精辟的见解，益人神智；把它们演绎出来，对文艺理论很有贡献；"[1] 或是由于特殊的时代气候不适于它的带有独特个性的理论体系萌芽和生长，而气候好转时作者却已感到"学焉未能，老之已至"[2]！以与时间赛跑的心态来尽快地把自己的学识积累公之于世，裨益后人，而没有时间和精力来构筑系统的理论体系了，这无论是对钱锺书本人还是对研究者和读者，都是一桩很大的遗憾。虽然我们现在发掘探讨和研究钱锺书的文艺思想对弥补这种遗憾是一项无可奈何的举措，但是对于我们认识钱锺书这样一个大家的思想发展轨迹，了解和掌握钱学的风格特点来说，却不能不说是一项切实而有用的工作。

钱锺书的文艺思想早在上世纪 30 年代前期他在清华上学前后即已初步形成，其标志就是他那时期发表的一批理论文章及书评中表现出来的自出胸臆与众不同的观点和见解。正像他的老同学郑朝宗先生说的，"从没听他说过一句人云亦云的'老生常谈'，他的话跟他的诗一样富有独创性。你不一定肯相信他的话句句都是至理名言，但你却不得不承认这些话都是经过千思百虑然后发出来的。一切浮光掠影式的皮相之谈，他决不肯随便出口"[3]。考察钱锺书一生的著述，可以说《围城》和《谈艺录》、《管锥编》给他带来了创作和学术上的巨大声誉，而他的文艺思想却比较集中地表现在《中国文学小史序论》、《论不隔》、《落日颂》、《新文

---

[1] 钱锺书：《读〈拉奥孔〉》，《钱锺书论学文选》第 6 卷，花城出版社，1990 年版，第 61 页。
[2] 钱锺书：《管锥编·序》，中华书局，1986 年版。
[3] 郑朝宗：《忆钱锺书》，罗思编《写在钱锺书边上》，文汇出版社，1996 年版。

学的源流》、《中国固有的文学批评的一个特点》、《谈中国诗》、《中国古代戏曲中的悲剧》、《与张君晓峰书》及《七缀集》所收的文艺理论及批评文章中。这里我们就以这些文章为主要研究对象,把他最重要的文艺思想标举出来并分析其独具的特点和价值。

第 二 章

以文学本体论为特征的文学批评观

第一节　强调以审美特性为标志的文学本体论思想

强调以审美特性为标志的文学本体论思想是钱锺书文艺思想的最根本的特点，是统领其各种文艺观点的纲。这种以审美特性为标志的文学本体论思想反对传统的"文以载道"思想，不看重文学与历史和现实的紧密联系及文学的认知和教育作用，而是认为文学就是文学，强调文学作品自身的文学性，即那个使某一作品成为文学作品的东西。认为这种文学性才是文学的本质。就文学性而言，学术界有许多不同的观点和看法。诸如认为文学是对文学本身的批评，是对它所继承的文学概念的批评，文学性是一种自反性；认为所谓文学性是指文学语言的参照物不是历史的真实，而是幻想中的人和事；文学性即文学作品表现出的叙述策略、修辞手段、语言风格及历史意识与现实思考等诸多方面统一生成的一种艺术品质等。而钱锺书所强调的文学性，更重视文学自身的形式，即重视文学文本的遣词造句和布局谋篇，带上了为文学而语言，为语言而语言的色彩。与20世纪初在苏联流行的"陌生化"的形式主义理论有相通之处。维克托·什克洛夫斯基等人把文学的形式强调到"本体论"的高度,即把形式看成是文学之所以为文学的"文学性"或"内部规律"。雅可布逊说:"文学科学的对象不是文学而是文学性,即那个使某一作品成为文学作品的东西。"① 艾亨巴乌姆主张文学研究的目的就是"研究那些使它(即文学)有别于其它任何一种材料的特点"②。什克洛夫斯基在《作为程序的艺术》一文中提出了文学创作的"陌生化"原则。他说:"……被人们称作艺术的东西之所以存在就是为了要重新去体验生活,感觉事物,为了使石头成为石头的。艺术的目的是提供作为一种幻象的事物的感觉,而不是作为一种认识;事物的'反常化'(有'陌生化''奇异化''特异化''反常化''间离化'等多种不同的译法,但用'陌生化'的较多)程序及增加了感觉的难度与范围的高难形式的程序,这就是艺术的程序,因为艺术中的接受过程是具有自我目的的,而且必须被强化;艺术是一种体验人造物的方式,而在艺术里所完成的东西是不重要的。"③ 在这里,什克洛夫斯基强调两点:一是艺术是对生活和事物的审美体验和感受,而不是认知。感觉之外无艺术;二是怎么来对生活和事物进行审美体验和感受,即用"陌生化"的方法来加深和延长这种审美体验和感受。前者讲的是文学的本质规律或原则即文学的"本体论"或形式主义者所谓的"文学性",后者是在前者指

---

① [英]安纳·杰弗森、戴维·罗比等著,包华富,陈昭全,樊锦鑫等译:《西方现代文学理论概述与比较》,湖南文艺出版社,1986年版,第8页。
② [英]安纳·杰弗森、戴维·罗比等著,包华富,陈昭全,樊锦鑫等译:《西方现代文学理论概述与比较》,湖南文艺出版社,1986年版,第6页。
③ [苏]维·什克洛夫斯基:《作为程序的艺术》,伍蠡甫,胡经之主编:《西方文艺理论名著选编》下卷,北京大学出版社,1987年版,第384页。

导下的具体的创作方法。按照这种观点,"艺术不是对现实的反映,而是对现实的一种幻想和假定,它诉诸于人的感知、情感、想象,拨动人的灵性、诗性和情趣。唯其如此,只有通过审美感觉亦或审美体验去体验生活。艺术的全部精义、灵魂、魅力在于感受"①。这完全打破了传统的分析文学作品时的"通过什么描写表现了什么思想"的思维方式,而是把重点放在了这种描写本身。什克洛夫斯基说:"我的文学理论是研究文学的内部规律。如果用工厂的情况作比喻,那么,我感兴趣的不是世界棉纱市场的行情,不是托拉斯的政策,而只是棉纱的支数及其纺织方法。"② 也就是说,形式主义把文学的重点放在"怎么写"上。认为既然文学的目的就是让人们对生活和事物进行审美体验和感受,那么写作就是怎么来加深和延长这种审美体验和感受的问题。具体来说,要加深这种审美体验和感受就要打破人们思维和感受的习以为常的"自动化"的惯性,而要延长这种审美体验和感受就要增加阅读和理解的难度,而这二者都需要用"陌生化"的方法和技巧来完成和实现。

钱锺书对这种形式主义理论可谓灵犀会通。他不仅在《谈艺录》中论到梅圣俞"以故为新,以俗为雅"的诗歌理论时引"陌生化"的理论以为佐证。"近世俄国形式主义文评家希克洛夫斯基（Victor Shklovsky）等以为文词最易袭故蹈常,落套呆板 habitualization, automatization）,故作者手眼须使熟者生（defamiliarization）,或

---

① 冯毓云:《艺术即陌生化——论俄国形式主义陌生化的审美价值》,《北方论丛》,2004年第1期。
② ［苏］维·什克洛夫斯基等著,《散文理论》,方珊等译:《俄国形式主义文论选》,生活·读书·新知三联书店,1989年版,第14页。

亦曰使文者野（rebarbarization）。……窃谓圣俞二语，夙悟先觉。夫以故为新，即使熟者生也；而使文者野，亦可谓之使野者文，驱使野言，俾入文语，纳俗于雅尔。……抑不独修辞为然，选材取境，亦复如是。歌德、诺瓦利斯、华兹华斯、柯尔律治、雪莱、狄更斯、福楼拜，尼采、巴斯可里等皆言观事体物，当以故为新，即熟见生。"① 而且早在上世纪30年代，在《中国文学小史序论》②一文中，钱锺书就强调文学作品自身的文学性，表现出文学本体论思想。主张文艺的真伪取决于自身艺术的美丑，而不是以其所言事实的真妄而判断艺术本身的美丑。钱锺书引王充《论衡·对作》篇的话："《论衡》之造也，起众书并失实，虚妄之言胜真美也。故虚妄之语不黜，则华文不见息，华文放流，则实事不见［用］，（注：原引文漏掉"用"字。以后凡是漏字或错字均用［ ］注出）故《论衡》者，所以铨轻重之言，立真伪之平，非苟调文饰词，为奇伟之观［也］。"大意是说：《论衡》的写作，起源于许多书的记载已经失实，虚妄的言辞超过了真美的言辞。所以虚妄的言语不废除，华而不实的文章就不会被制止；华而不实的文章泛滥，实事求是的文章就不会被采纳。所以《论衡》这部书，是用来权衡是非之言，确立判断真伪标准的，并不是随意玩弄笔墨修饰文辞，故作奇伟的样子。王充的观点被许多谈艺者啧啧称道。而钱锺书则认为，如果王充所说的指文艺而言，"则断然无当也"。并批驳王充说："所谓'虚实'，果何所指？'虚实'之与'真伪'，是一是二？文艺取材有虚实之分，而无真妄之别，

---

① 钱锺书：《谈艺录》（补订本），中华书局1984年版，第320—321页。
② 钱锺书：《中国文学小史序论》，《国风》半月刊第3卷第8期，1933年10月16日。

此一事也。所谓'真妄',果取决于世眼乎?抑取决于文艺之自身乎?使取决于世眼,则文艺所言,十九皆世眼所谓虚妄,无文艺可也;使取决于文艺之自身,则所言之真妄,须视言之美恶为断,不得复如充所云,以言之美恶取决于所言之真妄,蹈循环论证之讥,此二事也。即使文之美恶与材之真妄为一事,而充云:'非苟调文饰词为奇伟之观',则似乎奇伟之美观,固可以虚饰为之者,美之与真,又判为二事矣。数语之内,自相矛盾,此三事也。"这里钱锺书从文学自身特性,即取材有虚实,文学能虚构的角度立论,批评王充把文艺简单为"考镜思想"。为了充分表述自己的文艺观,钱锺书又引述了王充一段话进行评析。《论衡·自纪》又云:"养实在[者]不育华,调行者不饰词。实诚在胸臆,文墨著竹帛,外内表里,白[自]相副称。"(按:此节引文有误:前两句出自《论衡·自纪》篇,而后四句是出自《论衡·超奇》篇。)王充大意是说:养植果实就不注重养育花,修养品行就不在言辞上下功夫。真实的情意在胸中,文章写在竹简白绢上,内外表里,相互一致。钱锺书认为,"近人所谓'不为无病呻吟'、'言之有物',胥本于此;然此仅可以语于作者之修养,而非语于读者之评赏,二事未可混为一谈"。这里,钱锺书区分了作者的"文德"与读者的评赏。作者应该有感而发,评赏者则不应该总着眼于作品所写是不是实有其事,而是看它是否合乎情理,给人启发和美感,即作品是否有"文学性"。因为文学作品允许虚构。钱锺书认为:"所谓'不为无病呻吟'者即'修辞立其诚'之说也,窃以为惟其能无病呻吟,呻吟而能使读者信以为有病,方为文艺之佳作耳。"这里,钱锺书把"能使人信",即作品的可接受性或文学性看得至关重要,认为可接受就是作品的"真"。在这一点上,钱锺书和英国文艺理论家艾·阿·瑞恰慈观点相近。瑞恰慈说："'真'另外一个最通常的意义是可接受性。《鲁滨孙漂流记》之所以被我们接受是为了叙述效果的缘故，而不是因为故事符合一个名叫亚历山大·塞尔科克或另一个人所经历的事实。同样，如果《李尔王》或《堂吉诃德》来一个欢乐的结局，这结局就'假'了，因为读者对作品其他部分已做出充分的反应，这样的结局是他所不能接受的。正是在这一意义上，'真'才等于'内在必然性'或正确性。"[①]钱锺书认为："文艺上之所谓'病'，非可以诊断得；作者之真有病与否，读者无从知也，亦取决于呻吟之似有病是否而已。故文艺之不足以取信于人者，非必作者之无病也，实由其不善于呻吟；非必'诚'而后能使人信也，能使人信，则为'诚'矣。"可以看出，钱锺书认为能使人信，即使人接受的文学性，即"诚"，即"真"，并且这里的"真"不是真人真事的"真"，而是含有普遍真理的"真"了。那么，作品应该怎样才能使人信，使人感到"诚"和"真"呢？要靠纯熟的艺术技巧，即文中所说的"修辞"。这里的修辞不是狭义上的指语言文字的修辞，而是广义上包括文章的谋篇布局，遣词造句的全过程。钱锺书说："盖必精于修辞，方足'立诚'，非谓诚立之后，修辞遂精，舍修辞而外，何由窥作者之诚伪乎？且自文艺鉴赏之观点论之，言之与物，融合不分；言即是物，表即是里；舍言求物，物非故物。……故就鉴赏而论，一切文艺，莫不有物，以其莫不有言；'有物'之说，以之评论思想则可，以之兴赏文艺，则不相干，如删

[①] 伍蠡甫、胡经之主编：《西方文艺理论名著选编》下卷，北京大学出版社，1987年版，第69—70页。

除其世眼之所谓言者，而简［拣］择世眼之所谓物，物固可得，而文人所以为文，亦随言而共去亦。"我们看，王充的重真实真情和近人的"言之有物""不无病呻吟"均强调文学的依据事实，反映生活，抒发真情，而忽视了文学可以虚构，可以在生活经验的基础上充分发挥想象这一文学性的本质特点。"经验好比点上个火；想象就是这个火所发的光。没有火就没有光，但光照所及，远远超过火点儿的大小。"通过想象，"作者头脑里的经验，有如万花筒里的几片玻璃屑，能幻出无限图案"[①]。所以文学作品不能用作考究事实的根据。钱锺书为了纠正这种偏颇，站在文学可以虚构，以能使读者接受的文学性立场，认定"一件虚构的事能表达普遍的真理"，"最真的诗是最假的话"。提出"惟其能无病呻吟，呻吟而能使读者信以为有病，方为文艺之佳作"的观点，显然是强调文学作品自身的文学性的文学本体论思想。如果用"美学观点和历史观点"来衡量，这种带有唯美主义色彩的文学本体论思想不免有忽略艺术之来源，生活之基础的缺陷。可谓是钱锺书青年时期负才使气的一偏之见。但这种偏见却也好比打靶瞄准的"偏中正"。是为了强调文学自身的特质而批评那种忽略文学性而只把文学看成记录事实、考镜思想或抒发情感的载道工具的文学实用论思想。这里钱锺书所谓的"不病而呻"是强调作品自身的文学性，而不是刘勰所谓"诸子之徒，心非郁陶，苟驰夸饰，鬻声钓世，此为文而造情也"[②]。或范成大所谓"诗人多事惹闲情，闭

[①] 杨绛：《关于小说》，生活·读书·新知三联书店，1986年版，第9页。

[②] 刘勰：《文心雕龙·情采》。

门自造愁如许"①。在《诗可以怨》中，钱锺书就明确肯定"痛苦比快乐更能产生诗歌，好诗主要是不愉快、烦恼或'穷愁'的表现和发泄，""诗必穷而后工"。可见，他也主张好诗须有真情实感，而不是只强调可接受性。同时钱锺书提醒读者，"无病而呻"的现象是存在的，因为按"诗穷而后工"的规律，"作出好诗，得经历卑屈、乱离等愁事恨事"，而"诗人企图不出代价或希望减价而能写出好诗。小伙子作诗'叹老'，大阔佬作诗'嗟穷'，好端端过着闲适日子的人作诗'伤春'、'悲秋'"。像辛弃疾承认："少年不知愁滋味，爱上层楼，爱上层楼，为赋新词强说愁。"陆游也自招："醉狂戏作《春愁曲》，素屏纨扇传千家。当时说愁如梦寐，眼底何曾有愁事！"李廷彦，居然"只求诗对好，不怕两重丧"。凭空写出"舍弟江南没，家兄塞北亡！"钱锺书说："不仅是许多抒情诗文，譬如有些忏悔录、回忆录、游记甚至于国史"也都属于这种"脱空经"。所以读者"不必碰上'脱空经'，也死心眼地看作记实录"。在《管锥编》中钱锺书也多处说到这种情况，告诫读者，诗文中景物不可尽信而可征。例如《诗•淇奥》中"瞻彼淇奥，绿竹猗猗"。郦道元、宋荦等人都考证淇奥无竹。②而清代经学家恐怕人们怀疑《诗经》的真实性，于是博征《尔雅》《说文》《本草图经》等，把"猗猗"之"绿竹"分为"绿"与"竹"，认为"绿竹"不是指竹子而是两种草或两种菜，真是用心良苦而于事无补。而唐人高适则有"南登滑台上，却望河淇间，竹树夹流水，孤村对远山"③的诗句。钱锺书认为高适及《诗经》的作者都是一

---

① 范成大：《石湖诗集》卷十七《陆务观作〈春愁曲〉，悲甚，作此反之》。
② 郦道元：《水经注》卷九《淇水》，宋荦《筠廊偶笔》。
③ 高适：《自淇涉黄河途中作》之四。

时兴到,想当然耳。林希逸论李白诗"三山半落青天外,二水中分白鹭洲"时说,问当地老人白鹭洲在哪里,都指点不定,而站在凤凰台上根本看不见"三山"。①郎瑛《七修类稿》卷三说:"孟子曰:'牛山之木尝美矣',欧阳子曰:'环滁皆山也',余亲至二地,牛山乃一岗石小山,全无土木,恐当时亦难以养木;滁州四望无际,止西有琅琊。不知孟子、欧阳何以云然?"对此,钱锺书说:"窃谓诗文风景物色,有得之当时目验者,有出于一时兴到者。出于兴到,固属凭空向壁,未宜缘木求鱼;得之目验,或因世变事迁,亦不可守株待兔。"②袁中道论苏东坡《赤壁赋》也说:"读子瞻赋,觉此地深林邃石,幽茜不可测度。韩子苍、陆放翁去公未远,至此已云是一茅阜,了无可观,'危巢栖鹘',皆为梦语。故知一经文人舌笔,嫫母化为夷施,老秃鸧皆作绣鸳鸯矣!"③钱锺书指出:"诗文描绘物色人事,历历如睹者,未必凿凿有据……逼真而亦失真。"④在《诗可以怨》中钱锺书说:"诗人'不病而呻',和孩子生'逃学病',要人生'政治病',同样是装病、假病。不病而呻包含一个希望:有那么便宜或侥幸的事,假病会产生珍珠。假病能不能装来像真,假珠子能不能造得乱真,这也许要看个人的本领或艺术。"可见,钱锺书在强调"诗穷而后工",创作要有真情实感的同时,还是强调文学可以虚构,强调文学创作的艺术技巧。其实作者出于一时兴到的名言佳句正显示了文学的虚构和想象的文学性特点,未宜缘木求鱼或守株待兔。

---

① 林希逸:《竹溪鬳斋十一稿》续集卷七《秋日凤凰台即事》序。
② 钱锺书:《管锥编》第一册,中华书局,1986年版,第90页。
③ 袁中道:《珂雪斋近集》卷一,《东游日记》。
④ 钱锺书:《管锥编》第五册,中华书局,1986年版,第11—12页。

总之，以审美特性为标志、强调文学作品自身的文学性的文学本体论思想是钱锺书文艺思想的基点，其他诸如文学史与文学批评、文学的源流、文体与"品类"的关系、中西文学概念的辨析等诸多问题都是在这一基本的文艺思想统领之下的理论、观点和见解。下面先从"不隔"的美学境界说、"耐读"的接受理论、"唤应起讫，自为一周"的篇章布局说等几个方面来看他的文学批评观。

第二节 "不隔"的美学境界说

在《论不隔》[①]一文中，钱锺书从艺术欣赏的角度提出了一个美学概念，即"不隔"的境界说。这个观点是由英国评论家马太·安诺德（M. Arnold）在讨论翻译时引发的。安诺德在《迻译荷马论》中认为一篇好的翻译，"在原作和译文之间，不得障隔着烟雾"。由此引发了钱锺书把"不隔"扩大到作为一切好文学的境界的想法。并且联想到王国维在《人间词话》里评论诗文时也有"犹有隔雾看花之恨"，"如雾里看花，终隔一层"的类似说法。钱锺书比较了这中西两位批评家的异同。安诺德的"不隔"讲的是"艺术化的翻译"，而王国维心中的艺术是"翻译化的艺术"。那么什么叫"不隔"呢？不隔离着什么东西呢？钱锺书认为，在艺术化的翻译里，所谓"不隔"指译文跟原文的风度不隔。那么，"在翻译化的艺术里，'不隔'也得假设一个类似于翻译的原文的东西。这个东西便是作者所想传达给读者的情感、境界或

---

① 中书君：《论不隔》，《学文月刊》第 1 卷第 3 期，1934 年 7 月。

事物，……假设作者的艺术能使读者对于这许多情感、境界或事物得到一个清晰的、正确的、不含糊的印象，像水中印月，不同雾里看花，那么，这个作者的艺术已经满足'不隔'的条件：王氏所谓'语语都在目前，便是'不隔'"。在翻译里，"隔"与"不隔"有原作供我们参考，而在文艺欣赏中我们向何处去找标准来跟作者的描写核对呢？钱锺书认为，"这标准其实是从读者们自身产生出的"。一切"实获我心"，"历历如睹"，"如吾心之所欲言"的作品，都算得"不隔"。"只要作者的描写能跟我们的亲身的观察、经验、想象相吻合，相调和，有同样的清楚或生动，像我们自己亲身经历过一般，这便是不隔。"这里钱锺书所说的"不隔"的效果接近于人们常说的读者"如身临其境"，作品的人物"栩栩如生"。但是，钱锺书的"不隔"说又绝不等同于一般说的"身临其境"和"栩栩如生"，而是有了新的创意。至少，他的"不隔"说有两点贡献：第一，他的"不隔"说，把人们常说的"身临其境"和"栩栩如生"的感性经验，与美学上的"传达"理论相联系，从而把这种感性经验提升到理性高度，变为一种美学理论，扩大了它的应用范围。钱锺书说："在翻译学里，'不隔'的正面就是'达'，……翻译学里'达'的标准推广到一切艺术便变成了美学上所谓'传达'说（Theory of communication）——作者把所感受的经验，所认识的价值，用语言文字，或其它的媒介物来传达给读者。因此，假设我们只把'不隔'说作为根据，我们可以说：王氏的艺术观是接近瑞恰慈（Richards）派而跟柯罗采（Croce）（现译'克罗齐'）派绝然相反的。这样'不隔'说不是一个零碎、孤独的理论了，我们把它和伟大的美学绪论组织在一起，为它衬上了背景，把它放进了系统，使它发生了新关系，增添了新意义。"

就感性经验的"身临其境""栩栩如生"来说，只适用于衡量显性的，特别是有情景、有人物、有故事的小说戏剧之类，而对于隐性的，抒发内心情感的作品却不适用。钱锺书把它提升为一般理论，可以使用于所有的艺术作品，而不仅仅局限于显性的。第二，钱锺书指出了"隔而'不隔'"的情况。什么叫"不隔"呢？是不是明白浅显就是"不隔"而钩深致远就是"隔"？对此，钱锺书认为："'不隔'不是一桩事物，不是一个境界，是一种状态，一种透明洞澈的状态——'纯洁的空明'，譬之于光天化日；在这种状态之中，作者所写的事物和境界得以无遮隐地暴露在读者眼前。作者的艺术的高下，全看他有无本领来拨云雾见青天，造就这个状态。所以，'不隔'并不是把深沉的事物写到浅显易解；原来浅显的写来依然浅显，原来深沉的写到让读者看出它的深沉，甚至于原来糊涂的也能写得让读者看清楚它的糊涂。"可以看出，钱锺书说的"不隔"就是作者把自己的情感、思想或描摹的事物和境界完美地表达出来，至于在表达中运用艺术手腕，造成作品的含蓄隽永，这并不能算"隔"，而是隔而"不隔"。他说："雾里看花当然是隔；但是，如不想看花，只想看雾，便算得'不隔'了。"隐的，钩深致远的文艺不是隔，而是作者有意追求的一种艺术效果。所以"'犹抱琵琶半遮面'，似乎半个脸被隔了，但是假使我们看清半个脸是遮着，没有糊涂地认为整个脸是露着，这便是隔而'不隔'"。钱锺书对"不隔"的分析，使我们对文学欣赏和批评中常说的"雾里看花，终隔一层"，"身临其境"，"栩栩如生"等说法由感性经验上升到理性认识，分辨清了"隔"、"不隔"和隔而"不隔"的情况，从而能够理智地把"不隔"的理论应用于艺术品的欣赏和批评中去。所以钱锺书提出"不隔"的境界说并把它纳入美学体系，这是他早年对文艺美学的一大贡献，并且，钱锺书自己的创作可以说是对他的"不隔"理论的完美实践。像他的小说《猫》中李太太的沙龙，《纪念》中曼倩的土墙小院，《围城》中的白拉日隆子爵号邮船，苏小姐家的客厅花园，三闾大学以及主人公在上海和内地光顾过的饭店旅社等等，我们都能如身经目击一般，历历如睹。而书中的人物像爱默、建侯、颐谷、曼倩、天健、才叔、鸿渐、文纨、晓芙、辛楣、柔嘉甚至陈侠君、方遯翁、褚慎明、董斜川、高松年、韩学愈、汪处厚等，无不个性鲜明，写来栩栩如生，和我们亲身的观察、经验、想象相吻合，清楚生动，可以说是"不隔"境界的最好例证。而钱锺书的散文活泼风趣，有的直露主题，纯洁空明，把自己的思想情感传达给读者，做到了"不隔"，如《说笑》《释文盲》等；有的却钩深致远，引而不发，在旁征博引、娓娓而谈中蕴含深意。追求一种"犹抱琵琶半遮面"的隔而"不隔"的境界，耐人寻味。如《窗》《吃饭》等。

第三节 "耐读"的接受美学理论

西方的"接受美学"（Receptional Aesthetic）理论是上世纪60年代末由德国康斯坦茨大学文艺学教授汉斯·罗伯特·姚斯（Hans Robert Jauss，1921—1997）提出来的。其核心是从读者的接受来考虑问题。强调读者的参与性。提出文学文本和文学作品相区分的概念。认为文学文本只有通过读者的阅读，融汇了读者的经验、情感和艺术趣味时才成为作品。强调读者对作品的参与和再创造。上世纪30年代，钱锺书虽然还不可能了解这种美学理论，但他当时就从读者接受的角度出发，提出了作品要"余味曲包"，"言有尽而意无穷"，留给读者思考琢磨或再创造的余地的"耐读"说。在评曹葆华的《落日颂》[1]时，他认为："文学作品与非文学作品有一个分别；非文学作品只求Readable——能读，文学作品须求Re-readable。Re-readable，有两层意义。一种是耐读：'咿唔不厌巡檐读，屈曲还凭卧被思'，这是耐读的最好的定义。"钱锺书认为《落日颂》中的诗"禁不得这种水磨工夫来读的。为欣赏作者的诗，我们要学猪八戒吃人参果的方法——囫囵吞下去。用这种方法来吃人参果，不足得人参果的真味，用这种方法来读作者的诗，却足以领略它的真气魄。……行气行空的诗切忌句斟字酌的读，……在这里，Re-readable不作'耐读'解了，是'重新读'的意思"。这里钱锺书在提出"耐读"的衡文标准的同时，附带提出了一种欣赏方式，即要求对不同风格的作品要有不同的欣赏方式。对《落日颂》中这种气魄宏大而缺乏技巧的"行气行空的诗切忌句斟字酌的读"，而要"读书难字过"[2]，从总体上把握作者的感情，领略作品的气魄。钱锺书这种看法，与古人相近，也与西哲有些暗合。古人言："凡看书各有门径。《诗》、《易》、《春秋》不可逐句看，《尚书》、《论语》可以逐句看"[3]；培根也说："有些书可供一尝，有些书可以吞下，有不多的几部书则应当咀嚼消化。"[4]培根主张不同的书有不同的读法，有的可以不求甚解，有

---

[1] 《落日颂》，《新月》月刊第4卷第6期，1933年3月1日。
[2] 杜甫：《漫成》。
[3] 程颢，程颐：《二程遗书》卷六，《二先生语》。
[4] 培根：《论学问》，(英)弗兰西斯·培根著，水天同译：《培根论说文集》，商务印书馆，1983年版。第180页。

的需要仔细分析。虽然语较周密，但钱锺书认为培根只说对了一半。他认为："书之须细析者，亦有不必求甚解之时；以词章论，常只须带草看法，而为义理考据计，又必十目一行。一人之身，读书之阔略不拘与精细不苟，因时因事而异宜焉。"① 这是钱锺书的辩证思想在阅读欣赏上的应用。他早期这种"行气行空的诗切忌句斟字酌的读"的观点，考之现代文学的不同风格的作品，是很合于实际的。比如欣赏郭沫若的《凤凰涅槃》、《天狗》那样狂放不羁，如天马行空、火山喷发式的诗作，假如字斟句酌地读，则难以领略到诗人那种强烈地要求个性解放，要求烧毁旧世界，烧出一个新世界的热烈情感，难以感受它的磅礴的气势，甚至觉得有些地方语句重复或难以解释。反之，我们把这种水磨的功夫用到读闻一多、臧克家、卞之琳等人的诗上，就会在每一句，每一个字上咀嚼出诗味。尽管钱锺书肯定了这种"行气行空"的风格的诗的存在，并提出了"切忌句斟字酌"的欣赏方法，而且称赞了它的气魄。但是他又强调"在作者一方面断不可忽略字句推敲，修饰的技巧"。可见，钱锺书真正欣赏的还是"耐读"。即要求作品要"余味曲包"，情在词外，"言有尽而意无穷"，留给读者思考琢磨或再创造的余地。如何达到这种境界呢？钱锺书认为要从字句的推敲、修饰的技巧上下功夫。他说："诗中用字句妆点，比方衣襟上插鲜花。口颊上点下了媚斑（Beauty spot），要与周遭的诗景，相烘相托，圆融成活的一片，不使读者觉到丝毫突兀；反之，妆点不得法，便像——对不住，像门牙镶了金，有一种说不出的刺眼的俗。"他要求"把一切的字，不管村的俏的，都洗滤了，

---

① 钱锺书:《管锥编》第四册，中华书局，1986年版，第1229页。

配合了，调和了，让它们消化在一首诗里；村的字也变成了诗的血肉，俏的字也变成了诗的纤维；村的俏的都因为这首诗而得了新的面目；使我们读着只觉得是好诗，不知道有好字"。钱锺书的创作，可以说是对他这种"耐读"，"字句推敲，修饰技巧"的美学思想的完美实践。我们读他的作品，总觉得他随意挥洒，信手拈来，雅俗相间，不事雕饰。其实这是我们的一种错觉，钱锺书追求的是一种"太朴不雕"、以俗为雅的不落艺术的艺术。表面上的随意挥洒，实际上是精心安排、苦心经营的结果。他的随笔《写在人生边上》，"其中好些篇文章，据说每篇都层磨了他一星期的功夫"[1]。而他的《围城》则是"平均每天写五百字左右，"[2]可见其推敲琢磨的功夫了。他的小说和散文都是把渊博的知识和典故融于纯正的白话之中，读者既可以在他那种无拘无碍、随意而谈的笔调中得到轻松愉快的享受，又可不时从他的"韵外之旨"中领略到"曲径通幽"的佳趣。比如《说笑》的结尾："大凡假充一桩事物，总有两个动机。或出于尊敬，例如俗物尊敬艺术，就搜集骨董，附庸风雅。或出于利用，例如坏蛋有所企图，就利用宗教道德，假充正人君子。幽默被假借，想来不出这两个缘故。然而假货毕竟充不得真。西洋成语称笑声清扬者为'银笑'，假幽默像掺了铅的伪币，发出重浊呆木的声音，只能算铅笑，不过'银笑'也许是卖笑得利，笑中有银之意，好比说'书中有黄金屋'。"本文在阐述自己的幽默观时批评了20世纪30年代一哄而起的所谓幽默文学。在文中钱锺书把一般的笑和幽默作了区分，把滑稽和

---

[1] 郑朝宗：《忆钱锺书》，罗思编《写在钱锺书边上》，文汇出版社，1996年版。
[2] 杨绛：《杨绛作品集》第2卷，中国社会科学出版社，1993年版，第129页。

幽默区分开来，指出当时的所谓"幽默"够不上幽默，只不过是卖笑和滑稽。在上面引的这段幽默、含蓄而又犀利的结尾中，有逻辑推理，有形象比喻，有风趣的典故，而又抓住"银"字兼有"银铃"声音清脆和"金银"——钱的两重含义，造成一种活泼风趣的韵味。揭出那些假冒幽默者的动机和目的。他们或是附庸风雅，或是出于利用。附庸风雅者自己根本就不懂什么是幽默，所以他们的幽默"像掺了铅的伪币，……只能算铅笑"。利用者所关心的更不是幽默本身是否货真价实，而是想"卖笑得利，笑中有银之意"。结尾辉映了文章的开头："自从幽默文学提倡以来，卖笑变成了文人的职业。"又符合钱锺书主张的"唤应起讫，自为一周"的文章布局。读来真能叫人"屈曲还凭卧被思"了。可以看出，钱锺书的用典和雕琢，丝毫不露斧凿痕和针线迹，更没有"镶金牙"的味道，而是把典故词语，不管"村的""俏的"都与所写的语境相烘相托，造成一种圆融一体的气氛，读者不感到丝毫的突兀。展示出极高的驾驭语言的能力。可以说，他的创作，是对他早期提出的"耐读"，重"字句推敲，修饰技巧"的美学理论的完美实践。

第四节 "唤应起讫，自为一周"的篇章布局理论

在《中国文学小史序论》[①]中，钱锺书从作品激发读者情感和谋篇布局的角度提出了自己的衡文标准。他说："鄙见则以为佳作者，能呼起读者之嗜欲情感而复能满足之者，能摇荡读者之精

---

① 钱锺书：《中国文学小史序论》，《国风》半月刊第3卷第8期，1933年10月16日。

神魂魄，而复能抚之使静，安之使定者也。盖一书之中唤应起讫，自为一周，读者不必于书外别求宣泄嗜欲情感之具焉。"这里显然偏重陶冶情操，审美欣赏，追求思转自圆、珠圆玉润的艺术境界。以此标准衡文，钱锺书把那种"放而不能收，动而不能止，使读者心烦意乱，必于书外求安心定意之方，甚且见诸行事，以为陶写"的作品均视为劣作。无论是"诲淫诲盗之籍"，还是"教忠教孝之书"，虽然"宗尚不同"，但"胥归劣作"，因为"书中所引之欲愿，必求偿于书外也"。此外，他还批评了把"可歌可泣"视为好作品的标准的看法。因为"可歌可泣"只是"能摇荡读者之精神魂魄"而不"复能抚之使静，安之使定"。他说："仅以'可歌可泣'为标准，则神经病态之文学观而已。且如报章新闻之类，事不必奇，文不必丽，吾人一览标题，即复兴奋，而岁月逾迈，则断烂朝报，无足感人；盖时事切近则易于感激，初不系乎文章之美恶，代移世异，然后真相渐出，现代文学之以难于论定者此也；倘仅以'曾使人歌使人泣'者为文学，而不求真价所在，'则邻猫生子'之消息，皆可为'黄绢幼妇'之好词矣。"几十年后钱锺书对这一观点似乎仍然没多大改变，在《管锥编》中他说："或谓欲别诗之佳恶，只须读时体察己身，苟肌肤起栗、喉中哽咽、眼里出水、脊背冷浇，即是佳什。……西方畴昔评骘剧本作者，以能使观众下泪多寡为量才之尺，海涅嗤曰：'果尔，洋葱亦具此才能，可共享文名'。"钱锺书不无讽刺地说："征文考献，宛若一切造艺皆须如洋葱之刺激眼腺，而百凡审美又得如绛珠草之偿还泪债。"[①] 显然，钱锺书是站在文学本体论的角度追

---

① 钱锺书：《管锥编》第三册，中华书局，1986年版，第950页。

求真正的"文学性",即文学自身的特质或谓"纯文学"的完美境界。然而,阳春白雪则和之者必寡,所以钱锺书又批评以读者多少来定作品优劣的观点。他说:"惟其读者之多寡不足定作品之优劣,故声华煊赫之文,往往不如冷落无闻之作,……文学非政治选举,岂以感人之多寡为断,亦视能感之度,所感之人耳。"这种观点,与西方某些文艺理论家的"真正的艺术家只为自己写作"的美学观有某种程度上的类似。如美国小说家马克·哈里斯的格言是:"我写。让读者学着去读。"英国文学家弗吉尼亚·伍尔芙把迫使小说家"提供情节、提供戏剧、悲剧和爱情趣味"的普通读者看作是暴君,[①]而当时在国内,这种对"至精之艺,至高之美"的追求,显然与"京派"批评家朱光潜、李健吾等人所持的"纯正的文学趣味"观相近。这种偏重作品的审美作用,追求"阳春白雪"而不肯大众化的观点,当然不免是少年意气的一种"老老实实,痛痛快快的一偏之见"。但是偏见中往往蕴含着真理,"好比打靶的瞄准,用一只眼来看。但是,也有人以为这倒是瞄中事物红心的看法"[②]。是重文学的社会功用还是重它的审美功能?文学是多数人的事还是少数人的事?这些是新文学中的"老"问题。早在新文学发展的初期就发生了"为人生"还是"为艺术"的争论,到30年代"左联"与"新月派"、"自由人"、"第三种人"论争的焦点也在此。各种版本的《中国现代文学史》对这些问题都有涉及,本文不再多加评说。对钱锺书的批评观本文也不准备从社会学的角度做出是与非、好与坏的价值判断,因为不同时代、不

[①] [美]韦恩·布斯著,华明,胡晓苏,周宪译:《小说修辞学》,北京联合出版公司,2017年版,第85页。

[②] 钱锺书:《一个偏见》,《写在人生边上》,中国社会科学出版社,1990年版,第59页。

同阶层的人有不同的认识标准。值得注意的是钱锺书早年就表现出来的追求作品思转自圆、珠圆玉润的美学思想。这种追求是他始终如一坚持的。他早年提倡"唤应起讫，自为一周"的作品布局；晚年欣赏"普罗提诺言，心灵之运行，非直线而为圆形"；"蒂克（Tieck）短篇小说《贫贱夫妻》即谓真学问、大艺术皆可以圆形像之，无起无讫，如蛇自嘬其尾。""李浮侬《属词运字论》结构篇谓谋篇布局之佳者，其情事线索，皆作圆形。"①"浪漫主义时期作者谓诗歌结构必作圆势，其形如环，自身回转。近人论小说、散文之善于谋篇者，线索皆近圆形，结局与开场复合。或以端末钩接。类蛇之自衔其尾，名之曰'蟠蛇章法'。"②这里钱锺书所说的"唤应起讫，自为一周"，既指思想情感，即心灵之运行，又指作品的谋篇布局，词义周妥，完善无缺。就后者来说，是早已有之的一种审美思想。古人要求文章布局像"长山蛇阵"一样宛转回复，"击其首则尾应，击其尾则首应，击其中则首尾俱应"③。要求诗人"落笔要面面圆、字字圆。所谓圆者，非专讲格调也。一在理，一在气。理何以圆：文以载道，或大悖于理，或微碍于理，便于理不圆。气何以圆：直起直落可也，旁起旁落可也，千回万转可也，一戛即止亦可也，气贯其中则圆"④。而就思想感情，心灵运行也要呈圆形来说，钱锺书则是把海外学者的有关思想更加完善化，并指出这种心灵运行的圆形具体在作品中的表现就是："能呼起读者之嗜欲情感而复能满足之者也，能摇荡读者之精神

---

① 钱锺书：《谈艺录》（补订本），中华书局，1984年版，第112页。
② 钱锺书：《管锥编》第一册，中华书局，1986年版，第230页。
③ 陈善：《扪虱新话》卷二。
④ 何自贞：《东洲草堂文钞》卷五与汪居士论诗。

魂魄，而复能抚之使静，安之使定也。"在《说"回家"》中，钱锺书对心灵运行的这种"唤应起讫，自为一周"的情况做了进一步的分析。他说："新柏拉图派大师泼洛克勒斯把探讨真理的历程分为三个阶段：家居，外出，回家。黑智尔受新柏拉图派的影响，所以他说思想历程是圆形的，首尾回环。"[1]这和中国的道家和禅宗"每逢思辨得到结论，心灵的追求达到目的，就把'回家'作为比喻"的情况极为相似。对这种情况，钱锺书分析说："道家，禅宗，新柏拉图派都是唯心的，主张返求诸己，发明本心。这当然跟走遍天下以后，回向本家，有点相像。不过，把唯心的玄谈撇开，这比喻还是正确贴切的，因为它表示出人类思想和推理时一种实在的境界。""正像一切战争都说是为了获取和平，一切心理活动，目的也在于静止，恢复未活动前的稳定。碰见疑难，发生欲望，激动情感，都是心理的震荡和扰乱。非到这种震动平静下去，我们不会舒服。"从这些分析中，我们看到了钱锺书的"能呼起读者之嗜欲情感而复能满足之"，"能摇荡读者之精神魂魄，而复能抚之使静，安之使定"的美学思想的心理和哲学基础。那么，这种"唤应起讫，自为一周"的情感运行过程是不是简单的重复循环呢？显然不是的，而是黑格尔所说的"否定之否定"的过程。这个过程从思维方式上说，"就是从思维起点的'顺下'，到思维终点的'逆接'"[2]钱锺书说："所谓回复原来，只指心的情境而说，心的内容经过这番考虑，添了一个新概念，当然比原来丰富了些。但是我们千辛万苦的新发现，常常给我们一种似曾相识，旧物重

---

[1] 钱锺书：《说"回家"》，《观察》第2卷第1期，1947年3月1日。
[2] 陈子谦：《钱学论》，教育科学出版社，1994年版，第656页。

逢的印象。"这里显然指的是学理思辨的情况，但就文学欣赏来说，情况也有几分类似。读者在读文学作品时，嗜欲情感被唤起而复被满足，精神魂魄被摇荡而复被抚平，在这"唤应起讫，自为一周"的过程中，读者在审美活动中心灵经历了一个平静—起伏—再平静的历程，心灵状态恢复到从前，而思想与情感却得到了丰富和陶冶。

艺术是创造美的，美是千姿百态的，衡量美也决不能用一个唯一的尺度和标准。所以钱锺书的文学批评标准，可能适用于某类作品而不可能适用于所有作品。比如，我们很难用这种"唤应起讫，自为一周"的尺度来衡量那些不拘形式、任意抒写的浪漫派作家的作品，而那些讲究谋篇布局、精雕细刻的作品则比较符合这种美学批评标准。如朱自清的《背影》《荷塘月色》，无论是布局谋篇的首尾呼应还是情感起伏上的回环往复，均达到了这种美学标准。钱锺书自己的一些散文和小说体现了他这种美学追求。下面各举一例：

钱锺书的散文《窗》。开头写"又是春天，窗子可以常开了，春天从窗外进来，人在屋子里坐不住，就从门里出去"。从而引发出窗与门的对比，让人们做艺术与现实的思考。结尾由窗外人声嘈杂而引出："……关窗和闭眼也有连带关系，你觉得窗外的世界不过尔尔，……于是你起来先关了窗。因为只是春天，还留着残冷，窗子也不能镇天镇夜不关的。"以开窗赏春开篇，由赏春引起人的情感的波动，即对精神追求与现实人生，或者艺术与现实的思考，最后以关窗睡觉结尾，文字自然活泼，看似顺手拈来，实际上苦心经营，追求"行于所当行，止于所不可不止"[①]的境界，

---

① 苏轼:《经进东坡文集事略》卷六十四。

无论从谋篇布局还是从情感的起伏上，都达到了"唤应起讫"的衡文标准。

钱锺书的小说《纪念》。开头写曼倩与天健幽会后略带惭愤懊恼的心情，然后追叙她与天健感情的波折起伏。结尾以天健在空战中牺牲，曼倩感到一种被释放的舒适，她与天健间的秘密忽然减少了可憎，变成了一个值得保存的私人纪念，并且她出乎意料地怀孕了。丈夫才叔对她说为了纪念与表弟天健交往，想给孩子取名叫"天健"。这个结尾，既是照应题目和开头，又是一个令人哭笑不得的人生的讽刺。并且就情感上来说，也是真正做到了"能呼起读者之嗜欲情感而复能满足之"，"能摇动读者之精神魂魄，而复能抚之使静，安之使定"。

在文学批评标准问题上，批评家们历来见仁见智，颇多争议。30年代年轻的钱锺书发表的文章提出了一系列独出胸臆，令人耳目一新的见解。读起来叫人深受启发。在我们把他的"惟其能无病呻吟，呻吟而能使读者信以为有病，方为文艺佳作"的观点，"唤应起讫，自为一周"的篇章理论，"不隔"及"耐读"的衡文标准等分析评述之后，有两点值得注意：第一，钱锺书的文学批评标准不一定完备周密，甚至可能有一偏之见，但是，他是从文学本身的特点出发，论述问题持之有据，言之成理，能自圆其说。这是值得我们那些持历史的和美学的批评方法而又总是侧重历史而忽视美学的批评家们吸收和借鉴的；第二，钱锺书在分析问题时往往是从美学的角度出发，偏重于艺术的手腕和修辞的技巧，强调艺术效果。我们是不是可以由此认为他不注重思想内容而只注重艺术形式，是一个形式主义者或唯美主义者呢？其实，钱锺书对内容和形式之间的辩证关系了解得很深透。在谈到内容和形式问题时他说:"少数古文家明白内容的肯定外表,正不亚于外表的肯定内容,思想的影响文笔不亚于文笔的影响思想。要做不朽的好文章,也要有不灭的大道理:……假使我们把文字本身作为文学的媒介,不顾思想意义,那末一首诗从字形上看来,只是不知所云的墨迹,从字音上听来,只是不成腔调的声浪。所以,意义思想在文章里占极重要的地位。"[①] 钱锺书当时偏重于艺术美学的角度,或许出于历来人们偏重于思想内容方面来评文,因此要补充人们不重视或不善于从艺术方面评文的不足的考虑;或许是认为思想内容虽然重要,但比较容易认识,是理论家、科学家、哲学家都要表达的东西而不是文学所独有的东西,而艺术形式却是更属于文学自身特点的东西,因此对它更感兴趣。总之,不管出于什么原因,他的重形式绝不是不顾内容,他自己的说理周密、蕴意深刻的理论文章和文学作品是极好的例证。

[①] 钱锺书:《中国固有的文学批评的一个特点》,《文学杂志》,1937年第1卷第4期。

第 三 章

以文学本体论为特征的文学观与文学史观

第一节 文学的定义、定指及"如实以出"的历史主义态度

无论谁要论史或述史，都要有一个基本的述史立场或论史原则。如胡适作《白话文学史》[1]和《五十年来中国之文学》[2]是站在文学进化论的立场上，主张一时代有一时代的文学，强调白话文是文学发展的必然趋势，白话文学是文学的正宗；周作人在《中国新文学的源流》[3]中站在历史循环论立场，认为：言志派与载道派两种文学潮流的起伏消长，构成了全部中国文学史发展的曲线。五四新文学的源流可以追溯到明末的"公安派"；而持唯物史观的人则把揭示文学史发展的本质的和必然的规律作为自己述史或论史的最终鹄的。而钱锺书的文学史观则以文学本体论思想为核

---

[1] 胡适:《白话文学史》，新月书店，1928年版。

[2] 胡适:《五十年来中国之文学》，收入《申报》馆五十周年纪念特刊《最近之五十年》。又收入《胡适文存》第2集，上海亚东图书馆，1924年版。

[3] 周作人:《中国新文学的源流》，这是1932年2、3月间在辅仁大学的演讲，1932年9月北平人文书店出版。

心，强调文学作品自身的审美特性或文学性，这是统领其对关涉文学史诸多问题认识的基点。下面我们来看钱锺书对文学的定义、入史定位的标准及文体流变等问题的论述与识见。

一、文学不宜定义而有定指

中国古代有文体的概念，也有涵盖各种文体的文章的概念，而没有现代意义上的文学的概念。那么是否必须给文学下一个精确的定义呢？钱锺书认为这没有必要，而且也是不可能做到的。在《中国文学小史序论》[①]的开篇，钱锺书一反文学史家们先给文学下定义的惯常做法，而是在充分论述文学自身特性的基础上提出"文学虽无定义，固有定指焉（definite without being definable）"的新奇论断。他说："兹不为文学立定义者，以文学如天童舍利，五色无定，随人见性，向来定义，既苦繁多，不必更参之鄙见，徒益争端。"那么为什么文学的定义这样见仁见智，歧见迭出呢？这是由文学自身的特性所决定的。因为"他学定义均主内容（subject-matter），文学定义独言功用——外则人事，内则心事，均可著为文章，只须移情动魄——斯已岐矣！他学定义，仅树是非之分；文学定义，更严美丑之别，雅正之殊——往往有控名责实，宜属文学之书，徒以美不掩丑，瑜不掩瑕，或则以落响凡庸，或乃以操调险急，遂皆被屏不得与于斯文之列——盖存在判断与价值判断合而为一，歧路之中又有歧焉！"这就是说，其他学科都是以其所涉及或研究的内容来给予定义，比如以历史事件、历史人物等为研究对象或内容的学科我们定义为历史学；以物质的

[①] 钱锺书：《中国文学小史序论》，《国风》半月刊第3卷第8期，1933年10月16日。

化合变化规律为研究对象或内容的学科我们定义为化学；以报刊、广播、电视等传媒为研究对象或内容的学科我们定义为新闻学等等。但是文学定义却不是简单的由内容决定的，而是"独言功用"。钱锺书这里所说的"功用"不是指的社会或政治的实用主义的"功用"，而是指的对欣赏者个体的独特的审美"功用"。就其文学作品本身内容或说描写表现对象而言，"外则人事，内则心事，均可著为文章"。也就是说无论是外在的社会或历史的事件或现象，还是作家自身内心的思想或情感，均可作为题材而写出作品，"只须移情动魄"，即只要能给读者审美愉悦或感动就可以了。如此看来，文学与其他学科相比一重内容一重审美，就已经不同了。而就文学自身来说，因为审美是主体性极强的读者个体的体验和欣赏，因其自身的个性气质、学识修养、社会生活经历等的不同而有不同的审美趣味，有的对表现外在的社会或历史事件感兴趣，有的则对表现个人的内心思想或情感情有独钟。这已经产生了分歧。而再进一步来看，其他学科或事物的定义，仅用是与不是的存在判断来衡量；文学定义却不能仅以是与不是的存在判断来衡量，而更重的是"严美丑之别，雅正之殊"的价值判断。所以往往有时按照是与不是的存在判断来衡量，一些从定义上看应该属于文学的作品，只因为其"美不掩丑，瑜不掩瑕"，"或则以落响凡庸，或乃以操调险急"等种种艺术缺陷而被认为够不上文学作品。这样看来，衡量文学的标准是存在判断与价值判断合而为一的。就文学的"移情动魄"的功用上来说已经因人而异了，而就审美趣味上看那就更会千差万别。所以为文学定义是"歧路之中又有歧焉"！而且文学作品的价值不能用实用主义的标准来衡量，也不必是公认一致的。"凡作品之文学价值愈高，承认之人不必愈众，而所以承认之故必愈繁，金石千声，云霞万色，如入百花之谷，如游五都之市，应接不暇，钻研不尽，各见所长，各得所欲，此种种不同之品德不相反而适相成，故作品正因见仁见智之不同而愈有文学价值，而定义则不能遍举见仁见智之不同以不失为定义也。"所以很难给文学下一个无懈可击的确定的定义。那么文学没有一个公认的定义是不是就否定了文学的存在或有碍人们对文学的认识和欣赏呢？其实这种担心是不必要的。钱锺书说："然如樊川所谓'杜诗韩笔'，有识共赏，不待寻虚逐微，立为定义，始得欣会其文章之美。"也就是说杜甫的诗和韩愈的文人们已经有识共赏，已经成了一种美的文学范式。所以杜牧《读韩杜集》诗"杜诗韩笔愁来读，似倩麻姑痒处搔"归纳的"杜诗韩笔"人们都心领神会了。不必再挖空心思地下什么定义了。只要一提"杜诗韩笔"人们自然就会想到杜诗和韩文的文学范式。所以"文学虽无定义，固有定指焉（definite without being efinable）"。

以上钱锺书在讨论文学的定义问题时突出了文学自身的文学性特质。即（1）文学对欣赏者个体的"移情动魄"的审美"功用"；（2）衡量文学的标准是存在判断与价值判断合而为一的；（3）文学作品正因见仁见智之不同而愈有文学价值。若以这些特点来衡量常见的文学定义，则诸定义均可发现偏颇或不周之处。且不说诸如"文学是人学"、"文学是语言的艺术"等比较随意性的提法只注意了文学的表现对象或形式而忽略了其审美特点。就是郑重其事地给文学下的定义也多可商榷之处。如《辞海》给文学下的定义是："社会意识形态之一。中国先秦时期曾将哲学、历史、文学等书面著作统称为文学。现代专指用语言塑造形象以反映社会生活、表达作者思想感情的艺术，故又称语言艺术。文学是一定社会生活在人们头脑中反映的产物。在有阶级的社会里，文学具有阶级性，作者总是站在一定的阶级立场上认识生活、反映生活、宣传本阶级的思想，因此文学总是从属于一定阶级，并为一定阶级的政治服务。"① 此定义的第一句话"社会意识形态之一"是高度抽象的概括，读后根本不知文学是什么。第二句话是说古代所说的"文学"不是现代意义上的文学概念。后面对文学的阶级性的分析则是特定年代里的文学工具论或留声机论的政治实用主义话语。所以掐头去尾后的定义是："用语言塑造形象以反映社会生活、表达作者思想感情的艺术。"这和《现代汉语词典》对文学的定义"以语言文字为工具形象化地反映客观现实的艺术"② 基本相同。这种站在客观公正的立场以高度概括的哲理性语言给文学下的定义也还只是一个是与不是的存在判断，而美与不美，什么样才是美这种因人而异的价值判断却没有顾及，当然也难以确定。我们再看胡适在《什么是文学》中给文学下的定义。他说："语言文字都是人类表情达意的工具；达意达的好，表情表的妙，便是文学。"但怎样才算"好"与"妙"呢，很难说。于是他拟出文学的三个条件："第一要明白清楚，第二要有力能动人，第三要美。"③ 这里又只注意了语言工具而忽视了形象与内容。并且什么样才是美的问题也没有解决。由此我们可以理解钱锺书"文学不宜定义而有定指"的思想是对文学本质特性的更深入的揭示和把握。

---

① 《辞海》，上海辞书出版社，1980年版，第1534页。
② 《现代汉语词典》，商务印书馆，2002年版，第1319页。
③ 胡适：《胡适文存》一集，黄山书社，1996年版，第158页。

二、尊重史实的史家态度

作为史家，面对着如山似海的资料，怎样避免像作家作品词典式的平面化与浅显化的材料的堆积，而在尽可能"还原历史"的基础上处处显示出自己的真知与个性。对入史对象做到"不虚美，不隐恶"，以客观求实的标准褒贬臧否。对此，钱锺书主张：一要分清文学史与文学批评的不同的特点、职能及轻重关系，二要求"作史者须如实以出耳"的论从史出的历史主义的原则。他说："文学史与文学批评体制悬殊。一作者也，文学史载记其承（Genetic）之显迹，以著位置之重轻（Historical importance）；文学批评阐扬其创辟之特长，以著艺术之优劣（Esthetic worth）。一主事实而一重鉴赏也。相辅而行，各有本位。重轻优劣之间，不相比例。掉鞅文坛，开宗立派，固不必由于操术之良；然或因其羌无真际，浪盗虚名，遂抹杀其影响之大，时习如斯，窃所未安。反之，小家别子，幺弦孤张，虽名字寂寥，而惬心悦目，尽有高出声华籍甚者之上；然姓字既黯淡而勿章，则所衣被之不广可知，作史者亦不得激于表微阐幽之一念，而轻重颠倒。"这就是说，文学史和文学批评各有自己的特点和职能。文学史重的是记述作者在文学发展史上对某时代的文风或文体的贡献甚至改变的承先启后的作用并以此来标明其在文学史上的地位和影响；而文学批评重的是揭示某些作家作品的独特的风格特点，并评判其艺术的得失或优劣。文学史重的是历史的事实而文学批评重的是鉴赏。二者各有各的职能但又相互借鉴相辅相成。然而史家要注意二者在文学史中所占的位置的轻重的比例却不能是等同的。对于那些曾蜚声文坛，开宗立派的大家，当然不必就是由于其主张或方法有多么高妙；然而也不能因为他现在看来没有做出真正的贡献而是浪盗虚名，就抹杀其在文学史上的影响，对这种时下习惯的做法，钱锺书是不赞成的。反过来说，对那些名声并不显赫但却有自己的特点和风格的小家别子，读其作品惬心悦目，在某些方面确实高出了那些声名极大的大家；然而名声既然很少人知，那么给人们的影响自然也就不会广了，作史的人也不要执着于揭示隐幽精微的事理的念头而大书特书以致轻重颠倒。钱锺书不点名地批评了胡适的作史方法和态度。胡适的《五十年来中国之文学》①站在文学进化与革新的立场上，认为"种种的需要使语言文字不能不朝着'应用'的方向变去"②。持这种观点他以否定和批评的态度把清末一代诗文大家王闿运和同光诗派一带而过而竭力抬高和赞赏写诗颇具散文化倾向的小诗人金和。他说："王闿运为一代诗人，生当这个时代，他的《湘绮楼诗集》卷一至卷六正当太平天国大乱的时代（1849—1864）；我们从头读到尾，只看见无数《拟鲍明远》、《拟傅玄麻》、《拟王元长》、《拟曹子建》……一类的假古董；偶然发现一两首'岁月犹多难，干戈罢远游'一类不痛不痒的诗；但竟寻不出一些真正可以纪念这个惨痛时代的诗。这是什么缘故呢？我想这都是因为这些诗人大都是只会做模仿诗的，他们住的世界还是鲍明远、曹子建的世界，并不是洪秀全、杨秀清的世界；况且鲍明远、曹子建的诗体，若不经一番大解放，决不能用来描写洪秀全、杨秀清时代的惨劫。"③"宋诗的

---

① 胡适的《五十年来中国之文学》作于1922年3月，收入《申报》馆五十周年纪念特刊《最近之五十年》。又收入《胡适文存》第2集，上海亚东图书馆，1924年版。
② 胡适：《胡适文存》二集，黄山书社，1996年版，第184页。
③ 胡适：《胡适文存》二集，黄山书社，1996年版，第188页。

特别性质,不在用典,不在做拗句,乃在作诗如说话。北宋的大诗人还不能完全脱离杨亿一派的恶习;黄庭坚一派虽然也有好诗,但他们喜欢掉书袋,往往有极恶劣的古典诗歌。(如司马寒如灰,礼乐卯金刀。)南宋的大家——杨、陆、范,——方才完全脱离这种恶习气,方才贯彻这个'作诗如说话'的趋势。但后来所谓'江西诗派',不肯承接这个正当的趋势(范、陆、杨尤都从江西诗派的曾几出来),却去模仿那变化未完成的黄庭坚,所以走错了路,跑不出来了。近代学宋诗的人,也都犯这个毛病。陈三立是近代宋诗的代表作者,但他的《散原精舍诗》里实在很少可以独立的诗。"[1]胡适在书中用很大的篇幅介绍的两个诗人是金和与黄遵宪。他说"这个时代之中,我只举了金和、黄遵宪两个诗人,因为这两个人都有点特别的个性,故与那一班模仿的诗人,雕琢的诗人,大不相同"[2]。他特别称赞金和"确可以算是代表时代的诗人"[3]"故他能在这五十年的诗界里占一个很高的地位"[4]。针对胡适的这种作史方法和态度,钱锺书在文章中批评说"试以眼前人论之:言'近五十年中国之文学'者,湘绮一老,要为大宗,同光诗体,亦是大事,脱病其优孟衣冠,不如服敔堂秋蟪吟馆之'集开诗世界',而乃草草了之,虽或征文心之卓,终未见史识之通矣!",这里"湘绮一老"指王闿运。"服敔堂"指的是江湜的《伏敔堂诗录》,"秋蟪吟馆"即指金和的《秋蟪吟馆诗钞》。因为江湜的诗不用典故,纯用白描。

---

[1] 胡适:《胡适文存》二集,黄山书社,1996年版,第207页。
[2] 胡适:《胡适文存》二集,黄山书社,1996年版,第207页。
[3] 胡适:《胡适文存》二集,黄山书社,1996年版,第190页。
[4] 胡适:《胡适文存》二集,黄山书社,1996年版,第192页。

曾有人把他和郑珍、金和并称。所以钱锺书这里把他和金和并提。"集开诗世界"是指王禹偁在《日长简仲咸》诗中有"子美集开诗世界，伯阳书见道根源"。推崇杜甫开辟了诗的新天地、新领域。钱锺书认为就晚清文学来说，王闿运和同光诗派都开宗立派在当时产生了巨大的影响，如果以其模仿的毛病就认为他们不如江湜、金和的诗有革新开创的意义，于是在写史时不予重视，草草了之。这种做法虽然或许表明为文者的用心和识见不同凡响，但终不能说是对历史的客观公正的表述或评判。因为"史以传信，位置之轻重，风气之流布，皆信之事也，可以征验而得；非欣赏领会之比，……有关性识，而不能人人以强同。得虚名者虽无实际，得虚名要是实事，作史者须如实以出耳"。这里钱锺书重视的是"信"，即历史事实。所谓"史"重在记录历史事实，一个作家在史中占有什么样的位置，当时有什么样的文学风气，这都是历史的事实，可以通过考察历史而得知。这和文学鉴赏不同。鉴赏关系到人的性识即天分和悟性，这是不能强求人人都一致的。文学史上名声很大的人可能对文学的贡献并不是很大，但是当时他名满天下却是事实，作史的人须实事求是地记述。钱锺书坚持论从史出的历史主义的原则。

第二节　细别文章体制、品类与文体流变

在《中国文学小史序论》中，钱锺书特别重视对中国古代文学自身的文体特点及渊源流变的分析。西方近现代文艺理论体系及概念与中国传统的文艺理论及概念不是对等的，而是存在着差异和错位。西方的文学理论传入中国以来，一些人对西方文学传

统并没有搞清楚，只看表面或文字相近，就拿来和中国文学"强为比附"，结果往往不合实际，牵强附会。对此，钱锺书认为："作史者断不可执西方文学之门类，卤莽灭裂，强为比附。西方所谓 poetry 非即吾国之诗；所谓 Drama，非即吾国之曲；所谓 prose，非即吾国之文；苟本诸《揅经室三集·文言说》、《揅经室续集·文韵说》之义，则吾国昔者之所谓文，正西方之 verse 耳。文学随国风民俗而殊，须各还其本来面目，削足适履，以求统定于一尊，斯无谓矣。"① 这里，钱锺书强调两点：第一，反对用西方文艺学名词来硬套中国文学，即反对"强为比附"；第二，强调文学的民族特色，即"文学随国风民俗而殊"。那么中国传统文学的特殊性在哪里呢？钱锺书认为："吾国文学，体制繁多，界律精严，分茅设蕝，各自为政。《书》云：'词尚体要'。得体与失体之辨，甚深微妙，间不容发，有待默悟。"这里的"体制"类似于现在所说的"文体"或"体裁"。传统文论中也称"体格"或"大要"，是在区分文章类别特征的基础上形成的文类体式规范概念。要求作者在使用某一体裁时自觉地遵守这一体制的约定俗成的惯例、规则或范式。我国古典文学，文体繁多且各自有其严格的规则或体式，形成分门别类的文学样式，各种文体的规则或体式不能混用或杂糅，否则就叫"失体"。《书·毕命》中的"辞尚体要"就是要求辞要体实要约而不能"失体"。得体与失体的区别是很微妙的，需要行家的静察默悟。所谓"得体"，就是诗、文、词、戏曲、小说等体裁严格区分，不能相杂。钱锺书举例说："譬如王世贞《艺苑卮言》、朱彝尊《静志居诗话》皆谓《眉庵集》中七律联语大似

---

① 钱锺书：《中国文学小史序论》，《国风》半月刊第 3 卷第 8 期，1933 年 10 月 16 日。

《浣溪沙》词，又如章炳麟《与人论文书》谓严复文词虽饬，气体比于制举。"也就是说明代杨基《眉庵集》中的律诗写得像《浣溪沙》词，严复文词虽然整齐，但风格体式上有科举考试的策问应答之气，这在王世贞、朱彝尊和章太炎等人看来都是"失体"。如果体裁分得如此细致明确，那么为什么又有"以文为诗"的说法呢？对此，钱锺书认为："不知标举'以文为诗'，正是严于辨体之证；惟其辨别文体与诗体，故曰'以文为诗'，借曰不然，则'为诗'径'为诗'耳，何必曰'以文'耶？且'以文为诗'，乃刊落浮藻，尽归质言之谓。"按钱锺书的看法，正是由于细别文体与诗体，所以才有"以文为诗"的提法，如果不是这样，那么"为诗"就径直"为诗"又何必说"以文为诗"呢？这是就体裁或文体来说，是属于形式的范畴。那么"品类"又是指的什么呢？

钱锺书说："抑吾国文学，横则严分体制，纵则细别品类。体制定其得失，品类辨其尊卑。""品类"则指各种体裁尊卑的排定和题材内容的分等。是从作品体裁形式、题材内容以及体裁形式是否完美即"得体"或"失体"等角度来评判作品的尊卑高下的一套规则或标准，既关涉到内容又牵涉到形式。一般说来，"文（古文或散文）以载道"，"文"的地位最高，"诗以言志"，诗的地位次于"文"，"词"号"诗余"，又次于"诗"，"戏曲""小说"则更下一层。并且同一种体裁，也因其题材和内容而分出尊卑。"体制定其得失"指各种体裁不相杂，相杂即叫"失体"，反过来也一样，假如词写得像诗，也是"失体"，并不能因诗的品位高于词而词写得像诗也变得"尊"起来。就体制的得失钱锺书举例说："《苕溪渔隐丛话》记易安居士谓词别是一家，晏殊、欧阳修、苏轼词，皆句读不葺之诗，未为得词之体矣。又譬之'文以载道'之说，桐城派之所崇信，本此以言，则注疏所以阐发经诂之指归，语录所以控索理道之窍眇，二者之品类，胥视'古文'为尊……姚鼐《述庵文钞序》顾谓'古文'不可有注疏语录之气，亦知文各有体，不能相杂，分之双美，合之两伤；苟欲行兼并之实，则童牛角马，非此非彼，所兼并者之品类虽尊，亦终为伪体而已。"这里李清照强调词的文体特点，认为晏殊、欧阳修、苏轼等人的词都是句读不整齐的诗而不能算是词；姚鼐提示"古文"不能因为考虑"文以载道"而写得像注疏语录，均是强调文体特点即不能"失体"。就"品类"的尊卑钱锺书举例说："一体之中，亦分品焉；同一传也，老子、韩非，则为正史，其品尊，毛颖、虬髯客则为小说，其品卑；同一《无题》诗也，伤时感事，意内言外，香草美人，骚客之寓言，之子夭桃，风人之托兴，则尊之为诗史，以为有风骚之遗意；苟缘情绮靡，结念芳华，意尽言中，羌无寄托，则虽《金荃》丽制，玉溪复生，众且以庾词侧体鄙之，法秀泥犁之诃，端为若人矣！此《疑雨集》所以不见齿于历来谭艺者，吴乔《围炉诗话》所以取韩偓诗比附于时事，而'爱西昆好'者所以纷纷刺取史实，为作'郑笺'也。"就是说，同一体裁其品类的尊卑又因题材不同而不同。如同一传记体裁，来自正史的老子、韩非则尊，来自传奇小说的虚构的毛颖、虬髯客则卑；同一诗体，其内容写国事民生的则尊，写缠绵悱恻的男女私情而无关国事民生的则卑。倘若只是绮靡艳词，那么就是温庭筠的《金荃》丽制[①]李商隐复生[②]，

---

① 《金荃》即《金荃集》，温庭筠词集，今已佚。
② 玉溪，永乐水名，唐李商隐尝隐居之，号玉溪生。

人们也会认为是堆积辞藻品格低下的庾词侧体而鄙夷。① 法秀禅师所怒责的下地狱的，正是这些人啊！② 这就是历来谭艺者不屑于提起王彦泓的艳诗《疑雨集》，吴乔《围炉诗话》拿韩偓的诗比附于时事，喜欢西昆体诗的人纷纷引用史实，为西昆体诗作笺注的原因。③

在细别文章体制与品类的同时，钱锺书特别注意了对文体流变的分析。在《中国文学小史序论》中他说："文章体制，省简而繁，分化之迹，皎然可识。谈艺者固当沿流溯源，要不可执着根本之同，而忽略枝叶之异。譬之词曲虽号出于诗歌，八股虽实本之骈俪（魏晋齐梁之作，语整而短，尚无连翩之句，此迹未着。暨乎初唐"四杰，对比遂多，《盈川集》中，其制最伙，读者试取而观之。汪琬《松烟小录》谓柳子厚《国子祭酒兼安南都护御史中丞张公墓志铭》中骈体长句，大类后世制艺中二比，亦即此意），然既踵事增华，弥复变本加厉，别开生面，勿得以其所自出者概括之"。也就是说，文章体制，看起来就分诗、文、词、曲、骈文、散体等，比较简单，而实际却纷繁复杂。其文体的发展演变的踪迹，是明显可以分辨得出来的。比如词曲虽然都说是由诗歌发展而来，八股是由骈俪

---

① 《三体唐诗》·六卷（内府藏本）宋周弼编。弼有《汶阳端平诗隽》，已著录。是编乃所选唐诗，其曰三体者，七言绝句、七言律诗、五言律诗也。首载选例，七言绝句分七格，一曰"实接"、一曰"虚接"、一曰"用事"、一曰"前对"、一曰"后对"、一曰"拗体"、一曰"侧体"。

② 扪虱新话曰：黄鲁直初好作艳歌小词，道人法秀谓其以笔墨诲淫，于我法中，当坠泥犁之狱。鲁自是不作。佛书泥梨耶，无喜乐也。泥梨迦，无去处也。二者皆地狱名。或省耶迦字，只作泥梨，一作犁。又阿鼻，无间也，亦地狱名。法华经：无间地狱，有顶天堂。诃：怒责。

③ 金·元好问《论诗绝句》之十二："诗家总爱西昆好，独恨无人作郑笺。"

演变而出，然而，这些文体是继承了前者而又把其中的某些特点进一步发展和强化而达到了"别开生面"的境界，已与前者有了本质上的不同，不能由前者来笼统地概括它们了。所以要对各种文体的发展流变做分析辨别。而不能笼统对待，模糊不清。清华毕业前夕，他在写给父亲钱基博的信《上家大人论骈文流变书》中说："儿撰写《文学史》中，有论骈俪数处，亦皆自信为前人未发；略贡所见以拾大人之阙遗。儿谓汉代无韵之文，不过为骈体之逐渐形成而已！其以单行为文，卓然领袖后世者，惟司马迁；而于汉文本干，要为枝出；须下待唐世，方有承衣钵者。自辞赋之排事比实，至骈体之偶青妃白，此中步骤，固有可录。错落者渐变而为整齐，诘屈者渐变而为和谐。句则散长为短，意则化单为复。指事类情，必偶其徒。突兀拳曲，夷为平厂。是以句逗益短，而词气益繁，扬雄、司马相如、班固、张衡一贯相嬗。盖汉赋之要，在乎叠字（Word）。骈体之要，在乎叠词（Phrase）。字则单文已足，徒见堆垛之迹。辞须数字相承，遂睹对偶之意。骈体鲜叠字，而汉赋本有叠词，只须去其韵脚，改作自易。暨乎蔡邕，体遂大定。然汉魏文章，渐趋俪偶，皆时有单行参乎其间。蔡邕体最纯粹，而庸暗无光气，平板不流动；又多引成语，鲜使典实。及陆机为之，搜对索偶，竟体完善，使典引经，莫不工妙，驰骋往业，色鲜词畅，调谐音协，固亦如《宋书·谢灵运传》论所云'暗与理合，非由思至'；而俪之体，于机而大成矣！试取历来连珠之作，与机所撰五十首相较，便知骈文定于蔡邕，弘于陆机也。大人必能赏会斯言。彼作《四六丛话》者乌足以知之！即此一端便征儿书之精湛矣！"[1]

---

[1] 钱锺书：《上家大人论骈文流变书》，《光华大学半月刊》第1卷第7期，1933年4月10日。

对汉魏骈文的发展流变梳理得丝丝入扣，分析得剀切中理。

在仔细辨别了"体制"与"品类"与文体流变之后，钱锺书指出了历来学者在这个问题上的局限。中国古典文学"诗文词曲，壁垒森严，不相呼应。向来学者，践迹遗神，未能即异籀同，驭繁于简；不知观乎其迹，虽复殊途，究乎其理，则又同归。相传谈艺之书，言文则意尽于文，说诗则意尽于诗，划然打为数橛，未尝能沟通综合，有如西方所谓'文学'"。也就是说，向来搞古代文艺理论的那些学者，对古代诗文词曲等壁垒森严的繁多文体，都是循着其各自的形式和神韵，不能从这诸多的不同的形式中抽出相同的规律；不知诸多的文体形式虽然不同，但又都有着相同的规律或道理。而相传的文艺理论书籍，谈文的就仅谈文，说诗的就只谈诗，而没有把各种文体沟通综合产生像西方的"文学"概念。这是中国古代文艺理论的局限，然而也是它的特点。自古以来，作者本着这样的特点而创作，论者本着这样的特点而欣赏或批评。还有一点值得注意，古典文论不但认为"诗文词曲，壁垒森严，不相呼应"，而且"昔之论者以为诗文体类既异，职志遂尔不同，或以'载道'，或以'言志'；'文'之一字，多指'散文'、'古文'而言，断不可以'文学'诂之。是以'文以载道'与'诗以言志'，苟以近世'文学'之谊说之，两言抵牾不相容，而先民有作，则并行而不悖焉（参拙评《中国新文学的源流》）。且'文以载道'云云，乃悬为律令之谈（Prescriptive），谓文宜以载道为尚；非根诸事实之语（Descriptive），谓一切文均载道也。诗亦同然，尽有不事抒情，专骛说理，假文之题材为其题材，以自侪于文者，此又'以文为诗'之别一解；比见《清诗汇·自序》论清诗卓绝者四事，第二事曰'诗道之尊'，谓其齐桜《坟》《典》，粉泽《苍》《凡》，以金石考订入诗，足以证经而补史；所谓'诗道'，即品类是矣，然而'抄书作诗'，严体制者，所勿尚焉"。这里，钱锺书在与西方文论比较中进一步揭示古代文论的文体特点，并批评近代一些人对中西文学概念强为比附而造成的认识上的混乱。指出按中国古代文论来看，"诗"和"文"既是不同的文体，它们的职能和志趣也就不同，"文"以"载道"，而"诗"则是"言志"的；这里的"文"是指"散文"或"古文"这种文体，而绝对不能解释为西方的"文学"。所以"文以载道"与"诗以言志"，如果以现在西方的所谓"文学"来解释，二者是矛盾不相容的，而按中国古代的文体论来看则并不矛盾。并且更有些人把"文以载道"当成创作的律令或原则，认为"文"以载道为最好，认为一切文都要载道。诗也有这种情况，有人作诗不事抒情而重说理，借用写文的题材来作为写诗的题材以自比为文，这也算"以文为诗"的又一种解释了；比如《清诗汇·自序》论清诗卓绝者四事，第二事说"诗道之尊"，说作诗要"齐核《坟》《典》，粉泽《苍》《凡》，以金石考订入诗，足以证经而补史"；其实所谓"诗道"，就是"品类"，这种"抄书作诗"的方式，严守文章体制的人，是不要学习和模仿的。在文章中，钱锺书特别不点名地批评了周作人。这就是在文章中特别注明参看他的《中国新文学的源流》这篇批评周作人的文章。

《中国新文学的源流》[①]是一篇批评性的书评，批评的是周作人的小册子《中国新文学的源流》[②]是依周作人1932年3、4月间

[①] 中书君：《中国新文学的源流》，《新月》月刊第4卷第4期，1932年11月1日。
[②] 周作人讲校，邓恭三记录：《中国新文学的源流》，北平人文书店，1932年版。

在辅仁大学讲演的记录稿整理而成,旨在用历史循环论的观点为五四新文学运动寻找历史依据和源流。他的核心观点就是:言志派与载道派两种文学潮流的起伏消长,构成了全部中国文学史发展的曲线;而五四新文学的源流则可以追溯到明末的"公安派"。他认为:文学本是由宗教分化出来的,因此形成了两种不同的潮流,即言志派和载道派。"中国的文学,在过去所走的并不是一条直路,而是像一条弯曲的河流",从甲处(言志)流到乙处(载道),又从乙处流到甲处,"遇到一次抵抗,其方向即起一次转变",从而以内在的矛盾双方不断冲突推进文学运动。"中国文学始终是两种互相反对的力量起伏着,过去如此,将来也总如此。"他将五四新文学运动与明代公安派文学潮流作了比较,结论是两次运动的"趋向是相同"的。认为清代八股文和桐城派文学都属于"遵命文学"过了头,于是引起"不遵命的革命文学",也就是新文学运动。明末的文学是新文学的"来源",而清代八股文学桐城派古文所激起的"反动",则成了新文学发生的"原因"。他特别比较了新文学的主张与明末公安派的类同点。他认为两者都属"言志"的文学,或者叫"即兴的文学"。胡适的"八不主义"和公安派的"独抒性灵,不拘格套"以及"信腔信口,皆成律度",其精神趋向是一致的。总之,他把文学分为"载道"和"言志"两派。认为公安派竟陵派是"言志"派,新文学也是"言志"的,而旧文学多为"载道"文学。于是主张"言志"而贬损"载道",并且把"文以载道"和"诗以言志",分为文学史上互相起伏的两派。钱锺书批评他犯了概念上的错误:"周先生根据'文以载道'、'诗以言志'来分派,不无可以斟酌的地方,并且包含着传统的文学批评上一个很大的问题。'诗以言志'和'文以载道'在传统的文学批评上,似乎不是两个格格不兼容的命题,有如周先生和其它批评家所想者。在传统的批评上,我们没有'文学'这个综合的概念,我们所有的只是'诗'、'文'、'词'、'曲'这许多零碎的门类。……'诗'是'诗','文'是'文',分茅设蕝,各有各的规律和使命。'文以载道'的'文'字,通常只是指'古文'或散文而言,并不是用来涵盖一切的近世所谓'文学';而'道'字无论依照《文心雕龙·原道》篇作为自然的现象解释,或依照唐宋以来的习惯而释为抽象的'理'。'道'这个东西,是有客观的存在的;而'诗'呢,便不同了。诗本来是'古文'之余事,品类(Genve)较低,目的仅在乎发表主观的感情——'言志',没有'文'那样大的使命。所以我们对于客观的'道'之能'载',而对于主观的感情便能'诗者持也'地把它'持'(Control)起来。这两种态度的分歧,在我看来,不无片面的真理;而且它们在传统的文学批评上,原是并行不背的,无所谓两'派'。所以许多讲'载道'的文人,做起诗来,往往'抒写性灵',与他们平时的'文境'绝然不同,就由于这个道理。"[1]钱锺书认为周作人受西方文艺学的概念影响,对中国传统的文学术语的含义分辨不清,强行比附。所以《中国新文学的源流》一书从根本理论和事实上就站不住脚。也许是由于钱锺书对他的这个发现特别得意,也许是觉得问题论述得还不够清楚,所以多年以后,他又旧话重提,在《中国诗与中国画》一文中,用浅白易懂的语言和一系列形象生动的比喻,进一步来说明了这个问题。他说:"我们常听说中国古代文评里有对立的两派,一派要'载道',一派要'言志'。事实上,在中国传统里,'文以载道'和'诗以言志'主要是规定

---

[1] 中书君:《中国新文学的源流》,《新月》月刊第4卷第4期,1932年11月1日。

个别文体的职能,并非概括'文学'的界说。'文'常指散文或'古文'而言,以区别于'诗'、'词'。这两句话看来针锋相对,实则水米无干,好比说'他去北京'、'她回上海',或者羽翼相辅,好比说'早点是稀饭','午餐是面'。因此,同一个作家可以'文载道',以'诗言志',以'诗余'的词来'言'诗里说不出的'志'。这些文体就像梯级或台阶,是平行而不平等的,'文'的等次最高。西方文艺理论常识输入以后,我们很容易把'文'一律理解为广义的'文学',把'诗'认为文学创作精华的同义词。于是那两句老话仿佛'顿顿都喝稀饭'和'一日三餐全吃面'或'两口都上北京'和'双双同去上海',变成相互排斥的命题了。"[1] 我们把钱锺书不同语体,不同时期对同一问题的论述放到一起,便于读者比较赏析,从中也可以领略其早年"凌云健笔",晚年老而更成的文章风格。另外,从他多次对同一问题的论述中看到他对这一问题的重视程度。可以说,反对"强为比附"是他从青年到晚年始终如一的态度。晚年当他看到一些对中外文学传统都一知半解的人在大谈"比较文学"时,就不无讽刺地想起小学里的造句:"狗比猫大,牛比羊大。"反对把西方文艺学名词硬套在中国文学身上,"强作解事,妄为别裁"。

第三节 文学史的断代与分期

文学史的断代分期很大程度上是著者为了表述上的清楚与方

---

[1] 钱锺书:《中国诗与中国画》,见《钱锺书论学文选》第6卷,花城出版社,1990年版,第4页。

便。一般文学史在断代上习惯于分为上古、中古、近代、现代或16世纪、17世纪、18世纪……这种笼统的以整体的时间切割来断代分期的方式其实并不能凸显文学史发展的实际情况。某一时期或某一阶段的文学史是要描述出这一时期或一阶段的文学总体概貌、发展走向及它与其他时期或阶段的文学的不同特色,而不是不考虑文学发展特点的时间切割,也不是如勃兰兑斯似的只论述一个世纪的某种文学思潮或流派。文学史不像一块豆腐,可以由着我们整整齐齐地切割成大小均等的方块。文学的发展更像绵延流动不息的长江大河,我们对这条大河的把握,考察它某一段的地形地貌、水流情况等,比量出它的长度进行等距离地分割更有意义。所以,按照上古、中古、近代、现代或16世纪、17世纪、18世纪这样的分期法来写文学史,显示不出文学发展的特点和规律,因为文学的发展变化不一定都要等到世纪之交的交界点上。钱锺书认为文学史的划分时期自然不能像比着尺子画表格一样精细分明,然而"作者之宗风习尚,相革相承,潜移默化,由渐而著,固可标举其大者著者而区别之"①。在具体的时期划分上他主张两条原则:

一、朝代的更替会影响到社会的风气和民族的心理从而影响到文学的风格和面貌,所以断代宜"断从朝代"。他说:"吾国易代之际,均事兵战,丧乱弘多,朝野颠覆,茫茫浩劫,玉石昆岗,惘惘生存,丘山华屋。当此之时,人奋于武,未暇修文,词章亦以少少衰息矣。天下既定于一,民得休息,久乱得治,久分得合,相与燕忻其私,而在上者又往往欲润色鸿业,增饰承平,此

---

① 钱锺书:《中国文学小史序论》,《国风》半月刊第3卷第8期,1933年10月16日。

时之民族心理,别成一段落,所谓兴朝("Century of hope")气象,与叔季(Fin de Siécle)性情,迥乎不同。而遗老逸民,富于故国之思者,身世飘零之感,宇宙摇落之悲,百端交集,发为诗文,哀愤之思,憯若风霜,憔悴之音,托于环珶;苞稂黍离之什,旨乱而词隐,别拓一新境地。赵翼《题梅村集》所云:'国家不幸诗人幸,说着沧桑语便工',文学之与鼎革有关,断然可识矣。夫断代分期,皆为著书之便;而星霜改换,乃天时运行之故,不关人事,无裨文风,与其分为上古、中古或17世纪、18世纪,何如汉魏唐宋,断从朝代乎"?

二、就作家作品的断代分期不仅考虑时间的先后,而更重要的要考虑作品的风格特征。严羽在《沧浪诗话·诗体》中从诗歌的风格即诗体的角度把唐诗大致分为初盛中晚。即"唐初体(唐初犹袭陈隋之体),盛唐体(景云以后,开元、天宝诸公之诗),大历体('大历十才子'之诗),元和体(元、白诸公),晚唐体,本朝体(通前后而言之,元祐体,苏、黄、陈诸公),江西宗派体(山谷为之宗)"。对此,钱谦益批驳说:"世人之论唐诗者,必曰初、盛、中、晚。……夫所谓初、盛、中、晚,论其世也,论其人也。以人论世,张燕公、曲江,世所称初唐宗匠也。燕公自岳州以后,诗章凄婉,似得江山之助,则燕公亦初亦盛。曲江自荆州以后,同调讽咏,尤多暮年之作,则曲江亦初亦盛。以燕公系初唐也,溯岳阳酬和之作,则孟浩然应亦盛亦初。以王右丞系盛唐也,酬春夜竹亭之赠,同左掖梨花之咏,则钱起、皇甫冉应亦中亦盛。一人之身,更历二时,将诗以人次耶?抑人以时降耶?世之荐樽盛唐,开元、天宝而已,自时厥后,皆自郐无讥者也。诚如是,则苏、李、枚乘之后,不应复有建安有黄初;正始之后,不应复有太康有元嘉；开元天宝已往，斯世无烟云风月，而斯人无性情，同归于墨穴木偶而后可也。"[1] 这里钱谦益举出一些诗人由于诗歌风格的变化无法用初盛中晚的概念来包容和界定从而否定初、盛、中、晚的分期。以张说（张燕公）、张九龄（曲江）为例，张说和张九龄是人所共知的初唐大家。张说被贬为岳州刺史后，诗风变得凄婉，人们说是"得江山之助"。这样看张说又是初唐又是盛唐。张九龄的诗早年词采清丽，情致深婉，被贬为荆州长史后风格转趋朴素遒劲。按初、盛、中、晚的分法，那么张九龄也是又是初唐又是盛唐。如果张说是初唐，看其岳阳酬和之作与孟浩然风格相近，那么孟浩然应该是又是盛唐又是初唐。如果王维是盛唐，当时钱起与其的酬春夜竹亭赠别的诗，皇甫冉同其咏"左掖梨花"之作，诗风闲雅流丽，清逸俊秀，那么则钱起、皇甫冉也应该又是中唐又是盛唐了。于是钱谦益指责说"一人之身，更历二时，将诗以人次耶？抑人以时降耶？"。他说世人都推举盛唐，开元、天宝而已，认为自此以后的就不值得评论了。真的那样的话，那么苏武、李陵、枚乘之后，不应再有建安文学和黄初[2]文学；正始文学之后，不应再有太康文学和元嘉文学；开元天宝以后，难道这个世界就没有烟云风月了，而那些人也都是无性情的木偶了吗？对此，钱锺书批驳说："不知所谓初盛中晚，乃诗中之初盛中晚，与政事上之初盛中晚，各不相关。尽可身生于盛唐之时，而诗则畅初唐之体；济二者而一之，非愚即诬矣！"就是说，严羽所说的初盛中晚，是从诗的风格即诗体上划分的，与政

---

[1] 钱谦益：《唐诗英华序》，《牧斋有学集》，卷十五。
[2] 黄初：魏文帝曹丕的年号。

事或时间上的初盛中晚不是一一对应的。诗人尽可以身生于盛唐之时而他的诗却正好符合初唐的风格。把风格和政事或时间这两码事搅和成一码事，这不是愚蠢就是有意的诬陷。再譬如袁枚在《随园诗话》十六卷《答施兰坨论诗书》中批评诗分唐宋的说法。他说"夫诗无所谓唐宋也。唐宋者，一代之国号耳，与诗无与也。诗者，各人之性情也，与唐宋无与也"。并引徐嵩的话说"吾恨李氏不及姬家耳！倘唐朝亦如周家八百年，则宋、元、明三朝诗，俱号称唐诗；诸公何用争哉！须知论诗只论工拙，不论朝代。譬如金玉，生于今之土中，不可谓非宝也"。其实严羽提出唐诗宋诗，是对诗歌在唐宋不同的发展时期所表现出的总体性的特征的一个大致的概括。并不一定唐诗必是唐人所作，宋诗必为宋人所为，而是说诗的两种大致的风格，即"尚理"者近宋，"尚意兴"者近唐。对袁枚徐嵩主张的论诗只论性情、工拙，不论朝代的观点，钱锺书批评其为"似是而非之谈"。他说："脱令袁氏之言而信，谈艺者遇欧梅黄陈，亦当另标名目，何者？以其体貌悬殊，风格迥异，不得与晚唐之温李皮陆等类齐观也。"也就是说如果按袁枚的说法，那么研究文学的人对欧阳修、梅尧臣、黄庭坚、陈师道等也要另标名目了，因为他们的风格与晚唐的温庭筠、李商隐、皮日休、陆龟蒙等差别很大，就不能放在同一类里了。钱锺书认为"曰唐曰宋，岂仅指时代（Chronological Epithet）而已哉，亦所以论其格调（Critical Epithet）耳"。在其最重要的诗学著作《谈艺录》开篇即谈"诗分唐宋"的问题。再次明确主张："余窃谓就诗论诗，正当本体裁以划时期，不必尽与朝政国事之治乱盛衰吻合。……唐诗、宋诗，亦非仅朝代之别，乃体格性分之殊。天下有两种人，斯分两种诗。唐诗多以丰神情韵擅长，宋诗多以筋骨思理见胜。……曰唐曰宋，特举大概而言，为称谓之便。非曰唐诗必出唐人，宋诗必出宋人也。故唐之少陵、昌黎、香山、东野，实唐人之开宋调者；宋之柯山、白石、九僧、四灵，则宋人之有唐音者。《杨诚斋集》卷七十九《江西宗派诗序》曰：'诗江西也，非人皆江西也。'……诗人之分唐宋，亦略同杨序之旨。……且又一集之内，一生之中，少年才气发扬，遂为唐体，晚节思虑深沉，乃染宋调。"[1] 按钱锺书的理解，所谓初盛中晚或唐诗、宋诗的说法，不是严格按照朝代或时间来说的，而是主要是考虑诗人的个性风格的一种心有会通的简便称谓。不要总用朝代或时间的标尺来丈量挑剔。

第四节　重在"考论行文之美"的述史原则

从强调文学自身的审美特性的文学本体论思想的角度，钱锺书主张选择入史作品的标准要"以能文为本"而不当"以立意为宗"，即重在"考论行文之美"的述史原则。他不赞成那种把作品与时代环境紧紧绑在一起来考论作品成败的所谓"社会造因"说，即近代由西方传入且在五四后流行的社会历史批评理论。

我国传统文学批评论到时代与文学的关系总是概括地归纳某一时代文学的总体风格或特征而很少具体地分析时代环境对形成作品的思想内容和风格的影响。如前节说到严羽在《沧浪诗话》中把唐诗大致分为初盛中晚；王国维在《宋元戏曲史·自序》中

---

[1] 钱锺书：《谈艺录》（补订本），中华书局，1984年版，第1—4页。

也说："凡一代有一代之文学：楚之骚，汉之赋，六代之骈语，唐之诗，宋之词，元之曲，皆所谓一代之文学，而后世莫能继焉者也。"①均是从作品的风格或体裁的角度来概括不同的时代文学的不同的风格特征。到五四文学革命时，胡适从文学进化论的观念提倡文学改良，在《历史的文学观念论》中说："居今日而言文学改良，当注重'历史的文学观念'。一言以蔽之，曰：一时代有一时代之文学。""今日之文学，当以白话文学为正宗。"这种"历史进化的文学观，初看去好象貌不惊人，其实是一种'哥白尼的天文革命'。"②这里胡适强调时代因素对文学的影响，已经带有了社会历史批评的特征。

社会历史批评的奠基人是法国文学理论家丹纳，他的文艺美学著作《艺术哲学》就是运用社会学中的地理学派和生物学派的观点，从种族、环境、时代这三方面来研究文学艺术的产生、发展及特征。强调文学艺术与时代、环境的密切关系。开创了社会历史批评派从社会历史角度观察、分析、评价文学现象的先河。

社会历史批评派主张文学在本质上是对社会生活的再现，因此研究文学作品应该重视对其产生的时代与环境的考察与研究，即研究作品产生的"社会造因"，同时又强调作品对社会的反作用，即对民众的启蒙教育作用。基于这样的前提，形成了社会历史批评派重真实性、思想性和社会效果的批评标准。所谓真实性即作品所塑造的艺术形象及所展现的社会生活必须真实可信，符合现实生活的实际情况；所谓思想性即强调作品主题的正确性与深刻性；所谓社

---

① 王国维：《宋元戏曲史·自序》，中国和平出版社，2014年版，第1页。
② 胡适：《历史的文学观念论》，《胡适文存》第一集，黄山书社，1996年版，第24页。

会效果即看文学作品通过创造具有审美意义的文学形象以丰富人们的知识，影响人们的思想感情和世界观，即对民众的启蒙教育作用。社会历史批评从哲学的高度来探讨社会历史与文学的关系，开拓了文学研究的深度和广度。但是，由于过分强调文学与社会生活的关系而相对忽略了文学作品的独立价值和自身特性。中国20世纪30年代的文学主潮已经由五四启蒙文学转变为左翼的阶级文学，社会历史批评被提到前所未有的高度甚至被庸俗社会化。就是在这种情况下，钱锺书坚持文学作品的独立价值和自身的审美特性的文学本体论思想，坚持评价作品要重在"考论行文之美"，要"以能文为本"而不当"以立意为宗"，对庸俗的"社会造因"说、题材或体裁决定论、反映真实论、社会效果论等进行了批评。

先看对"社会造因"说的批评。为批评"社会造因"说，钱锺书先论证历史上的因果关系难以判定何为因何为果。他说："惟历史现象之有因果为一事，历史现象中孰为因孰为果复是一事，前者可以推而信之，后者必得验而识之。然每一历史现象，各为个别（Uniquity），无相同之现象，可以附丽成类（Class），而事过境迁，包涵者多既不能施以隔离（Isolation），又勿克使之重为搬演（Repetition），以供验核之资，MILL 五术，真有鼫鼠技穷之叹矣！故吾侪可信历史现象之有因果关系，而不能断言其某为因某为果，浑二事而一之，未之思耳！"[1] 钱锺书不否认历史现象之间有因果关系，但认为这种因果关系相当复杂，很难简单地一对一判定因果。作为特殊的精神现象的文学更有其自身的特点和规律，就更不是简单的社会造因所能解释得清的了。因此钱锺书

---

[1] 钱锺书：《中国文学小史序论》，《国风》半月刊第3卷第8期，1933年10月16日。

主张:"当因文以知世,不宜因世以求文;因世以求文,鲜有不强别因果者矣!……且文学演变,自有脉络可寻,正不必旁征远引,为枝节支离之解说也。"① 即可以由文学作品了解事情世事,而不能用事情世事来推断文学作品。要尊重文学发展自身的特点和规律。对一些文学史作者固执于"社会造因"说而以普通社会状况解释特殊的文学风格,认为某种文学的产生都是由于某种时代和环境的原因。钱锺书批评说:"同时同地,往往有风格绝然不同之文学,使造因止于时地而已,则将何以解此歧出耶?盖时地而外,必有无量数影响势力,为一人所独具,而非流辈所共被焉。故不预言因果则已,若欲言之,则必详搜博讨,而岂可以时地二字草草了之哉!"② 在同样的时代和环境下产生往往风格绝然不同的作品,所以除去时代环境而外还有许多影响文学创作的原因,其中作家自身的个性与才华是不可忽略的重要因素。时代环境只是文学创作的诱因或触媒,而作品的好坏美丑及风格则取决于作家的个性、修养与才学。所以不能把文学创作这一复杂的精神创造活动简单地归于"社会造因",而是客体(时代环境)和主体(作者)相互作用的复杂过程。钱锺书认为:"文学之风格、思想之形式,与夫政治制度、社会状态,皆视为某种时代精神之表现,平行四出,异辙同源,彼此之间,初无先后因果之连谊,而互为映射阐发、正可由以窥见此种时代精神之特征;较之社会造因之说,似稍谨慎,……时势身世不过能解释何以而有某种作品,至某种作品之何以为佳为劣,则非时势身世之所能解答,作品之发生与作品之价值,绝然两事;感遇发为文章,

---

① 钱锺书:《中国文学小史序论》,《国风》半月刊第3卷第8期,1933年10月16日。
② 钱锺书:《中国文学小史序论》,《国风》半月刊第3卷第8期。1933年10月16日。

才力定其造诣,文章之造作,系乎感遇也,文章之造诣,不系乎感遇也,此所以同一题目之作而美恶时复相径庭也。社会背景充其量能与机会,而不能定价值。"对于那种以时代环境、作家身世经历来判定作品优劣的做法,钱锺书批评说那就等于说受宫刑的就都能成为司马迁,住过马厩的就都能成为苏颋了①。这样王世贞《文章九命》里对自己坎坷命运的悲叹就适用于普天下的文人墨客了②。

再看对"题材或体裁决定论"的批评。为了批评"题材或体裁决定论"的错误观点,钱锺书先对一些人把《文选序》与《文心雕龙》等量齐观的做法和萧统选文章的标准进行批评和厘清。首先对一些人受萧统《文选序》影响而形成的一些错误看法进行批评。他说:"自来论六朝文艺批评者,多以萧统《文选序》与刘勰《文心雕龙》并举,而不知二者之相凿枘,斯真皮相耳食,大惑不解者也!"③对那些说起六朝文艺批评就笼统地把《文选序》和《文心雕龙》拉在一起而不知道二者之间观点的差别与矛盾的看法,钱锺书认为那都是不加省察的皮相之见,犹以耳而食不能知味也。凌廷堪在《校礼堂集·上洗马翁覃溪师书》中说:"《周官》、《左传》,本是经典,马《史》、班《书》,亦归记载;孟荀

---

① 苏颋,唐朝大臣、文学家。官至右丞相。苏颋幼时得不到父亲的疼爱,常和仆人们住在一起。但他喜欢读书,晚上没有灯光照明,他就到马棚里的炉灶边,把炉灰扒开,吹得火亮起来,他就利用这火光来读书。

② 王世贞,嘉靖二十六年进士,得罪严嵩遭到贬谪,其父被构陷处死。隆庆初,王世贞被平反恢复名誉,后来官至刑部尚书。王世贞作《文章九命》,是对自己的人生际遇的感慨。文章九命:"一曰贫困,二曰嫌忌,三曰玷缺,四曰偃蹇,五曰流贬,六曰刑辱,七曰夭折,八曰无终,九曰无后。"

③ 钱锺书:《中国文学小史序论》,《国风》半月刊第3卷第8期,1933年10月16日。

著述,迥异弘篇,贾孔义疏,不同盛藻,所谓'文'者,屈宋之徒,爰肇其始;萧统一序,已得要领,刘勰数篇,尤征详备。"对此,钱锺书批评说:"其说支离悠谬,不可究诘;果如所言,'屈宋肇始',风诗三百,将置何地?"

按照凌廷堪的说法,《周官》《左传》这些儒家经典,《史记》《汉书》这些记事性作品,《孟子》《荀子》这些议论性作品及贾谊的奏疏、孔颖达的正义之类均与文学无关,所谓文学是从屈原的骚体和宋玉的辞赋才开始的。这是按题材与体裁划分,把记事说理的作品都排除在文学之外。对此钱锺书批评他思路混乱,结论荒谬,经不得追究。诘问如果像他说的文学是从屈原和宋玉才开始的,那么把《诗经》放到哪里去呢?

凌廷堪的观点是受萧统的影响。萧统在《文选序》中说:"若夫姬公之籍,孔父之书,与日月俱悬,鬼神争奥,孝敬之准式,人伦之师友,岂可重以芟夷,加之剪截?老、庄之作,管、孟之流,盖以立意为宗,不以能文为本。今之所撰,又以略诸。若贤人之美辞,忠臣之抗直,谋夫之话,辨士之端,冰释泉涌,金相玉振。所谓坐狙丘,议稷下,仲连之却秦军,食其之下齐国,留侯之发八难,曲逆之吐六奇,盖乃事美一时,语流千载,概见坟籍,旁出子史。若斯之流,又亦繁博,虽传之简牍,而事异篇章。今之所集,亦所不取。至于记事之史,系年之书,所以褒贬是非,纪别异同。方之篇翰,亦已不同。若其赞论之综辑辞采,序述之错比文华,事出于沈思,义归乎翰藻,故与夫篇什,杂而集之。"[①]

---

① 萧统:《文选序》,孟蓝天,赵国存等编著:《中国文论精华》,河北教育出版社,1993年版,第276—277页。

这里萧统就是从题材与体裁的角度考虑，把周公、孔子撰写的那些讲道德人伦的典籍，老子、庄子、管子、孟子等先秦诸子以表达思想见解为宗旨的著作略去不收；认为那些圣贤的美好辞句，忠臣的耿直言论，谋士的话语，雄辩家的言辞跟文艺作品毕竟不同，所以也不收入；至于像那些记事和编年的史书，是用来褒贬是非，记清历史事件发生的时间的，和文学作品相比也有所不同。像那些"赞论"综合连缀华丽的辞藻，"述赞"组织安排漂亮的文词，因为事情、道理出自深刻的构思，最后表现为优美的文采，所以算得上是文艺作品，我就旁搜博采，选辑入书。对此，钱锺书批评萧统的衡文标准一是以题材为准，均采抒情言志之作，不收说理纪实之篇，若以昔日"四部"之目当之，则是专取集部，而遗经史子三部也。把文学空间限制得过于狭小；二是思路混乱，进退失据，于理大乖。既然以题材为准，然而又以"综辑辞采""错比文华"为由，选了史中的"赞论"和"述赞"，这又不是看题材而是看风格，如若看风格，那么老子、庄子、管子、孟子、左丘明、司马迁等都是道理出自深刻的构思，最后表现为优美的文采，为什么都不选呢？

钱锺书认为刘勰《文心雕龙》和萧统《文选序》的观点是不同的。"《雕龙》则《原道》、《征圣》，已著远瞩；《宗经》一篇，专主修词；《史传》、《诸子》，均归论述；虽不必应无尽无，而实已应有尽有，综概一切载籍以为'文'，与昭明之以一隅自封者，适得其反，岂可并称乎？"[①]《文心雕龙》不以题材或体裁来限定文学，对此钱锺书是赞同的。其实这还是一个写什么与怎么写的

---

① 钱锺书：《中国文学小史序论》，《国风》半月刊第 3 卷第 8 期，1933 年 10 月 16 日。

问题。作家所从事的是一个特殊的职业,他永远在"写什么"和"怎么写"上创新和探索,容不得半点偷懒和懈怠,如果作家只是轻车熟路地重复自己,这当然是省了劲了,可读者也就省了看了。所以创新不但是作品的第一生命,而且是作家的艺术生命。就创新的角度来讲,"怎么写"比"写什么"更有实际操作性。因为取自现实生活的题材具有相对的稳定性和客观性,不能日日更新,更不能随意创造,而表现方法却可以永远变化,花样翻新,出奇制胜。另外,一个作家"写什么"只能表明他的态度或立场,而"怎么写"才表现出他的智慧和才华。所以作家"写什么"不必硬性规定,更不能整齐划一。机械地划分"重大题材"和"非重大题材"是有违艺术规律的"题材决定论"。简单地区分所谓现实题材、历史题材、农村题材、工业题材、知识分子题材、军事题材等也就犹如牧羊人把黑羊、白羊、山羊、绵羊分头统计一样,除了记数上的方便,没有什么实质的意义。20世纪30年代初,早期左翼文学出现了描写革命加恋爱的"革命的罗曼蒂克"倾向,规定无产阶级文学只能写"反帝国主义""反军阀主义""苏维埃运动""白军剿共的反动罪恶""农村萧条和地主压迫"等五种题材①。为纠正这种偏向,鲁迅在《关于小说题材的通信》中指出:"如果是战斗的无产者,只要所写的是可以成为艺术品的东西,那就无论他所描写的是什么事情,所使用的是什么材料,对于现代以及将来一定是有贡献的意义的。……现在能写什么,就写什么,不必趋时,自然更不必硬造一个突变式的革命英雄,自称'革命

---

① 《中国无产阶级革命文学的新任务——一九三一年十一月中国左翼作家联盟执行委员会的决议》,《文学导报》第1卷第8期,第5页。

文学'。"①在1936年的"两个口号的论争"中,在批评"国防文学"派作家的"不是国防文学,就是汉奸文学"的简单地以题材划线的错误观点时,鲁迅明确表示:"我以为文艺家在抗日问题上的联合是无条件的,只要他不是汉奸,愿意或赞成抗日,则不论叫哥哥妹妹,之乎者也,或鸳鸯蝴蝶都无妨。但在文学问题上我们仍可以互相批判。"②可见作品给人的审美享受乃至概括与描绘时代生活的深度和广度不是由题材决定的,而取决于作者的艺术概括能力和表现技巧。所以在"写什么"的问题上作家可以根据自己的生活积累和体验及自己的才情与气质对自己认为有价值、有意义的东西进行加工提炼,艺术地表现出来。而艺术地表现方式,即"怎么写"是作家有效的创新途径。同一题材从不同的角度观察,用不同的表现方法可以产生不同的作品。钱锺书认为:"文者非一整个事物（Self-contained entity）也,乃事物之一方面（Aspect）。同一书也,史家则考其述作之真赝,哲人则辨其议论之是非,谈艺者则定其文章之美恶；犹夫同一人也,社会科学取之为题材焉,自然科学亦取之为题材焉,由此观点（Perspective）之不同,非关事物之多歧。论文者亦以'义归乎翰藻'为观点而已矣,于题材之'载道'与'抒情'奚择焉？"③按钱锺书的意思,衡量是否文学作品不看题材,也不看其使用什么表现方法,而是看其是否有审美价值。他说:"宙合间万汇百端,细大不捐,莫非文料,

---

① 鲁迅:《关于题材问题的通信》,《鲁迅全集》第4卷,人民文学出版社,2005年版,第378页。
② 鲁迅:《答徐懋庸并关于抗日统一战线问题》,《鲁迅全集》第6卷,人民文学出版社,2005年版,第550页。
③ 钱锺书:《中国文学小史序论》,《国风》半月刊第3卷第8期,1933年10月16日。

第视乎布置熔裁之得当否耳，岂有专为行文而设（Qua literary）之事物耶？且文学题材，随时随人而为损益；往往有公认为非文学之资料，无取以入文者，有才人出，具风炉日炭之手，化臭腐为神奇，向来所谓非文学之资料，经其着手成春之技，亦一变而为文学，文学题材之区域，因而扩张，此亦文学史中数见不鲜之事。"① 这和林语堂主张的 "宇宙之大，苍蝇之微，皆可取材"② 相一致。不重题材而重作者的慧心慧眼与着手成春之技。认为文学作品最重要的不在于用什么样的题材来抒发作者的情感，而在作品的效果是否能够感染读者。所以像 "《论语》之冷冷善言，《孟子》之汩汩雄辩，《庄子》澜翻云谲，豪以气轹"③ 的作品，其怡情悦性，比起那些一般的游子闺妇思乡望远的作品，其感人的程度都有过之无不及。怎么能排除在文学之外呢？

　　就作品感染读者的效果来说，钱锺书主张要区别 "题材本为抒情而能引起读者之同情与美感" 和 "题材不事抒感言情而能引起读者之同情与美感" 的两种情况，即区别文学的感染力与认识教育作用的区别。认为真正的文学性不在于题材而在于别出心裁的技巧与形式。他说："盖物之感人，不必内容之深情厚意，纯粹形式，有体无情者其震荡感激之力，时复绝伦，观乎音乐可知矣。"④ 此外，并不是载道说理的就陈腐落套，而抒情言志的就新颖创辟。其实许多抒情言志之作也因袭而成窠臼。"言哀已叹之声，涉乐必笑之状，前邪后许此呻彼吟，如填匡格，如刻印板，

---

① 钱锺书：《中国文学小史序论》，《国风》半月刊第3卷第8期，1933年10月。
② 林语堂：《人间世·发刊词》，1934年4月5日。
③ 钱锺书：《中国文学小史序论》，《国风》半月刊第3卷第8期，1933年10月。
④ 钱锺书：《中国文学小史序论》，《国风》半月刊第3卷第8期，1933年10月。

'许浑千首诗,杜甫一生愁',土饭陈羹,雷同一律;施则发表'个性',终乃仅见'性'灵,无分'个'别。"钱锺书在论小品文的时候指出:"小品文也有载道说理之作,可见'小品'和'极品'的分疆,不在题材或内容而在格调(style)或形式了。"[①]所以不能用载道说理还是抒情言志来限定是否文学。再有,钱锺书认为就文学史来说,重的是传信纪实,如果把孔孟老庄,《汉书》《史记》等以题材的关系而一笔抹杀,那么后代文学所受它们的影响也就无可考见了。所以研究或记述古人文学时必须尊重历史,而不能拿今天的文学理论来"强作解事,妄为别裁"。即便你今天的理论是对的,那也是不忠于古人的,更何况你的理论本身就有问题呢。

钱锺书认为,题材、体裁的分类,只是为了述说方便而已,不能用来作为鉴赏或评价文学作品优劣的价值标准。他说:"盖吾国评者,夙囿于题材或内容之说——古人之重载道,今人之言'有物',古人之重言志,今人之言抒情,皆鲁卫之政也。究其所失,均由于谈艺之时,以题材与体裁或形式分为二元,不相照顾。而不知题材、体裁之分,乃文艺最粗浅之迹,聊以辨别门类(Class Ficatory Concepts),初无与于鉴赏评骘之事。譬如杜甫《秋兴诗》、夏珪《秋霖图》,论其取材,同属秋令,论其制体,一则七言律诗,一则水墨大幅:足资编目录立案卷者之方便而已,与杜诗、夏画之命脉精神,有何关涉。"[②]

钱锺书还对"反映真实论"和"社会效果论"进行了批评。就"反

[①] 钱锺书:《近代散文钞》,《新月月刊》第4卷第7期,1933年6月1日。
[②] 钱锺书:《中国文学小史序论》,《国风》半月刊第3卷第8期,1933年10月。

映真实论"的问题，钱锺书主张文艺的真伪取决于自身艺术的美丑，而不是以其所言事实的真妄而判断艺术本身的美丑。王充在《论衡·对作》篇说："起众书并失实，虚妄之言胜真美也。故虚妄之语不黜，则华文不见息，华文放流，则实事不见用。"对此，钱锺书批评说，如果王充所说的指文艺而言，"则断然无当也"。"所谓'虚实'，果何所指？'虚实'之与'真伪'，是一是二？文艺取材有虚实之分，而无真妄之别，此一事也。所谓'真妄'，果取决于世眼乎？抑取决于文艺之自身乎？使取决于世眼，则文艺所言，十九皆世眼所谓虚妄，无文艺可也；使取决于文艺之自身，则所言之真妄，须视言之美恶为断，不得复如充所云，以言之美恶取决于所言之真妄，蹈循环论证之讥，此二事也。即使文之美恶与材之真妄为一事，而充云：'非苟调文饰词为奇伟之观'，则似乎奇伟之美观，固可以虚饰为之者，美之与真，又判为二事矣。数语之内，自相矛盾，此三事也。"① 这里钱锺书从文学自身特性，即取材有虚实，文学能虚构的角度立论，批评王充把文艺简单为"考镜思想"。钱锺书认为文学作品允许虚构。他说"窃以为惟其能无病呻吟，呻吟而能使读者信以为有病，方为文艺之佳作耳"。也就是说作品的可接受性或文学性才是最重要的，可接受性或文学性就是作品的"真"。

就社会效果的问题，钱锺书批评了把"可歌可泣"视为好作品的标准的看法。他说："仅以'可歌可泣'为标准，则神经病态之文学观而已。且如报章新闻之类，事不必奇，文不必丽，吾人一览标题，即复兴奋，而岁月逾迈，则断烂朝报，无足感人；

---

① 钱锺书：《中国文学小史序论》，《国风》半月刊第3卷第8期，1933年10月。

盖时事切近则易于感激,初不系乎文章之美恶,代移世异,然后真相渐出,现代文学之以难于论定者此也;倘仅以'曾使人歌使人泣'者为文学,而不求真价所在,'则邻猫生子'之消息,皆可为'黄绢幼妇'之好词矣。"①此外,钱锺书认为不能以读者多少来定作品优劣。他说:"惟其读者之多寡不足定作品之优劣,故声华煊赫之文,往往不如冷落无闻之作,……文学非政治选举,岂以感人之多寡为断,亦视能感之度,所感之人耳。"显然,钱锺书重的是作品的审美性或文学性。(参见本书第二章第四节)

总之,钱锺书批评了社会造因说、题材决定论、反映真实论及社会效果论,主张文学史的选文标准应该重在"考论行文之美",宜"以能文为本"而不当"以立意为宗"。

第五节　揭橥中国固有的文学批评的"人化"特点

钱锺书融贯古今中外,青年时期就已经"放眼世界"了。在他早期发表的一系列书评及论文中,就开始评论和大量援引西方的休谟(David Rume)、格林(T.H.Green)、罗素(Bertrand Russel)、皮亚杰(Jean Piaget)、艾略特(T.S.Eliot)、瑞恰慈(Richards)、克罗齐(Croce)等哲学家、心理学家、美学家和文学家的思想和观点了,就开始做中西文评的"打通"——用现在流行说法是"接轨"工作了。可见钱锺书绝不是闭关自守的。翻阅他的《谈艺录》《管锥编》则知,1980 年代曾在我国出尽风头

---

① 钱锺书:《中国文学小史序论》,《国风》半月刊第 3 卷第 8 期,1933 年 10 月。

的西方现代资产阶级的各种主义,文学上的各种流派,其实钱锺书大多已经论述介绍过了,在他那里已算不上新货色了。但是,钱锺书对西学的态度,完全是鲁迅所主张的"运用脑髓,放出眼光,自己来拿"[①]。经过分析和选择,吸收并消化,使之成为我们民族文化的养料。不像一些人,对待"西学"或"传统","未饮先醉","不东倒则西欹",自己尚属一知半解,就高声吆喝,到处兜售。钱锺书融通中西文化的立足点是站在民族文化一边,他有极强的民族自尊心,这一点,我们在读他的著述和作品时总能感受得到。比如《管锥编》开篇,钱锺书在辨析"易之三名"时,顺便批评"黑格尔尝鄙薄吾国语文,以为不宜思辨;又自夸德语能冥契道妙,举'奥伏赫变'(Aufheben)为例,以相反两意融于一字,……其不知汉语,不必责也;无知而掉以轻心,发为高论,又老师巨子之常态惯技,无足怪也;然而遂使东西海之名理同者如南北海之马牛风,则不得不为承学之士惜之。"[②] 再如,1980年代,"意识流"闹得沸沸扬扬,许多人以为这是外国独有中国从无的新玩意儿,而钱锺书则在《管锥编》中指出我国古代早有"思若流波,恒兮在心":"思君如流水,何有穷已时";"思君意不穷,长如流水注";"水流心不竞"等"思"的说法。词人对"意识流"体察已经很精细了,只是没有学人标出"意识流"理论而已。[③] 至于他小说散文中那些对人的"根性弱点"的辛辣讽刺,和鲁迅对落后的"国民性"的挖掘一样,是要催人猛醒。所以说,钱锺书是

---

① 鲁迅:《拿来主义》,《鲁迅全集》第6卷,人民文学出版社,2005年版,第40页。
② 钱锺书:《管锥编》第一册,中华书局,1986年版,第1—2页。
③ 钱锺书:《管锥编》第二册,中华书局,1986年版,第618页。

现代最早"走向世界"的作家和学者之一,但他的落脚点又总不离民族文化的土壤,既不闭关自守,又不崇洋媚外。正像王蒙说的:"在钱先生那里,既无'自由化'又无'僵化'。"①

所谓世界性的作品,不是把世界各民族的特点都汇集一身的作品,而是突出本民族的特点而又能被其他民族理解、接受和赏识的作品。钱锺书在论文时,强调文学的民族特色,强调"文学随国风民俗而殊,须各还其本来面目"②。那么中国文学批评的特点是什么呢?

就文学鉴赏与批评来说,钱锺书在《中国固有的文学批评的一个特点》③这篇长文中,认为中国固有的文学批评的特点就是"人化"文评。即把文章通盘人化或生命化,视之为像我们自己一样的活人。如《文心雕龙·风骨篇》有"词之待骨,如体之树骸,情之含风,犹形之包气……瘠义肥词";《附会篇》又说:"以情志为神明,事义为骨髓,词采为肌肤,宫商为声气……义脉不流,偏枯文体";《颜氏家训·文章篇》说:"文章常以理智为心肾,气调为筋骨,事义为皮肤。"诸如此类的例子很多。并且品评文章的人总是用"气""骨""力""魄""神""脉""髓""文心""句眼""肌理"等人化的名词。所以,中国固有的文艺批评是一种把文章看作自身的"人化"文评。西方虽然也有一些把文章与人身相比附的说法,但是,它们在西洋文评里,不过是偶然的比喻,信手拈来,随意放下,并未沁透文人的意识,成为普遍的假设和专门的术语,

---

① 陈子谦:《钱学论》,教育科学出版社,1994年版,第3页。
② 钱锺书:《中国文学小史序论》,《国风》半月刊第3卷第8期,1933年10月16日。
③ 钱锺书:《中国固有的文学批评的一个特点》,《文学杂志》,1937年1卷4期。

所以与我国的"人化"文评是貌同心异。钱锺书详细分辨了西方这种与我们貌同心异的批评现象，指出西方的有关以人为喻的批评算不上"人化"文评。比如，西塞罗说："美有二种：娇丽者，女美也；庄严者，男美也。"钱锺书说："这当然算不得人化：因为西塞罗根本是在讲人体美，……他只说男女刚柔各有其美，并非说文章可分为阴柔和阳刚。"所以与文学批评全不相干。钱锺书认为"一切西洋谈艺著作里泛论美有刚柔男女性的说法，都算不上人化"。再如，对西方普通"文如其人"的理论，像布丰所谓"学问材料皆身外物，惟文则本诸其人"；歌德所谓"文章乃作者内心真正的印象"等，钱锺书认为，这和我们的"人化"批评，绝然是两回事。因为，"第一，'文如其人'并非'文如人'；……第二，他们所谓人，是指人格人品，……并不指人身。"所以，"一切西洋谈艺著作里文如其人或因文观人的说法，都绝对不是人化"。钱锺书认为，就是西方最近似人化的理论，仔细辨析起来，仍然与我们的"人化"文评有区别。比如，昆铁灵（Quintillinan）论文时说："人身体康强，血液足，运动多，筋骨牢固，所以为健丈夫，……若专事涂饰，作妇人态，适见其丑，于文亦然。""文章雕饰，必有丈夫气，勿为女子佻冶态。""文章宁可粗硬，不可有女气而软弱。"这些说法与我国古人所谓阳刚之文阴柔之文的分法相接近，但是我国古人论阳刚与阴柔着眼的是文章种类的差异，而"昆铁灵只注意到文章价值的高下。昆铁灵全不明白丈夫气和女子态可以'异曲同工'，他只知道丈夫气是好文章，女子态是坏文章。我们所谓阴柔阳刚是平等相对的文章风格，昆铁灵便有点重男轻女了。进一步说，昆铁灵只认为丈夫气是文章的常态，他所谓女子气并非指女子的本色，倒是指男人的变相；他只知道须眉丈夫不该有巾帼气,他不知道巾帼女子原该有巾帼气,雄媳妇跟雌老公一样的讨人厌。"钱锺书认为,西方人这种以人评文的说法,只是一种比喻,不像我们的"人化"文评是把"人"跟"文"化合,人与文无分彼此,混同一气。我们的"人化"文评是"圆览",西方的人文比喻单是"左顾右盼"。"所以,在西洋语言里,借人体机能来平骘文艺,仅有逻辑上所谓偏指的意义,没有全举的意义,仅有形容词的功用,没有名词的功用,换句话说,只是比喻的辞藻,算不上鉴赏的范畴。"[1]

钱锺书标举出中国固有的文评的"人化"特点有什么意义呢?这个特点标志着中国文评的进步还是落后呢?有些人认为,中国文评是近取诸身的感性体验,还没有上升到理性阶段,不如以理性分析为特点的西方文评清晰而有系统。这种认识,是没有划分哲学的逻辑思辨特点和艺术的审美知觉特点。就是在西方,从19世纪末发展起来的利普斯的"移情说",到20世纪发展成一种影响巨大的美学观。"移情说"主张,"审美的根源在于主观情感的外射,达到一种物我统一的审美的境界"[2]。意大利现代美学家克罗齐也主张艺术即直觉,他说:"我们已经坦白地把直觉的(即表现的)知识和审美的(即艺术的)事实看成统一,用艺术作品作直觉的知识的实例,把直觉的特性都付与艺术作品,也把艺术作品的特性都付与直觉。"[3] 无论是"移情说"还是"直觉"说,都强调在艺术鉴赏中的直觉的感受,反对条分缕析的逻辑分析和判断。而西方人却把"移情说"看成是美学上的革命,"直觉"

---

[1] 钱锺书:《中国固有的文学批评的一个特点》,《文学杂志》,1937年第1卷第4期。
[2][3] 曾繁仁:《西方美学论纲》,山东人民出版社,1992年版,第391页。

说也被看成是具有突破性的新兴或时髦的理论。所以，在艺术鉴赏与批评中，是用近取诸身诗意的审美感悟方式还是用抽象的理论分析方式，二者似乎不可以优劣来划分。钱锺书针对贬低"人化"文评的观点说："这种人化文评，我们认为是无可非难的。一切艺术鉴赏根本上就是移情作用，譬如西洋人唤文艺鉴赏力为 taste，就是从味觉和触觉上推类的名词。人化文评不过是移情作用发达到最高点的产物。其实一切科学文学哲学人生观宇宙观的概念，无不根源着移情作用。我们对于世界的认识，不过是一种比喻的，象征的，像煞有介事的诗意的认识。用一个粗浅的比喻，好像小孩子要看镜子的光明，却在光明里发现了自己。人类最初把自己沁透了世界，把心钻进了物，建设了范畴概念；这许多概念慢慢地变硬变定，失掉本来的人性，仿佛鱼化了石。到自然科学发达，思想家把初民的认识方法翻了过来，把物来统制心，把鱼化石的科学概念来压塞养鱼的活水。"[①] 可以看出，钱锺书强调文学的民族特色，目的是肯定和弘扬传统文化中的精华，不像"五四"时有些激进的文化革新者，认为中国戏曲是"百兽率舞"，甚至以汉字是记载"孔门邪说和道教妖言"为由，提出要消灭汉字。由激进变为民族虚无主义。钱先生拈出中国文评的"人化"特点与西方文评进行分析比较的目的，也就是要指出，我们也有无愧于立于世界文学之林的文评，"人化文评不过是移情作用发达到最高点的产物"。吾师郭志刚在谈我国传统小说的叙事模式和结构技巧时说："艺术现象是很复杂的，有些貌似简单的东西，说不定它早经历了复杂的阶段，是高度抽象、升华的结果，正像

---

① 钱锺书：《中国固有的文学批评的一个特点》，《文学杂志》，1937年第1卷第4期。

前人论画:'莫将画竹论难易,刚道繁难简更难,君看萧萧只数叶,满堂风雨不胜寒。'一幅中国画,可以用不多的笔墨,将千山万壑容纳于斗方尺素之间,可以在一木一石之上,展现博大的格局。中国小说的结构,也有类似的特点,如果我们把这些也看作简单,那就是上当了。"① 这种认识,假如要移来说明传统的"人化"文评,不是也能与钱锺书的"人化文评不过是移情作用发达到最高点的产物"的观点不谋而合吗?

总之,钱锺书既注意吸收西方理性的、系统的文艺美学思想,又反对强行比附,硬拿西方理论套中国文学。他尊重中国文学的特点,强调文学的民族特色,反对民族文化虚无主义。

第六节　文言白话,未容轩轾

从前文我们知道钱锺书对胡适和周作人多有批评。胡适以《文学改良刍议》一文揭开了五四文学革命的序幕,此后的《历史的文学观念论》《建设的文学革命论》《白话文学史》《五十年来之中国文学》等均是为白话文和新文学的发展建设规划路线图或是为其存在的合理性寻求历史的渊源并进行理论的辩护。周作人以《人的文学》一文确立了五四启蒙文学的性质与走向。可以说胡适和周作人为五四新文学提供了最基本的思想理论资源。是五四新文学最重要的两个理论批评家。钱锺书比周作人小25岁,比胡适小19岁。当胡、周蜚声文坛时钱锺书还是一个跟从伯父读

---

① 郭志刚:《中国现代小说论稿》,山西教育出版社,1991年版,第13页。

书识字的少不更事的孩童。而钱锺书才华横溢在文坛崭露头角已经是五四落潮后的1930年代，胡、周早已是文坛的名宿。年龄和志趣的差距使他们或未曾谋面，或虽曾谋面但却没有直接的深入的交往。对胡、周而言，钱锺书这样的晚辈还没有引起他们足够的注意；而对钱锺书而言，他也不可能与胡、周走得太近成为志趣相投的朋友。以他学问的成熟和自己的个性操守，他是不会有意追捧或迎合胡、周这样的名人的。况且其父钱基博明确警告儿子，"现在外间物论，谓汝文章胜我，学问过我；我固心喜！然不如人称汝笃实过我力行胜我，我心尤慰！……我望汝为诸葛公、陶渊明；不喜汝为胡适之、徐志摩！如以犀利之笔，发激荡之论，而迎合社会浮动浅薄之心理，倾动一世；今之名流硕彦，皆自此处；得名最易，造孽实大！庄生所以叹圣知之祸，而非我之所望于儿也！"[1] 更为重要的是，钱锺书对胡、周语言和文学革新的一些激进的态度与做法是持保留意见的，所以曾点名或不点名地对胡、周这两个五四新文学和白话文的发起人或奠基者多有批评。再加之钱锺书又喜作旧体诗且与旧派学人交游密切，所以容易给人造成沉湎于旧学而对新文学和白话文有成见的假象。其实钱锺书是古今贯通，新旧兼容的。无论新文学旧文学或文言文白话文，他都以客观公正的学术态度来分析其优劣得失，而不怀门户之见采取绝对肯定或否定的过激态度。他的这种治学原则与态度在他发表于上世纪30年代的《与张君晓峰书》[2]中表现得尤为清楚。该文主旨就是讨论文言与白话的优劣的。认为："苟

---

[1] 钱基博：《愉儿锺书札两通》，《光华大学半月刊》，1932年第4期。
[2] 钱锺书：《与张君晓峰书》，《国风》第5卷第1期，1934年7月。

自文艺欣赏之观点论之,则文言白话,骖驔比美,正未容轩轾。"文章从阅读欣赏、文化史及应用的角度来考量文言与白话的优劣。针对有人从阅读欣赏的角度认为白话比文言容易理解并否定文言使用典故的情况。钱锺书说:"白话至高甚美之作,亦断非可家喻户晓,为道听途说之资。往往钩深索隐,难有倍于文言者,譬之谈者力非文言文之用典故,弟以为在原则上典故无可非议,盖与一切比喻象征性质相同,皆根据类比推理(Analogy)来。然旧日之典故(白话文学中亦有用典者,此指大概),尚有一定之坐标系,以比现代中西诗人所用象征之茫昧惚恍,难于捉摸,其难易不可同年而语矣。"所以"难"不是文言的根本特点,"易"也不是白话的本质特征。因此"以难易判优劣者,惰夫懦夫因陋苟安之见耳;彼何知文艺之事政须因难见巧乎?"。就文化史的角度来考量,钱锺书认为:"文言白话皆为存在之事实;纯粹历史之观点只能接受,不得批判,既往不咎,成事不说,二者亦无所去取爱憎。"针对有人以文言文简洁而判定文言优于白话的情况,钱锺书引《养一斋诗话》来批评说:"文章各有境界,宜繁而繁,宜简而简,推简者为工,则减字法成不刊典。"针对有人认为不读文言,则不能了解和体会传统文化的观点,钱锺书批评说:"老师宿儒皓首穷经,亦往往记诵而已,于先哲之精神命脉,全然未窥。彼以版本考订为文学哲学者,亦何尝不以能读古书自诩于人耶?"钱锺书认为读书是一种精神生活,是为"灵魂之冒险",须出离于功利而发自内心的喜欢和欣赏。如果定为规章律令,凭借教鞭的驱使,以科举功名来诱惑,那作出来的都不过是官样文章而已!他以辩证的观点认为文言白话可以通过互动互补而达于融合之境。他说:"白话文之流行,无形中使文言文增进弹性（Elasticity）不少。而近日风行之白话小品文，专取晋宋以迄于有明之家常体为法，尽量使用文言，此点可征将来二者未必无由分而合之一境。"这不但是钱锺书对文言与白话的态度，也是他对古典文学与新文学的态度。正是这种客观包容而又辩证的治学态度，使他能文言白话皆擅，不但能写出《谈艺录》《管锥编》这样的学术巨著，而且能以"融文于白、化西入中"的白话文体创作出《围城》《人·兽·鬼》《写在人生边上》这样独具风格的新文学作品。余光中认为："钱氏各体皆擅：文言、白话、俚调、西语，莫不惟妙惟肖，实为无施而不宜之'戏拟家'（parodist）……作者富于弹性的风格，尤其是融文于白、化西入中的句法，给我的启示颇大，说服我白话也可以写得精简，西化也可以驯为中用。"[1]

就钱锺书对胡适和周作人的批评及对文言与白话的评说，可以看出钱锺书反对激进主义和实用的功利主义的学术立场和方法，反对学术上的门户之见式的输攻墨守，坚持新旧兼容，中西贯通的学术原则。

---

[1] 余光中：《新儒林外史——悦读钱锺书的文学创作》，汪荣祖主编：《钱锺书诗文丛说——钱锺书教授百岁纪念国际学术研讨会论文集》，（台湾）"国立"中央大学出版中心，2011年版，第175页。

第 四 章

钱锺书英文论著简述（一）

第一节　概说

钱锺书无疑是 20 世纪中国文化界的一颗耀眼的巨星。他对 20 世纪中国文化的贡献大体表现在三个方面。一是以《围城》《人·兽·鬼》《写在人生边上》《槐聚诗存》为代表的文学创作，这给钱锺书带来了巨大声誉，使他由学术圈走向了大众；二是以《谈艺录》《管锥编》《七缀集》为代表的中文学术著作，以其知识的渊博，眼光的开阔，考证严密和辨析深刻而成为学术研究的典范；三是他为中西文化的沟通和交流而做的细致而艰苦的工作。包括他向中国读者介绍和翻译的西方作家和学者的创作和理论，如《外国理论家作家论形象思维》《精印本〈堂吉诃德〉引言》《关于巴尔扎克》以及《谈艺录》《管锥编》中大量引用和介绍的西方理论等，而最重要的是他面向西方读者用英文写的介绍中国的传统和文化，纠正西方人对中国书和中国人的误读、误解和误导及考证中国文化在西方传播的一系列文章，如《苏东坡的文学背景及其赋》(*Su Tung-po's Literary Background and His Prose-Poetry*)，《还乡》(*The Return of the Native*)，《中国古代戏曲中的悲剧》(Tragedy in Old Chinese Drama)、《17世纪英国文学中的中国》(China in the English Literature of the Seventeenth Century)、《18世纪英国文学中的中国》(China in the English Literature of the Eighteenth Century)及一系列的书评、短评等。如果说他典型的学者式的小说和散文是现代文学这个百花园中独具异彩的一枝，他的传统的诗话和考证式的学术研究是学术研究中百家中的一家，那么，他在中西文化的沟通和交流上做出的贡献，特别是面向西方读者用英文写的介绍中国的传统和文化，纠正西方人对中国书和中国人的误读、误解和误导及考证中国文化在西方传播的一系列英文论著，却是只有钱锺书这样学贯中西的大师能够为之，是其他人所无法替代和比拟的。这里我们就对他的这些英文论著进行翻译、研究、介绍和梳理。

我们先来看他向西方人介绍中国文化、纠正西方人对中国文化的误读和误解的一系列文章。在这些文章中，钱锺书向西方人介绍了苏轼、陆游、中国古代神秘主义哲学及中国传统文化的基本常识，纠正西方人对中国文化认识上的一些常识性的错误。

第二节 《苏东坡的文学背景及其赋》简述

《苏东坡的文学背景及其赋》(Su Tung-Po's Literary Background and His Prose-Poetry)。该文写于1934年，最初发表在《学文月刊》第一卷第二期。原本是为C.D. Le Gros Clark先生的英译评注本《苏东坡的赋》所作的前言。文章面对西方人概略地介绍了宋代的时代风气和文学特点及苏东坡的文学成就和创作风格。虽然是概略的介绍，但却有着钱锺书的独到的见解和不俗的文采。

就宋代的时代风气来说，钱锺书认为宋人好问但缺乏思辨，充满好奇却缺少神秘感。因此，他们的理性主义不能进一步发展，缺乏冒险精神，而且狭隘。较之于中国人通常的悠闲气质，宋人的过分严肃、理性和拘泥于道德细节既讨厌又可笑。他们过分琐细而牵强的诡辩中存在着某种令生命瘫痪、委顿的东西。同时，钱锺书也指出宋人开始认真地从事文学批评。宋人写作了大量书话，热衷讨论作为中国文学批评载体的文学准则。称赞宋代哲学家对内心变化的研究是无与伦比的。在中国思想史中，人性从未得到过如此严格的考察。因为道学给人印象最深的是它对自知的强调。对他们来讲，内心确实就是"一个王国"。如果没有道德偏见，宋人对人类灵魂的剖析本来可以对桑塔亚娜称为的文学心理做出极大贡献。这种对内心长期的折磨就存在于时代精神之中。同时，钱锺书也指出，宋代的文学批评，正如除刘勰《文心雕龙》外所有的"新文学运动"前的中国的文学批评，善于抓细枝末节，过于重视研究最恰当的词在最恰当地方的运用。而他们对人性的考察也是病态的自省，在自己的意识流中，他们始终感觉着道德的激动与挣扎。有着泯灭人性的缺陷。

就宋诗来说。钱锺书认为和优雅脱俗的唐诗相比，宋诗似乎长了血肉，变成了一个纯粹的俗物。宋诗承载了更多的思想重负，缺少含蓄而随处可见赤裸的思想和露骨的说教。比起唐诗整体的"纯真"，宋诗也许可称为"善感"。但是，宋诗用情感和观察的细腻弥补了他们丧失的童稚的纯真和热烈的抒情。在他们描写类的诗歌中，他们的技巧足以把事物描绘得有过之无不及：陆游和杨万里的诗可以为证。他们对情感的细微体验比唐代诗人有更好的感觉,这一点特别表现在他们的词中,宋代也正以这种诗歌而著名。他们最令人头痛的事或许是他们的博学与引经据典,这使得对他们的欣赏,即便是中国人,在很大程度上也只是内行人的奢侈了。

就苏东坡来说,钱锺书认为他没有沾染这种时代风气。称赞他作为诗人,相对那些"多愁善感"的同代人,苏东坡是最"纯真"的了。虽然不能说是完全的"天然去雕饰",但他的诗歌散发的已是汉语所谓的书香,而非油灯气。他的令后人难以企及的诗艺似乎更是幸运的偶然而非汗流浃背的辛劳之果。比起和他并称宋诗双璧的黄庭坚,苏东坡在情感方式上更显自然、单纯。他的风格多样,且"自然流动",如行云流水。并用苏轼自己所说"吾文如万斛泉源,不择地而出,在平地滔滔汩汩,虽一日千里无难,及其与山石曲折,随物赋形而不可知也。所可知者,常行于所当行,止于不可不止"来印证他的风格。称赞他在精神上是独立特行、与众不同的。并肯定了他多方面的文学成就。

就赋这种文体来说,钱锺书认为苏东坡有着独特的贡献。在其他种类的写作中,他只是沿着与他最近的先辈的道路有所发展,而他的赋,却是文学史的奇迹之一。在苏轼的手里,赋成了一种全新的文体。他是庾信以后最伟大的赋家,庾信证明了他在赋的反衬这种具有极大限制性的文体中是如何游刃有余的,苏东坡却成功地软化、融解了这种僵化的文体,铲平了它的棱角,使那些尖锐的反衬点相互融合。所以唐子西说苏赋"胜所有古人",这并不夸张。另外,钱锺书指出苏轼的奇思、乐天、幽默和善用比喻的特点。并特别提出一般批评家一直忽视的一个问题,就是区别苏赋和他的其他写作的——节奏的差异。苏轼文赋中常见的风格,是"显著地急促"。但是他经常会慢下来,几近于停止,好像他在爱抚他说出的每一个字。并以《赤壁赋》第一部分为例来说明这一特点。

把这篇写于上世纪30年代初的"前言"和写于上世纪50年代末的《宋诗选注·序》及《宋诗选注·小序》中的"苏轼"部分对比来看,两者在分析宋代的时代氛围或文学背景时,都那样活泼潇洒,才气横溢,知识渊博,见解独特而深刻。两者都批评宋人的形式主义和堆砌典故。但前者多从宋代流行的道学的角度,着重批评宋人的精神委顿和世俗;后者则多从政治或民族矛盾和阶级斗争的角度,评述宋诗的思想内容。就苏轼来说,前者主要称赞他与同时代人不同的自然纯真和他的多才多艺及他在赋这种文体上的独特贡献;后者则称赞他的豪放并特别指出他的博喻这一写作特点,同时对他喜欢铺陈典故提出了批评。前者显得飘逸恣肆,而后者则更显老到而深刻。

这篇文章是向英语世界的读者介绍中国的古典文学的,尽管是用英文写的,但是丝毫也不失钱锺书汉语文章幽默风趣、奇思妙譬的个性风采。比如,谈到苏轼因对宋代道学的夸夸其谈不以为然而多次受到朱熹的指责时,钱锺书嘲讽地说:"在某种程度上讲,得不到朱熹的表扬已是不小的表扬了。"(Chu Hsi 朱熹 has condemned him several times in his writings –and, in a way, to be dispraised of Chu His is no small praise!)当谈到钟嵘的《诗品》时,钱锺书认为,与其说钟嵘是一个批评家,毋宁说其是一个诗体源流的研究家。他对诗的分类方法就像把羊简单地区分为山羊和绵羊,并在他认为恰当的地方施以褒贬,这完全是批评的对立面,更不用说他追溯文学源流的徒劳了。(But Chung Yung is a literary qeneulogist rather than a critic, and his method of simply dividing poets into sheep and goats and dispensing praise or dispraise where he thought due, is the reverse of critical, let alone his fanciful attempts to trace literary parentages.）当比较唐诗和宋诗的不同的轻灵时，钱锺书认为宋诗和西方诗歌相比，它看起来还是足够轻灵和轻盈。但宋诗的轻灵不是柔和的薄暮中振翼的飞蛾，而是飞机飞翔时划出的优美曲线。（But the lightness of the Sung poetry is that of an airplane describing graceful curves, and no longer that of a moth fluttering in the mellow twilight.）当论及苏轼对赋这种文体的革新时，钱锺书说："他使悠闲至今看起来都是那么高贵，他把军事训练般的四平八稳的步伐变成了轻快的步调，还不时来一阵飞奔，他使以前写赋的作家热衷于在读者面前展现的雕琢的华丽完全成为多余。"（In Su's hands, the Fu becomes a new thing; he brings ease into what has hitherto been stately; he changes the measured, even-paced tread suggestive of the military drill into a swinging gait, even now and then a gallop; and he dispenses altogether that elaborate pageantry which old writers of Fu are so fond of unrolling before the reader.）从这里我们领略到钱锺书的神采风貌和他的高超的驾驭第二语言的能力。可以看出，英语已经是他表达思想和情趣的利器而非障碍。

第三节 《还乡》(*The Return of the Native*) 简述

《还乡》(*The Return of the Native*) 一文最初发表于1947年

3月的英文版 *Philobiblon*（《书林杂志》）第4期。发表于1947年3月1日《观察》第2卷1期的文章《说"回家"》就是从这篇文章中译出的一个片段。此文是钱锺书比较系统地探讨神秘主义哲学家们的思维特点的一篇文章。早在30年代初，钱锺书在书评《落日颂》中谈到神秘主义时就说："神秘主义需要多年的性灵的滋养和潜修；不能东涂西抹，浪抛心力了，要改变摆伦式的怨天尤人的态度，要和宇宙及人生言归于好，要向东方和西方的包含着苍老的智慧的圣书里，银色的和墨色的，惝恍着拉比（Rabbi）的精灵的魔术里找取通行入宇宙的深秘处的护照，直到——直到从最微末的花瓣里窥见了天国，最纤小的沙粒里看出了世界，一刹那中悟彻了永生。"[1] 可见他对神秘主义哲学的浓厚兴趣。此文就是详细考察了神秘主义哲学家们用归乡或回家的暗喻方式来表达他们思辨得到结论，心灵的追求达到目的时的经验状态和心灵体验。

首先，钱锺书强调了比喻的特点和不同的人对运用比喻的不同的态度。钱锺书认为，比喻是一种智慧和智能，它如"敏捷的长耳狗"一样能在不同的事物中猛然跳到它们的相似点上。亚里士多德眼中诗人创造力的最真标志就是创造暗喻的能力。运用比喻这"娴熟的思维之手"，思想者通常把并列的两件事或两种情形转化为其中之一方对另一方的替代物。这在诗歌的意象中或许是恰当的，但在哲学中，比喻是没有理性的。通过比喻推断的结果其正确性是令人怀疑的，流行地将无意识比作地下室或地牢的做法便是很好的例子。佛教思想家自己极度沉迷于比喻和寓言，

---

[1] 中书君：《落日颂》，《新月》月刊第4卷第6期，1933年3月1日。

却警示人们不要用暗喻推理。如《大般涅槃经》及《翻译名义集》中所说："面貌端正，如月盛满，白象鲜洁，犹如雪山；满月不可即同于面，雪山不可即是白象；雪山比象，安责尾牙，满月况面，岂有眉目。"

钱锺书认为，在所有的哲学家中，只有神秘主义者才有特权运用比喻丰富的语言，因为他们不可言喻的经历是难以用平实的话语来表达的。游子归乡或浪子回到父亲身边，简言之即"回家"这个暗喻，是中国的神秘主义者，即所有道教及禅家教义的支点：就像新柏拉图主义信徒们把灵魂的历程分为三个阶段：居家，远游，还乡——（自我回归）一样。

钱锺书具体地研究了"还乡"这个隐喻及其暗示的心理意义。他指出，当人们说船儿最终归家时，这个比喻是指灵魂寻求真理的状态。因为中国哲学家对另一世界及人类永生的信仰太暧昧，不能对生命的终结进行抚慰，不会赋予其任何意义，他们对生命的解读就像读一本丢失了最后一章的神秘小说一样令人无法满足，死亡依然会令人恐惧，丝毫也不诱人，没什么不可知的。因此哲学家们试图通过消解死亡而诠释死亡，它也被称作拯救、安息，更常被称作灵魂回归真正家园，一部儒家经典著作这样写道："众生必死，死必归（kuei）土，此之为鬼（kuei）。"鬼被定义为"归家的人"。老子把事物的解体看作他们的归根及生命的更新，庄子把对死亡心怀疑惧的人描述成不知家在何处的游子，淮南子把死比作破碎的陶器又回归（kuei）为土，列子谓："鬼归也，归其真宅。"这真是大胆而精妙的说法，但人们对其印象一直是孤独的孩子在阴暗的阁楼里独自给自己唱着摇篮曲，这种雄辩是一个对死亡的神秘心存恐惧的人才具有的，他需要用美妙的言辞来平息他的恐惧，这样他就可以说服自己相信死亡并不是死亡而是其他的什么东西。孔子要大胆得多，他直面死亡，直言不讳，"朝闻道，夕死可矣"。与这种平静地对不可避免的事物的接受态度相比，"拯救"、"安息"或"回归"看来只是一种神经上的渴求威士忌时所充盈的如醉如痴的絮语而已。孔子对一位好刨根问底的门徒给予了不可知论的答案："未知生，焉知死？"

把死亡比作"归乡"或"回家"也无法消除人们对死亡的恐惧。所以钱锺书认为对死亡进行的这些暗喻不过是浪费罢了，冷酷的现实是，华丽的辞藻掩盖不住死亡，骷髅胜过所有"留面子"的伎俩。于是中国神秘主义者们就改变了"归乡"或"回家"这个暗喻的应用范畴，由"归乡"或"回家"隐喻为终极现实或绝对真理。想要抓住终极现实的愿望因此是一种身居他乡的思乡情结，无论它被称为自我、道路、婆罗门甚至虚无。比如：庄子在一篇美文中云："旧国旧都，望之畅然。"古时的评论家一致同意"旧国旧都"是对人性最初或最根本状态的比喻。在著名的《妙法莲花经》中也讲述一个可怜的乞丐的寓言，他背弃了富裕的父亲，在外云游多年，最终回到了故乡，但直到父亲教他醒悟，他才认出自己的故土。在几乎是同时翻译成汉语也同样盛行的《华严经》中，超凡智慧被比为宫殿、胜宅、居宅或大城以及其他类似的东西，这种智慧被认为是《华严经》的精神家园。这两本经书为中国僧侣提供了大量的文本和禅句，例如禅宗北宗的创始人神秀在一篇语录（Gatha）中曾指出在自己心灵以外寻终极真理就是背弃生父，显然他的说法和《法华经》中寓言是一样的。唐代带着迷信色彩翻译的《楞严经》也谈到了这样的比喻："譬如行客，投寄旅亭，宿食事毕，俶装前途，不遑安住，若实主人，自无攸往。"基于此点，得到终极真理的人像坐在寂静炉边无所事事的国王一样，他倦于旅途，只静静地等待生命的终点。

接下来，钱锺书又考察了这个暗喻在唐朝、宋朝和明朝的运用情况。在唐朝，这个暗喻逐渐走出了哲学的范畴而走进了诗歌的语汇，如唐代最精通禅宗神秘主义的诗人白居易多次在他的诗歌中表示"身心安处为吾土"。宋朝的儒学家也频繁地使用这个暗喻。据说谢良佐就说："学者才少有所得便住，佛家有小歇场、大歇场，到孟子处更一作，便是好歇，唯颜子善学，故孔子有见其进未见其止之叹。"列子把死解释为回到真正的家园。陈瓘更甚一步，他认为称得上哲学家的人在生年就能找到精神家园并能宁静下来。"此御寇未了之语，何视死为归乎？其生也心归，其死也形化。"胡寅在攻击佛教时运用了《楞严经》中的暗喻。许多浅薄的儒家弟子年迈时转而信佛，胡寅说这是因为"心欲遽止焉，又不安也，夫托乎逆旅者，不得家居之安也，未有既安于家而又乐舍于旅也"。明朝大多数儒学弟子所受之苦就像小学生错把匈牙利首都拼成 Buddha-pest。比如，孔夫子对他最聪明的学生颜回之夭亡甚是悲伤，云："惜乎！吾见其进也，未见其止也。"这里的"止"字本来是指学术生涯被夭亡阻断，但那些具有创造性并带有佛教意象的评论家却在平实的句子中找到了深而又深的内涵，他们解释为"惜他尚淌程途，未到得家耳，今人但知圣贤，终身从事于学而不知自省大休歇之地，则止字不明故也"。在我们的认识过程中，"止"这个词有最终安息的意思，这是特有的神秘主义的用法。例如，老子把"道"比作可使行人"止"的音乐和美酒佳肴。而所谓大彻大悟的神秘主义者一旦信奉了道，梵天或上帝的无所不在、无所不指他们便会在此在彼，不分何地停息下来，以四海为家。问其："何处为家？"他会答："何处不为吾家？"

在举了历史上许多神秘主义者使用"归乡"或"回家"的暗喻来表达他们对世界和事理的醒悟的例子之后，钱锺书具体来分析这个暗喻用到何种程度才算合适，它是否描绘了真实的经验状态和心灵体验。他认为，其实神秘主义的经验一点也不神秘，它和普通的日常经验是相承接的。例如对禅者的引述无非是食、睡、搬柴、担水、起居。神秘主义者所感受的"归乡"或"回家"的感悟和体验，其实是感情和智力的全身心的投入，这时，我们的大脑会远离其他忧虑或专断的自我意识而变得或空荡或净化，注意力的集中除了产生主客体统一，也产生主体自身的统一（因为所有的精力及冲动都集中在一点上）也是主体客体的统一（因为主体在对客体的沉思中失去了自身）时，我们便处于一种类似神秘主义者的飘飘然或狂热中。在认知过程中称为自我疏离和投入的只是对那种可以使我们入睡的宁静安详的心绪冠以的乏味的称呼。

钱锺书从情感体验的角度来分析这个暗喻的心理基础。他分析说:归乡既是"安息"又是"重生"。思维在此已达到一个极点，它好似财宝失而复得的那种熟悉感觉，我冒昧认为这出色地描绘了达到目的的思维过程中感性的一面。正如战争被认为是为了结束战争恢复和平，思维活动也被称作是为了终止所有的活动，使思维回复到静止状态或心态平衡，而这样的状态是早已被毁灭了或在某种程度上在面对疑虑、遗憾、困难或难题时被搅扰了。正如大自然厌恶真空一样，思维不喜欢令人忧虑和感到受愚弄的无常，每次失去宁静心态都会产生回到此状态中去的趋势。难题不是得到解决就是被忽略掉，欲望不是得到满足就是受到压抑。提出问题便是要解决它，使之不再是个难题。思考就像教书一样，工作到使自己成为无用的人，疑惑或者通过超越自身而成为信仰，或者回到本身之中，栖身于悠然的怀疑主义中去重建平衡。……简而言之，回到所有权宜之计中这样便不必费脑筋通过思维麻痹求得平静。……要缓解思维本身的烦恼不安，要用最好的方法或最愚蠢的方法来解决它。庄子将思维自身比作"止水"的哲学为中国哲学固定了一种范式，当我们考虑到整个人类组织的最初渴望是为了回复或维持一种不被不安、焦虑扰乱的平和，庄子便不是遥不可及了。这样说来，"止水"与西方心理学家所谓的"意识流"便不是不可比的了。认为"河或溪是对我们主观生活的最好比喻"的那位伟大的心理学家也指出当做了"实质性结论"后，"止所"或"相对休息期"便随之而来。思维不停息地寻求安居，也未停止过对止所的寻求。止所在思想不停息行进的列车上是以一个整体来转变的。考虑到思维中包含一个特定的点，在这点上不必再努力进一步思考，那么止所也就是一个终极。这样说来，所有思维的感性一面都可以被比作一种思乡或寻求寄托的冲动。家园也许只是一种水手的家，那是一个人被软弱、年迈或对生命的厌倦驱赶到的家；但仍是一个止所。

　　钱锺书分析说，长久的深思熟虑后得出的结论及发现经常使我们有一种对他们似曾相识，也应该有的熟悉感。对似乎如此的新发现的熟悉的感觉，使得归乡的暗喻更为贴切。这就是柏拉图认为的孟诺派（Meno）的心理基础，即"所有的询问，所有的学识只是回顾"。叶芝认为诗歌是"为了怀念"在这种联系中也可被利用。中国的神秘主义者在自己身上发现了终极真理，认为自我是世界的灵魂所在（ayam atma brahma）。思维，在神秘主义的领悟中总是最终返回自身，因此老子告诫门徒"足不出户"。因为"其出愈远其知愈少"，庄子的一则小寓言也有此义："黄帝因有远游的愿望而丢失了道的象征黑珍珠。"列子对真正的游子性格概括为那些待在家里喜欢务内观的人。我们知道参禅者如何把向自身外寻求真理看作不孝子弃绝生父而弃绝之。对"何者为佛"的问题来讲，另一位参禅者回答道："大似骑牛觅牛。"……在认知上，心智是保持在自身之内的，或者有时游离开来，绕了一圈又回到自身。在普洛提诺斯（Plotinus）的话里"灵魂的自然运动不是一条直线——反之，它环绕着一些内在的东西或一个中心运动，画圈时围绕着一个中心，那就是灵魂。泼洛克勒斯（Proclus）也将思维运动描绘为环形。这完全是中国神秘主义的观点："终始若环，莫得其伦，此精神之所以能假于道也。"首尾相接的思维过程的循环使"还乡"及"归家"这一比喻对道教徒、禅者和他们印度、亚历山大的那些亲朋的神秘主义理解来讲是尤其恰当的。

  这篇文章是向英语世界的读者介绍中国的神秘主义哲学的。钱锺书抓住神秘主义哲学家们在思维方式上使用"还乡"或"回家"这一暗喻的特点，把中外神秘主义哲学家捉置一处，旁征博引，比较生发，环环相扣，论据充足。既向西方世界介绍了中国的传统文化，表达了自己独到的领悟和见解，又有着比较文化研究的意义。

  这篇文章显示了钱锺书一贯的善于思辨的特点，他通过分析"还乡"一词，把其赋予了神秘哲学的复杂内涵。其实，这是钱锺书一贯的特点，他总是从词源学或构词的角度，把词语的分析提高到理性思辨的哲理层面。比如在《鬼话连篇》[①]中对"不朽"与"不灭"的辨析;《论快乐》中对"快乐"一词的辨析。"在法文里,喜乐(Bonheur)一个名词是'好'和'钟点'两字拼成,可见好事多磨,只是个把钟头的玩意儿。我们联想到我们本国话的说法,也同样的意味深永,譬如快活或快乐的快字,就把人生一切乐事的飘瞥难留,极清楚地指示出来。……德语的沉闷(Langeweile)一字,据字面上直译,就是长时间的意思。"[②] 在本文中,钱锺书除对"归乡"一词从总体上进行了分析之外,还对儒家所说的"众生必死,死必归(kuei)土,此之为鬼(kuei)"这个"鬼"字从词源学的角度与英语的一些词进行了对比分析:"world 源于 warre-old,因为其意义便是随着年代变久而变得更坏,women 源自 woe-man,因为是夏娃将邪恶(woe)带给了人类。鬼被定义为'归家的人'自然令我们想到法语词 revenant,重要的不同是 revenant 指的是鬼不受欢迎的返世,而'鬼'是指一个活的肉体化为尘埃。"(...of world from warre-old because it gets worse as it grows old or that of woman from woe-man because Eve brought woe to all mankind. The defintion of ghost as 'one who returns home' naturally makes us think of the French word revenant with the important difference that revenant refers to the ghost's unwelcome return to this world whereas kuei refers to a living body's return to dust.)

文章尽管谈的是令人生畏的古典神秘主义哲学且是用英文写

---

① 中书君:《鬼话连篇》,《清华周刊》第38卷第6期,1932年11月7日。
② 钱锺书:《写在人生边上》,开明书店1941年版,第17页。

成,但读来却决不呆板枯燥,而是活泼风趣,妙语连珠。令人解颐的奇思妙譬在文章中比比皆是。比如:说智慧就是一种智能。它如"敏捷的长耳狗"一样能在不同的事物中猛然跳到它们的相似点上。(wit is an intellectual power, which, like "a nimble spaniel," pounces upon resemblance in dissimilar things.) 在说明"在哲学中,比喻是没有理性的"这一问题时,钱锺书说:"通过比喻推断的结果其正确性是令人怀疑的,流行地将无意识比作地下室或地牢的做法便是很好的例子,许多轻率的弗洛伊德弟子便被这种形象的明喻所误导而大谈受压抑的欲望,好像他们就是《老古玩店》中和检查官一起扮演 S.B. 小姐的侯爵夫人一样。无意识被认为有其隐含的内容——'眼中不见,但不是心中不想。'——甚至地牢中也有可能有被关押的犯人。"(The popular comparison of the unconscious to a basement or an underground cellar is a case in point. Many unwary Freudians have been misled by this picturesque simile to speak of repressed desires as if they were so many "Marchionesses" in Old Curiosity Shop with the censor playing the role of Miss Sally Brass. The unconscious is supposed to have its hidden contents— "out of sight, but not out of mind" — even as the basement can have its lurking inmates.) 针对神秘主义哲学家把死亡比为归家,解释:"鬼归也,归其真宅。""古者谓死人为归人,则生人为行人矣,游于四方而不归者,世必谓之狂荡之人矣。"钱锺书说这真是大胆而精妙的说法,"但人们对其印象一直是孤独的孩子在阴暗的阁楼里独自给自己唱着摇篮曲"。(But all the time one has the impression of a lonely child in a dark chamber resolutely singing lullaby to himself.)

在论到西方哲学家为得到寻求真理的乐趣宁愿让它从手中飞走时，钱锺书说："为了得到追求的乐趣而去追求真理，追求的实则不是真理而是乐趣了，这也许可以比作猫追着自己的尾巴嬉戏，尽管这样的比法可能会冤枉并未装腔作势的猫。"（But to pursue truth for the fun of the pursuit is to pursue not truth, but fun; it might be compared to a kitten's sportive chase of its own tail, though such a comparison would do that unpretentious animal some injustice.）在文章的结尾，钱锺书用禅僧写的一首寓言诗来说明"还乡"或"归家"这一暗喻比喻参禅或悟道的恰当。

尽日寻春不见春，
芒鞋踏遍陇头云。
归来笑拈梅花嗅，
春在枝头已十分。

而后，钱锺书非常风趣地说："对现代环球世界的人及痴迷的游客来说，这很可笑。他们——看遍南极到北极的景色从未拥有过灵魂，但那时我们中大多数人也不会在意拥有灵魂，只要有一点能使形骸存在便足够了。"（This would sound ridiculous to modern globe-trotters and devotees to tourism who—see all sights from pole to pole, And never once possess their soul. But then most of us never care to possess a soul, except perhaps just enough of it to keep together the body from decomposition.）看，钱锺书的风趣幽默在英文论著中风采依然，毫不逊色。显示出驾驭中外语言的

非凡的能力。

第四节 《中国古代戏曲中的悲剧》(*Tragedy in Old Chinese Drama*) 简述

《中国古代戏曲中的悲剧》(*Tragedy in Old Chinese Drama*)一文1935年8月发表在《天下月刊》(*The Tien Hsia Monthly*)第一卷第一期。是一篇通过比较中外古代戏剧的不同特点来探讨悲剧意识的理论文章。L.A.里德博士在他的《美学研究》中划分了两种主要的悲剧类型：一种是以人物性格为中心的悲剧，另一种是以命运本身为主的悲剧。莎士比亚的悲剧属第一种，而古希腊的悲剧却属第二种。性格悲剧着重表现自身性格的内部矛盾冲突，而命运悲剧则表现为个体与命运的顽强抗争。钱锺书以此理论为依据，以西方戏剧为参照，着重分析了《梧桐雨》、《长生殿》、《窦娥冤》和《赵氏孤儿》四个著名的中国古代戏剧，认为中国古代戏剧普遍地缺乏真正的悲剧意识。中国古代戏剧除了喜剧和滑稽剧外，一般的正剧都属于传奇剧。这种戏剧表现的是一连串松散连缀的激情，却没有表现一种主导激情。赏善惩恶通常是这类剧的主题。至于真正的悲剧意义，那种由崇高而触发的痛苦，"啊！我心中有两种感情！"之类的感受以及因未尽善而终成尽恶的认识，在这种剧作中都很少涉及。的确，有相当一部分古代戏曲的结尾是悲哀的。但是一个敏感的读者很容易觉察到它（们）与真正悲剧的区别：读完作品，并无激情已经耗尽之后的平静，或者如斯宾诺莎所谓的对存在于万物之中的命运之捉弄的默许；恰恰相反，却被一种剧烈的悲痛所缠绕而感到极度的郁郁不乐和怅然若失，甚至连自身都想回避。

首先，钱锺书拿莎士比亚的《安东尼与克利奥佩特拉》和德莱顿的《为爱牺牲》与白仁甫的《梧桐雨》和洪升的《长生殿》作了比较。《梧桐雨》和《长生殿》都是写唐玄宗和杨贵妃的，而两个英国剧本也正好都是写安东尼和克利奥佩特拉的，并且都是为了爱情而"失去江山"的故事。两出中国剧和《安东尼与克利奥佩特拉》极为相似，因为它们都摒弃了时间与地点的一致性；这四个剧的前半部分，根本没有悲剧场景和事件的出现。它们都如田园诗一般开场，但其结局却毫不相同。读完两部中国戏曲之后，留下的只有个人的同情，而没有上升到更高层次的悲剧体验。虽然《梧桐雨》中扣人心弦的抒情，和《长生殿》里极富美感而令人动情的华贵场面，都是绝好的素材，但不能把它们与悲剧力量混为一谈，它们最终给我们留下的不是和谐与舒适，而是内心由于对剧中人物遭难产生共鸣而削弱了的轻微的隐痛，是对慰藉、支持以及更为贴近感情愿望的一系列东西的渴求。这确实完全脱离了纯粹的悲剧体验，这种悲剧体验正如 I.A. 瑞恰慈在《文学批评原理》中所精辟论述的那样："存在着，无需安慰，也无需鼓励，它独立自恃。"可见，尽管一种体验也许与另一种体验同等重要，但它们留下的感受却绝不相同。

钱锺书从戏剧结构进一步来说明这一问题。这些中国戏曲留给读者的不是悲痛欲绝之感，而是对更美好世界的渴望。帷幕的落下不是在主要悲剧事件发生之时，而是在后果展示之后。所以，悲剧的激情和痛苦的高潮似乎带有漫长的尾声。它就好像是颤音或叹息的绵延，产生出一种独特的效果。在《梧桐雨》中，杨贵妃在第三折就死了，而留下了整整一个折来表现唐玄宗的哀痛、憔悴，以致那一颗破碎的心完全被无可奈何的不幸所吞噬。在《长生殿》里，唐明皇在第二十五出里丧失了爱妃，这仅仅是为第五十出的重新团圆作好铺垫。这些安排都绝非偶然，而更为重要的是，由于剧中悲剧人物的崇高不足以使我们与之保持足够的心理距离，所以人们仅仅局限于对他们怀有个人的同情而已。

另外，中国戏曲中的人物缺乏自身性格的内部矛盾冲突。尽管悲剧人物存在着缺陷，但并没有人格的分量和个性的魅力形成鲜明的对比。比如两个剧中的唐明皇基本上都是一个懦弱无能、几乎完全是自私的、耽于声色的昏君，他没有一点抗争，没有内在矛盾冲突。由于对杨贵妃的宠爱，他丢掉了社稷；但为了夺回江山，他宁可抛弃杨贵妃。他没有把恩爱与社稷这两极紧紧地拧在一起而不致分离的个性，他甚至缺乏两全其美的意识。在白仁甫的剧里，他好像是一个懦夫和无赖。当叛贼以处死杨贵妃来胁迫他时，他对她说："妃子不济事了，寡人自不能保。"杨贵妃哀求他救命，他答道："寡人怎生是好！"杨贵妃最终被带走时，他又对她说："卿休怨寡人！"在洪升的剧里，唐明皇的态度更加厚颜无耻。杨贵妃勇敢地去死，但他执意不肯，竟说为了恩爱，宁可不要江山。然而在片刻思忖之后，他又把她交给了叛军，并与之诀别道："罢罢，妃子既执意如此，朕也做不得主了。"试将他们与莎剧中安东尼的话对比：

> 让罗马融化在台伯河的流水里，
> 让广袤的帝国的高大的拱门倒塌吧！
> 这儿是我的生存的空间。

或与德莱顿剧中安东尼那更朴实的话语相比：

> 将这一切都带走吧，这个世界对我来说不屑一顾。

在灾难面前渴望生活，在悲痛中追求享受，这才是属于悲剧的东西。唐明皇没有像安东尼那样死去，这是历史事实。在这种情况下，即使不安排皇帝的死亡，悲剧的典型性也很突出。我们古代的悲剧家们在处理这种悲剧时，却未能使他们的剧作给我们以充分的悲剧体验。

在文章中，钱锺书对王国维的观点提出了批评。王国维在《宋元戏曲史》中认为："明以后，传奇无非喜剧，而元则有悲剧在其中。就其存者言之：如《汉宫秋》、《梧桐雨》等，初无所谓先离后合，始困终享之事也。其最有悲剧之性质者，则如关汉卿之《窦娥冤》、纪君祥之《赵氏孤儿》。剧中虽有恶人交构其间，而其赴汤蹈火者，仍出于其主人翁之意志。即列之于世界大悲剧中，亦无愧色也。"[①] 钱锺书指出，王国维认为《窦娥冤》和《赵氏孤儿》是"最有悲剧性质"的两部戏曲，因为赴汤蹈火都出自主人翁的意志，这种萌发于主人翁意志的整个悲剧观似乎是高乃依式的。但王氏所构想的悲剧冲突并不像高乃依所构想的那样倾向于人物内在的冲突。无论怎样轻描淡写，高乃依有时确实触及了荣誉与爱情之间的强烈矛盾，《熙德》里的主人翁罗德利克就是一例。钱锺书具体分析了《窦娥冤》和《赵氏孤儿》。《窦娥冤》在

---

① 王国维：《宋元戏曲史》，团结出版社，2006年版，第121—122页。

最后一折中，具有中国戏曲特色的因果报应，使我们的义愤之情完全化为乌有。抛开第四折不计，前三折也没有给人留下无须安慰、无须鼓励、独立自恃这种悲剧体验。窦端云这个人物性格非常崇高，毫无缺陷，她的死令人非常同情，她的冤屈令人十分愤怒，以至于在第四折中人们迫切需要调节一下心理平衡。换言之，剧作者这样描写是为了让该剧以因果报应结尾，而不是以悲剧告终。因为窦端云既没有任何过错应当夭亡，也不是命运注定要丧生。如果说她的性格中有什么可悲的弱点的话，那么剧作者对此则是视而不见的，而且最终希望我们也同样如此。剧作者无疑对她寄予同情，我们也对她怀有道德正义感，甚至神力与命运也站在她一边——大旱三年和六月飞雪的应验。再者，剧中所描写悲剧冲突纯属外在的。她思想始终如一，在她对已故丈夫的忠贞与对新婚者的反感之间存在着一种预定的和谐。她拒斥了恶汉张驴儿，以不容分割的灵魂迎接了这种挑战。如果通过描写窦端云对自身生命的热爱与拯救其婆婆性命的愿望之间的矛盾，也会构成内在的悲剧冲突。这一点尽管如此重要，剧作者却没有将其把握住。

《赵氏孤儿》更近乎十足的因果报应大团圆：恶棍被千刀万剐，孤儿重获荣华富贵，程婴的牺牲也得到了报偿。在这里，悲剧的冲突更激烈、更内在一些。程婴在骨肉之爱与抛子之责这两者之间的自我选择得到了充分的表现。然而不幸的是，抗争力、疼爱与责任之间原非势均力敌，显而易见，其中之一不难战胜其他两者。程婴显然认为尽到弃子之责比沉溺于父爱之中更加仗义——"仅此一端算几何！"这里的悲剧冲突根本不强烈，紧张的悲剧对抗戛然而止，局势便径直朝一个方向倾斜。这一点在公孙杵臼身上表现得再清楚不过了。他在决心不惜生命保护孤儿时，对爱与责的抉择没有半点犹豫。最后希望成为"列于世界大悲剧中亦无愧色"的此剧，不是在精神的耗费中完结，而是在物质的成果里告终。

钱锺书分析了这种缺乏性格矛盾冲突的深层原因，或说中国古代戏剧具有"人为性"或欧文·白璧德把悲剧作品的缺乏归结为中国人身上的"伦理严肃性"意识的缺乏的真正原因是源于等级制度下特定的道德秩序。每一道德价值在这个社会天平上都被放在应有的位置，而所有精神和物质上的东西都依照严格的"道德秩序"来安排。因此，两个不相容的伦理实体之间的冲突也就失去其尖锐性，因为其中的一个比另一个道德价值高，而道德价值较低的实体在冲突中永远处于劣势。这样，我们只能从中看到一种直线性人格，而不是一种平行人格。较低的道德实体之否定，得到的充分补偿则是较高道德实体的肯定，所以说这丝毫也不是"悲剧超越"。

就命运悲剧来说，钱锺书认为，中国古代戏剧里都是用因果报应代替命运抗争。钱锺书指出：我们被认为是相信天命的人。然而，悲剧命运实际上与宿命论毫无关系。后者本质上是一种由冷淡和迟钝所导致的被命运击败的、被动的和易于接受的处世态度，而前者则基于这种事实之上，即人类纵使受到命运的百般捉弄，依然继续进行斗争。进一步讲，我们通常所指的命运与希腊悲剧中所反映的命运毫不相同。怀特海教授在《科学与现代世界》中指出："当今崇拜科学想象的朝圣者们，其圣祖应是古希腊雅典悲剧家——埃斯库罗斯，索福克勒斯和欧里庇德斯。他们对于命运的想象——无情的或冷漠的——都促使悲剧事件有一个不可避免的结局，这正是科学所拥有的远见……物理定律就是命运律令。"我们中国人的命运观尚不那么具有科学活力，而只是因果报应。前者认为，幸运与灾难的分配是与剧中人的是非曲直相对应的。换句话说，我们的命运观是行为与奖赏的代名词，而不是原因与结果的同义语。行动观念，它不是一种中性的伦理观念，即认定行动者必然遭受苦难，而是一种情感信仰，即美德就是其自身的一种奖赏，而且还伴随许多将要到来的奖赏。结果可能与原因不相对应。可想而知，奖赏也就完全可能与行为不相一致。我们便总是用灵魂转生理论去解释这种不一致性：我们要么在前生欠下许多债，要么在来世得弥补。这种观念与古希腊的观念截然对立。

文章最后，钱锺书指出：对中国和西方戏剧的比较研究，是很有益处的。这有两个原因。第一，消除了包括中国批评家在内的中外批评家对中国戏剧所抱的成见。第二，能够帮助从事比较文学研究的学者们在艺术殿堂里把古代中国戏剧摆在适当的位置。学者们如果能够将比较研究视野扩大到古代中国文学，他们就会发现许多新的参考资料，而这些东西将会对由西方批评家所形成的教条原理作出重大修正。这对研究中国古代文学批评史的学者们去研究具体的作品，尤为重要。因为只有这样，他们才能懂得我们的批评理论与西方有何差异，以及为什么西方批评理论最初不被我们的批评家所利用，反之亦然。要获得对某些审美经验的充分认识，我们就必须研究外国的文学作品，要充分了解别人的作品，才能充分认识自己的作品。

本文尽管是用英文写的理论文章，但却不枯燥呆板，而是保持着钱锺书一贯的活泼风趣的风格。如文章开头谈到当时在西方的中国古代文学热时，钱锺书风趣地说："有迹象表明我们的古代文学正再次受到欢迎，如同批评的钟摆又一次荡了回来。"谈到中国古代戏曲的表现手法时说："其中哀婉动人与幽默诙谐的场景有规则的交替变换,借用《雾都孤儿》里一个通俗的比喻,就像一层层肥瘦相间的五花肉。"谈到《长生殿》里唐明皇缺乏性格的内在矛盾冲突,他把杨贵妃交给了叛军,并与之诀别道:"罢罢,妃子既执意如此,朕也做不得主了。"钱锺书风趣地说:"为唐明皇说句公道话,他的这番言辞倒还是含着泪,跺着脚动情地道出来的。"在批评王国维对《窦娥冤》和《赵氏孤儿》的评价时,钱锺书风趣地归纳了王国维所做出的三条评论:一、它们是文学名著。这一点我们也默认。二、它们都是大悲剧,因为赴汤蹈火都出自主人翁的意志。对于这一点,我们还有话要说。三、它们是大悲剧,可以说是建立在这个基础之上,即认定《俄狄浦斯》《奥赛罗》以及《贝蕾尼斯》都是大悲剧。这一点,恕我们不敢苟同。这些表达,无不带着钱锺书式的风趣幽默。

第五节　系列英文书评、短评简述

钱锺书在《汉译第一首英语诗〈人生颂〉及有关二三事》一文中曾谈到一些顽固官僚对西方一无所知:"汪康年有一条记载:'通商初,万尚书青藜云:天下哪有如许国度!想来只是两三国,今日称'英吉利',明日又称'意大利',后日又称'瑞典',以欺中国而已!'又满人某曰:'西人语多不实。即如英、吉、利,应是三国;现在只有英国来,吉国、利国从未来过。'"[①] 可见海禁

---

① 钱锺书:《汉译第一首英语诗〈人生颂〉及有关二三事》,《也是集》,香港:广角镜出版社,1984年版,第29页。

初开时中国人对西方还含混不清，漆黑一团。其实当时西方人对中国，特别是中国的传统和文化也知之甚少，充满误解。这种双重的误解，构成了中西文化交流的困难。钱锺书的很多文章就是在做这种消除误解的工作。这里我们仅就他的英文书评、短评进行简单的论述。

一、我们先来看对《东方智慧丛书》，伦敦，约翰·玛瑞（John Murray），1946年出版的，克拉拉·M.凯德琳·杨（Clara M.Candlin Young）翻译并作传的 *The Rapier of Lu*，*Patriot Poet of China*（《中国的爱国诗，陆游的剑诗》）一书的评论。此文发表在《书林季刊》（*Philobiblon*）第1卷3期，1946年11月。

首先，钱锺书对用这样一个古怪的书名提出了质疑。认为无疑这一古怪的书名是受陆游的《剑南诗稿》的影响。钱锺书首先介绍了陆游的总体精神风貌和他诗歌的特点，指出杨女士选取诗歌篇目的不恰当。陆游颇有点把自己幻想成一名剑客，沉溺在对自己少年豪情的追忆中。然而，他同时代的人却把他描绘成一位对自己的功绩保持沉默的人，并不像西哈诺·德·贝热拉克（Cyrano de Bergerac）那样有许多传奇。他在剑南篇中写了几首诗，最使人惊异的是，他告诉人们一天晚上，他梦见他从右臂下抽出一把明晃晃的短剑刺向前方。但是杨女士没有翻译任何一首这样的诗。也许正如弗里德里克·鲁克特（Friedrech Rueckert）把他的爱国诗篇冠以"穿盔甲的十四行诗"（*geharnischte sonnete*）一样，在这里，武器是陆游斗志昂扬的爱国主义精神的一种象征。书的简介使我们确信在任何时代没有一位中国作家在他的生命和诗中表现过那种尚武精神（cf. P.18）。那么，这个象征的选取就非常不合适了。这本书的四十多首诗中，仅有九首是爱国诗篇，其中两篇肯定不具有任何尚武性。在陆游的抒情诗中有一连串的铿锵之声，杨女士很容易地就能在他的整部诗作中找出一百首军歌，如果这些诗被翻译了，将会与《剑南诗稿》杰出的描写相一致了。恐怕杨女士没有用心去读陆游的全部作品。正因为如此，剑仅在《闻虏乱有感》这首诗中出现了，却被译成"On Hearing of Disorder Amongst the Prisoners of War"：

秋风抚剑泪汎澜

一句被翻译为：

"In the aumumn wind
I grasp my rapier
With surging tears."（P.34）

钱锺书嘲讽地说：这必然让女人的武器——落泪，玷污了他男人的脸颊。杨女士把汉语中的那个词译为"grasp"，这就把男子汉气概削弱为一种姿态，仅仅意味着"抚摸或触摸"。关于诸臣（Juchens）暴动的流言，使我们五十多岁的诗人坚信，我们中国人应抓住这个机会收复失地，一念及此就使老朽的诗人热血沸腾。但是，哎呀！像力士参孙发现躁动的思想不断呈现："时光流逝，曾经的英雄气概如今何在。"杨女士的叙述没有领会到诗的要点和诗人的悲苦。

钱锺书指出书的序言中的传略很不恰当。杨女士对陆游的生平不了解。例如，杨女士对陆游的爱情故事只字未提，而这些爱情故事激发了他的一些最优美诗篇的创作。陆游的婚变使他失去了他的爱人。他的妻子（或妾）和孩子实际上是他的地位的赌注和美德的障碍物。好像漫长的文学生涯对他那不太坚强或严厉的性格有极大的影响。由于晚年，他在妾的怂恿下奉承权势而非民众的政客，所以他的名誉受到玷污。但是杨女士笔下的陆游是一位彻头彻尾的爱国诗人，并且他的作品中不具有那样的人性弱点。另外，杨女士认为陆游最后写诗处于贫穷中，并断然宣布"晚年他太贫穷了，除了善施的邻居给他几碗饭他经常是吃不到一碗米饭"。钱锺书指出：陆游有奉祠肯定比杜甫和苏东坡过得舒服。即使他的奉祠期满后他没有要求再续发，但他有有地位的朋友和赞助人，不久之后他就被再次召回朝。他第二次也就是最后一次退休并且又得到最后一次奉祠，他如此热烈地表达了他的满意之情，以至一位批评家对他的评价流露出嫉妒。杨女士不懂得炫耀贫穷是中国文人的惯习，即便是今日，当一位中国的百万富翁冒充文化人的时候，夸夸其谈地讲述他的赚钱的工作源于乞讨，他的钱袋是由一个个铜板一点一滴地积赞起来的时候，如同西方诗人谈论他们强烈的感情一样，中国诗人炫耀他们的贫穷。

杨女士是从《乾隆唐宋诗醇》或《唐宋诗精华》中选诗翻译的。杨女士给它定名为《清帝唐宋精神》。为什么删略了标题中的"醇"字，并且把"诗"译为"精神"，这超出了我的理解。接下来，钱锺书指出杨女士对陆游诗的分类的混乱。翻译被分为三个部分：爱国主义的诗，自然诗，游记诗。书愤诗是一种爱国主义的，不应该包含于游记诗中。读过陆游诗的人知道，诗人把书愤的题目用于他的爱国诗篇上。再有《睡觉闻儿子读书》(P.64, "Advice to My Son") 一系列关于生活和读书的箴言如同波洛涅斯（Polonius）这种类型的说教者所教导的，不知为什么原因被归入自然诗中，在这首平淡乏味的诲人诗中没有一点自然形象的描写。并且杨女士把最后一行离奇古怪地翻译为：

"Self-pity, age and illness,
these are hard to face.
Often study in the night
At your window
Leaning on the low
Lanp-table"——

照字面意义是陆游多年患病已不能点灯到深夜了。（老病自怜难预此，夜窗长负短灯檠）

杨女士在关于作者的注释中说："由于每首流畅的诗都失去了它的原貌，所以我在翻译中已放弃了忠于中国古典形式的模式的任何企图。我一遍遍读原著直到诗的本色和韵律缠绕着我，使我有点像蚕茧之后，我的脑中闪现出诗的中文格式。那么我把诗按两种语言的差异所允许的等同的范围内，把他的诗尽可能译成相对应的英语诗，让英语单词尽可能表达原诗的意思。"钱锺书嘲讽地说：在翻译者正确理解原诗思想并看到中文格式的条件下这都是正确的，否则那紧紧缠绕着他的茧将像真的蚕茧一样完全把自己束缚住。一首诗的思想和内容无论语言上怎样表达，它本身是有诗意的，所以能不毁失美感地从一种语言传达到另一种语言中，这种以黑格尔为权威的观点如它的说法一样荒谬。但是，当然，翻译者必须首先理解原作中表达的思想。接下来，钱锺书指出杨女士对中国律诗的格式和规律根本不懂。这本书中翻的大多数诗是律诗,即由八行组成,第三行和第四行形成一个巧妙的对偶句(即颔联),第五行和第六行形成另一个对偶句(即颈联),规则是要有一个表达主观情感内容的对偶句(即表达诗人的所想和所感)和表达客观内容的对偶句(即描写诗人的所见和所闻)。虽然这个格式并非坚定如铁,但广泛地被诗人们遵循。杨女士如许多中国高层文盲的倡导者给西方人解说我们的古典诗一样,甚至不懂古诗基本的规则,结果她常任意地把一组对偶句中的一句加到另一组中,那么就搅乱了诗句的平衡,并且使平行句相矛盾。也就是说,在损害了颈联的情况下颔联被延长了。如:《暮春》这首诗的三—六句跑到了句首。

> 凭栏投饭看鱼队
> 挟弹惊鸦护雀雏
> 俗态似看花烂漫
> 病身能斲竹清癯

在杨女士的翻译中,如下:

> "I lean upon
> the palisade,
> to scatter rice
> to shoals of fish
> I clasp a cross-bow
> Underneath my arm

> To startle crows,
>
> Thus. succouring
>
> nestling-sparrows,
>
> like tender orchid-bloom
>
> beset by wrangling crows.
>
> My ailing body strives
>
> With pale and thin
>
> Bamboo bow."（pp.56-57）

钱锺书嘲讽说：对于杨女士的"让英语词语按它们的可能填充"的方法这篇是最好的例子。对于我来说，这就像按着刘易斯·卡罗尔（Lewis Carrol）的提示写成的：

> 首先你写一个句子，
> 然后把它们删短，
> 接着把这些短句混在一起并且按规则置于一定的行列中
> 就像它们偶然落入一样。

这段话"像兰花遭到争执的牛群的攻击"没有道理。在颔联中陆游谈到了他的两个消遣，即拿着饭屑在水上喂鱼和扮成稻草人保护雀雏。在具体的花絮描写之后，在颈联中出现了哲理的反映，"对我来说世上事物的光华如晚春盛开的鲜花一样，稍纵即逝。而我虽有病在身，仍能与清瘦萎蔫的竹子一起在春季复苏"。杨女士完全误解了颈联的第一句（On the wordly things and the bloomling flowers），并且把这一句拼到颔联的第二句中，以至犯了更大的错误。(On the sparrows and crows)，相似的错误见第 39 页《行武担西南村》(Travelling by Wu T'an's South-West Hamlets)，第 48 页《山寺》(The Hill Temple)，第 48—49 页《寒食》(Cold Food Festival) 等等。

接下来钱锺书又指出了几处严重的误译。

> 人生不作安期生，
> 犹当出作李西平。

提出了两个男人的人生选择。杨女士翻译成：

> "Mortals need not be,
> like An Ch`I sheng;
> They ought to emulate
> General Li His pin."

把一个选择句翻译成为一个祈使句。顺便说一下，西平是封建制度下由李将军控制的一个地方的名字。这两行：

> 平时一滴不入口，
> 意气顿使千人惊。

意思是平时他不尝一滴酒，但是现在喝完大约一杯酒后他突然一时兴起（或在某种意义上颇勇猛）吓惊了上千人。杨女士没有翻译第一行且把第二行译为：

"Chen`shed plans

affright a thousand men"

在《关山月》(*The Moon of Frontier Hills*)中"朱门沉沉按歌舞"这一句被译为：

"Ruined, ruined, red doors,

Singing, dancing, acting！"

这句的意思是在高官的红门大厦的最深处，人们仍在唱歌、跳舞，忘却了民族屈辱和前方战事。"三十从军今白发"一行，即三十岁的时候报名参军而今已变老了，在翻译中变成了：

"Thirty Warriors went to camp,

All are white-haired men,"

在"On Hearing of Disorder amongst the prisoners of War"这首诗中，"头颅自揣已可知"这行被译为：

"A skull I saw;

my own head came to mind."

不像这样令人可怕。被杨女士翻译为"skull"的词，指头皮和头发，并且习惯上是变老了或感觉老了。这几行：

儒冠忽忽垂五十
急装何由穿袴褶

被译成：

"I who wear a scholar's cap,
suddenly, arrived at fifty years,
impatiently a soldier's cloak
and breeches don."

恰恰相反。作为一生都是学者，如今五十多岁的他来说，他感到太晚了而不能成为一位战士了。在这段中杨女士译为"焦急的穿戴"意味着"紧身军装"在"雪中忽起从戎之兴"（"In the Snow-Storm"）四行诗中的"桑乾"是古代中国诗人造的非常有名的一条河的名字，不应该逐字地翻译为"枯桑树"（withered mulberry trees）。

她的译文把《偶过浣花感旧游》（*Accidentally I Pass 'Washing Flowers'*）这首诗大大地曲解了。我们知道陆游寓居在四川期间，与许多女子发生过关系，在这首诗中回忆了他多次由女人陪伴饮酒歌唱的一次。他说他曾经买过一个酒店里眺望浣花溪的"玉人"（jade person）或美人的酒。在英语译文中，少女神秘地消失了，如同魔术师帽子里变出了兔子，杨女士无中生有地造出了一位"侍女"。用贵重的发卡付了酒钱，诗人和他那相当慷慨的同伴就一起留在了酒店里。但是在英语译文中这位侍女把新酒放到诗人的桌子上就消失了,并且"玉人"散发着香气的身体上的甜香是属于"侍女"的,陆游在酒店的西壁上题下了些什么,他天真地认为这些东西(至今西壁余小草)仍然可看到,但是,杨女士让他说的是:

"Until today the little weeds
grow on the western wall!"

在《雨中泊赵屯有感》(*I Anchor at Chao Valley in the Rain*)这首诗中,人烟这个词(从民屋的烟囱中升起的烟)被译为"人如烟一样旋转"。

《望江道中》(*On the Way to Wan-kiang*)这个题目被逐字地译为"望淮水路"(Looking at Wan the Huai Waterway Kiang.)最后一行"红树青山合有诗"意思是"红色的叶子绿色的山能激发诗的灵感"(red leaves and green hills shoud inspire poens)在翻译中变成:

"Red leaves, green hills
like poems harnobise."

在《书愤》(*Ardour*)中,"塞上长城空自许"一句,翻译为:"我枉然地站在长城边塞上"(In Vain Am I on the Great Wall Frontier)仅仅意味着"我曾经非常自负地幻想我是中国边塞的守卫者"。

在《山寺》中,送客一词被译为"speeding parting guests"。这是从罗马天主教那儿借鉴的,没有给我留下恰当的印象,在中国人的习惯中不是"speeding",而是尽量伴随着分别的客人走一段路以使他的同伴高兴。我同样反对把59页中的词译为"to speed the moon"。

在《寒食》(*Cold Food Festival*)中译为"seek"的词仅仅是"in"的意思。在《独立》(*I Stand Alone*)中译为"stave off poverty"的词仅仅是"讳穷"(conceal poverty)的意思。等等。

钱锺书这篇批评性的书评及英文论文《还乡》(*The Return of the Native*)相继在《书林季刊》发表后,在英语世界的读者中产生了很大的影响。远在美国纽约的鲍尔·埃·博楠德(Paul E.Burnand)怀着极大的兴趣阅读了这些文章之后兴奋不已,致信钱锺书对他的汉学知识和心理学理论表示非常推崇,但同时也提出了一些质疑。这封来信与钱锺书的回答以"通信"(CORRESPONDENCE)为题同时发表在1947年9月出版的《书林季刊》(*Philobiblon*)第2卷第1期上。钱锺书在书评中批评凯德琳·杨摘抄了陆游涉及贫穷的诗歌并且反复说明:"年老时他是如此贫穷,以至于经常没有饭吃,只好从临近的僧人那里讨要一些饭食"是不懂得炫耀贫穷是中国文人的习惯,并嘲讽地说这是由于杨女士有着一个富有想象力而又实际的女性的头脑。博楠德在信中对此提出质疑,他说"'富有想象力而又实际的女性的头脑'是一种巧妙的说法,但是那些诗歌是以表现贫穷来达到富于诗意吗?"对此,钱锺书进一步讲述了中国古代诗人运用典故的情况。指出陆游的诗《霜风》大概是杨女士信息的来源。那一年十月的寒风凛冽无情:"岂惟饥索邻僧米,真是寒无坐客毡。"乍一看,诗句所描绘的只是普通的实际情形。但是,一个修养深厚的读者会发现实际上陆游用了唐朝诗人的典故,"以使他自己温暖"。第一行暗用了韩愈寄卢仝的诗:"至今邻僧乞米送,仆忝县尹能不耻。"第二行用了杜甫戏简郑虔中的诗:"才名三十年,坐落寒无毡。"第二行诗在《新唐诗》卷二百二中以其错误的引述形式而广为人知:"才名四十年,坐客寒无毡。"陆游融合了杜甫和韩愈的诗句而形成了他自己的诗句。中国古诗常常有一种欺骗性的清楚明白,即使对于本国的对古典名著知之甚少的读者来说,也是充满了陷阱,很容易把仅仅是文学典故的内容作为自传性的实情。我们的古代诗人精于这种暗引的艺术,或者正像其中的一位诗人的巧妙的说法:"诗之用典如水中着盐,一个人仅仅是通过水的味道得知它的存在而不能看到它。"R.M. Rike 在给 Count-ssSizzo 的信中认为,所有的典故将会破坏"一首诗中难以形容的'存在'"。另一方面,有的诗人(如 T.S.Eliot 先生)试图利用典故丰富他的诗歌,以此建立一种文学联系并且为他们营造一种氛围或者背景。水中着盐这个明喻显示出中国诗歌中的用典在寻求一种"此在"(the immediate "being there")和"彼在"(a yonder to all ends)在审美效果上的联合。……对传记作家而言,它使文学创作从真相中分离出来成为一项棘手的工作。……在古典名著之间进行比较成功地组成对偶句这方面,陆游是所有中国诗人中最有技巧的。

博楠德在信中还对《还乡》(The Return of the Native)一文提出质疑。他说:"尽管我不懂其中的汉学知识,但我发现它所涉及的心理学理论却非常令人信服。不过您有点过分依赖已被 John Dewey 在逻辑上推翻了的 Rignano 的'询问理论'。我也不赞成您在偶尔提及 D.H.Lawrance 的一条注释中对其性欲神秘主义的否定。尽管 Lawrance 的意气洋洋缺乏伟大的宗教神秘主义的体验这种品质。"

对博楠德的质疑，钱锺书回答说："在研究'还乡'这个隐喻的心理学内涵时，我服从神秘主义者们的律令：自省。我首先'依靠'的是自己的散漫的思维这种经验，其次也被哲学权威们如 Rignano 和 Vaihinger 所吸引。我甚至要说，如果不是早已发觉，我决不买他们的帐。Dewey 在《逻辑》一书中对 Rignano 的'询问理论'的否定，我已经拜读并且也感谢 Burnand 先生提醒我对其加以注意。然而这对我丝毫没有影响。这个问题有两方面的涵义：实在性和假定性（the existential and affective），Burnand 先生似乎混淆了这两方面，或者说是因为'思维假定性'这一点在我的文章中没有反复说明以避免误解吗？实在性的一面是：一个有机体是动力性的，因而一种经验或'行为'是对有机体的一种'变更'，因此就没有'固定不变的状态'可供回归。但假定性的一面是：保有失去平衡然后恢复原状的知觉。……在下面这段话中，Dewey 有什么言外之意吗？'当思维臻于成熟的时候，它把无序转化为有序的历程缩短了……全凭观察和实验就可以确信思维的目的，不是达到一种纯粹的理想状态，而是被经常性的充分的实现'（《经验和本质》，第一编，66 页）；'对于思维者来说没有休息，拯救就在思维过程中'（出处同上，118 页）。上述后者的援引也许可以与我文章中的一句话相参照：'思维永不安定地寻找着安宁'，等等。我们仍认为 Rignano 的关于目的性思考的知觉特性还是有价值的。"

另外，关于性欲神秘主义的问题，钱锺书回答说，我对神秘主义和性欲沉迷之间共性所作的敷衍处理并不是因为材料缺乏。遗憾的是我文章中下面这段话被忽略了："正是由于 Jung、

Rank、Reik、Pfrister 等众多人的研究，才使得很多宗教激情与性欲激情的相近性在现在变成了一种常识。学习英国文学的学生也许已经注意到一个重要事实：Rochester 采用了一些巧妙的做法，把 Francis Quarles 献给上帝的一首诗，《神秘之象征》改编为'献给他的情人'。从下面 Brihadaranyaka Upanishads，IV, iii.z 中的一段关于神秘经验的描述同样显示出这一点：'现在，作为一个男人，当他被他的爱妻拥抱的时候，他的身内世界和身外世界是一片空白；同样是这个人，当他专注于智性自我时，他的身内世界和身外世界也是一片空白。'St Teresa 在 Relacion de su vida 中大量描述的，当然指的是在性爱沉迷中心灵对上帝的执着。"对这段话深思之后，Burnand 先生大概会改变他对 D.H.Lawrance 的看法。

以上就是钱锺书在《书林季刊》上与鲍尔·埃·博楠德（Paul E. Burnand）的一次文字论争。因为事情已经过去了半个多世纪，并且文章都是用英文刊发的，限制了一般读者的阅读，所以今天已经鲜为人知了。这里介绍钱锺书与西方学者的这次交锋和论争，目的就是让人们更全面地认识他，不仅知道一个写《围城》《管锥编》和《谈艺录》的钱锺书，而且也了解一个作为中外比较文化研究的先行者和中西文化沟通的使者的钱锺书。像钱锺书这样举重若轻，引经据典，谈笑风生的"挑刺"自然会使那些骄傲的西方人冷汗直流，但也唯其如此，才称得上是平等的对话与交流，也才能赢得人家对我们的真正的尊重。那些跟在西方人后面亦步亦趋，一会儿"现代性"，一会儿又"后殖民"的人，无论摆出什么样激进的反西方话语霸权的姿态，实际上仍然没有跳出西方话语的圈套。

二、我们再来看钱锺书为肯尼斯·斯科特·拉托莱特著的《中国人：历史和文化》一书写的书评。

此文发表在1946年9月《书林季刊》（*Philobiblon*）第1卷第2期。《中国人：历史和文化》是以两卷出版的。第一部分是对中国历史的概述，而第二部分是一个短的按照"政府""宗教""社会生活"等篇目安排的中国事物面面观。钱锺书认为实际它应是以两本独立的书来出版。钱锺书讽刺说："这样两个根本没有联系的部分组成的书是为了给装订者省线而不是为了作者写的那条线。"认为此书的两部分有不必要的重复。第一部分已包含了解决有关"中国一朝代一朝代的文化演进"的许多章节，第二部分只好讨论大量的背景，这部分因为不必要的重复而显得繁琐笨拙。钱锺书风趣地嘲讽说："故事讲两遍还可以，但频仍地让人连忘记的时间都没有岂不是不可思议？"在《中国人：历史和文化》中，拉托莱特认为"中国人没有创造过英雄史诗和抒情诗"。对此，钱锺书批评说："轻轻一笔正如魔棒一触，中国田园诗的创作全景便消失无踪了。""一名作者不必一定就中国文学请教很多权威人士，只需读几位用中文写作的作家的文章就可以明晓中国诗实则是自古以来就有抒情性的。"

钱锺书指出："拉托莱特教授对中国政治事件、社会风俗、经济制度的概述是明智又充满同情心的，总体上说很值得推崇，但在处理有关文化问题时，他表现出的却是一个和对手做着勇猛却徒劳争斗的大好人形象。他对每位哲学家和艺术家的性格论断常常言过其实。作者游移不定、东点西评、游离于主题，至最后竟语无伦次。"在叙述"中国一朝代一朝代的文化演进"这一部分中，他努力定义不同时代的总体精神，却几乎没有成功过。例如一位读者可能会很细心地浏览拉托莱特教授对三国六朝时期的文明的论述，但其后仍对那段时期最重要的文化事件一无所知，如"清谈"之艺术的兴起、玄学等。在中国文明史上，有些时代已被概念化了，正如英语中"中世纪"，"文艺复兴"，"复古时期"及"维多利亚"等这样的概括一样，这些时代被用来指示某种风格或哲学模式时，它们是编年的而且还是批评的、描述的，譬如：在学术上西汉（西京）对应东汉（东京），在诗中唐宋相对。显而易见拉托莱特教授从未听说过这样的提法，于是他的概述中中国文化发展的节奏被遮蔽了，承继者也被扼杀了。他对某个时期著名作家及艺术家的转轴式的回顾总是让我产生极大的怀疑，一个例子便足矣：拉托莱特教授忽视了众所周知的东汉及西汉学者之间的不同，笼统地说"中国知识分子的精华"在汉代"大部分进入历史文学研究范畴"，并且举出一些书名、文章，其中包括《说文》，但令人不解的是他却不可思议地忽视了所有学者中最伟大、最有影响力的一位：郑玄，是郑玄为以后几百年来汉语研究定下基调。拉托莱特教授也对清代学者发起的汉学（Back to the Han）运动进行了论述，他不知道很大程度上那可以说成是回到郑玄（Back to 郑玄）的运动么？

拉托莱特教授在书中说："陶潜仍是那时著名的诗人，虽多次居官他仍向往退隐和恬静的生活。有趣的是，晚年他认识了慧远和尚，比起他人慧远似乎是佛教净土派早期发展阶段最为关键的人物……中国最著名的书法家之一王羲之在信仰上可以说是一位道教徒，也生活在这一时期。"钱锺书指出："拉托莱特教授无疑曾将陶潜作为中国最伟大的田园自然诗人来评价的。而且，他的两个论断都是误导性的，王羲之被称为道教徒或许只是因为他退官后和道士许迈的交往，还有他服用根据道家药方开的药。然而在他早年就已极热中于道家的长生不老药了。可这些并未阻止他抨击道教教条，他认为道家是'虚伪而荒谬的'（固知一死生为虚诞，齐彭殇为妄作）。……正如许多现在'异教的中国人'向基督教传教士寻求医疗上的救助却不信基督教一样，许多古代儒教信奉者饮食遵循道家同时却猛烈抨击道家哲学，例如崔浩、韩愈。至于陶潜与慧远的相识本来没什么值得奇怪，拉托莱特教授特别提到这一点使读者误以为陶潜倾向佛教，但陶潜与众不同之处之一正是他在道教、佛教兴盛时期依然是一个虔诚的儒士。"

钱锺书在文章中集中批评了拉托莱特教授书中有关"面子"、"风水"和东西之间及旧传统与新意识形态之间的冲突的三个问题。

钱锺书指出："面子"问题首先是在 A.H.Smith 的《中国人的气质》一书中提出来的。钱锺书认为 A.H.Smith 缺乏幽默，并且见解很狭隘，把属于人类的事物错安在中国人头上。指出拉托莱特教授真知灼见地指出不仅中国人对"面子"很敏感，西方人也非常注重他们的荣誉。但是根据他的例子"面子"比起真正的荣誉感来更接近第十一戒："你不会被发现。"留面子也可以说是人必须"有脸"、不"失色"。无论怎么说，汉语"丢脸"一词进入英文字典的事实证明了它为西方也提供了一种感觉需要，关于 Mathew Amold 称为"市侩气"的"面子"，西方人没有这个词是因为他们对此已熟视无睹。

拉托莱特教授把中国的"风水"简单地认为是荒谬的迷信。钱锺书认为这没有深入到实质。中国人特有的这种地域概念是基于我们称作的地志及万物有灵论，本质上与美学中对地势欣赏中的移情是相同的。从移情到信仰 Mana（美拉尼西亚人崇拜的一种超自然力量）只是一步之遥。风水是从有同感的符号主义开始的，符号主义将生命模式归因于地形，而风水一说的结束是以幻神和禁忌共同促成的。……然而沉淀在幻想中的有时是一些合理的常规，例如，房屋应面朝南这仅仅因为朝南的房屋会冬暖夏凉。Mana 固有的某种位置和形状按照风水来讲总是很神秘的，其实原因只是人总爱把常识弄得不同寻常、荒谬不经、使之圣化的这种弱点，这也是人性弱点的一面，想要把常识圣化于是便使之超乎寻常。

拉托莱特教授在书中讲东西之间及旧传统与新意识形态之间的冲突。钱锺书认为这对于三四十年前的中国来讲也许是真实的，但观察现在的中国它就必然不全面了。古今之争已成明日黄花，冲突不再是东西方之间而是西方和在东方的西方之间，西方不再是一个整体，例如它的科学知识和宗教教条就互不相容。另外有极右翼极端分子的西方；极左翼极端分子的西方；有自由民主、理想化但效率低的西方，它的思维是右的，但却被左的双手操纵着，这三种模式的西方都有各自对中国的反对者和追随者，他们大声疾呼着改革方案，蔑视权威。为了地域色彩着想，三者像暴发户寻根或无赖人追认显赫的父母一样，在中国旧传统中寻根，可以想到，由于任何一个国家的传统总是可以被利用的，他们会找到的。

此外，钱锺书还指出了拉托莱特教授书中的一些常识性的错误。如说班超是小说家，说唐代传奇是用白话写成的等等。

三、我们再来看钱锺书对《神父马修·赫西（Matthieu Ricci）和当时的中国社会》（1551—1610）一书的评价。此书的作者是亨利·贝赫纳赫，1937 年 Tientsin 出版社出版。亨利·贝赫纳赫神甫是一个博学的基督徒，一直致力于描述罗马天主教思想在远东传播的历史这一艰巨任务,并且出版了相当多的有关这一主题的研究成果,其中之一就是《中国人的智德和天主教哲理》或《中国大群岛中的斐列滨列岛:论远东精神征服》。在《神父马修·赫西（Matthieu Ricci）和当时的中国社会》中,钱锺书批评他为他的研究对象作了特殊的申辩并把其抬得太高。

贝赫纳赫神甫在书中平静地一步步地回溯着马修·赫西的事业,特别强调了他在中国的学术发展方面所起的作用。把他看成现代中国文化的伟大的正式代表,并把基督教社会看成是中国文学革命的源头。钱锺书认为这绝对是过分的。我们可以原谅一本充满热爱的著作里的许多内容,但是这里头有许多出于热爱之情的内容很不理智,只是过誉。例如,书中说他是1917年中国文化复兴的前驱;说如果被传教士引入中国的哲学和逻辑学已经被中国知识分子吸收,那么中国思想家的学术研究可能已经被深深地改变;而像笛卡儿、莱布尼茨、斯宾诺莎这样的西方顶尖思想家的著作可能早就被翻译过来了;说马修·赫西那些恢复了儒学原本纯净性的著作被新儒家所继承等等。

钱锺书指出:这些伟大的新儒家学者,远非贝赫纳赫所认为的那样,接受基督徒的教诲,而常常是那些所谓新学说的公开的反对者。即使在欧洲人具有无可争辩的优势的数学和天文学领域也是如此。在东方,清代学者固执地拒绝阅读任何基督徒贡献的有关的书籍,并且极力贬低它。钱大昕,梅毂成,孙星衍,全祖望,俞正燮,随意举出这样一些显赫的名字,他们在这一点上并没有任何区别。如果罗马天主教传教士采取那种暗藏奥妙的送镀金药丸（花言巧语）的策略,中国知识分子常常不假思索地作出反应,在泼洗澡水的时候把孩子一起泼掉。前者以科学知识为资本来传播他们的信仰，但是后者却因为西方科学与信仰基督教联系在一起而抵制它。人们从俞正燮的一篇关于人体解剖的文章中可以看到它与传教士所教的知识之间有着令人发笑的差距。以一种顽固的智慧，他非常自得地证明传教士关于人体生理学的描述只能适用于欧洲人的身体，在他们的身体中，知识的位置不是心脏而是大脑。其寓意就是只有像欧洲人那样无心的中国人才会信奉基督教。没有一个人能否认俞正燮是独特而博学的新儒家之一（les savants les plus originaux de l'ecole du retour aux Han）。这位饱学之士绝不是一个头脑僵化的保守派。他大胆地为妇女权利辩护，甚至在他的《积精篇》里更为大胆地以一种公正的彻底的态度研究性现象。此外他还知道不管什么西方学说都是可以理解的，包括拉丁词 Caelum 即天国。他受到贝赫纳赫神甫最憎恨的佛教或朱子学说的不适当的影响，但我们确实不能对此有所非议。他的态度因此很能显示真相。的确，我们发现清代一直有一部分学者在努力进行这样的辩护，即为什么我国学者曾经把基督教看作一种古老的中国宗教，后来才通过某种途径传播到欧洲。根据一些人的观点，基督教是一种发源于秦代的宗教，被中国的移民带到西方。根据另一些人的观点，它是新儒学或者理学在海外的支流，贝赫纳赫神甫对于持这种观点的人如此热忱而又如此无知感到厌憎。还有一些人从印度教中发现了基督教教义和西方科学的源泉。到 19 世纪末期，当西学大量进入中国，使传教士的过时的知识失去立足之地后，把基督教教义和西方科学都看作起源于中国思想家墨翟，这在有自由思想的中国思想家之间变成一种风气。所有这一切当然都是非常可笑的，但是它们都不比贝赫纳赫神甫那种认为是基督社会塑造了最近三百多年来的中国学术和中国文化的观点更为可笑。钱锺书把他称为是"一个异想天开的人！他的书中有一半是虚构"。

贝赫纳赫说马修·赫西影响了中国新文学运动。对此，钱锺书说：我们有幸离这个运动足够近，因而知道这种影响等于零。那些运动的发起者把明代和清代的小说家和剧作家看作伸舌样的白痴。后来，贝赫纳赫神甫所憎恨的理学家们所使用的哲学语录体风格被坚持不懈地模仿。一个著名的散文家走得如此之远，以至于呼吁新教圣经中译本口语化。马修·赫西使用白话写作的实践被彻底遗忘了。新派作家们没有把他视为白话文运动的保护神是非常错误的。但是事实清楚地表明罗马天主教徒在中国文化的转型过程中所起的作用是非常微小以至可以忽略不计的。贝赫纳赫神甫一度以"间接"一词来保证他的断言具有合理性。间接一词用得巧妙，因为它是不确定的，人们可能会记得 Voltaire 驳斥他的医生关于咖啡是一种很慢很慢的毒药的著名言论。

在书中，贝赫纳赫神甫一个中心的观点就是：如果创办教会大学的活动在中国没有受到抵制，中国文化将变得多么辉煌。对此贝赫纳赫神甫充分发挥了他的想象力：这种文艺复兴早就会在 1917 年以前出现；笛卡儿、莱布尼茨甚至斯宾诺莎早就会成为中国学者的研究对象；在这样一种总的思想指导下，科学研究将会迅猛发展。对此钱锺书写道：在一幅如此生动鲜活而失之交臂的图景面前，我们本应该感到沮丧，但是贝赫纳赫神甫却一再努力让我们确信这些延迟了的希望实际上在 1917 年变成了现实，并让我们确信，由于有以马修·赫西为首的西方传教士为中介，我们正在享受文艺复兴的好处。让我们也放纵我们的想象来设想一下。确实，中国在自然科学方面是落后的，而古罗马人几乎没有支持过自然科学。传教士也确实把自然科学知识带进了中国。但是，就像我们已经看到的，也是贝赫纳赫神甫自己所承认的，对于早期在中国的传教士来说，科学只是神学的辅助手段或者说是神学的虚有其表的附庸，只要它适应于信仰的目的与兴趣就能够存在。科学一点一点地侵蚀上帝的地盘，但是信仰，就和党派政治一样，往往是一个有诸多禁忌的实体，它阻挠自由的认识活动。一旦基督教教义或者罗马天主教思想的译本在中国普遍扎根，科学研究还能够继续和稳定进行吗？所有那些对欧洲理性主义的起源与影响或科学与信仰的冲突略有所知的人都将对此结论的可疑做善意的解释。在贝赫纳赫神甫看来，教堂在欧洲是有组织地阻碍新思想传播的、反启蒙主义的堡垒，它的精神影响是文艺复兴所坚决反对的，而在中国则似乎变成了启蒙主义、激进主义、科学和文艺复兴的温床。这真是一个巨大的变化！例如，我们知道，马修·赫西的天文学是托勒密的地心学说，我们也知道教堂支持这个不科学的学说，并用钟声、书籍来宣扬它，并把反对这一学说的天文学家送上火刑柱。如果作为他们的工具被介绍将来的自然科学知识有失去控制的危险，将要变成一个 Frankenstein，在中国的基督教传教士们还能容忍对科学的自由要求吗？不会的，对此我们毫不怀疑。此外，不管教会大学在清初是否受到干涉，我们的看法都不会改变。如果受到了干涉，罗马天主教思想就不可能是这一运动的遥远的源泉。如果没有，为什么要去想象那些只是可能会发生的事情呢？贝赫纳赫神甫极力想在两方面都予以肯定。他首先热切地想象那些可能已经发生的事情，然后欣喜地把它们当成时间上已经发生过的事情而引为他的证据。这里存在着糟糕的史实错误和更为糟糕的逻辑错误。

另外，在书中贝赫纳赫神甫认为朱熹歪曲了孔子，而马修·赫西和汉学家则看到了真正的孔子。钱锺书指出：显然他没有意识到关于历史阐释的常识——一个伟大的人物或一个伟大的时代对于另一个时代来说表现出的另一面的意义，每一个继起的时代对前人和从前的时代有它自己的解读。贝赫纳赫神甫也向我们透露了他对基督教传教士和新儒学派的东林党人一起反对宦官的怀疑。这个观点完全是荒谬的，我们几乎想要驳斥说那种怀疑仅仅是出于无知。贝赫纳赫神甫把曾国藩看成是像瞿太素这样血管里渗透着基督教思想血液的学者。显然他从没有听说过，在曾国藩著名的声讨太平反贼的公告里，也有反基督徒的怒骂。曾国藩鼓励西学并不是为了促进对基督教传教士的信任。此外，贝赫纳赫神甫把传教士们的汉语著述视为中国新文体的先驱，而不知道那时候他们因为对古文体的喜好而受到明确的赞扬。他两次提到袾宏和利玛窦司铎之间的争端（保存在《辩学遗牍》中），援引了袾宏的言论"基督教模仿佛教"，而不知道袾宏强调地否认了基督教和佛教之间的联系。另外，贝赫纳赫神甫在历史学家和哲学家黄宗羲的问题上犯了明显的错误。他让黄宗羲对像李之藻这样的基督教学者死后的湮没无闻负责，用他在袾宏影响下的"对佛教徒的偏见"来解释他是"故意遗忘"。钱锺书嘲讽地说："在如此短的一句话里犯如此多的错误，这可真是一件很不容易办到的事情。"

在文章的结尾，钱锺书幽默而又不失宽容地说：为了说明贝赫纳赫神甫的关于马修·赫西的"传记批评"是非常不令人满意的，甚至是误导性的，我们已经说得足够多了。如果我们的批评显得似乎不够冷静，那不是因为对宗教的普遍的憎恨。正如我们开头所说的，我们尊重甚至嫉妒他的信念。对抗似乎总是无意义的，尤其当它们涉及宗教方面的事情。古老的中国人实际上是平和的、宽容的人，尽管西方汉学家选择了相反的说法。"对于大众来说，所有的信仰都是真实的；对于政治家来说，所有的宗教都是有利的；对于哲学家来说，所有的宗教都是错误的。"这种思想，古代中国人和古罗马人可能说得同样地多。用"迷信"和"偶像崇拜"这样的词来形容贝赫纳赫神甫的笔法似乎有点太轻率了。只有当感觉仅仅是另一个人的感情时，这样的迷信才是另一个人的信念。在本书的另一个简本中，贝赫纳赫神甫高度蔑视地论及佛教徒袾宏和利玛窦司铎之间的争端，将其巧妙地形容为"犹同浴而讥裸体，"或者说是瓦罐和水壶互相嘲笑对方黑。这是一个典型的评注，需要我们深思。

总之，钱锺书的一系列英文书评、短评，多是向西方人介绍着真正的中国文化，纠正西方人对中国文化的误读、误解和误导。以上我们重点介绍了他三篇有代表性的书评，其余英文书评、短评也多是做的这种消除误读、误解和误导的工作，如评 1931 年伦敦：乔纳生·凯普有限公司出版的 Le Gros Clark 介绍、注释、评注和翻译的《苏东坡诗选》英文版。指出：此翻译是非常接近原意但也不是没有错误的。譬如，在"举酒属客，诵明月之诗，歌窈窕之章"中，"明月"也指一首诗，应用斜体。并且 Le Gros Clark 先生将《放鹤亭记》（比较第 65 页）中重要的一句"秋冬雪月千里一色"丢掉了。再者，"苏子"和"东城居士"都译为词面意思："我，苏的儿子"及"东坡，退隐的学士"，这都是不恰当的。这样的差错并不多，可以不必罗列。书末的评论和注释也并不是多此一举的，但介绍却非常不恰当的。譬如，有关"文化背景"的这部分，大量笔墨用在对历史学家和编年史学家的说明上，对创建了"宋诗"的文人，在译文中却未置一词。Le Gros Clark 先生认为苏东坡是一个饮烈性酒的人，而我们根据他个人的相反的表述（比较《书东皋子传后》）可得知他更是一位美食家。"酒杯"仅是中国诗歌的一个用词，正如所有诗歌用词一样，不应太文学化。等等。这里我们不再多加介绍。

第 五 章

钱锺书英文论著简述（二）

人类文明是在各个不同民族文化的相互交流、碰撞、影响与融合的过程中发展与完善起来的。作为文化的重要组成部分与承载载体的文学在各民族文化交流中不但扮演着重要的角色，而且自身在不断的吸收创造中完善与发展。中外文学交流可谓源远流长。中国文学对世界，尤其对亚洲近邻诸如日本、朝鲜、越南等国的文学乃至文化的发展产生了巨大的影响。所谓的"远东文化圈"实际是以中国文化和文学为胚基和触媒而生长发育起来的。在西方，明末清初一些来华传教士开始热衷于译介中国典籍，1590年西班牙人高毋羡（Juan Cobo，?—1592）翻译了第一部汉籍《明心宝鉴》。此后，意大利人罗明坚（Michele Ruggieri，1543—1607）、利玛窦（Matteo Ricci，1552—1610）、法兰西人金尼阁（Nicolas Trigault，1577—1628）等用拉丁文翻译了"四书""五经"等儒家经典。随着法国人马若瑟（Joseph Henri M. de Premare，1666—1735）1734年把纪君祥的《赵氏孤儿》翻译成法语，很快这部元杂剧就风靡了欧洲。英国人哈切特（William Hatchett）、法国人伏尔泰（Voltaire，1694—1778）等纷纷以此为蓝本改编成具有本国特色的《中国孤儿》《中国英雄》等。再加上英国人托马斯·珀西（Thomas Percy，1729—1811）编译的长篇小说《好逑传》和其他欧洲汉学家们翻译的《诗经》及《今古奇观》中的一些小说的问世，欧洲大陆很快刮起了一股"中华风"。当然，那时的"中华风"自然不能代表真正的中华文化，只不过是西方人出于神秘感和好奇心对他们心目中那个神秘的东方古国的认识和想象。当时西方人眼中的中国和文化也像海禁初开时中国人对西方和西方文化一样含混不清，充满误解。这种双重的误解，构成了中西文化交流的困难。消除误解要经过彼此的对话和交流以真正了解对方。钱锺书就是中外比较文化研究的先行者，是中西文化沟通的使者。他的一支生花妙笔总是风趣地向中国人讲述着西方文化而又向西方人介绍着中国文化。他用中、英文发表的一系列的书评、短评，大多就是在做这种中西文化沟通的工作。他在牛津大学所作的学位论文《十七世纪英国文学中的中国》（*China in the English Literature of the Seventeenth Century*）《十八世纪英国文学中的中国》（*China in the English Literature of the Eighteenth Century*）更是集中地做了这一工作。

第一节 《十七世纪英国文学中的中国》（*China in the English Literature of the Seventeenth Century*）简述

此文的初稿是钱锺书于1935—1937年在牛津大学所作论文的一部分，1940年12月发表在《中国书志学季刊》（*Quarterly Bulletin of Chinese Bibliography*）第1卷第4期。该文是一篇全面考察 17 世纪英国文献中有关中国的记载，对研究中西文化交流有重要的文献参考意义。文章通过考察大量的 17 世纪英国人的书籍、文章、信件、日记及谈话记录等，来让人们了解当时英国人眼中的中国和中国人。他们以西方的习惯和价值标准来看待和评价中国的事物、历史和文化，对中国和中国人充满好奇、误解和误导。并且钱锺书通过细致的考据和梳理，辨明这众多的有关中国的记载和评论的传承关系和来龙去脉。

首先，钱锺书介绍了三本与中国有关的英文著述。第一本出自一个曾在中国狱中的葡萄牙人之口，由理查德·威尔斯（Richarde Willes）整理、扩充并最后完成，由理查德·卢格（Richarde Lugge）于 1577 年在英国打印出版的《中国行省若干报导》。这本书是许多 17 世纪英国作者论及中国的参考源头。《报导》中的描述是简短而有趣的，中国被分成十三个"省"，内容包括中国人的风俗习惯，他们对天堂和宗教庙宇的信仰，他们考试的竞争体制，由此可成为有入仕资格的人。他们地方政府的体制，以及监狱和体罚等。另一本关于中国的早期英国书即《葡萄牙人的东方之行》，由 Galisia 教主管辖领域内，Escalanta 的圣伯拿僧侣所作，乔·弗朗普顿（Joh Frampton）翻译，托马斯·道森（Thomas Dawson）于 1579 年在伦敦藤树三鹤处出版。书中记载了在中国自治领土内发生的一些大事，此书承认其取材来源于《人类信仰的价值》一书。它前后连贯，但比起《报导》在细节材料上不够详尽。第三本是门多萨的《中华大帝国史》，此书的独特之处在于它用英语最早对中国进行了细节描述。所涉及的内容是相似的：强大帝国的历史及其形势，丰富的资源，繁华的城市及政治组织和稀少的发明。由西班牙人胡安·冈萨雷斯·德·门多萨（Padre

Juan Gonzalez de Mendoza）译出。I.Wolfe 于 1588 年在伦敦出版。

第一本涉及中国诗歌的书籍是乔治·普滕汉姆（George Puttenham）根据一个印度游者的口头描述写的《诗的艺术》。在书中，普滕汉姆写道："我非常渴望了解这些奇妙的东方国家尤其是那些普通人的诗歌，但我居住在意大利。我认识一位长期游居于东方的绅士，此绅士目睹了中国和鞑靼最高君主的殿堂。他说那些诗完全是智慧的结晶，有韵律和节奏，他们不像我们乐于冗长的描绘，因此当他们一旦有了什么美妙的感悟，则将之浓缩成韵体并形成一种菱形方形或其他什么图形，接着附了三页满满复印着这类圆形的纸和两首中国诗歌。"这应算是最早论及中国文学的英文书，或者可以说是最早谈论中国文学的欧洲书籍，因为即使《报导》和 Discourse 里都没有谈到中国人高雅的文化，更不用说《马可·波罗游记》和中世纪其他关注中国的书籍了。那些几何形式的诗歌和其他许多更像图画的不规则的诗歌在中国传统文学中存在着，它们被称为"文字的游戏"。在书中 Puttenham 结合象征和修辞等艺术手法写道："东方最遥远的国度——中国——的皇帝，虽然没有那么可怕，但却值得尊敬，这些极其敏锐而又绝妙的暗喻，应该献给伟大的帝王。比如两条奇异的蛇蜿蜒盘绕，驶入情欲的殿堂，小蛇将头伸入大蛇的口中。"马可·波罗提到了在北京皇宫城墙上的龙或者说"奇怪的蛇形物"的指向，但龙是和"士兵、各种鸟兽、历史战争"一同被刻到墙上的，并没有被指明是国王的标志。在一篇涉及坐落于大都的可汗宫殿的文章中，在珀切斯（Purchas）的译文里，让人想起了科尔里奇（Coleridge）的《忽必烈大汗》。马可·波罗描述了涂着亮漆的柱子上的金龙，描述类似于鄂多立克（Friar Odoricus）对伟大可汗的罐子的描述："罐子四周加上金箍，各角有一条龙或者说蛇。"但这描述并不足以超过门多萨的描述。

在弗朗西斯·培根（Francis Bacon）的作品中，我们发现了更多处谈论中国的地方，大多数是很有根据的。在《知识的提高和深入》（1605）一书中，培根说："我们进一步明白了写中国和地中海东部诸国家及岛屿的真实特性，用不着过多的言语，只摆出事实和观点就行了。"在《木林集或自然的历史》（1627）四世纪那章里，培根说："炼金术玷污了世界……我们称赞中国人聪明，他们不相信炼金术，但狂热于打制银器。"同样在这部著作中，八世纪的那一章，我们发现了另一条惊人的信息："那些面黄肌瘦的中国人，他们会把脸涂得鲜红，尤其是国王和那些贵族们。"在《新大洋》（1627）里培根以这样一句话开头："我们从秘鲁出航……到中国、日本去。"培根还让 Bensalem 岛上"外国人旅店"的管理者说出，古代中国"禁止没有证件的陌生人入境"的法律是"一种胆怯和恐惧的法律"。他还断言"中国人通过将陶器埋在地下四十或五十年制成瓷器"和"军火已经在中国应用了两千年了"。在培根的文章中，另有三处提到中国语言，中国对外的法律和中国人对军火的应用，这些看起来都是基于门多萨的考察之上的。下面的文章可以证明，所有这些，他们都充分运用图形，这是一种写出来比说出来更容易理解的语言。"若没有国王或政府部门签发的入境通行证，无论如何陌生人不能通过海上或陆地入境"；"不只一种原因导致了对葡萄牙的崇拜……为了在这个国度中找到大炮……他们在去欧洲之前花费了很长时间"。

钱锺书认为培根是从门多萨而不是从其他人那里援引了这些珍贵的资料。原因有三：（1）培根和门多萨在这三个所讨论的问题上观点一致；（2）门多萨的书在培根的时代中是最早并且唯一讨论这三个问题的书；（3）在培根的时代中可见到的其他关于中国的书籍不是对这三个问题保持沉默，就是巧妙地否定了门多萨的观点，因此对培根的书的态度也是如此。在《报导》中，我们也许实际上读到了"一项拒绝所有外国人进入中国的法律"，但是我们同样也被告知："他们城镇的防御力量在于坚固的城墙，护城河而非大炮。"

沃尔特·雷利（Walter Raleigh）先生的《世界史》（1614）包括两个关于中国的典故，看起来也是出自门多萨。"（诺亚）方舟停憩于东印度和塞西亚之间的金牛山的一个角落"，关于此文 Walter 先生在下面这段话中谈到了印刷术的发明："一个名叫 John Cuthenberg 的德国人从东方带来了印刷工具，Conradus 从他那里学到了印刷术并将之带到了罗马……尽管这种神秘的东西被认为是靠不住的，不过是新鲜之物。中国人在埃及人或腓尼基人之前很长时间就已经印字了，并且在产生印刷术之时，希腊人既没有任何文明的知识，也没有文字在他们之间流传。这是事实，葡萄牙人和西班牙人都可以证明，那些国家被发现之后约一百年，他们才开始对其繁荣的贸易发生兴趣。"Walter 先生其他的参考很明显也是出于 Mendoza 的基础之上的。他提出这样的事实"东方人是 populosity 最古老的祖先，也是整个人类荣誉的创始人"。他还举出他们率先"运用枪支大炮"的例子，这一点已"被 Portugals 证实"。我们已经引述了 Mendoza 关于中国大炮的文章与培根的文章的联系，就不需要在此重复我们已谈过的话题。

罗伯特·伯顿（Robert Burton）的《忧郁解析》（1621）为我们的考察提供了丰富的资料。培根确信这是唯一一本描述中国的书……伯顿提到了中国人的狂妄（"中国人说我们欧洲人有一只眼睛，他们有两只，世界上其他民族则是瞎子。"）。书中记述繁盛的中国足以与奥古斯都·恺撒时期的意大利媲美，中国没有乞丐。作者还提到了教堂的职员，教区长，地方法官，审判官都应该以中国选拔人才的方式来考核选拔。在"忧郁的原因"中说中国人狂热于新鲜的马肉；说中国人有杀害新生婴儿的习俗，迷信。在"宗教忧郁的原因"里，他说中国是最迷信的民族，在"悲伤的预兆"里，他重点地谈及逸闻趣事，说"那在中国不过是常事，如果他们对命运的好转已不抱希望……就选择自杀，很多时候，为了给自己的冤家带来更多的烦恼，就在他们的门前上吊"。"补足"中他说，在中国，人们很难一睹龙颜。在"嫉妒的标志"中他说到了在中国贵族家庭中宦官的数目。在"医药"一章中谈及了中医草药，在"疗救爱的创伤"一章中谈及了中国家长制婚姻的风俗。

考察中国的制瓷技术也是 17 世纪英国人的一个热点。对 Bacon 有关中国制瓷方法的文章，托马斯·布郎（Thomas Brown）先生在《世俗谬论》（1646）中有一大段的文字可作为一个脚注。此书第一卷，第五章中，布朗对如何制瓷做了大量的描述："作者对此的观点并不一致。古地奥·潘斯罗尔斯（Gudio Pancirollous）认为用鸡蛋壳，龙虾壳作原材料，石膏要被埋在地下八十年，斯盖雷格（Scaliger）持有相同的断言，拉姆瑞斯（Ramuzilla）在他的《航海》中持相反的观点，瓷以泥作原材料，不是被埋在地下，而是被风吹日晒四十年。但是门多萨……却发现是由含白垩的土制成的；这种土被浸在水中敲打，在顶部涂上石膏，底部有一个明显的凹槽，他说，上好的盘子，从油膏或润滑剂中取出，做成后，被镀上金色或画上色彩，并非在一百年之后而是立刻被放进熔炉。他说，这是通过实践得来的经验，这比起 Odoardua Barboss 说的瓷器用各种壳作原料并被埋于地下一百年要可信。至此，所有的问题都在杰出的探索者林斯霍滕（Linschoten）的《东方之行》中迎刃而解了。后由耶稣会会员阿尔瓦雷茨（Alvarez）在他对中国的描述中证实了此点。仅在江西省一个城镇出产那些瓷器器皿：其原料从另一个省运来；由于水好，它们都被做得细腻清亮，它们的原料只能是这些……后来关于此的叙述也许会在荷兰使者巴达维亚到中国的航行中发现，1645年在法国出版了这本书。里面很清楚的阐明，瓷盘由岭南出的泥土做成。"珀切斯（Purchas）在《珀切斯和他的远游者》中也说"斯盖雷格（Scaliger）的看法是浸渍它们并将之埋在土中，这被后来的作家否认了"，其观察也是基于林斯霍滕的观察之上的。门多萨的叙述与克鲁兹（Cruz）的相似。把这些放在一起，就显示出培根的叙述的复杂的来源，培根坚持瓷器是由泥土做成的而且将之"浸渍放在土中"。

　　17世纪英国人也考察中国的语言。布朗（Brown），探讨了一种原始语言不受外界各种语言形式影响的可能性，说："居住在辽阔大地上的中国人很少相互交流，却不断受到别的民族的入侵，其语言可能显示出了它的古老，但也包纳了其他许多民族的语言，显得混杂。由于时间的流逝，它的语言已变质，没有了统一的特性，失去了其持续的意义，在基督诞生前几百年，他们就拥有伟大孔子的著作，后来到了 Poncuus，达到一个顶峰，他被当作中国的诺亚。"此文中的材料，对于一个中国的文人来说是很平常的，但令我们感兴趣的是当布朗正在谈论"原始语言"问题时，他加引了这样的叙述，我们会很快回到前面的问题，那个让中国饱受侵略之苦的民族的名字写在了《民族的将来》中。在这里布朗预言到"鞑靼族的部落将征服中国"并对此作出解释："如果我们查阅中国的历史，这不足为奇。鞑靼挑起过一连串的侵略战争。随着时间的推移，侵略者逐渐腐化、倒退，变得像中国人一样胆小懦弱，那时他们自己就会遭受另一个新兴的鞑靼部落的侵犯。这在我们的历史中曾上演：关于他们的描绘，中国的长城，就是为了抵抗鞑靼的侵袭，它们的建立比上帝化身为耶稣基督早一百年的时间。"这种认为历史会重演的卓越见识，却同时忽略了中国的历史是不会重演得如此频繁、如此和谐，像托马（Thoma）先生想象的那样。这篇文章的来源就是《荷兰使者之行》。布朗在与制瓷有关的书中也曾引用过。十七世纪英国盛行寻找并没有因巴别塔的建立而受到影响的"原始语言"。瑞利文已经证明诺亚方舟是如何栖息于东方的。由此及彼，瑞利文的研究自然而然地引向另一个问题，那就是诺亚最有可能讲的是东方语言。海勒（Heylyn）在《宇宙志》（Cosmographie）一书的概序中赞同瑞利文的说法，同时又极其中肯地说："要承认在洪水发生前，那些保守的，落后于诺亚的人讲的语言是一样的（它有可能是希伯来语或者是其他任何一种语言），我还找不到证据来证明，但是有可能因为商业和贸易的交流，这种共同的语言及时地被分为几种不同的语言或方言。"托马斯·布朗先生证明汉语言有可能是原始语言，但最终他和海勒一样用自己的观点驳斥了自己。所有这些散落的线索都被收集在《汉语是原始语言可能性的历史初探》一书中，出版于 1669 年。约翰·韦伯是伊尼哥·琼斯（Inigo Jones）的一个学生，他表达起自己的观点来就像一个建筑师，研究语言似乎是他唯一的兴趣和爱好。对于这门学科，韦伯有一种业余爱好的精神，怀有宗教的狂热。实际上对汉语他没有第一手的资料。在给查理二世献词中，他对他的工作做了如下表述："我并不是想争论在可能性中什么不可能是第一语言，而是什么语言是原始语言，我的目的也不是附和他人的说法，削弱原有的基础去支持一个更强有力的。我是将我的观点建立在神圣的真理和可信的历史基础上的"；神圣的真理指的是《圣经》，可信的历史就是葡萄牙人和西班牙人对中国历史"原始记录"的改写。他从太古时期开始论述，他"还找不到一点权威资料来假设，我们祖先的语言不论在形式上或方言和发音上究竟发生了什么样变化，在巴别塔时期语言混乱前……为何我们会肯定的说诺亚将原始语言带上了方舟，使它在几代之后还保持着原貌，直到巴别塔时期语言发生混乱。""诺亚定居在东方"，"在巴别塔时期前，中国最初定居着诺亚的后代"。"在未移居到希奈尔和语言未发生混乱之前，这些人开垦森林，定居下来，他们从没到过巴别塔"。另一方面，"《圣经》也说明混乱语言的怒骂之词流传在巴别塔地区，在那里起着渎神的作用"。所以，汉语是"洪水时代前的共同语，而不是希伯来语"。韦伯提出了一个惊人的假设。他读了海勒的《宇宙志》，引用其中的一些观点并加以赞同。同时他又向海勒提出了挑战，海勒认为随着时间的推移，原始语言不可能还保留着它的原始性。这一点使韦伯的理论站不住脚，他于是作出了天才般的回答。他认为征服并不能改变一个国家的语言，就像罗马征服希腊，马其顿人征服波斯所做的一样，时间不能改变一种语言；比如，拉丁语还保留着恺撒时代的原貌。思想和贸易的交流有可能会改变一种语言，就像"我们的萨克逊语言"被"拉丁语、意大利语、法语同化并且加以提炼，使之英语化"，"但是如果通商仅仅被限定于沿海和边界，就像中国，一个国家的语言就不会受到影响"。举了这么多的例子，我们就不会惊奇于韦伯的理论了，他认为中国的皇帝 jaus 或者 yaus 不是别人，正是雅努斯，一直以来，大多数人都认为是诺亚。韦伯作了长篇论述，至今这仍是英语中最精彩的假设。它涉及了中国的宗教、哲学、科学、绘画、思想道德、风俗习惯、语言和书法等等。他向人民介绍了古老而优秀的中国，以及他们对经典的虔诚。只是其中的赞许过多了。比如，海勒所嘲笑的偶像崇拜和专制，在韦伯的眼里则成为上帝之城和哲学王国。除了有一点夸张和偏见，他对中国的描写可以说集中了所有赞美的精华，特别是关于思想文化方面。韦伯用六个重要的方针来阐述汉语是原始语言：朴实、概说、质朴的语言、实用、简洁和对创始者的赞同。对汉语独特性明辨而切实的论述是这部非同一般书的精彩部分。其中一些观点是现在作家不能比拟的。它说起来很让人吃惊，一个对中国一无所知而仅凭二手资料和与生俱来的理解力的人竟能创立起这样一套理论。

　　用一句话可以总结韦伯这本书的意义。迄今为止的作家们或者像培根和瑞利文，认为中国就像以前有人所描绘的那样，或者像珀切斯和 Evenly 一样。他们的研究态度值得人们学习，他们可以接受任何关于中国的看法，他们的兴趣是包容一切，不漏掉任何一点细节。他们赞赏中国的工业和中国的创造力，但是仅是一点点。即使伯顿也是在总体上把握中国，他把中国同奥古斯都统治时期的罗马加以比较，并且想把中国选拔性的考试介绍到英国，而不是"把旅游者的故事"加以转述。这要比枯燥的研究一些事实更进一步。韦伯对中国的评价很有意义，他赞赏中国哲学，政治体制以及汉语言，而不是中国的大炮及帆船。

英国人威廉·坦普尔（William Temple）对中国的研究达到了狂热程度，像韦伯一样，他高度赞扬具有哲学头脑的中国君主的统治。在文章《大众的不满》中，借此来维护统治秩序，他认为法律不仅要"制定得好"，而且要"认真执行"。政府的构成和管理都很重要。因而，坦普尔说："让机构成为它应成为的样子，由声名狼藉的人统治的政府是恶劣的政府，除非像古代的中国帝国一样，建立起像在故事中出现的一样具有深厚基础的帝国。"坦普尔也是第一个谈到中国园艺的英国人。他用一种神奇的方法丰富了英国语言。在《园艺》这篇文章中，描述完具有某种规格是最完美的花园之后，他说："完全对称的形式比任何其他的形式都美丽"，他挑选中国花园作为例子。"中国人藐视这种种植方式，他们认为一个能数到一百的孩子也可以种出一行直直的树……但是他们在设计图形方面具有丰富的想象力，它们之所以漂亮是因为宏伟夺目。但每一部分并非要遵守一定的规则。我们很少注意到这种美，而他们可以用特殊的词汇来描述它。当他们一看到疏落有致的景观，他们就用美丽崇高诸如此类的词加以赞赏。"这篇文章写于1685年，坦普尔承认他所描绘的中国花园是从"曾经在中国居住很长时间的人"那儿"听来的"。在《健康和长生》一文中，坦普尔提到了中国医学科学。中国医生"可以通过诊脉来发现人身体内的疾病而不是认为是身体其他部位不适引起的"。而且中国人从没有放血的习惯。在《古代和现代的学问》一文中，他认为"中国的古建筑最古老，因为传教士也这样认为"。他继续叙述了"一个中国皇帝为满足他野蛮的征服欲望"，焚烧了除医学和农业方面以外的所有书。他推测同一时代的比较哲学的历史学家把苏格拉底和孔子作了有趣味的比较，认为他们进行了同样的开拓，将人们由无用和无止境的自然玄想带回到死亡的现实中。但是两者又有所不同，希腊人似乎更倾向于个人或家庭的幸福，而中国人则更倾向于好的气质和自足，历代王朝一直沿袭这种传统，这可以被称为有智人统治的政府。但是在坦普尔的文章中我们所关心的精彩之处在《英雄的美德》第二部分，总共有 20 页，它如同一个中国文化历史梗概。同时它也是坦普尔对中国认知的概括，他在其他文章中也作了这方面的叙述，其中有焚书的故事，孔子及其门徒的故事，并且涉及了中国医学。这些故事很陈旧，但坦普尔却成功地用另一个角度来看它们，这句话可以证明："其它国家将人分为贵族和平民，中国则将人分为有知识的和文盲两种。"他用几句话就简明扼要地概括了早期旅游者如何在几个世纪中摸索前进，以及他们的失败。将中国和欧洲进行比较研究，是坦普尔和 Heylyn 及珀切斯的不同之处，坦普尔赞同惠斯勒（Whistler）在《十点钟》中对名画鉴定家的评价，他们只倾心于"收集—编辑—分类—鉴定"。坦普尔也对同时代历史进行了研究，例如，在文章结尾，他写道："鞑靼曾征服过中国大部分地区，在定居一段时间被驱逐，直到 1650 年，他们才完全征服了整个王国。"通过这一点，威廉·坦普尔先生比起托马斯·布朗先生更称得上是一个好历史学家，但像布朗一样，坦普尔坚持认为"鞑靼人也具有聪明才智，因为非常安逸自足奢侈，他们逐渐失去了丈夫气概，不断暴露出野心，并且侵略他们的邻国"。坦普尔对儒学的介绍在当时英国文学中最详细，以前的旅行者并没有谈到孔子和他的门徒，Temple 一定读过孔子的《论语》。

在文章中，钱锺书介绍了英国文学中有关中国主题的作品。

第一部这样的作品是由埃尔卡纳·赛特尔（Elkannah Settle）创作的悲剧《鞑靼人之征服中国》，发表于1676年，1673—1674年在公爵剧院上演。在序言中，赛特尔说："历史和现实是他创作的源泉。"在第一幕中，鞑靼国王赛明格"要寻仇于北京部落"为他"被谋杀的父亲报仇"。Amavanga 是一位中国公主，她假扮成士兵，作为国王的和平使者来到鞑靼部落。但她被鞑靼人的无理所激怒，并为中国皇帝的胆怯而羞耻，她没有缓和矛盾，而且面对挑战要见 Zungteus（顺治），他是赛明格的儿子。在原野上，Zungteus 接受了挑战，但是他感到 Amavanga 的"目光"中有一种特别的"神圣的东西"，以至他希望"结束这场战争"。对 Amavanga 来说，她向她的知己 Vangona 承认：

> 我的灵魂爱上了国家的敌人，
> 我爱 Zungteus，伴随着偷偷的喜悦，
> 我倾慕中国要摧毁的这个人。

另一方面，在 Zungteus 与他的伙伴 Palexus 的谈话中，Zungteus 承认他作为中国皇帝的朋友曾在 taymingian court 待过一些年，并且爱上一位公主叫 Amavanga，她正在他将要摧毁的国家中享受"无上荣誉"。他因此为去中国而感到不安，要不是因为 Palexus 劝解，他早就想退却了。第二幕主要是讲发生在北京皇宫的事情，中国皇帝（崇祯）命令他唯一的女儿，也是王位的唯一继承人 Orunda，挑选一个丈夫。Orunda 选择了王子 Quitazo，但 Quitazo 早已与一个叫 Alcinda 的"天真女孩"订婚。他不愿接受这种荣耀，更不愿解除先前的婚约。皇宫里的另一个王子 Lycungus，

是一个坏人。他因 Orunda 喜欢 Quitazo 而拒绝他感到很失望，他计划监视 Quitaza，将他与 Alcinda 私通的事情告诉 Orunda。

在第三幕中，中国皇帝"要派一个使者去见傲慢的鞑靼人，以便结束长久的围困……"

Amavanga 是中国使者，而 Zungteus 则是鞑靼人的代表，当 Amavanga 得知她的对手是她的爱人时，她犹豫不决，她的知己 Vangona 消除了她的顾虑，她用 Palexus 劝慰 Zungteus 的同样的话说服了 Amavanga。同时，Lycungus 向 Orunda 报告了 Quitazo 的欺诈行为。最后，Alcinda 得到了原谅，因为 Orunda 不想利用她的地位，以"强迫"手段赢得 Quitazo 的心。她说"不"：

> 这种特权我不要
> 我要用我的才智，而不是我的权利，来得到他。（139）

Lycungus 认为他已经使 Orunda 开始讨厌 Quitazo，并且逐渐掉进他的陷阱。但 Orunda 并没有实现他的愿望。痛苦注定 Lycungus 成为一个十足恶人，他声称：

> 好，我强烈的感情被轻视
> 那么，我的野心最终一定会实现。

他所追求的结果就是得到王位。在第四幕中，Amavanga 和 Zungteus 的谈判开始了，在谈判中，两个人当然都不想让两国发生流血冲突。他们想通过谈判来解决争端。但是作者却给了大家一个惊奇的结局。他让 Amavanga 死于致命伤，这是由 Zungteus

无意中造成的，Amavanga 在临死之前向她的爱人也是她的敌人表白她的真实身份。于是 Zungteus 沉浸在痛苦和悔恨之中，他称胜利是无效的，因为对于他来说"杀死一个女人是无耻的"。中国皇帝留住了他不稳定的王位，在这之后将重新决斗。在这一幕中，恶人 Lycungus 毒死了 Orunda，并将 Alcinda 关进了监狱。第五幕开始时，鞑靼国王 Theinmingus（铁木真）早已战死，Lycungus 夺得了王位。被废除的皇帝想自杀，他的王妃们

> 勇敢面对死亡，
> 用各种形式结束自己的生命。

从戏剧旁白中我们看到了可怕的场景："背景是许多死去的女人，一些胸膛上插着匕首，一些刺着剑，一些被勒死，还有一些服毒。"冷酷目睹了集体自杀之后，皇帝刺伤了自己的左胳臂，用鲜血写道："将皇位留给 Zungteus。"同时 Quitazo 逃跑到鞑靼人那里，恳求 Zungteus 帮他向 Lycungus 复仇。鞑靼军队进了北京，杀死了 Lycungus。Zungteus 最后想自杀，到天国与 Amavanga 相聚。Amavanga 突然出现并讲述她是如何从悲伤中恢复过来的：

> 在我悲伤的时候得到了你的帮助，
> 尽管我的心志迷失了，但我的灵魂还在，
> 我的伤痛得到了呵护，你的仁慈打动了我，
> 使我重新对生命，健康和爱充满了希望！

钱锺书认为"这样一种扭转命运的快乐完全使人满意，即使

它是一个悲剧"！钱锺书考证了这个剧创作是基于 Palafax 先生的《中国的历史》和马匡国（Martinius）的《鞑靼战纪》。在《中国的历史》中 Palafox 写道："1640 年，两个反叛者起来反抗他们的专制统治（中国皇帝），其中一人叫李自成（第 3 页），他确信能拥有整个帝国；决定夺到皇位（第 15 页）。中国皇帝想到处置皇族和家人的紧迫性，这是历史上最悲惨的一幕。他只有一个女儿，年龄很小，喉咙被亲生父亲割开，在她的乞求下，这个皇帝将她吊死在树上（35 页），随后咬破自己的一个手指，用血写下了这样一些话……写完之后，他解开头发，盖上脸，在皇后吊死的一棵树旁也上吊了（35 页到 37 页）。一个中国将军跑到鞑靼人那里，恳求他们进驻中国。这个将军，叫 Vsangues（吴三桂），怀着强烈寻找一切机会为他的主人和父亲报仇的心情。他是皇宫里重要的大臣，被专制的李自成杀害（52 页到 53 页）。"而卫匡国的书包括了所有这些甚至更多，例如，我们可以读到鞑靼国王 Thienmingus 死后，Thienzungus 即位。他之后由他的儿子 Zungteus 继位，"当他还年轻时，就被父亲送到中国，他秘密居住在那里（264 页到 265 页），我们也可以知道"这些强盗首领之一的名字叫 licungzus（李自成）。"（267 页）对于中国人和鞑靼人名字的拼写就足可以使我们相信赛特尔受卫匡国的影响，我们引证卫匡国也可以解释戏剧中的两点，Inmingus 为其父报仇和 Zungteus 曾在中国待过，即使 Amavanga 受 Martinius "一个英雄般的女人"叙述的影响，我们可以叫他亚马孙女战士或者中国的潘塞西琳女王，但他并没有拿出足够证据来说明她对鞑靼人以及叛军的勇敢行为（261 页）。很明显赛特尔自由运用了历史知识，但因为剧情的需要，他创造了 Alcinda 这一人物。但 Vsangues（吴三桂）（i.e 剧中的 Quitazo）

因为情人被 Licungzus（李自成）（i.e 剧中的 Lycungus）夺走复仇，而不是为他的父母或者王位，已广为人知。

歌剧《仙后》是《仲夏夜之梦》的改编本，通常认为是赛特尔的作品，我们可以在其中寻找到另一个中国场景。在第五幕中，赛特尔以中国花园为背景，并要求一对中国夫妇在那里唱歌。对于这个花园的描述非常引人入胜。"建筑，树，植物，果实，鸟，珠宝都和这个世界不同。场景前面是一个拱门，穿过拱门可以看到其他拱门，里面有凉亭，尽处是一排排树，拱门上方是离观众头顶很远的一个悬挂花园，它两边用美丽的凉亭和各种树界定，许多奇怪的鸟在空中飞，在平台顶端是一个喷泉，正向外喷着水，水落入一个很大的深水池。"

总之，17 世纪英国人对中国虽然也有批评或误解，如指责中国人狂妄地认为"欧洲人有一只眼睛，他们有两只，世界上其他民族则是瞎子"；把"围棋"名词，即"纬"的意思误认为是动词等等，但总的来说，他们对中国的园林、建筑、陶瓷、印刷术及火炮等是倾慕的。甚至对中国的政治制度、诗歌、古老的语言等古老文明也是赞赏的。特别是儒家思想受到了极大的赞扬。还以清兵入关的历史事件为题材创作了五幕悲剧《鞑靼人征服的中国》。

第二节 《十八世纪英国文学中的中国（一）》
（*China in the English Literature of the Eighteenth Century*）简述

此文是钱锺书于 1935—1937 年在牛津大学所作论文的一部

分，接续《十七世纪英国文学中的中国》(*China in the English Literature of the Seventeenth Century*)，分为（一）（二）两部分。第一部分 1941 年发表在《中国书志学季刊》(*Quarterly Bulletin of Chinese Bibliography*)第 2 卷 1—2 期。该文从一些 18 世纪英国书籍及报刊中出现过的偶尔提及的例子、文章及其他只言片语来考察 18 世纪英国文献中有关中国的记载，其中不包括对中国文学和有关中国的神话故事以及有关中国的整本的书籍的翻译，这些是在第二部分中探讨的。也基本上没有谈 18 世纪流行于英格兰的中国建筑、中国式园林及中国家具、壁纸。因为热衷于这些引发人强烈兴趣的事物的读者可以参阅约翰生的《英格兰》第一卷中有关品位、建筑、园林及室内装饰的篇章，这本书是 18 世纪英国生活的珍贵指南。

钱锺书指出：作家们曾被 18 世纪英国生活中那种对中国事物的狂热所误导从而假设 18 世纪英国文学中也一定渗透了类似的热忱，事实上，18 世纪在文学中展现出的英国对中国的态度正与生活中显示出的相反。自相矛盾的是，汉学主义似乎在融入英国生活的同时却在英国文学中衰弱下来。文学或许以这三种方式中的一种和生活有关：它或许重新塑造它脱胎而出的社会，由此加固它自身的喜好和厌恶——决断、胆怯、愤怒、快感、欢乐——这仅仅通过回应便可以；也许它是对周围生活的逃避：它对着社会举起的镜子可以说像卡罗尔·C.的著名奇想中的梳妆镜一样——是一件可以穿过去的而不是去看的东西；最后一种，正如现在的情形，它可能是这个词的文学意义上的"对生活的批评"的直言。18 世纪英国文学总体上充溢着对中国文化的否定批评及特指的流行的中国工艺风潮。它看似不是对它所产生的社会环境的反映而是对之的一种矫正。实际上，对中国文化的热忱看来在17世纪英国文学中达到了最高峰，18世纪文学目睹了其在文人、知识分子中逐渐衰退。这种衰退不能轻易地解释为是由有关知识的相等的增加而导致的：这不是亲昵生狎侮的情况。

18世纪英国和中国之间的"不完美的同情"明了地出现在George Lord Anson 的《1740—1744年环游世界》(1748)中，这是自从 Peter Mundy 的《旅行》以来第一本此类的书，书中一位英国人用第一手材料和经历来议论中国人。与 Peter Mundy 形成极大反差的是 Lord Anson 只在广东沿海绕了一圈儿，恰当地讲他从未去过中国，但他的逗留并未妨碍他形成那种自信得过了头的对中国人性格的否定态度，甚至"比那个国家任何人都明智"的广东总督对他的热情接待也不能减弱他粗暴刻薄的批评。在他踏上中国土地之前，他看到了几艘中国渔船，渔夫拒绝上他的船，即使他用"对各阶层的中国人都最具诱惑力的诱饵——几个小钱"来引诱他们。于是 Anson 爵士怒火冲天，咒骂他们"不专心、好管闲事""毋庸置疑是一种卑贱可鄙的性情的表征，这种性情气质就是对许多臆说的作家曾赋予这个国家的创造力与能力方面的过度褒颂的有力的驳斥"。从 Anson 爵士对于"臆说的作家的过度褒颂"的宣泄中，18世纪英国对中国的态度可略见一斑。

在文章中，钱锺书考察了斯威伏特、笛福、Bernard Mandeville、艾迪生、伯蒲、斯蒂尔、大卫·休谟和哥特史密斯等人在作品中对有关中国的描写。乔纳生·斯威伏特在《格列佛游记》中，描写了小人国记载的一个有趣的玩笑——"既不是像欧洲人那样从左到右；也不像阿拉伯人那样从右到左；也不像中国人从上到下；还不像 Cascagian 人那样从下到上，却像英国女士一样从纸的一角斜着到另一角。"据说大人国的居民"也像中国人一样从远古时代就有绘画艺术"。这种对比明显意味着褒扬,这表明乔纳生·斯威伏特对中国的看法不算低,虽然他可能不会受威廉·坦普尔的能激起人热忱的那种热忱的影响。遗憾的是格列佛从拉格奈格岛访问日本未在中国逗留便去了阿姆斯特丹!

在《鲁滨孙漂流记》第二部分,笛福描绘了他对中国的英雄气概的印象(第13、14章)。尽管笛福的天才在描写真实细微之处,这两章还是写得很模糊。对此种目的来讲,笛福中国方面的知识还是明显不足,他只好薄施脂粉,先发制人:"我不会再描述国家、人民,这是与我无关的也不是我计划的任何方面,我只说明我的探险。"但鲁滨孙和一位葡萄牙飞行员向导一起游历中国时并未做任何堪称探险的探险。他只回忆了他对中国生活的印象、感觉,就早早地下结论说:"很明显,我们对这种伟大壮丽吃惊着,这富饶丰厚、这种种礼节仪式、政府、各种制作、商业、这里人们的行为举止,而不是人民令人吃惊……但因为首先有一种认为这些国家野蛮、粗鲁的无知在这里盛行的意向,我们出乎意料的是那么远的地方会发现这样的景象。"随后他又无情地贬斥中国的建筑、制作、商业和"所有我们国内谈论的美妙事物"相比真是相形见绌。特别是中国的军队更是如此。他称北平为"可悲的礼仪之城",嘲笑、蔑视中国人的勤奋与富足:"美洲赤裸的野人(比之)快乐得多"。他对中国的陶瓷还说了句好话,认为是中国人唯一"可以被称为杰出"的特异之处。他还敬仰长城"为非常伟大之杰作"。对这些说法,他在《鲁滨孙奇异旅程及生活的回忆》中,又反驳道:"他们那样自负,我们被迫承认这些,而不是他们真的拥有这些";"他们的宗教归纳为儒家箴言,实则只不过一个纯净、高尚的异教徒的信仰";"他们的政府无疑是专制的，这是世界上最早的统治方式";甚至中国人创造机械的能力也被排挤为除陶器、漆器外无法想象地落后于"我们的"，而正是这些机械才有了游客和20世纪英国作家。在一本对中国偶像崇拜的轻蔑的附注中，他承认勒·孔特（Le Comte）是他的资料来源。笛福明显反对17世纪视角中的中国。他对这些早期观点起因的分析是很巧妙的：17世纪作家想象中国时的过度崇拜是由于想以他们自己的估价来对待中国人而致的。笛福的评价几乎也定下了18世纪英国文学对中国的主调。作家们可能没有在意事实便重复笛福的话。在读到鲁滨孙·克鲁索对中国政府和机械制造能力的看法时，这本小说的构思中讽刺的双关便一目了然了。例如，说明他对发明了债务的中国人一本正经的赞赏"我们所谓的现代发明，远不是发明物，而是缺乏应达到的艺术的完美之境。所以我们被告之的从其中可得到美妙的事物是不可信的"。鲁滨孙·克鲁索嘲笑"中国人对天体运行是那样孤陋寡闻"。

伯纳德·曼德维尔（Bernard Mandeville）的一本书对中国历史的介绍是不甚重要却极有意义的。在《蜜蜂寓言——私人的罪过，公众的利益》中，Horatio和Clemenes的第六次对话中，我们看到孔子对世界的论述被认为是"不很合理、五十倍地夸张、不可信度超过了《摩西五经》中的任何事物"。这也许是个错误，因为孔子对世界的起源的神话非常怀疑。曼德维尔头脑中有的或许是轻信的耶稣会会员重述的传说，这些传说孔子是从未提过的。可以看到后来许多作家重蹈了认为中国历史"稀奇古怪"的指控，他们严重地指责耶稣会会员造成了他们轻信。

艾迪生在《旁观者》第189期上摘录了勒·孔特文章中有关

中国惩治弑父弑君者的法律。在《卫报》第96期（1713）上，他再次摘录了勒·孔特书中的在中国死后受封的仪式。在《地产所有者》第4期（1716）上，他提到中国丈夫对妇女的歧视，"惨无人道的行为"是把她们的脚弄成畸形，这样女人便不能参加乡间舞会，甚至晚间散步都不可能，并且他责成所有英国妇女去"支持《地产所有者》"，去揭发这种残忍的行为。第一次提到中国妇女裹脚是在托马斯·布朗的《世俗讹误》中，布朗在此书中不仅认为所有中国人无论男女一律小脚，而且作为一位拉马克之前的拉马克主义者，他相信这种人为的、后天的性格特征有被遗传的可能。艾迪生在《旁观者》第414期中说："向我们描述过中国的作家们告诉我们那个国家的居民嘲笑我们欧洲人的园林，我们的园林是由规则和线条分划出的；因为他们认为谁都可以以相等的行列、统一的数据来种树。他们愿选择自然的鬼斧神工，因此经常用引导他们自己的艺术来揭示这种艺术本身，似乎在他们的语言中有一句话，由它表达了严格的园林的非凡之美，这种美可以让人一见便灵感大发，而不会发现什么导致了如此令人愉快的效果。相反我们英国的园艺人没有这种幽默天性，他们喜欢尽可能地背离自然，我们的树木是以椭圆形、球状、金字塔状来栽培的。我们能看到剪刀在每株树上的痕迹。"对庙宇的欠缺是不言而喻的。在《旁观者》的下一期中，艾迪生称赞中国长城是"东方神奇"。

在《卫报》第173期（1713）中，伯蒲引用了"庙宇"并且攻击它是现代英国园艺中"幼稚的建筑"。在致Robert Digby的信（1723年8月12日）中，他甚至指名提到"中国Sharawaggis"。并且认为"他们无疑是伟大又野蛮的"。伯蒲也在《名殿》中赞赏了孔子。在堂前东面，

圣人孔子高高在上，独自伫立，
他授业实际的学科以美善。

在斯宾塞（Spence）的书中也有几个篇章是关于中国的。在第二部分（1730—1732）中，也有一篇弗朗西斯·洛基尔（Francis Lockier）牧师的长篇谈话录。他令人意外地回应了笛福对中国的观点。"当然中国人并不是他们叫嚷的那样聪明的人……两千年来，他们有天文、火药和印刷，但这么长时间内他们在这些方面取得了多么微不足道的进步！"牧师继续说中国人是"全世界最差的战士"，因为他们"鼓励和平精神"，中国哲学家们都是"美学家"，并且把所有中国的古典名著放到一起也比不上一本《摩西五经》。所有这些观点都可以参照对《鲁滨孙·克鲁索》的批评一起来读：无论是对中国火药、印刷、天文、军队还是哲学，两种观点是令人惊异地相似。

斯宾塞对法国人所谓的英国中国式园林的批评是实际如此的：旨在表明根据不规则美或美的无秩序来讲，中国园林没有规划的必要。托马斯·格雷更进一步，他否定了现代英国园林借鉴过丝毫的中国风格。在致 How 的信（1763 年 9 月 10 日）中，他说："在给耶稣会会员的信中，似乎中国具有这种完美的艺术是不可能的，钱伯斯多年前出版的小册子中更认为如此，但非常肯定的是我们未从他们的这种艺术中抄袭过任何东西，也未有过除了符合我们模式的自然外的任何他物。这种艺术来到我们中还不过四十年，的确当时在欧洲没有如此事物，同样确信的是在这一方面我们没有任何来自中国的知识。"

威廉·梅森（William Mason）对当时园艺上流行的中国模式的批评比格雷和斯宾塞的都更深刻，更鞭辟入里。他溯本求源在美学基础上驳斥英国—中国花园。在考虑到梅森机智的批评之前，我们先得谈谈他用机智嘲讽人的作品。严格说来，钱伯斯爵士的《中国的建筑家具服饰机械和器皿之设计》及《东方园林论述》二书属我们研究之外，它们对当时也有巨大影响，它们的要义也被误读了。他对中国园林的描绘都是想象的，但他在中国居住过这一事实使他的同代人基于他的权威而接受他的描绘。钱伯斯首先简要地介绍了他的《设计》中的《中国人园林布置艺术》，其中便包含了他后来更自负的《论述》一书的胚胎："自然是他们的模式，他们的目的是模仿自然美的无规则。"钱伯斯认为：总体上讲，中国人都回避直线，但他们不是绝对地拒绝直线，路都铺成直的，地面是完全水平时，他们认为修一条蜿蜒的路是荒谬的；再者，"中国人不是直线的敌人，他们有创造宏伟的能力。他们也不讨厌几何图形样的造型，认为几何造型也有自身的美感"。

沃波尔的态度和格雷一样，在他给梅森《一个大胆的附笔》所作的序中曾说："威廉姆·钱伯斯爵士不是极缺少在建筑方面的欣赏力，而是陷入了法国人的误解中，法国人假定中国人发现了远于肯特（Kent）很久以前的园林的真正风格；为了取消肯特和神圣英格兰的起源，法国人称我们的风格为安格德——中国式花园；由此，中国人和法国人一样游离于自然，……"如格雷一样，沃波尔否认了英国——中国园林的中国渊源，但如梅森一样，他否定中国风格和英国风格之间的联系，像格雷一样，不是因为历史原因，而是美学原因。

沃波尔爵士拟为《世界》写的两篇论文中都有对中国有趣的介绍,现收入《即兴篇》中。第一篇中,他仿造了一封由欧洲人称为"图书馆"的广袤的一片土地上的"一个中国人或印度人"以"东方夸张风格"写的信,这个片段或许是用英语写的中国——政府官员风格的故意的拙劣仿造的第二篇。第一篇是赛特尔写的。第二篇文章中,沃波尔爵士回到了图书馆和书本的主题中,宣称自己是"书的世界的审讯者",这是模仿中国以长城闻名的始皇帝的焚书坑儒。沃波尔爵士的认同对始皇帝暴殄天物的描述始基于杜赫德的文章,紧随着便是事件的描述。

威廉·沃伯顿对中国的观点也值得关注。在《摩西的神圣使命》一书中,他花费长篇巨幅描述了汉语,并根据基歇尔(Kircher)和卫匡国(Martino Martini)的著作,重新定义了中国人的两个性格典型。沃伯顿表示基歇尔、李明(Louis Le Comte)和杜赫德的著作是他材料的来源,但观点却都是他自己的。他认为中国书法是对埃及象形文字的改善提高,而埃及象形文字又是墨西哥图形书写的提高。因此,中国汉字代表了"象形文字向字母书写的转化的最后一步";"埃及和中国的象形书写的问题上相反的进程可以由这两个人种的不同天赋来解释。埃及人创造力非凡,而中国人却是众所周知最没有创造力的,并且不习惯神秘事物";"中国人长期以来已将图形延续下来,经过象形文字到简单的符号或字体,却还未能找到由字母代替那些符号的简短形式(由于缺少发明天才和反对对外通商)"。但沃波顿特别地否认中国人曾借用埃及"真的文字",正义地指责了法国及东方主义者 De Guignes(德经)的观点。虽然方法不同沃伯顿,得出的对中国人创造天才的匮乏的结论与先于他的笛福、洛克主教是同样的。

早在1736年，萨缪尔·约翰生署名Eubulus的一封有关Du Halde的信中便说："世界上很少有如中国这样被谈论很多却不能闻名遐迩的国家。"特别对中国大臣们的忠君、对中国皇帝们的智慧和仁慈感到奇怪，并且责无旁贷地"举出一位英格兰国王身上有相似举止的例子"，以便"为吾国添增荣耀"。约翰生文中大量的常识揭示了文本中作者对杜赫德的权威不予置信。"从欧洲君主们的品行可以断言孔夫子的训诫从未，也还未成为惯例。"谈及备受推崇的孔子的"哲学尊严"时，约翰生表示"这种坚韧在他已征服了自身后并不能激发我们的崇敬感，因为他多么容易赞成已将快乐隔绝的痛苦"。约翰生在介绍钱伯斯爵士的著作《中国的建筑家具服饰机械和器皿之设计》时表明了他的态度："对中国学识、政策、艺术渲染出的无穷的颂词表明，神奇引起的注意点的力量以及尊重是多么自然地膨胀起钦佩。我丝毫不愿被列入对中国长处的鼓吹者中。我认为他们是伟大或明智的，这只是和他们的邻国相比而言。"如笛福一样，约翰生对中国事物中只羡慕长城；他认为瓷器只是一种艺术，在此，中国较领先罢了；他认为中国是一个落后的国家，虽然他的观点和沃伯顿的观点相似，也如笛福一样，他论断当代"中国杰出人物"的圣贤们的形成只是由于"稀奇"。除长城外，疏落有致的园林或许是约翰生喜爱的另一件中国事物了。由此，得出他的比拟；将杨格的《夜思》的"卓越"比作归因于中国农场的无垠及变幻无穷的多样性的宏伟。

大卫·休谟曾认为李明是他的源泉。他对中国商业、杀害婴儿的习俗以及祈祷未果时便击打神像的迷信做法都进行了简洁的介绍。在《国民性格》一文中他提出了一个有趣的问题："虽然广阔疆界中不同地区气候氛围容许有可理解的不同变化,中国人却有着不可想象的最严重的同一性格。"休谟在此根据其见闻进行推断进而解释中国人的国民特点。在他的同一篇文章的另一段中,表明此特点是由于中国的气候条件而形成"庄重、举止严肃"的。但在《艺术科学的兴起与进步》一文中的下面一段中无疑对我们的意向是至关重要的:"在中国,看来礼貌与科学是积蕴深厚的,而这种礼貌与科学在漫长的世纪中,本应成熟到完美的事物而不是从其中繁衍出什么。但中国是一个广袤的国家,语言统一,由同一的律法管辖,并且赞同相同的礼节。任何像孔夫子这样的教师的权威都可以很容易便撒播到全国。没有敢于抵抗众愿的。后代没有足够的勇气去蔑视祖先已广泛认可的事物。这似乎只有一个自然的原因,便是在那个强大的帝国,科学的进程一直太慢。"在对这段的脚注中,虽然他承认"中国人的幸福、富有以及他们的好警察",他的论断是中国的君主政体从未有过绝对权力,并且批评了军队。攻击中国人不进步只是换一种方式表示他们缺少创造天赋。

哥特史密斯在他的各种著作中都有对中国的有趣的描写。在《世界伟大之变迁》一文中:哥特史密斯想象一位中国哲学家"突发奇想要游历欧洲,浏览他认为远远落后于自己国民的一个民族的风俗"。在他到达阿姆斯特丹时,他对文学的热情驱使他走进了一个书店,在那里他用荷兰语询问 Xixofou 的不朽著作。丹麦人自然承认自己对作者的无知,此人甚至都未听说过中国编撰者。哲学家却继而惊叹:"天啊!他绝食而死,却从未名传于中国之外,又是为何!"哥特史密斯另一处提及中国是非常地可笑。哥特史密斯讲了一个中国的狗对屠夫本能的敌视的故事。在《土地及有生命的大自然之史》里重述了这个故事。"在中国，屠杀狗及剖洗是一个行业，……当屠夫一出动，村子里所有的狗都会跟在他身后。"

威廉·申斯通（William Shenstone）对中国装饰的流行所知甚少，但约翰·谢比尔（John Shebbeare）却很精熟。化名Battista Angeloni 他嘲讽地将他的同胞中的中国迷进行了描绘。在他的《有关英国文学》中讲道："公寓里的每把椅子、玻璃的框架、桌子一定都是中国式的：墙上贴满了中国壁纸上的人物形象，与上帝的产物完全不相干。而这些形象也是一个谨慎的国度为其孕妇的利益而严禁的。在一个房间里，各种东方的浮屠和变形的动物堆叠在一起……在房间的每面墙上，形状各异、龇着牙的瓷狮子置放在中国趣味的支架上，由花构成的凉亭也是同一种产物，铜制的叶子染成绿色，好似躺在世外桃源的树荫中的情人。不仅如此，对中国建筑的极端喜爱，竟使得现在的猎狐者也会在运动中跳跃过门时很难过竟至于折断一只腿。因为这门不是具有东方品味的那种伸向各方的小木块儿做成的。鉴定书版精巧性的专家们能区分一只中国秣槽中吃草的牛、在同样的猪圈圈的猪及一只在中国式样的纤料编织的鸡笼里喂肥的鸡的味道大不一样……中国品位目前在这座城市是非常流行的。甚至哑剧中的丑角都被迫在情节和特色方面迎合中国口味而求生。"申斯通的结论带着希望的口吻，因为英国妇女不会屈从也永不会屈服于"试试小鞋"。这样"是有意于裹上她们的脚，迫使她们更加成为家里的奴隶"。

理查德·赫德（Richard Hurd）爵士是第一位将中国和西方进行对比研究的人。他批评中国戏剧是对中国文学最精妙的异域情调判断之一。读者只要对比一下他对中国悲剧的分析和《悲剧起源论》中对中国戏剧完整却不明智的论述便可看出赫德爵士对他利用的材料的不足是有很大突破的。在他的《论从贺拉斯到奥古斯特》(1751)一书结尾的中国戏剧《赵氏孤儿》,以此来表明亚里士多德《诗论》中提出的悲剧规则的世界性。赫德爵士是以这样的论断开篇的:"中国人诗歌的状况好似来自那个民族最好的描绘,是不完美的。"即便是我们这代"最好的描绘"也未能对"中国的诗歌状况"进行合适的概括,从此事实看,这样的论断也是可原谅的。赫德爵士继续说:"如今在一个位置那样偏远的国度中,由于环境而不是民族的骄傲及民力造成的隔绝,这个国家的戏剧写作的想法可能出自和其他国家的商业交往,此点是毋庸置疑的。可以确信的是,在这些方面引导他们的一直是他们自己孤立的感觉,此外无一他物。由此,他们的戏剧和我们的应有类似之处,《常规》在作文的方法上提出的相似性所产生的效力是最好的证明。"赫德爵士得出结论说:"悲剧的两个基本原则在此剧中得到了很好的遵守,而在许多博学的戏剧家的著作中是找不到的。因为1,情节完整;2,情节的步骤是以亚氏自己要求的速度进行的。"之后,赫德爵士用几句无力的诅咒称赞这出戏,并指出哪一处缺少索夫克勒斯的恋父情结样的优美,也强调了两者间"更少巧合的迹象"。尽管存在"他们诗歌的粗鲁状况",赫德爵士通过赞赏中国人已达到"和希腊人的行文同一"而委婉地提出他的批评。令人兴奋的巧合是中国前辈学者中最伟大的一位王国维在他的《宋元戏剧史》中也有相似结论。赫德爵士不能避免对中国文学采取赞同的语调。因为他所有漂亮的见解是"中国及希腊戏剧的行文同一"。这是18世纪英国(对中国戏剧)的态度的表现。在《戏剧性诗歌领域论》中,赫德爵士谨慎保守地提出他的观点："中国人，正如马若瑟神甫（P.de Premare）告诉我们的，是不分悲剧喜剧的，但每个不同的主题是有必要的。他们不像欧洲戏剧那样这出戏使人流泪、那出使人开怀大笑，不同即在此。我不强调一位中国的赞颂者宣称的"在他们的语言中没有猥亵的词：敏感的是，虽然实际上这些在他们的喜剧场景中的幽默，一定需要适当的消减，而他们的创造才能，可能会通过发明和双声的灵巧运用而得到弥补这些缺陷的良方"。他批评的洞察力却远胜于贫瘠的资料，这在他对中国喜剧的论述中又可看到。但无疑他放弃了早期对中国悲剧的观点，这种态度的变化根本不是赫德爵士对中国文学的了解加深而至。在《国外旅行用途对话》（1763）一书中，赫德爵士复述洛克（Locke）的话说，中国人的人性"被法律和习俗束缚和制约，都呈现出狭隘、拘谨且守口如瓶"。这种论说和休谟的观点很接近。

亚力山大·杰拉德（Alexander Gerard）对中国样式的流行所做的解释是和詹姆斯·考索恩（James Cawthorn）一样的。在《论品味》（1716）中，他在"论新奇的感受和品味"这一节中是这样谈论这次大流行的："当真正的家具及建筑的高贵已成为时尚，人们有时就会变得厌倦，那么便模仿中国的或复兴哥特风格。这只是为了享受一下不同于他们惯于见到的东西时那种乐趣。新奇的快感因此也就指向那些由真正的美而导致的结果。"

凯姆斯（Kames）爵士也谈及中国。在《批评的要素》（1762）中有关园艺和建筑的章节中，他写到中国的园林"已达到远胜于其他任何国家的完美程度"。他听取钱伯斯的话，客套地将中国园艺的精华归为："一个绝对必要的原则是永不偏离自然：但为了达到悦人程度，每种和自然一致的方法都付诸实践。"他描绘了从钱伯斯文中引用的中国园艺中公认的杰作。

另一位论及18世纪中国文学的英国批评家是约翰·布朗(John Brown)。在《论诗与音乐的兴起、融合、力度、进展、分化与腐朽》一书中第四部分，他对中国音乐进行了论述，此论述是完全基于安东尼·伊夫·高格特（Antonie Yves Goguet）的《中国历史摘要》，他也完全在杜赫德的观点上论述了中国戏剧。但布朗有他自己独到的贡献：他尝试通过种族特征来解释中国艺术的本质："中国人向来是温和、平和的：他们的音乐会是类似的"，"对中国人来说，他们向来胆怯、平和，这样他们不能被灌输以嘲弄和讽刺，而是文明和互敬。因此，既不会有喜剧也不会有悲剧崛起的可能，以至于被认为是个灭绝物种。相应地，他们的戏剧也大部分是一个性情的调和，是处于一面恐惧、悲悯，一面嘲弄、讽刺之间。"这种解释是极具创造力的。

蒙博杜（Monboddo）爵士对汉语的观点和沃伯顿一样。在《语言的起源及发展》（1773—1787年）一书中，他再次探讨了极大地锻炼了17世纪英国作家创造力的原始语言的问题。他认为汉语一定曾是"博学人的著作"，因为汉语是单音节的，并且不含有原始语言有的胶着语的特征。因此他得出结论："（汉语）是世界上最非凡的语言"；是"艺术语言和蛮语之间的调和"；"它是那样地不同于蛮语，它没有复合字、派生词也没有转化字。"从这样一个"变化不完全的语言"中他得出结论："中国人不是富有创造力的民族，他们对语言和正字法的使用是那样极端不完美就足以证明此点，勿需多例。"

休·布莱尔（Hugh Blair）对汉语的看法基本上与蒙博杜爵士相同。在《论修饰学及纯文学》（1783）中，他倡导中国语言埃及起源论，用一段敷衍文字来说明中国诗歌无任何渊源或惊人之处。但有意思的是他也在一部有那样特质的作品中用一段的篇幅论及了中国文学。

达尼厄尔·韦伯（Daniel Webb）的《虑及希腊语言借自汉语的缘由》（1787）是另一位对汉语"定位"的尝试。韦伯认为"希腊语多音节是以辅音开始的单音节字的欢快组合，结尾都是一个元音"。他把汉语的声调看作只是"语言的先驱，一种注定要承载更真实的多种形式的先存精神"。

亚当·史密斯在《道德情感理论》中两次提及中国："在中国，如果一位妇女的脚大到可以走路，她便被认为是丑八怪。"从《国家健康的本质及其原因探讨》中的多篇提及中国之处，我们提两点最重要的。正如休谟一样，史密斯认为中国尽管物产丰富却是"静止的"，他独辟蹊径认为解决这种文化停滞的良方是对外贸易："更广泛的航海会使中国人自然学会利用及创造自身的艺术，也学会其他国家制造的所有不同机器，还有世界各地都进行的工业、艺术的改进。"这样亚当·史密斯平静地剥夺了中国拥有的机械艺术的辉煌，他之前的笛福所做的指责也是如此。

爱德华·吉本（Edward Gibbon）却谈到中国人对外贸易的保守态度。在《世界历史概览》（1758—1763年）中，他提到塔塔尔人征服中国之事。在《罗马帝国的衰落》第26章、第64章中也相应地描述过这些征服。在第30章中："中国编年史，由于被现在无所不及的工业打断，可能被有用地应用于揭示罗马帝国衰落的秘密及更间接的原因。"又在第64章中提到成吉思汗征服中原："我已好久致力于介绍这些国家，介绍那些罗马帝国衰落最直接或最关系甚远的作者们；我也不能不接触那些从他们不寻常的宏伟上来讲,在血的历史中会激起一个哲学头脑的兴趣的事件。"在介绍从中国传入的丝绸及养蚕技术时,吉本妙语连珠:"不是对这种高雅的奢侈无动于衷,然而,如果丝绸进口商引入的是中国人已实践过的绘画艺术,米南德(Menander)的喜剧及李维(Livy)的整个十年就会在六世纪的修订版中成为不朽了"(第60章)。他摘录了阿拉伯人有趣的忏悔:赋予了阿拉伯人语言的上帝更赋予了中国人灵巧的双手,赋予了希腊人智慧的头脑(第53章)。在民治的城市政府一点上,他注意到了中国法律的相似。在《我的生平及写作回忆录》(1789)中,吉本对其家庭做了如下描绘:"在我看来,孔子的家是世上最杰出的。在八到十世纪充满痛苦的行进后,我们欧洲的国王及贵族们迷失在中世纪的黑暗里;但在中国深广的平等中,孔子的后裔们仍保持着2200年前他们平和永久的轮回。"

在亚西亚学社做的一次有关中国的讨论(1790)中,他恶言中伤:"他们流行的宗教是在相对现代的时候由印度传入的;他们的哲学还远处在那样野蛮状态,几乎难以命名;他们没有'名胜古迹';他们的科学完全是外来的;机械技术在对一特定家庭的特征中一无是处,的确他们是有国乐、国诗,而且两者都很美丽伤感,但对绘画、雕塑、建筑这些想象的艺术,他们却像其他亚洲人一样一无所知。"

约翰·尼科尔德斯(John Nichold)的《十八世纪文学轶事》一书中的 J. Ames 致 T. Martin 的信(1756年12月30日)谈及伦敦古代社会中的汉人:举止优雅,可以讲几句葡语:"我对他们的了解表明他们是诺亚和他的妻子的后代,他们走出方舟后,是最有可能在已知世纪中读底比斯和埃及象形符号的人。正如在后来开化了的年代中的举止一样，他们不习惯读字母。"查尔斯·戈德温（Charles Godwyn）在致约翰·哈钦斯（John Hutchins）的信（1762年7月21日）中说："有理由相信中国人是埃及人的一群。"下述一段中选自理查德·高福（Richard Gough）致 M-Tyson 的信（1774年5月7日），这无疑是对中国绘画的批评："我观赏过两次展览，其中雷诺兹（Reynolds）除了色彩外，一切方面都所向无敌；而中国在布莱克船长的儿子的努力下，是要在此帮他一把，当化学家分析了中国的颜料后，静物画画家已捕捉到那缕弥补各种送来震惊欧洲艺术家的中国植物标本中那种僵硬感的颜色。"

在1750年3月，安森（Anson）爵士的《航行》评论同意安森对中国人的诽谤，并且主张中国人不仅在"天才"上次于欧洲人，而且他们的德行仅是一种"受到影响拘泥形式的礼节"。休谟和葛德文（Godwin）在中国人的性格中发现的值得称道的"谨严、认真的礼节"也被蔑视为"胆怯、伪善与欺诈"的托词。正如沙克福德（Shuckford）和约翰·韦伯曾努力在合乎《圣经》宗旨上建立他们对中国的信仰，托马斯·黑尔为自己对中国的仇恨辩解。他写了一篇对《新约》中《约翰启示录》的机智的注释。在1753年3月号中，他自认为满意地证明中国是《约翰启示录》中预言的"野兽类"，"这只兽像只豹"，还有中国人也像豹一样狡猾、残忍。他们的丝绸服装使他们美丽的外表和豹一样，等等。黑尔回到了1755年1月号上"许多感性的学识之人"已充分证实了的讨论中，在下一期接着就是反对，在此黑尔也做了相应的回答，1757年1月号有一封 A.B. 的来信，提到一位从广州到伦敦的中国商人，这位商人弹了几首曲子来掩饰自己对类似吉他的一种乐器的寡言。由于虽简单却"有我国舞蹈中大都需要的生命及精神"，这位商人弹的旋律之一由此杂志记录下来。这是第一支在英国书籍中被记录下的中国音乐，很遗憾约翰·布朗不应用它来探讨中国音乐。在1770年2月号中，我们看到一段有趣的信中引文，信是一位在广州的英国工厂里的绅士写给格罗斯特郡的尊敬的M的："我仍因他们对欧洲人礼貌的不动声色的轻视感到耻辱；最糟的是我们因这一高于其他所有的人种的特点而被轻视。我们应优于那些开化了的异教徒。他们对我们狂热的热忱举止微笑着，好似一个人在对着一个郊外的野狗狂叫一样；与他们努力做出的冷静与镇定相比，我们的举止的确显得好笑。"1771年5月号的《历史编年》中也有几十条有关一位中国艺术家赤宫（Chitqua）先生的趣闻，赤宫先生是在1769年8月抵达伦敦的，他模仿生活制作的中国泥塑已备受推崇。赤宫先生一连串的事情使他已对回国很失望。他一直搭乘东印度公司的格伦维尔（Grenville）号，水手们"没缘由"地讨厌他。然后他回到了伦敦，在街上衣衫褴褛。赤宫和懂音乐的广东商人是第三、四种有血有肉的中国人，他们没能找到通往英格兰的路也未能进入英国文学。

《每月评论》中汤执中神父（Pere d'Incarville）的信（1754年9月）写道："我们的栅栏和亭子都是按照他们的模式建造的，大花园里的小桥也是如此。游船也开始采用中国样子，宫殿的墙壁不久也会覆盖上那个国家的壁纸了。必须承认，这可不仅是一时的兴起或好奇将我们引入那个民族的方式中；其中有一种巧妙的方式将他们表现出来，并且使得他们的建筑被介绍到我们的花园里时具有无以伦比的赏心悦目。"一位对法文版《诗经》（1770年12月）进行批评的评论家试着提出了以下观点："这本书教诲的道德是阴郁、严肃的,如果不是其年代久远,我们可能会怀疑中国人已接受了禁欲者的哲学。"

1747年的《哲学事务》中有一篇重要的文章是由乔治·科斯塔德(George Costard)写的名为《论中国的编年史和天文学》,文中作者表示中国历史学家所说的每个久远年代是不可知的,同样中国天文学家也不可能有那样的技术。作者宣称"不是我想和耶稣会会员争辩"。对此观点他却很坚持,"无论中国在艺术品上多么天才,他们在数学、天文上都缺少天才"。这是最早的一篇英文科学评论文章,说中国人"可笑地泥古"。此文是《宇宙历史:古代部分》中有关中国历史那一部分的基础。李约瑟(Needham)的发现是中国人一定向埃及人学习语言、艺术和科学。文字发表在《批评评论》(1762年6月)上:"明确反对中国人吹嘘的古风。"珀西也认为这一发现如果属实会"立即摧毁中国人对其博大远古的装腔作势",道德因而会谴责中国人。

文章结尾,钱锺书总结说:18世纪英国人对中国人的欣赏不如17世纪的先辈们,对中国人的了解也不及同时代的法国人。赫德带着批评的态度研究了中国戏剧,也因此中国文学第一次被涵括入比较文学的视野。约翰·布朗一直攻击中国文学和音乐的主要特征并想用种族心理学的术语解释它。对汉语的研究明显是遥遥领先的:除了沙克福德,没人愿给自己找麻烦去对原始语言提出质疑。多亏了沃伯顿和蒙博杜这样的人,汉语被"置入"语系中,也算被纳进了比较语言中。拉姆塞也展示了中国玄学及神学的精旨,而威廉·坦普尔爵士因对他的实用儒学的沉迷而忽视了此点。在对历史的研究中,作家如曼德维尔、科斯塔德甚至可怜的李约瑟对传说和编年的怀疑是对耶稣会会员轻信的有益的矫正。在建筑上，钱伯斯用自己的斧头纠正了 17 世纪英国作家及 18 世纪法国作家对中国风格的"蜿蜒线条"的看法。在研究中国绘画艺术上，马里奥特和高福无论在称赞及谴责方面都为后来的批评家铲平了路。18 英国作家对中国文明总的观点是"静止"；他们对中国人的"智慧"的总结论是"在科学上劣于欧洲人"；对中国人的性格总评是"诡计多端，偷奸取巧"；对中国古风的总括是"吹嘘、伪饰"。反对加入圣列的人，总对自己的满足自圆其说。如果这是对抵抗那时英国社会生活中中国品位的流行而做出的反应，它无疑是太彻底了。

第三节 《十八世纪英国文学中的中国（二）》（China in the English Literature of the Eighteenth Century）（II）简述

此文是钱锺书于 1935—1937 年间在牛津大学所作论文的一部分，接续《十七世纪英国文学中的中国》（China in the English Literature of the Seventeenth Century）和《十八世纪英国文学中的中国（一）》（China in the English Literature of the Eighteenth Century）。1941 年 11 月发表在《中国书志学季刊》（Quarterly Bulletin of Chinese Bibliography）第 2 卷 3—4 期。该文考察了 18 世纪英国文学家写的关于中国题材的故事，特别考证和介绍了《赵氏孤儿》和《好逑传》在英国的翻译和传播。此外还考证和介绍了英文翻译即矫揉造作的中国文学的翻译及关于中国的杂集与论文。包括原著和编辑。这大量而艰苦的考证为研究中外文化交流奠定了基础。

在1712年的《旁观者》的511页，艾迪生（Addison）讲述了这样一个故事：一位鞑靼将军通过猛攻控制了一个中国乡镇，把乡镇中的每一位妇女标上价格放入一个袋子中，打算卖掉乡镇中的所有妇女，并且进行"看不见"的购买。一位中国商人买了一个袋子上标有"非常高"标志的人，十分令他懊恼的是发现袋子里是一位非常丑陋的小老太婆。他想把这位妇女投到河里，但是这位妇女交代她是一位大官吏的妹妹，从而阻止了他那样做。这位妇女成了他的相当出色的妻子，并且从她哥哥那儿为她的丈夫获得了巨大的财富。在1714年的《旁观者》（*Spectator*）的584—585页艾迪生（Addison）又一次尝试了这种类型的文学作品，并且提供给他的读者一部"古老的小说"。这部"小说"通过先前的关于田园之乐的文章的终结性评论被介绍了，并且明确地写出了要解释"田园艺术看来已被自然人在原始状态广泛地采用了"的主题，当他的生命足以看着他的作品在它们最美好的时候繁荣并且与他一起渐渐衰退。因此故事里的所有人物都是原始状态的中国人，他们被赋予了玛士撒拉那样的长寿。女主人公Hilpa在100岁未成年时就结婚了，离开她的童恋Shalum（在中文里应叫种植园主）留给他无限的忧伤。Shalum试图通过开垦所有的山区来忘掉他的悲伤，作为一个男人"谁知道怎样使每一种植物适应它的适当土壤"。然而Hilpa的丈夫在他250岁的时候走到了尽头，并且Shalum再度开始了他的求婚。Hilpa一度犹豫之后，急速地交换情书（那就意味着古代时间是以月论年的），他们幸福地结了婚。这个故事总体上是相当乏味的，唯一有趣的在于时间的欺骗，并且使一段漫长的时间走了捷径。但是即使这不是很真实的，你也几乎被诱使企图采纳约翰逊（Johnson）对《格里佛游记》（*Gulliver Travel*）的批评，并且说"一旦你曾经想成为长寿的人，死亡就很容易了"。

在笛福的《鲁滨孙漂流记》中的中国特写是严肃认真的据实描写，或许有点空洞和没有倾向性，但是这些在佩内洛普·奥宾（Penelope Aubin）女士的《贵族的奴隶》中：关于1710（1722）年两位老爷和两位女士遭受船难以后，委身于东印度一个孤岛上的生活和冒险的描写，是荒唐可笑的虚构，完全不同于丹佛早期客观的和批判性的叙述精神。

沃波尔（Walpole）写的另一篇中国报道：李密，中国神话故事。Mi Li 是一位由他的教母仙女 Hih 黑河养大的中国皇子，并且深信那种一贯准确的神论：除非他娶一位名字和他父王的领土的名字相同的公主，否则他活着就会是最不幸福的人。为了寻求那样的新娘他到了英国，并且做了一些徒劳的搜索之后他到了牛津，在康韦（Conway）将军的家里他遇到了陛下的卡罗莱娜（Carolina）的前任大臣洛德·威廉·坎贝尔（Lord Willian Canpbell）的女儿卡罗琳·坎贝尔（Caroline Campbell）小姐，并且娶了她。除了像孔子和法海那样几个家喻户晓的名字外，这个中国故事完全脱离了东方知识框架，而对于熟读中国历史的沃波尔，他一定可以得心应手地运用。有一件关于 Mi Li 皇子的值得注意的事情：他是英国故事中在英国使自己遇到困难时被理解的第一个中国人。

一个中国故事能够多么夸张，我们可以从《僧人，中国隐士》，东方史诗体小说中看出来。该作品由"鞑靼归信者 Hoamchi-Vam 所作，由阿朗松先生以官话（Mandarine Language）翻译。"乘着冒险的翅膀，东方缪斯挣脱了韵律的羁绊，对天堂、大地和奇妙的变声进行歌唱：努力寓教于乐，希望得到赞许的微笑。作者的意图在献出的书信中揭示了并且小说的第一句就很恰当。让我们细看这两页："我的主人，为什么中国作家称这篇文章为史诗的原因不是它的庄严主题的探讨而是它的叙述。它的很多文体的丰富华丽的辞藻或许可以与伊甸园相媲美，富有万千种华丽的媚人之处，这种辞藻需要一把修剪花枝的刀子，这把刀子充其量不过是把美丽和自然美分隔开，它轻视艺术的庄严美。""卷入中方预言的辞藻华丽的形象，这篇文章有独到见解的道义或许被立刻认为是对基督教和邪恶的起源的辩护。"整个故事如此假设中国人与扮演了足智多谋的谢赫拉孔德角色的孔夫子的门徒晚间娱乐的形式。我们以为是孔子后人的孔子门徒，变成了塞尔斯的悲剧中赫赫有名的吴三桂将军的儿子。征服中国和中国皇帝自杀的故事是照着许多离题的话和大话被叙述的。中国皇室垮台以后，孔子门徒和他的主人重耳公子"被作为反叛溃败的俘虏运送，用珍奇的钻石贿赂监狱看守而得到自由。已经那样从叛乱中逃脱，他们"与僧人交往，在适当的指引后谈论他们的习惯；最后遇到了几名传教士，他们改变了信仰；但是经过理性的推论，和对英国人的了解，他们发现天主教太迷信了，遵循了新教原则"。说也奇怪，Zangoia 向僧人但根本不是向基督教渴望他的爱人 Philosanga 的现在的不可弥补的损失，随后因为"那曾经使人心碎的记忆"而死。自从他死后一段时间，Zangoia "天使般地访问"了孔子的门徒，并且告诉他人类的历史和他自己的前世灵魂的转世。这是弥尔顿《失乐园》的整个故事的重述。"通过我们的代表人亚当的罪过，要为我们的堕落赎罪，我们就要经历一场轻微的苦难。""首先 Zangoia 的受难历程是被强加为一只蛆虫！他经历了种种变化，从最初的创新原则到实体形式被埋入地球阴暗的包围中。当蛆虫的一生被耗尽时，Zangoia 经受了他的第二次变化。"非洲皇后怀了一个男胎，接着生下了一位王子。接着他变成了"彗星人"等等，就是"那颗有着燃烧着尾巴，住满来自地球的最坏的和臭名昭彰的侵略者的彗星"的居民；接着变成一只螨虫；接着"他的赤裸裸的精神被驱使进入属于中心的液体，静止在蛋黄里"，接着"变成一只活泼的斗鸡"；接着变成一只豹子；接着是一位美丽的高级娼妓，接着是一位黑人王子，接着是火鸡；接着是孔雀；接着是一个男人；接着是木星人；最后是一位中国王子，也就是说是 Zangoia。叛乱的罪魁祸首莱特（Ligh）（斯蒂尔剧中的莱克格斯 Lycungus）事实上最后是 Omphiel！Lucifer 最伟大的朋友。每一次转移——总共十五次，虽然作者被他自己的冗长的思想所陶醉和迷惑，但是有十六次——牵涉到这个故事，十五个故事哪一个都不好。作者在"怀了一个男胎"短语上缠绕上了种种变化"把卵子放进她的黑暗的腹腔中自然地受孕了"；"爱的早期的见多识广的人，通过生命的热潮成熟"等等。作者虚构能力的贫乏能从重复的灵魂转世中发展完好：两次黑人王子，两次星球居民，两次声名狼藉的妇女，和四次一只鸟。Zangoia 的在故事中讲故事的构思是一个故事依次在另一个故事中，表明了《天方夜谭》的影响是那么流行。考虑到 Zangoia 和孔子的后人都非常早地变成了基督教徒事实。这个感情无可否定的是基督教的；这个场景没有设在中国，除了一位皇帝的自杀；甚至灵魂转世的学说既不是中国的也不是孔子的而是印度的。而且对于那件事，是毕达哥拉斯派的和东正教的也是佛教的和印度教的。弥尔顿的《失乐园》中关于中国的内容也产生了中国故事中的妖怪的概念。

约翰·斯各特（John Scott）写的阿姆韦尔（Amwell）的三首东方田园诗中，有一篇是关于中国的：Li-Po 或《好总督》(1782)。田园诗中的地理位置是虚无缥缈的梦幻之地，但主人公 Li-Po 的名字是有依据地杜撰的，这个名字实际上是由迪·哈尔德（Du Halde）的诗中一位名叫"Li Tsau Pe"伟大的中国诗人的名字衍生出来的。诗以 Li-Po 对美丽亭台的描写开始，那里：

> 从事务和它的浮华、痛苦中，
> 忧郁的主人寻求宽慰是徒劳的。

因为作为十座繁华城镇的总督，他为一天的政务而忧心忡忡。他的仆人希望能为他排遣焦虑，

> 仆人们讲述下面的故事抚慰他，
> 英雄勇敢地面对危险，
> 骄傲的暴君从权力的顶端跌落下来，
> 沮丧的恋人们最后得到了幸福。

但是 Li-Po 面对建立正义的、贤明的政府的诸多困难深感沮丧，以至于不能从有趣的故事里得到快乐。然后他有一个幻觉，向孔夫子寻求建议，在恬静的田园里矗立着一座宫殿，

> 幻影般的大厅的珍珠门打开了，
> 显现了孔夫子那令人敬畏的身影，
> 身上丝绸的华服飘逸流动，

眼中流露出安详、脱俗的光彩。

请教的结果是 Li-Po 决心漫步于拥挤的街道，混杂在人群中去更好地了解他的臣民的遭遇。实践政治的热情当然不同于 Li-Po 真人的性格。但是他对酒和女人的赞美或许会使西方读者联想具有古希腊诗人阿那克里翁风格的诗。他本质上是空想的，好像比现实缺少明确的严肃性，翱翔在世界上空而不是在现实中或是现实的。这是 18 世纪关于中国唯一的不带嘲弄的诗。

普丽西拉·韦克菲尔德（Priscilla Wakefield），是一位多产的和爱教诲的女作家，她也写了一个中国故事。她的《书休闲时光》；内容是中国人关于"财富的本质"的谈话。中国皇帝 Ti-hoang 宣称：一个人，无论什么样的社会地位，他把他的时间和才能贡献给提高人类幸福和食宿的技艺上，也许真的可以称为他的种族的恩人，并且不仅值得他的民众的感激，而且值得皇家的慷慨的奖赏。因此，一个商人（Yang-ti），一个工厂主（Chiang），一个农民（Hio）被带到宫廷里，每一个人都宣布了他的皇家慷慨馈赠的头衔。在听完他们各自的陈述后，皇帝把第一个奖品赏给了 Hio，第二个给了 Chiang，因为商人暴露了自己的钻戒，皇帝斥责并驳回了商人的要求。在谈话中好像道德不是很显然的痛苦，韦克菲尔德女士在长长的前言性的评论中指出，真正的财富"不在于仅仅拥有贵重的金属"。虽然她以"提高学生的历史知识"为明确目的，但是谈话中的人物都是虚构的。

威廉·哈切特（William Hatchett）改编的悲剧作品《赵氏孤儿》是从斯蒂尔（Settle）的片段和罗切斯特（Rochester）未完成的作品里来的。下面献词里的一段值得注意："中国长期提供给我们她的物产；她的制造品；我相信自己的判断力，她的文学作品的重要性终将提供乐趣。一定允许迪·哈尔德（Du Halde）提供给我们的她的悲剧（这个样本建立在这个悲剧基础上）的样本很不精致、不完美；我想其中当然存在自然笔法，不足以和最著名的欧洲剧本相媲美。"剧本中自然笔法的发现恰好也是英国的奥古斯都时期的作家们不像他们法国的同时代作家那样被呆板的规则噩梦般地缠绕的另一个证据。这个悲剧的情节在这里是简明扼要的，每一个潜在的细微的情节已经被赫德（Hurd）在他的有才能的摘要里选取了。这个戏剧的主人公是程婴，赵府的家庭医生，赵是一个大朝臣，以他的诚实和正直招致了反面人物屠岸贾的愤怒。这个反面人物正好是国王的亲信，怂恿国王屠杀赵府的所有成员。程婴偷偷带走了赵的孙子，只是一个吃奶的婴儿，并且用欺骗的方法把自己的孩子作为反面人物急切想杀害的赵氏的唯一后人，牺牲了自己的孩子。"为了阻止再一次用武力解决的计划，甚至你必须把最小的根连根拔起"，如哈切特的意译所说："他将阻止任何计划的形成，一定不能把最小的根没有破坏的留下。"被暗中偷换后留下的婴孩被按时屠杀了，而赵的真正后人由程婴当作自己的儿子抚养成人。戏剧出人意料的事情将使它没有结局，那个反面人物喜欢上了这个孩子并且收养了他。当这个孤儿到达法定年龄，在这个反面人物出资教育下变成一位出色的青年，程婴使他相信了自己的真实生活历史，并且促使他向现在是他的养父的那个反面人物报仇。这部戏剧是十足的因果报应大团圆：反面人物被千刀万剐，国王的眼睛张大了，孤儿恢复了他失去的财产，程婴因为他的勇敢的牺牲精神得到了奖赏。在剧里悲剧道德实体间的冲突更激烈，程婴在骨肉之爱与为赵氏孤儿牺牲自己的痛苦责任之间的自我选择得到了充分的表现，这使我们想起了《亚伯拉罕和以撒》中的戏剧情景。原著中的剧中人是九个，在哈切特的版本中，增加到十二个，他们所有的名字都变了。在这个剧中，反面人物屠岸贾在 Buddha 还没有出生的时候已经有了作为他的帮凶的僧人。孤儿程勃在这个剧中叫作 Camhy。伟大的皇帝的名字，在前面文章里我们引用的他的美丽花园的描绘。吴三桂将军在《僧人》里是 Confuciango 的父亲，在这个剧中以医生的父亲 Kifang 出现。Laotse 是 Taoism 的创建者，在这个剧中作为一位元老和反面人物最大的受害者之一的角色出现。事件是复杂的，反面人物和他的帮凶的暴行累积得越来越多。但是情节大体上没有改变。在原著中，当程婴把没有任何文字注释的画有他的身世画像的画卷出示给孤儿看时，谴责到来了。这是戏剧情节的转折点，并且按着绘画中的透视方法缩短了前面的事件。让我们把珀西翻译的原文与哈切特的扩大了的版本相比较。珀西的翻译是这样的：程勃（独白）："哦，是画。这有一些非同寻常的事情。只见一个穿红袍子的人拽着一条恶狗，直扑向一个穿紫衣服的人；这有一个人打死了那条狗，另一个手扶着一辆没有半边轮子的车。看，这有一个人自己撞死在槐树下……让我们看完剩下的画卷。只见一个将军面前摆着弓弦、药酒和短刀，他拿起短刀自刎了。为什么他要杀死自己？但是这个医生拿着药箱是什么意思？为什么跪在他前面的妇女把抱在怀里的孩子递给他？她为什么用自己的裙带缢死自己？"《主题》画卷由哈切特保存，但是，当医生 Kifang 别有用心地把"历史画卷"出示给国王及伴随着他的反面人物屠岸贾时，医生 Kifang 出现了。

国王：

一幅历史画卷！让我看看——
富有想像力的构思，强有力的表达！
首先，这里有一个穿蓝袍子的人，
让一条狗扑向那个穿红衣服的人，
出现了另一个穿紫衣服的人。
接着又一次，一个人打死了那条狗——
穿红衣服的人被轧死了躺在这里。
较远一点，那边，一个穿蓝衣服的人

这看来好像是一场卑鄙的大屠杀！
男人、妇女、儿童一个接一个被杀害了！
紧靠着一所乱七八糟的房子——
那个穿蓝衣服的人又领到了这里

他看起来像一位英雄，陷入极度痛苦中，
从另一个人手里接过一把短剑，
这里有一位手提药箱的医生——
有一位泪流满面的漂亮女士，
跪着，怀抱一个小孩，
她的手指间摆着几个药瓶——
这里一位将军抓住了那位医生，
再远一点，将军拿起刀自刎了。
穿蓝衣服的人又出现了，对他感到迷惑！
他经常出现，覆盖了整个画面……

他拿着死去的女士的手在写——
正在用竹条抽打一位已死的老人——
正在把一个可怜的婴儿剁成肉片；
他看似一位伤感的牧师；
接着给了穿紫衣服的人一片药，
他被巨大的群众的吼声包围着，
手不能举起，做着乞求的姿势——
他知道这幅神秘图画的意思？

并且为了完成戏剧反转，国王要求正是蓝衣人的屠岸贾本人来解释这幅画。事件的梗概保持一致，画在画布上的许多事件包含在中国戏剧里，虽然它们从原来的画卷中省略了。哈切特（Hatchett）写作的最大变化是孤儿起的作用；在原著里，孤儿长成一位二十岁的青年，能够自己处理"野蛮的正义"（Wild Justice）。然而在改编中，直到最后孤儿保持了一个沉默的角色，持续抚弄"这个可爱的孩子"，并且叫他"小可怜"。这样在改编中时间的统一比原著里较少受到侵犯。

阿瑟·墨菲也对中国孤儿的故事感兴趣，并且在他自己的悲剧《赵氏孤儿》的版本中写进了这个故事（写于1754年，并于1759年的4月21日上演）。虽然这个剧本中人物的数目和原著中一样多，但是情节变得无法辨认。那是由于墨菲对于提高伏尔泰的戏剧改编比对于改变迪·哈尔德（Du Halde）提供的原著的情节更关心。在哈切特的作品中，我们发现鞑靼进犯的谣言正在传入中国朝臣的耳朵里，但是在墨菲的改编中，故事以汉族已经被鞑靼人征服开始。事实上，英国的关于中国题材的戏剧和小说中经常提到的鞑靼人的征服，对于英国作家，历史事件一定具有奇特的迷惑力。像我们所看到的，德赖登（Dryden）想写一个关于它的戏剧，事实上斯蒂尔和罗切斯特（Rochester）把它改编为剧本了，《僧人》中详尽地复述了它。而在墨菲的戏剧里，鞑靼人的征服已经完成，当幕升起时，鞑靼皇帝铁木儿（Timurkan）已经登上了中国的王位：

> 那么铁木儿已经征服了，那冲天的爆破声
> 是自由和法律的最后一声喘息，
> 一个垂死民族的呻吟！

接着痛斥中国皇家官吏 Zamti。又一次：

> 中国不再存在了；
> 东方世界失陷了；辉煌建筑
> 屹立多年，皇帝的王位
> 和世界一起颠覆在
> 野蛮人势力的打击下；
> 从未来的希望中跌落下来，
> 永远的衰落了！

这就证明，Zamti 被二十年前已故的中国皇帝"任命去救这个皇子"，Zaphimri 现在被认为是 Etan。Zamti 自己的儿子已被鞑靼人错认为是 Zaphimri 王子，而且如今在狱中。Zamti 和 Etan 在一起计划。

> 复仇、征服、自由！
> 子夜将号召一队选好的
> 潜伏志士出发，当敌军沉湎于醉酒的狂欢时，将把
> 二十年积攒的仇恨倾泄，
> 重重一击收回了东方世界。

然而，铁木儿太敏感了以至于怀疑 Hamet 的身份，并且试图用各种方式迫使 Zamti 和他的妻子 Mandane 披露真正王子 Zaphimri 的下落；"抛掉你的皇帝的幻影"，铁木儿对老夫妇说，"救你自己的孩子。"为了救 Zamti 全家 Etan 自己坦白了，但是 Hamet 好像继承了他父母的勇敢的牺牲精神的气质，为了掩护 Etan 宣称是真正的 Zaphimri。最后，大量的怀疑后，Etan 夺取了鞑靼人的武力，并且杀死了鞑靼人的领导人：

> 我的父亲进攻了，
> 他给敌人一击，而这，是你的终结者的打击，
> 这是为了一个民族的呻吟！

所以中国最后恢复了她的自由，但是 Zamti 和他的妻子 Mandane 没有活到去享受新赢得的解放。因此，在墨菲的版本中像原著中一样，在复仇中孤儿扮演了一个活跃的角色。但是在伏尔泰的《中国孤儿》L'Orphelin de la Chine 里，孤儿甚至比哈切特的改编里的吃奶的婴儿更重要。伏尔泰使作品里的反面人物鞑靼的征服者 Gengis-Kan（墨菲剧本里的铁木儿）与 Zamti 和他的

妻子Idame（墨菲剧本里的Mandane）讲和了。在附加在戏剧中的一封写给伏尔泰的信里，墨菲写道：我最初对这个故事的嗜好是由我们自己对Hous of Chau的孤儿的令人羡慕的批评的评论引起的，是勤勉的、贤明的P.迪·哈尔德（P. Du Halde）保存给我们的。在我对它（中国作品）的意念里，我想像因顺服地让另一个婴儿代替他，我看到了拯救婴儿的行为中的瑕疵；尤其是，当臣民提供了一个公平地描述父母斗争详情的机会时，在这样一个令人心碎的场合。所以我想到，如果能编造一个传说，父亲和青年或许被或然和明白纠缠，对所有令人困惑的迷不感到尴尬。他因"缺少有趣的事件"而责备伏尔泰的戏剧："我问你自己的感觉（因为没有人更好地了解人类的心灵）是否听众对一个婴儿的命运相当感兴趣？当你的Zamti救了他后，他不能在中国事件里产生任何变化、变革。……先生，请允许我说，在你的故事里，我不能够看到Zamti的忠诚能得到什么结局：他的任何真正的效忠于他的国家的希望都太遥远了以至于变的荒诞不经了。"因为这个原因和"历史对驱逐鞑靼人的证明"，墨菲使他的戏剧保持了原貌。一个人敢说虽然批评或多或少的有点公正，但"历史"是值得怀疑的。哥尔斯密关于墨菲的悲剧的观点值得引用，因为它附带地揭示了哥尔斯密对中国的态度："从对风格的这种曲解中，后来文雅的欧洲人为了使当代的娱乐多样化，甚至已经依靠求助中国了。我们已经看到花园按着东方的方式设计，房子前面用之字形线装饰，房间四周放置着中国的花瓶和印度的宝塔。……因此伏尔泰用法国诗学的特质对中国情节进行了渲染；但是，他的出色仅仅是同他的远离了他的东方原著的枯燥乏味相比。所有的民族都曾经感觉到鼓舞人心的女神的影响，或许中国人处于最低阶层：可以想象他们的作品是最冷淡的。在那些翻译的诗篇和小说里，一些我们已经看过，一些或许很快就会面世，不但是试图抒写想象，或影响激情；所以，那些是非常不适于模仿的形式：伏尔泰在这方面或许是明智的，大大偏离了原著的设计，我们英国诗人偏离得更远，按着情节比例变得更加欧洲化了，变得更加完美了。"但是哥尔斯密发现墨菲写给伏尔泰的信，虽然是"充满热情和活力的写作"，但是倾向于"使墨菲承受这样的责备，即他对一个自己在很大程度上借鉴约其情感和计划的人进行了默然的回报"。然而，在信中墨菲坦白地承认了他欠伏尔泰的债："先生，在英语《中国孤儿》里你将看到一些场合插入了一些从你的风格优雅的作品中借鉴来的情感。"

1750年1月，出版了一部来自中国人的伪翻译的作品，它使英格兰和欧洲大陆的大多数人感兴趣：《人类生活规则》。该书是由一本古代的从印度人写的手稿中翻译过来的。写在前面的体裁说明里说，手稿是从居住在中国的一位英国绅士写给伯爵的信中发现的……虽然怀疑是从"印度人写的手稿"翻译过来的，但是作者在前言性的说明中承认他是从印度人写的手稿的中国版本翻译过来的，并且，就像目前我们将看到的一样，这部作品的诗的解释坦率地冠以"中国箴言"的题目。这部作品得到如此成功以至于今天还存在大约五十种英语版本，更不用说翻译成法语、德语、意大利语、西班牙语、葡萄牙语和威尔士语的版本。它最初的成功无疑因为被归功于切斯特菲尔德伯爵，但是，R.多兹利（R.Dodsley）是它的真正作者。"有一些原因使不仅取消他的名字而且取消他的通信者的名字是正确的，他的通信者，目前在中国住了几年了，已经经商了，不再收集文学珍品了。"信是在北京写的，日期是 1749 年的 5 月 12 日，内容摘要是这样的：在西藏拉萨布达拉宫的档案馆里，仍然保存着许多古代的书籍。目前，中国皇帝派遣了一名叫 Cao-tsou 的博士去估价和汇报布达拉宫占有的文学珍品。Cao-tsou 以前已经"通过与一位住在北京的有点学问的喇嘛的偶然的友谊"掌握了西藏语，他在西藏的罗马教廷枢机主教团 Sacred College 住了六个月取得了很多发现，其中最有价值的发现是"用语言记录下的一个小的道德体系，和古代的裸体哲人的特征"。有一些中国学者认为是孔子创造的，有一些认为是老子创造的，"因为怀疑这仅仅是翻译，并且它的原著已经丢失了，从而克服了考证它的文字记录和古代的 Bramins 的特征的困难"。几个大学者把它归功于 Bramin Dandamis 写给亚历山大（Alexander）的著名的信，这封著名的信已经由欧洲作家记录下了。"然而，一件事引起了他们之中的怀疑，那就是它的计划，它对于东方人来说是全新的，不像他们曾经见过的任何东西，如果不是因为适于东方的表达方式的转变，它正是用这种古代语言写的解释是不可能的事，很多人将会怀疑它是欧洲人的作品。"作品被分成两部分，第二部分以来自北京的 1749—1750 年 2 月的另一封短信作为序言。第一部分有七本书，第二部分有五本书。在适当的题目内讨论了几乎人类生活的每一个方面，可以这么说，题目按着上升的顺序排列——以生理学开始，以神学圆满结束。讨论简直不是由名言和现代例子构成的，而且，恰恰由于作品"相当陈腐"，《每月评论》不予考虑。所以，这部作品的刚故去的编辑令人吃惊地称它为"一堆光彩夺目的思想的珍视品，完善到了最辉煌的境地"。一目了然，它是一部伪翻译，甚至同时代人都知道——《每月评论》里的"不足凭信的"短语为证。

但是，甘恩严肃地把它当作真正的翻译。显然，我们或许要冒徒劳的险，指出多兹利（Dodsley）露出马脚的部分的一两处错误。首先，翻译者要让人相信，他写于北京，那时欧洲人不许在广东省附近旅游。麦卡特尼伯爵记录了一位英国人的每一次进入北京向皇帝呼吁的企图是怎样失败的。甚至在他作为大使馆人员的时候，麦卡特尼伯爵就很怀疑申请皇帝特许"谨慎的"和"有礼貌的"英国臣民为了驱散在中国朝廷存在的恐英病而居住在北京的可能性。另一个观点是，尽管多兹利宣称在作品中有"特别适合东方的表达改变"，不单单有在形式或内容上可称为印度的和中国的格言。在关于宗教的那一段里的个人崇拜在情感上是信仰基督教的，背叛了近东的巴勒斯坦，而不是远东的中国或印度。伪造的中国皇帝写给的在第一封来自中国的信中给出了"上帝的最完美的典型"的信是18世纪英国人模仿中国书信体风格的另一个样本，但是信中勾画的中国皇帝和教士之间的关系是错误的，应该按着多兹利作品自己的价值判断他的作品，却不是故意地欺骗18世纪的读者。甘恩对作品的东方风格表现出的错置的热情仅仅使作品受到缺少貌似真实的讥评或伪造品的谴责。

苏姗娜·瓦茨的《中国的规矩》(*Chinese Maxims*)（1784）是《人类生活规则》(*Economy of Human Life*)的第一部分的一个译本。译文采取英雄诗体的形式，大体上颇接近原著。以下面这段关于谦虚的格言为例：苏姗娜·瓦茨如下意译：

> 如果你将步步接近真实的知识，
> 就知道了无知的低劣的艺术。
> 是你的智慧和你追求的目标

使你欣赏诚实、名誉带来的欢乐吗？
拒绝低俗的高傲，并且鄙视浮华的虚荣，
不要让你的观点限制你的智慧。

我们再看真正的翻译。其中最值得注意的当数珀西·威尔金森（Percy-Wilkinson），的《好逑传》（*Haw Kiou Choaan*）或译《快乐的历史》（*The Pleasing History*），从汉语翻译而来。该书还加入了以下内容：I《中国戏剧故事或梗概》，II《中国谚语集》；III《未完的中文诗集》（1761）。这个翻译的确够得上是一项最杰出的著作。任何人都会推许其为珀西时代了不起的工作。欧洲大陆的翻译家被迫第一次用从这本书的英文版得来的二手材料译中文书。下面这段摘自珀西《快乐的历史·前言》的文章特别重要："下面的译文是在一位绅士（珀西在第2版的'广告'中透露其人为詹姆斯·威尔金森）的论文手稿中被发现的，这位绅士有大量东印度公司的股份，间或在广州居住。他的亲属确信他在汉语上投入了相当多的精力，这部译著（至少是它的一部分）就是他学汉语时的一种练习。例如，手稿中大量存在的隔行对照表明他是学习者的译文，并且手稿的很多处似乎是先用黑铅笔写，后用墨水在其上作更多的修正。看起来它是在一位中文教师或导师的指导下草拟而成的。《快乐的历史》包括薄薄的四册或四卷中国纸的对开本……前三册为英文。第四册是葡萄牙语，和前面部分出自不同人的手笔。现在编者已经将这部分译成我们自己的语言。""由于这个译本是一位长于商业的绅士所作，他可能从未打算过将它公开，因而除了忠于原文之外，我们不能对他有更多的期待：如果我们看了他手稿中大量的删改处的话，这一点是不容忽视的。

中国成语的普遍使用将证实这一点。"因而是珀西将威尔金森直接从中文翻译并且是在一位操这种语言的教师的指导下完成的这件事大白于天下。约翰伯爵自己翻译的同一部小说更为准确地将书名译为《幸福的伴侣》。他在该书前言中挑出并加以指责的错误非常重要。可供我们讨论的是那种可以称之为外国人的错解的错误，即缘于俗语合成语的误解以及对风俗习惯的无知而导致的错误。正是这些揭人短处的错误决定性地表明更正威尔金森"练习"的"中文教师"不可能是一个中国人。历史的真相是，那时的中国人被禁止教英人"华国语言"，所有商业事务都不得不用葡语进行。葡萄牙人因为他们的对华贸易优先权涉及学习中文和他们的宗教信仰，所以享有英国所没有的某些特权。将书名《好（美好）逑（配偶）传（历史或传记）》译为《快乐的历史》已经是有点自由和令人怀疑的不准确。因为我们从第四册第 168 页推断，"快乐的历史"是原书名的文学译法而非评价性的书名。例如，该书第 1 册第 17 页上使用"angel（天使）"一词就是为绕开解释或翻译中国民间传说中三个英雄的侠义行为（good deeds）的困难的结果。珀西就是受此词的影响进行研究并得出中国人"信赖保守精神"。另一个"angel"一词出现在第 41 页，珀西又不得不做出另外一个解释性的注释。第 37 页的错误更严重："看到这（钦差的抵达）他欣喜万分。忙焚香朝恭，谢主隆恩。"珀西注释："毫无疑问，编者能够遇到此类风俗。"我们相信，他不能。因为原文的措辞仅仅是描述众所周知的风俗，在接御旨时要焚香朝恭，就像在英语中一样，"焚香或供香"在汉语中也是一个平常的词语。第二册第 51 页，那位女杰发誓要用"敌人祭慰亡灵，以其肉平息她心头的仇恨"。这让珀西极为震惊，而使戴维斯感到极为有趣。但那位女杰绝不是吸血鬼，也非吃人而嗜血成性：她只是恨得咬牙切齿——也许不太像夫人的行为，但仍是正常的人的行为。最令人信服的证据是姓名上所犯的错误。"氏"一词表示"姓"的却被误为姓名的一部分，我们说"石氏"（第一册第 2 页）而不说"姓石"。下面的译者注释（第一册第 59 页）很关键："大惺侯沙利，前两个字是他的名字，其他的字是他的头衔，和我们的公爵相当。"事实上，这个短语表示沙利是大惺国的君主。当然没有英国人会犯那样可笑的错误，不管多么目不识丁和愚蠢。因而，欺骗威尔金森的"中文教师"根本就不可能是一个中国人。我们不妨大胆地设想一下，一定是第三册书（也充满了可笑的错误）的作者"指导"威尔金森学习中文。这项工作中好的部分应属于珀西的部分。而 John Francis Danvis 伯爵似乎曾一目十行地浏览过珀西的书，他在他的《幸福的伴侣》（*The Fortunate Union*）一书的前言中对"Dr. Hugh Percy"进行吹毛求疵的批评是不公平的。正如 James Grainger 在致珀西的一封信中说的，珀西的功劳是将威尔金森的译作变成了"好读的英文"。这封信见于 Nichols 的《十八世纪英国文学史教程》。珀西总是对他脱离威尔金森的地方进行注释。尽管他又进一步细分章节，但他在页边空白处保存着原来的分法。除了第 15—18 章被"葡萄牙朋友"节录为两章，该书的其他章节的分法都严格遵照原书。珀西当然无法知道这些，不能对 John 伯爵所指责的省略部分承担责任。

我们现在谈谈珀西自己。他的中国知识虽然是间接获得却惊人地广泛。他也许是继 John Webb 之后在这方面最博学多闻的英国人。《快乐的历史》第一册提供的参考书目证明他在中文方面的广泛阅读。但他的中国知识是这样的一个人所具有的，即他把这个国家当作题目感兴趣而不是当作对象去爱。博学的珀西与同样博学的 Webb 的态度不同之处是传播知识。可以满有把握地断言，关于中国的任何不用懂中文就可以知道的事情，珀西都知道。他注释的基调，正是批评的而非轻蔑的。他说："好的鉴定家一定会承认，几乎所有中国风格的著作中都罕见天才……他们的天才的可怜可以很容易地用他们的安顺和骛新来解释，这束缚了中国人的头脑，却有助于帝国统治的和平和安宁，故而他们的精神变得迟钝，他们的想象力受到限制。"然后他就加了一个注脚，大意是说，也许中国人在园艺方面的口味应该不在"罕见"的批评之列。他接着说尽管中国人的想象力相对苍白，但是这表明他们"比其他亚洲人更尊重事实"也避免了"过分荒谬的言辞"。简言之，正如我们前面指出的，"Loutea"不是 Babu。他特别怀疑耶稣会传教士的中国记载的可靠性，尽管他自己也依赖他们："即使我们没有理由怀疑他们记载的真实性，他们古板的性格也使他们不但不能成为偶像崇拜的见证人，而且也不能成为中国人许多心理活动特质的见证人。"这确实是一个很明智的论断，它更适用于现代的旅行家而不是 18 世纪享受帝国任命圣职之权、为地方同化的耶稣会会员。在原文更其淫秽地方（第一册第 116 页）的一个注脚中，他提请读者对着"虚伪的中庸"微笑，并注意到："中国是一个非常情绪化的民族，所有的虚伪都导致荒谬。"另一个注脚写道："中国人，世界上最狡猾的人，可能自然会被认为推崇精明和狡猾。读者也一定已经看到女英雄水冰心的性格中这些品质是主要的。她也是被中国作家塑造的所有美德集于一身的完美典型。中国人的道德，尽管他们吹嘘得很纯洁，但明显缺乏基督的精神。"甚至牧师身上也少有基督精神是令人吃惊的。

众所周知，精巧的狡猾是女人与生俱来的权利——"制订一份吃早餐的阴谋和喝茶时的诡计"。实际上，中国女英雄为避开恶徒的追捕而运用的小小计谋让我们想到她 Richardson 与笔下的人物 Pamela 有极大的不同，当中国女英雄在忍受那并非她的爱人的粗俗求婚时，Pamela 仅仅是不愿意高价出卖自己。而 Pamela 竟被给以"美德"的赞誉。书中女英雄想吃敌人肉的注脚，珀西又一次批评在他看来是寄予了中国道德的"卑劣的闪光"。（第二册第51页）。《快乐的历史》的三个附录中，"1719 年在 Canton 上演的中文概要或故事"也是威尔金森执笔，另外两个则是由珀西自己从欧洲各种关于中国的书籍中编辑的，并形成了一种直到珀西所处时代为止欧洲所有关于中国诗和 aphoristic 文学的知识总结。从 Du Halde 和其他人那里收集起来的谚语和格言的确如珀西自己所说的，"是欧洲尝试做这种工作的第一次"。珀西还表达了如下歉意："我们希望读者可以意识到，它们仅仅是重译，不足之处在所难免。"序文"诗的片段"的长篇论文仅是 Freret 的一篇翻译，只增加了从 Du Halde 处得到的知识。然而，这则"广告"在思想上是非常幼稚的："它们看起来微不足道，它们几乎是欧洲语言出版过的所有书，华诗是那样的优美自然以至于能够容忍译为别国语言的诗少之又少……几乎任何人都处于原生状态，而他们风俗观念朴素单纯，不难想象他们的诗很容易并为其他国家所接受。没有哪个国家的人民受到比中国人更多的政治束缚，或者与自然状态离得更远。相应地，汉语诗优美处也一定是翻译为他国语言时最难传达的，尤其是当它译为诸如观念是如此陌生而不和谐的欧洲语言时。"译文颇具文学性。珀西对中国人的道德保持低调。他自己的《论中国人的语言与性格》，他说他同意 Werburton 的意见,也"认同他的惭愧",而后一点他早先并未意识到。直到有进一步的证据"存在"之前,他很谨慎地拒绝任何关于 Needham 的发现的意见。但是他指出,从 Needham 的发现中可以得出的最重要的参考之一是"立即结束了中国人常常盘踞于脆弱的心灵的对古代的自命不凡"。

在有关中国的论文方面值得一提的是《不规则论文:读父亲 Du Halde 的除了在现在的 1740 年之外的任何时候都可以读的关于中国描述的偶感》。未署名的作者一开始就宣布:"当我将我们的宪法和中国的比较之后,我更加热爱自己这个自由国度的宪法。中国是一个绝对专制的典型。"作者指出中国是一个封闭的国家,汉语是一种"僵死的语言"。之后,他又解释了中国知识分子的社会地位,Robert Burton 和其他的人都很羡慕中国的上层人物,因为"中国人读书十分用功",一个法庭监守官必须能读会写;一个收税官必须与笔形影不离。他反驳欧洲人的称赞中国政府的体制:"中国人从一开始就被当作奴隶,这一点足可使我们减少对它的神往。"他还攻击耶稣会会员"太聪明而不能在北京提供一个正确丰富的罗马法庭式的忏悔,而在欧洲除了特殊的信心之外不能留下任何东西,仅知道他们在中国的策略的精确历史"。"传播基督教于伟大的中国,这是一件多么遗憾的事情呀!我们有同样杰出的数学家、工程师、各种发明家、神父,但是我们没有同样的世俗观念。"最后清朝官员被比作不切实际的《格列佛游记》(*Gullier's Travels*)中的"片状悬浮物(flappers)。"中国被比作"Mandeville 博士的共和政体,在那里个人的观点[原文如此]是 publick Benefits 的。"简言之,全书的语调印证了我们以前所得的结论——关于 18 世纪英国对中国的态度。

另外两本 18 世纪关于中国的英文书籍没有这样的特征。《中国的旅行者，包括中国的地理、商业和政治史，前言是孔子的人生》（1772），正如编辑在前言中所说，此书是从"一个有能力提供给我们最好的材料"的耶稣会会员那里收集的资料，并且"我们没有任何理由怀疑这些材料的真实性"，并且与《快乐的历史》中对同一个人物的脚注比起来，"孔子的生平"略有简单和敷衍之嫌。《一部未完的中文著作——兼对英国地位财产和宗教问题的探讨》（1786）是另一部从耶稣会会员那里收集的受雇文人的作品。证明了在佛教，道教盛行的中国，孔子在情感上是个真正的基督徒："啊，汝等儒教的信徒，你们主人的热忱在哪里？"

1760 年之后，英国的关于中国旅游的书开始增加。从我们所掌握的记录看，John Bell 可能是第一个穿过北京这个强大要塞的人，他是俄国派到中国晋见康熙的大使的一名侍从，他对康熙接待俄罗斯大使的描述从中可以看到。这是一本可以与 Macartney 的关于他与乾隆会面的报导相匹敌的书。伊尼亚斯·安德森（Aeneas Anderson）的《一个英国使节在中国的 1792，1793 和 1794 的叙述》一书就比较有趣。安德森是"服务于 Macartney 大人"并跟随大使来到中国的。他以他能准确地分辨繁难的"易混词和同义词"而骄傲，我们在他的书中发现了许多在比较正式的如伯爵 Geoge Staunton 的记录中所找不到的有趣的花边新闻——例如，他弄明关于"中国女人被拒之于陌生人的视线之外"的传说，当他确实追求当地的姑娘并用中国话中的"chou-au"（即漂亮）来称呼她们时非常讨她们的欢心。他还十分羡慕中国的艺术装饰品。《一个使节从大英帝国国王的身边到中国皇帝身边的真实报道》一书由 Geoge Staunton 伯爵编辑自一些官方的报纸，其语气是温和而持中的。下面笼统的、不明朗的句子就很典型："《赵氏孤儿》，尽管由一位非常令人尊敬的英国诗人在服装方面作了改变，仍被看作一个关于中国的优秀的悲剧模本；而且《快乐的历史》已经由一位怀旧、博学、才思敏捷的高级教士在几年前出版了。这就是中国小说写作的简单而有趣的例子。"Macartney 的《日记（Journal）》不可思议地没有怨怼和非难。尽管有一些有恶意的句子，像"然而我们必须很卑劣的考虑到中国朝廷的口味"（第二册，286 页），"那些对皇家园林中的瀑布的描述十分缺乏想象力，这些已经由父亲 Attirel 和威廉·钱伯斯伯爵当作现实向我们介绍"（同上，275 页）等等。他认为："再也没有比用欧洲人的标准来判断中国更粗暴的做法了。我唯一的看法恰恰代表了那些能够打动我心的东西。"甚至在批评耶稣会会员"不公平和不充分"的附录中，他还有恰如其分的赞扬。他尽量考虑到学习汉语的困难已经被"夸大其词"。John Barrow 是 Macartney 大人的私人秘书，在他的《中国游记》（1804）一书中表现了同样的明智而公允的精神。在他的第二章中，他讨论了关于中国国民性的各种观点，将伏尔泰和 Anson 伯爵的观点进行了对比，并将后者作为"傲慢的和不正当的"屏弃。这种对比就是我们想坚持的论点的一个很好的证据。

在这篇文章中我们对已经出版的书的回顾加强了我们前面所阐明的结论。从这位大使之后，我们注意到英国对于中国的态度有所改善。然而，中国人仇视外国人的潜在情绪很快变得明朗化，中英之间由大使所建立的友好关系，如许多国家间的友谊一样，最终被破坏了。很快，相互恶意地诽谤成了今天的主流。鸦片战争结束了一切。这种情况达到了登峰造极的地步。Macaulay

的极具抨击性的演说《向中国开战》(The War against China)以及 De Quincey 的《鸦片问题和中国问题》咄咄逼人的文章可以使读者对于 19 世纪英国对中国的态度有大致了解。在 18 世纪的那些耻辱和嘲弄已经变成了更加严厉的憎恨和辱骂。有一点可以肯定，在一些文字、信件中所提到的英国人在整个 19 世纪仍继续写出以中国为主题的精美而富于想象力的文学作品的片段。但从 Landor 的《中国皇帝和清帝之间的虚构的对话》和 Lamb 的《关于烤猪的论文》直到 Richard Garnett 的动听的中国民间传说和 Anugusta Webster 的令人神魂颠倒的幻想的《俞伯牙的琴》(Yu pe-ya's lute)，除了沉溺于自由幻想的戏剧之外，我们在别的地方找不到研究 17—18 世纪中国精神的信息。例如，笛福在写作他的《鲁滨孙漂流记》(Robinson Crusoe)的中国场景时曾请教过李伯爵，但为了得到恰当的地方色彩的着色，Lamb 和 Lander 进行了怎样的磋商？他们恰恰没有考虑。自 Macartney 伯爵的散文以来，汉语在英国已经被确认为知识的一个特殊分支，而那种特殊的惩罚是当专业的学生对于他所学专业所知越来越多时大众却对此关心得越来越少。这门学科已不再是大众所关心的一部分了。

第 六 章

钱锺书的幽默理论及幽默个案分析

第一节 幽默概说

幽默是一个古老而有纷争的话题。美国一些专家推测,"幽默"在西欧的历史可能和人类社会同样悠久。[①] 据有文字可查的记载来看,人们开始对带有幽默性质的"笑"或"戏谑"从理论或审美上进行研究或注意的,在西方,提出"妒忌说"的古希腊哲学家柏拉图(前 427—前 347)是研究"笑"的动因的始祖;在中国,《诗经》中"善戏谑兮,不为虐兮"[②] 则是后来"谑而不虐"的审美标准的源头。虽然我们中华民族在实际生活中不乏"曼倩之风",但从哲学的角度对笑进行理性的思考,探讨它的本质、起因、特点和规律的却主要是西方人。在西方,从柏拉图、亚里斯多德、西塞罗,到康德、叔本华、柏格森、弗洛伊德等众多的学者哲人,都在苦苦地思索着笑的本质是什么,都企图给它下一个能反映本质而没有漏洞的圆满的定义,然而却又都力不从心,每人的定义

[①] 陈孝英:《幽默的奥秘》,中国戏剧出版社,1989 年版,第 136 页。

[②] 《诗·卫风·淇奥》。

都只能是抓住部分真理的一偏之见。所以到此为止，"笑"的本质到底是什么？它是怎样产生的？它的心理生理特点及规律怎样？虽然理论繁多，但众说纷纭，难有定论。研究笑的理论数以百计，陈孝英在《幽默的奥秘》一书中介绍了西方美学史上有一定代表性的笑论56种。[1] 早在上世纪30年代，朱光潜在《笑与喜剧》[2]中就介绍和评述了西方影响较大的有关笑的学说，其中包括柏拉图的"快感是和妒忌相联的""妒忌说"；霍布士等人的"突然想起自己的优胜"的"突然荣耀"说；柏格森的"把有生气的和机械的嵌合在一块"的"生气的机械化"说；康德的"一种紧张的期望突然归于消失"的"期望扑空"说；叔本华的"感觉和感觉所依附的概念有乖讹"的"乖讹说"；斯宾塞的由"下降的乖讹"发展而来的"精力过剩说"；立普斯的把"期望消失"说与"精力过剩说"合并起来的"大小悬殊"说；倍恩等人的"笑是严肃的反动"的"自由说"；伊斯特曼等人的对失意的事取"一笑置之"的态度的"游戏说"；弗洛伊德的"移除压抑"的"心力节省说"等。可以看出，众多的笑论，各有所长，又各有所短，说它们各有所长是"因为它们都含有几分真理，都能解释部分的事实"。说它们各有所短是因为它们都有一偏之见，"都想把片面的真理当作全部的真理，都想把笑和喜剧复杂的事例纳在一个很简短的公式里面"。朱光潜引用了萨利的一句话来说明各家的局限："关于喜笑的各种学说个个都不能推行无碍，就因为在

---

[1] 陈孝英：《幽默的奥秘》，中国戏剧出版社，1989年版，第11页。
[2] 朱光潜：《朱光潜美学文集》第1卷，上海文艺出版社，1982年版，第262页。

'复杂原因'特别鲜明的领域中,它们偏要寻出一个唯一无二的原因来。"① 与幽默密切相关的笑就是这样众说纷纭难以界定,而藏在笑后面时隐时现像水一样流动,像气一样缥缈的幽默就更可想而知了。

英文 Humour 是从拉丁词(h)ǔmor 而来。(h)ǔmor 的原义是"潮湿",后指"液体"。所以 humour 一词最初指"水分",后在医学中指能决定人的体质、心理和情绪的人体中的四种基本体液(血液、黏液、黄胆汁、黑胆汁),由此引申为指一个人的气质、脾气。后来发展为能对荒谬、矛盾等不谐调事物具有敏锐的反应的与众不同的气质或脾气。直到 16 世纪,"幽默"才逐渐发展为一个与笑和艺术相关的美学名词。"幽默"一跳入艺术的园地,很快就变成了缪斯王冠上的明珠,越来越多的人充满兴趣地探讨它的本质、特点和规律,比起对笑的研究和探讨来,更是各持所见,莫衷一是,提出了众多的幽默理论。有代表性的如英国喜剧家康格里夫的"把幽默看作与生俱来,因而是天然的产物"②的"自然说";俄国文艺批评家车尔尼雪夫斯基的"幽默却是自我嘲笑"③的"自嘲说";德国美学家里普斯的"幽默是我本身的一种状态,一种自我的心境"④的"心境说";加拿大文学家里柯克的"对

---

① 朱光潜:《朱光潜美学文集》第 1 卷,上海文艺出版社,1982 年版,第 281 页。
② 上海青年幽默俱乐部编:《中外名家论喜剧、幽默与笑》,上海社会科学院出版社,1992 年版,第 20 页。
③ 上海青年幽默俱乐部编:《中外名家论喜剧、幽默与笑》,上海社会科学院出版社,1992 年版,第 71 页。
④ 上海青年幽默俱乐部编:《中外名家论喜剧、幽默与笑》,上海社会科学院出版社,1992 年版,第 87 页。

生活中不协调事物的善意思索和艺术表现"①的"矛盾表现说";英国作家萨克雷的"幽默是机智加爱"②的"同情说";意大利作家皮兰德娄的"幽默乃逻辑之一种"③的"逻辑说"等等。这众多的幽默理论,正像美国的文艺理论家D.H.门罗所说:"各种幽默理论都能解释一定的幽默,但是,任何一种理论是否能解释各类幽默,很值得怀疑。"④就是在这个意义上,康格里夫认为"幽默的种类无穷无尽。……有多少人,就有多少意见"⑤。而索尔·斯坦伯格则不无幽默地嘲讽那些给幽默下定义的人说:"试图给幽默下定义,是幽默的定义之一。"⑥在中国,虽然早在《楚辞》中就有"眴兮杳杳,孔静幽默"⑦,但这里的"幽默"是寂静无声之义,与现代由Humour而来的"幽默"了无干涉。我国古代用来表达与现代作为美学概念的幽默意思相近的词是"滑稽突梯""诙谐""谑浪""谐""科诨""揶揄""俏皮"等词。在我国封建时代,由于封建专制的极权统治和礼教的束缚,带有"幽默"意义的"滑稽""诙谐"文学不能得到正常的发展而被压抑与扭曲。就像鲁迅先生所

---

① 上海青年幽默俱乐部编:《中外名家论喜剧、幽默与笑》,上海社会科学院出版社,1992年版,第106页。

② 上海青年幽默俱乐部编:《中外名家论喜剧、幽默与笑》,上海社会科学院出版社,1992年版,第272页。

③ 上海青年幽默俱乐部编:《中外名家论喜剧、幽默与笑》,上海社会科学院出版社,1992年版,第275页。

④ [美]《考利尔百科全书》12卷,1979年英文版,第357页。

⑤ 上海青年幽默俱乐部编:《中外名家论喜剧、幽默与笑》,上海社会科学院出版社,1992年版,第20页。

⑥ 上海青年幽默俱乐部编:《中外名家论喜剧、幽默与笑》,上海社会科学院出版社,1992年版,第271页。

⑦ 《楚辞·九章·怀沙》。

说："私塾的先生,一向就不许孩子愤怒,悲哀,也不许高兴。皇帝不肯笑,奴隶是不准笑的。他们会笑,就怕他们也会哭,会怒,会闹起来。……这可见'幽默'在中国是不会有的。"① 鲁迅所说的"幽默在中国是不会有的",是指正统文学容不下幽默,所以中国人对幽默的本质和意义都缺乏了解,难以认识。确实,与西方对"笑"与幽默从哲学的高度进行思辨研究相比,我国这方面的工作显得相当薄弱。对具有幽默意义的"滑稽""诙谐"等多是在人物传记或书序中提到的只言片语,如"谈言微中,亦可以解纷"②之类,就是在集中国古典文论之大成的《文心雕龙》中,刘勰对"滑稽"或"谐"也只是从功能上简单地论列:"古之嘲隐,振危释惫。——会义适时,颇益讽诫;空戏滑稽,德音大坏。"③总之,多是简单地谈功能或技巧的感性认识,而没有什么有系统的理论研究。虽然在 1906 年王国维就把西方的 Humour 译为"欧穆亚"④而引进了汉语,但王国维对西方的 Humour 精神并没有多做阐释,所以并没有引起人们的多大注意。真正在中国大张旗鼓地介绍并提倡幽默是在五四文学革命之后。辛亥革命推翻了专制帝制,五四新文化运动促使人们思想极大地解放,介绍和宣传新思想、新观点蔚成风气,就是在这种比较宽松而开放的新的文化和学术氛围之下,林语堂在 1924 年 5—6 月间连续发表《征译散

---

① 鲁迅:《"论语一年"——借此又谈萧伯纳》,《鲁迅全集》第 4 卷,人民文学出版社,2005 年版,第 585 页。
② 《史记·滑稽列传》。
③ 《文心雕龙·谐隐》。
④ 王国维:《静庵文集续编·屈子文学之精神》,《王国维遗书》第 5 册,上海古籍书店,1983 年版。

文并提倡"幽默"》[①]和《幽默杂话》[②]两篇介绍和提倡幽默的文章，第一次把 Humour 用音译而又有一定暗示和联想色彩的方式译为"幽默"。在《幽默杂话》中林语堂说："幽默二字原为纯粹译音，……惟是我既然偶用'幽默'自亦有以自完其说。凡善于幽默的人，其谐趣必愈幽稳，而善于鉴赏幽默的人，其欣赏尤在于内心静默的理会，大有不可与外人道之滋味，与粗鄙显露的笑话不同。幽默愈幽愈默而愈妙。故译为幽默，以意义言，勉强似乎说得过去。"林语堂对"幽默"的倡导在新文化队伍中得到一定的反响，到上世纪 30 年代，进一步形成了以《论语》《人间世》《宇宙风》等刊物为核心的"幽默"文学潮流。许多人对幽默开始进行理论上的探讨，各抒己见，呈现出"百家争鸣"的理论纷争局面。张健先生以认为笑与喜剧发生的根本原因是在主体内部的心灵世界还是在作为客体的对象之中为标准，把现代人们关于幽默与喜剧的论争分为"主观论"派和"客观论"派。[③]"客观论"派的代表人物是鲁迅、冯雪峰、郑伯奇、张天翼、徐懋庸等人。他们认为笑与喜剧发生的根本原因在于作为客体的对象之中。当客体对象具备了某些特定的性质和条件时，必定会给主体带来笑感或喜剧感。"主观论"派的代表人物是林语堂、朱光潜、徐訏、周谷城、老舍、郁达夫、钱锺书等。他们采取的都是一种内敛式的审视原则，认为主体内在的因素是笑与喜剧的最本质、最深层、最基本的终极原因。并把"主观论"派的观点分为"游戏说""超脱说""同情

[①] 《晨报副镌》1924 年 5 月 23 日。
[②] 《晨报副镌》1924 年 6 月 9 日。
[③] 张健：《中国现代喜剧观念研究》第一章，北京师范大学出版社，1994 年版。

说""排遣说"四种类型。这种在宏观的角度对现代幽默喜剧理论的爬梳整理和分类,不仅有助于我们认识上世纪30年代"幽默"与"讽刺"论争的焦点所在,而且也有助于我们对纷繁复杂的各家说法与观点的认识和把握。省了我们自己比较归纳的麻烦。对于五四后在新文艺领域内进行的有关幽默的探讨和论争,有两个问题值得我们注意:首先,这场关于幽默的探讨和论争已经带上了世界性的色彩。参加这场对幽默或喜剧的探讨和争论的多是曾留学日本或欧美的归国留学生,他们的思想或理论或多或少或直接或间接受到海外各种幽默或喜剧学说的影响。如郁达夫强调"幽默的性格,往往会诉之于情"[1]的"同情说"主张,显然是受日本的把"幽默"视为"有情滑稽"的影响,周谷城的把"幽默"看为"创作者对于赏鉴者所'预期'的东西,予以反面的答复"的"预期之逆应"[2]说与康德的"笑是一种从紧张的期待突然转化为虚无的感情"[3]的"心理期待的扑空说"何其相似。此外,像林语堂、钱锺书、朱光潜等人的幽默观我们也都能在里普斯的"心境说"和伊斯特曼(Eastman)的"笑为快乐的表现说"[4]里找到渊源。这一点说明,五四后我国这场对幽默的探讨和争论已经走出了封闭的状态而合流进了世界研究幽默的理论中去,带上了世界性的色彩。另外值得注意的一点是:争论各方都表现出了追求"纯幽默"的倾向。这一点是与前一个问题有紧密联系的。争论各方都有理论渊源,都在自己心目中建构起幽默的理想模式,不合这个

---

[1] 郁达夫:《略谈幽默》,《郁达夫文论集》,浙江文艺出版社,1985年版,第566页。
[2] 周谷城:《论幽默》,《论语》半月刊第25期。
[3] [德]康德著,宗白华译:《判断力批判》上卷,商务印书馆,1964年版,第180页。
[4] 朱光潜:《朱光潜美学文集》第1卷,上海文艺出版社,1982年版,第277页。

理想模式的都被排除出幽默的行列,把幽默的外延搞得越来越狭窄,出现追求所谓"纯幽默"的倾向。比如鲁迅就把不讲思想内容的"为笑而笑笑"、传统的"说笑话"和"讨便宜",讽刺、油滑、轻薄、猥亵以及唐伯虎、徐文长、金圣叹式的诙谐都排除在幽默之外,在鲁迅的心目中肯定有一不温不火的理想的"纯幽默"的模式。张天翼认为"幽默者,即是真实"[①]。把一切乖讹、心态、技巧等等造成的幽默都排除在外;陈望道认为"幽默是笑与温厚的心情底结合"[②]。把幽默的客观条件排除在外等等。形成"主观派"不承认对社会上的丑的揭露和讽刺中带有幽默,而"客观派"又不承认抒写性灵式的幽默,有些人只承认"会心的微笑"是幽默,而有人又用"预期之逆应"的公式来套幽默。这种每个人都追求自己认定的所谓"纯幽默"倾向的负效应是抹杀了大部分的幽默作品和对幽默作品的评价出现了极大的分歧。这就是为什么现代文学中能被公认的幽默作家和作品不多的一个原因。这也是为什么同一个作家,同一部作品,有人为之击节绝倒,盛赞有上乘幽默,而有人却感受平平,不以为然的一个重要原因。

第二节　幽默与机智、讽刺、滑稽

幽默、机智、讽刺、滑稽——区而有别而又交而有融。幽默与

[①] 张天翼:《什么是幽默——答文学社问》,《张天翼论创作》,上海文艺出版社,1982年版,第109页。

[②] 陈望道:《陈望道文集》(二),上海人民出版社,1980年版,第83页。

机智、讽刺和滑稽细分起来属于不同的概念,但在实际运用中却是相交相融的,其紧密关系往往达到"你中有我,我中有你"的地步。

先看幽默与机智。《现代汉语词典》把机智解释为"脑筋灵活,能够随机应变"①。这种释义看来与幽默了无干涉。老舍认为机智"是用极聪明的,极锐利的言语,来道出象格言似的东西,使人读了心跳"。并举例表明说:"标语是弱者的广告——机智。"②张天翼认为"机智很有几分才气。他能由一桩事很快地联想开去,推想开去,然后照自己的意思说出一句很机警,很适当的话来,叫你感情波动"③。老舍和张天翼对"机智"的解释强调了机智主体的"聪明""机警""才气""联想"及引发的欣赏者的"感情波动",已经比词典的释义丰厚得多,复杂得多了。已经给"机智"带上了点美学术语的色彩。陈瘦竹在区分幽默与机智时说:"幽默中有机智,但机智并不是幽默。……机智来自理性和想象,几乎不假思索就能逸趣横生。……机智的人,善于同中见异,异中见同,旁敲侧击,出奇制胜。……机智形象敏慧善辩,谈笑风生,使人感到新奇有趣。"④这里"机智"完全成了文艺美学意义上的术语。论者尽管强调"机智并不是幽默",但又承认"幽默中有机智"。强调机智的"理性和想象"的特点,但也承认它的"逸趣横生""出奇制胜""谈笑风生""新奇有趣"的效果。"有趣"和"笑"也正是"幽默"的特点。而"新奇"也是幽默可笑的诱因。

---

① 《现代汉语词典》(修订本),商务印书馆,1996年版,第582页。
② 老舍:《老舍文集》第15卷,人民文学出版社,1990年版,第233—234页。
③ 张天翼:《张天翼论创作》,上海文艺出版社,1982年版,第108页。
④ 陈瘦竹:《论悲剧与喜剧》,上海文艺出版社,1983年版,第88页。

霍布斯就说:"凡是令人发笑的,必定是新奇的、不期而然的。"①我国古人解释"滑稽"是:"滑,乱也;稽,同也。言辩捷之人言非若是,说是若非,言能乱异同也。"②"滑稽"的特点是"乱异同",而"滑稽"又是古代"幽默"的代用词。所以陈瘦竹所说"机智"的特点"善于同中见异,异中见同",在某种意义上来说也正是"幽默"的特点。由此看来"机智"与"幽默"有密不可分的关系。萨克雷认为"幽默是机智加爱"③。侯宝林认为"机智与幽默是不可分割的,……智趣中含有幽默,幽默中含有机智"④。看来"机智"和"幽默"虽是不同的概念,却又是相交相融的。笔者认为:机智不等同于幽默,但机智是幽默的前提和一种表现形式。幽默离不开机敏和智慧。秦兆阳说:"只有智慧才能嘲笑愚蠢,所以嘲笑和幽默本身也是一种智慧的格调。"⑤王蒙认为"幽默是智慧,是智力的优越感"⑥。林语堂说:"人之智慧已启,对付各种问题之外,尚有余力,从容出之,遂有幽默——或者一旦聪明起来,对人之智慧本身发生疑惑,处处发现人类的愚笨、矛盾、偏执、自大,幽默也就跟着出现。"⑦我们说,"对人之智慧本身发生疑惑"是一

---

① 上海青年幽默俱乐部编:《中外名家论喜剧、幽默与笑》,上海社会科学院出版社,1992年版,第15页。
② 《史记·滑稽列传》司马贞《索引》。
③ 上海青年幽默俱乐部编:《中外名家论喜剧、幽默与笑》,上海社会科学院出版社,1992年版,第272页。
④ 贾斌主编:《机智与幽默系列书·序》,吉林教育出版社,1985年版。
⑤ 秦兆阳:《漫谈格调》,《当代》,1981年3期。
⑥ 王蒙:《话说幽默》,《文汇报》,1986年6月2日。
⑦ 上海青年幽默俱乐部编:《中外名家论喜剧、幽默与笑》,上海社会科学院出版社,1992年版,第208—209页。

种更高的智慧。机智是幽默的前提,只有机敏智慧才能发现事物的矛盾和乖讹,而发现了矛盾和乖讹以机敏的方式表现出来就产生幽默。我们说机智是幽默的前提和一种表现形式。这个定义规定了机智和幽默的关系。那就是,所有的幽默都离不开机智,都要以机智为前提,但是,并不是所有的幽默都以机智作为表现形式,也并不是所有的机智都表现为幽默。如像老舍所说的机智也可以表现为格言警句。所以,以机智作为表现形式的幽默只是幽默的一种,我们可称之为"机智型幽默"。阎广林把机智分成两类:"一类是喜剧性机智,它常常用玩笑的方式将不谐调的事物或概念巧妙地连接起来,从而给人以乖讹的喜剧感受。……另一种是逻辑性机智,它只是敏锐地抓住矛盾,并巧妙地利用矛盾,以便于击败对方,而使自己永远立于不败之地。……不言而喻,如果说具有喜剧性机智的人是一种聪明的玩笑者,那么具有逻辑性机智的人则是聪明的思考者,轻松的玩笑心态将它们明显地区别开来,使得后一种机智只产生逻辑效果,而前一种机智除了具有缜密的逻辑力量之外,还有一种令人开心的审美力量。"[①]这里所说的"喜剧性机智"就是一种"机智型幽默"。两种类型的机智在钱锺书的作品中都有所体现,逻辑型机智表现为一些"使人读了心跳"的格言警句,多用于散文当中,而喜剧性机智多用在小说中,形成一种"机智型幽默"的特殊格调。

再看"讽刺"与"幽默"。讽刺与幽默也是既有区别而又相交相融的。人们大多都是从情感态度上来区别"讽刺"和"幽默"的。苏联《简明美学辞典》解释:"对现实现象所采取的幽

[①] 阎广林:《笑:矜持与淡泊》,国际文化出版公司,1989年版,第17页。

默态度，以幽默为基础的艺术作品，只要求作温和的微笑和开善意的玩笑。"① 美国美学家帕克认为："有原谅人的幽默，也有非难人的讽刺。讽刺责怪出乎意外的和违反惯例的东西，幽默则同情它。……讽刺的目的是道德主义的和感化性的，幽默的目的则是审美的和沉思的。"② 宗白华说："'幽默'不是谩骂，也不是讥讽。'幽默'是冷隽，然而在冷隽背后与里面有'热'。"③ 老舍说："幽默者的心是热的，讽刺家的心是冷的；因此，讽刺多是破坏的。……幽默者与讽刺家的心态，大体上是有很清楚的区别的。幽默者有个热心肠儿，讽刺家则时常由婉刺而进为笑骂与嘲弄。"④ 宗白华和老舍都认为"幽默"与"讽刺"的区别是幽默家的心肠是热的，是带有爱怜和同情的。可是鲁迅却认为讽刺家也是热情的、善意的，而缺乏热情和善意的那只是"冷嘲"。他说："讽刺作者虽然大抵为被讽刺者所憎恨，但他却常常是善意的，他的讽刺，在希望他们改善，并非要捺这一群到水底里。……如果貌似讽刺的作品，而毫无善意，也毫无热情，只使读者觉得一切世事，一无足取，也一无可为，那就并非讽刺了，这便是所谓'冷嘲'。"⑤ 怎么理解鲁迅与老舍等人的观点的分歧呢？笔者认为这个问题最好是从"讽刺"与"幽默"的相交相融的角度来解释。从交叉来说，或者是

---

① [苏]奥夫相尼柯夫，拉祖姆内依主编：《简明美学辞典》，知识出版社，1981年版，第193页。
② [美]H.帕克著，张今译：《美学原理》，广西师范大学出版社，2011年版，第104—105页。
③ 宗白华：《美学与意境》，人民出版社，1987年版，第122页。
④ 老舍：《老舍文集》第15卷，人民文学出版社，1990年版，第232—233页。
⑤ 鲁迅：《什么是"讽刺"——答文学社问》，《鲁迅全集》第6卷，人民文学出版社，2005年版，第341—342页。

鲁迅所认为的那种"讽刺"实际上已属"幽默"的范围，或者是老舍等人所说的"幽默"已经踏入了"讽刺"的领地。也就是说，"讽刺"与"幽默"在双方的认识上是有交叉地带的。从交融来说，可能"讽刺"与"幽默"已经融为一体，难以分辨，喜"讽刺"者看到了"讽刺"，爱"幽默"者发现了幽默。还有些人以是否包含贬斥或批评来区分"讽刺"和"幽默"。如陈望道主张"讽刺是笑与严肃的攻击的态度的结合；幽默是笑与温厚的心情底结合。"①张天翼说："幽默跟讽刺原是一对双胞弟兄，模样儿很像。可是讽刺呢，他明明白白有根针戳到了对象身上。他否定那个对象。他带有些批评态度：也就是所谓主观。……幽默者，即是真实。"②把攻击或批评看成"讽刺"特有的标志。认为"幽默"不带有这种性质。可是也有人认为幽默也具有批评的特点。如《苏联百科辞典》中就说："幽默是帮助艺术家嘲弄恶习和缺点，批评对象展开批评的重要手段之一。"③车尔尼雪夫斯基主张幽默具有批评和自我批评的功能。他说："幽默家为什么不满自己性格上的弱点，自己社会地位的不利方面呢？为什么他要嘲笑它们呢？无非是这些东西妨碍他成为一个'真正的人'，无非是因为在他看来，它们是和一般的人类尊严相矛盾的。因此幽默家的不满就自然而然推广及于到处以其渺小琐碎、以其种种弱点而使他吃惊的全世界了。他怎样尊敬和轻视他自己，他也怎样去尊敬和轻视一切人；他怎样去爱和嘲笑他自己，他也怎样去看和嘲笑整个社

---

① 陈望道：《陈望道文集》（二），上海人民出版社，1980年版，第83页。
② 张天翼：《什么是幽默——答文学社问》，《张天翼论创作》，上海文艺出版社，1982年版，第109页。
③ 《苏联百科辞典》，时代出版社，1958年版，第2849页。

会。"[1] 我国当代幽默理论家陈孝英在讲幽默的社会功能时把幽默分为否定性幽默、肯定性幽默和"纯"幽默三种类型。并认为否定性幽默"是通过否定丑来表达艺术家的美学理想的,因此它在某些情况下便有可能同永远用于否定丑的另一种喜剧样式——'讽刺'合流,构成'讽刺性幽默的过渡性品种"[2]。这里,陈孝英强调了"幽默"与"讽刺"这种相交相融的情况。老舍虽然分辨"讽刺"与"幽默"的区别,但他也认为"讽刺必须幽默",幽默很难独立,"一篇幽默的文字也许要利用各种方法(指反语、奇趣、机智、讽刺、滑稽。笔者注。),很难纯粹"[3]。所有的"讽刺"都具有贬斥或批评的特点并不能说明所有的"幽默"都不带有贬斥或批评的特点。批评也并不是"讽刺"的专利,所以并不能以此来区分讽刺与幽默。实际上,有些讽刺含蓄机智,风趣幽默,有些幽默也往往具有批评的功能,二者有一个相交相融的地带,像陈孝英认为的"构成'讽刺性幽默'的过渡性品种"。值得注意的是,所谓"'讽刺性幽默'的过渡性品种",我们认为并不是说"讽刺性幽默"还没达到幽默的层次或够不上幽默,而是说"讽刺性幽默"是幽默中的一种类型,它与"肯定型的幽默"、"纯幽默"或我们上面分析过的"机智型的幽默"有种类之分而没有高下之别,钱锺书作品中这种"讽刺型幽默"占有相当大的比率。

再看"滑稽"。"滑稽"在我国古代和近代几乎是"幽默"的代用词。胡适在《〈三侠五义〉序》中所说的"滑稽"基本近乎是

---

[1] [苏]车尔尼雪夫斯基著,辛未艾译:《论崇高与滑稽》,《车尔尼雪夫斯基论文学》,上海译文出版社,1979年版,第95页。

[2] 陈孝英:《幽默的奥秘》,中国戏剧出版社,1989年版,第470—471页。

[3] 老舍:《谈幽默》,《宇宙风》第23期,1936年8月16日。

现代意义上的"幽默"。就现代意义上的"滑稽"和"幽默"来说，则"滑稽"的笑比较浅俗。老舍认为"滑稽"戏是"幽默发了疯；它抓住幽默的一点原理与技巧而充分的去发展，不管别的，只管逗笑……是最下级的幽默"。并举例说，张三把"打倒帝国主义走狗"贴成"走狗打倒帝国主义"，这是幽默，而"张三把'提倡国货'的标语贴在祖坟上"就成了"滑稽"。① 大体说来，把招笑的技巧用得过火而又没有多少内容，不能使人回味的就是"滑稽"，而技巧用得适中又有引人思索回味的内容的就是"幽默"，二者也没有什么精细明确的界限。同一个作家甚至同一部作品中可能既有"滑稽"也有"幽默"。比如老舍的作品中当然不乏上乘的"幽默"，但像《赵子曰》中写赵子曰的"天字第一号"的"鹰鼻子"，"祖传独门的母狗眼"，"又宽又长的八戒嘴"；《离婚》中写张大哥做媒，麻脸姑娘配近视眼小伙，上等婚姻等就不免有点滑稽了。所以我们不妨把逗笑的技巧用得过火的幽默称之为"滑稽型幽默"。这类幽默在作品中可用为粗俗的点缀，类似于贺拉斯所称之为"黑盐"的东西。对希腊人和罗马人说来，"盐"在文学语境中意指智慧和幽默，黑盐则指粗俗但又尖刻的幽默。② 至此，我们可以看到，幽默有多种多样的形式。有人从幽默外延的范围把幽默分为"狭义的幽默"和"广义的幽默"；也有人从幽默的内容或感情色彩上把幽默分为"病态幽默"、"灰色幽默"、"黄色幽默"、"黑色幽默"和"玫瑰色幽默"；③ 还有人从幽默的功能上把幽默分为"否定性

---

① 老舍：《谈幽默》，《宇宙风》第 23 期，1936 年 8 月 16 日。
② ［美］吉尔伯特·哈特著，万书元、江宁康译：《讽刺论》，广西人民出版社，1990 年版，第 28 页。
③ 龚维才：《幽默的语言艺术》第二章第三节，重庆出版社，1993 年版。

幽默"、"肯定性幽默"和"纯幽默"。我们也可以从幽默的内容构成上把幽默分为"机智型幽默""讽刺型幽默""滑稽型幽默""情感型幽默"等。我们之所以对幽默进行这样的分析和分类，就是要使大家看到，不同的人对幽默有不同的偏爱和嗜好。大抵说来，"主观论"派肯定"情感型幽默"；"客观论"派偏爱"讽刺型幽默"；学者哲人欣赏"机智型幽默"；普通市民大概更喜欢"滑稽型幽默"。至此，我们大概能够解释为什么有人把钱锺书看成难得的上乘幽默家，而有的人却只认为他机智尖刻，把他排除在幽默大家之外这一奇怪现象了吧。钱锺书多是"机智型"和"讽刺型"的幽默，所以称赏或肯定他的是那些偏爱"机智型""或"讽刺型"幽默的人，而只肯定"情感型幽默"和喜爱"滑稽型幽默"的人不承认或不能领会他的幽默。我们只有在承认幽默有不同的类型的基础上，才能具体地分析认识和评价钱锺书作品的幽默讽刺的特点。

第三节　钱锺书的幽默理论

虽然说对幽默的认识有多少人，就有多少意见，但大体说来，各家幽默理论虽都不能完全精确地概括幽默的本质和特性，但每家理论却大都能反映幽默的一部分合理的属性或特点。因为钱锺书在《说笑》中说"幽默至多是一种脾气"[①]。据此张健把他划在"主观论"派之中。这种以宏观角度的划分，抓住了钱锺书幽默观的一个重要特点，但要比较全面地了解钱锺书的幽默观，还需要做

---

① 钱锺书：《写在人生边上》，开明书店，1949年版，第26页。

更细致而具体的分析。我们说，如果各家幽默理论都是盲人摸象般的一偏之见，那么钱锺书的幽默观就是采撷了各家之长而融于一起的一个复合体。他的幽默观主要表现在《说笑》这样一篇以幽默的笔调来说幽默的随笔中，篇幅虽然不长，但却融进了西方的一些主要幽默观点而形成自己的体系。具体表现在以下几个方面。

（一）强调主体的机智和诱发幽默感的客观对象是产生幽默的前提条件

先说"机智"（wit）。机智在欧洲文艺复兴时原指"天才"而言，后来发展为美学术语，表示机敏智慧，言语巧妙。许多幽默理论家都强调机智，特别是"智"在幽默中的重要作用。有人认为"幽默是机智加爱"[①]。有人认为"幽默感积极的创造性的形式是机智"[②]。有人认为"幽默是能飞的智慧的神经"[③]。钱仁康说："幽默是一切智慧的光芒，照耀在古今哲人的灵性中间。凡有幽默的素养者，都是聪敏颖悟的。"[④] 林语堂说："当一个民族在发展的过程中生产丰富之智慧足以表露其理想时则开放其幽默之鲜花，因为幽默没有旁的内容，只是智慧之刀的一晃。"[⑤] 我国古人

---

① 上海青年幽默俱乐部编：《中外名家论喜剧、幽默与笑》，上海社会科学院出版社，1992年版，272页。

② 上海青年幽默俱乐部编：《中外名家论喜剧、幽默与笑》，上海社会科学院出版社，1992年版，151页。

③ 上海青年幽默俱乐部编：《中外名家论喜剧、幽默与笑》，上海社会科学院出版社，1992年版，281页。

④ 上海青年幽默俱乐部编：《中外名家论喜剧、幽默与笑》，上海社会科学院出版社，1992年版，240页。

⑤ 林语堂：《吾国与吾民》，华龄出版社，1995年版，67页。

也把幽默和智慧看得密不可分，如《史记》中有"樗里子滑稽多智，秦人号曰'智囊'"[1]。钱锺书也特别强调智慧在幽默中的作用，甚至把智慧看作幽默的前提。但是《说笑》一文是用富于幽默的散文形式写的，他的这些思想不是像理论文章一样明明白白条分缕析地说出来，而是以形象和谈笑的方式来表露。所以这些思想的捕捉需要我们的感悟和分析。钱锺书在文中首先引用了拉白莱（Rabelais）"把幽默来分别人兽"的名言，"笑是人类特具的本领（Propre）"，并肯定"幽默当然用笑来发泄"，笑"本来是幽默丰富的流露"。从这里我们可以看出钱锺书思维的逻辑：人之所以区别于兽，关键在于人有智慧，有智慧才有幽默，有幽默才发泄为笑。所以笑表现了幽默，而幽默表现了智慧。强调智慧是幽默的必不可少的前提条件。在文中，钱锺书引荷兰夫人（Lady Holland）的《追忆录》中薛德尼·斯密史（Sidney Smith）的话："电光是天的诙谐（wit）。"英语 wit 一词，一般人都翻译成"机智"，而钱锺书则翻译成"诙谐"，可以看出，钱锺书在某种意义上来说，简直把"机智"等同了"幽默"。特别认为其中"智"是最重要的，没有智慧就没有幽默。他在《管锥编》中也说："'滑稽'训'多智'，复训'俳谐'，虽'义'之'转'乎，亦理之通耳。"在考论"滑稽"之本义是能"乱同异"时说："盖即异见同，以支离归于易简，非智力高卓不能"。[2] 在钱锺书看来，人有智慧所以产生了幽默，有幽默就发为笑，这在原本意义上一致的，是合于逻辑的。但是后来却发生了变化，产生了笑和幽默的不一致性。其原因是，既然智慧产生幽默，幽

---

[1] 《史记·樗里子甘茂列传》。
[2] 钱锺书：《管锥编》第一册，中华书局，1986年版，316页。

默发为笑声，慢慢笑变成了幽默和智慧的标志。人人都喜欢表现自己有智慧，所以人人都笑，以至缺少智慧和幽默的人也跟着笑。这样，笑逐渐演变成了人的一种生理本能和一些人冒充幽默和智慧的幌子。这样，笑也就不再都是幽默和智慧的表现了，比如"傻子的呆笑，瞎子的趁淘笑"。于是产生了"幽默当然用笑来发泄，但是笑未必是表示着幽默"，"笑的本意，逐渐丧失；本来是幽默丰富的流露，慢慢地变成了幽默贫乏的遮盖"的情况。

另外，钱锺书承认幽默有一定的客观性。也就是说认为幽默的原因不仅在于主体的内心世界，而且与作为客体的对象的诱因有关。即只有当客体对象具备了某些特定的性质和条件时，才能诱发主体产生幽默感。他在文中根据柏格森认为笑的原因在于"生气的机械化"的理论，列举"口吃"，"口头习惯语"，"小孩子的模仿大人"等等"复出单调的言动"都是可以引人发笑的，即是诱发幽默的材料。并认为经提倡的幽默"本身就是幽默的资料，这种笑本身就可笑"。"真有幽默的人能笑，我们跟着他笑；假充幽默的小花脸可笑，我们对着他笑。"从这些表述，可以看出钱锺书承认幽默具有客观性和可以用幽默来批评或讽刺的态度。

总之，强调主体的机智和诱发幽默的客观对象是产生幽默感的前提条件，这是钱锺书幽默观中的重要观点之一。正是由于对幽默持这样的看法，决定了他作品中的幽默多是"机智型幽默"和"讽刺型幽默"，对他作品的幽默风格产生了重大的影响。

（二）从主体内心世界着眼强调幽默是一种脾气

幽默是一种脾气。具体表现为两种心态：一种是具有高深修养的了悟世事人生的超越感和优越感，另一种是对人生和命运采取"一笑置之"的"游戏"或"自嘲"的态度。

从主体内部的心灵世界来研究探讨幽默的奥秘的人多把幽默看为一种脾气性格或对待世界及生活和命运的一种心态。里普斯说:"幽默是我本身的一种状态,一种自有的心境。"[①] 林语堂认为:"幽默者是心境之一状态,更进一步,即为一种人生观的观点,一种应付人生的方法。"[②] 陈瘦竹说:"幽默是一个人所特有的言谈举止的方式和性格的自然流露,……幽默是一种人生态度,幽默的人在观察世界时虽从理性出发,但更带着丰富的感情。"[③] 都主张幽默产生于内部心灵,"是艺术家的人格在按照自己特殊的方面乃至深刻方面来把自己表现出来",[④] 主要是一种人格的精神价值。钱锺书在《说笑》中说:"幽默至多是一种脾气","一个真有幽默的人别有会心,欣然独笑,冷然微笑,替沉闷的人生透一口气","幽默减少人生的严重性,决不把自己看得严重。真正的幽默是能反躬自笑的,它不但对于人生是幽默的看法,它对于幽默本身也是幽默的看法"。从这些对于幽默的富于形象而又蕴意深刻的描述中,我们可以悟出钱锺书在幽默问题上的主要观点,那就是:承认幽默是一种脾气、性格或心态,但并没有停留在笼统不清的心态说上,而是具体描述出了两种心态:一是"别有会心,欣然独笑,冷然微笑"的具有高深的修养和了悟世事人生的超越感或优越感;二是"减少人生的严重性","替沉闷的人生透一口

---

① 上海青年幽默俱乐部编:《中外名家论喜剧、幽默与笑》,上海社会科学院出版社,1992年版,第87页。
② 林语堂:《吾国与吾民》,华龄出版社,1995年版,第67页。
③ 陈瘦竹:《论悲剧与喜剧》,上海文艺出版社,1983年版,第87页。
④ [德]黑格尔著,朱光潜译:《美学》第二卷,商务印书馆,1979年版,第372页。

气",并"能反躬自笑"地对人生和命运采取"一笑置之"的"游戏"或"自嘲"的态度。这两种态度又是互为因果,相互关联的。只有有高深的修养,了悟世事人生,才能对人生和命运取平静的"一笑置之"的态度,也只有持"一笑置之"的态度,才能对世事人生以俯瞰的姿态"别有会心,欣然独笑,冷然微笑"。这里"高深的修养"和"了悟世事人生"是形成幽默心态的重要条件。面对世上的风雨波涛而能以平静的幽默心境相对,没有修养是办不到的。鹤见祐辅说:"懂得幽默,是由于深的修养而来的。"[①] 高深的修养加上了悟世事洞察人生的能力,就能产生出"笑的哲人"的悠然泰然的"超越感"和"优越感",以这种"超越感"或"优越感"来看旁人的蒙昧无知或荒谬,于是"欣然独笑","冷然微笑"。这种幽默的心态和情感,符合英国霍布士所主张的幽默"是在见到旁人的弱点或是自己过去的弱点时,突然念到自己某优点所引起的'突然的荣耀'感觉(Sudden glory)"[②] 的理论。波德莱尔也说:"人的笑,产生于人的优越。"[③] 马赛尔·帕尼奥尔说:"我笑,因为我感到比你比他、比全世界人都优越。"[④] 另外,钱锺书所说的幽默"替沉闷的人生透一口气","减少人生的严重性","决不把自己看得严重","真正的幽默是能反躬自笑的"这些思想是

[①] [日]鹤见祐辅,鲁迅译:《思想·山水·人物》,北京鲁迅博物馆编,《鲁迅译文全集》第3卷,福建教育出版社,2008年版,第225页。
[②] 朱光潜:《朱光潜美学文集》第一卷,上海文艺出版社,1982年版,第265页。
[③] [法]让·诺安著,果永毅、许崇山译:《笑的历史》,北京三联书店,1986年版,第57页。
[④] [法]让·诺安著,果永毅、许崇山译:《笑的历史》,北京三联书店,1986年版,第70页。

吸收了西方的"游戏说"、"自由说"和"自嘲说"。西方"游戏说"的代表人物是伊斯特曼。他认为人有幽默的本能，所以能拿游戏态度来看待事物。只要用"一笑置之"的游戏心态来对待事物，就是失意的事也可以变成快感的来源。朱光潜很欣赏伊斯特曼这种观点，引了他的一段有趣的话来说明这种"一笑置之"的游戏态度："穆罕默德自夸能用虔信祈祷使山移到面前来。一大群徒弟围着来看他显这本领，他尽管祈祷，山仍是巍然不动，他于是说：'好，山不来就穆罕默德，穆罕默德就去就山罢'。我们也是同样的竭精殚思来求世事恰如人意，到世事尽不如人意时，我们说：'好，我就在失意中寻乐趣罢！'这就是诙谐。诙谐就像穆罕默德去就山。它的生存是对于命运开玩笑。"[①]这种"游戏说"朱光潜认为是"在近代各家学说之中可以说是最合理的"[②]。和"游戏说"相接近的是彭约恩（Penjon）、倍恩、杜威和克来恩（Kline）等人的"自由说"，在这一派看来，人们生活在法律规则、道德习俗、宗教礼仪等等政治文化的约束之下，甚至现实世界和实际生活都是人生一种约束。笑就是暂时脱去了人的假面而使自然本性得以自由流露。倍恩说："笑是严肃的反动。我们常觉得现实界事物的尊严堂皇的样子是一种紧张的约束；如果突然间脱去这种约束，立刻就觉得喜溢眉宇，好比小学生在放学时的情形一样。"彭约恩说："笑是自由的爆发，是自然摆脱文化的庆贺。"[③]这种"自由说"很接近精神分析学派的"移除压抑说"。精

[①] 朱光潜：《朱光潜美学文集》第一卷，上海文艺出版社，1982年版，第276—277页。
[②] 朱光潜：《朱光潜美学文集》第一卷，上海文艺出版社，1982年版，第274页。
[③] 朱光潜：《朱光潜美学文集》第一卷，上海文艺出版社，1982年版，第275页。

神分析学派认为人的"本我"通常都要受"超我"这个代表道德礼俗的"检察机关"的压抑,幽默就是由"本我"遵循"快乐原则"以特殊的方式对"超我"这个"检察机关"的反叛,从而"移除压抑",得到快感。美国心理学家阿瑞提说:"根据弗洛伊德的观点,一个玩笑并非要传授新的知识。它在明显想把听者逗笑的目的下面隐藏着一个特殊目的;企图满足那些平常被压抑或被禁止的倾向。……从玩笑中得到满足是由于允许把被禁止的内容讲出来,并随之得到兴奋与放松的情绪感受。"[1]可以看出,钱锺书的"幽默减少人生的严重性","替沉闷的人生透一口气"的说法,与这些"游戏说","自由说"和"移除压抑说"都有某些相通之处,显然是受到这些幽默理论的影响。钱锺书这种解脱束缚的"自由论"思想在《一个偏见》中表现得更为清楚。他说:"偏见可以说是思想的放假。……假如我们不能怀挟偏见,随时随地必须得客观公平、正经严肃,那就像造屋只有客厅,没有卧室,又好比在浴室里照镜子还得做出摄影机头前的姿态。"这里偏见既然可和"正经严肃"相对,所以在摆脱束缚,移除压抑的意义上说,它和玩笑幽默具有同样的性质。所以如果用"幽默可以说是思想的放假"一句话来表达钱锺书对幽默的看法,大致也不错吧。

钱锺书认为幽默的人"决不把自己看得严重。真正的幽默是能反躬自笑的"。否定性的幽默嘲讽的目标决不仅仅是别人,而且包括幽默家自己。这是西方流行的"自嘲说"。许多人认为"自嘲"是一种高级的幽默。车尔尼雪夫斯基在区别"滑稽"、"谐谑"和"幽默"时说:"对谐谑来说,什么都是愚蠢的、可笑的,但是只有它

---

[1] [美]S.阿瑞提著,钱岗南译:《创造的秘密》,辽宁人民出版社,1987年版,第151页。

自己不可笑也并不愚蠢。幽默却是自我嘲笑";①巴瑞摩尔说:"第一次嘲笑自己之时正是你成长之日";②迈蒂斯说:"嘲笑自己的愚昧,能增进幽默的感觉。别忘了,慈善事业往往从自己做起,嘲笑愚昧,也应该从自己做起";③巴特勒说:"对自己可笑的举止,表现出敏锐的幽默,能使你避免犯错";④麦克斯威尔说:"别人嘲笑你之前,你先嘲笑自己。"⑤可以看出,钱锺书认为"真正的幽默是能反躬自笑"的主张是受了西方这些"自嘲"说的影响。另外,我国的老舍、陈瘦竹等人也坚持这种"自嘲"说。老舍说:"幽默作家的幽默感使他既不饶恕坏人坏事,同时他的心地是宽大爽朗,会体谅人的。假若他自己有短处,他也会幽默地说出来,决不偏袒自己";⑥陈瘦竹也认为幽默的人"在嘲笑别人的荒谬愚蠢的言行时,同时嘲笑自己的缺点错误"⑦。这些观点,也与钱锺书的"反躬自笑"说相近。正是这种"反躬自笑"的幽默观,形成钱锺书作品中的一类"自嘲型的幽默"。而他的"欣然独笑","冷然微笑"的幽默心

---

① [苏]车尔尼雪夫斯基著,辛未艾译:《车尔尼雪夫斯基论文学》,上海译文出版社,1979年版,第90页。

② 上海青年幽默俱乐部编:《中外名家论喜剧、幽默与笑》,上海社会科学院出版社,1992年版,第276—279页。

③ 上海青年幽默俱乐部编:《中外名家论喜剧、幽默与笑》,上海社会科学院出版社,1992年版,第276—279页。

④ 上海青年幽默俱乐部编:《中外名家论喜剧、幽默与笑》,上海社会科学院出版社,1992年版,276—279页。

⑤ 上海青年幽默俱乐部编:《中外名家论喜剧、幽默与笑》,上海社会科学院出版社,1992年版,第276—279页。

⑥ 老舍:《什么是幽默》,老舍著:《微笑深处 最是孤独》,北京理工大学出版社,2018年版,第10页。

⑦ 陈瘦竹:《论悲剧与喜剧》,上海文艺出版社,1983年版,第87页。

态又使他作品中的幽默给人一种居高临下的超越感,这种"自嘲"精神和"超越感"是形成他作品幽默的独特风格的一个重要因素。

(三)强调幽默的不确定性

幽默具有什么特性呢?钱锺书说:"笑是最流动、最迅速的表情","笑的确可以说是人面上的电光","我们不要忘掉幽默(Humour)的拉丁文原意是液体;……幽默是水做的。"这里,钱锺书强调幽默具有流动性、变动性和不可固定性。钱锺书从Humour一词的本义来说明幽默的流动性和变化性。前面我们已经介绍过,Humour来自拉丁词(h)ǔmor,原意指"潮湿",后来变成心理学术语,指由其比例来决定人的心理情绪的"体液"(血液、黏液、黄胆汁、黑胆汁),后来演变成指人的性情气质或脾气并进而变为特指对荒谬、滑稽等具有独特反应的一种特殊的性格、气质或脾气。直到16世纪,本·琼生才把"幽默"一词引入艺术领域,指人物的愚蠢、滑稽的特性。到18世纪初才演变成我们现代意义上的以诙谐的形式来表现具有美感意义的内容的美学术语。钱锺书指出幽默像水一样流动,像气一样飘忽不定,具有不可捉摸的不确定性。这种看法与本·琼生等人对幽默的性质看法相同。本·琼生说:"我们认为幽默是实际存在的东西,具有气和风的性质,本身包含气和风的特征,潮湿和流动;这就像把水泼在地板上,一片潮湿,水就流淌;而从号角和喇叭里吹出来的气立刻消失,留下一滴水珠。这样,我们可以得出结论,凡是潮湿而流动,无力控制自己的东西,就是幽默。"[1] 本·琼

---

[1] 转引自陈瘦竹:《戏剧理论文集》,中国戏剧出版社,1988年版,第14页。

生也是从 Humour 的本义"潮湿"和"液体"来说明"幽默"具有"气和风"的流动不可控制的特性。与钱锺书从方法到看法上都相似。既然幽默是流动的，变化不居的，所以不能固定成一种模式来模仿，也根本不必提倡。因为"经提倡而产生的幽默，一定是矫揉造作的幽默。这种机械化的笑容，只像骷髅的露齿，算不得活人灵动的姿态"。"这种幽默本身就是幽默的资料，这种笑本身就可笑。"

（四）追求理想化的上乘的幽默——"会心的微笑"

钱锺书说："一个真有幽默的人别有会心，欣然独笑，冷然微笑，……也许要在几百年后、几万里外，才有另一个人和他隔着时间空间的河岸，莫逆于心，相视而笑。"可以看出，在钱锺书看来，只有少数的智者哲人莫逆于心的会心的理解所发出的微笑才是纯正的幽默。带上了把幽默过分理想化和神圣化的色彩和倾向。

以上我们从四个方面比较具体地分析了钱锺书的幽默理论或幽默观，至此我们可以做一个简单的结论：钱锺书吸收各家幽默理论的长处而融成了自己更为合理的幽默理论体系，即在承认幽默主体具有高度的机敏和智慧并具备诱发幽默感的客体对象这两大客观的前提条件下，从主体内心世界着眼，强调幽默是一种脾气、性格或心态，具体表现为具有高深修养的了悟世事人生的超越感或优越感和对人生、命运采取"一笑置之"的"游戏"或"自嘲"的态度。最理想而纯正的幽默表现为智者哲人的有会于心的微笑。幽默具有流动飘忽、变化不居的不确定性，不能固定为模式，因此不可摹仿和提倡。这一理论，吸收了各家的长处，比起单纯从客观外部或从主体内心世界来寻找幽默的原因和根据的人们的理论更加合理和全面。但是，对人生和命运采取"一笑置之"的"游戏"态度，实际是面对现实的丑恶或缺失感到无力改变时的一种独善其身或消极回避的态度，是用"精神的炼金术能使肉体痛苦都变成快乐的资料"，①是把幽默当成痛苦的遁逃所。所以，我们在貌似达观的"欣然独笑，冷然微笑"的背后却总是感到笑者的内心并不轻松平静，而是含有一丝苦涩。并且，把真正的幽默看成智者哲人的有会于心的微笑，这种笑"也许要在几百年后，几万里外，才有另一个人和他隔着时间空间的河岸，莫逆于心，相视而笑"。这是把幽默理想神圣到了几乎成了虚无的地步，实质上等于否定了幽默的存在，这是过分追求理想化所导致的一种极端倾向。

钱锺书的幽默观为他作品的幽默风格定了基调。他的强调机智，承认幽默的客观对象性，主张幽默要有"可笑"或"幽默"的资料供"我们对着他笑"，这决定了他作品中的"机智型"和"讽刺型"的幽默类型；而他的"不把自己看得严重"的"反躬自笑"的观点则决定了他作品中的"自嘲型"的幽默。另外，钱锺书在《管锥编》中肯定了"不亵不笑"的幽默观。虽然《说笑》中的幽默"替沉闷的人生透一口气"里也已包含了这种思想，但很朦胧。在《管锥编》中才肯定"不亵不笑""亦尚中笑理"，是幽默的"金科玉律"。② 这决定了他作品中还有一类幽默，即"亵戏型幽默"。这里不再多论。

---

① 钱锺书：《写在人生边上》，开明书店，1949 年版，第 21 页。
② 钱锺书：《管锥编》第三册，中华书局，1986 年版，第 1143 页。

第四节　钱锺书的幽默个案分析

前面我们已经分析过，幽默可以从外延范围、感情色彩、功能作用等不同的角度分为不同的类型。为了更清楚地分析和显示钱锺书幽默的特点，我们把他作品的幽默从内容构成上分为"机智型幽默"、"讽刺型幽默"、"自嘲型幽默"和"亵戏型幽默"四种类型。下面分别加以论述分析。

一、哲人的微笑——机智型幽默

钱锺书是一个对哲学始终保持着浓厚兴趣的学者和作家。清华大学时他虽然读的是外文系，但他那时发表的文章却多偏重于介绍西方的哲学、美学，如《一种哲学的纲要》《大卫·休谟》《休谟的哲学》《美的生理学》等。而在《作者五人》中介绍的五个作者则是西方"近代最智慧"的五个哲学家，即穆尔（G.E.Moore，通常译摩尔，笔者注。）、卜赖德雷（即布拉德莱）、罗素、詹美士（即詹姆斯）和山潭野衲（即桑塔亚那）。可以看出他对西方哲学、美学的爱好和研究。在他的散文中，时时能显现出中国传统哲学中老、庄的哲理思辨方式和超越飘逸之风对他的影响。他在《管锥编》中以很大的篇幅专门对《老子》进行考释和论说，也可见出他对老、庄的熟悉和偏爱。就是这种对中、西哲学的把握和偏爱，决定了他把形而上的哲理思辨和西方的理性的逻辑推理结合起来，从哲理的层面来思考问题。这使他的作品显示出极强的思辨性和哲理意蕴，表现在幽默上则是超越了"传统的'说笑话'和'讨便宜'"的浅俗的"滑稽"而进入到哲理层面的有会于心的微笑，形成一种"机智型的幽默"。以他高度的机敏和智慧，对事物从哲理的层面进行透视和思考，发现乖讹和矛盾，以"含笑谈真理"（贺拉斯语）的方式纵情幽默，无拘无碍地不着痕迹地在艺术和幽默的王国中信步漫游，"对于世事，如入异国观光，事事有趣"[1]。使他能"于无足轻重的东西之中见出最高度的深刻意义；就连信手拈来，没有秩序的零零散散的东西也毕竟具有深刻和内在联系，放出精神的火花"[2]。对钱锺书而言，幽默就是出于一种对审美创造中的智慧的欣赏。这种"机智型幽默"——机智以幽默的形式出之或幽默中显出耀目的机智——在他的作品中占有相当大的数量，形成他幽默风格的基本特色。这种"机智型的幽默"有几种不同的表现方式，下面分别论述分析。

（一）"乱同异式"机智型幽默

前面我们曾谈到司马贞在《史记·索隐》中曾把"滑稽"解释为"能乱同异"。而在钱锺书看来，"俳谐"、"滑稽""乃是出于一种对审美创造中的'多智'的欣赏，而这'多智'又是主要表现在能对客观事物的化异乱同。盖外部世界的碍障愈多愈重，人的生命活动受到的限制压抑便愈甚，'多智'使审美主体获得战胜阻碍的惊喜。而障的泯除，又无疑给审美主体带来宣泄积郁的欢愉"[3]。单纯的机智只能说出深警的格言隽语。读了也许使人心跳但并不一定使人发笑。如"标语是弱者的广告"，"圣人不死，大盗不止"，"道可道，非常道。名可名，非常名"等。但是，如

---

[1] 老舍：《谈幽默》，《老舍文集》第15卷，人民文学出版社，1990年版，第235页。
[2] ［德］黑格尔著，朱光潜译：《美学》第2卷，商务印书馆，1979年版，第374页。
[3] 胡范铸：《谐谑论》，《华东师范大学学报》，1988年2期。

若用机智使客观事物"化异乱同"则能造成机智型的幽默。如"但闻道可盗,须知姑不孤";"以'盗'、'姑'、'孤'字混于'道','觚'字,复以'道可盗'、'姑不孤'句混于'道可道,觚不觚'句,且以道经《老子》俪儒典《论语》,即'滑稽'、'谐合'之例焉。康德尝言,解颐趣语能撮合茫无联系之观念,使千里来相会,得成配偶。"① 可见,通过机智地巧妙联想,把客观事物之间的"二分之一或四分之一相似转变为全部相等",②"化异乱同",就能造成一种"机智型的幽默"。钱锺书在写作中经常用此方法达到幽默风趣的效果。如:"晚清直刮到现在的出洋热那股狂风并非一下子就猛得飞砂走石,开洋荤当初还是倒胃口的事。"③ 把抽象的"社会风气"的"风"坐实为自然现象的"风雨"的"风",这样才能说刮得飞砂走石,形象风趣,造成幽默的效果,请再看几例:(1)"找遍了化学书,在炭气氢气以至于氧气之外,你看不到俗气的。这是比任何气体更稀淡、更微茫,超出于五官感觉之上的一种气体,只有在文艺里或社交里才能碰见。"④(2)"……只有爱尔兰一位散文家所谓马蹄似的手指,能够笔不停挥,在又光又白的稿纸上日行千里。"⑤(3)"在国外的友谊,在国外的恋爱,你想带回家去么?也许是路程太远了,不方便携带这许多行李;也许是海关太严了,付不起那许多进出口税。"⑥ 例(1)把抽象的"俗

---

① 钱锺书:《管锥编》第一册,中华书局,1986年版,第317页。
② 钱锺书:《读〈拉奥孔〉》,《旧文四篇》,上海古籍出版社,1979年版,第39页。
③ 钱锺书:《汉译第一首英语诗〈人生颂〉及有关二三事》,《钱锺书论学文选》第6卷,花城出版社,1990年版,第185页。
④ 钱锺书:《论俗气》,《大公报》,1933年11月4日。
⑤ 钱锺书:《游历者的眼睛》,《观察》第3卷5期,1947年9月。
⑥ 钱锺书:《谈交友》,《文学杂志》,第1卷第1期,1937年5月。

气"概念和自然存在的"炭气""氢气""氧气"等具体实在的气体概念相混同;例(2)把"马蹄"与"手指"相混同,给"手指"赋予修饰语"马蹄"的功能而能"日行千里";例(3)把抽象的"友谊""恋爱"的概念与实体性的概念"行李"货物相混同,说它们"不方便携带",付"进出口税"等。作者就是利用机智,巧乱同异,故意在概念上犯点"事出有因的错误",以达到幽默风趣的效果。杨绛的作品偶尔也有这种巧乱同异的写法。如:"她(宛英)……初次见到他(余楠)对某些女客人的自吹自卖,谈笑风生,轻飘飘的好像会给自己的谈风刮走,全不像他对家人的惯态……"[①]把抽象的谈话的"风格"的"风"混同为自然现象的"风雨"的"风",造成谑趣。钱锺书作品中这类例子甚多,"乱同异"是他营造"机智型幽默"的主要手法之一。

(二)巧语释义式"机智型幽默"

运用机智对事物进行巧妙的解释,或是违反正常的思维规律造成读者"心理期待的扑空";或是说出人们意想不到的大实话;或是把看来毫不相干的事物联系在一起揭示出它们之间的联系或所含的道理等等,造成谐趣。先看下面两例:(1)"甲板上只看得见两个中国女人,一个算不得人的小孩子——至少船公司没当他是人,没要他父母为他补买船票。"(《围城》)(2)"(鲍小姐)她自信很能引诱人,所以极快、极容易地给人引诱了。"(《围城》)以上两例的解释都带有康德所谓心理"期待的扑空"或周谷城所谓"预期之逆应"的性质。康德主张"笑是一种从紧张的期待突然转化为虚无的感情"。他举例说:"一个印地安人在苏拉泰(印

[①] 杨绛:《洗澡》,《杨绛作品集》第1卷,中国社会科学出版社,1993年版,第220页。

度地名）一英国人的筵席上看见一个坛子打开时，啤酒化为泡沫喷出，大声惊呼不已，待英人问他有何可惊之事时，他指着酒坛说：我并不惊讶那些泡沫怎样出来的，而是它们怎样搞进去的。"这个印地安人的回答之所以令人可笑，就是由于他使"我们紧张的期待突然消失于虚无"①。周谷城解释"预期之逆应"时举例说："某人问萧伯纳，革命青年秘密开会时，忽被警察发觉了，如何应付？萧答'赶快跑'。""大家预料萧翁以巧妙复杂的策略示人，萧则以简单得可怜的'赶快跑'三字答之，这是预期的逆应。"②我们看上面《围城》中的两例，钱锺书也是用有违人们正常思维规律的机智巧妙的解释，造成人们"心理期待的扑空"。"算不得人的小孩子"，人们期待的是从年龄上所做的说明，而作者却从船公司没让他补买船票的角度解释；"鲍小姐自信很能引诱人"，人们期待的是看她怎样引诱人。而作者却说她极快、极容易地给人引诱了。出人意料而又合乎情理，幽默之感也自在其中。钱锺书是"笑的哲人"，能在谈笑从容中"从最微末的花瓣里窥见了天国，最纤小的沙粒里看出了世界"，③以他的机智和对事物的"惊人的掌握方式，去打碎和打乱一切化成对象的获得固定的现实界形象或是在外在世界中显现出来的东西"④。往往对事物做出出人意料、诱人思考而又谐趣横生的解释。比如：亲家相恶，他会解释为"两家攀亲要叫'结为秦晋'：夫春秋之时，秦晋二国，世缔婚姻，而世寻干戈。亲家相恶，于今为烈。号曰秦晋，亦固其宜"

---

① ［德］康德著，宗白华译：《判断力批判》上卷，商务印书馆，1964年版，第180页。
② 周谷城：《论幽默》，《论语》半月刊，第25期。
③ 钱锺书：《落日颂》，《新月刊》第4卷第6期。
④ ［德］黑格尔著，朱光潜译：《美学》第2卷，商务印书馆，1979年版，第373页。

（《围城》）；大家不走木板桥而踏着石子过溪，我们一般解释是由于人们好玩的天性。而钱锺书却从自由和规范的哲理层次解释说："这表示只要没有危险，人人愿意规外行动"（《围城》）；对"送礼"，一般人们往往从送方考虑问题，而钱锺书却从送和收双方考虑问题，解释说："送的人把礼物当成钓饵，收的人往往认为进贡。"[①]有人叩头成癖，钱锺书解释为："因为猪头、牛头、羊头全有买主，只有人头送给人都不要"[②]等。这些机智而巧妙的解释，"先后也许彼此矛盾，说话过火"[③]；也许有不合实情或有违逻辑之处，但它确实使人们在习惯的思维规则和伦理道德规则束缚下的思想获得片刻的自由，于是人的自然本性在摆脱文化的庆贺中爆发出自由的笑声，"替沉闷的人生透一口气"。用机智巧妙的释义产生幽默风趣的效果，是钱锺书营造"机智型幽默"的又一重要手法。

（三）隽语加形象式"机智型幽默"

老舍说："有机智的人大概是看出一条真理，便毫不含忽的写出来；幽默的人是看出可笑的事而技巧的写出来；前者纯用理智，后者则赖想象来帮忙。"[④]可以看出，纯机智或说逻辑性机智只会产生深警的格言警句，而幽默需要技巧的表达和形象的思维。钱锺书在创作实践中把理智的思辨和形象的表达技巧结合在一起，机智的格言警句加上形象化的描述作为补充，形成一种隽语加形象式的"机智型幽默"。钱锺书作为"笑的哲人"，他能从日常生活中人们习以为常不加注意的事情上发现出世界的真知，

[①] 钱锺书：《钱锺书论学文选》第6卷，花城出版社，1990年版，第185页。
[②] 钱锺书：《游历者的眼睛》，《观察》第3卷第5期，1947年9月。
[③] 钱锺书：《写在人生边上·序》，开明书店，1949年版。
[④] 老舍：《谈幽默》，《老舍散文精选集》，山西人民出版社，2019年版，第169页。

人生的哲理。比如，我们的住室都有门和窗，我们都知道门是进出口而窗给我们带来光明、阳光、空气和屋外的好景致。但却不会再往更深一层想。而钱锺书却以哲人的慧目，撩开表面的实用的幕布。从哲理的层面来看窗与门与人类的关系。指出窗比门代表着更高的人类进步阶段。认为"人对于自然的胜利，窗也是一个"。这种警语之后跟上一句形象化的描述说明："不过，这种胜利，有如女人对于男子的胜利，表面上看来好像是让步——人开了窗让风和日光进来占领，谁知道来占领这个地方的就给这个地方占领去了。"[①] 哲理以形象说明，深警以幽默出之。再如，人人都一日三餐，但人们除了饭菜的味道之外还想些什么呢？钱锺书却能从吃饭中见出哲理："弄饭给我们吃的人，决不是我们真正的主人翁。""只有为他弄了饭来给他吃的人，才支配着我们的行动。"警语之后用一个比喻加以描绘说明："譬如一家之主，并不是赚钱养家的父亲，倒是那些乳臭未干、安坐着吃饭的孩子。"[②] 深警的哲理用通俗的比喻来说明并且道出了人们没有注意到或不甘承认的大实话，显示了机智和风趣。又如，一般人们认为，像孔夫子那样"吾日三省吾身"，能提高一个人的自身修养，但是对没有自知之明的人，这种反省却未必有用。钱锺书从《伊索寓言》里衔肉过河的狗和自己在河中的影子抢肉的故事生发说："能自知的人根本不用照镜子；不自知的东西，照了镜子也没有用——譬如这只衔肉的狗，照镜以后，反害他大叫大闹，空把自己的影子，当作攻击狂吠的对象。本来，狗

---

① 钱锺书：《写在人生边上》，开明书店，1949年版，第14页。
② 钱锺书：《写在人生边上》，开明书店，1949年版，第30页。

一类的东西,照什么镜子!"[1] 警语之后以风趣形象的比喻说明,达到深永幽默的效果。这种隽语加形象的方式,是钱锺书营造"机智型幽默"的手法之一。

二、笑傲天下——讽刺型幽默

辛亥革命结束了两千多年的封建专制王朝,从而使依附于这种专制王权之上的许多成法规范、观念信仰也都失去了根基。新文化运动更进一步促使人们的思想和个性极大的解放,人们开始从传统的封建礼教的陈规陋俗的束缚和压抑中挣脱出来。人的自我意识觉醒,人格独立成为普遍的呼声。社会制度的宽松和人的意识的觉醒为中国现代喜剧精神的发展提供了条件,也为作为喜剧样式的讽刺和幽默拓宽了领域,提供了最佳的生长土壤和氛围。钱锺书几乎和辛亥革命同龄,他小学、中学时期正是五四新文化运动的高潮,新思想的影响已遍及全国。而大学又就读于新思想非常活跃的清华。所以,他所接受的基本上是现代的新思想和新文化。这种成长环境和经历使他自小的"没正经""专爱胡说乱道"的"痴气",[2] 即他的喜爱游戏的喜剧个性没有受到压抑而得以健全的发展,而前面我们谈过,他偏爱哲学,喜欢对事物进行理性的、冷静的哲学思考,两个方面相加正好是理性的旁观和玩笑的调侃的喜剧精神的两大特点。所以钱锺书有良好的喜剧精神和心态,而五四后的社会环境和文学环境又给他提供了发挥他喜剧个性的良好的土壤和条件,使他得以纵情地幽默和讽刺。上至尊严

---

[1] 钱锺书:《写在人生边上》,开明书店,1949年版,第37页。
[2] 杨绛:《杨绛作品集》2卷,中国社会科学出版社,1993年版,第139页。

的上帝，下到一般人的弱点和缺失都无拘无碍地成了他幽默的对象和讽刺的目标。具体说来，他的讽刺型幽默表现出以下几个方面的内容和特点。

（一）亵渎神圣

前面我们说过，辛亥革命打破了皇帝的至高无上的权威；新文化运动剥下了封建礼教的尊严的外衣；而科学的倡导又踏倒了宗教的神圣的偶像。在此之时，钱锺书这个生来具有喜剧性格的哲人正以哲人的冷静的慧目俯视着大千世界的芸芸众生，难道还能有什么叫他顶礼膜拜的偶像吗？肯定没有。他完全是以超越的游戏心态笑对一切。对于人们奉为神圣的上帝、真理、宗教、艺术、政治等等，他都在玩笑调侃中剥去其神圣的光环使之露出平凡的本色。这使他的喜剧性讽刺带上了亵渎神圣的色彩。在小说《上帝的梦》中，他把西方人奉为至高无上的万能的上帝写成时而是虚弱无知的懦夫，时而是狂妄虚荣的蠢汉，时而又是一个专制暴戾的君主。他为排遣寂寞和满足虚荣而造出一男一女，而男女的亲昵又使他嫉妒，最后造出毒蛇猛兽、微生虫等等，终于使人毁灭。这篇作品完全是以游戏的态度写的一篇类似寓言故事的小说。这里的上帝既无崇高、伟大的特点，也不给人以神圣的感觉，而是有点像古希腊奥林匹斯山上的众神，和凡人一样也有七情六欲，也食人间烟火。这个上帝无知而狂妄，居然把太阳的升沉看成是服从自己的意志，自鸣得意之态作者用高视阔步的公鸡来比："从前公鸡因为太阳非等他啼不敢露脸，对母鸡昂然夸口，又对着太阳引吭高叫，自鸣得意。比公鸡伟大无数倍的上帝，这时候心理也就跟他相去不远，只恨天演的历程没化生出相当于母鸡的东西来配他，听他夸口。这可不是天演的缺陷，有它科学上的根据。

正像一切优生学配合出的动物（譬如骡），或者至高无上的独裁元首（譬如希特勒），上帝是不传种的，无须配偶。"① 表现了作者对上帝及一切狂妄的独裁者们的轻蔑和嘲讽。读来令人发噱。同样是以游戏态度出之的短篇小说《灵感》，在对一个粗制滥造的作家讽刺的同时，也戏谑地写地府的阎罗王新改任"中国地产公司"司长，读来幽默风趣。在其他较为严肃的作品中也时常用游戏的笔调来对真理、宗教、艺术、政治等进行调侃。比如《围城》中把衣着裸露的鲍小姐比为真理；把接吻比为那些"信女们吻西藏活佛或罗马教皇的大脚指，一种敬而远之的亲近"；把艺术和吃饭联系在一起，认为是功利或实用的一种掩饰："我们仍旧把享受掩饰为需要，不说吃菜，只说吃饭，好比我们研究哲学或艺术，总说为了真和美可以利用一样"；② 把眼睛比作"政治家讲的大话，大而无当"（《围城》）；把政治、诗和形而上学说成是"并列为三种哄人的顽意儿"③ 等等。至于对一般受人崇敬的名人的调侃和讽刺在他的作品中则更是极为普遍的事情了。一部《围城》就是揭去那些"新儒林"人物们头上的神圣的光环而使他们走向平凡。所以，亵渎神圣是钱锺书讽刺性幽默的一个重要的内容特点。

（二）笑傲天下——讽刺包括作者本人在内的整个人类的根性弱点

在《围城·序》中，作者明确宣布是写"现代中国某一部分社会、某一类人物。写这类人，我没忘记他们是人类，只是人类，

---

① 钱锺书：《人·兽·鬼》，开明书店，1946年版，第4页。
② 钱锺书：《写在人生边上》，开明书店，1949年版，第28页。
③ 钱锺书：《诗可以怨》，《钱锺书论学文选》第6卷，花城出版社，1990年版，第160页。

具有无毛两足动物的基本根性"。这所谓"基本根性"当然是"神性"和"兽性"的混合体。其中不乏善良、同情、正义、爱情、友谊等崇高美好的感情和品性,但也混杂着虚荣、自私、嫉妒、肉欲等邪恶卑下的弱点。钱锺书显然不是以庄严的态度,用热情和激情来颂赞那些美好的品性,而是以冷静客观的游戏态度来嘲讽那卑下的弱点——人类的根性弱点。钱锺书说的"某一部分社会"即指的知识界,"某一类人物"即指的一些高级知识分子。他的另一部小说集《人·兽·鬼》基本上描写的也是知识界和知识分子。这是作者最熟悉的生活圈子和人物类型,他就从这些最熟悉的人物身上来发现人类的弱点,并以游戏的态度加以揭示和嘲讽。在他的笔下,没有不带弱点和缺失的令人崇敬的完人,就连被一些人认为是他的 dreamgirl(梦中情人)的唐晓芙[1],作者也写她的虚荣,过分理想化等弱点。但是,在另一方面,他笔下的人物,除李梅亭、褚慎明、高松年、陆伯麟等几个假道学、政客、汉奸令人厌恶之外,其余的人物虽然都被作者戏笑嘲讽,都有可笑的弱点和缺失,但是,却并不令人讨厌,反而叫人笑过之后产生怜惜或同情。原因就是这些可笑的弱点和缺失是人类所共有的,带有普遍性。我们在笑他(她)们的同时也在某种意义上是在笑我们自己。比如我们笑方鸿渐的孟浪荒唐而又怯懦的性格,同时又同情他的处境并欣赏他为人处世的正义感和不为被日伪收买了的"华美新闻社会"工作,不做资本家走狗的气节;我们笑赵辛楣在与方鸿渐角逐苏文纨时态度的狂傲和手段的卑鄙,但又激赏他

---

[1] 水晶:《侍钱"抛书"杂记》,《钱锺书研究》第 3 辑,文化艺术出版社,1990 年版,第 323 页。

事后对朋友的真诚和义气；我们笑方遯翁的道学和迂腐，但他宁愿做难民也不当汉奸的爱国之心却又令人敬佩，他对儿孙的慈爱，甚至为保持他大家长的面子而搞的一些小计谋、小花招，都能令人理解，觉得虽然可笑，但不乏可爱之处；此外像苏文纨、孙柔嘉、范懿、爱默、曼倩等诸多女性形象也是如此，作者虽然写她们的虚荣、矫饰、卖弄、嫉妒等等弱点，但在她们身上也不乏聪明、温柔与善良的可爱之处。作者写这些人物的弱点或缺失，正是暴露人类的根性弱点，使人们在笑声中认识、克服这些弱点，把自身发展得更为理想和完善。

值得注意的一点是，钱锺书在小说中主要描写的是知识界和知识分子，那么他所嘲讽的这些弱点或缺失是不是只有这些知识分子才有，或者说这些人身上更多一些呢？其实不是这样的，钱锺书嘲讽的是人类普遍的根性弱点和缺失。作为社会分工的不同角色的各种人都或多或少存在着这种或那种的弱点和缺失，有些人甚至表现得比知识分子更为严重。比如，钱锺书在他的散文中就不仅仅讽刺知识分子，而对官僚政客以及一般人的弱点和缺失都进行风趣幽默的嘲讽。如联系天文学家仰面看星相失足掉进井里的事讽刺谀上欺下的官僚政客："只向高处看，不顾脚下的结果，有时是下井，有时是下野或者下台。不过，下去以后，决不说是不小心掉下去的，只说有意去做下属的调查和工作去。"（《读〈伊索寓言〉》）嘲笑人类虚假好妒的心理："上帝要拣最美丽的鸟做禽类的王，乌鸦把孔雀的长毛披在身上，插在尾巴上，到上帝前面去应选，果然为上帝挑中；其他鸟类大怒，把它插上的毛羽都扯下来，依然现出乌鸦的本相。……这只乌鸦……便老羞成怒，提议索性大家把自己天生的毛羽，也拔个干净，到那时候，大家光着身子，看真正的孔雀天鹅等跟乌鸦有何分别。这个遮羞的方法至少人类是常用的。"(《读伊索寓言》)嘲笑人类不愿承认缺点而总是为缺点寻找理由和安慰的心理。联系母蛙鼓气和牛比大小的故事，作者说："她应该跟牛比娇小的。所以，我们每一种缺陷都有补偿，吝啬说是经济，愚蠢说是诚实，卑鄙说是策略，无才便说是德。因此世界上没有自认为一无可爱的女人，没有自认为百不如人的男子。"(《读〈伊索寓言〉》)看，作者是以一种超越的精神和游戏的心态来嘲讽这些人类所共有的，带有普遍性的弱点或缺失，使我们在嘲笑别人的同时也有一种反省和自嘲的意识。这是钱锺书讽刺性幽默的又一重要的内容特点。

（三）客观写实式的讽刺与幽默

鲁迅说："悲剧将人生的有价值的东西毁灭给人看，喜剧将那无价值的撕破给人看。讥讽又不过是喜剧的变简的一支流。"[①]"现在的所谓讽刺作品，大抵倒是写实。非写实决不能成为所谓'讽刺'。"[②]"'讽刺'的生命是真实；不必是曾有的实事，但必须是会有的实情。"[③]从鲁迅在不同文章中对"讽刺"的论说，可以看出，鲁迅认为"讽刺"就是真实地把事物中的无价值的东西暴露和揭示出来。张天翼则认为"幽默非说真话不可"，"幽默者,即是真实"，"把世界上一些鬼脸子揭开，暴出了真面目，就成其为幽默"[④]。这

---

① 鲁迅：《再论雷峰塔的倒掉》，《鲁迅全集》第1卷，人民文学出版社，2005年版，第203页。
② 鲁迅：《论讽刺》，《鲁迅全集》第6卷，人民文学出版社，2005年版，第287—288页。
③ 鲁迅：《什么是"讽刺"——答文学社问》，《鲁迅全集》第6卷，人民文学出版社，2005年版，第340页。
④ 张天翼：《什么是幽默——答文学社问》，《张天翼论创作》，上海文艺出版社，1982年版，第109页。

和鲁迅的主张基本一致，只不过鲁迅所说的"讽刺"在张天翼看来是"幽默"而罢了。总之，真实地把事物中的无价值的东西暴露和揭示出来是"讽刺性幽默"的一个特点或规律。钱锺书在创作中常用客观写实的手法，达到戏剧性的讽刺幽默的效果。如《围城》中写靠三四十封外国著名哲学家的来信吓倒了无数人的哲学家褚慎明，声言最恨女人，"又常说人性里有天性跟兽性两部分，他自己全是天性"。可是就是这个全是天性的褚大哲学家，在朋友聚餐的宴会上，害馋痨似的盯着看年轻漂亮的苏小姐，"大眼珠仿佛哲学家谢林的'绝对观念'，像'手枪里弹出的子药'，险的突破眼眶，迸碎眼镜"，当苏小姐和他说话谈到"心"时，"他非常激动，夹鼻眼镜泼刺一声直掉在牛奶杯子里，溅得衣服上桌布上都是奶"。就是在这种写实性的描写中撕下褚慎明的伪装显出其可鄙可笑的丑态。读来令人发噱。更为典型的情节是作者以传神之笔描写了三闾大学校长高松年与赵辛楣争风吃醋，在汪处厚家上演的一幕可笑的闹剧。地处偏僻山区的三闾大学，在高松年、李梅亭这些假道学家的把持下，缺乏正常的文化生活和娱乐消遣。赵辛楣把神情有点像苏文纨的汪太太作为精神寄托。一天晚上，他和汪太太散步谈天被高松年和汪处厚撞见，妒火中烧的高松年协同汪处厚审问"奸情"。"辛楣窘得不知所措。高松年愤怒得两手握拳，作势向他挥着。汪处厚重拍桌子道：'你——你快说'！偷偷地把拍痛的手掌擦着大腿。"与汪太太关系暧昧的高松年的愤怒是真实的，所以他忘记了自己的局外人身份而表现得太过火。无怪汪太太讽刺说吃醋没有他的份儿时，他窘极而瑟缩。而汪处厚的表演却是由高松年怂恿激励导演出来的，所以拍桌子之后还不忘"偷偷地把拍痛的手掌擦着大腿"。在这场丑剧中,局外人充当了局中人,审问者变成了被审者。作者完全是用客观写实的手法,撕去了高松年、汪处厚这些正人君子的假面,露出他们可笑的真面目。造成幽默讽刺的效果。有时作者的客观写实中包蕴着一种含蓄隽永的深刻的讽刺意味,令读者发出一种"会心的微笑"。如小说《纪念》中写女主人公曼倩鼓励丈夫的表弟天健来爱慕自己,希望和天健有一种细腻、隐约柔脆的情感关系,以排遣空虚寂寞的时光。没想到天健却强行给予了她结实、平凡的肉体恋爱。事后她又悔又惭又愤。作者写"假使她知道天健会那样蛮,她今天决不出去,至少先要换过里面的衬衣出去。想到她身上该换下洗的旧衬衣,她此刻还面红耳赤,反比方才的事更使她惭愤"[①]。使曼倩最惭愤的不是被天健强行做了她不愿做的事,而是被天健看见了她的脏衬衣。作者在不露声色的客观写实中对女主人公的极强的虚荣心进行了嘲讽。再如天健提议和曼倩出去散心,曼倩觉得跟天健做伴在大街上走不甚妥当,旁人见了会说闲话。可天健走后曼倩自己在家寂寞得不能忍受。于是想"今天也不妨同天健出去,因为牙膏牙刷之类确乎该买。虽然事实上在一起的仍不是自己的丈夫,但是'因公外出',对良心有个交代,对旁人有个借口。总算不是专门陪了人或叫人陪了自己出去逛的"[②]。女主人公为情感的离经叛道寻找合乎道德的解释。读来令人会心而笑。可见,利用客观写实的手法达到讽刺幽默的效果,这是钱锺书"讽

[①] 钱锺书:《人·兽·鬼》,开明书店,1946年版,第122—123页。
[②] 钱锺书:《人·兽·鬼》,开明书店,1946年版,第142—143页。

刺型幽默"的又一种形式。

三、"反躬自笑"——自嘲型幽默

"山不来就穆罕默德,穆罕默德就去就山罢。"这是我们前面谈到的伊斯特曼所谓"一笑置之"的"游戏"态度。其实这种态度里面就包含着"自嘲"的成分。一些人把"自嘲"看成幽默的至高境界。车尔尼雪夫斯基则把"自嘲"和"批评与自我批评"相联系。赫尔岑则承认"幽默感不仅帮助他揭掉世人身上那种'虚假的伟大'和'高傲的追求'的外衣,而且促使他用自我批评的精神检查自己的行为,以防他自己堕入滑稽可笑的陷坑"[1]。中外许多著名的幽默作家都敢于放下架子,嘲笑自己。鲁迅写过《自嘲》诗;老舍在自传中嘲笑自己"二十七岁,发愤著书,科学哲学无所懂,故写小说,博大家一笑,没什么了不得。……书无所不读,全无所获,并不着急。……再活四十年也许能有点出息"[2]。马克·吐温写过"家丑外扬"的《丑史》等等。这些作家没因为自嘲而降低他们在读者心目中的地位,反而使读者对他们更喜欢、更理解。一个人如果一切都表现得完美无缺,会使人感到高不可攀因而对他敬而远之;反之,一个有才华有声望的人如果能自己指出或嘲笑自己的过错或弱点,反而能和一般人拉近关系,使人们喜欢和他接近。所以,自嘲是向别人袒露心扉显示真诚求得理解和交流的一种艺术手段。钱锺书主张幽默的人"决不把自己看得严重。真正的幽默是能反躬自笑的"。肯定"自嘲"是一种真

---

[1] 陈孝英:《幽默的奥秘》,中国戏剧出版社,1989年版,第475页。
[2] 萧飒、王文钦、徐智策:《幽默心理学》,上海人民出版社,1989年版,第37页。

正的幽默。这也决定了他的幽默有时带上了一种"自嘲"的性质，形成一种"自嘲型的幽默"。这种"自嘲"式幽默大致有两种情况：一种是作者本身的"自嘲"，一种是作品中主人公的"自嘲"。先看作者本身的自嘲。

钱锺书是世人景仰的大学者，大作家，许多人都以能和他见面交谈为荣，特别是海外一些文人学者，来华访问以能见一下写《围城》的钱锺书为一大心愿。但钱锺书并不把自己看得严重。一次他在电话里对一位求见的英国女士说："假如你吃了个鸡蛋觉得不错，何必认识那下蛋的母鸡呢？"① 当一景仰者在钱锺书的一位朋友的带领下用"突然袭击"的战术出现在钱锺书家门口时，钱锺书对这不约而至的客人不是表现出一脸严肃或不快，而是笑哈哈地说："泰昌，你没有引蛇出洞，又来瓮中捉鳖了……"② 一个学贯中西、名满天下的大学者，很随便地把自己比作"母鸡""蛇""鳖"，这需要有自嘲的勇气和幽默的才能。前面我们说过，自嘲是向别人坦露心扉显示真诚求得理解和交流的一种艺术手段，钱锺书的自嘲正是这样一种巧妙的手段，所以客人在听了他的"引蛇出洞""瓮中捉鳖"的"自嘲"性话语之后，一下子就放松了下来。"说来奇怪，一见之下，钱老的这两句，一下子改变了他在我的脑海中设想的形象。他并非那样冷傲，相反是如此幽默、和蔼可亲。"③ 钱锺书的自嘲，不仅用在普通的生活和日常人事交往中，而且用在隆重的场合或学术著作中。比如：

---

① 杨绛：《杨绛作品集》第2卷，中国社会科学出版社，1993年版，第128页。
② 林湄：《"瓮中捉鳖"记——速写钱锺书》，《明报》1986年6月20日—22日。
③ 林湄：《"瓮中捉鳖"记——速写钱锺书》，《明报》1986年6月20日—22日。

1980年11月20日钱锺书在日本早稻田大学文学教授恳谈会上演讲时,开场就自嘲说:"我是日语的文盲,面对着贵国'汉学'或'支那学'的丰富宝库,就像一个既不懂号码锁,又没有开撬工具的究光棍,瞧着大保险箱,只好眼睁睁地发愣。但是,盲目无知往往是勇气的源泉。意大利有一句嘲笑人的惯语,说'他发明了雨伞'(ha inventato L'ombrello)。据说有那么一个穷乡僻壤的土包子,一天在路上走,忽然下起小雨来了,他凑巧拿着一根棒和一方布,人急智生,把棒撑了布,遮住头顶,居然到家没有淋得像落汤鸡。他自我欣赏之余,也觉得对人类作出了贡献,应该公诸于世。他风闻城里有一个'发明品专利局',就兴冲冲拿棍连布,赶进城去,到局里报告和表演他的新发明,局里的职员听他说明来意,哈哈大笑,拿出一把雨伞来,让他看个仔细。我今天就仿佛那个上注册局的乡下佬,孤陋寡闻,没见过雨伞。"[①]这真是上乘的"自嘲型幽默",用在那种在同行面前讲学的场合,真是再妙不过。不但表明了对同行的尊重和自己的谦虚,而且也让人们感受到了他的渊博的知识和幽默的态度。钱锺书为人淡泊名利,光明磊落。可是他在为杨绛的《干校六记》写"小引"时,还检讨嘲笑自己是"懦怯鬼,觉得这里面有冤屈,却没有胆气出头抗议,至多只敢对运动不很积极参加"[②]。钱锺书学贯中西,有"文化昆仑""一代鸿儒"之誉,可他却自嘲"学焉未能,老之已至"!《管锥编》博大精深,他却说是"锥指管窥","敝帚之享,野芹之献,

---

[①] 钱锺书:《诗可以怨》,《文学评论》,1981年第1期。
[②] 钱锺书:《干校六记·小引》,杨绛著:《干校六记》,生活·读书·新知三联书店,1981年版,第2页。

其资于用也，能如豕苓桔梗乎哉？或庶几比木屑竹头尔"。(《管锥编·序》)《谈艺录》人们都认为是赏析之杰作，他自己却说是"自维少日轻心，浅尝易足，臆见矜高：即亿而偶中，终言之成理而未澈，持之有故而未周"。(《谈艺录·引言》)他的学术论著，旁征博引、汪洋恣肆而又说理谨严，道前人所未道。可是他自己却把一些研究文章嘲之为"半中不西""半洋不古"，是"半吊子""二毛子"(《七缀集·序》)等。这些都是"不把自己看得严重"，"能反躬自笑"的好例子。

钱锺书另一类"自嘲型幽默"表现为他小说中的主人公具有"自嘲"的态度。比如《围城》中写方鸿渐因苏小姐从中破坏而被唐小姐甩了，又因为没满足周太太的好奇心而被挂名岳丈周经理辞退了。这时方鸿渐也只能以"一笑置之"的态度来对待这接踵而来的失意事儿了。他自嘲道："好！好！运气坏就坏个彻底，坏个痛快。昨天给情人甩了，今天给丈人撵了，失恋继以失业，失恋以致失业，真是摔了仰天交还会跌破鼻子！没兴一齐来，来就是了。索性让运气坏得它一个无微不至。"再如：同是买"克莱登大学"的假文凭，方鸿渐只是用来哄父亲和岳父，对旁人绝口不提，反而遭到苏小姐、唐小姐的奚落，高松年本来答应聘他为教授，因为看他没学位，又降为副教授；而韩学愈用来作为进身之阶，则被高松年另眼相看，不但做了教授，而且享受系主任里面最高一级的待遇。对此，方鸿渐自嘲说："自己太不成了，撒了谎还要讲良心，真是大傻瓜。假如索性大胆老脸，至少高松年的欺负就可以避免。老实人吃的亏，骗子被揭破的耻辱，这两种相反的痛苦。自己居然一箭双雕地兼备了。"此外，像赵辛楣失恋之后给方鸿渐叫"同情兄"；孙小姐说方鸿渐从来不会买东西，方鸿渐说"因为我不能干，所以娶你这一位贤内助呀"等等，都带有自嘲性幽默的味道。

四、移除压抑——亵戏型幽默

弗洛伊德把诙谐（幽默）分为两类：一类是"无伤的诙谐"(harmless wit)，一类是"倾向的诙谐"(tendency wit)。其中"倾向的诙谐"又分两种："一种是'性欲的倾向'(sexual tendency)，一种是'仇意的倾向'(hostile tendency)。满足性欲倾向的诙谐大半是淫猥的，针对异性而发，用意在挑拨性欲。一个女伶向一个求婚的富豪说她的心已许给别人了，富豪回答说：'马丹，我的希望并没有那样高！'那是淫猥诙谐的好例。……性欲倾向和仇意倾向都是和礼俗制度相冲突的，在平时很难直接出现，一出现就要被意识的'检察作用'压抑下去。这种压抑的支持须耗费不少的心力。在诙谐中我们采用一种取巧的办法，将性欲倾向和仇意倾向所用的言语或动作，以游戏态度出之，使倾向可发泄而同时又不至失礼违法,受社会的裁制。"[1] 这里所谓"仇意的倾向"形成讽刺性幽默，而"性欲的倾向"则形成亵戏性幽默。按照弗洛伊德的观点，亵戏可以移除压抑，节省维持压力所费的心力，被节省的心力自由发泄，于是形成"移除快感"(removal pleasure)，见诸颜面而为笑。美国当代著名心理学家西尔瓦诺·阿瑞提与弗洛伊德看法相近。他认为"有些倾向是要靠俏皮话来寻求满足的。其中最常见的就是性本能的倾向。开玩笑的时候可以公开坦白性的冲动、性的暴露以及性的行为。与性有关的玩笑

---

[1] 朱光潜：《朱光潜美学文集》第1卷，上海文艺出版社，1982年版，第279页。

特别多这是可以理解的,因为性冲动由于社会的约束而受到了抑制"①。钱锺书也有与此相近的认识:《金瓶梅》第六七回温秀才云:"自古言:'不亵不笑'","不知其'言'何出,亦尚中笑理;古罗马诗人云:'不亵则不能使人欢笑,此游戏诗中之金科玉律也'。"②《管锥编》中也记述了这种亵戏性幽默的例子。"李季兰(出《中兴间气集》)知刘长卿'有阴疾',谓之曰:'山气日夕佳',刘长卿答:'众鸟欣有托'。按分别摘取陶潜《饮酒》及《读〈山海经〉》中句,双关为狎亵嘲弄也。'山'谐音'疝',如《全唐文》卷七八六温庭筠《答段柯古赠葫芦管笔状》:'累日洛水寒疝,荆州夜嗽';'鸟'如《水经注》卷二二《洧水》:'俗人睹水挂于坞侧,遂目为零鸟水',即《水浒》中常见之'鸟'(如'干鸟么','烧了这鸟寺')。"③刘长卿与李季兰士女之间以隐含猥亵的诗句相互嘲弄,也是一种移除压抑的亵戏型幽默。胡范铸曾举以上两例来说明钱锺书发现了"不亵不笑"的喜剧思想,然后又非常谨慎地说:"然而,钱氏所发现并不即等于钱氏所发扬。"④我们说,亵戏既然是作为自然人生命力的一种显示,其存在就未可全非。对那种带有挑逗性、污辱性的黄色淫秽故事,我们当然要坚决反对,但是把带有亵戏性的东西用技巧的方式表现为雅俗共赏的东西,并与所写作品的文境语境融于一起,形成一种亵戏型幽默。这是涉及猥亵内容时所使用的一种艺术方法和表现技巧。老舍就认为文字技巧这种方法"若使得巧妙一些,便可以把很不好开口说的事说

---

① [美]S.阿瑞提著,钱岗南译:《创造的秘密》,辽宁人民出版社,1987年版,第152页。
② 钱锺书:《管锥编》第三册,中华书局,1986年版,第1143页。
③ 钱锺书:《管锥编》第二册,中华书局,1986年版,第754—755页。
④ 胡范铸:《谐谑论》,《华东师范大学学报》,1988年第2期。

得文雅一些，……虽然这种办法不永远与狎亵相通，可是要把狎亵弄成雅俗共赏，这的确是个好方法"①。古罗马修词学大师昆体良主张"事物之亵秽鄙俗者，其名不宜笔舌，必代以婉曲之言"②。其实这种亵戏性幽默就是以游戏的态度委婉地道出"事物之亵秽鄙俗者"。对此，虽然"钱氏所发现并不即等于钱氏所发扬"，但是钱氏并不贬抑而是在创作中经常技巧地运用这种方式，形成一种亵戏型幽默却是事实。请看下面的例子。

（1）"看文学书而不懂鉴赏，恰等于帝皇时代，看守后宫，成日价在女人堆里厮混的偏偏是个太监，虽有机会，却无能力！"③

（2）"专学外国语言而不研究外国文学，好比向千金小姐求婚的人，结果只跟丫头勾搭上了。中文可不是这样轻贱的小蹄子。"④

（3）"门许我们追求，表示欲望，窗子许我们占领，表示享受。……一个外来者，打门请进，有所要求，有所询问，他至多是个客人，一切要等主人来决定。反过来说，一个钻窗子进来的人，不管是偷东西还是偷情，早已决心来替你做个暂时的主人，顾不到你的欢迎和拒绝了。"⑤

（4）彦火（记者）对钱锺书说："您的作品是高质品、文采飞扬，而且十分耐看，这几乎是公认的了——"

---

① 老舍：《"幽默"的危险》，老舍著：《微笑深处 最是孤独》，北京理工大学出版社，2018年版，第4—5页。
② 钱锺书：《谈艺录》（补订本），中华书局，1984年版，第567页。
③ 钱锺书：《写在人生边上》，开明书店，1949年版，第55页。
④ 钱锺书：《谈中国诗》，《大公报》综合第19、20期，1945年12月26、27日。
⑤ 钱锺书：《写在人生边上》，开明书店，1949年版，第12页。

钱："有一位叫莱翁·法格（Leon Fargue）的法国作家，他曾讲过一句话，写文章好比追女孩子。他说，假如你追一个女孩子，究竟喜欢容易上手的,还是难上手的？这是一个诙谐的比喻。(笑)"

彦："这个比喻很妙。我看一般人也只能追容易上手的，因为难上手的他们追不上！"

钱："他说，就算你只能追到容易上手的女孩子，还是瞧不起她的。这是常人的心理，也是写作人的心理，他们一般不满足于容易上手的东西，而是喜欢从难处着手。"①

以上是钱先生散文中的例子。这类例子有一个共同的特点，那就是用亵戏性的比喻来说明道理，重在"明理"，而亵戏只不过是一种既令人放松而又刺激人记忆和思索的活泼幽默的手段和方式而已。这是他散文中亵戏性幽默的一个特点。钱锺书小说中也有这种重在"明理"的亵戏比喻式的幽默。如"烤山薯这东西，本来像中国谚语里的私情男女，'偷着不如偷不着'，香味比滋味好；你闻的时候，觉得非吃不可，真到嘴，也不过尔尔"。(《围城》)"女人的骄傲是对男人精神的挑诱，正好比风骚是对男人肉体的刺激。"② 不过，小说中的亵戏性幽默更多的是用来讽刺或以婉曲语说出猥亵鄙俗的事物。用来讽刺的如《纪念》中才叔盘问表弟天健那天跟他一起逛街的女孩子的情况。天健解释说那是房东的女儿，长得还漂亮。并且说他们航空学校同人跟她来往的很多，不仅是他。于是曼倩嘲笑那女孩子说："那位小姐可算得航空母

---

① 田蕙兰、马光裕等选编：《钱锺书、杨绛研究资料集》，华中师范大学出版社，1997年版，第43—44页。

② 钱锺书：《人·兽·鬼》，开明书店，1946年版，第125页。

舰了！"[①]再如《围城》中讽刺鲍小姐的放荡时说："有识见的男人做了这种相貌的女人的丈夫，定要强她带上外国古代的'贞节带'（Cingula castitatis），穿上中国古代的'穷裤'，把她锁在高墙深层的铁笼子里，雄苍蝇都不许飞进去。"李梅亭的名片上印的英文名字"May Din Lea"，他炫耀说这是挑的英文里声音相同而有意义的字。赵辛楣听了很反感，想"'Mating'（交配）跟'梅亭'也是同音而更有意义"等等。以婉曲语说出猥亵事物的如说汽车夫，每逢汽车不肯走，他就破口臭骂，"骂来骂去，只有一个意思：汽车夫愿意跟汽车的母亲和祖母发生肉体恋爱"。把骂人的粗话以委婉的方式说出，幽默风趣。再如，小说《灵感》中写一个粗制滥造的作家，被"地府"专管转世授胎的"司长"罚到一个等待"灵感"的青年作家的处女作中去做主人公。这青年作家等待"灵感"不来，突然恍然大悟，"要写处女作，何不就向处女身上去找。所以当小鬼押作者的灵魂来的时候，青年正跟房东的女儿以科学实验的态度，共同探讨人生的秘密。……他趁那小鬼不注意的机会，飞快地向房东女儿的耳朵里直钻进去，因为这时候那女人跟那青年难解难分地扭作一团，只有那两只耳朵还空荡荡的不遭封锁，毫无障碍"[②]。亵戏但不粗俗低劣，而是雅俗共赏，这是钱锺书作品中亵戏型幽默的特点。

以上我们粗略地把钱锺书作品中的幽默分为"机智型幽默"、"讽刺型幽默"、"自嘲型幽默"和"亵戏型幽默"等几种类型。值得说明的是，这几种类型的幽默在钱锺书作品中并不是界限分

[①] 钱锺书：《人·兽·鬼》，开明书店，1946年版，第138页。
[②] 钱锺书：《人·兽·鬼》，开明书店，1946年版，第118页。

明、"老死不相往来"的,而是有时机智中有讽刺,讽刺中带亵戏,形成一种"你中有我,我中有你"的相交相融的情况。还有,这几种类型的幽默在钱锺书的作品中并不是平均平等的,而是以"机智型"和"讽刺型"为主,"自嘲型"和"亵戏型"与前两种相比则相对较少。此外,钱锺书的幽默无处不在,特别是他利用各种修辞技巧形成的幽默在其作品中俯拾皆是,所以以上概括的几种幽默形式只是钱氏幽默的个案而已,远远不能说明其幽默的全貌。

第 七 章

钱锺书的比喻理论及用喻个案分析

歌德"主张诗应采取从客观世界出发的原则,认为只有这种创作方法才可取。但是席勒却用完全主观的方法去写作,认为只有他那种创作方法才是正确的"[1]。歌德和席勒的不同的创作主张,代表了文艺创作上的两大基本流派,即写实派和浪漫派。钱锺书也从对待客观世界的态度上把艺术家分为"两大宗","一则师法造化,以模写自然为主";"二则主润饰自然,功夺造化"[2]。李贺诗《高轩过》篇有"笔补造化天无功"一语,钱锺书评道:"此不特长吉精神心眼之所在,而于道术之大原、艺事之极本、亦一语道著矣。夫天理流行,天工造化,无所谓道术学艺也。学与术者,人事之法天,人定胜天,人心之通天者也。"钱锺书认为李贺属于润饰自然、功夺造化这一派,他的"笔补造化天无功"一语,可以提要钩玄,"不特以为艺术中造境之美,非天然境界所及;至谓自然界无现成之美,只有资料,经艺术驱遣陶熔,方得佳观。此所以'天无功'而有待于'补'也"[3]。李贺这句诗用来形容钱

---

[1] [德] 歌德著,朱光潜译:《歌德谈话录》,人民文学出版社,1978年版,第221页。
[2] 钱锺书:《谈艺录》(补订本),中华书局,1984年版,第60页。
[3] 钱锺书:《谈艺录》(补订本),中华书局,1984年版,第60-61页。

锤书的比喻是再合适不过了。钱锺书堪称比喻大师，他的奇思妙譬无论在他的小说、散文还是在他的学术论著中都俯拾皆是，令人叹为观止。许多看来毫不相干甚至不伦不类的事物，只要经过他的妙手撮合，便能"配成眷属"，佳趣顿生。真是"物虽胡越，合则肝胆"[①]。并且，在比喻理论的探讨上，钱锺书提出了一系列令人耳目一新的见解，把以往一些论述比喻的只言片语加以理论化和系统化。本章我们就对他的比喻理论和用喻实践来进行梳理和分析。

第一节　钱锺书的比喻理论

一、比喻的作用和目的

比喻是文学创作中一种最重要最常见的修辞方式，有人认为"比喻是和文学的历史，特别是诗歌史，是相始终的，所以中国古代的理论家早就提出了'赋、比、兴'说"[②]。的确，古人很重视比喻在文学创作中的作用，并对比喻进行过研究和分类。《礼记·学记》中说："不学博依，不能安诗。"所谓"博依"就是"广譬喻也"。并且说："君子知至学之难易，而知其美恶，然后能博喻。能博喻，然后能为师，然后能为长，然后能为君。"把是否能比喻提高到了一个是否能为师、为长、为君的地步。刘勰在《文心雕龙》中专有《比兴》篇讨论"比"和"兴"。宋代的陈骙在《文则》中把比喻分为直喻、隐喻、类喻、诘喻、对喻、博喻、简喻、详喻、引

---

① 刘勰：《文心雕龙·比兴》。
② 陈子谦：《钱学论》，教育科学出版社，1994年版，第432页。

喻、虚喻等十类。并强调比喻的作用说:"《易》之有象,以尽其意;《诗》之有比,以达其情。文之作也,可无喻乎?"在西方,早在古希腊时代的亚里斯多德就强调比喻,他在《修辞学》中认为风格的美可以确定为明晰,"隐喻字最能使风格显得明晰,令人喜爱,并且使风格带上异乡情调,此中奥妙是无法向别人领教的"①。并在《诗学》中断言"善于使用隐喻还是有天赋的一个标志"。近代的黑格尔也在他的《美学》中分专章来讨论比喻的艺术形式。认为比喻的作用"是用来使诗的表现显得生动的,……所谓生动性就是具有较明确的形象,便于感性观照,它把一般抽象的字的不明确性消除掉,通过意象比譬,使它化为感性的(具体的)"②。钱锺书非常善用比喻并重视比喻的作用。认为比喻能寓教于乐。"善诱潜移",使"受赏其词者,濡染其理"③。并举佛经和约翰生的观点加以证实:"譬喻为庄严议论使人信著。以眼见事喻所不见,譬如苦药,服之甚难,假之以蜜,服之则易;……约翰生极称托喻体诗诲人亦复娱人,大有益而甚有味。"④另外,钱锺书很赞赏佛经把比喻看为攀登义理的阶梯。"譬喻为庄严之议论,令人信著。故以五情所见,以喻意识,令其得悟。譬如登楼,得梯则易上耳。"⑤再有,钱锺书认为比喻能"撮合语言眷属"。他说:"'安诗'当学'博依'耳。取譬有行媒之称,……杂物成文,撮合语言眷属。释书常言:'不即不离','非一非异'……窃谓可以通于比喻之理。"⑥

---

① 亚里斯多德著,罗念生译:《修辞学》,三联书店,1991年版,第152页。
② [德]黑格尔著,朱光潜译:《美学》2卷,商务印书馆,1997年版,第136页。
③ 钱锺书:《谈艺录》(补订本),中华书局,1984年版,第550页。
④ 钱锺书:《谈艺录》(补订本),中华书局,1984年版,第551页。
⑤ 钱锺书:《管锥编》(补订)第五册,中华书局,1986年版,第275页。
⑥ 钱锺书:《管锥编》第三册,中华书局,1986年版,第930页。

总之，钱锺书十分强调比喻在创作中的重要作用，甚至认为"比喻正是文学语言的根本"①。另外，认为比喻的动机或目的就是"打比方"，描绘事物或说明道理。这种说法用之文艺创作中的比喻不免失于简单。而黑格尔和钱锺书对这一问题的讨论则更深了一步。黑格尔说："我们必须把显喻的真正目的看成这样：诗人的主体的想象对所要表达的内容，尽管已就其抽象的普遍性而摄入意识，并且把它表达出来了，还是受一种冲动驱遣，要替这种内容找到一个具体的形象，使根据意义来理解的东西也可以从感性显现上认识清楚。从这方面看，显喻和意象比譬与隐喻一样，表现出想象力的大胆，想象力在碰见一种对象（一个感性事物，一个确定的情境或一个普遍意义）时，在就这种对象进行工作之中，显示出一种能力，能把外表上相隔很远的东西结合在一起，摄取最丰富多彩的东西来为这独一的内容服务，并且通过心灵的工作，把一个五光十色的现象世界联系到既定的题材上去，这种塑造形象，通过巧妙的联系和配合把一些不伦不类的东西联系在一起的能力就是一般的想象力，它也就是显喻的根由。"②黑格尔认为用喻的动机和根由是由于强烈的想象力的驱遣。并认为对显喻的兴趣首先"可以单凭显喻本身得到满足，不在这些富丽的意象中别有所求，只求显示出想象力本身的大胆"。其次"显喻是在同一个对象上流连眷恋，从而使这一对象成为一系列其他隔得较远的观念的中心，通过对这些观念的阐明和描绘，就提高了对中心内容的兴趣"③。黑格尔作为哲学家，是从事情的因果联系上来考虑

---

① 钱锺书：《旧文四篇》，上海古籍出版社，1979年版，第36页。
② ［德］黑格尔著，朱光潜译：《美学》2卷，商务印书馆，1997年版，第136—137页。
③ ［德］黑格尔著，朱光潜译：《美学》2卷，商务印书馆，1997年版，第126页。

用喻的动机和根由。我们再来看钱锺书对这一问题的看法。钱锺书在《管锥编》中讲"一字多意之同时合用"时分析说:《礼记·学记》:"不学博依,不能安诗",郑玄注:"广譬喻也,'依'或为'衣'。《说文》:'衣,依也';《白虎通·衣裳》:'衣者隐也,裳者障也'。夫隐为显之反,不显言直道而曲喻罕譬;……"《礼记》之《曲礼》及《内则》均有"不以隐疾"之语,郑注均曰:"衣中之疾",盖衣者,所以隐障。然而衣亦可资炫饰,《礼记·表记》:"衣服以移之",郑注:"移犹广大也",孔疏:"使之尊严也。"是衣者,"移"也,故"服为身之章"。……《孟子·告子》:"令闻广誉施于身,所以不愿人之文绣也",赵岐注:"绣衣服也",明以芳声播远拟于鲜衣炫众;……则隐身适成引目之具,自障偏有自彰之效,相反相成,同体歧用。诗广譬喻,托物寓志;其意恍兮跃如,衣之隐也、障也;其词焕乎斐然,衣之引也、彰也。① 早在上世纪 30 年代初,钱锺书在介绍佛流格尔博士的《衣服的心理》一书时,就对作者的"以为衣服之起,并不由于保护身体,或遮羞,而由于人类好装饰好卖弄的天性(exhibitionism);……人类一方面要卖弄,一方面要掩饰,衣服是一种委曲求全的折中办法(compromise)"② 这一观点大为赞赏。也许就是佛流格尔的这一观点,引发了钱锺书日后对"博依"的"依"字的考证和解释,并进而引申到比喻上去。穿衣服自然是为了遮体,但漂亮的衣服又起装饰打扮的作用,即"隐身适成引目之具,自障偏有自彰之效"。在文艺创作中,不直话直说而是使用比喻,特别是隐喻,这种曲折的表达方

---

① 钱锺书:《管锥编》第一册,中华书局,1986 年版,第 5—6 页。
② 中书君:《为什么人要穿衣》,《大公报·世界思潮》第 5 期,1932 年 10 月 1 日。

式，使内容含蓄而深沉。而这种含蓄和深沉恰好又是为了吸引读者。所以在钱锺书看来，在创作中使用比喻的缘由和动机就是出于作者的这样一种"自障偏有自彰之效"的心理。钱锺书作为作家型的学者，从心理上来体验用喻的动机，比起黑格尔的单纯的理性分析来，显得细腻、风趣而又合于情理。

二、比喻的性质与特点

《墨子·小取》中说："辟也者，举他物而以明之也。"这可能是最早概括比喻的性质或特点给比喻下出的定义。后来刘勰在《文心雕龙·比兴》篇中说："何谓为比？盖写物以附意，飏言以切事者也。"朱熹在《诗集传》中说："比者，以彼物比此物也。"这些比喻的定义，虽然抓住了以别的事物来说明所要表达的事物或道理，即"打比方"的基本特点，但是，这些定义对文艺创作中色彩纷呈的比喻，比如李贺《秦王饮酒》诗中的"羲和敲日玻璃声"；"劫灰飞尽古今平"以及"瘦高个子'像饿饭的一天那么长'"[1]等等艺术型比喻，却难以解释得通。其实文学创作就是调动各种修辞手法有意偏离语言习惯或语法规范，以达到语言表达上的新颖奇特，形象生动，意蕴丰富，耐人寻味的陌生化效果。黑格尔在谈到歌德和席勒的早期作品时认为他们是"抛开了过去制造的一切规则，故意破坏那些规则，一切都重新开始"[2]。语言是文学的表达媒介，是文学形式中最重要的因素。结构主义的学者们甚至把语言抬到哲学本体论的高度。要使语言表达得新颖奇

---

[1] 钱锺书：《旧文四篇》，上海古籍出版社，1979年版，第38页。
[2] ［德］黑格尔著，朱光潜译：《美学》第1卷，商务印书馆，1979年版，第34—35页。

特，一个重要的原则就是偏离语言习惯，摆脱逻辑或语法规范。调动各种修辞手法打破人们熟知的抽象概念式的认知经验，建立起一种修辞式的审美语境。用修辞的审美方式"解除概念认知的普遍性，激起鲜活的感性经验。……挣脱了事物的逻辑关系，重建了一种审美关系，这种审美关系是兼容性的，超越世界的现成秩序，导向陌生化的认知经验"[①]。比喻正是文学创作中人们最常用的有意偏离语言习惯或语法规范的一种修辞手法。也就是说，艺术型的比喻，除去"以彼物比此物"的"打比方"之外，还有一些审美上的特殊的性质与特点，钱锺书对此进行了揭示与分析。

（一）比喻不受逻辑规则约束

按照逻辑规则，"异类不比"。只有同类之间进行比较才有意义。比如长江和黄河可以比长短，大树和高楼可以比高低，这些同是属于空间上的量；铁和石可以比重量，可以比硬度，同属于物体上的量；年和月可以比长短，同属于时间上的量；号声可以和鼓声比高低，同属于声音上的量。但是江河不能和年月比长短，树木不能和声音比高低，因为属于不同的类，所以它们无法比，并且比来也没有意义。所以《墨子·经说下》说："木与夜孰长，智与粟孰多？"但是这些逻辑上的条条框框却不能移来约束文艺上的比喻。比喻恰恰是"凡喻必以非类"。同类不比，同类相比则失去了意义。"譬如说：'他真像狮子'，'她简直是朵鲜花'，言外的前提是：'他不完全像狮子'，'她不就是鲜花'。假如他百分之百地'像'狮子，她货真价实地'是'鲜花，那两句

[①] 谭学纯：《修辞话语建构双重运作：陌生化和熟知化》，《福建师范大学学报》2004年第5期。

就不成为比喻，而是'验明正身'的动植物分类法了。"① 所以比喻愈是以不类为类愈妙。钱锺书以论诗为例来说明这个问题。他举了许多从逻辑上看讲不通的比喻，即"异类相比"的例子。尤其是以空间比时间的。钱锺书说："时间体验，难落言筌，故著语每假空间以示之，强将无广袤者说成有幅度；……《易·坤》：'行地无疆'，《正义》：'无疆有二义，一是广博，二是长久'；'疆'谓疆界，空间也，承'地'来，而《临》'君子以教思无穷，容保民无疆'，则以空之'广博'示时之'长久'。……《燕子赋》：'去死不过半寸'……非谓距丧生之地、而谓离绝命之时，亦以丈量言景光耳。"②《乐记》："广则容奸，狭则思欲"，郑玄注："'广'谓声缓，'狭'谓声急。"正以空间之大小示时间之徐疾。古诗词写情思悠久，每以道里遥远相较量，亦言时间而出于空间也，如吴融《戏》："情长抵导江。"张仲素《燕子楼诗》第一首："相思一夜情多少，地角天涯未是长"，……晏几道《碧牡丹》："静忆天涯，路比此情犹短"，《清商怨》："要问相思，天涯犹自短"，……王实甫《西厢记》第二本第一折《混江龙》："系春心，情短柳丝长"，以"心情"与"柳丝"比絜短长。明人院本《喜逢春》第三〇折载俗谚："真是胖子过夏，插翅也飞不过去"；吕留良《东庄诗集·伥伥集·寄晦木次旦中韵》之四："安得床头生两翅，消磨今夜不能眠。"……不眠则长夜漫漫，愿得羽翼飞度。以光阴之难过，拟于关山难越。③这种以空间比时间或以时间比空间的比喻真是

---

① 钱锺书：《旧文四篇》，上海古籍出版社，1979年版，第37页。
② 钱锺书：《管锥编》第一册，中华书局，1986年版，第175页。
③ 钱锺书：《管锥编》第五册，中华书局，1986年版，第19页。

不胜枚举。这是典型的"异类"相比,虽然不合逻辑的规律,但是却有很好的修辞效果,增强了作品的具体可感性,表现出作家联想和想象的丰富,能叫读者在情感上接受。假如比喻等文艺修辞完全拘守逻辑规则,那么诸如"红杏枝头春意闹"[1]、"人言路远是天涯,天涯更比残更短"[2]、"只恐双溪舴艋舟,载不动许多愁"[3]等等名句,也就无缘出现了。所以钱锺书认为"智与粟"比"多"、"木与夜"比"长",在修辞上是容许的。钱锺书欣赏格利巴泽的观点,即从逻辑思维的立场来看,比喻被认为是"事出有因的错误"(Figura èun errore fatto con ragione),是"自身矛盾的谬语(eine contradictio in adjecto),因而也是逻辑不配裁判文艺(doss die logik nicht die Richterin der Kunst ist)的最好证明"[4]。

（二）比喻既摆脱逻辑又运用逻辑

既然比喻可以偏离习惯与规范,摆脱逻辑,那么,是不是可以完全不顾习惯、规范与逻辑,不顾读者的接受能力和欣赏习惯呢?是不是可以完全打破原有语言符号的编码程序而任意地设置"叙事圈套"呢?我们说,好的比喻应该是让读者感到新颖奇特而又能欣赏与理解。否则就会造成阅读障碍。我们还以文学中的比喻来说明这种摆脱逻辑与运用逻辑的关系吧。王东溆《柳南随笔》卷三:"家露胥翁誉昌精于论诗,尝语予曰:'作诗须以不类为类乃佳。'予请其说。时适有笔、砚、茶瓯并列几上,翁指而言曰:

---

[1] 宋祁:《玉楼春》。
[2] 徐尔铉:《踏莎行》。
[3] 李清照:《武陵春》。
[4] 钱锺书:《钱锺书论学文选》6卷,花城出版社,1990年版,第73页。

'笔与砚类也,茶瓯与笔砚即不类;作诗者能融铸为一,俾类与不类相为类,则入妙矣。'予因以杜集分韵诗就正,翁举'小摘园蔬联旧雨,浅斟家酿詠新晴'一联云:'即如园蔬与旧雨、家酿与新晴,不类也,而以意联络之,是即不类之类。子固已得其法矣。'"又卷二云:"吾邑冯宝伯武诗,有'珠圆花上露、玉碎草头霜'之句,一友叹为绝,予不以为然。友请其说,予曰:'律诗对偶,固须铢两悉称,然必看了上句,使人想不出下句,方见变化不测。'"对此钱锺书评道:"'类'者,兼'联想律'之'类聚'(contiguity)与'类似'(resembolance);笔与砚'类',聚也,珠与玉'类',似也。然苟推王氏之说以至于尽,则将成诙诡之'无情对';如'西班牙'与'东坡肉'、'爱妾换马'与'老子犹龙'、'三星白兰地'与'五月黄梅天',亦皆非族类者缔为眷偶耳。对仗当以不类为类,犹比喻'必以非类','岂可以弹喻弹'。……'看了上句,想不出下句',即约翰生所谓:'使观念之配偶出人意表,于貌若漠不相关之物象察见其灵犀暗通'……'两事愈疏远而复拍合,则比象愈动心目。'"[1] 艺术表现的创新就是要出人意表而又要叫人领略其灵犀暗通之处。比喻不受逻辑的制约并不是和逻辑势不两立,而是既排除逻辑又运用逻辑。运用逻辑而又不是认真地运用逻辑,而是在比喻的基础上"将错就错"地运用逻辑推理,造成更深一层,更曲折更隐避的比喻——曲喻。比如"鬓边虽有丝,不堪织寒衣"[2]。先把头发比为丝线,后再坐实这种比喻,以逻辑推理的方式推出既然是丝线就能织衣服,形成更进一

---

[1] 钱锺书:《谈艺录》(补订本),中华书局,1984年版,第521—522页。
[2] 贾岛:《客喜》。

层的比喻。再如"莺啼如有泪,为湿最高花"[①]。以逻辑推理的方式推出"有泪",并且是"为湿最高花"。这是就现成"比喻字面上,更生新意;将错而遽认真,坐实以为凿空"[②]。钱锺书举《大般涅槃经》卷五《如来性品》第四之二论"分喻"云:"面貌端正,如月盛满;白象鲜洁,犹如雪山。满月不可即同于面,雪山不可即是白象。"《翻译名义集》卷五第五十三篇中言之曰:"雪山比象,安责尾牙;满月况面,岂有眉目。"对此,钱锺书说:"至诗人修辞,奇情幻想,则雪山比象,不妨生长尾牙;满月同面,尽可妆成眉目。"[③]雪山比象而长尾牙;满月况面而妆眉目,这其中就是故意犯"事出有因的错误",坐实比喻而运用逻辑,进而推出更深一层的比喻。对这种比喻方式,钱锺书在论黄庭坚诗时举例说:"青州从事斩关来","管城子无食肉相,孔方兄有绝交书","王侯须若缘坡竹,哦诗清风起空谷","湘东一目诚甘死","未春杨柳眼先青","蜂房各自开户牖","失身来作管城公","白蚁战酣千里血"等句,皆此类。酒既为"从事",故可"斩关";笔既有封邑,故能"失身食肉";须既比竹,故堪起风;蚁既善战,故应飞血;蜂窠既号"房",故亦"开户"[④]。在论李贺诗时说:"长吉……比喻之法,尚有曲折。……长吉乃往往以一端相似,推而及之于不相似之他端。……如《天上谣》云:'银浦流云学水声',云可比水,皆流动故,此外无似处;而一入长吉笔下,则云如水

[①] 李商隐:《天涯》。
[②] 钱锺书:《谈艺录》(补订本),中华书局,1984年版,第22页。
[③] 钱锺书:《谈艺录》(补订本),中华书局,1984年版,第22页。
[④] 钱锺书:《谈艺录》(补订本),中华书局,1984年版,21—22页。

流，亦如水之流而有声矣。《秦王饮酒》云：'羲和敲日玻璃声'。日比琉璃，皆光明故；而来长吉笔端，则日似玻璃光，亦必具玻璃声矣。同篇云：'劫灰飞尽古今平'。夫劫乃时间中事，平乃空间中事；然劫既有灰，则时间亦如空间之可扫平矣。他如《咏怀》之'春风吹鬓影'，《自昌谷到洛后门》之'石涧冻波声'，《金铜仙人辞汉歌》之'清泪如铅水'，皆类推而更进一层。"① 诺瓦利斯谓："比喻之事甚怪。苟喻爱情滋味于甜，则凡属糖之质性相率而附丽焉。"钱锺书说："盖每立一譬，可从而旁生侧出，孳乳蕃衍。犹树有根，家有肇祖然。通乎此意，诗人狡狯，或泰然若假可当真，偏足概全。"② 钱锺书认为"雪山比象，不妨生长尾牙；满月同面，尽可妆成眉目。即所谓初民思辨之常经，以偏概全也"③。笔者认为，其实这种曲喻是摆脱逻辑和运用逻辑的辩证的统一。先是摆脱逻辑，以假当真，坐实比喻，以错就错。然后再利用逻辑，推进一层，以偏概全。这就是"诗人狡狯"之处。比如，明汪廷讷《狮吼记》第二十一出陈季常惧内，浑云："我娘子手不是姜，怎么半月前打的耳巴，至今犹辣。"先由手和姜形状上的相似，以手比姜，并故意坐实比喻，这是摆脱逻辑。然后从姜的味道推出辣，这又是运用逻辑。而把姜的"辣味"混同于被打得"辣痛"，这又是摆脱逻辑。正是这种摆脱逻辑而又运用逻辑，造成比喻的新鲜感和谐趣。摆脱逻辑是要变熟悉为陌生，而运用逻辑又是要变陌生为熟悉。正是这种陌生与熟悉的双轨运作，既给人们以新鲜

---

① 钱锺书：《谈艺录》（补订本），中华书局，1984年版，第51页。
② 钱锺书：《谈艺录》（补订本），中华书局，1984年版，第345页。
③ 钱锺书：《谈艺录》（补订本），中华书局，1984年版，第334页。

刺激的审美感受，又不至于造成阅读和接受障碍而产生拒绝心理。语言符号的编码程序可以改变或更新原有的规律而不是简单地破坏或取消规律。设置"叙事圈套"应该让读者有兴趣进入你的"圈套"而不是拒绝你的"圈套"。也就是说，偏离习惯与规范是在熟知习惯与规范的基础上的对习惯与规范的更新与创造，摆脱逻辑是为了运用逻辑。是"出新意于法度之中，寄妙理于豪放之外"，（苏轼语）的"从心所欲，不逾矩"。所以既摆脱逻辑又运用逻辑是文艺型比喻的一大特点。

（三）比喻可以"有名无实"

"夫二物相似，故以此喻彼；然彼此相似，只在一端，非为全体。苟全体相似，则物数虽二，物类则一；既属同根，无须比拟。"[①] 即"引喻取分而不可充类至全（pars prototo）"[②]。两种事物相比，只取其某一点相似而不顾其余，甚至有时只取其名称上的相似而不必顾及其实际，形成一种"有名无实"的比喻。黑格尔说："意象比辟则结合寓意的明晰和谜语的谐趣。"[③] 这种"有名无实"的比喻就表现出一种谜语的谐趣。钱锺书在《管锥编》中列举了大量的例子。比如《诗·大东》"……维南有箕，不可以簸扬。维北有斗，不可以挹酒浆"；《古诗十九首》"南箕北有斗，牵牛不负轭；良无磐石固，虚名复何益"；《抱朴子》外篇《博喻》"锯齿不能咀嚼，箕舌不能辨味，壶耳不能理音，屏鼻不能识气，釜目不能摅望舒之景，床足不能有寻常之逝"；李白《拟古》之六："北斗

---

① 钱锺书：《谈艺录》（补订本），中华书局，1984年版，第51页。
② 钱锺书：《管锥编》第一册，中华书局，1986年版，第153页。
③ [德]黑格尔著，朱光潜译：《美学》2卷，商务印书馆，1997年版，第127页。

不酌酒，南箕空簸扬。"在这些例子里，"南箕星"与"簸箕"，"北斗星"与"升斗"，"牵牛星"与"牛"，"锯齿"与"牙齿"，"箕舌"与"舌头"，"壶耳"与"耳朵"，"草鞋鼻"（屝鼻）与"鼻子"，"釜目"与"眼睛"，"床足"与"人脚"等等，都不过是名称上的相似，而在实际上却几乎没有相似之处。比者从名称上的相似联想到实在的"簸箕""升斗""牛""齿""舌""耳""鼻""目""足"等，并进而推想到它们的功能和作用，从而造成类似谜语的谐趣。钱锺书举西方儿歌说："针有头而无发"（A pin has a head, but no hair），"山有足而无股"（A hill has no Leg, but has a foot），"表有手而无指"（A watch has hands, but no thumb or finger），"锯有齿不能嗜"（A saw has teeth, but it does not eat）等等，皆"虚名"也。[①]我国也有与西方儿歌类似的说法。如熊稺寰《南北徽池雅调》卷一《劈破玉·虚名》："蜂针儿尖尖的做不得绣，萤火儿亮亮的点不得油，蛛丝儿密密的上不得筘，白头翁举不得乡约长，纺织娘叫不得女工头。有什么丝线儿相牵，也把虚名挂在旁人口！"韩愈《三星行》更能与古为新。"我生之辰，月宿南斗，牛奋其角，箕张其口。牛不见服箱，斗不挹酒浆，箕独具神灵，无时停簸扬。"钱锺书认为这"不只引伸而能翻腾"[②]。韩愈不仅抓住"虚名"作比，而且还故意把"虚名"坐实，更添风趣。所以比喻可以只取其名称上的相似而不必顾及其实际，形成一种"有名无实"的比喻。

（四）比喻的"两柄""多边"

钱锺书在《管锥编》中提出了比喻的"两柄""多边"说。

---

① 钱锺书：《管锥编》第一册，中华书局，1986年版，第155页。
② 钱锺书：《管锥编》第一册，中华书局，1986年版，第154页。

所谓比喻有"两柄"就是指同一喻体可以比喻褒贬不同的两种事物;所谓"多边",就是指一个喻体有多种的比喻意义、表现出多种的比喻功能。在《周易》之《归妹》和《履》中都有"跛能履""眇能视"的相同的拟象,但对这同一拟象的解释却不相同。《归妹》中"归妹以娣,跛能履","眇能视"。"归妹以娣"即"姐妹共夫婚姻"。对此《正义》解释说:"虽非正配,不失常道,譬犹跛人之足然,虽不正,不废能履,……犹如眇目之人,视虽不正,不废能视。"而《履》中的"眇能视、跛能履"解释为:"眇能视,不足以有明也;跛能履,不足以与行也。"钱锺书指出:"二卦拟象全同,而旨归适反。《归妹》之于跛、眇,取之之意也,尚有憾尔,《履》之于跛、眇,弃之之意也,不无惜尔,一抑而终扬,一扬而仍抑。正如木槿朝花夕落,故名'日及',《艺文类聚》卷八九载苏彦诗序:'余既玩其葩,而叹其荣不终日',是虽爱其朝花而终恨其夕落也;又载东方朔书:'木槿夕死朝荣,士亦不长贫也,'则同白居易《放言》之五'松树千年终是朽,槿花一日亦为荣,'纵知其夕落而仍羡其朝花矣。……同此事物,援为比喻,或以褒,或以贬,或示喜,或示恶,词气迥异;修词之学,亟宜拈示。斯多噶派哲人尝曰:'万物各有二柄,'(Every thing has two handles)人手当执所执。刺取其意,合采慎到、韩非'二柄'之称,聊明吾旨,命之'比喻之两柄'可也。"①这种把同一喻体用于褒贬不同的两种比喻,即"比喻之两柄"的情况,钱锺书例举颇多。可参阅《钱锺书论学文选》4卷155—187页,此不赘述。

对一个喻体的多种比喻意义和功能,即所谓"比喻的多边"。

---

① 钱锺书:《管锥编》第一册,中华书局,1986年版,第36—37页。

钱锺书说:"盖事物一而已,然非止一性一能,遂不限于一功一效。取譬者用心或别,着眼因殊,指(denotatum)同而旨(signficatum)则异;故一事物之象可以子立应多,守常处变。譬夫月,形圆而体明,……镜喻于月,如庾信《咏镜》:'月生无有桂,'取明之相似,而亦可兼取圆之相似。茶团、香饼喻于月,如王禹称《龙凤茶》:'圆似三秋皓月轮,'或苏轼《惠山谒钱道人烹小龙团》:'独携天上小团月,来试人间第二泉';……仅取圆之相似,不及于明。月亦可喻目,洞瞩明察之意,如苏轼《吊李台卿》:'看书眼如月,'……又可喻女君,太阴当空之意,如陈子昂《感遇》第一首:'微月生西海,幽阳始代升,'陈沆《诗比兴笺》解为隐拟武则天,则圆与明皆非所思存,未可穿凿谓并涵阿武婆之'圆姿替月'、'容光照人'。'月眼'、'月面'均为常言,而眼取月之明,面取月之圆,各傍月性之一边也。……一物之体,可面面观,立喻者各取所需,每举一而不及余。"[1] 值得注意的是,钱锺书所说的比喻的"柄"与"边"不是固定不变的,而是变化不居可以任意搭配的。既可以"柄同边异","柄异边同",又可以"同柄同边""异柄异边",对此,陈子谦有分类例证,[2] 不再赘述。钱锺书的比喻的"两柄多边"说,反映了比喻的灵活性和多变性。证实黑格尔所说比喻的"范围和各种形式是无穷的"[3] 一语的正确性。另外,黑格尔认为"选这个形象而不选那个形象来进行比喻,就取决于主体的任意性"[4]。按照钱锺书的比喻的"两柄多边"说,我们可以补充黑格尔这句话,

---

[1] 钱锺书:《管锥编》第一册,中华书局,1986年版,第39—40页。
[2] 陈子谦:《钱学论》,教育科学出版社,1994年版,第577—582页。
[3] [德]黑格尔著,朱光潜译:《美学》第二卷,商务印书馆,1997年版,第127页。
[4] [德]黑格尔著,朱光潜译:《美学》第二卷,商务印书馆,1997年版,第101页。

那就是用这个形象来比喻这个而不比喻那个,也是取决于主体的任意性。

(五)比喻的关键是选取似同点

南宋诗人巩丰有一首描写听风吹枯叶戛击成声的诗说:"一叶初自吟,万叶竞相谑……须臾不闻风,但听雨索索。是雨亦无奇,如雨乃可乐。"钱锺书认为:"'是'就'无奇','如'才'可乐';简洁了当地说出了比喻的性质和情感价值。'如'而不'是',不'是'而'如',比喻体现了相反相成的道理。所比的事物有相同之处,否则彼此无法合拢;它们又有不同之处,否则彼此无法分辨。两者全不合,不能相比;两者全不分,无须相比。……不同处愈多愈大,则相同处愈有烘托;分得愈远,则合得愈出人意表,比喻就愈新颖。古罗马修词学早指出,相比的事物间距离愈大(longius),比喻的效果愈新奇创辟(novitatis atque inexspectata magis)。……刘向《说苑·善说》记惠子论'譬',说'弹之状如弹'则'未喻';皇甫湜根据'岂可以弹喻弹'的意思,总括出比喻的原则:一方面'凡喻必以非类',另一方面'凡比必于其伦'……杨敬之《华山赋》里有下面几句:'上上下下,千品万类,似是而非,似非而是。'……恰可移作皇甫湜那两句话的阐释。'似是而非,似非而是';'是雨亦无奇,如雨乃可乐';唐文和宋诗十八个字把比喻的构成和诱力综括无遗了。"① 钱锺书深得比喻的堂奥,抓住了比喻的本体和喻体之间相反相成的道理。问题的关键是要掌握好本体与喻体之间似同处与不同处的"度";解决好"似是而非,似非而是";"如"而不"是",不"是"而"如"的矛盾。这是

---

① 钱锺书:《钱锺书论学文选》6卷,花城出版社,1990年版,第71—72页。

能否新颖创辟的关键。而解决好这对矛盾,把握住这个关键,需要主体的丰富的想象力和创造力。亚里斯多德说:"隐喻应当从有关系的事物中取来,可是关系又不能太显著;正如在哲学里一样,一个人要有敏锐的眼光才能从相差很远的事物看出它们的相似之点。"① 黑格尔说:"隐喻的表达方式也可以起于想象力的恣肆奔放,不愿按照惯常形状去描绘事物或不用形象而只简单地直陈意义,于是到处搜寻一种相关联的可供观照的具体形象。此外,隐喻也可以起于主体任意配搭的巧智,为着避免平凡,尽量在貌似不伦不类的事物之中找出相关联的特征,从而把相隔最远的东西出人意外地结合在一起。"② 亚里斯多德所说的"有关系"而"关系又不能太显著"与黑格尔所说的"相关联"而又"不伦不类",显然也就是钱锺书所指出的"不是"而"如","如"而"不是","似是而非","似非而是"的特点。而从"相差很远的事物中看出它们的相似点",在"不伦不类的事物之中找出相关联的特征",这是关键,而要把握这个关键却需要主体的"敏锐的眼光""想象力的恣肆奔放"和"任意配搭的巧智"。在这一点上,亚里斯多德认为"诗家不能领教于人,不仅如此,善于使用隐喻还是有天赋的一个标志"。我们说,钱锺书就具备"敏锐的眼光"和"恣肆奔放的想象力"以及"任意配搭的巧智"。他洞悉并熟练地掌握了比喻的理论和规律,所以能在看来不伦不类的事物之间找到似同点,以其聪慧严密的思辨力和渊博的知识,突破一般意义上的比喻的形式和内容,完美地解决了比喻的"是"与"非","如"

---

① [希]亚里斯多德著,罗念生译:《修辞学》,三联书店,1991年版,第183页。
② [德]黑格尔著,朱光潜译:《美学》第2卷,商务印书馆,1997年版,第132页。

与"是"之间的矛盾,把本体和喻体二者的似同处与不同处之间的"度"把握得恰到好处,创造出众多令人赞叹的新颖奇特的比喻。

第二节 钱锺书比喻的形式特点

钱锺书作品中俯拾皆是的奇思妙譬是形成他作品幽默讽刺风格的一个重要方面。这些新奇的比喻引起了读者极大的兴趣。那么,究竟这些比喻与一般的比喻有什么不同?它们究竟"新"在哪里,"奇"在何处?这是我们要研究和探讨的问题。我们将从比喻的形式和内容两方面着手来探讨这一问题。我们这里说的所谓比喻的形式,是指的比喻的方式或类型,而比喻的内容则是指的选用什么样的喻体。就形式来说,朱光潜在谈作文的"选择与安排"时说:"世间可想到可说出的话在大体上都已经从前人想过说过;然而后来人却不能因此就不去想不去说,因为每个人有他的特殊的生活情境与经验,所想所说的虽大体上仍是那样的话,而想与说的方式却各不相同。变迁了形式,就变迁了内容。所以他所想所说尽管在表面上是老生常谈,而实际上却可以是一种新鲜的作品,如果选择与安排给了它一个新的形式,新的生命。"[①]朱光潜强调形式的重要,认为形式能影响内容。大体上相同的意思用不同的方式说出来就会赋予新的意义和生命。这段话完全可以用来说明比喻的形式的重要。同样的意思,用不同的方式来比喻就会产生不同的情致和意趣。因为形式的新颖独特本身就能使

[①] 朱光潜:《朱光潜美学文集》第2卷,上海文艺出版社,1982年版,第289页。

人耳目一新。钱锺书的比喻千姿百态，从形式上来看，则主要有如下几种与众不同的比喻形式。

一、比后点题式（喻解式）

哥伦布在桌上竖立鸡蛋的故事不仅是对这位发现新大陆的探险英雄的首创性的赞美，而且也是对那些看不到这种首创性的意义的庸人们的嘲讽。是的，一些事物的特点和规律一般人是认识不到的，但是一经人点破，马上就恍然大悟，迷津顿开。钱锺书的比喻，经常用一些常人意想不到的事物做比。为帮助人们领悟比喻的妙处，钱锺书往往是比后点题，或叫喻解，把一般人看来是毫不相干的本体和喻体之间的似同点和联系点出来。起到画龙点睛的作用。请看下面的例子。

"她（鲍小姐）只穿绯霞色抹胸，海蓝色贴肉短裤，漏空白皮鞋里露出涂红的指甲。……有人叫她'熟食铺子'（charcuterie），因为只有熟食店会把那许多颜色暖热的肉公开陈列；又有人叫她'真理'，因为据说'真理是赤裸裸的'。"[1]

在比喻中，鲍小姐因为衣服穿得少而被比为"熟食铺子"。如果仅这样比，一般人就难以理解。这里作者加上一句点题的话："因为只有熟食店会把那许多颜色暖热的肉公开陈列。"这一解释人们就体会到了比喻的妙处。觉得新颖贴切了。下面一句把她比为"真理"也是这样，加上一句"因为据说'真理是赤裸裸的'"点题的话，就突出了她近于赤身露体的形象。钱锺书在讽刺洋行买办张吉民总是说话时夹些无谓的英文字时写道："他并无中文

---

[1] 钱锺书：《围城》，人民文学出版社，1980年版，第5页。

难达的新意需要借英文来讲；所以他说话里嵌的英文字，还比不得嘴里嵌的金牙，因为金牙不仅妆点，尚可使用，只好比牙缝里嵌的肉屑，表示饭菜吃得好，此外全无用处。"① 这里作者用了否定和肯定两个喻体来比他话中夹杂的英文字。否定性的喻体是："还比不得嘴里嵌的金牙。"比后点题说："因为金牙不仅妆点，尚可使用。"接下来肯定性的喻体是："只好比牙缝里嵌的肉屑。"比后点题说："表示饭菜吃得好，此外全无用处。"这样从否定和肯定两个方面来边比喻边点题，把洋奴张吉民那种炫耀卖弄，以当洋奴才自得的丑态比得活灵活现，挖苦揶揄得痛快淋漓。再如，钱锺书把那些缺乏审美感受的人戏称为"文盲"。说这些人把文学研究当作职业可又并不懂文学的欣赏和鉴别并不奇怪。钱锺书嘲讽地写道："看文学书而不懂鉴赏，恰等于帝皇时代，看守后宫，成日价在女人堆里厮混的偏偏是个太监，虽有机会，却无能力！"② 把看文学书而不懂鉴赏的人比成帝皇时代看守后宫的太监，仅这样比有点叫人摸不着头脑，紧接下来作者点题说："虽有机会，却无能力。"这一点就叫人迷津顿开，抓住了其中的要害。这里的关键之点是能力。对于那些"文盲"来说，他们不是不想鉴赏，也不是没有机会，最致命的是没有能力。这类例子颇多。如："文人的情妇只比阔人的新汽车，新洋房，不过为引起旁人的企羡，并非自己有急切的需要"；"鸿渐追想他的国文先生都叫不响，不比罗素、陈散原这些名字，像一支上等哈瓦那雪茄烟，可以挂在口边卖弄"③；"我曾在火炕上坐了三日三夜，屁股还是像窗外的冬

---

① 钱锺书：《围城》，人民文学出版社，1980年版，第42页。
② 钱锺书：《写在人生边上》，开明书店，1949年版，第55页。
③ 钱锺书：《围城》，人民文学出版社，1980年版，第97页。

夜，深黑地冷"①等。这些比喻，如果只看本体和喻体，人们会觉得毫无关系，无从相比，可是经过钱锺书的"点题"或解释，马上就领略到了它们的佳趣，佩服作者的奇思和巧智。

二、比前引导式（喻引式）

英国文论家瑞恰慈尝言："比喻如贸易，两造之间距离愈远，便愈易获得丰厚利润。"②一般来说，比喻的本体和喻体之间的不同处越多越大，比喻的价值越大，也越新颖奇特。然而，二者的不同处越多越大，也就越难以把它们连在一起比得合情合理。为解决这个矛盾，钱锺书用了一些辅助性的手段。他在把一些一般人看来毫无关系的事物拿来相比之前，先借助逻辑推理的手段，把读者引向作者思考的轨道，使要比的事物之间的似同点显露出来，从而使比喻达到既新颖奇特又贴切自然，合于情理。这种比喻方式，我们称为"比前引导式"或"喻引式"。比如：作者写方鸿渐归国途中和鲍小姐同居被侍者阿刘抓住了把柄，为此二人心情都坏透了。方鸿渐尽管设法来讨鲍小姐的欢心，可是却总是遭到鲍小姐的抢白。方鸿渐正满肚子委屈时，恰好鲍小姐说她的未婚夫李医生是个虔诚的基督徒。于是方鸿渐正好借讽刺李医生来出气。说："学医而兼信教，那等于说：假如我不能教病人好好的活，至少我还能教他好好的死，反正他请我不会错。这仿佛药房掌柜带开棺材铺子，太便宜了！"③如果仅仅这样比喻，一般

---

① 钱锺书：《写在人生边上》，开明书店，1949年版，第2页。
② 马钧：《钱锺书"痴气"初探》，《贵州大学学报》1995年第2期，第47页。
③ 钱锺书：《围城》，人民文学出版社，1980年版，第19页。

人就难以领会这个比喻的妙处，联想不出"学医而兼信教"与"药房掌柜带开棺材铺子"之间有什么联系。为此，作者在比前写道："医学要人活，救人的肉体；宗教救人的灵魂，要人不怕死。所以病人怕死，就得请大夫，吃药；医药无效，逃不了一死，就找牧师和神父来送终。"这一段话就是比前引导。经过引导，把读者引到了作者思考的轨道，同时也就能体会到作者比喻的妙处，觉得作者不但比得新颖奇特，而且顺理成章，合于情理。再如：赵辛楣临到三闾大学之前，雄心勃勃。说教书是政治活动的开始，教学生是训练干部。可是目睹了三闾大学乌七八糟的黑暗现状之后，连呼上当。于是方鸿渐便讥讽他前后态度矛盾。他回答说："我们在社会上一切说话全像戏院子的入场券，一边印着'过期作废'，可是那一边并不注明什么日期，随我们的便可以提早或延迟。"[①]这个比喻，如果孤立地看，一下难以明白作者的用意。可是作者在比喻之前，已经做了大量的铺垫和引导。赵辛楣搜索枯肠地为出尔反尔、言而无信找了许多理由和根据。说："此一时，彼一时。""话是空的，人是活的；不是人照着话做，是话跟着人变。假如说了一句话，就至死不变的照做，世界上没有解约，反悔，道歉，离婚许多事了。"并拿每天报纸上登的各国政府发言人的谈话和第一次欧战时德国首相说的"条约是废纸"作根据。说人们订契约，订约的动机都是根据目前的希望、认识和需要。"不过'目前'是最靠不住的，假使这'目前'已经落在背后了，条约上写明'直到世界末日'都没有用，我们随时可以反悔。"按照这样的逻辑推下来，把社会上一切说话比为戏院子的入场券也

[①] 钱锺书：《围城》，人民文学出版社，1980年版，第228页。

就好像顺理成章了。这样一引一比，人们就看到了那些玩弄权术的政治骗子是怎样背信弃义而又要说得冠冕堂皇了。

三、多角度透视的博喻

博喻，或叫复喻。即用两个或更多的喻体，从不同的角度来说明本体的特征，使事物被描绘、说明得淋漓尽致。钱锺书形容博喻说："若夫诗中之博依繁比，乃如四面围攻，八音交响，群轻折轴，累土为山，积渐而高，力久而入（cumulative, convergent），初非乍此倏彼、斗起欻绝、后先消长代兴者（dispersive, diversionary），作用盖区以别矣。"① 对博喻的作用钱锺书说："说理明道而一意数喻者，所以防读者之囿于一喻而生执着也。星繁则月失明，连林则独树不奇，应接多则心眼活；纷至沓来，争妍竞秀，见异思迁，因物以付，庶几过而勿留，运而无所积，流行而不滞，通多方而不守一隅矣。"② 钱锺书认为苏轼诗风格的"大特色是比喻的丰富、新鲜和贴切，而且在他的诗里还看得到宋代讲究散文的人所谓'博喻'或者西洋人所称道的莎士比亚式的比喻，一连串把五花八门的形象来表达一件事物的一个方面或一种状态。这种描写和衬托的方法仿佛是采用了旧小说里讲的'车轮战法'，连一接二的搞得那件事物应接不暇，本相毕现，降伏在诗人的笔下"③。《诗经》以及庄周、韩愈的散文中都用这种手法，但尤使钱锺书称道的是苏轼的《百步洪》第一首

---

① 钱锺书：《管锥编》第一册，中华书局，1986年版，第14页。
② 钱锺书：《管锥编》第一册，中华书局，1986年版，第13—14页。
③ 钱锺书：《宋诗选注》，人民文学出版社，1989年版，第61页。

里写水波冲泻的一段:"有如兔走鹰隼落,骏马下注千丈坡,断弦离柱箭脱手,飞电过隙珠翻荷。"钱锺书评道:"四句里七种形象,错综利落,衬得《诗经》和韩愈的例子都呆板滞钝了。"[①]钱锺书评论苏轼的话,其实正可以移来说明他自己。他在作品中也大量使用博喻,从不同的侧面来比喻本体,并且往往是喻中有喻,一段话就形成一个比喻群,呈现给人的形象五彩缤纷,使人有目不暇接之感。比如:《猫》中写初出茅庐的大学生齐颐谷假期来给李建侯当私人书记,出乎意料地被邀请来赴李太太的茶会,在众多的名人和时髦、漂亮的女主人面前,手足无措,拘谨不安。爱默为了打消他的紧张,冲他嫣然一笑。作者把这一笑比为"像天桥打拳人卖的狗皮膏药和法国象征派作的诗"。说"这笑里的蕴蓄,多得真是说起来叫人不信"。女主人公爱默是女中名流,应付场面的老手。喜欢男人们围着她转听她摆布,来满足她的无聊和虚荣。颐谷在她眼中不过是一个十九岁的大孩子,不过这个大孩子身上有点那些她的中年的熟客们身上没有的使她感到新奇的东西。所以作者写她对颐谷的笑含义是复杂的,难以解释清楚的。钱锺书用天桥打拳人卖的狗皮膏药和法国象征派的诗来比它的含义复杂。旧时候耍把式卖艺人卖的狗皮膏药,号称包治百病;法国象征诗派,主张诗的暗示,朦胧和多义性,所以一首诗可以有各种各样的解释,叫人捉摸不定。这样两个喻体,一俗一雅,使不同的读者层都能得到愉悦和满足。在这个比喻之后,作者对这一笑又进一步解释。"它涵有安慰,保护,温柔等成分。""作用相当于大人把手抚摸小孩子的头发,或拍他的肩背,叫他别惊惶。"这是在解释中又用喻。

---

① 钱锺书:《宋诗选注》,人民文学出版社,1989年版,第62页。

这如此神秘的笑作用如何呢？作者又用了一连串的喻体来说明："所可惜是颐谷还不敢正眼瞧爱默，爱默的笑，恰如胜利祈祷，慈善捐款，义务教育以及其他善意的施与，对方并未受到好处。"一个叫人看来很平常的笑，作者写来是步步深入，妙趣横生；读者读来是曲径通幽，一波未平，一波又起，显出了作者超人的智慧和不尽的才华。再如："原来上帝只是发善心时的魔鬼，肯把旁的东西给我们吃，而魔鬼也就是没好气时的上帝，要把我们去喂旁的东西。他们不是两个对峙的势力，是一个势力的两方面，两种名称，好比疯子一名天才，强盗就是好汉，情人又叫冤家。"作者写上帝造了一男一女想叫他们来陪伴并赞颂自己，可是一男一女造出后却小两口儿亲亲热热，反把上帝冷落在一边。于是上帝又造了毒禽猛兽来和人捣乱，希望他们"穷则呼天"。以上引文就是男女二人在发现上帝造的这些猛兽后发的议论。这段议论其实就是一组精彩的比喻。先是把上帝和魔鬼互比，这之后又一口气用了三个喻体来说明上帝和魔鬼互比的正确性。"好比疯子一名天才，强盗就是好汉，情人又叫冤家。"本来，人们认为上帝是尽善尽美的，和魔鬼是截然不同的。可是作者抓住事物的矛盾和相反相成的两个方面的特点，出人意表地把上帝比成魔鬼，并且从多个方面做比来证实这个比喻的正确性。读来新颖奇特。再看两例。在谈到卜赖德雷（布拉德莱）的文笔时，钱锺书说："只有一个形容字——英文（不是法文）的 farouche，一种虚怯的勇。极紧张，又极充实，好比弩满未发的弓弦，雷雨欲来时突然静寂的空气，悲痛极了还没有下泪前一刹那的心境，更像遇见敌人时，弓起了背脊的猫。"[①]

[①] 钱锺书：《作者五人》，《大公报·世界思潮》第 56 期，1933 年 10 月 5 日。

在描写夫以妻荣的建侯的心理时说："建侯对太太的虚荣心不是普通男人占有美貌妻子，做主人翁的得意，而是一种被占有，做下人的得意，好比阔人家的婢仆，大人物的亲随，或者殖民地行政机关里的土著雇员对外界的卖弄。"看，这类比喻，真如"四面围攻，八音交响"，从不同的侧面，把事物描绘、说明得淋漓尽致。

四、诱比式

比喻一般要有本体、喻体和比喻词，有时可以省略比喻词或本体，但不能省略喻体。可是钱锺书为了充分调动读者的联想力和创造力，他还使用一种省略喻体的比喻方式，即只写出本体和比喻词，诱导读者去想象喻体，我们称之为"诱比式"。请看下面的例子。

……上帝因此思索着这伴侣该具有的资格。……

第一，这伴侣要能对自己了解。不过，这种了解只好像批评家对天才的了解，能知而不能行。他的了解不会使他如法创造跟自己来比赛，只够使他中肯地赞美，妙入心坎地拍马；因为——

第二，这伴侣的作用就为满足自己的虚荣心。他该对自己无休歇地，不分皂白地颂赞，像富人家养的清客，被收买的政治家，受津贴的报纸编辑。不过，记着，上帝并没有贿赂他，这颂赞是出于他自动的感激悦服；所以——

第三，这伴侣该对自己忠实，虔诚，像——像什么呢？不但天真未凿的上帝不会知道，就是我们饱经世故，看过父子、兄弟、男女、主仆、上司和下属、领袖和爱戴的人民间种种关系，也还不知道像什么。

这是《上帝的梦》中写上帝要造伴侣来陪伴自己。我们看他的梦做得多么美满而周密。作者借此来嘲讽一切独裁者的心理。这里连续用了三个（组）具有因果关系的比喻。前两个（组）是一般形式的比喻，只不过加上了风趣的解释，后一个却是诱比，利用一种反问和省略喻体的修辞手法，给读者留下更多的想象的余地。诱使读者体会上帝对这伴侣的要求多得没法说了，高得没法比了。读来幽默风趣。再如："他至坏不过直着喉咙狂喊，他从来不逼紧嗓子扭扭捏捏做俏身段，像——不用说咧！"[①] 像什么呢？作者没说，只是用"逼紧嗓子扭扭捏捏做俏身段"来给读者提个醒，余下的留给读者自己去想象和创造，造成幽默风趣的效果。

五、逆向推理式（倒比）

钱锺书有一些比喻，用逆向思维的推理方法，形成一种倒比的方式，把人们说烂了的套语翻出新意。如《围城》中写方鸿渐到洋行买办张吉民家去相亲，对张小姐不感兴趣却在路上爱上了商店里的皮外套，恰好在张家应酬的麻将桌上赢了钱，正好买皮外套。想起张家的庸俗，方鸿渐顿足大笑，把天空月亮当作张小姐，向她挥手作别。

---

① 钱锺书：《落日颂》，《新月月刊》第4卷第6期。

他记得《三国演义》里的名言:'妻子如衣服',当然衣服也就等于妻子;他现在新添了皮外套,损失个把老婆才不放在心上呢。①

作者用逆向思维的推理方法,把"妻子如衣服"这个陈旧的比喻点化得令人耳目一新。再如:《伊索寓言》中促织向蚂蚁借粮的故事,意思是劝人不要过一天乐一天,要勤劳,要有长远的打算。钱锺书运用逆向思维的推理方法,把这个尽人皆知的寓言故事生发出与本故事决然不同的新意,他说:

这故事应该还有下文。据柏拉图 phadrus 对话篇说,促织进化,变成诗人。照此推论,坐看着诗人穷饿,不肯借钱的人,前身无疑是蚂蚁了。②

这一逆向思维式的比喻,真是一个别开生面的转折,把读者由陈旧烂熟的思维模式中引向一条崭新的思路。作者进一步分析推理。按照寓言想,蚂蚁见死不救,促织必死无疑,而促织饿死了,本身就又变成了蚂蚁的美味佳肴;同样,作家也和促织一样,尽管穷饿而死,可死后却可以养活别人。"譬如,写回忆怀念文字的亲戚和朋友,写研究论文的批评家和学者。"这里,作者巧妙地利用比喻和逆向推理的方法把一个旧寓言翻新,在幽默诙谐中嘲讽了那些吝啬的富翁和那些靠死人吃饭的庸俗的批评家和学者。

---

① 钱锺书:《围城》,人民文学出版社,1980 年版,第 47 页。
② 钱锺书:《写在人生边上》,开明书店,1949 年版,第 55—56 页。

六、逻辑思辨与形象比喻融合式

在谈比喻的特点时我们说过，比喻是既摆脱逻辑又运用逻辑。钱锺书有些比喻则把逻辑推理和形象比喻融为一体，互为表里。在科学论文里，一般人都尽量避免使用比喻。因为逻辑认为"异类不比"，而比喻的效果一般是要达到"似是而非，似非而是"。所以在科学论文里用比喻就显得文章不谨严、不周密。这是就一般而言，而钱锺书却突破了这种局限，在学术论文中不但使用比喻，而且是连续用喻，使用比喻来说理。既通俗易懂又严谨周密。比如：针对文学批评里的"载道"派和"言志"派总是争来争去。钱锺书指出：这两派之所以争论，都是因为对传统不够理解。因为在传统里，"文以载道"和"诗以言志"并不是互相对立、互相排除的两个命题，而是各有所指，互不相干。这里的"文"不是指的整个"文学"，"诗"也不是指的文学创作中的精华，而都是指文体。"文以载道"和"诗以言志"主要是规定个别文体的职能。"文"即散文或"古文"，这些文章一般要严肃，富于社会责任感；"诗"即指诗歌，长于抒发自我感情。所以"文以载道"和"诗以言志"二者之间并不矛盾。但"文"与"诗"却有主次之分。对二者之间的互不相干，互不排除，"或者羽翼相辅"的关系，作者比为好像是"他去北京"，"她回上海"，或"早点是稀饭"，"午餐是面"一样的互不妨碍。对二者之间不排除而有等次之分，作者比为"像梯级或台阶，是平行而不平等的"。说"载道"派和"言志"派之所以争来争去，是由于他们把"文以载道"和"诗以言志"这两个互不矛盾的命题理解为"仿佛'顿顿都喝稀饭'和'一日三餐全吃面'，或'两口儿都上北京'和'双双同去上海',变成相互排除的命题了。"①这里,钱锺书用"去北京","回上海","吃饭","梯级或台阶"这些无人不知无人不晓的事物,来比喻说明文学理论上的复杂高深的道理。说得像蓝天上的红日一样清楚明白。表现了作者对传统的深透了解和超人的思辨能力。

再如:"最能得男人爱的并不是美人。……她的美貌增进她跟我们心理上的距离,仿佛是危险记号,使我们胆怯,害怕,不敢接近。就是我们爱她,我们好比敢死冒险的勇士,抱有明知故犯的心思。反过来,我们碰见普通女人,至多觉得她长得还不讨厌,来往的时候全不放在眼里,吓!忽然一天发现自己糊里糊涂的爱上了她,……美人像敌人的正规军队;你知道戒惧,即使打败了,也有个交代。平常女子像这次西班牙内战里弗朗哥的'第五纵队',做间谍工作,把你颠倒了,你还没知道。"以上是《猫》中一个爱发高论来讨好女人的花花公子陈侠君的一段话。这段话里有好几个比喻。比如把女人的漂亮比为危险信号,把向美丽女子求爱的男人比作敢死冒险的勇士。最新奇的是把美人比为敌人的正规军队,把相貌平常的女子比为"第五纵队"——间谍。本来女人的容颜与军队的正规与否毫无关系,如果简单地把这些拉在一起来比喻,那就叫人费解了,钱锺书这里运用了比前引导和比后点题的方法,运用逻辑推理,先从心理上,从人的注意力上来寻找本体和喻体的似同点。美貌女子容易引起人们的注意,正规军队容易叫人警惕;平常女子不易引起人们的注意,隐蔽的敌人不易被发现。引起注意的时刻

---

① 钱锺书:《钱锺书论学文选》6卷,花城出版社,1990年版,第4页。

提防，不注意的容易上当。顺着这样的线索作者用幽默风趣的语言把读者引到了本体和喻体的交汇点上，从而形成了创造性的新颖生动的比喻。

以上分析了钱锺书的比喻在形式上的一些与众不同的特点。我们是把每一个特点分开来论述的，其实他的比喻，有时很难用某一种形式来界定，有时一个比喻又兼有多种特点，我们分开来讲，只不过是为了论述的方便罢了。

第三节　钱锺书比喻的喻体（内容）特点

比喻价值的大小，新颖与否，与所用喻体大有关系。在这方面，钱锺书的比喻也有一些与众不同的地方。

一、用幽默风趣的故事作喻体

钱锺书的比喻轻松幽默，妙趣横生。有许多比喻的喻体本身就是引人发笑的故事。比如，小说《猫》中描写一伙名人学者在李太太家的茶会上神侃。一个什么学术研究所的主任赵玉山鄙薄学西洋文学的女学生，说她们满脑子的浪漫思想，什么都不会，可是动不动要了解人生，要当女作家，顶不安分。他说傅聚卿曾介绍了一个这样的女生到他的研究所叫他给轰跑了。于是傅聚卿说他头脑顽固，容不下人。郑须溪说应该留下这个女学生，环境能够把她改变好。于是陆伯麟就讲笑话来嘲讽郑须溪。说一次住在普陀寺，寺里的和尚担保没有臭虫，说"就是有一两个，佛门的臭虫受了菩萨感应，不吃荤血；万一真咬了人，阿弥陀佛，先生别弄死它，在菩萨清静道场杀生有罪孽的"。结果那天夜里被咬得一晚不能睡觉。后来听说有人真照和尚的话去做，"有同去烧香的婆媳两人，那婆婆捉到了臭虫，便搁在她媳妇的床上，算是放生积德，媳妇嚷出来，传为笑话"。以上郑须溪的话和陆伯麟讲的笑话就组成一个风趣的比喻。这个比喻的本体大意是说环境能够潜移默化地改变人；喻体是和尚说佛门臭虫不吃荤血的故事。这是一个反语比喻，表面看来喻体是在为本体寻找根据，而骨子里却是在批驳这种观点。是用和尚虽说佛门臭虫不咬人可却咬得人一夜睡不了觉来反驳环境能改变人的论点。这个喻体中有婆婆把捉到的臭虫放到儿媳的床上来放生积德这一幽默的内容，为整个比喻增添了风趣的色彩。再如：1980年11月20日钱锺书在日本早稻田大学文学教授恳谈会上演讲时，以两个风趣的比喻开场。首先说，"面对着贵国'汉学'或'支那学'的丰富宝库，就像一个既不懂号码锁，又没有开撬工具的穷光棍，瞧着大保险箱，只好眼睁睁地发愣"。这一比喻就已够风趣了，可是钱锺书还嫌不够味，又接下来顺势引出一个令人捧腹的故事来作比。并且两个比喻又衔接得天衣无缝。由上面比喻中的"不懂号码锁"引出无知，并由此转折出一个过渡句，"盲目无知往往是勇气的源泉"。从而开始讲意大利乡下佬申请专利的故事。说是有一个土包子凑巧拿着一根木棒和一块方布在路上走，忽然下起小雨来，人急智生，把棒撑了布遮住头顶，居然到家没有淋得像落汤鸡。他听说城里有"发明品专利局"就兴冲冲拿棍连布到专利局去表演，并申请发明了雨伞的专利。于是局里的职员拿出一把雨伞来，让他看仔细。讲了这个故事之后，钱锺书说："我今天就仿佛那个上注册局的乡下佬，孤陋寡闻，没见过雨伞。不过，在找不到屋檐下去借躲雨点的时候，棒撑着布也还不失为自力应急的一种有效办法。"[①]这样的比喻和转折，在那种同行面前讲学的场合，真是再妙不过。不但表明了对同行的尊重和自己的谦虚，而且也让人们感受到了他渊博的知识和幽默的态度。再如，有一位语言学家鄙薄文学批评，说"文学批评全是些废话，只有一个个字的形义音韵，才有确实性"。钱锺书在批评他的偏执己见，坐井观天时写道："拜聆之下，不禁想到格利佛在大人国瞻仰皇后玉胸，只见汗毛孔，不见皮肤的故事。"[②]这是以外国文学名著《格利佛游记》中的故事作喻体。这一比喻说明文学批评是有意义的。对那位只认为一个个字才有意义的语言学家来说，文学批评是巨人，而他却是只能看到这个巨人的汗毛孔的小侏儒。

二、用抽象的观念作喻体

一般比喻都是以具体事物来比具体事物，或者是以具体事物来比抽象的道理、观念，叫读者扩大印象，加深认识，明白道理。钱锺书有些比喻，却以抽象的观念道理来比具体的事物，比来新颖奇特，叫读者产生丰富的联想。比如："她（唐晓芙）眼睛并不顶大，可是灵活温柔，反衬得许多女人的大眼睛只像政治家讲的大话，大而无当。"[③]女人的大眼睛是形象具体的，政治家讲的大话，是抽象的。这里用抽象比具体，并比后点题说是"大而无当"。比来新颖贴切。再如："褚哲学家害馋痨地看着苏小姐，大眼珠

[①] 钱锺书:《钱锺书论学文选》6卷，花城出版社，1990年版，第148—149页。
[②] 钱锺书:《写在人生边上》，开明书店，1949年版，第55—56页。
[③] 钱锺书:《围城》，人民文学出版社，1980年版，第51页。

仿佛哲学家谢林的'绝对观念',像'手枪里弹出的子弹',险得突破眼框,迸碎眼镜。"① 这个比喻中把褚慎明呆呆地看着苏小姐的眼珠子比成谢林所谓的不变的"绝对观念"。用抽象观念来比具体的眼珠。褚慎明那种不错眼珠地盯着苏小姐看的丑态跃然纸上。再如《围城》中写方鸿渐和赵辛楣在苏小姐家初次会面,赵辛楣摆出一副高傲的姿态,对方鸿渐满脸的瞧不起。"他的表情就仿佛鸿渐化为稀淡的空气,眼睛里没有这人。"这使方鸿渐立刻局促难受而自卑。"假如苏小姐也不跟他讲话,鸿渐真要觉得自己子虚乌有,像五更鸡啼时的鬼影,或者道家'视之不见,抟之不得'的真理了。"② 把衣着裸露的鲍小姐比为"真理","因为据说'真理是赤裸裸的'"。鲍小姐并未一丝不挂,所以又比为"局部的真理";③ 写方鸿渐一行人在吉安因为找不到铺保无法领出高松年汇给他们的旅费。当地妇女协会的一个女同志答应帮忙,几个人在旅馆直等到下午五点钟,那女同志影踪全无。在大家绝望的时候,"那女同志跟她的男朋友宛如诗人'尽日觅不得,有时还自来'的妙句,忽然光顾"④。写鹰潭镇旅馆里的"半生不熟的肥肉,原是红烧,现在像红人倒运,又冷又黑"⑤ 等。在这些比喻里,以"视之不见,抟之不得"的"真理"来比感到渺小虚无的方鸿渐;以"真理"和"局部真理"来比穿着裸露的鲍小姐;以"尽日觅不得,有时还自来"的诗句来比久等不来而又突然而至的女同志;

---

① 钱锺书:《围城》,人民文学出版社,1980年版,第91页。
② 钱锺书:《围城》,人民文学出版社,1980年版,第54页。
③ 钱锺书:《围城》,人民文学出版社,1980年版,第5页。
④ 钱锺书:《围城》,人民文学出版社,1980年版,第186页。
⑤ 钱锺书:《围城》,人民文学出版社,1980年版,第166页。

以"红人倒运"来比又黑又冷的红烧肉等,都是用抽象的观念来比具体的人和物,给人以新颖奇特之感。

三、用作者创造性想象出的意境作喻体

钱锺书有些比喻,不是用现实中存在的事物作喻体,而是用作者创造性想象出的意境作喻体,这样的比喻,实际上是作者的一种独特的心理体验。比如:"苏小姐因为鸿渐今天没跟自己亲近,特送他到走廊里,心里好比冷天出门,临走还要向火炉前烤烤手。"[①]在这个比喻里,作者想象了一种"冷天出门,临走还要向火炉前烤烤手"的意境来比苏小姐那种恋恋不舍而又无可奈何、怅然若失的心理。把这种抽象的心理比得形象而富于动感,新颖贴切。再如:赵辛楣为苏小姐而失恋,方鸿渐为唐小姐而失恋。一对难兄难弟成了同病相怜的好朋友。结伴去三闾大学的路上,辛楣很达观地对方鸿渐说,苏小姐和曹元朗结婚他一点也不嫉妒,并且去参加了他们的婚礼,在婚礼上遇见了唐小姐。方鸿渐对唐小姐一见钟情,爱得倾心,深沉。失恋以后,受尽了情感的折磨。现在表面上好像忘记了那件事,实际上内心深处还在念念不忘,甚至还抱有某种幻想和侥幸心理。所以听辛楣说见到了唐小姐,他下意识地神经马上高度紧张,和唐小姐的事闪电般地在脑子里闪过,兴奋得心猛烈跳动。可是辛楣马上对他说和唐小姐一句话没提到他。使他由兴奋转为极度失望。这里作者用两个创造性想象的意境来比喻方鸿渐此时的心理。说像"黑牢里的禁锢者摸索着一根火柴,刚划亮,火柴就熄了,眼前没看清的一片又滑回黑暗里"和"黑夜里两条船相迎擦过,一

---

① 钱锺书:《围城》,人民文学出版社,1980年版,第66页。

个在这条船上,瞥见对面船舱的灯光里正是自己梦寐不忘的脸,没来得及叫唤,彼此早距离远了。这一刹那的接近,反见得暌隔的渺茫。"① 作者用这两个特定境况下的心理来比方鸿渐的心理,真是体会得细致入微,比来贴切生动。

四、选择近取诸身的喻体

在比喻时,选择近取诸身的喻体,能把事理说得更浅显明白,并让人们有一种切身的体验感。钱锺书在论《易》之《噬》时称赞了这种取喻方法。"噬、嗑,亨";《注》:"噬、啮也,嗑、合也。凡物之不亲,由有间也;物之不齐,由有过也;有间与过,啮而合之,所以通也。"钱锺书认为这是"以噬嗑为相反相成(coincidentia oppositorum)之象。故《象》曰:'颐中有物曰噬嗑,噬嗑而亨;刚柔分动而明,雷电合而章。'盖谓分而合,合而通。上齿之动也就下,下齿之动也向上,分出而反者也,齿决则合归而通矣。比拟亲切,所谓'近取诸身'也"②。钱锺书在《管锥编》中列举了一系列这类例子。如贾让《奏治河三策》:"夫土之有川,犹人之有口也,治土而防其川,犹止儿啼而塞其口";《国语·周语》上召公谏厉王"弭谤"曰:"防民之口,甚于防川。"钱锺书认为这是"反其喻而愈亲切"。《淮南子·氾论训》:"故目中有疵,不害于视,不可灼也;喉中有病,无害于息,不可凿也";《说林训》:"譬犹削足而适履,杀头而便冠"③等等。可见钱锺书对这类

---

① 钱锺书:《围城》,人民文学出版社,1980年版,第144页。
② 钱锺书:《管锥编》第一册,中华书局,1986年版,第22页。
③ 钱锺书:《管锥编》第三册,中华书局,1986年版,第964页。

比喻的熟悉，并且认为这种"近取诸身"的取喻有亲切感。所以在写作实践中，他也常使用这种比喻。比如：明人鄙薄宋诗学唐诗而不像唐诗，而明人学唐诗是"学得来惟肖而不惟妙，像唐诗而又不是唐诗"。其实他们和宋人一样，都是把"流"错认为"源"。钱锺书说他们"并未改变模仿和依傍的态度，只是模仿了另一个榜样，依榜了另一家门户，……宋诗是遭到排斥了，可是宋诗的习气依然存在，只变了个表现方式，仿佛鼻涕化而为痰，总之感冒并没有好"[①]。再如，古人重视"炼字""炼句"，有"吟安一个字，捻断数茎须"；"一个字未稳，数宵心不闲"；"壮非少者哦七言，六字常语一字难"等等佳话。钱锺书评道："夫曰'安排'，曰'安'，曰'稳'，则'难'不尽于字面之选择新警，而复在于句中之位置贴适，俾此一字与句中乃至篇中他字相处无间，相得益彰。倘用某字，因足以见巧出奇，而入句不能适馆如归，却似生客闯座，或金屑入眼，于是乎虽爱必捐，别求朋合。盖非就字以选字，乃就章句而选字。"[②] 用近取诸身的比喻把炼字的原则和方法说得明白透彻。在说明严羽的诗歌创作远不及他的诗歌理论时说："批评家一动手创作，人家就要把他的拳头塞他的嘴——毋宁说，使他的嘴咬他的手。……他论诗着重'透彻玲珑'，'洒脱'，而他自己的作品很粘皮带骨，常常有摹仿的痕迹；尤其是那些师法李白的七古，力竭声嘶，使读者想到一个嗓子不好的人学唱歌，也许调门没弄错，可是声音又哑又毛，或者想起寓言里那个青蛙，鼓足了气跟牛比赛大小。"[③] 在比较黄庭坚和陈师道的不同风格时

[①] 钱锺书：《宋诗选注》，人民文学出版社，1989年版，第16—17页。
[②] 钱锺书：《谈艺录》（补订本），中华书局，1984年版，第326—327页。
[③] 钱锺书：《宋诗选注》，人民文学出版社，1989年版，第268页。

说:"假如读《山谷集》好像听异乡人讲他们的方言,听他们讲得滔滔滚滚,只是不大懂,那末读《后山集》就仿佛听口吃的人或病得一丝两气的人说话,瞧着他满肚子的话说不畅快,替他干着急。"[1]钱锺书的小说中这类例子更多。如说"陆子潇的外国文虽然跟重伤风的人的鼻子一样不通"[2];唐小姐和方鸿渐关系破裂后,想"把方鸿渐忘了就算了。可是心里忘不了他,好比牙齿钳去了,齿腔空着作痛"[3];写方鸿渐"失恋继以失业,失恋以致失业,真是摔了仰天交还会跌破鼻"[4]等等。这类比喻,选择近取诸身的喻体,让读者有一种切身的体验感,把事理说得显明易懂。

第四节 钱锺书比喻的应用特点

钱锺书的比喻大体上可分为两大类型:一种是喜剧性的比喻,这种比喻常常用游戏的态度在相差甚远甚至性质相反的事物或概念之间找出似同点相比,从而给人以新颖或乖讹的喜剧感受,造成幽默或讽刺的效果;另一种是逻辑性比喻,就是通常所谓"打比方"说明道理。在实际应用中,钱锺书在学术性的文章或著作中多用平白易懂,形象生动的逻辑性比喻;在小说中则多用喜剧性的比喻,达到幽默讽刺的效果;在散文随笔中则两种类型的比喻兼用,并且有时以比喻的形象化形式来进行哲理思辨。

---

[1] 钱锺书:《宋诗选注》,人民文学出版社,1989年版,第102页。
[2] 钱锺书:《围城》,人民文学出版社,1980年版,第279页。
[3] 钱锺书:《围城》,人民文学出版社,1980年版,第111—112页。
[4] 钱锺书:《围城》,人民文学出版社,1980年版,第118页。

一、学术论著中的用喻——活泼易懂

为了保证文章的严谨周密，人们在学术论文中很少使用比喻。而钱锺书则不然，无论是小说散文还是学术论著，都大量使用比喻。并且，不论在何种文体中，比喻都用得贴切精当，令人击节赞叹。我们先来看他学术论著中用喻的特点。学术论著，目的是要探索规律，阐明道理。所以钱锺书用在学术论著中的比喻，不追求幽默讽刺，也不追求含蓄意蕴，而是用浅显明白、人人皆知的事说明文艺美学中的艰深道理。使文章深入浅出，活泼生动。如钱锺书论李贺诗时说："长吉穿幽入仄，惨淡经营，都在修辞设色，举凡谋篇命意，均落第二义。……余尝谓长吉文心，如短视人之目力，近则细察秋毫，远则大不能睹舆薪。"[1] 李贺作诗，小处敏感，大处茫然。在修辞设色上苦心经营，令人读来惊心动魄、爽肌刺骨，而在谋篇命意上注意不够，不能情意贯注。钱锺书把此种情况比之为近视眼，近能明察秋毫，远则车薪不辨。这一个比喻，形象生动，把李贺诗的特点揭示得明明白白，令人点头称是，有会于心。钱锺书在《中国诗与中国画》一文中论述到一种情况。即新传统的批评家站在现在的立场，以局外人的冷静和超脱，想对旧传统里的作品做比较全面的认识和比较客观的估价，然而，由于对旧传统或风气不很了解，就可能曲解附会，说外行话。他把这些新传统的批评家比为"仿佛'清官判断家务事'，有条有理，而对于委曲私情，终不能体贴入微"[2]。一个比喻，把道理讲得极为明白。使人们了解到此一时代的批评家对另一时代作品的评价，

---

[1] 钱锺书：《谈艺录》（补订本），中华书局，1984年版，第46页。
[2] 钱锺书：《旧文四篇》，上海古籍出版社，1979年版，第3页。

难免犯"见林不见树"的偏差。再如:为了说明文学作品的风格是多种多样而又有主有次的情况。钱锺书比喻说:"艺术之宫是重楼复室、千门万户,决不仅仅是一大间敞厅;不过,这些屋子当然有正有偏,有高有下,决不可能都居正中,都在同一层楼上。"[1]为了说明文章繁简要得当,不能只追求精简而碍理解。钱锺书举例说:"《论语》首章凡三十字。曩估客言,曾见海外盲儒发狂疾,删去虚字十六,训其徒曰:'学时习,说。朋远来,乐。不知,不愠,君子。'简则简矣,是尚为通文义者乎?余读易州碑本《道德经》,时有海外盲儒为《论语》削繁或吝惜小费人拍发电报之感。"[2]利用比喻把艺术上的复杂道理说得明白易懂。

一些人的理论文章,尽管也许有思想,有体系,但是,由于讲的是抽象的道理,读来令人觉得枯燥乏味、精神疲乏,很难读下去。而钱锺书的学术论著,除用形象的比喻说明道理外,还经常穿插一些风趣的比喻,来调节人们的精神,使文章活泼生动,令人读来总能兴致勃勃。比如:钱锺书认为文艺批评应该实事求是,不能要赞扬时就说成绝对的好,批评时就说得一无是处。这都不是科学和辩证的态度。明人把宋诗贬得一钱不值,而晚清"同光体"诗人们又提倡宋诗,推崇江西诗派。对此,钱锺书说:"批评该有分寸,不要失掉了适当的比例感。假如宋诗不好,就不用选它,但是选了宋诗并不等于有义务或者权利来把它说成顶好,顶顶好,无双第一,模仿旧社会里商店登广告的方法,害得文学批评里数得清的几个赞美字眼儿加班兼职,力竭声嘶的赶任务。"[3]

---

[1] 钱锺书:《宋诗选注》,人民文学出版社,1989年版,第76页。
[2] 钱锺书:《管锥编》第二册,中华书局,1986年版,第402—403页。
[3] 钱锺书:《宋诗选注》,人民文学出版社,1989年版,第10页。

这里钱锺书在学术论著中运用比喻和比拟的修辞方法，写来活泼生动，令人读来新颖而有兴致。钱锺书把那些撇开现实生活的"源泉"，把"继承和借鉴"去"替代自己的创造"的偏重形式的古典主义比为是"把诗人变成领有营业执照的贼，不管是巧取还是豪夺，是江洋大盗还是偷鸡贼，是西崑体那样认准了一家去打劫还是像江西派那样挨门排户大大小小人家都去光顾"[①]。再如，宋代道学家们反对文学，认为"作文害道"，文章是"俳优"，诗歌是"闲言语"。可是他们有时又手痒难熬地来写诗，当然写出来的诗也就不免有道学气而不像诗了。对这种情况，钱锺书比喻说："道学家要把宇宙和人生的一切现象安排总括起来，而在他的理论系统里没有文学的地位，那仿佛造屋千间，缺出了一间；他排斥了文学而又去写文学作品，那仿佛家里有屋子千间而上邻家去睡午觉；写了文学作品而借口说反正写得不好，所以并没有'害道'，那仿佛说自己只在邻居的屋檐下打个地铺，并没有升堂入室，所以还算得睡在家里。"[②]这种形象生动而风趣的比喻在钱锺书的学术论著中比比皆是，形成他学术论著以小见大，深入浅出，形象说理，轻松活泼的风格特点。

二、小说中的用喻——诙谐嘲讽

大家所熟知的是钱锺书在小说中的用喻。一部《围城》风靡了海内外。《围城》的魅力与其新颖奇特、色彩纷呈的比喻是分不开的。这里我们以《围城》和《人·兽·鬼》为例，来分析一

---

① 钱锺书：《宋诗选注》，人民文学出版社，1989年版，第19页。
② 钱锺书：《宋诗选注》，人民文学出版社，1989年版，第152—153页。

下他在小说中应用比喻所呈现出来的特色。钱锺书小说中用喻众多，其作用也多种多样，但最突出的作用有两个。其一，作者以局外人的身份，站在人生的制高点上，对人生社会进行剖析和嘲讽；其二，用比喻来刻画人物性格，描摹人物心理。有时二者又合于一起，在刻画描摹人物性格心理的同时给予辛辣的嘲讽。比如："从前公鸡因为太阳非等他啼不敢露脸，对母鸡昂然夸口，又对着太阳引吭高叫，自鸣得意。比公鸡伟大无数倍的上帝，这时候心理上也就跟他相去不远，只恨天演的历程没化生出相当于母鸡的东西来配他，听他夸口。这可不是天演的缺陷，有它科学上的根据。正像一切优生学配合出的动物（譬如骡），或者至高无上的独裁元首（譬如希特勒），上帝是不传种的，无须配偶。"钱锺书在寓言式小说《上帝的梦》中推说按照天演的原则，进化到最后产生了一个至高无上的上帝。这个上帝不是教徒们心目中慈悲救世的主，而是一个有着人的七情六欲而又骄傲、狂妄的独裁者。作者把他比喻成自鸣得意的公鸡，并进而说只恨天演的历程没化生出相当于母鸡的东西来配他，听他夸口。并且捎带一笔，把至高无上的独裁元首（希特勒）来和骡相比，用上帝不传种来把他们联系在一起。表现出作者对那些狂妄的独裁者的轻蔑和嘲讽，揭示了他们狂妄自得的心理。用公鸡对母鸡昂然夸口，又对着太阳引吭高叫、自鸣得意的神态来形容独裁者的心理，真是神形兼备，讽刺得辛辣有力。再看一例。"方鸿渐诚心佩服苏小姐说话漂亮，回答道：ّ给你这么一讲，我就没有亏心内愧的感觉了。我该早来告诉你的，你说话真通达！你说我在小节上看不开，这话尤其深刻。世界上大事情像可以随便应付，偏是小事倒丝毫假借不了。譬如贪官污吏，纳贿几千万，而决不肯偷人家的钱袋。

我这幽默的态度,确不彻底。"①方鸿渐买了张假文凭,只想用来骗骗父亲和给他出资让他留学的挂名丈人。没想到挂名岳父却在《沪报》上大肆张扬。苏小姐看了《沪报》上的消息,误以为他已真的结婚。所以方鸿渐造访时她就以"婚事"和"博士"的事对他进行嘲弄。于是方鸿渐"便痛骂《沪报》一顿,把干丈人和假博士的来由用春秋笔法叙述一下,买假文凭是自己的滑稽玩世,认干亲是自己的和同随俗"。并说为《沪报》上的那段新闻还跟挂名岳父闹了别扭。于是苏小姐反劝他在大地方既已玩世不恭,在小节上也不必太认真。上面就是引的方鸿渐听了苏小姐的劝告后讲的一段话。其中的风趣比喻:"世界上大事情像可以随便应付,偏是小事倒丝毫假借不了。譬如贪官污吏,纳贿几千万,而决不肯偷人家的钱袋。"在描写主人公的处世态度时,顺便对贪官污吏进行了无情的揭露和嘲讽。

钱锺书还善于用比喻来描摹刻画人物的性格心理。比如写方鸿渐在苏家初识唐小姐,认为寻到了意中人。作家写他兴奋不已的心情说:"方鸿渐出了苏家,自觉已成春天的一部分,沆瀣一气,不是两小时前的春天门外汉了。走路时身体轻得好像地面在浮起来。"②写他认为恋爱初步成功——唐小姐答应和他一起吃晚饭时的心理:"他那天晚上的睡眠,宛如粳米粉的线条,没有粘性,拉不长。他的快乐从睡梦里冒出来,使他醒了四五次,每醒来就像唐晓芙的脸在自己眼前,声音在自己耳朵里。"③利用比喻把方

---

① 钱锺书:《围城》,人民文学出版社,1980年版,第50页。
② 钱锺书:《围城》,人民文学出版社,1980年版,第59页。
③ 钱锺书:《围城》,人民文学出版社,1980年版,第66页。

鸿渐兴奋快乐的心情描摹刻画得细腻而贴切。再如："那时候苏小姐把自己的爱情看得太名贵了，不肯随便施与，现在呢，宛如做了好衣服，舍不得穿，锁在箱里，过一两年忽然发现这衣服的样子和花色都不时髦了，有些自怅自悔。"[①]用放衣服来比爱情错过良机。苏小姐青春年少时拒绝了不少追求者，而现在孤身一人，无人问津，有点怅然若失，悔不当初的心情确实和那些把自己心爱的好衣服放过了时的人们心情有些近似之处。不过更深重一些罢了。衣服放过了时只是一时的心疼，而爱情错过良机酿成终生遗恨。一个比喻，既揭示了人物的心理，又颇带嘲讽的意味。总之，钱锺书在小说中用比喻来嘲讽社会人生，来刻画人物性格，描摹人物心理。这样的例子不胜枚举。这些比喻所呈现的基本特色是：幽默诙谐的态度，机智辛辣的嘲讽。

三、散文中的用喻——灵活多样

散文是最活泼而富于变化的一种文体。有时散文与其他文体的界限很难划分清楚。钱锺书散文中的用喻灵活多变。有时用学术论著中常用的平白易懂、活泼生动的比喻来说理，有时又用小说中常用的幽默诙谐的比喻来嘲讽。前者如："……借系统伟大的哲学家（并且是德国人），来做小品随笔的开篇，当然有点大才小用，好比用高射炮来打蚊子。不过小题目若不大做，有谁来理会呢？小店、小学校开张，也想法要请当地首长参加典礼，小书出版，也央求大名人题签，正是同样的道理。"[②]后者如：钱锺

---

① 钱锺书：《围城》，人民文学出版社，1980年版，第12页。
② 钱锺书：《写在人生边上》，开明书店，1949年版，第54页。

书嘲讽一个认为除了训诂音韵之外更无学问的文字学家,说他是"学会了语言,不能欣赏文学,而专做文字学的功夫,好比向小姐求爱不遂,只能找丫头来替。不幸得很,最招惹不得的是丫头,你一抬举她,她就想盖过了千金小姐。有多少丫头不想学花袭人呢?"[1]可以看出,钱锺书散文中的用喻兼有学术论著和小说这两种文体中比喻的色彩。并且,他散文中还有一类具有思辨色彩的比喻,用形象的比喻来进行哲理思辨,使文章含蓄隽永,蕴意深广,这是钱锺书散文中独具特色的一种比喻。比如:"偏见可以说是思想的放假。它是没有思想的人的家常日用,而是有思想的人的星期日娱乐。假如我们不能怀挟偏见,随时随地必须得客观公平、正统严肃,那就像造屋只有客厅,没有卧室,又好比在浴室里照镜子还得做出摄影机头前的姿态。"[2]钱锺书认为"所谓正道公理压根儿是偏见"。也就是说,公理和偏见是相辅相成的。没有绝对真理,也没有绝对偏见。所以不管有思想的人还是没思想的人,都会产生偏见,只不过是有思想的人偏见少一些,而没思想的人偏见多一些罢了。他形象地比为"它是没有思想的人的家常日用,而是有思想的人的星期日娱乐"。要求人们时时刻刻都百分之百正确,这是根本不可能的。钱锺书形象地比为:"假如我们不能怀挟偏见,随时随地必须得客观公平、正统严肃,那就像造屋只有客厅,没有卧室,又好比在浴室里照镜子还得做出摄影机头前的姿态。"再如:"门是人的进出口,窗可以说是天的进出口";[3]"吃饭有时很像结婚,名义上最主要的东西,其实往往是附属品。吃

---

[1] 钱锺书:《写在人生边上》,开明书店,1949年版,第56—57页。
[2] 钱锺书:《写在人生边上》,开明书店,1949年版,第48页。
[3] 钱锺书:《写在人生边上》,开明书店,1949年版,第13页。

讲究的饭事实上只是吃菜，正如讨阔老的小姐，宗旨倒并不在女人。这种主权旁移。包含着一个转了弯的、不甚素朴的人生观。辨味而不是充饥，变成了我们吃饭的目的。舌头代替了肠胃，作为最后或最高的裁判。不过，我们仍然把享受掩饰为需要，不说吃菜，只说吃饭，好比我们研究哲学或艺术，总说为了真和美可以利用一样。有用的东西只能给人利用，所以存在；偏是无用的东西会利用人，替它遮盖和辩护，也能免于抛弃。"[①]"嫌脏所以表示爱洁，因此清洁成癖的人宁可不洗澡，而不愿借用旁人的浴具。秽洁之分结果变成了他人和自己的分别。自以为干净的人，总嫌别人龌龊，甚而觉得自己就是肮脏，还比清洁的旁人好受。往往一身臭汗、满口腥味，还不肯借用旁人使过的牙刷和手巾。……这样看来，我们并非爱洁，不过是自爱。"[②] 以上三例都带有用形象比喻进行哲理思辨的色彩。

以上我们考察了钱锺书比喻的应用特点，即在不同的场合，不同的文体中用不同类型的比喻。如果我们把他学术论著中的比喻生硬地搬到他的小说中，则显得平白无味，把他散文中带有思辨意味的比喻搬到小说里，也会显得生涩难读，破坏小说的情味。把这种比喻搬到学术论文中，会使本来抽象的道理更添曲折。反过来，如果把小说中那种幽默诙谐，用于嘲讽的比喻大量地用在学术论著里，则会显得态度不严谨，破坏了学术论著的严肃性。所以，喜爱钱锺书比喻的朋友们，不要不分场合盲目地模仿。不要一味追求新颖奇特、幽默诙谐而不顾文体风格滥用比喻。

---

① 钱锺书：《写在人生边上》，开明书店，1949年版，第28页。
② 钱锺书：《写在人生边上》，开明书店，1949年版，第41页。

第 八 章

钱锺书的用典理论及用事个案分析

第一节 典故概说及钱锺书的用典理论

运用典故就是在作品中引用古代故事或有来历出处的词语，以达到借古喻今、言简意赅或言约意丰的效果。从典故自身的类型来说，典故有事典和语典之分。所谓事典就是来自历史事件或古代寓言、神话和传说等的典故；所谓语典就是来自古籍中的特别的词语。从读者接受的难易角度看，典故有熟典和僻典之分。熟典就是为一般人所知晓的典故；僻典则是常人所不熟悉的典故。从使用方法上来说，典故有明典和暗典之分。即在使用时明确指出的为明典，而用在文中藏而不露的为暗典。当然这种分类只是为了认识上的方便，其所谓类型并不是固定不变的。比如熟典和僻典就是可以互相转化的。熟典是涉及普通的知识和信念的典故，僻典则是涉及特定的文学作品、历史事件和历史人物、传说及神话的典故。这两种典故之间的界限并不是一成不变的，因为一个时期达到共识的普通知识可以在另一个时期变得深奥难解，反过来说，僻典可以通过反复的使用而成为熟典。诸如空城计、刻舟求剑、守株待兔、胸有成竹、叶公好龙、画蛇添足、杯弓蛇影、杞人忧天、邯郸学步、黔驴技穷、五十步笑百步、"以子之矛，攻子之盾"、"只许州官放火，不许百姓点灯"等等，这些成语现在已变成了我们语言的重要组成部分，已经成为人们在日常交流和写文章中常常使用的熟典。有些人尽管不知道它的出处和故典，但也能明白它的意思并会运用。而这些今天看来几乎人人皆知的熟典，却是属于特定的文学作品、历史事件、历史人物、神话或传说，在一定时期，曾经属于僻典。只是人们觉得这个典故用得好，简练而又能说明问题，甚至还能产生含蓄、幽默和讽刺的效果，于是反复地用，知道和运用的人越来越多，于是慢慢变成了熟典。拿现在的例子说，"围城"一词在1980年代之前很少有人知道，所以如果有人在谈话或文章中用到"围城"一词，那无疑属于僻典，但是，随着《围城》电视连续剧的改编和播放，现在我们经常能听到人们在谈话中谈论"围城"心态，"围城"现象，似乎"围城"一词已经变成了熟典。反过来说，熟典随着时代的变化和发展，有些逐渐变成了僻典。熟典是每个人在日常生活和交流中都常常使用的，甚至是无意中使用的，因为这种熟典已经变成了人们的一种知识的积淀。而熟典又是由僻典转化而来，而人们永不满足，永远追求新鲜的心理又促使人们不断地创造出新的僻典。

　　用典是一种古老的修辞方式。在我国文学史上，对用典历来存在着不同的认识和态度。肯定者热心推崇和模仿，在诗文中争相用事。到魏晋南北朝时，用事已经蔚成风气。以致反对者公开站出来从理论上进行批评，指斥用事说："吟咏情性，何贵于用事？""观古今胜语，多非补假，皆由直寻。"如果"词不贵奇，竟须新事"，那么"遂乃句无虚语，语无虚字，拘挛补衲，蠹文已甚,""文章殆同书钞。"① 这种反对用事的意见和理论实际上并没有遏制住用事风气的流行,到宋代,这种用事的风气发展到了登峰造极的程度。不但"江西诗派"极力标榜用典,就是王安石、苏轼等诗文大家也无不醉心于用典。被"江西诗派"奉为宗师的黄庭坚说:"老杜作诗,退之作文,无一字无来处;盖后人读书少,故谓韩杜自作此语耳。古之能为文章者,真能陶冶万物,虽取古人之陈言入于翰墨,如灵丹一粒,点铁成金也。"② 依此,"江西诗派"把"无一字无来处"和"点铁成金"奉为创作的不二法门。王安石的诗也"往往是搬弄词汇和典故的游戏、测验学问的考题;借典故来讲当前的故事,把不经见而有出处的或者看来新鲜而实古旧的词藻来代替常用的语言"。并且认为"典故词藻的来头越大,例如出于《六经》、《四史》或者出处愈僻,例如来自佛典、道书,就愈见工夫"。这样,他就"把记诵的丰富来补救和掩饰诗情诗意的贫乏,或者把浓厚的'书卷气'作为应付政治和社会势力的烟幕。……他可以从朝上的皇帝一直应酬到家里的妻子,……于是不得不像《文心雕龙·情采》篇所谓'为文而造情',甚至以'文'代'情'"③。苏轼也喜欢铺排古典成语,所以批评家嫌他"用事博""见学矣然似绝无才""事障""如积薪""室、积、芜""獭祭",而袒护他的人就赞他对"故实小说"和"街谈巷语",都能够"入手使用,似神仙点瓦砾为黄金"④。当时反对用典的代表人物是严羽,他批评当时诗人们刻意追

---

① 钟嵘:《诗品·序》,孟蓝天等编著:《中国文论精华》,河北教育出版社,1993年版,第250页。
② 黄庭坚:《答洪驹父书》,《豫章黄先生文集》卷十九,四部丛刊本。
③ 钱锺书:《宋诗选注》,人民文学出版社,1989年版,第41—42页。
④ 钱锺书:《宋诗选注》,人民文学出版社,1989年版,第62—63页。

求用事时说:"近代诸公乃作奇特解会,遂以文字为诗,以才学为诗,以议论为诗,且其作多务使事,不问兴致,用字必有来历,押韵必有出处。"① 然而,无论是钟嵘还是严羽,他们的理论都没能革除或改变运典隶事的这种流风遗习。直到五四文学革命爆发,胡适在《文学改良刍议》②中把"不用典"标为改革文学的八项主张之一,断然否定用典。似乎用事的生命到此结束。但事实上用事和新文学并没有一刀两断,就拿鲁迅来说,我们读他的作品,典故就随处可见,而钱锺书的创作就更是用事的一个特别的个案。我们说,把用事发展到极端,要求"无一字无来处",无论是"点铁成金"还是"点瓦成金",都会使作品叫人读起来"觉得碰头绊脚无非古典成语,仿佛眼睛里搁了金沙铁屑,张都张不开,别想看东西了"③,使作品成了"垛叠死人"或"牵绊死尸"。④ 而断然否定用事,也是不符实际的武断。因为用事不仅只是一种修辞手法,而且是一种思维和表现的方式和存在。所以要求"无一字无来处"和断然否定用事都不是科学的辩证的态度。正确的态度应该是具体地分析用事的态度、方法和效果。其实,典故不仅仅是一种修辞手法,而且是一种知识积淀,一种思维的表现和存在方式,我们不应该对它简单地否定,而应该承认它的存在和合理性。

早在1930年代,钱锺书就为用典的合理性做过辩护,他说:"词头,套语,或故典,无论它们本身是如何陈腐丑恶,在原则上是

---

① 严羽:《沧浪诗话·诗辨》,孟蓝天等编著:《中国文论精华》,河北教育出版社,1993年版,第503页。
② 胡适:《文学改良刍议》,《新青年》2卷5号,1917年1月。
③ 钱锺书:《宋诗选注》,人民文学出版社,1989年版,第97页。
④ 钱锺书:《宋诗选注》,人民文学出版社,1989年版,第43页。

无可非议的；因为它们的性质跟一切比喻和象征相同，都是根据着类比推理（Analogy）来的，尤其是故典，所谓'古事比'，假使我们从原则上反对用代词，推而广之，我们须把大半的文学作品，不，甚至把有人认为全部的文学作品一笔勾消了。"① 他在论骈文的利弊时讨论到了用典的实质和作用："骈体文两大患：一者隶事，古事代今事，教星替月；二者骈语，两语当一语，迭屋堆床。然而不可因噎废食，止儿之啼而土塞其口也。隶事运典，实即'婉曲语'（periphrasis）之一种，吾国作者于兹擅胜，规模宏远，花样繁多。骈文之外，诗词亦尚。用意无他，曰不'直说破'（nommer un objet）俾耐寻味而已。……末流虽滥施乖方，本旨固未可全非焉。"② 在评王安石的诗时也论到了典故的作用，他说："诗人要使语言有色泽、增添深度、富于暗示力，好去引得读者对诗的内容作更多的寻味，就用些典故成语，仿佛屋子里安放些曲屏小几，陈设些古玩书画。"③ 钱锺书强调了用典的含蓄、暗示与耐人寻味的效果。其实用典还有其他的作用和效果，比如引人联想的效果，典故的运用能给目前的情况增加过去的经验的根据，使人引起对过去的一连串的联想，从而建立起一种外加意思的范畴，延伸目前的上下文的意义。"作为艺术符号的典故，乃是一个个具有哲理或美感内涵的故事的凝聚形态，它被反复使用、加工、转述，而在这种使用、加工、转述过程中，它又融摄与积淀了新的意蕴，因此它是一些很有艺术感染力的符号。它用在诗歌

---

① 中书君：《论不隔》，《学文月刊》第1卷第3期，1934年7月。
② 钱锺书：《管锥编》第四册，中华书局，1986年版，第1474页。
③ 钱锺书：《宋诗选注》，人民文学出版社，1989年版，第43页。

里，能使诗歌在简练的形式中包容丰富的、多层次的内涵，而且使诗歌显得精致、富赡而含蓄。"① 所以典故是一种引进附加的含义引发联想的方法。对此，钱锺书虽然没有直接的阐述，但却借小说人物之口表达过这种意思。《围城》里写《拚盘姘伴》诗的"小胖子大诗人曹元朗"和方鸿渐论诗时就说："诗有出典，给识货人看了，愈觉得滋味浓厚，读着一首诗就联想到无数诗来烘云托月。"② 曹元朗这个人物虽然不叫人喜欢，但这句论典故的话却讲得颇有道理。说到底这也是钱锺书赋予他的思想。除去含蓄、耐人寻味和引人联想之外，用典还有类比、对照的作用和简练、幽默与讽刺等效果。正是由于用典有这样的作用和效果，所以它成为文学作品中一种重要的修辞和表现方式。不过，对这种手法或方式的运用，一定要有正确的认识和态度，如果一味地刻意追求用典，要求"无一字无来处"，意在炫示学问或搞文字游戏，使作品变成"垛叠死人"或"牵绊死尸"，博奥艰深，生硬晦涩，华而不实，文浮于意，这种态度和做法是不正确、不健康的。正确的态度应该是"故典可用则用，不应当把意思却迁就故典"③。用典应该起到含蓄、引人联想、简练、耐人寻味等效果而不能妨碍读者的阅读与理解。这才是积极正确的态度和做法。也只有这样，典故和作品才是有生命力的。

钱锺书在《一节历史掌故、一个宗教寓言、一篇小说》一文的开头写道："诺法利斯（Novalis）认为'历史是一个大掌故'

---

① 葛兆光：《论典故》，《文学评论》1989 年第 5 期。
② 钱锺书：《围城》，人民文学出版社，1980 年版，第 79 页。
③ 钱锺书：《宋诗选注》，人民文学出版社，1989 年版，第 113 页。

（Geschiehte ist eine grosse Anekdote），那种像伏尔泰剪裁掌故而写成的史书（eine Geschichte in Anekdoten）是最有趣味的艺术品（einn chst interessantes kunstwerk）。梅里美（Mérimée）说得更坦白：'我只喜爱历史里的掌故'（Je n'aime dans l'histoire que les anecdotes）。"[1] 这里钱锺书引诺法利斯和梅里美的话也可以看成是夫子自道。这从前面我们提到的他对典故的评论及他的文学实践就可得到证明。我们只要看他在《谈艺录》中对黄庭坚的重视或说喜爱及他诗文中受黄庭坚、苏轼的影响就可窥之一斑，甚至他的《围城》有人都认为"无一字无来历"。虽然他在《宋诗选注·序》中也批评宋人多"以文字为诗，以才学为诗，以议论为诗，……用字必有来历，押韵必有出处"，"拆东补西裳作带"，"殆同书抄"。也批评黄庭坚的诗"给人的印象是生硬晦涩，语言不够透明，仿佛冬天的玻璃窗蒙上一层水汽，冰成一片冰花。"[2] 但是，应该看到，这些批评，恰好就是钱锺书自己在《模糊的铜镜》——香港版《宋诗选注》前言中所说的："在当时学术界的大气压力下，我企图识时务、守规矩"，"尽可能适合气候的原来物证。"[3] 而喜欢用典，擅长用典才是钱锺书的真正风貌。

第二节 用事不使人觉——钱锺书用典个案分析之一

我国古人对"用事"的最高要求是"用事不使人觉，若胸臆

---

[1] 钱锺书：《钱锺书论学文选》第 6 卷，花城出版社，1990 年版，第 201 页。
[2] 钱锺书：《宋诗选注》，人民文学出版社，1989 年版，第 97 页。
[3] 钱锺书：《钱锺书论学文选》第 6 卷，花城出版社，1990 年版，第 59—60 页。

语也"①。《西清诗话》论诗云:"作诗用事,要如释氏语:水中着盐,饮水乃知盐味。此说,诗家密藏也。"②此种说法甚多,如傅大士翁作《心王铭》有:"水中盐味,色里胶青;决定是有,不见其形。"③王伯良云:"又有一等事,用在句中,令人不觉。如禅家所谓撮盐水中,饮水乃知咸味,方是妙手。"④刘贡父称赞江邻几诗云:"论者莫不用事,能令事如已出,天然浑厚,乃可言诗。江得之矣。"⑤"用事不使人觉"要求作者要有高超的技巧,要把典故圆融为自己作品的纤维和血肉,灭掉用典的一切斧凿痕和针线迹,使了解典故的读者产生更多的联想和咀嚼,不了解典故,也不妨碍对作品的意思的理解。这种用典的境界也是钱锺书称赞、神往,并在实践中努力追求的。他在评王安石诗《书湖阴先生壁》末联"一水护田将绿绕,两山排闼送青来"时说:这两句是王安石的修辞技巧的有名例子。"护田"和"排闼"都从《汉书》里来,所谓"史对史","汉人语对汉人语"……;整个句法从五代时沈彬的诗里来(吴曾《能改斋漫录》卷八),所谓"脱胎换骨"。可是不知道这些字眼和句法的"来历",并不妨碍我们了解这两句的意义和欣赏描写的生动;我们只认为"护田""排闼"是两个比喻,并不觉得是古典。所以这是个比较健康的"用事"的例子,读者不必依赖笺注的外来援助,也能领会,符合中国古代修辞学对于"用事"最高的要求:

---

① 颜之推:《颜氏家训·文章》。
② 蔡绦:《西清诗话》,张伯伟编校:《稀见本宋人诗话四种》,江苏古籍出版社,2002年版,第187页。
③ 普济:《五灯会元》卷二,中华书局,1984年版,第118页。
④ 王骥德:《曲律·论用事第二十一》,郭绍虞主编:《中国历代文论选》第三册,上海古籍出版社,1980年版,第180页。
⑤ 刘攽:《中山诗话》,何文焕辑:《历代诗话》,中华书局,1981年版,第298页。

"用事不使人觉,若胸臆语也。"[1]

其实,"用事不使人觉"也是钱锺书自己在创作实践中的一种自觉的美学追求,他的作品之所以能得到从一般读者到高层次的学者教授的喜爱和称赞,与他把典故及其他修辞手法和作品的语境圆融一起,相烘相托的这种美学追求是分不开的。下面我们来看一些例子。

苏小姐目送他走了,还坐在亭子里。心里只是快活,没有一个成轮廓的念头,想着两句话:"天上月圆,人间月半",不知是旧句,还是自己这时候的灵感。今天是四月半,到八月半不知怎样。"孕妇的肚子贴在天上",又记起曹元朗的诗,不禁一阵厌恶。听见女用人回来了,便站起来,本能地掏手帕在嘴上抹了抹,仿佛接吻会留下痕迹的。觉得剩余的今夜只像海水浴的跳板,自己站在板的极端,会一跳冲进明天的快乐里,又兴奋,又战栗。

以上是《围城》中的一段心理描写。写苏小姐的潜意识心理,初恋时的兴奋的情绪,既照应前文,暗示结局,又为故事情节的发展做了铺垫。文中的典故和比喻与整个语境相烘相托,融为一体。头两句写苏小姐以为恋爱成功,沉浸在快活之中的潜意识心理。"天上月圆,人间月半",既是当时四月十五日夜晚方鸿渐与苏小姐亭中赏月的真实意境,又自然而然地运用了典故。此一典故钱锺书在《谈艺录》中曾一一列举:《夷坚志》支庚卷八《江

---

[1] 钱锺书:《宋诗选注》,人民文学出版社,1989年版,第48页。

渭遇二仙》则中一侍女曰："天上月圆，人间月半，教人似月，正在今宵。"董以宁《蓉渡词》卷下《满江红·乙巳元夕述哀》："月在团圆，却不道今宵月半。"端木鹤田国瑚《太鹤山人诗集》卷一《月谣》："天上一月，地上一月。天上月圆，地上月缺。"①《五灯会元》卷十六法因禅师云："天上月圆，人间月半"；吾乡邹程村《丽农词》卷下《水调歌头·中秋》则云："刚道人间月半，天上月团圆"；死灰槁木人语，可成绝妙好词。②

整个典故都变成了小说语境中的纤维和血肉，使典故在新的语境中有了新的呈现。既可看成是苏小姐在兴奋状态中的灵感的显现（当然是作者灵感的显现），又可看成是她对人间事不能像月一样圆满的预感，是对她爱情悲剧的一种暗示。给人留下咀嚼回味的余地。对知道出典的读者来说，会有更多的联想和体味，对不知道出典的读者也不妨碍对故事情节和氛围的理解。只把它当成作者兴到即来的生动描写就可以了。真是深者得其深，浅者得其浅。下面两句："今天是四月半，到八月半不知怎样。'孕妇的肚子贴在天上'，又记起曹元朗的诗，不禁一阵厌恶。"这仍然是在写苏小姐潜意识中在计划着自己的终身，想着到中秋节时也许是订婚、结婚，甚至怀孕了。"孕妇的肚子"在曹元朗的诗中本来是象征月亮，可这时苏小姐潜意识中想到的是它的字面意义。苏小姐的厌恶之感，不仅是因为这句诗，还是因为诗的作者曹元朗。而她又曾当面恭维曹元朗的诗"题目就够巧了。一结尤其

---

① 钱锺书：《谈艺录（补订本）》，中华书局，1984年版，第546页。
② 钱锺书：《谈艺录（补订本）》，中华书局，1984年版，第226页。

好；……亏曹先生体会得出"[1]。所以这里既是照应前文，又写出了苏小姐的圆滑虚伪，而后来她又偏偏嫁给了自己所讨厌的曹元朗，这个人生的讽刺在这一段描写中也已经做了铺垫。随后写苏小姐被用人从幻梦中惊醒，掏手帕擦嘴是潜意识和意识交汇下的动作，接下来的两个比喻使苏小姐的这种朦胧兴奋的心理变得清晰而具有形象感。这样把典故、比喻和心理描写水乳交融于一起的文字，真是咀嚼不止，余味无穷。

我们再来看《围城》中三闾大学学习牛津、剑桥实行导师制的一幕闹剧。

> 因为部视学说，在牛津和剑桥，饭前饭后有教师用拉丁文祝福，高松年认为可以模仿。不过，中国不像英国，没有基督教的上帝来听下界通诉，饭前饭后没话可说。李梅亭搜索枯肠，只想出来"一粥一饭，要思来处不易"二句，大家哗然失笑。儿女成群的经济系主任自言自语道："干脆大家像我儿子一样，念：'吃饭前，不要跑；吃饭后，不要跳——，'"[2]

牛津、剑桥的导师制到了部视学、高松年、李梅亭这些人手里也就变了味：英国的导师跟学生同吃晚饭，他们要求中国导师一日三餐都跟学生同桌吃；英国的导师不分男女婚否，而他们规定未结婚的先生不得做女学生的导师。东施效颦、邯郸学步而又

---

[1] 钱锺书：《围城》，人民文学出版社，1980年版，第75页。
[2] 钱锺书：《围城》，人民文学出版社，1980年版，第227页。

时刻不忘自己的"国粹",真是土洋结合,中西合璧,妙不可言。无怪赵辛楣感叹:"不知怎么,外国一切好东西到中国没有不走样的。""想中国真利害,天下无敌手,外国东西来一件,毁一件。"[①] 信奉上帝的国民饭前饭后要祝福,高松年要模仿,李梅亭刚刚当了训导长,自然极力赞成,一则为拍上司的马屁,二则要过过训导长的官瘾。不过没话可说偏要找话来说是一件很尴尬的事,李梅亭搜索枯肠,只想出来"一粥一饭,要思来处不易"二句。这里作者活灵活现地表现了李梅亭不学无术而又摆架子,出风头的性格。"一粥一饭,当思来处不易"一句话,不知出典的人以为是李梅亭搜索枯肠、绞尽脑汁的发明,而知道出典的人则知道他是从朱柏庐《治家格言》中偷来的现成衣钵。揭示他的封建家长意识,当了训导长对学生和教师就摆出一副封建家长的面孔。难怪大家要"哗然失笑",经济系主任更以"吃饭前,不要跑;吃饭后,不要跳"的儿歌来加以嘲讽了。这里,不管知不知道出典,都不妨碍对小说情节和人物性格的理解,不过知道出典联想的更多一些,对李梅亭的封建家长面孔理解得更深一些。

钱锺书用典注重把故典成语点化到小说散文的语境中去。他批评"江西诗派"用起典来"仿佛只把砖头石块横七竖八的迭成一堵墙",而他用典迭墙筑屋则"不但迭得整整齐齐,还抹上一层灰泥,看来光洁、顺溜、打成一片"[②]融为一体。他作品中的许多俗语常谈其实多有出典,我们读来觉得他是信手拈来,其实都经过他的精心陶融与安排。他评杨万里说:"他诚然不堆砌古典

---

① 钱锺书:《围城》,人民文学出版社,1980年版,第223页。
② 钱锺书:《宋诗选注》,人民文学出版社,1989年版,第113页。

了，而他用的俗语都有出典，是白话里比较'古雅'的部分。读者只看见他潇洒自由，不知道他这样谨严不马虎，好比我们碰见一个老于世故的交际家，只觉得他豪爽好客，不知道他花钱待人都有分寸，一点儿不含糊。"[1] 这段话完全可以移来作为钱先生自己用典的评语。他的信手拈来、潇洒自由，其实也都是"珠走于盘而不出于盘"[2]。他的作品，我们读着只觉得赏心悦目，觉得有趣，佩服作者的聪明和睿智，而不知道其中含有故典，不知道这种聪明和睿智是与作者的学识修养分不开的，是一种"学化为才"。我们来看下面的例子。

"一夜之间怎会添出这许多怕人东西呢？"两人讨论道，"无疑是我们尊称他为上帝的造来害我们的。这样，他不是上帝，他只是魔鬼，万恶的魔鬼。我们没有眼睛，给他哄到如今。好了！好了！也有看破他真相这一天！"这几句话无形中解决了自古以来最难解决的问题："这世界既是全能至善的上帝造的，何以又有恶魔那般猖獗？"原来上帝只是发善心时的魔鬼，肯把旁的东西给我们吃，而魔鬼也就是没好气时的上帝，要把我们去喂旁的东西。他们不是两个对峙的势力，是一个势力的两方面，两种名称，好比疯子一名天才，强盗就是好汉，情人又叫冤家。[3]

---

[1] 钱锺书：《宋诗选注》，人民文学出版社，1989年版，第159页。
[2] 王迈：《贺林直院》，《翰苑新书》续集卷四，《景印文渊阁四库全书》第950册，台湾商务印书馆，1986年版，第183页。
[3] 钱锺书：《人·兽·鬼》，开明书店，1946年版，第17—18页。

以上是寓言式小说《上帝的梦》中上帝造的一男一女发现上帝又造了毒禽猛兽来威胁他们，终于看穿了所谓上帝的本质时所发的一段议论。这一段精彩的文字，既是一组新颖的比喻，又融入了典故，以深厚的学养做基础。议论的提出："这世界既是全能至善的上帝造的，何以又有恶魔那般猖獗？"这是演化于西方人的一个话题："大自然（natura magna）既生万物以利人，而又使人劳苦疾痛，不识其为慈亲欤？抑狠毒之后母欤？"（Ut non sit Satisaestimare, Parens melior homini an tristior noverca fuerit）或"就孕育而言，自然乃人之亲母，顾就愿欲而言，自然则人之后母乎"（Madre èdi parto edi Voler Matrigna）。① 下面的一连串比喻："好比疯子一名天才，强盗就是好汉，情人又叫冤家。""疯子"又叫"天才"和"强盗"又叫"好汉"，这是人们熟知的，人们一下就能想到尼采、章太炎等人都曾被称为"疯子"，而《水浒传》中杀富济贫、行侠仗义的英雄被人民称为"好汉"，而官府却称他们为"强盗"。这些都是一般的典故。作者由这种一般的典故顺势带出一个特殊的典故，"情人又叫冤家"。这话是现代人不常说的。人们能记起的大概是《红楼梦》中贾母的一句话："不是冤家不聚头。"其实"唐人已以'冤家'称欢子，正如其呼'可赠'也。如无名氏《醉公子》词：'划袜下香阶，冤家今夜醉'；'自从沦落到天涯，一片真心恋着他。憔悴不缘思旧国，行涕（啼）只是为冤家。'"② 宋词、元曲以来，冤家"遂成词章中称所欢套语，犹文艺复兴诗歌中之'甜蜜仇人'（Swete foe），'亲爱敌

---

① 钱锺书：《管锥编》第二册，中华书局，1986年版，第419页。
② 钱锺书：《管锥编》第五册，中华书局，1986年版，第218页。

家'、'亲爱仇人'（odolce mia guerriera, La mia Cara nemica, Ma douce guerriere）。""情人又叫冤家"正表现了爱憎的"两端感情"（ambivalence），文以宣心，正言若反，无假解说。然而也偏有人对"冤家"进行详细解说。钱锺书又引《烟花记》云："'冤家'之说有六：情深意浓，彼此牵系，宁有死耳，不怀异心，此所谓'冤家'者一也；两情相有，阻隔万端，心想魂飞，寝食俱废，此所谓'冤家'者二也；长亭短亭，临歧分袂，黯然销魂，悲泣良苦，此所谓'冤家'者三也；山遥水远，鱼雁无凭，梦寐相思，柔肠寸断，此所谓'冤家'者四也；怜新弃旧，辜恩负义，恨切惆怅，怨深刻骨，此所谓'冤家'者五也；一生一死，触景悲伤，抱恨成疾，殆与俱逝，此所谓'冤家'者六也。"[①] 我们看，一句"情人又叫冤家"背后蕴蓄着多少内容。

我们读钱锺书的作品，觉得别致有味，其实这种"味儿"正是由他那深厚的学养中来的。钱锺书在学术研究中主张"博观约取，厚积薄发"，其实他的创作也是真积历久，厚积薄发，学化为才的结果。正是在这种地方，显示出其学人小说，学人散文的特色。钱锺书说："大学问家的学问跟他整个的性情陶融为一片，不仅有丰富的数量，还添上个别的性质；每一个琐细的事实，都在他的心血里沉浸滋养，长了神经和脉络，是你所学不会，学不到的。"[②] 我们说，钱锺书的学问已经跟他整个的性情陶融成了一片，已经在他的心血里沉浸滋养，长了神经和脉络，所以用起典来，已经把典故融进了作品的神经和脉络，甚至有时达到了"其隶事

[①] 钱锺书：《管锥编》第三册，中华书局，1986年版，第1058—1059页。
[②] 钱锺书：《谈交友》，《文学杂志》第1卷第1期，1937年5月。

与否，作者不自知，读者亦不知"的境界。[1] 请看下面的例子。

> ……这把有艺术良心的陈侠君气坏了。他伯父有天跟他说："我的好侄儿呀，你这条路走错了！洋画我不懂，可是总比不上我们古画的气韵，并且不像中国画那样用意高雅。譬如大前天一个银行经理求我为他银行里会客室画幅中堂，你们学洋画的人想该怎样画法，要切着银行，要口彩好，又不能太露骨。"侠君想不出来，只好摇头，他伯父呵呵大笑，摊开纸卷道："瞧我画的！"画的是一棵荔枝树，结满了大大小小的荔枝，上面写着："一本万利图，临罗两峰本。"侠君看了又气又笑。他伯父又问"幸福图"怎样画法，侠君以为他真的请教自己，便源源本本告诉他在西洋神话里，幸福神(Fortuna)是个眼蒙布带脚踏飞轮的女人。他伯父捋须微哂，又摊开一卷纸，画着一株杏花，五只蝙蝠，题字道："杏蝠者，幸福谐音也。自我作古，庶几旧解出新意矣。"侠君只有佩服。[2]

喝了洋墨水的陈侠君面对伯父的"国粹"只好甘拜下风。这里引人发笑的"万利图"和"幸福图"的描写，不仅令我们想到春节时家家户户把斗大的"福"字倒贴在门上，结婚时新人的枕头中塞上花生、枣、栗子等情景。也就是说，这种描写符合我们的民族传统和心理，我们读来能够欣赏和领会。但更深一层讲，

---

[1] 袁枚：《随园诗话·补遗》卷一引李玉洲曰："多读书为诗家最要事，欲其助我神气。其隶事与否，作者不自知，读者亦不知，方谓之真诗。"

[2] 钱锺书：《人·兽·鬼》，开明书店，1946年版，第50—51页。

这里的"万利图"和"幸福图"是由作家的满腹诗书故典演化而来的。古人有《群盲评古图》：有人画七八盲者，各执圭、璧、铜、磁、书、画等物，做张口争论状，号《群盲评古图》①。我们当然只能说"万利图"和"幸福图"可能受《群盲评古图》的引发，若说全是由此演化而来不免有些牵强。不过，钱锺书在《管锥编》中另有一段可供我们摸到蛛丝马迹的记述：

> 然吾国旧俗复以蝙蝠为吉祥之像，不知起自何时。蒋士铨《忠雅堂诗集》卷二二《费生天彭画〈耄耋图〉赠百泉》："世人爱吉祥，画师工颂祷；谐声而取譬，隐语戛戛造。蝠、鹿与蜂、猴，戟磬及花鸟，……到眼见猫、蝶，享意期寿考"；谓谐声隐寓"福禄"、"封侯"、"吉庆"（参见徐时栋《烟屿楼诗集》卷一一《为台州人题徐天池天心来复图》自注："近时画工写天竹，水仙、松树、芝草为《天仙送子图》，又有画一瓜一蝶为《瓜瓞图》者"）。孟超然《亦园亭全集·瓜棚避暑录》卷下："虫之属最可厌莫如蝙蝠，而今之织绣图画皆用之，以与'福'同音也；木之属最有利莫如桑，而今人家忌栽之，以与'丧'同音也。"余儿时居乡，尚见人家每于新春在门上粘红纸剪蝠形者五，取"五福临门"之意；后寓沪见收藏家有清人《百福图》画诸蝠或翔或集，正如《双喜图》画喜鹊、《万利图》画荔枝，皆所谓"谐声"、"同音"为"颂祷"耳。②

---

① 钱锺书：《谈艺录·补订本》，中华书局，1984年版，第528页。
② 钱锺书：《管锥编》第三册，中华书局，1986年版，第1060—1061页。

读了这段引文之后，我们再说《猫》中钱锺书笔下的《一本万荔图》和《幸福图》是由作者的满腹诗书故典加上他的生活阅历稍加演化创造而来，可能这是一个大致不错的判断吧。

我们再看《围城·序》中的一段话。

> 由于杨绛女士不断的督促，替我挡了许多事，省出时间来，得以锱铢积累地写完。照例这本书该献给她。不过，近来觉得献书也像"致身于国"、"还政于民"等等佳话，只是语言幼稚的空花泡影，名说交付出去，其实只仿佛魔术家玩的飞刀，放手而并没有脱手。随你怎样把作品奉献给人，作品总是作者自己的。

这段风趣而又意蕴深刻的文字其实是由精彩的比喻和典故组成。"致身于国""还政于民"这些好听的口号，是一些政客的欺世之谈。《马凡陀的山歌》中有"军阀时代水龙刀，还政于民枪连炮"的诗句，就是对此的嘲讽。文中"魔术家玩的飞刀，放手而并没有脱手"这个比喻其实也有因承之处。钱锺书又引黄伯思《东观余论》卷上《论张长史书》说："千状万变，虽左驰右骛，而不离绳矩之内。犹纵风鸢者，翔戾于空，随风上下，而纶常在手；击剑者交光飞刃，歘忽若神，而器不离身。……昔之圣人，纵心而不踰规矩，妄行而蹈乎大方，亦犹是也。"[①] 钱锺书"玩飞刀"的比喻可能源于此而又加上生活阅历演化创造而来吧。

再看《谈教训》中的一段话：

---

① 钱锺书：《管锥编》第三册，中华书局，1986年版，第1194页。

世界上的大罪恶，大残忍——没有比残忍更大的罪恶了——大多是真有道德理想的人干的。没有道德的人犯罪，自己明白是罪；真有道德的人害了人，他还觉得是道德应有的牺牲。上帝要惩罚人类，有时来一个荒年，有时来一次瘟疫或战争，有时产生一个道德家，抱有高尚到一般人所不及的理想，更有跟他的理想成正比例的骄傲和力量。基督教哲学以骄傲为七死罪之一，颇有道理。①

世界上的大罪恶大残忍多是有道德理想的人干的，这话听起来有些令人难以接受。有些研究者认为这是"正言若反"或"佯谬"，有些人认为这是逆向思维或反传统。实际上，这种思想却正是钱锺书接受的"传统"，根本无所谓"反"。这种思想的来源或说出典钱锺书在《管锥编》中已经透露：

唐庚《眉山文集》卷九《易庵记》：陶隐居曰："注《易》误，犹不至杀人；注《本草》误，则有不得其死者矣。"世以隐居为知言。与吾之说大异。夫《六经》者，君本之致治也。……《本草》所以辨物，《六经》所以辨道。……一物之误，犹不及其余；道术一误，则无复子遗矣。前世儒臣引《经》误国，其祸至于伏尸百万，流血千里，《本草》之误，岂至是哉？注《本草》误，其祸疾而小，注《六经》误，其祸迟而大；《能改斋漫录》卷一八：高尚处士刘皋谓；"士大夫以嗜欲杀身，以财利杀子孙，以政事杀人，以学术杀天下后世。"魏际瑞《魏伯子文集》

---

① 钱锺书：《写在人生边上》，开明书店，1949年版，第46页。

卷四《偶书》:"以理傅欲,如虎傅翼";戴震《东原集》卷九《与某书》:"酷吏以法杀人,后儒以理杀人";汪士铎《悔翁乙丙日记》卷二:"由今思之,王[弼]、何[晏]、罪浮桀、纣一倍,释、老罪浮十倍,周、程、朱、张[载]罪浮百倍。弥近理,弥无用,徒美谈以惑世诬民,不似桀纣乱只其身数十年也。"①

我们看,认为义理学说,为害甚于暴君苛政,足以杀天下后世的思想早已有之。钱锺书散文中的道学家以理杀人,是大罪恶、大残忍的思想正是由此演化创造而来,所以绝不是什么"佯谬"和反传统,而恰恰是继承的传统。

总之,"用事不使人觉,若胸臆语也",这是钱锺书创作中用事的一种美学追求。把典故与作品的情节语境融为一体,打成一片,知者有典,引发更多的联想和回味,不知者以为是作者的灵感或创造,感到新颖奇特而不碍阅读理解。并且,钱锺书博观约取,厚积薄发,学化为才,自觉或不自觉地把满腹的诗书故典与自己的生活阅历结合起来,化而用之,达到了一种隶事与否,读者不知,作者也不自知的境界。这是他学人小说、学人散文的一个重要特色。

第三节　明用典故:激起读者的新鲜感和求知欲
——钱锺书用典个案分析之二

隶事运典在原则上无可非议,但是,用典是一门艺术,懂不

---

① 钱锺书:《管锥编》第三册,中华书局,1986年版,第1133页。

懂这门艺术，会不会这种技巧，这是用典的关键。没掌握这门艺术和技巧的人和掌握了这门艺术和技巧的人用起典来会有截然不同的效果。鲁迅在批评滥用典时举了一个例子："《绿野仙踪》记塾师咏'花'，有句云：'媳钗俏矣儿书废，哥罐闻焉嫂棒伤。'自说意思，是儿妇折花为钗，虽然俏丽，但恐儿子因而废读；下联较费解，是他的哥哥折了花来，没有花瓶，就插在瓦罐里，以嗅花香，他嫂嫂为防微杜渐起见，竟用棒子连花和罐一起打坏了。"[①]鲁迅举的是一个不健康的用典的例子。假如不看作者的自注，我们读起那两句诗来简直不知所云，而加上一大篇解释文字则与用典是为了经济简练的原则相违背。所以这种用典是没有掌握用典的艺术和技巧而硬用，邯郸学步当然难免贻笑大方。我们再看杜甫的用典："庾信平生最萧瑟，暮年诗赋动江关。"[②]这里用庾信的典就用得巧妙自然。庾信早年生活安逸，但侯景叛乱后，被迫逃亡，多次易主，颠沛流离。被西魏强留长安后虽历仕西魏、北周，官至骠骑大将军开府仪同三司，但内心是很痛苦的，因为他再也不能回到江南，且屈事二姓，在杀他"旧君"的鲜卑族政权下做官，被视为失节。在这种心情下使他写出感叹身世的《拟咏怀》诗和著名的《哀江南赋》。杜甫诗里用庾信生平及他诗赋的典，表面看来是感怀庾信生平，赞美他晚年诗作，而实际上是暗示和比照自己的身世及颠沛流离的生活，欣赏自己晚年的诗作更加成熟，表现和感叹自己以写诗来聊以自慰的心情。写来简练，且有暗示、比照、引人联想和回味的

---

① 鲁迅：《作文秘诀》，《鲁迅全集》第四卷，人民文学出版社，2005年版，第629页。
② 杜甫：《咏怀古迹五首·其一》。

诗学效果，假若不用典，描写这样的境况和抒发这样的感情就要占据很长的篇幅，而且也很难达到这种含蓄隽永的效果。这就是健康的用典和用典的作用。并且，这是一种明用典故的情况，假如读者不了解庾信的生平及他的《拟咏怀》诗和《哀江南赋》等，读此诗时也大致能够了解到庾信生平坎坷，晚年诗赋更成熟更感人，联系全诗也能体验到杜甫自己抒发的心志。所以这种用典对一般读者来说，还起到一种传授学识的作用，而不妨碍阅读与理解。这就是熟练地掌握了用典的艺术技巧后用明典所达到的诗学效果。钱锺书可以说是熟练地掌握了用典的艺术技巧，他在作品中暗用典故时如我们上一节中所分析的，是追求一种用典不使人觉，甚至是学化为才，达到隶事与否，读者不知，作者也不自知的艺术效果。他也用明典，甚至有时候故意把典故指出来告诉读者，增加读者的兴趣和求知欲，从中传授知识。但是，无论是哪种情况，他都把典故完全地融为作品的血肉和纤维，把典故融于描写人物性格心理，刻画人物肖像，叙述故事情节以及作者的议论中去，增添了作品的韵味和深度。读者了解这些典故固然更好，能产生更多的联想和回味，不了解这些典故，也不碍对作品的理解。并且由这些典故激起新鲜感和求知欲，也从而得到知识。请看下面的例子：

　　……她眼睛并不顶大，可是灵活温柔，反衬得许多女人的大眼睛只像政治家讲的大话，大而无当。古典学者看她说笑时露出的好牙齿，会诧异为什么古今中外诗人，都甘心变成女人头插的钗，腰束的带，身体睡的席，甚至脚下践踏的鞋袜，可是从没想到化作她的牙刷。①

钱锺书对他小说中的人物大都抱一种嘲讽的态度，而《围城》中的唐晓芙却是一个例外。上面的引文就是对她的一段肖像描写。在这段描写中，如果说描写眼睛的精彩的比喻表现了作者的睿智的话，那么，对牙齿的描写里的议论就表现了作者的深厚的学养。这一段文字，几乎是无一字无来处。古今中外的诗人，愿变为恋人身上穿的，头上戴的，脚下踩的，床上铺的，怀中抱的，口上吹的，屋中用的，等等，等等，真是无奇不有，叫心理学家分析起来，肯定能从"变态心理"或"物恋"的角度写出性心理学上的好文章。我们这里却只能看看这些诗文，找找钱先生小说中这些话的出典。愿变为恋人身上穿的戴的如：和凝《河满子》："却爱蓝罗裙子，羡他长束纤腰"；曹尔堪《南溪词·风入松》："恨杀轻罗胜我，时时贴细腰边"；刘希夷《公子行》："愿作轻罗著细腰，愿为明镜分娇面"；段成式《嘲飞卿》之二："知君欲作《闲情赋》，应愿将身作锦鞋"；王粲《闲邪赋》："愿为环以约腕"；就是被人们赞赏着"采菊东篱下，悠然见南山"的飘逸诗人陶渊明，在他的《闲情赋》中也表示："愿在丝而为履，附素足以周旋，悲行止之有节，空委弃于床前"，所以鲁迅说他有时很摩登，"竟想摇身一变，化为'阿呀呀，我的爱人呀'的鞋子"②。愿为手中拿的、弹的如：《折杨柳》："腹中愁不乐，愿作郎马鞭，出入擐郎臂，蹀座郎膝边"；裴諴《新添声杨柳枝词》之一："愿作琵琶槽

---

① 钱锺书：《围城》，人民文学出版社，1980年版，第51页。
② 鲁迅：《"题未定"草六》，《鲁迅全集》第6卷，人民文学出版社，2005年版，第436页。

那畔,得他长抱在胸前";黄损《望江南》:"平生愿,愿作乐中筝;得近玉人纤手子,砑罗裙上放娇声,便死也为荣"等。愿变恋人床上室中用的如:张衡《同声歌》:"思为莞蒻床,在下蔽匡床;愿为罗衾帱,在上卫风霜";刘弇《安平乐慢》:"自恨不如兰灯,通宵尚照伊眠"等。愿变作恋人口上吹的如:李邴《玉楼春》:"暂时得近玉纤纤,翻羡缕金红象管";邵无恙《镜西阁诗选》卷三《赠吴生》之二:"香唇吹彻梅花曲,我愿身为碧玉箫"等。还有人有孙猴子的分身法,想一身而多任。如明人《乐府吴调·挂真儿·变好》:"变一只绣鞋儿,在你金莲上套;变一领汗衫儿,与你贴肉相交;变一个竹夫人,在你怀儿里抱;变一个主腰儿,拘束着你;变一管玉箫儿,在你指上调;再变上一块香茶,也不离你樱桃小。"① 我们看,钱锺书小说中轻描淡写略带嘲讽的几句议论背后蕴蓄着多么丰厚的学养。其实,到此为止,我们还只分析了这段描写中"古典学者"诧异的议论部分,而对为什么作者要特意写她牙齿的美,为什么那些中外古今的诗人应该想到要化作她的牙刷这一实质性问题还没有涉及。其实这后面也有学养或说典故。钱锺书在《小说识小·二》②中一开始就对人们关于牙齿的描写和感受进行了考证和论述。"《老实人》卷二第九章,形容美妇人有云:'上下两排牙齿,又整齐,又有糖味儿(Zuckeraehlich),像从白萝卜上(Von einer Weissen Ruebe)成块切下来的。人就是给它咬着,也不会觉得痛'(Ich glaube nicht, dass es einem Wehe tut, Wann du einen damit beissest)。以白萝卜块拟齿,与诗经以

---

① 钱锺书:《管锥编》第四册,中华书局,1986年版,第1223—1224页。
② 钱锺书:《小说识小·二》,《新语》第5期,1945年12月。

东瓜子拟齿——'齿如瓠犀'用意差类。尤妙者为'咬着不使人痛'。齿性本刚，而齿之美者，望之温柔圆润，不使人有锋锷巉利之想；曰'白萝卜'，曰'瓠犀'，曰'糯米银牙'，此物此志。故西方诗人每以珠比美人之齿，正取珠之体色温润，如亚里屋斯吐（Ariosto）《咏屋兰徒发狂》（Orlando Furioso）第七篇云：'朱唇之中，珠齿隐现'（Quivi due filze son di perle elette, Che chiude ed apre un belloe dolce labro）。"美丽的牙齿，看上去洁白、温润，如珠如玉，给人以甜蜜的感觉，就是给咬着都不觉得痛。所以钱锺书要特别描写唐小姐说笑时露出的好牙齿，嘲笑古今中外的诗人为什么不想到化作她的牙刷。许多人评钱锺书的小说散文都只是泛泛地说："旁征博引，知识性强，有学人创作的特点。"其实，旁征博引征引出来的都是明的，是大家看见的，是有限的，而在他轻描淡写，一点而过的背后，却包蕴着为大家所不注意的，无限的知识。他作品的知识性和学人创作的特点更多的是表现在这些方面。就是在这些方面，才能说"深者得其深"。我们读他的作品觉得有味道、开眼界、长见识，其实这种味道、眼界和见识都是靠他深厚的学养所支撑的。把典故融于对人物性格的刻画之中，从而增加作品的意味，激起读者的新奇感和求知欲，这是钱锺书小说创作中的又一拿手好戏。

我们看他是怎样描写声言一开笔就做的"同光体"的满身遗少味的诗人董斜川的吧。在赵辛楣请客的宴会上，董斜川写诗分发同席，等待人们的恭维。在辞军事参赞回国那首诗中有一联："好赋归来看妇靥，大惭名字止儿啼。"众人读后尽力恭维。

苏小姐道："我没见过董太太，可是我想得出董太太的。

董先生的诗'好赋归来看妇靥',活画出董太太的可爱的笑容,两个深酒涡。"

赵辛楣道:"斜川有了好太太不够,还在诗里招摇,我们这些光杆看了真眼红,"说时,仗着酒勇,涎着眼看苏小姐。

褚慎明道:"酒涡生在他太太脸上,只有他一个人看。现在写进诗里,我们都可以仔细看个饱了。"

斜川生气不好发作,板着脸说:"跟你们这种不通的人,根本不必谈诗。我这一联是用的两个典,上句梅圣俞,下句杨大眼,你们不知道出处就不要穿凿附会。"①

《围城》中写的赵辛楣组织的这次朋友的聚餐,写得甚为精彩。这一顿饭吃出了许多中外典故,吃出了《围城》的主题,也吃出了书中主要人物的性格特点。方鸿渐的怯懦、赵辛楣的嫉妒而又豪爽、褚慎明的造作、董斜川的清高、苏小姐的矜持而又卖弄聪明学识等都表现得淋漓尽致,难怪有人把这顿饭称为"文化的吃"。② 就是我们上面引的几句对话,其人物性格与心理也都刻画得栩栩如生。这一段描写,其实是对董斜川既写诗卖弄,又觉得这些人都不懂诗,决不能领略他句法的妙处,就是赞美也不会亲切中肯,虽然等待人们的恭维,同时知道这恭维不会满足自己,仿佛鸦片瘾发的时候只找到一包香烟的心理的演义或印证。他写的诗方鸿渐看不懂,心中没底,不敢随便说话。苏小姐被誉为才女,又是文学博士,要卖弄聪明和学识,把他的"好赋归来看妇靥,

---

① 钱锺书:《围城》,人民文学出版社,1980年版,第99页。
② 陆文虎编:《钱锺书研究采辑》第一辑,三联书店,1992年版,第181页。

大惭名字止儿啼"照字面意义来恭维,赵辛楣和褚慎明随声附和,董斜川板着脸骂他们不通。这里方鸿渐的怯懦、苏小姐的卖弄、赵辛楣的鬼胎、褚慎明的无耻、董斜川的清高和名士气都表现得惟妙惟肖。董斜川在诗中把自己和梅圣俞、杨大眼相比照。上联"好赋归来看妇靥"是用的梅圣俞的典。梅圣俞《初冬夜坐忆桐城山行》有:"吾妻常有言:艰勤壮时业;安慕终日闲,笑媚看妇靥。"① 下联"大惭名字止儿啼"是用的杨大眼的典。杨大眼是南北朝时北魏氏族名将,骁勇善战,身先士卒。致使南朝将士,闻名丧胆。"传言淮泗、荆沔之间有童儿啼者,恐之云'杨大眼至',无不即止。"② 董斜川原任捷克中国公使馆军事参赞,不去讲武,倒批评上司和同事们文理不通,因此内调。所以第一句诗是针对着他的上司和同事们而来的,表示他的清高;而下一联诗则是对着褚慎明、苏小姐、赵辛楣、方鸿渐这些同餐的哲学家、博士、留学生们来的,因为他曾任军事参赞,所以以北魏名将杨大眼自比。真是"向武人卖弄风雅,向文人装出英雄的气概"③。这里的典故,连文学博士苏小姐都不懂,一般的读者当然更有理由不懂了。不懂这些典故,并不妨碍我们对故事情节和人物性格的把握和理解。并且作者又通过董斜川之口揭示给我们典故的出处,上句梅圣俞、下句杨大眼。激起我们的新鲜感和求知欲,从而起到传授知识的作用。读者知道了出典,对董斜川又清高又卖弄又傲慢的名士心态和性格特点就能有更深刻的理解。

---

① 钱锺书:《谈艺录》(补订本),中华书局,1984年版,第168页。
② 《魏书》卷七三《杨大眼》。
③ 钱锺书:《读伊索寓言》,《写在人生边上》,开明书店,1949年版,第36页。

钱锺书在创作时喜欢使用夹叙夹议的手法,正是在议论中他可以古今中外,海阔天空,尽力抛洒他的满腹诗书及生活阅历。在议论中拈出典故并与比喻、象征、谐音等多种修辞手法融为一体,这些典故不碍对作品的理解而能增添作品的知识性和趣味性。这也是钱锺书用典的一种独特方式。我们看《围城》中作者对当时的国际国内形势的一段讽刺性的议论。

> 欧洲的局势急转直下,日本人因此在两大租界里一天天的放肆。后来跟中国"并肩作战"的英美两国,那时候只想保守中立;中既然不中,立也根本立不住,结果这"中立"变成只求在中国有个立足之地,此外全让给日本人。"约翰牛"(John Bull)一味吹牛;"山姆大叔"(Uncle Sam)原来只是冰山(Uncle Sham),不是泰山;至于"法兰西雄鸡"(Gallic cock)呢,它确有雄鸡的本能——迎着东方引吭长啼,只可惜把太阳旗误认为真的太阳。[①]

在上面这段引文中,作者先用一个拆词的修辞手法,把"中立"一词一拆为二,来嘲讽英美,他们虽然和中国是"并肩作战"的盟国,却坐视日本侵略中国,声言保守中立,但"中"既然不中,立也根本立不住,结果这"中立"变成只求在中国有个立足之地。把英美当时搞远东慕尼黑阴谋,实行绥靖政策,想牺牲中国而保住自己的嘴脸揭露无遗。接下来又用英、美、法的绰号,用谐音的修辞方法和象征的方式,对英、美、法及当时的民国政府进

[①] 钱锺书:《围城》,人民文学出版社,1980年版,第324页。

行嘲讽。"约翰牛"（John Bull）是典型英国人的绰号，也有人以这个绰号称呼英国。绰号里自然有典故。"John Bull"一词出于1712年英国作家约翰·阿布什诺特博士（Dr. John Arbuthnot）所写的书《约翰·牛的历史》（*The History of John Bull*）。在书中他把英吉利民族人格化为一个叫作"约翰·牛"的人物。这是个矮胖的农民，喜欢虚张声势，执拗而心地善良。从此就有人把英国人或英国称为"约翰·牛"。外人叫来，难免有点调侃和不敬的味道。因为叫这个绰号时，人们多半是形容英国人的傲慢、固执。所以，人们显然强调的不是"约翰"而是"牛"。英国人确实比较难以接近，彬彬有礼中总有那么点冷傲，典型的英国绅士更是"牛"劲十足。[①]钱锺书这里从"约翰·牛"想到英国人的"牛气"，再从"牛"想到中国人说的"吹牛"，于是用"约翰·牛"一味吹牛来嘲讽英国只说空话。"山姆大叔"（Uncle Sam）是美国或美国人的绰号。相传1812年美国战争期间，在New York州的Tory地方有个名叫山姆尔·威尔逊（Samuel Wilson）的仓库管理员，当时人都叫他"山姆大叔"（Uncle Sam），军队的食粮桶都要经过他检验并盖上U·S·字样后，才准放行通过。因为英文中"大叔"（Uncle）和"山姆"（Sam）两字的第一个字母是U和S，与美国的简称U·S相同，因此不少人便开玩笑说这些食粮桶都是山姆大叔（Uncle Sam）的。这种说法流传开了，后来Uncle Sam就演变为美国人或美国之意。第一次世界大战期间曾广泛流传"山姆大叔"号召美国青年的宣传画。1961年，美国国会通过决议，正式以"山姆

[①] 参见田德文、靳雷《为什么偏偏是英国》，世界知识出版社，1995年版。

大叔"（Uncle Sam）作为美国的象征。[①]钱锺书在文中利用谐音修辞的手法，抓住 Uncle Sam 和 Uncle Sham 谐音而意异的特点。Sam 是个姓，而 Sham 却是虚伪、假货之意。所以 Uncle Sam 变成 Uncle Sham 就成了"骗子大叔"了。而又用英文的"Sam"、"Sham"与中文的"山"字的谐音，说"山姆大叔"原来只是冰山，不是泰山。泰山给人以安定可靠感，我们常说稳如泰山。而冰山（Iceberg）则是靠不住的。国民党政府把美国当成稳如泰山的靠山，而美国却是只会拍胸脯说大话的 Uncle Sham，骗子当然靠不住，泰山成了冰山。"至于'法兰西雄鸡'（Gallic cock）呢"初版本为"至于马克思妙喻所谓'善鸣的法兰西雄鸡'呢"[②]。马克思在《黑格尔法哲学批判》导言中在讨论人的解放时说："……这个解放的头脑是哲学，它的心脏是无产阶级。……一切内在条件一旦成熟，德国的复活日就会由高卢雄鸡的高鸣来宣布。"[③]高卢是法国古称，"高卢雄鸡"是法国在第一共和国时代用在国旗上的图案，像我国清朝时旗子上的"龙"，俄罗斯沙皇时代旗子上的"鹰"一样。从此高卢雄鸡就象征法国，后来也就有人把法兰西雄鸡作为法国的绰号。钱锺书这里以雄鸡的动物性本能来象征法国对日本抱有幻想。"至于'法兰西雄鸡'（Gallic cock）呢，它确有雄鸡的本能——迎着东方引吭长啼，只可惜把太阳旗误认为真的太阳。"太阳旗象征日本，而太阳象征光明。真是山回路转妙笔生花。语言文字经过钱先生的巧妙组合，生发出无限的意趣。

总之，钱锺书熟练地掌握了用典的艺术技巧，无论用暗典还

[①] 参见阮宗泽、宋军《为什么偏偏是美国》，世界知识出版社，1995年版。
[②] 钱锺书：《围城·汇校本》，四川文艺出版社，1992年版，第373页。
[③] 参见《马克思恩格斯选集》第1卷，人民出版社，1972年版，第15页。

是明典，都能把故典完美地融为作品的血肉和纤维。使故典成为描写人物心理，刻画人物肖像性格，烘托故事情节等不可或缺的有机组成部分。了解这些故典的读者，能产生更多的联想，体味到更多的意趣，对作品有更深入的理解；不了解这些典故，也大致能理解作品的内容和情感，这些典故起了一种激发新鲜感和求知欲，传授学识的作用。

第四节　皆有来历而别具面目
——钱锺书用典个案分析之三

哲学家教子侄读书作文云："当以蜂为模范，博览群书而匠心独运，融化百花以自成一味，皆有来历而别具面目。"蒙田也说："蜂采撷群芳，而蜜之成悉由于己，风味别具，莫辨其来自某花某卉。"[①] 钱锺书可以说就是"博览群书而匠心独运，融化百花以自成一味。"他在创作中有一类描写就是看上去"皆有来历"但又"别具面目"。我们很难把它们一一对号入座，因为它们已经有了新的形式、新的内容和新的意趣。典故在里面已像"水中盐味，色里胶青，决定是有"，但又难定其形。这是最能代表学人创作的地方，这也是叫我们最难分析的地方。我们要分析它们的渊源或师承，就难免被讥为"见腹果肤硕之壮夫，遂向其所食之牛、羊、豕一一追问斯人气力之来由"[②]。不过，从营养学的角度来说，

---

①　钱锺书：《管锥编》第四册，中华书局，1986年版，第1251—1252页。
②　钱锺书：《管锥编》第四册，中华书局，1986年版，第1252页。

考察腹果肤硕之壮夫的饮食习惯及食谱以供瘦弱者参考，也许不是没有意义的吧。下面我们就来看一看钱锺书作品中那些看来皆有来历而又别具面目的描写。

先看对人物的倨傲之态的一段刻画。

> 她站起来，提了大草帽的缨，仿佛希腊的打猎女神提着盾牌，叮嘱赵老太太不要送，对辛楣说："我要罚你，罚你替我拿那两个纸盒子，送我到门口。"辛楣瞧鸿渐夫妇站着，防她无礼不理他们，说："方先生方太太也在招呼你呢"，文纨才对鸿渐点点头，伸手让柔嘉拉一拉，姿态就仿佛伸指头到热水里去试试烫不烫，脸上的神情仿佛跟比柔嘉高出一个头的人拉手，眼光超越柔嘉头上。"[1]

以上是《围城》中写方鸿渐和孙柔嘉在香港新婚后去赵辛楣的亲戚家看望赵老太太，不想冤家路窄，在那里巧遇了方鸿渐的旧恋人苏文纨。苏小姐把对方鸿渐和孙小姐的满腔怨恨和妒意化为了冷酷的高傲。拿出贵夫人贵太太的身份架子，对方鸿渐夫妇讽刺之外加上不屑一顾的神态。这里把苏小姐的倨傲之态刻画得入木三分。钱锺书在《管锥编》中举述了一些中外写倨傲之态的佳例：王沉《释时论》有："德无厚而自贵，位未高而自尊；眼罔向而远视，鼻䶦䶎（音liào yào，仰意。笔者注）而刺天"；烟霞散人《斩鬼传》第二回捣大鬼"谈笑时面上有天，交接时眼底无物"；"西语谓之给予当场在坐者以'缺席款待'（absent

---

[1] 钱锺书:《围城》，人民文学出版社，1980年版，第303页。

treatent）"；《金瓶梅》第二四回："春梅似有如无，把茶接在手里"，又七三回："春梅也不瞧，接过苹果、石榴来，似有如无，掠在抽屉内。"①钱锺书写苏小姐对方鸿渐夫妇"谈笑时面上有天，交接时眼底无物"。他们夫妇虽当场在座，但苏小姐却给予他们以"缺席款待"。告别时经赵辛楣从中提醒，才和孙柔嘉拉拉手，但拉手时的神情还是"眼冏向而远视,鼻齁虺而刺天"，把她看得"似有如无"。鲁迅说："最高的轻蔑是无言，而且连眼珠也不转过去。"②大概也就是这种神情吧。虽说蜂采撷群芳而自成一味，但这个"味"我们还是能分辨出是枣花味还是桂花味。钱锺书对苏小姐倨傲心态的描写，我们若断然指定是渊源或遥承于哪一种描写或典故，当然失之牵强，不过，如果我们说他受上述所举的刻画倨傲之态的描写的启发和影响，是采撷了这些群芳而后独成一味，却大致不会错吧。

钱锺书的作品以幽默讽刺著称，我们看他在小说中怎样借人物之口讲幽默故事的吧。

> 陆伯麟笑说："我想起一桩笑话。十几年前，我家还在南边。有个春天，我陪内人到普陀山去烧香，就住在寺院的客房里。我看床铺的样子，不甚放心，便问和尚有没有臭虫。和尚担保我没有臭虫，'就是有一两个，佛门的臭虫受了菩萨感应，不吃荤血；万一真咬了人，阿弥陀佛，先生别弄死它，在菩萨清静道场杀生有罪孽的。'好家伙！那天我咬得一晚不能睡。后来才知道真有人照和尚的话去做，有同去烧香的

---

① 钱锺书：《管锥编》第三册，中华书局，1986年版，第1170页。
② 鲁迅：《半夏小集》，《鲁迅全集》第6卷，人民文学出版社，2005年版，第620页。

婆媳两人，那婆婆捉到了臭虫，便搁在她媳妇的床上，算是放生积德，媳妇嚷出来，传为笑话①。"

这里钱锺书对佛门臭虫不吃荤血，捉到臭虫放生积德的描写，可能是由那些"不拍杀蚊子"，"舍身以饲蚊虫蚤虱"等等典故演化创造而来。苏轼《次韵定慧钦长老》曰："钩帘归乳燕，穴纸出痴蝇，为鼠常留饭，怜蛾不点灯"；慧皎《高僧传》卷一一道法有："乞食所得，常减其分以施虫鸟，每夕辄脱衣露坐以饲蚊虻"；又一二法恭有："以敝衲聚蚤虱，常披以饲之"；《高僧传》二集卷三五《道悦传》："虽衣弊服而绝无蚤虱，时又巡村，乞虱养之，诫勿令杀"；《南齐书·孝义传》江泌"性行仁义，衣弊，恐虱饿死，乃复取置衣中"；陆游《剑南诗稿》卷五七《自警》："拍蚊违杀戒，引[饮]水动机心"，又卷七八《仲秋书事》："省身要似晨通发，止杀先从暮拍蚊"；朱敦儒《西江月》："饥蚊饿蚤不相容，一夜何曾做梦！被我不扇不捉，廓然总是虚空"；西方也有类似故典。"萧伯纳尝诧佛子为虱咬不得眠，设捉得虱将作么处置。（We do not know what the Buddhist does when he catches a flea that has Kept him awake for an hour.）"②"《小妇人》作者之父白朗生·阿尔科特（Bronson Alcott）信持古希腊哲人毕达哥拉斯遗教，不杀生伤命，为护身计，蚊来嘬，则挥之去，不忍拍杀之也。"③我们看，钱锺书小说中虽然不是写的蚊子蚤虱而是写的臭虫，但是"诫勿

---

① 钱锺书：《人·兽·鬼》，开明书店，1946年版，第65—66页。
② 钱锺书：《管锥编》第二册，中华书局，1986年版，684—685页。
③ 钱锺书：《管锥编》第五册，中华书局，1986年版，第186页。

令杀","饥蚊饿蚤不相容,一夜何曾做梦","以身饲虫"及捉到虱将如何处置等等意思都已包含。我们不能确定他在小说中是用的哪一事哪一典,但我们却可以说他是融化诸多故典加上他的睿智和巧思而自成一味。别人读起来也就觉得皆有来历而别具面目了。

我们再来看钱锺书在《围城》中是怎样写陆子潇追孙小姐的吧。陆子潇给孙小姐写求爱信,得不到回信,他还是一封一封地写。后来竟在信中附一张纸,纸头上写着一个问题,说省得孙小姐回信麻烦,要孙小姐在他写的问题的纸上打算学里的加减号,若对这问题答案是肯定的,写个加号,若是否定的写个减号。后来他索性把加减号都写好,让孙小姐只划掉一个就行。方鸿渐嘲笑说这是地道的教授情书,因为教师考学生出题常用这种方式。其实这里描写的是陆子潇"一身两任,双簧独演,后世小说记言亦有之,如《十日谈》中写一男求欢,女默不言,男因代女对而己复答之,同口而异'我'"[①]。只不过《十日谈》中的男主角是面对面的自问而又代女方回答,而陆子潇是有面子有身份的大学教授,所以只在信中一身两任地演双簧。因为身份和环境的不同,作者又加以演化和创造,使之和故事情节人物性格更加圆融无间。我们读钱锺书的作品,这种令人感到"皆有来历而别具面目"的情形特别多。请看下面的例子。

《围城》中在回国的轮船上,苏小姐强要替方鸿渐洗手帕,钉纽扣,一时方鸿渐大起恐慌。想"假使订婚戒指是落入圈套的象征,纽扣也是扣留不放的预兆"[②]。这句幽默精彩的推论不仅仅

---

① 钱锺书:《管锥编》第二册,中华书局,1986年版,第600页。
② 钱锺书:《围城》,人民文学出版社,1980年版,第27页。

是新颖的象征和比喻，也似有其渊源或遥承。"西方礼俗以指环为婚姻标志，基督教《婚仪词》所谓'夫妇礼成，指环为证'"，而善滑稽者曰：'戴指之环亦拴鼻之环耳。"①

西洋赶驴子的人，每逢驴子不肯走，鞭子没有用，就把一串胡萝卜挂在驴子眼睛之前、唇吻之上。这笨驴子以为走前一步，萝卜就能到嘴，于是一步再一步继续向前，嘴愈要咬，脚愈赶，不知不觉中又走了一站。那时候它是否吃得到这串萝卜，得看驴夫的高兴。一切机关里，上司驾驭下属，全用这种技巧；譬如高松年就允许鸿渐到下学年升他为教授。②

这里钱锺书虽然是把胡萝卜挂在一匹"西洋"驴子眼前，而实际上这种意境中国却也有国货土产。黄庭坚《沁园春》："镜里拈花，水中捉月，觑著无由得近伊"；《红楼梦》第五回仙曲《枉凝眸》："一个枉自嗟呀，一个空劳牵挂，一个是水中月，一个是镜中花"；《水浒》第二回："甜糖抹在鼻子上，只教他舐不着"；《北宫词纪外集》卷三杨慎《思情》："鼻凹里砂糖水，心窝里酥合油，舐不着空把人拖逗。"③

有人叫她"熟食铺子"（charcuterie），因为只有熟食店会把那许多颜色暖热的肉公开陈列④。

鲍小姐因为衣服穿得露而又长得黑而被比成是熟食铺子，读

---

① 钱锺书：《管锥编》第二册，中华书局，1986年版，第782页。
② 钱锺书：《围城》，人民文学出版社，1980年版，第280页。
③ 钱锺书：《管锥编》第一册，中华书局，1986年版，第38页。
④ 钱锺书：《围城》，人民文学出版社，1980年版，第5页。

来新颖诙谐。把人比为店铺在西方早已有之,不过不是熟肉店而是珠宝铺。"十六、十七世纪诗文中嘲讽虚冒名义,则每以情诗中词藻为口实。穷士无一钱看囊,而作诗赠女郎,辄奉承其发为'金'、眉为'银'、睛为'绿宝石'、唇为'红玉'或'珊瑚'、齿为'象牙'、涕泪为'珍珠',遣词豪奢,而不辨以此等财宝自救饥寒;十九世纪小说尚有此类滥藻,人至谑谓诗文中描摹女色大类珠宝铺之陈列窗,只未及便溺亦为黄金耳。"①

《围城》中方鸿渐听说唐小姐学的是政治,要恭维唐小姐,于是就说女人是天生的政治动物,男人区区家务不会管理,夸口治国平天下就好比造房子要先向半空里盖个屋顶。把国家社会全部交给女人有许多好处,至少可以减少战争。这里所用的《礼记·大学》中的齐家、治国、平天下和《百喻经》中的空中楼阁的典属一般的人们常说的典故。而夸赞女子执政却也有古老的渊源师承:"意大利古小说叹男子制法行法,高下在心,故于女苛酷,苟物及而反,女得执政,其心性柔慈,必不以男之道还治男身。"②

总之,钱锺书这一类用典,是"博览群书而匠心独运,融化百花以自成一味"。看上去有典,可是仔细寻找起来又难以对号入座,不能确定到底出于哪一事哪一典。我们只能感觉到他受哪些事哪些典的启发或影响,却不能断言他就是脱胎于哪一事哪一典。因为这些典和事已经在他的心血里重新滋养和酿造,用到了新的环境,变更了形式和内容,有了新的精神和意趣。这就是钱先生采撷群芳而蜜之成悉由于己,皆有来历而别具面目的一种用

---

① 钱锺书:《管锥编》第一册,中华书局,1986年版,第156页。
② 钱锺书:《管锥编》第一册,中华书局,1986年版,第25页。

典方式。这也是学人创作的最重要的标志之一。

第五节　断章取义、为我所用
——钱锺书用典个案分析之四

钱锺书在创作中经常引用一些古语，但是，他引用的目的一般倒不在于征援古语以证明今论，而往往是断章取义，为我所用。假借古之"章句"以道今之"情物"。循援引"各有取义，而不必尽符乎本旨"的原则，把截引的字面意义与所写的文境语境融为一体，形成一种活泼幽默的格调。其实这种用典方法可以远征《左传》，即古人所谓"赋诗断章，余取所求焉"①。钱锺书自己对这种用典方式有精彩的描述："后世词章之驱遣古语、成句，往往不特乖违本旨，抑且窜易原文，巧取豪夺，政〔正〕'赋《诗》断章'之充类加厉，挦扯古人以供今我之用耳。……足征'断章'亦得列于笔舌妙品，善运不亚善创，初无须词尽已出也。"②这种"断章取义"，为我所用的情况在钱锺书创作中常常见到。一般表现为两种情况：一种是对古语加以改变，所谓"巧取豪夺""为我所用"；另一种就是保持原文基本不变，但用在新的环境当中，或是"乖违本旨"，"为我所用"，或是起到暗示或调侃的作用。

先来看第一种情况。

我们看《围城》中的几个例子。

---

① 《左传·襄公二十八年》。
② 钱锺书:《管锥编》第一册，中华书局，1986年版，第224—225页。

方鸿渐归家省亲，中日战争爆发。作者写敌机轰炸。"以后飞机接连光顾，大有绝世佳人一顾倾城、再顾倾国的风度。"[①] 把原来形容绝色女子的典故"北方有佳人，绝世而独立，一顾倾人城，再顾倾人国"[②] 的原意改窜，而断章取义，望文生义。

方鸿渐到买办张吉民家去相亲，没看上张小姐却看上了商店里的皮外套，恰好在张家应酬的牌桌上赢了钱，"他记得《三国演义》里的名言'妻子如衣服'，当然衣服也就等于妻子；他现在新添了皮外套，损失个把老婆才不放在心上呢"[③]。把刘备对赵云说的"妻子如衣服，兄弟如手足"一语变通使用，增加了风趣。

在赵辛楣请客的餐桌上，靠几十封外国著名哲学家的来信吓倒了无数人的冒牌哲学家褚慎明，听到苏小姐和他讲"心"，激动得夹鼻眼镜泼剌一声直掉在牛奶杯子里，溅得衣服上桌布上都是奶，苏小姐胳膊上也沾润了几滴。眼镜拿出来擦干，幸而没破。对此，诗人董斜川道："好，好，虽然'马前泼水'，居然'破镜重圆'，慎明兄将来的婚姻一定离合悲欢，大有可观。"[④] 元曲无名氏的《渔樵记》，写刘家女逼朱买臣写休书并在大雪天把他赶出家门，朱买臣及第做了会稽太守，刘家女求他认妻，朱买臣让她把一盆水泼出收回再成姻眷。这个"马前泼水"的典故被变通用到褚慎明溅洒了牛奶；南北朝时南朝将亡，驸马徐德言预料妻子乐昌公主将被人掠去，因破一铜镜，各执一半，为日后重见时的凭证，并约

[①] 钱锺书：《围城》，人民文学出版社，1980年版，第39页。
[②] 《汉书·孝武李夫人传》。
[③] 钱锺书：《围城》，人民文学出版社，1980年版，第47页。
[④] 钱锺书：《围城》，人民文学出版社，1980年版，第96页。

定正月十五日卖镜于市，以相探讯。陈亡后，乐昌公主为杨素所有。徐德言至京城，正月十五日遇一人叫卖破镜，与所藏半镜相合，遂题诗云："镜与人俱去，镜归人不归；无复嫦娥影，空留明月辉。"公主见诗，悲泣不食，杨素遂使公主与德言重新团圆。① 这就是"破镜重圆"的典故。这里董斜川变通用为褚慎明的夹鼻眼镜虽然掉进牛奶杯却没有打破。两个关于婚姻悲欢离合的大典用于褚慎明眼镜掉在牛奶杯子里一件小事上，由这种反差，造成一种谐趣。

汪处厚想当文学院长，笼络方鸿渐说下学期要添个哲学系，叫方鸿渐去当教授。方鸿渐不愿太受他栽培，告诉他高校长也曾答应下学期升自己为教授。汪处厚告诉方鸿渐高松年的话作不得准。讲师升副教授容易，副教授升教授难上加难。有人把讲师比通房丫头，教授比夫人，副教授等于如夫人，因为丫头收房做姨太太可以，而姨太太要扶正做大太太是干犯纲常名教的。汪处厚引经据典地说："前清不是有副对么？'为如夫人洗足；赐同进士出身'。有位我们系里的同事，也是个副教授，把它改了一句：'替如夫人挣气；等副教授出头'。"② "为如夫人洗足；赐同进士出身。""同进士"有人也写成"从进士"，这是前清时一副对联。传说四川才子李调元任广东学政时，权臣和珅保举一人来任两广巡按。这位巡按大人，原是个落第举子，因趋附和珅，由和珅保荐，得赐了个从进士的功名。"从"者，次也，副也。从进士即略等同于进士。他久闻李调元的才名，心怀妒意，决定以挫折李调元来为自己这个从进士的称号增添些重量。宴会之上，巡按对

---

① 参见孟棨《本事诗·情感》。
② 钱锺书：《围城》，人民文学出版社，1980 年版，第 269 页。

李调元说："总督某公是足下考科恩师。此公威重位显，无奈无行，近京中盛传他常为如夫人洗脚，足下亦闻之否？"李答曰："眼见才为实，果如此，亦只婢奴辈才能亲睹，大人何竟知之。"巡按盛气曰："姑以此为题，烦对一联。'德高望重，奈何与如夫人洗足'。"李调元抗声对曰："学浅才疏，落得赐从进士出身。"①钱锺书在作品中有违典故的原旨，而只抓住"如夫人"，"同进士"在某种意义上有和副教授的可比之处，把原典改为"替如夫人挣气，等副教授出头"，造成一种雅谑的趣味。并且在巧妙的用典中给读者传授了知识和自己的人生经验。

以上是通过作者的巧思，把古典加以改变，为我所用的例子。有时作者的断章取义，只是对古典或成语顺势改变一两个字，为我所用，造成谐趣。如把《三国演义》中的"赔了夫人又折兵"顺手改为"赔了夫人又折朋"，把刘禹锡《陋室铭》中的"谈笑有鸿儒，往来无白丁"改为"谈笑有鸿渐"。有时作者则是把当代文坛上的典故割截过来，略加改变，为我所用。例如"有那么一个有名的作家，我们竟不知道他的姓名叫什么。这并非因为他是未名，废名，无名氏，或者莫名其妙"②。把现代文学的一些作家的笔名（或社团名称）排列在一起造成一种谐趣。"'他是不是写过一本——呃——'这不过是——'范小姐的惊骇表情阻止他说出来是'春天'、'夏天'、'秋天'还是'冬天'。"③在李健吾剧本《这不过是春天》的名称上稍做文章，赵辛楣逢场做戏，不懂装懂而又被考住的窘态，范小姐略带卖弄要讨辛楣喜欢及后来惊

---

① 袁箴编：《李调元佳话》，山西人民出版社，1985年版，第64页。
② 钱锺书：《人·兽·鬼》，开明书店，1946年版，第89页。
③ 钱锺书：《围城》，人民文学出版社，1980年版，第246页。

讶的神态都从对这个剧名所做的文章中刻画出来。这种"断章取义,俾望文生义,自成诗文中巧语一格"①。应用到小说的创作上,形成一种活泼幽默的笔调。这也是钱锺书学人小说的特点之一。

钱锺书在创作中用"断章取义"方式的第二种情况,是引用古典或成语,保持原文基本不变,但用在新的文境当中,或是"乖违本旨""为我所用",或是起一种暗示或调侃的作用。我们先看"乖违本旨""为我所用"的情况。《围城》中方鸿渐留学归国,衣锦还乡,成了地方上的小名人,家中有女儿待嫁的乡绅纷纷到方府提亲。可是当听说方鸿渐在省立中学演讲时大谈鸦片和梅毒,公开讲抽烟狎妓,于是那些有女儿要嫁他的人,猜想他在外国花天酒地,这种青年做不得女婿。因为"斯人也而有斯疾也"。"斯人也而有斯疾也"是从《论语·雍也》中拧扯出来的一句,原文是"伯牛有疾,子问之。自牖执其手,曰:亡之,命矣夫。斯人也而有斯疾也,斯人也而有斯疾也!"原意是孔子的弟子冉耕有德行而得了恶疾,孔子感到非常痛惜。一句话重复两遍以表示痛惜之甚。而这句话断章取义用到方鸿渐身上,已改变了原来的痛惜之意,而是指方鸿渐公开谈论抽烟狎妓,说这样的话的人就会有这样的病,表示的是厌恶之情。再如,方鸿渐一行人去三闾大学路宿鹰潭镇旅馆,旅馆房间的墙壁上写着有关妓女王美玉的下流诗。赵辛楣看到一个女子在倚门卖俏,于是拍鸿渐的膀子道:"这恐怕就是'有美玉于斯'了。""有美玉于斯"是割截《论语·子罕》中的句子。原文是:"子贡曰:有美玉于斯。韫椟而藏诸,求善贾而沽诸?子曰:沽之哉,沽之哉,我待贾者也。"原意是待价而沽,

---

① 钱锺书:《管锥编》第四册,中华书局,1986年版,第1521页。

而赵辛楣则是"望文生义",来和方鸿渐打暗语,指倚门卖俏者就是下流诗中所说的妓女王美玉。即"乖违本旨""为我所用"。有时,这种"断章取义"引用原文并不"乖违本旨",而是起到一种暗示或调侃的作用。如苏小姐想用赵辛楣来激起方鸿渐对他的主动追求。告诉方鸿渐赵辛楣三天两天写信给她。每封信都说他失眠。于是方鸿渐笑道:"《毛诗》说:'窈窕淑女,寤寐求之;求之不得,寤寐思服。'他这种写信,是地道中国文化的表现。"方鸿渐顺口引来的《诗经·关雎》章中的句子,用在此处形容赵辛楣的心情,起到暗示和比照的作用,又有诙谐调侃的效果。再如写陆子潇有一个亲戚曾给他来过一封信,他成天放在书桌上卖拍。作者写他"那位亲戚国而忘家,没来过第二次信"。这里"国而忘家"是割截贾谊《治安策》中"国而忘家,公而忘私"进行调侃。这种"断章取义"与"望文生义"的方式在钱先生散文中用得最多,这是形成他散文调侃的笔调和活泼风趣的风貌的一个重要因素。

我们先来看散文"有乖本旨"为我所用的情况。在《说笑》中,钱锺书为了说明普通的笑与幽默的笑的区别,引刘继庄《广阳杂记》:"驴鸣似哭,马嘶如笑。"钱锺书说:"而马并不以幽默名家,大约因为脸太长的缘故。"[①] 这里"驴鸣似哭,马嘶如笑"在原文中是描述的一种现象,而钱锺书引来却是证实一种道理:"幽默当然用笑来发泄,但是笑未必就表示着幽默。"再如:在《一个偏见》中钱先生说:"人类是不拘日夜,不问寒暑,发出声音的动物。"不仅会在你周围闹,还会对准了你头脑,在你顶上闹,"譬如说,你住楼下,有人住楼上。不讲别的,只是脚步声一项,已

---

① 钱锺书:《写在人生边上》,开明书店,1949年版,第23页。

够教你感到像红楼梦里的赵姨娘，有人在踹你的头"①。《红楼梦》中赵姨娘说有人在踹头是指被欺辱，是一种比喻意义，而在此作者却是"望文生义"，用的是字面意义。再如："用人瞧不起文人，自古已然，并非今天朝报的新闻。例如汉高祖本纪载帝不好文学，陆贾列传更借高祖自己的话来说明云：'乃公马上得天下，安事诗书'？直接痛快，名言至理，不愧是开国皇帝的圣旨。"②对"乃公马上得天下，安事诗书"以反语出之。至于"断章取义"以资调侃的情况在钱先生散文中更是随处可见。兹举数例。

《论快乐》："《西游记》里小猴子对孙行者说，天上一日，下界一年：这种神话，确反映着人类的心理。"③

《吃饭》："《吕氏春秋·本味篇》记伊尹以至味说汤那一大段把最伟大的统治哲学讲成惹人垂涎的食谱。这个观念，渗透了中国古代的政治意识，所以自从尚书顾命篇起，做宰相总比为'和羹调鼎'，甚至老子也说治国像烹小鲜。"④

《读伊索寓言》："……缘故是，卢梭是原始主义者（primitivist），主张复古，而我呢，是相信进步的人——虽然并不像寓言里所说的苍蝇，坐在车轮的轴心上，嗡嗡地叫道：'车子的前进，都是我的力量。'"⑤

《一个偏见》："唐子西醉眠诗的名句'山静如太古'，大约指着人类尚未出现的上古时代，否则，山上住和尚，山下来游客，

---

① 钱锺书：《写在人生边上》，开明书店，1949年版，第53页。
② 钱锺书：《写在人生边上》，开明书店，1949年版，第61—62页。
③ 钱锺书：《写在人生边上》，开明书店，1949年版，第17页。
④ 钱锺书：《写在人生边上》，开明书店，1949年版，第32页。
⑤ 钱锺书：《写在人生边上》，开明书店，1949年版，第40页。

半山开饭店茶馆,决不容许此山清静。"①

《释文盲》:"痛恨文学的人,更不必说;眼中有钉,安得不盲,你只要想。不过,眼睛虽出毛病,鼻子想极敏锐;因为他们常说,厌恶文人的气息。与以足者去其角,傅之翼者夺其齿;对于造物的公平,我们只有无休息的颂赞。"②

看,钱锺书"涉笔成趣,以文为戏",深得"文字游戏三昧",③ 善运不亚善创。常常挦扯古人以供今我之用。对古人语或是"巧取豪夺",加以改变,为我所用;或是"断章取义","乖违本旨",望文生义,为我所用。在文章中起到暗示、对照或调侃的作用,形成一种雅谑的活泼风趣的格调。这种"断章取义"的用典方式,需要有把所"断"之"章"与自己所写作品的文境语境完美地圆融一起的高度的艺术技巧,需要渊博的知识和极出色的记忆力。所以这种"断章取义",虽然看似随意调侃,信手拈来,实则非像鲁迅、钱锺书这样的大家巨子不能为之。

总之,钱锺书在创作中的用典,有时是"用典不使人觉";有时是"皆有来历而别具面目",有时以明典来传授知识,有时又"断章取义"为我所用。无论哪种情况,都不是一味地炫耀学问,而是把典故融化为作品的纤维和血肉。这些典故融到作品中,一般都不妨碍读者对作品的阅读与理解。而起到简练、含蓄、暗示、比照、调侃等作用,达到活泼风趣的效果。这种用典,是学人创作的重要特点之一。

---

① 钱锺书:《写在人生边上》,开明书店,1949年版,第50页。
② 钱锺书:《写在人生边上》,开明书店,1949年版,第59页。
③ 钱锺书:《管锥编》第二册,中华书局,1986年版,第459—461页。

第九章

钱锺书的雅俗观及"以俗为雅"个案分析

第一节 钱锺书的雅俗观

钱锺书的雅俗观主要包括对雅俗文学的认识和对雅与俗的辩证关系的认识这两个方面的内容。

就雅俗文学来说,钱锺书认为雅文学和俗文学是不同的两种文学类型并有各自的文学发展轨迹或线索,不可以高下优劣来比较或褒贬。他说:"吾国文学分雅言、俗语二体,此之所谓'雅'、'俗',不过指行文所用语体之殊,别无褒贬微意。载籍所遗,宋代以前,多为雅言,宋代以后,俗语遂繁,如曲如小说,均为大宗。二体条贯统纪,茫不相接;各辟途径,各归流派。故自宋以前,文学线索只一;自宋以后,文学线索遂二。至民国之新文学,渊源泰西;体制性德,绝非旧日之遗,为有意之创辟,非无形之转移,事实昭然,不关理论。或者乃欲以俗语之线索,与宋前之载籍贯串,卤莽灭裂,未见其可。"[①] 这里钱锺书是以文体来划分雅俗的。这也是一种传统的分法。即把传统的诗、文看为雅文学而

---

① 钱锺书:《中国文学小史序论》,《国风》半月刊第3卷第8期,1933年10月16日。

把小说戏曲看为俗文学。这样宋以前基本上是诗、文、赋等雅文学，而宋以后则除诗、文之外又兴起了小说和戏曲等俗文学。各种文体各有各的特点和职能，是不分高下优劣的。然而，按正统的文学观念则把文看得最高，诗次之，而把戏曲小说看为文学的末流。到五四文学革命时胡适在《文学改良刍议》中又把小说奉为文学的正宗，并写《白话文学史》来论证白话文学是中国文学的正宗。这里，钱锺书指出"所谓'雅'、'俗'，不过指行文所用语体之殊，别无褒贬微意。……二体条贯统纪，茫不相接；各辟途径，各归流派"。既纠正了传统的重诗、文而贬斥戏曲小说的偏见，又批评胡适"欲以俗语之线索，与宋前之载籍贯串，卤莽灭裂"的做法。他说："夫文学固非尽为雅言，而俗语亦未必尽为文学，贤者好奇之过，往往搜旧日民间之俗语读物，不顾美丑，一切谓为文学，此则骨董先生之余习耳，非所望于谭艺之士！固也，嗜好不同，各如其面，然窃谓至精之艺，至高之美，不论文体之雅俗，非好学深思者，勿克心领神会；素人（amateur）俗子（philistine），均不足与此事，更何有于'平民'（the court chaplains of king Demos）？"①

就语言的俗与雅的关系来说，钱锺书认为二者是辩证的，是可以相互转化的。

钱锺书认为"俗"的本质就是正面事物的量的过度。他说："从有一等人的眼光看来，浓抹了胭脂的脸。向上翻的厚嘴唇，福尔斯大夫（Falstaff）的大肚子，西哈诺（CYrano）的大鼻子，涕泗

---

① 钱锺书：《中国文学小史序论》，《国风》半月刊第3卷第8、11期，1933年10月16日、12月1日。

交流的感伤主义,柔软到挤得出水的男人,鸳鸯蝴蝶派的才情,苏东坡的墨猪似的书法,乞斯透顿(Chesterton)的翻筋斗似的诡论,大块的四喜肉"等等,都因为量的过度而显得俗。"钻戒戴在手上是极悦目的,但是十指尖尖都掺着钻戒,太多了,就俗了!胭脂擦在脸上是极助娇艳的,但是涂得仿佛火烧一样,太浓了,就俗了!"[①]所以,俗不是负面的缺陷,而是正面的过失。鲁迅也说:"一个人离开'本色',是就要'俗'的。不识字人不算俗,他要掉文,又掉不对,就俗;富家儿郎也不算俗,他要做诗,又做不好,就俗了。"[②]钱锺书和鲁迅都指出了这种求美反丑、求雅反俗的矛盾对立规律。的确,俗与雅看似针锋相对,水火不容,实则又是相辅相成,相互转化的,二者是一种对立统一的辩证关系。

所谓"俗",一般包含两层意思,一是通俗,即大众化;二是粗俗或庸俗,即俗气。通俗没什么不好,而夸张卖弄、矫揉造作的"俗气"却几乎人人讨厌。所谓"雅",当然是指典雅、高尚、文雅了,这是大家都向往的纯正美好的风范。然而,在文学创作或学术研究中却有一种奇怪的现象,即越是学养深厚的大家,看上去却越追求自然明了,浅显易懂的"俗",用通俗的方式表现深刻的思想,把通俗的言语点化成蕴意深刻的警句。令人觉得自然大方。反过来,一些人拼命学雅,粗鲁而装细腻,愚陋而装聪明,呆板而装伶俐,结果这种刻意求雅反而成了《儒林外史》中杜慎卿所谓"雅的这样俗"。其实,那些学养深厚的

[①] 中书君:《论俗气》,《大公报》,1933年11月4日。
[②] 鲁迅:《文坛三户》,《鲁迅全集》第6卷,人民文学出版社,2005年版,第353页。

大家追求"俗",正是他们明白艺术中这种"俗"与"雅"的辩证关系,他们使用通俗的语言,利用通俗的方式来表现深刻的思想和意蕴,追求的是一种以俗为雅的风格。我国古人对文艺中"俗"与"雅"的辩证关系早有体悟。如《石林诗话》论郑谷的诗时说:"天下事每患自以为工处,着力太多";魏禧与友论文书中说:"着佳言佳事太多,如市肆之列杂物,非不炫目,正嫌有市井气耳。"①这其实是一般作家最容易犯的毛病。自以为是得意之笔、擅长之处,不遗余力,尽力铺写,华词丽句,充塞满溢。结果"所长辄成所蔽"②,自以为珠光宝气,华贵雍容,雅不可言。实际过犹不及,得意之笔变成败笔,珠光宝气变成市井气——俗气。古人论诗文说:"诗文句句要工,便不在行。"③西方名家论诗也说:"通篇皆隽语警句,如满头珠翠以至鼻孔唇皮皆填嵌珍宝,益妍得丑,反不如无";又说:"人面能美,尤借明眸,然遍面生眼睛,则魔怪相耳。"④可见,在文学创作中求美得丑,求雅反俗,过犹不及是古今中外的大家智者都已认识到的一条辩证规律。清人赵翼论杨万里的诗说:"争新,在意不在词,往往以俚为雅,以稚为老。"⑤《颜氏家训·文章》记沈约语:"文章当从三易:易见事、易识字、易读诵";然而易读之文,未必易作。王安石《题张司业诗》所谓:"成如容易却艰辛。"⑥钱锺书也认为"作手铸词,每掇拾时俗语而拂

---

① 钱锺书:《论俗气》,《大公报》,1933年11月4日。
② 钱锺书:《管锥编》第三册,中华书局,1986年版,第1052页。
③ 魏际瑞:《与子弟论文书》,《魏伯子文集》卷四。
④ 钱锺书:《管锥编》第三册,中华书局,1986年版,第1200页。
⑤ 钱锺书:《谈艺录》(补订本),中华书局,1984年版,第122页。
⑥ 钱锺书:《管锥编》第三册,中华书局,1986年版,第1108页。

拭之"①。所以,一些文学大家表面上不追求雅而追求"俗",实际上是一种迂回战术,是追求以俗为雅的艺术风格,达到雅俗共赏的艺术的完美境界。我们读鲁迅的《春末闲谈》《灯下漫笔》等文章,开始只觉得作者是在聊天、讲故事,谈经历和感受。当你随着作者的娓娓而谈而逐步深入时,你不知不觉地接受了作者深刻的思想,被作者的情绪所感染。《春末闲谈》以细腰蜂毒刺小青虫使它处于昏睡状态以便享用起来鲜美可口的故事,类比统治阶级的愚民政策。读者在听故事中不知不觉地被引入了愚民政策的正题,读过之后不能不佩服作者类比的巧妙和思想的深刻。《灯下漫笔》,作者从自己兑换银元的亲身感受娓娓道来,谈到自己本来吃了亏还安心、欢喜和庆幸而不知道抗争的心理,由此推出整个民族的奴化心态,进而分析造成这种奴化心态的原因是中国人的长期的奴隶地位,从而推出震人魂魄的论点:中国历史上只有两种时代:一、想做奴隶而不得的时代;二、暂时做稳了奴隶的时代。这样的作品,深入浅出,亦俗亦雅,如果学识思想和技巧不达到一定的境界是写不出来的。大家都知道钱锺书学贯中西,写文章时喜欢旁征博引。其实钱锺书也追求一种庄谐相伴、雅俗相间的作品风格。就是学术著作中,也经常使用通俗的常用语、谑语,谚语甚至儿歌等来说明深奥的学理。比如,在讲诗的"赋、比、兴"的"兴"时,他比较了几家的观点,认为朱熹的"……兴者,先言他物以引起所咏之词也"较切合实际;而李仲蒙的"触物以起情,谓之'兴'"则"颇具胜义。'触物'似无心凑合,信手拈起,复随手放下,与后文附丽而不衔接,非同'索物'之着意经营,理

---

① 钱锺书:《管锥编》第二册,中华书局,1986年版,第743页。

路顺而词脉贯";徐渭的"《诗》之'兴'体,起句绝无意味,……此真天机自动,触物发声,以启其下段欲写之情,默会亦自有妙处,决不可以意义说者"可以阐明"触物起情"的意旨。曹植《名都篇》:"名都多妖女,京洛出少年。宝剑值千金,……"下文皆言"少年"之豪侠,不复以只字及"妖女";甄后《塘上行》:"蒲生我池中,其叶何离离! 傍能行仁义,……"下文皆言遭谗被弃,与蒲苇了无瓜葛。钱锺书说他童年时曾听六七岁小孩聚戏歌云:"一二一,一二一,香蕉苹果大鸭梨,我吃苹果你吃梨";"汽车汽车我不怕,电话打到姥姥家。姥姥没有牙,请她啃水疙瘩! 哈哈! 哈哈! "又见报上载纽约民众示威大呼:"一二三四,战争停止! 五六七八,政府倒塌"! (one two three four, we don't want the war! five six seven eight, we don't want the state!)钱锺书认为这里的"汽车""电话""一二一""一二三四""五六七八",作用与《名都篇》中的"妖女",《塘上行》中的"池蒲"是相同的。"功同跳板,殆六义之'兴'矣。"[1] 看,对《诗·大序》中的"风、赋、比、兴、雅、颂"六义中最深奥难解的"兴"用最通俗的儿歌、口号来解说。真是"有胆量抬出俗气来跟风雅抵抗,仿佛魔鬼的反对上帝"[2]。不过,这种"甘心呼吸着市井气"的"俗得有勇气的人",也必须是真正对事理清楚明白得透亮的大家,假若对问题一知半解,当然只能人云亦云,若是不懂装懂,就更免不掉装腔作势,矫揉作态的"俗"了。黄庭坚在《再次韵杨明叔·引》中说:"盖以俗为雅,以故为新,百战百胜。此诗人之奇也。"陈师道《后

---

[1] 钱锺书:《管锥编》第一册,中华书局,1986年版,第63—65页。
[2] 中书君:《论俗气》,《大公报》,1933年11月4日。

山集》卷二十三《诗话》中记:"闽士有好诗者,不用陈语常谈,写投梅圣俞。答书曰:'子诗诚工、但未能以故为新,以俗为雅尔。'"俄国形式主义文评家什克洛夫斯基(Victor shklovsky)等以为文辞最易袭故蹈常,落套刻板,故作者手眼须使熟者生,或亦曰使文者野。钱锺书认为,梅圣俞的"以故为新,以俗为雅"对什克洛夫斯基的"使熟者生"的主张早已夙悟先觉。"夫以故为新,即使熟者生也;而使文者野,亦可谓之使野者文,驱使野言,俾入文语,纳俗于雅尔。……抑不独修辞为然,选材取境,亦复如是。歌德、诺瓦利斯、华兹华斯、柯尔律治、雪莱、狄更斯、福楼拜,尼采、巴斯可里等皆言观事体物,当以故为新,即熟见生。"[①] 可以看出,钱锺书对梅圣俞的"以故为新,以俗为雅"不但非常推崇,而且把这种原来仅就修辞而提出的主张推广到选材取境。而读钱锺书的作品则更使人感到,不但修辞设色、选材取境,就是在作品的思想立意上,作者也在努力达到这种境界,形成了作品以俗为雅的独特的艺术风格。

第二节 雅俗相间、相辅相成
——钱锺书"以俗为雅"个案分析之一

亚里斯多德认为:"言语的美在于明晰而不至流于平庸。用普通词组成的言语最明晰,但却显得平淡无奇。……使用奇异词可使言语显得华丽并摆脱生活用语的一般化。所谓'奇异词',

---

[①] 钱锺书:《谈艺录》(补订本),中华书局,1984年版,第320—321页。

指外来词、隐喻词、延伸词以及任何不同于普通用语的词。但是，假如有人完全用这些词汇写作，他写出的不是谜语，便是粗劣难懂的歪诗。……因此，有必要以某种方式兼用上述两类词汇，因为使用外来词、隐喻词、装饰词以及上文提到的其他词类可使诗风摆脱一般化和平庸，而使用普通词能使作品显得清晰明了。"[1] 亚里斯多德这段探讨语言美的话实际上就是主张语言词语的雅俗相间，形成明晰而不平庸的语言风格。通俗的词语人人都理解，但也日久不新，不能引发人们的新鲜感和好奇心；而一些外来词、隐喻词、延伸词、缩略词或变体词，虽然新颖奇特，但又不如通俗语言清楚明了。要解决这一矛盾，最好的办法就是"雅""俗"相间，在通俗的语言中适当地使用"雅词"——外来词、隐喻词、变体词等。这样既可造成语言的新鲜感，又不会影响人们对意思的理解和把握。就是那些对某些"雅词"感到费解的人，在不妨碍对段义或句义的把握和理解的情况下，这种"费解"反而变成一种诱惑和趣味。但是，"雅词"用得太多大滥，影响了阅读与理解，那么高雅就变成了庸俗。所以最好是雅俗相间，相辅相成。俗语为雅语在意思上做铺垫烘托，使雅语显出其"雅"和"新"；而雅语为俗语增添了风韵，使之在新的环境中产生了新的生命，新的意义，从而形成既明晰而又新颖的美的语言风格。对雅俗相间才能相辅相成这一规律，中外著名文学家或文艺理论家在不同程度上都有所体悟。贺裳对方回评王安石《宿雨》诗时说的"未有名为好诗而句中无眼者"的说法表示异议，嘲讽说："人生好眼，只须两只，何必尽作大悲相千手千眼观世音乎。"[2] 西方名家论诗

---

[1] ［希］亚里斯多德著，陈中梅译：《诗学》，商务印书馆，1996年版，第156页。
[2] 钱锺书：《管锥编》（补订）第五册，中华书局，1986年版，第233页。

说："诗中词句必工拙相间,犹皇冕上之金刚钻,须以较次之物串缀之。"① 古罗马修辞学名典中说:"藻彩譬如词令之眼目。然倘通身皆眼,则其他官肢俱废而失用矣。"哈代曰:"抒情诗之佳者亦非通篇处处情深文明,特其佳句能烘染平常语句耳";克罗齐谓:"无平夷则不见高峻,无宁静则不觉震荡";艾略特亦谓:"诗中必有平钝句段为警策句段居间引渡。"② "近人亦谓于精意好语之间,安置凑数足篇之句,自不可少,犹流水一湾,两岸嘉荫芳草,须小桥跨度其上,得以徜徉由此达彼。"③ 著名作家铁凝在谈《笨花》中的方言运用时说:"生活的肌理,日子的表情,不在那些符号化的句型里面,而应该浸泡在毛茸茸的刻画里,这些刻画就包括着语言的准确,叙述的分寸,方言的得当应用。但是这些刻画,这些描写,又不能变成罗列、拥塞得密不透气。为了生活气息,就以土卖土,满嘴方言。这种方言、这种叙述、这种刻画,一定要贴着人物的皮肤和呼吸走。一部作品的乡土气韵,很可能有一部分表现在作家对方言的运用上,但是我仍然强调不能泛滥。特别地、一味地强调某一个地域的方言,用不好会给读者的阅读带来障碍,其实也会影响这部作品的整体气象。"④ 这里讲方言的运用要适可而止,其实也是一种雅俗相间的把握。钱锺书对要求词句工拙相间,雅俗相济的理论在《谈艺录》《管锥编》中多次援引,深表嘉许。可见他对这一艺术规律认识之深。我们读他的作品,更可以体会出他在写作时对雅俗相间相济的精心安排。下面以他

---

① 钱锺书:《管锥编》第三册,中华书局,1986年版,第1200页。
② 钱锺书:《管锥编》(补订)第五册,中华书局,1986年版,第233—234页。
③ 钱锺书:《管锥编》第三册,中华书局,1986年版,第1200页。
④ 铁凝:《长篇小说创作中的四个问题——从〈笨花〉说开去》,《长城》2006年第4期。

的散文、小说和学术论著为例来做一简单分析。

散文是最灵活多变的文体,写来无拘无碍,所以也最能体现钱先生雅俗相间的风格。我们可随意抽取一段来分析这种特点。比如:"偶尔翻翻哈德门(Nicolai Hartmann)的大作《伦理学》,看见一节奇文,略谓有一种人,不知好坏,不辨善恶,仿佛色盲者的不分青红皂白,可以说是害着价值盲的病(Wertblindheit)。当时就觉得这个比喻的巧妙新鲜,想不到今天会引到它。借系统伟大的哲学家(并且是德国人),来做小品随笔的开篇,当然有点大才小用,好比用高射炮来赶蚊子。不过小题目若不大做,有谁来理会呢?所以小店开张,也要请当地长官参加典礼,教员求加薪,定说得一二十元上下可以影响到整个人类文化,正是同样的道理。"① 这段文字中,前面的哈德门,《伦理学》以及括号中的外文,显然属于亚里斯多德所说的"奇异词",并且把人的不辨好坏善恶比为是害着价值盲的病也很新颖奇特,而后面的高射炮赶蚊子,小店开张请当地长官参加典礼等一系列比喻,则是通俗易懂的常语。用这些通俗的语言来冲淡"奇异语"和新奇比喻所造成的心理激荡,从而形式雅俗相间,既清晰而不平淡的风格。再看一例:"高地耶(Theophile Gautier)在奇人志(Les Grotesques)里曾说,商人财主,常害奇病,名曰诗症(Poésophobie),病原如是:财主偶而打开儿子的书桌抽屉,看见一堆写满了字的白纸,既非簿记,又非账目,每行第一字大写,末一字不到底;细加研究,知是诗稿。因此怒冲脑顶,气破胸脯,深恨家门不幸,出此逆子,神经顿呈变态。其实此症不但来源奇特,并且富有传

---

① 钱锺书:《写在人生边上》,开明书店,1949年版,第54页。

染性；每到这个年头儿，竟能跟夏天的霍乱，冬天的感冒同样流行。"[1] 这里，高地耶、《奇人志》、"诗症"等属"雅语"，而"传染""霍乱""感冒"等则属"俗语"。钱锺书在散文中，往往是以雅语提出论题后，再用俗语来说明或比喻，即"使文者野"，不但说明论题，而且增添了风趣。后面的通俗的说明或比喻给前面的雅语注入了活泼的生气，前面的雅语论题又为后面的俗语说明和比喻打下了基础，二者相间相济，形成以俗为雅，雅俗共赏的风格。

再看小说。小说是故事性、叙述性的文体，大多采用通俗而形象的语言。而钱锺书的学者型的小说，以深厚的学养为基础，在以通俗的语言叙述故事或刻画人物时融入了大量的学理，而这种学理的表述一般又表现为雅语，所以他的小说也显示出雅俗相间的风格。比如我们在第四章谈比喻时举了他把爱默的笑比为天桥打拳人卖的狗皮膏药和法国象征派作的诗；把穿着露裸的鲍小姐比为"熟食铺子"和"真理"或"局部真理"。"狗皮膏药"属俗语，"象征派诗"属雅语，"熟食铺子"属俗语，"真理"或"局部真理"属雅语。所以那是两个典型的雅俗相间的例子。下面我们再看一例。"鸿渐一眼瞧见李先生的大铁箱，衬了狭小的船首，仿佛大鼻子阔嘴生在小脸上，使人起局部大于全体的惊奇，似乎推翻了几何学上的原则。"[2] 这里，大鼻子阔嘴生在小脸上是俗语，而局部、全体、几何学原则属雅语。小说中的这种雅俗相间一般都有一种诙谐调侃的效果。

我们再看学术论著的情况。鲁迅主张学术文章也应该活泼富

---

[1] 钱锺书：《写在人生边上》，开明书店，1949年版，第62—63页。
[2] 钱锺书：《围城》，人民文学出版社，1980年版，第148页。

有生气。他说:"外国的平易地讲述学术文艺的书,往往夹杂些闲话或笑话,使文章增添活气,读者感到格外的兴趣,不易于疲倦。但中国的有些译本,却将这些删去,单留下艰难的讲学语,使他复近于教科书。这正如折花者,除尽枝叶,单留花朵,折花固然是折花,然而花枝的活气却灭尽了。"①

鲁迅认为学术理论文章中的俗语笑谈能使文章增添活气,学理相当于花朵。而那些俗语趣谈却是枝叶,假如没枝叶,花枝的活气就会灭尽。我们许多学术理论研究者不懂得鲁迅所说的道理,写起文章来一味使用雅语,以为只有这样才能显示严谨认真,否则便格调下降了。致使文章平板枯燥,缺少生气和可读性。钱锺书在这一点上和鲁迅认识是一致的,他从不板着脸说理论道,多么深奥的理论问题,一到他的笔下,则谈笑自如,深入浅出。往往严密的逻辑思辨却用通俗风趣的语言出之,在谈笑之中拨开你眼前的迷雾,解出了困惑的难题。所以有人说读他的学术著作觉得有时产生像读文艺性杂文的兴趣。他学术论文的这种风格当然基于他的学识渊博并调动了各种艺术手法。这里我们先来看看他是怎样运用雅俗相间的方式造成他文章深入浅出,活泼生动的风格的吧。在谈比喻时我们举了钱锺书用比喻的形式分辨"文以载道"和"诗以言志"的例子。在那个例子中,他在批评周作人把"文以载道"和"诗以言志"分成绝对对立的两派时,用"去北京","回上海","吃早点","喝稀饭","午餐","吃面","梯级或台阶"等通俗的词语,来比喻说明"文以载道"和"诗以言志"的实际含义及二者之间的关系,说明了诗、文、词、曲各自的概念

---

① 鲁迅:《忽然想到(二)》,《鲁迅全集》第3卷,人民文学出版社,2005年版,第16页。

和文体职能,这是典型的雅俗相间,"使文者野"而又"使野者文",以俗为雅的例子。下面我们再看一例。"偏重形式的古典主义有个流弊;把诗人变成领有营业执照的盗贼,不管是巧取还是豪夺,是江洋大盗还是偷鸡贼,是西昆体那样认准了一家去打劫还是像江西派那样挨门排户大大小小人家都去光顾。"①这是钱锺书批评宋人以文字为诗,以才学为诗,喜欢用事,追求无一字无来历的形式主义倾向时的一段话。西昆体诗人杨亿、刘筠、钱惟演等人,专从形式上模拟李商隐,追求辞藻,多用典故。有人说他们是把李商隐"挦扯"得"衣服败敝"的。所以钱锺书说他们是"认准了一家去打劫";而以黄庭坚、陈师道等为首的"江西诗派"主张"无一字无来处",他们"拆东补西裳作带",在模仿和剥用上不限一家,因此钱锺书说他们"挨门排户大大小小人家都去光顾"。这段话中,形式、古典主义、流弊、诗、西昆体、江西派、光顾等是雅词,而盗贼、江洋大盗、偷鸡贼、打劫,挨门排户、大大小小等都属于通俗的词语,再配上"营业执照","巧取豪夺"等一些中性词语,把诗人模仿古人,堆砌典故说成是盗贼行窃,这是雅事俗比,而把盗贼偷窃又说成是"挨门排户大大小小人家都去光顾",这又是"俗话"雅说。雅俗相间,深入浅出,形象生动,活泼风趣。

以上我们主要从修辞设色的角度来谈使用词语的雅俗相间、相辅相济的情况。其实大作家不独修辞为然,选材取境,布局谋篇,也都注意工拙相间,起伏有致。以适应人们心理精神运行一张一弛的规律。平淡无味固然令人厌倦,但若丽词连篇,好戏连台,络绎不绝。也叫人应接不暇,目眩神疲。中外文学大家对此

---

① 钱锺书:《宋诗选注》,人民文学出版社,1989年版,第19页。

早有所认识，我国古人论杜甫诗说："老杜诗凡一篇皆工拙相半，古人文章类如此。皆拙固无取，使其皆工，则峭急而无古气，如李贺之流是也。"① 赵秉文举杜甫《望岳》诗说："'岱宗夫如何？齐鲁青未了'。'夫如何'三字几不成语，然非三句无以成下句有数百里之气象；若上句俱雄丽，则一李长吉耳。"② 吴可《藏海诗话》中论苏轼诗说："东坡诗不无精粗，当汰之。叶集之曰：'不可！其不齐不整中时见妙处，乃佳。'"西方论艺者也有同感。亨利·詹姆士（Henry James）主张小说应该使读者产生"强烈幻觉"。当代论师对他的说法进行了补充修正，指出："全书中'强烈'程度不可等齐一律，而必有升有降，犹夫高或为陵，深或为谷，得地之宜。""尼采尝谓面包淡而无味，然苟无此物佐餐，佳肴美味，连进即易腻，推案不欲食矣；故'一切艺术作品中须具有相当于面包者'。"③ 可见，对工拙、起伏、雅俗的相辅相成，相间相济的规律，中外批评家都有同感。有成就的大作家也都能遵从这一艺术规律。不过有的作家偏重于谋篇布局，注重情感的起伏变化。如茅盾的《子夜》、李劼人的《死水微澜》，作者写一段主人公紧张的拼搏争斗之后，就写一段比较轻缓的日常生活，让读者在紧张之后舒一口气，放松一下拉紧的神经。而有的作家却偏重于修辞设色、段落安排中的工拙起伏，雅俗相间，以造成语言上的活泼多变和思想情感上的起伏和趣味。鲁迅的散文、老舍的小说读来都能体会到这种味道。有意地追求这种风格的最典型的作家就是钱锺书。

---

① 胡仔：《苕溪渔隐丛话》前集卷九引《潜溪诗眼》语。
② 赵秉文：《滏水集》卷二〇《题南麓书后》。
③ 钱锺书：《管锥编》（补订）第五册，中华书局，1986年版，第91页。

前面我们从修辞设色的角度对他作品词语上的雅俗相间做了例举和分析,现在我们来看他作品中段落之间工拙雅俗的布置与安排。比如《围城》中写方鸿渐和鲍小姐被侍者阿刘抓住把柄,敲了竹杠。为此二人心情都坏透了。方鸿渐尽管设法讨鲍小姐的欢心,可是却总是遭到抢白。方鸿渐正满肚子委屈时,恰好鲍小姐说她的未婚夫李医生是个虔诚的基督徒,于是方鸿渐正好借讽刺李医生来出气。说"基督教十诫里一条是'别杀人',可是医生除掉职业化的杀人以外,还干什么"?并说"学医而兼信教,那等于说:假如我不能教病人好好的活,至少我还能教他好好的死,反正他请我不会错。这仿佛药房掌柜带开棺材铺子,太便宜了"![1]这种新奇的思辨和精彩的比喻给人感受深刻,引发了读者浓厚的兴趣,增添了作品的风致。然而,在这一新奇议论和精彩比喻之前,作者描写了两人的坏心情,并夹叙夹议地写了行医与信教的关系,前面这些描写视若沉闷,实有烘云托月的作用。如果没有前面的通俗描写作铺垫,那么后面的议论和比喻就成了空穴来风,也就失去了精彩。我们再看一个段落中工拙相间的例子。"母蛙鼓足了气,问小蛙道:'牛有我这样大么?'小蛙说:'请你不要涨了,当心肚子爆裂!'这母蛙真是笨坯!她不该跟牛比伟大的,她应该跟牛比娇小的。所以,我们每一种缺陷都有补偿,吝啬说是经济,愚蠢说是诚实,卑鄙说是策略,无才便说是德。因此世界上没有自认为一无可爱的女人,没有自认为百不如人的男子。"[2]这段话中,前面复述寓言故事这是通俗平淡的,而后面作者对人

---

[1] 钱锺书:《围城》,人民文学出版社,1980年版,第18—19页。
[2] 钱锺书:《写在人生边上》,开明书店,1949年版,第38页。

们自我安慰的心理的一段绝妙的刻画和剖析才是精彩的"雅言",是思想的闪光。但是如果没有前面的"面包"做铺垫,后面的议论就无从发起,至少会显得突兀。所以钱锺书的作品,无论语句之间,还是段落之中或段落之间,都有一种雅俗相济、工拙相间的巧妙搭配,使其作品于平夷中显出高峻,于通俗中见出高雅。

第三节　苦心推敲表现为随意挥洒
——钱锺书"以俗为雅"个案分析之二

既然雅俗能相间相济,相辅相成,那么,是不是在雅语中穿插俗语,在俗语中点缀雅言,或者是段落之间的雅俗间错就能以俗为雅呢?事情绝不是这样简单。雅俗相间要圆融成活的一片,随意挥洒要靠刻意经营与精心推敲。钱锺书说:"诗中用字句妆点。比方衣襟上插鲜花,口颊上点下了媚斑,要与周遭的诗景,相烘相托,圆融成活的一片,不使读者觉到丝毫突兀;反之,妆点不得法,便像——对不住,像门牙镶了金,有一种说不出来的刺眼的俗。镶金牙的诗充分地表示出作者对于文字还没能驾驭如意。他没有能把一切字,不管村的俏的,都洗滤了,配合了,调和了,让它们消化在一首诗里:村的字也变成了诗的血肉,俏的字也变成了诗的纤维,村的俏的都因为这首诗而得了新面目;使我们读着只觉得是好诗,不知道有好字。"[①] 这段话虽然是针对曹葆华的新诗说的,实际对散文、小说、戏剧以及一切其他文字都适用的。

---

① 中书君:《落日颂》,《新月月刊》第4卷第6期,1933年3月。

从这段话我们可以体会到这样几层意思：首先，钱锺书是肯定字句的装点修饰作用的，强调字句的推敲，修饰的技巧，强调装点的字句要与被装点的语境圆融成协和的有机整体。这样才能相烘相托，否则，就会弄巧成拙，求雅得俗。另外，作者用字句装点要在对文字能够如意地驾驭之后。所以，工拙相间，雅俗相伴绝不是简单的雅俗工拙搭配，而是在能自如地驾驭语言之后的一种推敲修饰的技巧。我们读钱锺书的作品，总觉得他是随意挥洒，信手拈来。其实这是我们的一种错觉，他追求的是一种太朴不雕，以俗为雅的不落艺术的艺术。他的随意挥洒，正是王安石所谓"看似寻常最奇崛，成如容易却艰辛"[1]。是精心安排，苦心经营的结果。郑朝宗回忆钱锺书说："去年十月接到来信，说《谈艺录》第六次修改稿不日即可誊清付印。我相信此书的面目跟我以前所见的必定大大不同了。他不仅对大部作品如此认真，即便对一篇白话散文也肯花力气去精心修改，《写在人生边上》据说每篇都曾磨了他一星期的功夫。'闭门觅句陈无己，对客挥毫秦少游'原是两种不同的才调，如今竟并见于一人的身上了。"[2] 而他的《围城》则是平均每天写五百字左右。[3] 可见其推敲琢磨的功夫了。王国维论艺术家的三种境界说："古今之成大事业、大学问者，不可不历三种之境界：'昨夜西风凋碧树，独上高楼，望尽天涯路。'此第一境界也；'衣带渐宽终不悔，为伊消得人憔悴。'此第二境界也；'众里寻他千百度，蓦然回首，那人却在灯火阑珊处。'此

---

[1] 王安石：《题张司业诗》。
[2] 郑朝宗：《忆钱锺书》，牟晓朋、范旭仑编：《记钱锺书先生》，大连出版社，1995年版，第141页。
[3] 杨绛：《杨绛作品集》2卷，中国社会科学出版社，1993年版，第129页。

第三境界也。未有未阅第一第二境界，而能遽跻第三境界者。文学亦然。此有文学之天才者，所以又需莫大之修养也。"[①]17世纪法国文学家拉布吕耶尔谈作文甘苦时说："惨淡经营，往往贫于一字，久觅不得，及夫终竟得之、则直白自然，若当初宜摇笔即来而无待乎含毫力索者。"[②]我们说，钱锺书的挥洒自如，妙笔天成，雅俗共赏，实际是经过了王国维所说的三种境界，是他的文学天才和"莫大之修养"相结合的产物。是惨淡经营，含毫力索的结果。下面试就他的小说和散文举例说明。

先看《围城》中汪处厚给赵辛楣和方鸿渐做媒在家中请客时汪太太谈家中女用人的一段话。

"'愚忠'？她才不愚不忠呢？我们一开头也上了她的当。最近一次，上来的鸡汤淡得像白开水，我跟汪先生说：'这不是煮过鸡的汤，只像鸡在里面洗过一次澡'。他听错了，以为我说'鸡在这水里洗过脚'还跟我开玩笑说什么'饶你奸似鬼，喝了洗脚水'——"大家都笑，汪先生欣然领略自己的妙语——"我叫她来问，她直赖。后来我把这丫头带哄带吓，算弄清楚了，这老妈子有个儿子，每逢我这儿请客，她就叫他来，挑好的给他躲在米间里吃。我问这丫头为什么不早告诉我，是不是偷嘴她也有分。她不肯说，到临了才漏出来这老妈子要她做媳妇，允许把儿子配给她。你们想妙不妙？所以每次请客，我们先满屋子巡查一下。"[③]

---

① 王国维：《文学小言·五》。
② 钱锺书：《管锥编》（补订）第五册，中华书局，1986版，第167页。
③ 钱锺书：《围城》，人民文学出版社，1980年版，第248页。

汪处厚席间向人们卖弄"校长喜欢到舍间来吃晚饭的"。说一次高松年的朋友带来了三十只禾花雀，叫他烧了并请数学系王主任一起吃晚饭。席间禾花雀少了四只，后来查出是女用人留下来说明天早晨给汪先生下面吃的。方鸿渐就说这女用人是个愚忠，于是引发了汪太太上面的一段话。这些关于用人的谈话，看似应景凑趣的闲谈，却不是可有可无的闲笔。实际上，人物的性格，故事的发展，行文的机趣，讽刺的锋芒全都寓于这貌似随意的谈话之中。汪处厚向人们卖弄高校长常来他家吃晚饭，以显示他和上司非同一般的特殊关系，而他这自以为得意的卖弄为后面汪太太和赵辛楣、高松年的闹剧做了铺垫。汪处厚请数学系主任王先生吃饭，为赵辛楣、方鸿渐做媒，是招兵买马，形成自己的汪派势力。他不知道高校长喜欢"到舍间来吃晚饭"是"醉翁之意不在酒"，结果几至于"赔了夫人又折兵"。所以他在此处的卖弄就成了对自己的残酷的讽刺。读者读完此书回味汪处厚这卖弄的话，止不住会哑然失笑，赞叹作者立意和安排的巧妙。并且，在这段话中，作者表面是写用人丫头们的好贪小利，不可靠，而段落的一开头和结尾都在写汪先生汪太太到厨房去巡查和监督，读者自然可以体会出作者讽刺的真正用意是"醉翁之意不在酒"。这段话的重点在于刻画汪处厚这个混迹于学人教授当中的落魄官僚虚伪卖弄，矫揉造作的性格特点。他心里想的是名利，手中玩的是权术，却又极力附庸风雅，在年轻的太太面前卖弄文墨。汪太太说女用人揩油，煮的鸡汤像鸡在里面洗过一次澡，而汪先生错听为"鸡在这水里洗过脚"，于是就用《水浒传》孙二娘对武松说的话来开玩笑："饶你奸似鬼，喝了洗脚水"，并欣然领略自己的妙语。其附庸风雅，卖弄文墨，矫揉造作，文绉绉的语言和他那摇头晃脑，自我欣赏，恨不能自己拍自己的头说"老汪，真有你的"的姿态跃然纸上。这段话的精妙之处就在于圆融了《水浒传》中的典故，造成语言的机趣，显出作者的匠心。做到了以俗为雅。作者为此做了精心的安排。前面讲用人们如何不可靠等都是在为妙用典故居间引渡。由鸡汤的淡引出像鸡在水里洗了个澡，由"澡"和"脚"的谐音引出像"鸡在这水里洗过脚"，然后自然而然引出典故"饶你奸似鬼，喝了洗脚水"。看似妙语天成，太朴不雕，实则是苦心经营，灭掉斧凿痕和针线迹的精雕细琢。并且，全段中几乎都是谈家常：煮鸡汤、洗澡、洗脚等。就是典故也是用的通俗小说中的口语。但这些通俗的语言被作者组在一起却给人一种高雅的趣味。作者把"一切字，不管村的俏的，都洗滤了，配合了"，消融在一起，变成了文章的血肉纤维，每个字被赋予了新的意义和活力，我们读来只知道有妙文，不知道有好字。做到了以俗为雅。再如：

> 大凡假充一桩事物，总有两个动机。或出于尊敬，例如俗子尊敬艺术，则收集古董，附庸风雅。或出于利用，例如混蛋有的企图，则利用宗教道德，假弃正人君子。幽默之被假借，不出这两个缘故。然而假幽默毕竟充不得真。西洋人以笑声清扬者为"银笑"（Silvery Laughter），假幽默像搀了铅的伪币，发出重浊呆木的声音，只能算铅笑。不过"银笑"也许是卖笑得利，笑中有银之意，好比说书中有黄金屋；姑备一说，供给辞典学者的参考。[①]

[①] 钱锺书：《写在人生边上》，开明书店，1949年版，第27页。

这是散文《说笑》的结尾。全文是批评 30 年代一哄而起的所谓幽默文学的。作者把一般的"笑"和"幽默"做了区分,指出当时的所谓"幽默"只不过是卖笑和滑稽。文章结尾既自然风趣又含蓄犀利。作者把逻辑推理和形象比喻融为一体,穿插上风趣的典故,抓住"银"字兼有"银铃"——声音清脆和"金银"——钱的两重含义,造出一种雅话俗说,俗而又雅的活泼风趣的韵味。指出假冒幽默者的动机和目的。他们或是附庸风雅,或是出于利用。前者自己根本不懂什么幽默,所以他们的幽默"像搀了铅的伪币,发出重浊呆木的声音,只能算铅笑"。后者所关心的更不是幽默本身是否货真价实,而是"卖笑得利,笑中有银之意"。这又回应了文章的开头:"自从幽默文学提倡以来,卖笑变成了文人的职业。"形成"唤应起讫,自成一周"的文章布局。所以看似漫不经心,信手拈来,实是精心布局,苦心安排,雅话俗说,以俗为雅。再看一例。

> 中世纪哲学家讲思想方法,提出过一条削繁求简的原则,就是传称的"奥卡姆的剃刀"(Occam's Vazor)。对于故事的横生枝节,这个原则也用得上。和尚们只有削发的剃刀,在讲故事时都缺乏"奥卡姆的剃刀"。①

以上是《一节历史掌故、一个宗教寓言、一篇小说》中的一段话。钱锺书把古希腊史学家希罗多德(Herodotus)《史记》里

---

① 钱锺书:《钱锺书论学文选》6 卷,花城出版社,1990 年版,第 216 页。

的一桩趣闻和《舅甥经》及马太奥·邦戴罗（Matteo Bandello）的一篇小说做了比较，指出三者讲的是同一个故事。但是，佛经里的讲述喜欢铺张，情节繁杂拖拉。假若只是简单地批评佛经不能删繁就简，那就成了刻板文章，失去了钱锺书的风格。钱锺书总是以谈笑从容的态度来传播知识，讲明道理。用通俗风趣的语言来减轻学理的深奥性和人生的严重性。但是，谈笑说真理需要渊博和睿智，甚至表面上的谈笑从容是实际上用心经营的结果。就像教师或演员在讲台上或舞台上的精彩表现要靠台下的认真准备和刻苦习练一样。上面一段引文，由删繁就简想到"奥卡姆的剃刀"，即中世纪英国哲学家奥卡姆（William of Occam）提出的"经济的思维原则"。主张哲学的对象只能是经验和根据经验而做出的推论。宣称"若无必要，不应增加实在东西（拉丁文 entia）的数目"。认为神学只能在"信仰领域"占统治地位而不能干预"知识领域"。因为它把所有无现实根据的"共相"一剃而尽，所以他的原则后来被称为"奥卡姆的剃刀"。钱锺书由这个象征性的"剃刀"想到实际的削发的剃刀，由削发的剃刀想到和尚的光头，而佛经又是出于和尚之手，这样由知识的渊博加上联想和巧思，把象征的、实际的、作者的和作品的特点融为一体，形成一节亦俗亦雅、俗中见雅的活泼风趣的文字。

总之，钱锺书知识的渊博加上艺术上苦心经营的水磨功夫，使他运用技巧而能灭掉斧凿痕和针线迹，无论"村的""俏的"词语，只要经过他的驱遣与调配，都能与所写语境相烘相托，圆融一起，读者感不到丝毫的突兀。显示出极高的驾驭语言的能力。

第四节　别出心裁的"杂小说"
——钱锺书"以俗为雅"个案分析之三

钱锺书在《中国文学小史序论》[①]一文中就我国古典文学的体裁、题材与作品品位的关系做了概说："抑吾国文学，横则严分体制，纵则细别品类。体制定其得失，品类辨其尊卑，二事各不相蒙。""严分体制"即指"文"（古文或散文）、"诗"、"赋"、"词"、"曲"、"小说"各种体裁严格区分，不相混杂，相杂则叫"失体"。比如诗词二体，词号"诗余"，品卑于诗，若诗类于词，就是"失体"，反过来词类于诗，也算"失体"，并不能因诗的品位高而像诗的词品位也就高。"《苕溪渔隐丛话》记易安居士谓词别是一家，晏殊欧阳修苏轼之词，皆句读不葺之诗，未为得词之体矣。"这就是"体制定其得失"。同一体裁，又因其题材的不同而分为不同的品类。写正史国事、伤时感事，意内言外，香草美人，骚客之寓言，之子夭桃，风人之托兴者则尊；写男女私情，缘情绮靡，结念芳华，意尽言中，羌无寄托者则卑。这就是"品类辨其尊卑"。自古以来，作者本此意以下笔，论者本此意以衡文。所以总是认为能"载道"的"文"品位最高，而志怪言情的小说位次最卑。一直到五四文学革命发生，胡适才翻了这个文学史上似乎不可动摇的铁案，提出："今人犹有鄙夷白话小说为文学小道者，不知施耐庵、曹雪芹、吴趼人，皆文学正宗，而骈文律诗乃真小道耳。"[②] 鲁迅谈到这种情况时说："新文学家很提倡小说；其故由当

[①]　钱锺书：《中国文学小史序论》，《国风》半月刊第 3 卷第 8 期，1933 年 10 月 16 日。
[②]　胡适：《文学改良刍议》，《新青年》2 卷 5 号，1917 年 1 月。

时提倡新文学的人看见西洋文学中小说地位甚高,和诗歌相仿佛;所以弄得像不看小说就不是人似的。但依我们中国的老眼睛看起来,小说是给人消闲的,是酒余茶后之用。"① 由于古人对小说有偏见,他们在作文时对小说多有所顾忌,尽量避免使用小说的语言,引文用典也忌着小说。这种情况,唐宋人还能采取通融的态度,区别对待。明人也许由于海通打开了他们的眼界,打掉了他们的偏见,所以最能大度包容,兼收并蓄。"晚明白话小说大行,与文言小说均不特入诗而且入古文。"这种情况一直延续到清初。但"康雍以后,文律渐严,诗可以用文言小说而不可用白话小说,古文则并不得用文言小说"。清人平景荪批评"明末清初人'犯'以'小说俚语阑入文字'之'病'"②。"桐城派"的代表人物方苞曾"批评明末遗老的'古文'有'杂小说'的毛病,其他古文家也都摆出'忌小说'的警告"③。他们都是要维护"文"的高雅纯洁,认为"杂小说"就会流为俗学。其实,小说较之诗文,是通俗而不是庸俗,小说虽通俗,但善用的大家高手能以俗为雅,小说用到他们的笔下,不但不会流为俗学,反而给他们的文章增光添彩。像有人论柳宗元文说的:"前代之文,有近于小说者,盖自柳子厚始,如《河间》、《李赤》二传、《谪龙说》之属皆然。然子厚文气高洁,故犹未觉其流宕也。"④ 我们说,小说的特点是形象性、故事性强,能以通俗的语言反映生活,表明人情事理。小说中的

---

① 鲁迅:《帮忙文学与帮闲文学》,《鲁迅全集》第7卷,人民文学出版社,2005年版,第404页。
② 钱锺书:《谈艺录》(补订本),中华书局,1984年版,第559页。
③ 钱锺书:《林纾的翻译》,商务印书馆,1981年版,第39页。
④ 汪琬:《跋王于一遗集》,《钝翁前后类稿》卷48。

一些成功的人物典型和故事情节人们读了会过目不忘，成为人们心目中活的情节和人物。所以，小说中的语言情节或人物若恰当地用在散文或学术文章中，能增加形象性和生动感，使文章显得活泼风趣。钱锺书就善于在散文或学术著作中运用有趣的故事，或是别出心裁的"杂小说"，呈现出雅中有俗，俗中见雅的风格。比如：为了说明幽默的自然流动，变化不居的特点，钱锺书说："我们不要忘掉幽默（Humour）的拉丁文原意是液体；换句话说，好像贾宝玉心目中的女性,幽默是水做的。"① 在《吃饭》中，作者从吃饭的角度打破人们习以为常的观念，揭露人类的根性弱点，剖析请吃饭的社会功用与庸俗的社会心理。在文章的结尾，作者嘲讽地说："所以人应当多请客吃饭，并且吃好饭，以增进朋友的感情，减少仇敌的毁谤。这一番议论，我诚恳地介绍给一切不愿跟人做冤家的朋友，以及愿跟人做朋友的冤家。至于本人呢，愿意在诸公领导之下，努力奉行猪八戒对南山大王手下小妖说的话：'不要拉扯,待我一家家吃将来。'"② 在《谈交友》中钱锺书在区分友谊和功利时说："《水浒》里宋江刺配江州，戴宗向他讨人情银子，宋江道：'人情，人情，在人情愿'！真正至理名言，……说也奇怪，这句有'恕'道的话，偏出诸船火儿张横所谓'不爱交情只爱钱'，打家劫舍的强盗头子，这不免令人摇头叹息了。"③ 为了揭露假道学，钱锺书说："假使自己要做好人，总先把世界上人说得都是坏蛋，自己要充道学，先正颜厉色，说旁人如何不道学或假道学。写到此地，我们不由自主的想到女鬼答复狐狸精的话：

---

① 钱锺书：《写在人生边上》,中国社会科学出版社，1990 年版，第 31 页。
② 钱锺书：《写在人生边上》,开明书店，1949 年版，第 33 页。
③ 钱锺书：《谈交友》,《文学杂志》第 1 卷第 1 期，1937 年 5 月。

'你说我不是人,你就算得人么?'"① 在《读〈伊索寓言〉》的结尾,钱锺书说:"卢梭认为寓言会把纯朴的小孩子教复杂了,失去了天真,所以要不得。我认为寓言要不得,因为它把纯朴的小孩教得愈简单了,愈幼稚了,错以为人事上的是非的分别,善恶的果报,也像在禽兽中间一样的肯定不爽,长大了处处碰壁上当。缘故是,卢梭是原始主义者(Primitivist),主张复古,而我呢,是相信进步的人——虽然并不像寓言里所说的苍蝇,坐在车轮的轴心上,嗡嗡的叫道:'车子的前进,都是我的力量'。"② 看,钱锺书散文中这种别出心裁的"杂小说",使文章活泼风趣,有如信手拈来,自然天成。形成一种以俗为雅的格调。

下面我们再来看钱先生在学术论著中"杂小说的情况。有人指出钱锺书具有浓厚的趣味主义色彩"③。这无疑说中了钱锺书风格的一种特征。他的作品,不仅是散文小说常常给人捧腹的妙趣或会心的微笑,就是学术理论著作也多是活泼风趣的论述,甚至有令人喷饭的故事。当然,他不是为趣味而趣味,而是"含笑谈真理",尽力使抽象的理论变得形象生动,让人们在轻松幽默的心态中认识问题。所以他的风趣并不影响他讨论问题的严肃性。比如在论董仲舒《士不遇赋》中"孰若返身于素业兮,莫随世而轮转"。钱锺书指出"轮转"喻圆滑。这是古诗文中"轮转"的一种用法。"轮转"还有一种用法是比喻为世事命运。世界如车轮,时变如轮转。即白居易《放言》之二:"祸福回还车转毂,荣枯反覆手藏钩"之意。西方也有此种用法。"相传古罗马人于轮边

---

① 钱锺书:《写在人生边上》,开明书店,1949年版,第41页。
② 钱锺书:《写在人生边上》,开明书店,1949年版,第40页。
③ 爱默:《钱锺书传稿》,百花文艺出版社,1992年版,第78页。

三处分别标示未来、现在、过去，曰：'我将得势'，'我正得势'，'我曾得势'，周转往还，以见升沉俄顷。14世纪意大利掌故名编记一权贵置酒高会，有客不速闯席，手执半尺许长钉，主人惊问，来者曰：'君权势如日方中，盛极则必衰，吾持此相赠，供君钉止命运之轮，俾不复转动，庶几长居高而不下降。"①看，作者用有趣的故事，不仅讲明了"轮转"的不同用法和含义，而且比较了东西方共同的文化心理。再如，为了说明清末讲洋务的人对西方了解甚少，一些顽固官僚对此更是漆黑一团。钱先生引了汪康年的一条记载："通商初，万尚书青藜云：'天下那有如许国度！想来只是两三国，今日称'英吉利'，明日又称'意大利'，后日又称'瑞典'，以欺中国而已'！又满人某曰：'西人语多不实。即如英、吉、利，应是三国；现在只有英国来，吉国、利国从未来过'。"②读来令人喷饭。这样有趣的故事典故在钱锺书著作中时能见到，这是他的学术著作颇具可读性的一个方面。在此，我们主要讨论的是他的别出心裁的"杂小说"。钱锺书在学术论著中"杂小说"大致有两种情况：一是在文章中割截小说中的情节语言来说明问题。因为读者对小说中的人物和情节很熟悉，这样就能引发读者的联想，使所论问题形象生动而风趣。比如：在批评宋人"资书以为诗"，把"流"认作"源"，缺乏现实感时说："宋代诗人的现实感虽然没有完全沉没在文字海里，但是有时也已经像李逵假洑水，探头探脑的挣扎。"③在批评《生经》故事里的人物缺乏照应，没有发展时说："佛经一开头曾提起那贼的母亲（'姊有

---

① 钱锺书：《管锥编》第三册，中华书局，1986年版，第927页。
② 钱锺书：《钱锺书论学文选》6卷，花城出版社，1990年版，第174页。
③ 钱锺书：《宋诗选注》，人民文学出版社，1989年版，第13页。

一子'),以后再没讲她;就她在故事里起的作用而论,那贼竟像李逵所说'是土窟坑里钻出来的',没有'老娘'。"① 在批评一些作家好用僻字怪字时说:"我们只恨这些作家不能够学萨克利《名利场》里那位女主角的榜样,把他们手头的大字典从窗子里直扔出去。"② 在考论梁武帝《断酒肉文》中"今出家人啖食鱼肉,于所亲者,乃自和光,于所疏者,则有隐避"的"和光"即在亲近的人面前不避讳时说:"然此等俗僧,出家比于就业,事佛即为谋生,初无求大法之心、修苦行之节。故其'隐避'也,只如李逵'瞒着背地里吃荤,吃不得素,偷买几斤牛肉吃了';其'和光'也,亦如鲁智深'不忌荤酒,什么浑清白酒、牛肉狗肉,但有便吃'。"③ 这种割截小说中情节人物来说明问题,表达思想的方式,令人读来活泼风趣。

第二种情况主要是用小说作为例子来说理或考证,目的主要是通俗易懂。比如:嵇康和阮籍皆号狂士,但钱锺书认为阮籍是避世之狂,所以免祸;嵇康则忤世之狂,所以招祸。在解释避世之狂时说:"避世阳(佯)狂,即属机变,迹似任真,心实饰伪,甘遭诽笑,求免疑猜。正史野记所载,如袁凯之于明太祖,或戴宗之教宋江'一着解手,诈作风魔'。"④ 钱锺书还常用小说来考证字义。比如在考证"登时"一词在古籍中不仅做"顿时""立刻"讲,还常用作"当时"讲。他举例说:"《红楼梦》例作'登时'如第

---

① 钱锺书:《钱锺书论学文选》6卷,花城出版社,1990年版,第215—216页。
② 钱锺书:《钱仲联著〈韩昌黎诗系年集释〉》,《文学研究》1958年第2期。
③ 钱锺书:《管锥编》第四册,中华书局,1986年版,第1377页。
④ 钱锺书:《管锥编》第三册,中华书局,1986年版,第1089页。

三〇回：'宝钗听说，登时红了脸'，又同回：'登时众丫头听见王夫人醒了'；《儒林外史》亦然，如第六回严监生'登时就没了气'，又严贡生'登时好了'。'红了脸'一例中可作'顿时'，犹《二十年目睹之怪现状》第五七回：'听了之时，顿时三尸乱爆，七窍生烟'，谓立刻也；'众丫头'一例中不可作'顿时'，而只可作'当时'，犹《水浒》第四〇回：'当时晁盖并众人听了，请问军师'，谓此际也。"① 用人们熟知的通俗小说的情节语言来论证，显得通俗易懂。

《随园诗话》卷十三论诗文说："崔念陵进士诗才极佳，惜有五古一篇，责关公华容道上放曹操一事，此小说演义语也，何可入诗。何屺瞻作札，有'生瑜生亮'之语，被毛西河诮其无稽，终身惭悔。某孝廉作关庙对联，竟有用'秉烛达旦'者，俚俗乃尔。"对此，钱锺书评道："子才论诗文尚多禁忌，初非破执解缚，游方之外者也。"② 可以看出钱锺书对这些人为的条条框框的态度。其实大家巨子就是要"出新意于法度之中,寄妙理于豪放之外"③，"从心所欲，不逾矩"。若是动笔时总想着条条框框，那至多能写出叫人挑不出毛病但也不感兴趣的作品。我们看，被"桐城派"乃至清代多数人所避忌，担心因而流为庸俗的小说，到了钱锺书笔下，却如信手拈来，自然天成，变通俗为高雅，形成亦庄亦谐，亦俗亦雅，以俗为雅的风格。

---

① 钱锺书：《管锥编》第二册，中华书局，1986年版，第652页。
② 钱锺书：《谈艺录》（补订本），中华书局，1984年版，第559页。
③ 郎晔：《经进东坡文集事略》卷六十《书吴道子画后》。

第五节　庄者谐之，谐者庄用
——钱锺书"以俗为雅"个案分析之四

英美学家倍恩说："笑是严肃的反动。我们常觉得现实世界事物的尊严堂皇的样子是一种紧张的约束，如果突然间脱去这种约束，立刻就觉得喜溢眉宇，好比小学生在放学时的情形一样。"[1]倍恩所谓"笑"即我们所说的"谐"，他的"严肃"即我们所说的"庄"。人要时时刻刻都正经严肃，心理总在维持正经严肃的紧张当中耗费大量的心力，被社会的文化礼俗压得不能喘息，那就太苦太累了。然而，假若一味地放任谑戏，任何事情都一笑置之，那也就彻底否定了人类的文化价值，变成虚无主义者了。所以"笑是严肃的反动"只是事物的一个方面，实际上，庄与谐看似水火不容，针锋相对，实则也相反相成。人生需要谑戏来休憩和放松，而生命的意义，文化的价值又需要庄重严肃的态度来肯定。所以生活中庄与谐是相伴相随的。作为表现生活的艺术最好也遵循这种亦庄亦谐的规律。一些文学大家都懂得这种亦庄亦谐的道理。《诗经》中就有"善戏谑兮，不为虐兮"[2]。先秦诸子中许多哲理和政治思想就是出之于诙谐的寓言故事。如《庄子》《孟子》《韩非子》《吕氏春秋》中的"揠苗助长""以子之矛，攻子之盾""刻舟求剑""攘鸡"等。这些故事之所以至今传诵，甚至演变成成语，与其亦庄亦谐的形式是分不开的。韩愈、苏轼亦庄亦谐的风格也为大家所熟知。现代文学的知名大家，也都或多或少地追求一种亦庄亦谐的风格。

---

[1]　朱光潜：《朱光潜美学文集》1卷，上海文艺出版社，1982年版，第274页。
[2]　《诗·卫风·淇奥》。

如鲁迅的杂文,梁实秋、林语堂等人的散文小品,老舍、张天翼、赵树理等人的小说,丁西林、陈白尘的戏剧等。而钱锺书则无论小说、散文,还是学术论著,都能亦庄亦谐。并且他的庄谐的运用还有一个特点,即喜欢打破人们的思维定式,在原本人们都"庄"的情况下"谐"它一下,而往往人们"谐"的时候却又以"庄"的语言出之。这种庄者谐之,谐者庄用的方式,使人们根据寻常事理所产生的期待落空,看到的是意想不到的结果。人们这种期望和结果的"违背和乖讹",从心理上造成一种新奇和诙谐的效果。下面我们就以他的作品为例,具体分析一下他这种庄者谐之,谐者庄用的情况。先看学术论著中的例子。

学术理论文章,庄重严肃似乎是天经地义的,好像不把脸板起来就不足以表示态度的郑重、问题的重大、文章的谨严和理论的高深。结果有的人的文章,郑重其事成了装腔作势;严肃的问题变成了陈言空话;谨严高深成了刻板难懂。令人难以卒读。难怪鲁迅说中国人不长于幽默。[1] 钱锺书的学术理论文章却亦庄亦谐,别开生面。许多高深的理论问题到了他的笔下,似乎就变得简单明了了。他从不板着面孔空谈大道理,而是以其渊博的知识和严密的逻辑推理和思辨,用形象风趣的语言来讲明庄重的道理。比如在《林纾的翻译》中,钱锺书认为林纾翻译中的许多讹错,是属于助手们的知识面狭窄和在翻译中想当然所造成的。如《孝女耐儿传》第五一章:"白拉司曰:'汝大能作雅谑,而又精于动物学,何也?汝殆为第一等之小丑!'""英文 Buffoon、滑稽也,Bufon、癞蟆也;白拉司本称圭而伯为'滑稽',音吐模糊,遂成

---

[1] 鲁迅:《从讽刺到幽默》,《鲁迅全集》第 5 卷,人民文学出版社,2005 年版,第 47 页。

'癞蟆'。"钱锺书嘲讽说:"法国一位'动物学家'的姓和法语'小丑'那个字声音相近,雨果的诗里就也把它们押韵打趣;不知道布封这个人,不足为奇,为什么硬改了他的本姓(Buffon)去牵合拉丁文和意大利文的'癞蟆'(bufo, bufone),以致法国的动物学大家化为罗马的两栖小动物呢?莎士比亚《仲夏夜之梦》第三幕第一景写一个角色遭了魔术的禁咒,变成驴首人身,他的伙伴大为惊讶说:'天呀!你是经过翻译了'(Thou art translated)。那句话可以应用在这个例上。"[1] 读这样的文章,有谁觉得厌倦和枯燥呢?读者不但得到了知识,明白了道理,并感染了作者风趣的态度和情绪,自然会兴致勃勃地看下去。这就是庄者谐之的效果。有人认为钱锺书的聪明,常常表现为给别人挑毛病,咄咄逼人。这话若仅就钱锺书的考据和批评性的学术文章而言,还能部分叫人接受。钱锺书喜欢奖掖后学,淡泊名利。但在学术问题上却一丝不苟,像朱熹所说"看文字如酷吏治狱,直是推勘到底,决不恕他"[2]。钱锺书以其渊博的知识,严密的考证,敏锐的观察,发现一些学术认识上的谬误,予以澄清和纠正。就是在这种考证和澄清的过程中也往往表现出他的诙谐。例如:黄庭坚《次韵文潜立春日》三绝句第一首云:"渺然今日望欧梅,已发黄州首更回。试问淮南风月主,新年桃李为谁开?"任渊注说这首诗是思念苏轼,因为苏轼被贬于黄州。诗中"欧梅"是欧阳修、梅圣俞。因为他们两人是早年荐举苏轼的人。钱锺书认为这完全是牵强附会。黄庭坚此诗作于崇宁元年十二月,当时已罢太平州。《山谷诗外集》

---

[1] 钱锺书:《林纾的翻译》,商务印书馆,1981年版,第33—34页。
[2] 朱熹:《朱子语类》卷一百四十。

有崇宁元年六月他在太平州作的另一首诗云:"欧靓腰支柳一涡,小梅催拍大梅歌";又有一首《木兰花令》云:"欧舞梅歌君更酌"等。经过严密的分析考证,钱锺书认为诗中的"欧梅"不是指欧阳修、梅圣俞,而是指的太平州官妓。黄庭坚作此诗不是思念苏轼,而是"盖因今日春光,而忆当时乐事,与庐陵、宛陵,了无牵涉。……天社附会巾帼为须眉矣"①。我们看,虽是严肃的考据,诙谐幽默的意味也溢于笔端。《管锥编》中也时常亦庄亦谐。例如:在论及嵇康的《与山巨源绝交书》中的"欲离事自全,以保余年,此真所乏耳,岂可见黄门而称贞哉"中"岂可见黄门而称贞哉"时,钱锺书引了大量的材料来做同类铺比,以相印证发明。而后,又引魏文帝《典论》云:"庐江左慈知补导之术,……至寺人严峻往从问受。阉竖真无事于斯术也!人之逐声,乃至于是!"于是钱锺书说:"寺人可受房中术,则见黄门而颂其贞,亦未必为失言矣!"不但造成雅谑之趣和行文的波折,而且与古为新,把古人"岂可见黄门而称贞哉?""岂可见庵寺而颂其不好色哉!""阉宦无情,不可谓贞"的论见翻出新意。结尾又以苏轼嘲讽陈季常自诩"养生"而有病,说他"可谓害脚法师,鹦鹉禅,五通气球,黄门妾也";"害脚法师"售符水而不能自医,"鹦鹉禅"学语而不解意,"五通气球"多也漏气而不堪跑,"黄门妾"有其名而无其实。②造成更大的谑趣。再如,在评论钟嵘《诗品·序》时,钱锺书发表了自己对诗文规则与批评家心理的看法。在论及诗的"四声八病"说时,钱锺书引卢照邻"八病爰起,沈隐侯永作拘囚;

---

① 钱锺书:《谈艺录》(补订本),中华书局,1984年版,第11页。
② 钱锺书:《管锥编》第三册,中华书局,1986年版,第1090页。

四声未分、梁武帝长为聋俗"。① 认为"语非泛设，谓四声自当区分而八病毋庸讲究。盖四声之辨，本诸天然音吐，不容抹杀；若八病之戒，原属人为禁忌，殊苦苛碎，每如多事自扰，作法自毙。十七世纪英诗人（Sumuel Daiel）尝言，诗法犹国法，国愈乱则法愈繁，可以喻此"。文章有毛病批评家未必能诊出并治疗，但是有些批评家却患有职业病，无病找病，治病不顾命。钱锺书说："夫有病未必有医，然业医则必见有病，犹业巫必见有鬼焉；忌医讳疾，固庸夫之常态，然非病亦谓是病，小恙视作大病，治患者之病不顾患者之命，病去而命亦随之，又妄人所惯为也。伏尔泰作《荡子》院本，遭人诟病，渠曰：'诚非无疵，然疵亦有不可除去者。譬如偻人背上肉峰隆然，欲铲其峰，是杀其人也。吾儿纵驼背，却不失为强健耳。'"然后又以一个谐趣的故事来说明："平原人有善治伛者，……有人曲度八尺、直度六尺，乃厚货求治。曰：'君且卧'，欲上背踏之。伛者曰：'且杀我'！曰：'趣令君直，焉知死事'？"② 我们看，钱锺书谈的是作文规则，文艺批评等庄重严肃的问题，却以雅谑的故事出之，读来丝毫没有枯燥刻板的感觉，而是有像读他的小说、散文的雅趣。这就是庄者谐之，谐者庄用的效果。庄者谐之，谐者庄用表现在钱锺书的小说中就是把哲学家、思想家的理论观点圆融到小说的故事情节、人物言谈和心理活动中去。在小说中以谑戏的态度讲政治、谈哲理，发议论。本来，小说是以形象和情节取胜，谈道说理发议论会减少形象性，延宕故事情节的推进，所以是

---

① 《全唐文》卷一六六《南阳公集序》。
② 钱锺书：《管锥编》第四册，中华书局，1986年，第1447—1449页。

一般写小说的人都忌讳的事情。而钱锺书偏要走艺术的钢丝绳。他的谈道说理式的议论或是通过小说中人物之口和心理活动来表现，或是就情景气氛来夹叙夹议，圆融成了小说情节和人物的纤维和血肉，从而增添了趣味和新鲜感。请看小说《猫》中的例子。茶会上李太太问政论家马用中对形势的看法。马用中一本正经地说：

> 我想战事暂时不会起。第一，我们还没充分准备，第二，我得到消息，假使日本跟我们开战，俄国也许要乘机动手，这消息的来源我不能公布，反正是顶可靠的。第三，英美为保护远东利益，不会坐视日本侵略中国，我知道它们跟我们当局有实际援助的默契。日本怕俄国，也不能不顾忌到英美，决不敢真干起来。第四，我们政府跟希脱勒墨沙里尼最友善，德国和意国跟我们同情，断不至帮了日本去牵制英国。所以，我的观察，两三年内还不会有战争。可是，天下常有意料不到的事。①

若孤立地看，这纯然是政治演讲或形势报告。而钱锺书把它圆融在小说情节和人物刻画当中。在李太太的沙龙中，在文人墨客们的一片雅谐戏谑的谈话中插上这样一段庄严的论证，造成亦庄亦谐的效果，使庄谐互相烘托。而这"庄"处于这种谐的环境中本身就又具有谐的意味。并由此又生发出谐趣。这段话既交代了小说的时代背景，描述了当时复杂的国际国内形势及中国当局

---

① 钱锺书：《人·兽·鬼》，开明书店，1946年版，第54—55页。

对英、美、德、意所抱的幻想：把战争引向苏联，自己对日让步而换取苟延残喘的空想；又具体刻画了人物性格，是故事情节发展的不可缺少的一环。书中陈侠君谈起北平风声吃紧，人们纷纷南迁。马用中作为政论家，为显示自己的识见，讨李太太喜欢，所以煞有介事、郑重其事地发了一通高论。读者并不觉得突兀，只觉得这个人物好笑。并且由这段高论引发了茶会中诸多人物对时局的议论，主战派、主和派、主降派、亲英美派、亲日派等各有高论，面目分明。陈侠君是主战派，拍着桌子喊只有"打"，吓得他旁边的赵玉山直跳起来把茶泼在衣服上。李太太问陈侠君敢不敢上前线，陈侠君说害怕炮火。于是傅聚卿说他主张"打"又怕"打"是自相矛盾。陈侠君说这并不矛盾，譬如猫最胆小，你若打它时它愈害怕态度愈凶，张牙舞爪跟你拼命。于是陆伯麟就借此嘲笑怕老婆的赵玉山说今天的事大可编个小说回目"拍桌子，陈侠君慷慨宣言；翻茶杯，赵玉山淋漓生气"，或者："陈侠君自比小猫；赵玉山妻如老虎。"陆伯麟是亲日派，他对主战派和亲英美派的议论不以为然，说："反正中国争不来气，要依赖旁人。跟日本妥协，受英美保护，不过是半斤八两。我就不明白这里面有什么不同。要说是国耻，两者都是国耻。日本人诚然来意不善，英美人的存心何尝不想到利用中国。我倒宁可倾向日本，至少还是同种，文化上也多相同之点。"于是陈侠君说："这地道是'日本通'的话。平时的日本通，到战事发生，好些该把名称倒过来。变成'通日本'。"把由马用中的演讲引出的颇为庄重严肃的议论又引回到诙谐的谈笑中来，亦庄亦谐。《围城》中也多有庄者谐之、谐者庄用的情况。比如写方鸿渐在父亲和丈人的两面夹击下，打算向爱尔兰人买假文凭时的心理活动："自己买张假文凭回去哄人，岂非成了骗子？可是——记着，方鸿渐进过哲学系的——撒谎欺骗有时并非不道德。柏拉图《理想国》里就说兵士对敌人，医生对病人，官吏对民众都应该哄骗。圣如孔子，还假装生病，哄走了儒悲，孟子甚至对齐宣王也撒谎装病。父亲和丈人希望自己是个博士，做儿子女婿的人好意思教他们失望么？买张文凭去哄他们，好比前清时代花钱捐个官，或英国殖民地商人向帝国府库报效几万镑换个爵士头衔，光耀门楣，也是孝子贤婿应有的承欢养志。"[1] 柏拉图、孔子、孟子都是大哲学家、教育家和思想家。他们的理论和言行都带有神圣庄严的色彩，而现在方鸿渐用这些带有神圣庄严的色彩的理论和行为作为自己买假文凭骗人的理论依据，这种把神圣的道德家与偷鸡贼一视同仁、相提并论的做法，给庄严的事物带上了谑戏的色彩。方鸿渐买假文凭本身就是一场闹剧，在闹剧中拉进庄严的角色不会使闹剧变为正剧，而只能给庄严角色的鼻子上抹一点白粉。这就是庄者谐用，谐者庄之。再如：

> 据说"女朋友"就是"情人"的学名，说起来庄严些，正像玫瑰花在生物学上叫"蔷薇科木本复叶植物"，或者休妻的法律术语是"协议离婚"。方鸿渐陪苏小姐在香港玩了两天，才明白女朋友跟情人事实上绝然不同。[2]

看似一本正经地严肃考证，实则却不过写方鸿渐与鲍小姐和

---

[1] 钱锺书：《围城》，人民文学出版社，1980年版，第11页。
[2] 钱锺书：《围城》，人民文学出版社，1980年版，第25页。

苏小姐的不同的恋爱感受。论证的庄重严肃和所证问题本身的滑稽或毫无意义形成强烈的反差,造成一种谑趣。这也是庄者谐用。类似的情况像写三闾大学校长高松年是个老科学家。然后一本正经地考论"老"字的位置。而这看似认真严肃的推理考证,却不过要说明:"假使一犯校规的女学生长得非常漂亮,高校长只要她向自己求情认错,也许会不尽本于教育精神地从宽处分。这证明这位科学家还不老。"①他不是"老的科学家",而是一个"老科学的家"。褚慎明一本正经地分辨"哲学家"和"哲学家学家"等也属这种情况。在散文中,钱锺书往往严肃的事理以谑戏的语言出之,形成亦庄亦谐风格。比如,在探讨窗和门的文化哲理层面的意义和区别时说:"窗子有时也可作为进出口用,譬如贼以及小说里私约的情人就喜爬窗子。所以窗子跟门在宇宙观的分别,决不仅是有无出进的人。"②在探讨幽默的本质和特点时说:"幽默当然用笑来发泄,但是笑未必就表示着幽默。刘继庄广阳杂记云:'驴鸣似哭,马嘶如笑';而马并不以幽默名家,大约因为脸太长的缘故。"③

钱锺书可谓语言大师,非常讲究修辞设色。他作品亦庄谐的风格有时是借助于比喻、夸张、拟人、双关、仿拟、易色等各种各样的修辞技巧。对此我们在此文中不再讨论。总之,他的作品,有时于人们的俗语常谈中辨析出深警的哲理,有时又"高远者狎言之,洪大者纤言之"④,庄者谐之,谐者庄用,形成亦庄亦谐的作品风格。庄者,雅也;谐者,俗也。钱锺书庄出以谐的"谐"

---

① 钱锺书:《围城》,人民文学出版社,1980年版,第194页。
② 钱锺书:《写在人生边上》,开明书店,1949年版,第11页。
③ 钱锺书:《写在人生边上》,开明书店,1949年版,第23页。
④ 钱锺书:《管锥编》第二册,中华书局,1986年版,第748页。

和"谐者庄用"后的"谐"都是一种"雅谑",所以他的亦庄亦谐实际是以俗为雅。

第六节 以故为新
——钱锺书"以俗为雅"个案分析之五

苏轼说:"用事当以故为新,以俗为雅;好奇务新,乃诗之病。"[①] 其实"以故为新,以俗为雅"不仅是用事作诗为然,这是文艺创作中创新制胜的一条带有普遍意义的规律。我们所说的新颖与创新,很大程度上都是指的"以故为新",即在人们熟知的旧有的认识之上翻出新意或更进一步,几乎没有多少凭空的独创。这也符合人类心理和认识发展的规律。我们熟识的人或事物发生了变化,很容易使我们产生兴趣。如我们的老同学或老相识近来在工作或学习上取得了进步、提升了职务或考取了学位,家庭发生了变化,结婚或是搬家了等;我们熟悉的某地又新建了游乐园或是常去的某商场改成了大酒店等都能使我们产生兴趣,把原来我们印象中的旧有的人物或事物来和变化了的人物或事物相比较,发现变化,产生新奇。而对我们不熟悉的人或物的变化则不会如此关心和感兴趣。英国心理学家西惠儿(Arthur Sewell)认为艺术的主要性质在乎"传达"(Communication),认为语言文字是一种定性刺激,但是人类对于语言文字的定性反应,大部分是消灭的了;文学家把语言文字重新拼合(Combination),做成妙语警

---

① 苏轼《东坡题跋》卷二《题柳子厚诗》之二。

句,以唤起已消灭的定性反应。但是这种配合,不得太新奇;因为太新奇了,只能引起好奇心,这种好奇心反而把定性反应抑住。所以一切艺术在新兴的时候,很难确定它的美学上的价值;因为新兴的艺术只能引起好奇心,非相习之后,不能唤起适当的定性反应。就像第一夜上俄国跳舞场的人,好比初进大观园的刘姥姥,只会觉得"奇",不会感到"美"的。对西惠儿用定性反应来解释文学的"美",钱锺书不予同意,并提出了尖锐的批评,指出:"用定性反应来讲'美',至多只能解释用语言文字的艺术如诗文之类,对于音乐雕刻绘画等艺术,此说困难极多。……定性反应并不能解释文学的'美'。……文学当然并不是拼字的把戏,西惠儿未免把文学看得太简单。"[1]我们同意钱锺书对西惠儿用定性反应来解释文学的"美"的批评。但是,我们若用西惠儿的理论来解释文学上的"以故为新"最能使人在心理上产生兴趣和新奇倒颇能说明道理。"故"即旧的,俗的,习以为常的。在文学上这种袭旧蹈常的"故"使人不感兴趣甚至厌倦。而全新的东西人们不易接受或理解,也往往失去热情和兴趣,所以在"故"的基础上翻出新意是最好的办法。"以故为新"包括修辞和立意两方面的意义和内容。就修辞上来说,古罗马修辞学大师昆体良教人们当"选用新词之最旧者,旧词之最新者,即谓于新颖之词取其已用者,于陈旧之词取其犹沿用者"[2]。新词取其已用者,旧词取其犹沿用者,都是叫人既能理解又感新颖的词。陆机《文赋》中也有:"收百世之阙文,采千载之遗韵;谢朝华于已披,启夕秀于未振。"

---

[1] 中书君:《美的生理学》,载《新月月刊》第4卷第5期,1932年11月1日。
[2] 钱锺书:《管锥编》(补订)第五册,中华书局,1986年版。

钱锺书解释说："机意谓上世遗文，固宜采撷，然运用时须加抉择，博观而当约取。去词采之来自古先而已成熟套者，谢已披之朝华；取词采之出于晚近而犹未滥用者，启未振之夕秀。"[①] 与昆体良之选"新词之最旧者，旧词之最新者"意旨相同。均是要基于人们能理解的基础上求新。

"以故为新"是艺术上创新制胜的法宝。我国古人对此早有认识并自觉地体现在创作当中。例如，自《楚辞·九章·思美人》"因归鸟而致辞兮，羌迅高而难当"之后，以雁传书在古诗词中渐成套语。如"袖中有短书，愿寄双飞燕"[②]；"裂素持作书，将寄万里怀。……征鸿务随阳，又不为我栖"[③]；"灯前写了书无数，算没个人传与；直饶寻得雁分付，又还是秋将暮"[④]；等等。而无名氏《御街行》却以故为新："霜风渐紧寒侵被，听孤雁、声嘹唳。一声声送一声悲，云淡碧天如水。披衣起，告雁儿略住，听我些事：'塔儿南畔城儿里，第三个桥儿外，濒河西岸小红楼，门外梧桐雕砌。请教且与、低声飞过，那里有人人无寐'。"[⑤] 钱锺书评道："呼鸟与语而非倩寄词，'人人无寐'当是相思失眠，却不写书付递以慰藉之，反嘱雁'低声'潜过，免其人闻雁声而盼音讯，旧意翻新，更添曲致。"[⑥] 其实大家巨子多能以故为新，不过有的侧重于思想内容而有的侧重于艺术形式罢了。就现代文学作家而

---

① 钱锺书：《管锥编》第三册，中华书局，1986年版。第1186页。
② 江淹：《杂体诗·李都尉陵从军》。
③ 李白：《感兴》之三。
④ 黄庭坚：《望江东》。
⑤ 陈耀文：《花草粹编》卷八引《古今词话》。
⑥ 钱锺书：《管锥编》第二册，中华书局，1986年版，第620页。

论，鲁迅和钱锺书可以说是能"以故为新，以俗为雅"的两个有代表性的作家，不过前者注重思想内容，而后者偏重形式或技巧。作为既是文学家又是思想家和革命家的鲁迅，他的"以故为新"必然更多地表现在思想的革新上。表现在文学创作中就是立意和命题的新颖独创，在人们习以为常的旧有认识上翻出新意或是更进一步。比如，在五四新思潮的激荡之下，人们争相驾起"个性解放""婚姻自主"的船帆在这个时代潮流中搏击风浪，而鲁迅在小说《伤逝》中却向这些单纯为个性解放和婚姻自主而搏击风浪者显示，前面只有一片"死海"，而只有把个性解放和社会解放结合起来，才能开辟出一条通向自由和幸福的航道。在人们都在为娜拉的出走鼓掌喝彩的时候，鲁迅却冷静地追问一句"娜拉走后怎样"？指出在妇女没有独立的经济地位的社会里，娜拉个人的反抗是无力的，所以走后也只有堕落和回来两条路。[1] 当然，我们所说的"故"是相对而言，是指一般人已经认识和接受的思想或形式，不一定指固有的旧思想或形式。比如，五四时的"个性解放""婚姻自主"，相对于旧的封建礼教来说是新思想，但在当时来说却成了流行的口号，所以鲁迅在此基础上深入思考，提出更进一步的见解就是"以故为新"了。另外，我们说鲁迅注重思想上的"以故为新"是相比较而言，其实他也时有修辞或技巧上的"以故为新"，只不过不如思想内容方面明显罢了。比如鲁迅讲，在封建社会里，女人只是男人的活财产，男人可以为所欲为，而女人却要从一而终，严守贞操，即使"只在心里动了恶念，也要算犯奸淫"的。对此，鲁迅说："如果雄狗对雌狗用起这样

---

[1] 鲁迅：《娜拉走后怎样》，《鲁迅全集》第1卷，人民文学出版社，2005年版，第166页。

巧妙而严厉的手段来，雌的一定要急得'跳墙'。然而人却只会跳井，当节妇，贞女，烈女去。"①鲁迅这段话，就是在"狗急跳墙"这句俗语上生发，经过巧妙的安排而来的。倘若只是简单地说："狗急跳墙"，"人急跳井"。虽然也算"以故为新"，但风致就减少了。鲁迅把旧的俗语拆开，用一个假设句并且把狗拟人化，把"跳墙"和"跳井"相近的词组织在一起，形象生动，幽默风趣。钱锺书的"以故为新"特别注重形式或技巧，多着眼于修辞设色，文字安排。比如："要像个上等文明人，须先从学问心术上修养起，决非不学无术，穿了燕尾巴服（Swallow tail），喝着鸡尾巴酒（Cocktail），便保得住狐狸尾巴不显出野蛮原形的。"②这完全从人们常说的"露出狐狸尾巴"这个俗语生发而来。露出狐狸尾巴，指露出原形、露馅儿；由"狐狸尾"而想到"燕尾"，"鸡尾"，进而联想到"燕尾服""鸡尾酒"这些在西方盛大高雅的宴会上穿的礼服、喝的酒。为了和"狐狸尾巴"相搭配，又在"燕尾服"和"鸡尾酒"后面都加上个"巴"字，使之变得通俗，而整段话又叫人读来自然风趣，这是以故为新，以俗为雅的好例子。再如："打铁趁它热——假使不热，我们打得它发热。"③从旧有的俗语"趁热打铁"生发而来；"打狗要看主人面，那末，打猫要看主妇面了——"④由俗语"打狗还要看主子"仿拟而来；"有好多他的同行朋友，眼红的羡慕他，眼绿的忌妒他。"⑤由俗语"眼

---

① 鲁迅：《男人的进化》，《鲁迅全集》第5卷，人民文学出版社，2005年版，第301页。
② 钱锺书：《中国固有的文学批评的一个特点》，《文学杂志》1937年第1卷第4期。
③ 钱锺书：《人·兽·鬼》，开明书店，1946年版，第58页。
④ 钱锺书：《人·兽·鬼》，开明书店，1946年版，第21页。
⑤ 钱锺书：《人·兽·鬼》，开明书店，1946年版，第92页。

红"或"红眼病"生发而来;"相传幸运女神偏向着年轻小伙了,料想文艺女神也不会喜欢老头儿的;不用说有些例外,而有例外正因为有公例。"① 从"小伙子"和"例外"推想到老头儿和公例;"你既然不肯结婚,连内助也没有,真是'赔了夫人又折朋'。"② 由"赔了夫人又折兵"变化而来;"以后飞机接连光顾,大有绝世佳人一顾倾城、再顾倾国的风度。"③ 由"北方有佳人,绝世而独立,一顾倾人城,再顾倾人国"变化而来。等等。可以看出,钱锺书的"以故为新"注重修辞设色上的用心经营,看似即兴而为,顺手偶得,实则是利用各种修辞方式或句式变化来变更原有的形式而翻出新意。此外,钱锺书还按"顺之即凡,逆之即圣"④的规律,常用一种反仿式的逆溯寻常思路的方式来以故为新。比如:"我们对采摘不到的葡萄,不但想像它酸,也很可能想像它是分外地甜。"⑤ 由"吃不到葡萄就说葡萄是酸的"一句俗语,经过逆向思维,从而以故为新,别添曲致。其他如:"你若要知道一个人的自己,你须看他为别人做的传;你若要知道别人,你倒该看他为自己做的传。自传就是别传";⑥ "'妻子如衣服',当然衣服也就等于妻子"⑦ 等等,都属于这种形式。我们说,钱锺书的"以故为新"注重形式技巧,这也是比较而言,其实,像上面的"自传"与"别传"的例子已经不仅是形式上的问题了。就其对那些沽名钓誉,把自

---

① 钱锺书:《围城·序》,人民文学出版社,1980年版。
② 钱锺书:《围城》,人民文学出版社,1980年版,第298页。
③ 钱锺书:《围城》人民文学出版社,1980年版,第39页。
④ 钱锺书:《管锥编》第二册,中华书局,1986年版,第505页。
⑤ 钱锺书:《围城·序》,人民文学出版社,1980年版。
⑥ 钱锺书:《写在人生边上》,开明书店,1949年版,第3页。
⑦ 钱锺书:《围城》,人民文学出版社,1980年版,第47页。

传和别传搞得名实不符的无行文人的讽刺来看，已经是思想内容上的以故为新了。再如："狗衔肉过桥，看见水里的影子，以为是另一只狗也衔着肉；因而放弃了嘴里的肉，跟影子打架，要抢影子衔的肉，结果把本来有的肉都丢了。这篇寓言的本意是戒贪得，但是我们现在可以应用到旁的方面。据说每个人需要一面镜子，可以常常自照，知道自己是个什么东西。不过，能自知的人根本不用照镜子；不自知的东西，照了镜子也没有用——譬如这只衔肉的狗，照镜以后，反害他大叫大闹，空把自己的影子，当作攻击狂吠的对象。本来，狗一样的东西，照什么镜子！"[1] 由人们熟知的戒贪得而转换为"不自知的东西，照了镜子也没有用"的对没有自知之明的人的嘲讽，这已不仅是逆溯寻常思路的形式了，就思想内容来说，也已经是以故为新了。其实，就是着眼于形式技巧上的以故为新，也都不能和思想内容完全分开。因为"变迁了形式，就变迁了内容"[2]。"以故为新"的"故"，是常见熟知的，因此带有俗的性质——通俗。而"以故为新"是打破思维常规，无拘无碍，自由潇洒的创造，这又是一种雅。所以"以故为新"也是"以俗为雅"的一种形式。

总之，"以俗为雅"是钱锺书作品风格的一个显著特色。他作品中的"俗"是古人所谓"作诗无古今，唯造平淡难"[3]中的"平淡"；"大都精意与俗近，笔力驱驾能逶迤"[4]中的"精意"；"工

---

[1] 钱锺书：《写在人生边上》，开明书店，1949年版，第36—37页。
[2] 朱光潜：《朱光潜美学文集》二卷，上海文艺出版社，1982年版，第289页。
[3] 梅圣俞：《读邵不疑诗卷》。
[4] 梅圣俞：《答萧渊少府卷》。

夫深处却平夷"[1]的"平夷";"大巧谢雕琢,至刚反摧藏"[2]的"大巧";"自喜新诗渐不工"[3]中的"不工",是一种出神入化的更高境界。

---

[1] 陆游:《追怀曾文清公呈赵教授赵近尝示诗》。
[2] 陆游:《夜坐示桑甥十韵》。
[3] 方回:《老矣》。

第 十 章

钱锺书的学术思想与个性风貌（代结语）

第一节　作品风格与作家个性

歌德把艺术创作分为"自然的单纯模仿"、"作风"和"风格"三种不同的境界。认为第一种境界还处于不能表现作家个性的对自然的单纯模仿的幼稚阶段，"作风"是指以作为主体的作家思想感情去支配、驾驭、左右作为客体的自然对象。至于"风格"则是主客观的和谐一致，从而达到情景交融，物我双会之境。[①] 所以，在歌德看来，"风格"是"艺术所能企及的最高境界，艺术可以向人类最崇高的努力相抗衡的境界"。他说："唯一重要的是给予风格这个词以最高的地位，以便有一个用语可以随手用来表明艺术已经达到和能够达到的最高的境界。"[②] 确实，风格是一个作家成熟的标志，它显露了一个作家区别于其他作家的独具的审美趣味和创作个性，因此也是识别和把握不同作家作品之间

---

① ［德］歌德等著，王元化译：《文学风格论》，上海译文出版社，1982年版，第83页。

② ［德］歌德等著，王元化译：《文学风格论》，上海译文出版社，1982年版，第6页。

的区别的标志。也就是在此意义上，苏轼说"其文如其为人"[①]。布封提出"风格是人的本身"[②]。即人们常说的"文如其人"。据俞文豹《吹剑录》载，苏轼一天问歌者："我词比耆卿如何？"对曰："柳郎中词只合十八女子执红牙板歌'杨柳岸晓风残月'，学士词须关西大汉，铜琵琶铁绰板，唱'大江东去'。"明代李东阳讲过辨认诗的风格的一件趣事："诗必有具眼，亦必有具耳，眼主格，耳主声。闻琴断，知为第几弦，此具耳也。月下隔窗辨五色线，此具眼也。费侍郎廷言尝问作诗，予曰：'试取所未见诗，即能识其时代格调，十不失一，乃为有得'。费殊不信。一日，与乔编修维翰观新颁中秘书，予适至，费即掩卷问曰：'请问此何代诗也？'予取读一篇，辄曰：'唐诗也。'又问：'何人？'予曰：'须看两首。'看毕曰：'非白乐天乎？'于是二人大笑，启卷视之，盖《长庆集》印本不传久矣。"[③]苏轼持铜琶铁板唱"大江东去"，柳永执红牙板歌"杨柳岸晓风残月"，这就是二人不同的风格。李东阳一眼就能辨认出是白居易的诗，也正是由于白居易的诗已经有了自己独具的风格特性。莫泊桑说："艺术家独特的气质，会使他所描绘的事物带上某种符合于他的思想的本质的特殊色彩和独特风格，左拉给自然主义所下的定义是：'通过艺术家的气质看到自然'，……气质就是商标。"[④]这里莫泊桑所说的

---

① 苏轼：《答张文潜书》，见《中国历代文论选》第2册，上海古籍出版社，1979年版，第310页。
② 布封：《论风格》，伍蠡甫，胡经之主编：《西方文艺理论名著选编》上册，北京大学出版社，1985年版，第223页。
③ 李东阳：《怀麓堂诗话》，周寅宾，钱振民校点：《李东阳集3》，岳麓书社，2008年版，第1502—1503页。
④ 莫泊桑：《爱弥尔·左拉研究》，柳鸣九主编：《自然主义》，中国社会科学出版社，1988年版，第523页。

"气质"就是作家的创作个性，体现在作品的内容与形式的统一中而形成风格，成为人们区别和辨认作家的"商标"。从广义上讲，风格既然是指文学创作中表现出来的一种带有综合性的总体特点，那么，在某种意义上说，文学研究大都带有风格研究的性质。揭示作品的思想艺术特色属作品风格研究；揭示作家创作上的基本特点属作家风格研究；揭示风格相近的作家群体的共同的创作特色属流派风格研究；探讨某一个历史时期文学创作表现出来的风貌特点属于时代风格研究；探讨一个民族在文学上表现出来的与其他民族文学相区别的独特风貌属于民族风格研究。此外还有阶级、题材、体裁、主题等方面的风格研究。不过，在众多的风格中，研究作家的个人风格是最重要的，这是研究其他各种风格的基础。对于作家的个人风格，人们一般从主客观两方面的因素来考察。主观方面即作家的创作个性；客观方面即时代、民族、阶级等因素对作家的影响以及题材、体裁等对创作的规定性。我们认为，主观方面，即作家的创作个性才是形成一个作家区别于其他作家的个人风格的关键。朱光潜在论风格时说："每一篇作品有它的与内容不能分开的形式，每一个作者在他的许多作品中，也有与他的个性不能分开的共同特性，这就是'风格'。……风格像花草的香味和色泽，自然而然地放射出来。它是生气的洋溢，精灵的焕发，不但不能从旁人抄袭得来，并且不能完全受意志的支配。"[1] 朱光潜强调的是作者个人的个性。美国小说家库柏更明确地强调："个人风格（即风格的主观因素）是当我们从作家身上剥去所有那些不属于他本人的东西，所有那些为他和别人

---

[1] 朱光潜：《朱光潜美学文集》2卷，上海文艺出版社，1982年版，第319—320页。

所共有的东西之后获得的剩余或内核。"①这里库柏所说的"那些不属于他本人的东西"和"那些为他和别人所共有的东西"就是指的影响作家的那些时代的、民族的、阶级的、题材的、体裁的等客观因素。而他所说的"剩余或内核"则是指的作家个人的天赋、气质个性，才能学识及语言技巧等属于自己的主观因素。就是这种主观因素的作用，才使在同一个时代、同一个民族、同一个阶级或阶层里的作家，写同一种题材，表现同样的主题，使用同样的体裁时，不同的作家却能显示出不同的特点与风格。中国古代研究作家的个人风格，从一开始就注重作家个人的天赋和个性。曹丕的"文气"说，是我国正面地、直接地论述风格问题的滥觞。他说："文以气为主，气之清浊有体，不可力强而致。譬诸音乐，曲度虽均，节奏同检，至于引气不齐，巧拙有素，虽在父兄，不能以移子弟。"②这里"文以气为主"的"气"是指作品中充盈着的一股生气，亦即风格。而作品中的这股生气又是由"气之清浊有体"的作家的"气"来灌注的。而作家的"气"则是先天的禀赋。是"指人所禀受的清阳、浊阴之气。它是人的生命元质，决定了人的生理特征和气质个性这样的稳定的心理特征"③。曹丕讨论风格强调的是作家先天的气质个性。这无疑道出了风格问题的部分本质。就像身材高大者宜于打篮球或排球而不适于练体操一样，缺乏敏感，不善于形象思维和联想的人，也不适于搞创作。曹丕之后，刘勰对风格问

---

① [德]歌德等著，王元化译：《文学风格论》，上海译文出版社，1982年版，第82页。
② 曹丕：《典论·论文》。
③ 詹福瑞：《中古文学理论范畴》，河北大学出版社，1997年版，第169页。

题的思考在曹丕"文气"说的基础上更进一步。他在《文心雕龙》中专门设有《风骨》篇和《体性》篇来讨论风格问题。尤其是《体性》篇("体"即"体貌",略近于今之"风格";"性"即"个性"),比较深入地揭示了作家个性在形成作家个人创作风格中的决定作用。他说:"然才有庸俊,气有刚柔,学有浅深,习有雅郑,并情性所铄,陶染所凝。是以笔区云谲,文苑波诡者矣。故辞理庸俊,莫能翻其才;风趣刚柔,宁或改其气;事义浅深,未闻乖其学;体式雅郑,鲜有反其习。各师成心,其异如面。"这里刘勰认为作家的个性包括才、气、学、习四个方面的因素,即先天的才情,气质和后天的学识、习染。就是因为这四个方面的不同,所以形成了作家们"笔区云谲,文苑波诡"的不同风格。这里,刘勰指出作家的创作个性既有先天禀赋的成分,又与后天的陶染有关,弥补了曹丕"文气"说只强调先天禀赋的片面性。这之后,唐代的韩愈、宋代的苏辙等人又对"文气"说进行过引申或补充。到清代刘大櫆又在"文气"说的基础上提出了"神气"说。他认为"行文之道,神为主,气辅之。曹子桓、苏子由论文,以气为主,是矣。然气随神转,神浑则气灏,神远则气逸,神伟则气高,神变则气奇,神深则气静,故神为气之主"[①]。这里所说的"神"就是作家的精神个性,"在刘大櫆看来,'神'是形成文学风格的根本因素"[②]。可以看出,注重作家的个人天赋和个性是我国历代文学风格研究者们的一贯的主张和态度。

[①] 刘大櫆:《论文偶记》。
[②] 吴功正:《文学风格七讲》,上海文艺出版社,1983年版,第127—128页。

第二节　钱锺书的天赋与学识

上一节我们讨论了风格的重要地位和个人风格与作家个性之间的关系。前一个问题表明了研究钱锺书作品风格的意义，后一个问题则为我们研究钱锺书作品的风格指明了切入点和研究的重点。我们要研究钱锺书独特的个人风格，就是从他身上"剥去所有那些不属于他本人的东西，所有那些为他和别人所共有的东西"，而重点考察剥去这些之后的"剩余或内核"。即在考察他作品的风格时，不必过多地考虑时代的、民族的、阶级的、题材的、体裁的等影响风格的客观因素，而是从他的创作个性切入，考察形成他创作个性的条件和原因，并重点研究由他的创作个性所决定的他的作品的基本的风格特色。前面我们已经说过，曹丕首倡"文气"说，把作家的创作个性看成是先天禀赋的才能气质。刘勰在《文心雕龙》中则认为构成作家创作个性的是"才"（才能）、"气"（气质）、"学"（学习）"习"（习染）这四个方面的因素。前两方面的"才"和"气"接近于曹丕所说的"气之清浊有体"的"气"，即先天的才能气质，而"学"与"习"则是指的后天的陶染。刘勰的观点无疑比曹丕更全面，更合于实际和接近真理。所以我们可以按此种观点来分析钱锺书的创作个性和作品风格。就气质个性来说，杨绛在《记钱锺书与围城》[1]中比较准确地揭示了钱锺书的个性特点。杨绛在书中自始至终围绕着一个"痴气"来描绘钱锺书的精神风貌和气质个性。钱锺书的这股"痴气"，正是曹丕所说的"气之清浊有体"的"气"；刘勰所说的"才有庸俊，

---

[1] 杨绛：《杨绛作品集》2卷，中国社会科学出版社，1993年版。

气有刚柔"的"才"和"气",刘大櫆所说的"神为气之主"的"神",即先天禀赋的才能气质。杨绛所描述的钱锺书的这种与生俱来的"痴气"包括几个方面的内容特点:首先,它是一种活泼俏皮的自然天性,或说是一种游戏幽默的心态。杨绛说钱锺书自小就"全没正经,好像有大量多余的兴致没处寄放,专爱胡说乱道"①。所以自小就被认为有"痴气"。由于钱锺书自小过继给性格宽厚仁慈、乐观风趣的伯父,在一个比较宽松自由的环境中成长,所以他的这种活泼俏皮的天性不但没有受到压抑,反而还从伯父身上受到陶染。据杨绛记述:"伯父爱喝两口酒。他手里没有多少钱,只能买些便宜的熟食如酱猪舌之类下酒,哄锺书那是'龙肝凤髓',锺书觉得其味无穷。至今他喜欢用这类名称。譬如洋火腿在我家总称为'老虎肉'。"②钱锺书正式进学校受教育已是五四运动之后了。所以他的先天的俏皮风趣的个性基本上没受传统的封建礼教的条条框框的束缚和压抑,而得以正常的发展。所以成人之后他依然"痴气"旺盛。杨绛记他喜欢西洋的淘气画,并央求女儿为他临摹一张魔鬼像吹喇叭似的后部撒着气逃跑的《魔鬼遗臭图》。"戏曲里的插科打诨,他不仅且看且笑,还一再搬演,笑得打跌。"③搞"恶作剧"给妻子画花脸,画肖像,"上面再添上眼镜和胡子,聊以过瘾"。"他逗女儿玩,每天临睡在她被窝里埋'地雷',埋得一层深入一层,把大大小小的各种玩具、镜子、刷子,甚至砚台或大把的毛笔都埋进去,等女儿惊叫,他就得意大

---

① 杨绛:《杨绛作品集》2卷,中国社会科学出版社,1993年版,第139页。
② 杨绛:《杨绛作品集》2卷,中国社会科学出版社,1993年版,第142页。
③ 杨绛:《杨绛作品集》2卷,中国社会科学出版社,1993年版,第149页。

乐。……恨不得把扫帚、畚箕都塞入女儿被窝，……这种玩意儿天天玩也没多大意思，可是锺书百玩不厌。"①并且经常和岳父"说些精致典雅的淘气话，相与笑乐"②。到老来仍是童心狂叟。喜欢看电视连续剧《西游记》，并且"边看边学边比划，口中低昂发声不止，时而孙悟空，时而猪八戒，棒打红孩儿，耙钉盘丝洞，流星赶月，举火烧天，过河跳涧，腾云遁地，'老孙来也'，'猴哥救我'，手之舞之足之蹈之咏之歌之，不一而足"③。这种从小到老蹦跳着的不泯的童心童趣，是一种自然的天性，一种幽默的心态。日本著名幽默作家夏目漱石说："所谓幽默，我认为是发自人的本性的一种诙谐趣味，……换言之，诙谐是一种真正的天赋，是生而有之的素质，而不是后天养成的。它是犹如行云流水般的自然之物。"④钱锺书的俏皮风趣正是他生而有之的素质，是他的先天的气质个性。这是他的"痴气"的内容特点的一个重要方面。

钱锺书"痴气"的第二个方面的内容和特点就是善于想象和联想。想象和联想是文学创作中一种非常重要的形象思维的形式。杨绛谈到想象在文学创作中的重要作用时说："经验好比点上个火；想象是这个火所发的光。没有火就没有光，但光照所及，远远超过火点儿的大小。……想象的光不仅四面放射，还有反照，还有折光。作者头脑里的经验，有如万花筒里的几片玻璃屑，能幻出无限图案。"⑤所以想象是一个优秀的作家所必具有的一种才

---

① 杨绛：《杨绛作品集》2卷，中国社会科学出版社，1993年版，第150页。
② 杨绛：《杨绛作品集》2卷，中国社会科学出版社，1993年版，第151页。
③ 张建术：《魔镜里的钱锺书》，《传记文学》1995年第1期。
④ 陈孝英，郭远航，冯玉珠：《幽默理论在当代世界里》，新疆人民出版社，1987年版，第218页。
⑤ 杨绛：《关于小说》，三联书店，1986年版，第9页。

能。钱锺书具有善于想象和联想的天赋。据杨绛记述，钱锺书小时候最喜欢玩"石屋里的和尚"，玩得很乐。"所谓'玩'，不过是一个人盘腿坐着自言自语。小孩自言自语。其实是出声的想象。我问他是否编造故事自娱，他却记不得了。"[①] 夜间一个孩子披条被单津津有味地在帐子里独坐，显然是沉浸在一个想象的世界。这种善于想象的天赋是钱锺书的"痴气"的又一方面的特点和内容。大致属于刘勰所谓"才有庸俊"中的"才"，即先天的"才能"。钱锺书性格上另一个鲜明的特点就是喜爱深思明辨，这是他的"痴气"的第三个方面的表现和内容。不过，他的"深思明辨"的外部表现却是"大事清楚，小事糊涂"，是一种清楚和糊涂，睿智和痴愚的对立的统一。伯父最初为他取名"仰先"，字"哲良"，父亲因他爱"胡说乱道"，为他改字"默存"。钱锺书自己说他"喜欢'哲良'，又哲又良"。小时候他看完从书摊上租来的小说，他会纳闷儿："一条好汉只能在一本书里称雄。关公若进了《说唐》，他的青龙偃月刀只有八十斤重，怎敌得李元霸的那一对八百斤的锤头子；李元霸若进了《西游记》，怎敌过孙行者的一万三千斤的金箍棒。"[②] 表现出他深思明辨，善于比较联想的个性特点。不过，他的深思明辨的睿智却又和令人发笑的痴愚同时集于一身。他是大事清楚，小事糊涂。杨绛说他总记不得自己的生年月日。穿鞋走步总不分左右脚，穿内衣或套脖毛衣往往前后颠倒。但却喜读"精微深奥的哲学、美学、文艺理论等大部著作"[③]。他的清华同学

---

① 杨绛：《杨绛作品集》2卷，中国社会科学出版社，1993年版，第146页。
② 杨绛：《杨绛作品集》2卷，中国社会科学出版社，1993年版，第142页。
③ 杨绛：《杨绛作品集》2卷，中国社会科学出版社，1993年版，第149页。

说他"中英文造诣很深,又精于哲学及心理学"。其实他是沉于哲理的思辨而根本无心理会穿鞋穿衣,生年月日种种琐事。所以他的深思明辨和令人发笑的痴愚,他的睿智和糊涂并不矛盾。以上三个方面,即俏皮幽默的心态,善于想象与联想的才能和深思明辨的性格,这是钱锺书创作个性中先天禀赋的成分,即刘勰所谓"才有庸俊,气有刚柔"的"才"(才能)和"气"(气质)。除先天因素外,刘勰认为后天的陶染对作家的创作个性也有重要影响。他说:"学有浅深,习有雅郑,并情性所铄,陶染所凝。……事义浅深,未闻乖其学;体式雅郑,鲜有反其习。"重视后天的"学"(学习)与"习"(习染)对作家创作个性的影响。虽然刘勰的"学"和"习"有着特定的内容和对象,主要指的是"体式雅郑",即"模经为式者,自入典雅之懿;效骚命篇者,必归艳逸之华"①。但是,放宽来讲,即把他的"学"与"习"当成普遍的学习与陶染看,也没有什么不可以的。学识的深浅直接影响着事义及征引与用典的浅深;作品的体式、行文的风格与作家的习染密切相关。我们先来看"学"。钱锺书学识渊博已是大家公认的事实。"博"是一个大家的必要条件。博者不一定都能成为大家,但大家却都必须得博。王充说:"能说一经者为儒生;博览古今者为通人;采掇传书,以上书奏记者为文人;能精思著文,连结篇章者为鸿儒。"②可见,只限于"一经"者无论多么"通"只是一个"儒生"而绝对成不了"鸿儒"。钱锺书幼承家学,十岁前在学《诗经》、《尔雅》之余已把《西游记》《说唐》等中国古典小说记得烂熟于

---

① 刘勰:《文心雕龙·定势》。
② 王充:《论衡·超奇》。

心，十一二岁时两箱《林译小说丛书》又引发了他对外国文学的浓厚兴趣，清华大学时又"横扫清华图书馆"，后又留学英、法，学贯中西，融贯古今，经史子集无所不读。有人统计，《管锥编》征引的作者达四千人，典籍近万种。其中西方学者和作家达千人左右。著作一千七八百种。[①]《谈艺录》征引历代各家诗话达一百三十余种，中国诗话史上的主要著作，几乎都被论列或引述。我们只要看书中评黄庭坚诗时，对宋代天社、青神（任渊、史容）注释的《山谷内外集》竟然挑出错注、漏注达五十九处之多，就能看出钱锺书读书的渊博和对古籍的熟悉。他的创作是以深厚的学养为基础，所以写来左右逢源，旁征博引，用典巧妙自如。这是后天的"学"对他的创作个性的影响。我们再来看刘勰所说的"习"，即后天的"习染"对他创作个性的影响。钱锺书生于书香世家。据杨绛记述，钱锺书上中学时"常为父亲代笔写信，由口授而代写，由代写信而代作文章"。商务印书馆出版钱穆的一本书，上有钱基博的序文，据钱锺书说，"那是他代写的，一字没有改动"。他"写客套信从不起草，提笔就写，八行笺上，几次抬头，写来恰好八行，一行不多，一行不少。锺书说，那都是他父亲训练出来的"[②]。这种从小的训练习染对他的创作个性自然会产生重大的影响。以上我们从"才""气""学""习"四个方面分析了钱锺书的创作个性。概而言之，俏皮幽默的心态，善于想象与联想的才能，聪颖睿智、深思明辨的性格和渊博的知识与雅正的训练，这几个方面共同形成了钱锺书基本的精神和创作风貌。

---

① 张文江：《〈管锥编〉的四种文献结构》，《上海文论》1989年第6期。
② 杨绛：《杨绛作品集》2卷，中国社会科学出版社，1993年版，第147页。

第三节　钱锺书炼句炼字的艺术追求

"其文如其为人"（苏轼），"风格却是人的本身"（布封），"风格是思想的化身"（渥兹华斯）等提法以及我们上面说到的曹丕的"文气"说等，都是注重从风格的内容方面考虑问题。就风格的形式方面考虑，艺术方法，写作技巧对风格的形成也产生影响，也是作家创作个性的重要表现。黑格尔说："风格在这里一般指的是个别艺术家在表现方式和笔调曲折等方面完全见出他的人格的一些特点。"[1] 黑格尔既强调了风格的内容方面，即人格，又强调了"表现方式和笔调曲折"的形式因素。在西方，风格（style）一词有着漫长的演变发展过程。德国文艺理论家威廉·威克纳格考证说："风格一词源于希腊文，由希腊文而传入拉丁文，……希腊文的本义表示一个长度大于厚度的不变的直线体：6τνλoS 训为'木堆'、'石柱'，最后为一柄作为写和画用的金属雕刻刀。"风格在字义上、在语源上，都和德文的 stiel 一词相符。"拉丁人援用此字主要是取其最后的意义'雕刻刀'，拉丁语缺少希腊字母的 v 音，因而把这个字拼为 stilus。从他们那里而不是从希腊人那里，这个字才发展为比喻的意义，从而风格一词首先是表示我们用 hand 一字，或拉丁人有时用 manus 一字所隐喻地表示着的意义。"[2] 英文词 hand 本义为"手"，"可以引伸为'技巧'，'手法'，'笔迹'诸义。拉丁文 manus 亦作'手'解释。二字用法相近。"[3] 可见风格

---

[1] ［德］黑格尔著，朱光潜译：《美学》第一卷，商务印书馆，1979年版，第372页。
[2] ［德］威克纳格：《诗学·修词学·风格论》，［德］歌德等著，王元化译：《文学风格论》，上海译文出版社，1982年版，第16—17页。
[3] ［德］歌德等著，王元化译：《文学风格论》，上海译文出版社，1982年版，第27页。

一词最早用于文学指的是雕琢文字的方法和技巧。亚里斯多德就把风格作为修辞学的内容加以重点讨论。认为"风格的美可以确定为明晰","隐喻字最能使风格显得明晰,令人喜爱,并且使风格带上异乡情调"[①]。亚里斯多德把风格完全看成是一种字词的选择与安排。古罗马美学家朗吉弩斯认为崇高风格有五个主要来源。"第一而且最重要的是庄严伟大的思想;""第二是强烈而激动的情感;""第三是运用藻饰的技术;""第四是高雅的措词;""第五就是整个结构的堂皇卓越。"[②]这里讲的后面三条影响崇高风格的因素都是讲的形式与技巧。一直到近代,仍然有许多人把风格看作"一种作文的理论,作为一种连缀字句并使之兼综条贯的艺术"[③]。"斯威夫特(Swift)说:风格是'用适当的字在适当的地位'(the use of proper words in proper places)。柯勒律治(Coleridge)论诗,说它是'最好的字在最好的次第'(the best words in their best order)。福楼拜(Flanbert)是近代最讲究风格的作家,也是在'正确的字'(le juste mot)上做功夫。他以为一句话只有一个最恰当的说法,一个字的更动就可以影响全局,所以常不惜花几个钟头去找一个恰当的字,或是斟酌一个逗点的位置。"[④]我国古人也重视语言文字的技巧。刘勰《文心雕龙》中专有《练字》一篇。此后炼句炼字之风盛行。杜甫"语不惊人死不休;"卢延让

---

① [希]亚里斯多德著,罗念生译:《修辞学》,三联书店,1991年版,第150—152页。
② [希]朗吉弩斯:《论崇高》,伍蠡甫、胡经之主编:《西方文艺理论名著选编》下册,北京大学出版社,1985年版。
③ [英]德·昆西:《风格随笔》,歌德等著,王元化译:《文学风格论》,上海译文出版社,1982年版,第43页。
④ 朱光潜:《朱光潜美学文集》第2卷,上海文艺出版社,1982年版,第320页。

"吟安一个字,捻断数茎须";贾岛"二句三年得,一吟双泪流";方干"吟成五字句,用破一生心"等等,已成为炼句炼字的佳话。钱澄之在论造句炼字时说:"情事必求其真,词义必期其确,而所争只在一字之间。此一字确矣而不典,典矣而不显,显矣而不响,皆非吾之所许也。"① 又说:"句工只有一字之间,此一字无他奇,恰好而已。所谓一字者,现成在此,然非读书穷理,求此一字终不可得。盖理不彻则语不能入情,学不富则词不能给意,若是乎一字恰好之难也。"② 这里把炼句炼字和作家的"才""学"相联系。可见作家的创作个性虽然可分为"才""气""学""习"及语言技巧等,但其实这些又都是相互联系,共同构成作家创作个性的整体的。清代文论家姚鼐说:"文章之精妙不出字句声色之间,舍此便无可窥导矣。"③ 确实,一个成熟的作家在遣词造句上具有极强的个性特征,形成自己独特的语体,或谓语言基调或风格。据说,李清照把自己的《醉花阴》词寄给丈夫赵明诚,"明诚叹赏,自愧弗逮,务欲胜之,一切谢客,忘食忘寝者三日夜,得五十阕,杂易安作,以示友人陆德夫。德夫玩之再三,曰:'只三句绝佳。'明诚诘之。答曰:'莫道不销魂,帘卷西风,人比黄花瘦。'正易安作也"④。说明李清照的语体已经达到了极高的境界,形成了风格。钱锺书也非常重视语言文字的技巧。他认为作为作者,"断不可忽略字句推敲,修饰的技巧"。"诗中用字句妆点,比方衣襟上插鲜花,口颊上点下了媚斑,要与周遭的诗景,相烘

---

① 钱澄之:《田间文集》卷八《诗说赠魏丹石》。
② 钱澄之:《田间文集》卷八《陈官仪诗说》。
③ 姚鼐:《与石甫侄孙》。
④ 伊世珍:《琅嬛记》。

相托，圆融成活的一片，不使读者觉得丝毫突兀。""要把一切字，不管村的俏的，都洗滤了，配合了，调和了，让它们消化在一首诗里；村的字也变成了诗的血肉，俏的字也变成了诗的纤维：村的俏的都因为这首诗而得了新的面目，使我们读着只觉得是好诗，不知道有好字。"[1]这里钱锺书虽然说的是诗，其实是他对一切作品炼句炼字的要求。他认为写作中用字"不尽在于字面之选择新警，而复在于句中之位置贴适，俾此一字与句中乃至篇中他字相无间，相得益彰。倘用某字，固足以见巧出奇，而入句不能适馆如归，却似生客闯座，或金屑入眼，于是乎虽爱必捐，别求朋合。盖非就字以选字，乃就章句而选字"[2]。钱锺书是炼句炼字的高手，极为讲究语言的艺术技巧。不论是粗鄙的俗言俚语，还是枯燥的专业术语，只要经过他的洗滤和调配，都能添光生彩，变成生花妙语。如欧里庇得斯悲剧中所言："语本伧俗，而安插恰在好处，顿成伟词。"[3]这种语言的艺术技巧是形成他作品风格的一个重要方面。

第四节 钱锺书的个性学识对其创作及学术思想的影响

以上我们论述分析了规定钱锺书作品风格的关键性因素，即作家个人的天赋、气质、性格、才能、学识及语言艺术技巧等只属于自己的主观因素。也就是库柏所谓从作家身上剥去"所有那些为他和别人所共有的东西之后所获得的剩余或内核"。具体表

---

[1] 中书君：《落日颂》，《新月月刊》第4卷第6期，1933年3月。
[2] 钱锺书：《谈艺录》（补订本），中华书局，1984年版，第326—327页。
[3] 钱锺书：《谈艺录》（补订本），中华书局，1984年版，第326页。

现为俏皮幽默的心态，善于想象与联想的才能，聪颖睿智、深思明辨的性格，渊博的知识和极为高超的驾驭语言文字的艺术技巧。并且，这几方面的因素不是彼此孤立的，而是相互联系，有机地融于钱锺书一身，共同形成他独特的创作个性和作品风格。所以，我们要研究他作品的特色和风格，可以从形成他创作个性的几个方面入手。因为风格就是作家创作个性在作品的内容和形式统一中所形成的总特色。当然，这个"总特色"不是几种特点的简单相加，而是有机地融为一种整体性的风貌。就像人体的各个器官之于全身一样，每个器官离开了人体即不再有意义，而一些重要的器官的离开则使总体也不再能够存活。在此意义上说，"风格是文学的'格式塔'（gestalt）"。不过，就分析、研究和认识的角度讲，人身虽然是不可分割的有机整体，但是我们仍然可以分析和研究心脏、四肢、眼、耳、鼻、舌、身等每一个器官的特点和作用。同样，风格虽然有它的有机整体性，也不妨碍我们对形成其总特色的每一个具体的特点或因素进行分析和研究，以便更好地对风格进行总体性的把握。

就先天性格气质来看，幽默睿智是钱锺书的主要特点。清人薛雪说："畅快人诗必潇洒，敦厚人诗必庄重，倜傥人诗必飘逸，疏爽人诗必流丽，寒涩人诗必枯瘠，丰腴人诗必华赡，拂郁人诗必凄怨，磊落人诗必悲壮，豪迈人诗必不羁，清修人诗必峻洁，谨勤人诗必严整，猥鄙人诗必委靡。"[①] 读钱锺书的作品，我们还可以顺着薛雪的话接上一句，那就是："风趣人文笔必幽默。"诙谐幽默是钱锺书作品的一大特色。根据钱锺书在《说笑》等文章中表达的对幽默的看法，可以看出：钱锺书在幽默问题上吸收了

---

① 薛雪：《一瓢诗话》。

各家幽默理论的长处而融成了自己更为合理的幽默理论体系,即在承认幽默主体具有高度的机敏和智慧并具备诱发幽默感的客体对象这两大客观的前提条件下,从主体内心世界着眼,强调幽默是一种脾气性格或心态,具体表现为具有高深修养的了悟世事人生的超越感及对人生和命运采取"一笑置之"的"游戏"或"自嘲"的态度;最理想而纯正的幽默表现为智者哲人的有会于心的微笑;幽默具有流动飘忽变化不居的不确定性,不能固定为模式,因此不可模仿和提倡。这就是钱锺书的幽默观。

聪颖睿智、深思明辨的性格特点使钱锺书的作品具有思辨的特色。对哲理思辨的偏爱,对哲学、美学理论的熟悉,决定了钱锺书喜欢对一些抽象的观念理论问题进行理性思辨,得出一些令人难以逆料而又合情入理的解释;决定了他能够把对古典文学的体验,把历来人们认为只可意会不可言传,或"知其然,不知其所以然"的感悟,用理性的语言,给人们说出"所以然"来,用逻辑分析和判断的方式给人们以系统清晰的认识。这就是钱锺书的特点。这种特点显示出强烈的理性思辨色彩。

学识渊博是钱锺书创作个性的一个重要方面。这种个性反映在他的学术著作中就是旁征博引,说理深刻;反映在他的创作上就是各种中外典故的巧妙运用。善于想象和联想是钱锺书创作个性的重要方面,是他的先天的才能。这种才能在作品中最显著的表现就是他作品中那众多的令人叹为观止的新颖奇特的比喻。钱锺书是现代当之无愧的比喻大师,他特别重视比喻,认为"比喻是文学语言的根本"[①]。无论就比喻理论上来说,还是就比喻实践

---

① 钱锺书:《读〈拉奥孔〉》,《旧文四篇》,上海古籍出版社,1979年版,第36页。

上来看，他的贡献都是前无古人的。

钱锺书极端重视语言的艺术技巧，是炼句炼字的高手。这种锤炼语言的功夫和技巧对形成他作品的风格产生了重要的影响。钱锺书从总的语言风格上，追求的是一种"以故为新，以俗为雅"的格调。他说："夫以故为新，即使熟者生也，而使文者野，亦可谓之使野者文，驱使野言，俾入文语，纳俗于雅尔。"[1] 可见"太朴不雕"，"极炼如不炼，出色而本色，人籁悉归天籁矣"[2]。善于"高远者狎言之，洪大者纤言之"，[3] 这种不露艺术的艺术是钱锺书语言上的一种自觉的美学追求，形成亦庄亦谐的新颖而又活泼的作品风格。

就总体来看，钱锺书学术思想的基础或底色是中国的学术传统和古典文学。他之所以能够大大地超越前人是得益于在一个开放的年代里对域外文化特别是文艺理论的参照或吸收，他的文艺思想可以说是在中外文化和文学思想的碰撞中产生的思想火花，是在中外文化和文学思想的碰撞中接受、比较、选择与融合的思想成果。他文艺思想的最根本的特点是强调以审美特性为标志的文学本体论思想，这是统领其各种文艺观点的纲。这种以审美特性为标志的文学本体论思想反对传统的"文以载道"思想，不看重文学与历史和现实的紧密联系及文学的认知和教育作用，而是认为文学就是文学，强调文学作品自身的文学性，即那个使某一作品成为文学作品的东西。认为这种文学性才是文学的本质。在

---

[1] 钱锺书：《谈艺录》（补订本），中华书局，1984年版，第321页。
[2] 刘熙载：《艺概》，上海古籍出版社，1978年版，第121页。
[3] 钱锺书：《管锥编》第二册，中华书局，1986年版，第748页。

此基础上提出"不隔"的美学境界说;"余味曲包","言有尽而意无穷"的"耐读"的接受美学理论;"能呼起读者之嗜欲情感而复能满足之者,能摇荡读者之精神魂魄,而复能抚之使静,安之使定","唤应起讫,自为一周"的篇章布局理论;文学不可定义而有定指的观点等。批评了社会造因说,题材决定论,反映真实论及社会效果论,主张衡文标准应该重在"考论行文之美",宜"以能文为本"而不当"以立意为宗"。认为:"……时势身世不过能解释何以而有某种作品,至某种作品之何以为佳为劣,则非时势身世之所能解答,作品之发生与作品之价值,绝然两事;感遇发为文章,才力定其造诣,文章之造作,系乎感遇也,文章之造诣,不系乎感遇也,此所以同一题目之作而美恶时复相径庭也。社会背景充其量能与机会,而不能定价值。"主张衡量是否文学作品不看题材,也不看其使用什么表现方法,而是看其是否有审美价值。"宙合间万汇百端,细大不捐,莫非文料,第视乎布置熔裁之得当否耳,岂有专为行文而设之事物耶?"就作品感染读者的效果来说,钱锺书主张要区别"题材本为抒感言情而能引起读者之同情与美感"和"题材不事抒感言情而能引起读者之同情与美感"的两种情况,即强调文学的感染力与认识教育作用的区别。认为真正的文学性不在于题材而在于别出心裁的技巧与形式。他说:"盖物之感人,不必内容之深情厚意,纯粹形式,有体无情者其震荡感激之力,时复绝伦,观乎音乐可知矣。"[1]就"反映真实论"的问题,钱锺书主张文艺的真伪取决于自身艺术的美丑,而不是以其所言事实的真妄而判断艺术本身的美丑。认为文学作品

---

[1] 钱锺书:《中国文学小史序论》,《国风》半月刊第3卷第8期,1933年10月。

允许虚构。"窃以为惟其能无病呻吟,呻吟而能使读者信以为有病,方为文艺之佳作耳。"就社会效果的问题,钱锺书批评了把"可歌可泣"视为好作品的标准的看法。他说:"仅以'可歌可泣'为标准,则神经病态之文学观而已。且如报章新闻之类,事不必奇,文不必丽,吾人一览标题,即复兴奋,而岁月逾迈,则断烂朝报,无足感人;……倘仅以'曾使人歌使人泣'者为文学,而不求真价所在,'则邻猫生子'之消息,皆可为'黄绢幼妇'之好词矣。"[①]认为不能以读者多少来定作品优劣。他说:"惟其读者之多寡不足定作品之优劣,故声华烜赫之文,往往不如冷落无闻之作,……文学非政治选举,岂以感人之多寡为断,亦视能感之度,所感之人耳。"

就文学史观来说,钱锺书主张:一要分清文学史与文学批评的不同的特点、职能及轻重关系,二要求"作史者须如实以出耳"的论从史出的历史主义的原则。他说:"文学史与文学批评体制悬殊。一作者也,文学史载记其承遭(Genetic)之显迹,以著位置之重轻(Historical importance);文学批评阐扬其创辟之特长,以著艺术之优劣(Esthetic worth)。……史以传信,位置之轻重,风气之流布,皆信之事也,可以征验而得;非欣赏领会之比,……作史者须如实以出耳。"钱锺书强调文学的民族特色,即"文学随国风民俗而殊"。"作史者断不可执西方文学之门类,卤莽灭制,强为比附。西方所谓Poetry非即吾国之诗;所谓Drama,非即吾国之曲;所谓Prose,非即吾国之文。"[②]认为:"吾国文学,体制繁多,

---

① 钱锺书:《中国文学小史序论》,《国风》半月刊第3卷第8期,1933年10月。
② 钱锺书:《中国文学小史序论》,《国风》半月刊第3卷第8期。1933年10月。

界律精严,分茅设蕝,各自为政。""体制"类似于现在所说的"文体"或"体裁",是在区分文章类别特征的基础上形成的文类体式规范概念。钱锺书说:"抑吾国文学,横则严分体制,纵则细别品类。体制定其得失,品类辨其尊卑。""品类"则指各种体裁尊卑的排定和题材内容的分等。这是从作品体裁形式、题材内容以及体裁形式是否完美即"得体"或"失体"等角度来评判作品的尊卑高下的一套规则或标准。这是中国古代文艺理论的特点。自古以来,作者本着这样的特点而创作,论者本着这样的特点而欣赏或批评。

就文学史的划分时期,钱锺书主张:朝代的更替会影响到社会的风气和民族的心理从而影响到文学的风格和面貌,所以分期宜"断从朝代";就作家作品的断代分期不仅考虑时间的先后,而更重要的要考虑作品的风格特征。"曰唐曰宋,岂仅指时代(Chronological epithet)而已哉,亦所以论其格调(Critical epithet)耳。""余窃谓就诗论诗,正当本体裁以划时期,不必尽与朝政国事之治乱盛衰吻合。……唐诗、宋诗,亦非仅朝代之别,乃体格性分之殊。"[①]

就文学鉴赏与批评来说,钱锺书认为中国固有的文学批评的特点就是"人化"文评。即把文章通盘人化或生命化,视之为像我们自己一样的活人。西方虽然也有一些把文章与人身相比附的说法,但是,它们在西洋文评里,不过是偶然的比喻,信手拈来,随意放下,并未沁透文人的意识,成为普遍的假设和专门的术语,所以与我国的"人化"文评是貌同心异。"在西洋语言里,借人体机能来平骘文艺,仅有逻辑上所谓偏指的意义,没有全举的意

[①] 钱锺书:《谈艺录》(补订本),中华书局,1984年版,第1—4页。

义,仅有形容词的功用,没有名词的功用,换句话说,只是比喻的辞藻,算不上鉴赏的范畴。"[1] 就文言与白话的问题,钱锺书认为:"苟自文艺欣赏之观点论之,则文言白话,骖骊比美,正未容轩轾。"主张学术与文学都是一种精神生活,是为"灵魂之冒险",须出离于功利而发自内心的喜欢和欣赏。如果定为规章律令,凭借教鞭的驱使,以科举功名来诱惑,那作出来的都不过是官样文章而已!他以辩证的观点认为文言白话可以通过互动互补而达于融合之境。他说:"白话文之流行,无形中使文言文增进弹性(Elasticity)不少。而近日风行之白话小品文,专取晋宋以迄于有明之家常体为法,尽量使用文言,此点可征将来二者未必无由分而合之一境。"正是这种客观包容而又辩证的治学态度,使他能文言白话皆擅,不但能写出《谈艺录》《管锥编》这样的学术巨著,而且能以"融文于白、化西入中"的白话文体创作出《围城》《人·兽·鬼》《写在人生边上》这样独具风格的新文学作品。

可以看出,钱锺书的文学思想处处渗透着他的学识和个性,读了让人耳目一新,正像他的老同学郑朝宗说的,"从没听他说过一句人云亦云的'老生常谈',他的话跟他的诗一样富有独创性。你不一定肯相信他的话句句都是至理名言,但你却不得不承认这些话都是经过千思百虑然后发出来的。一切浮光掠影式的皮相之谈,他决不肯随便出口"[2]。钱锺书无疑是 20 世纪中国文化界的一颗耀眼的巨星。除古代学术研究和文学创作外,他为中西文化的

---

[1] 钱锺书:《中国固有的文学批评的一个特点》,《文学杂志》1937 年第 1 卷第 4 期。
[2] 郑朝宗:《忆钱锺书》,牟晓朋、范旭仑编:《记钱锺书先生》,大连出版社,1995 年版,第 140 页。

沟通和交流做出了重要的贡献。包括他向中国读者介绍和翻译的西方作家和学者的创作和理论和面向西方读者用英文写的介绍中国的传统和文化，纠正西方人对中国书和中国人的误读、误解和误导及考证中国文化在西方传播的一系列文章。他的一支生花妙笔总是风趣地向中国人讲述着西方文化而又向西方人介绍着中国文化。他是中外比较文化研究的先行者，也是中西文化沟通的使者。

附录：钱锺书研究索引

田建民　李致　整理编选

（一）文学史与辞书

夏志清:《中国现代小说史》，耶鲁大学出版社，1961年；(香港)友联出版社，1979年5月；(台北)传记文学出版社，1979年9月。

钱锺书的《围城》，李辉英:《中国现代文学史》，香港东亚书局，1970年7月。

中国新文学史，周锦，(台北)长歌出版社，1976年4月。

钱锺书的《围城》，司马长风:《中国新文学史》，香港九龙昭明出版社有限公司，1978年12月。

钱锺书的《写在人生边上》，司马长风:《中国新文学史》，香港九龙昭明出版社有限公司，1978年12月。

中国新文学简史，周锦，(台北)成文出版社，1980年5月20日。

中国新文学大事记(中国现代文学研究丛刊之四)，周锦，(台北)成文出版社，1980年5月。

钱锺书，阎纯德等:《中国文学家辞典》(现代第二分册)，北京语言学院，1979年5月；四川人民出版社，1982年。

中国现代小说（1919—1949），刘绍铭，哥伦比亚大学出版社，1981年。

中国新文学史，周锦，（台北）逸群图书有限公司，1983年11月。

中国现代小说史，田仲济、孙昌熙，山东文艺出版社，1984年1月。

中国现代小说史（下），赵遐秋、曾庆瑞，中国人民大学出版社，1984年3月。

中国现代文学史简编，唐弢主编，人民文学出版社，1984年3月。

中国现代文学史（下），林志浩主编，中国人民大学出版社，1984年4月第2版。

中国现代文学简史，黄修己，中国青年出版社，1984年6月。

中国现代当代文学二百题，冯光廉、朱德发主编，山东文艺出版社，1984年8月。

中国现代文学，叶鹏主编，河南人民出版社，1984年8月。

简明不列颠百科全书（中文版）第6册，中国大百科全书出版社，1986年3月。

简明中国现代文学史，邵伯周主编，天津人民出版社，1986年6月。

中国现代文学作品书名大辞典，周锦，（台北）智燕出版社，1986年9月。

中国大百科全书·中国文学，敏泽，中国大百科全书出版社，1986年11月初。

中国现代文学简明辞典，山东教育出版社，1987年4月。

中西比较文学论集，温儒敏编，北京大学出版社，1987年6月。

中国现代文学手册，文联出版公司，1987年8月。

中国现代文学三十年，钱理群、吴福辉、温儒敏、王超冰编，上海文艺出版社，1987年8月。

中国现代文学，刘济献，黄河文艺出版社，1988年2月。

二十世纪中国两岸文学史，张毓茂主编，辽宁大学出版社，1988年8月。

中国现代文学史，陈安湖、黄曼君主编，华中师大出版社，1988年9月。

中国现代文学史（下册），孙中田主编，高等教育出版社，1988年10月。

中国现代文学发展史，黄修己，中国青年出版社，1988年11月。

中国现代小说流派史，严家炎，人民文学出版社，1989年8月。

中国现代文学词典，徐迺翔主编，广西人民出版社，1989年11月。

中国现代文学史（1917—1989），吴宏聪、范伯群主编，武汉大学出版社，1991年2月。

中国新文学发展史，冯光廉、刘增人主编，人民文学出版社，1991年8月。

二十世纪中国文学，乔福生、谢洪杰主编，杭州大学出版社，1992年12月。

中国现代文学史，凌宇、颜雄、罗成琰主编，湖南师范大学出版社，1993年4月。

中国现代文学史，朱金顺主编，北京师范大学出版社，1996

年7月。

中国现代文学发展史（修订版），黄修己，中国青年出版社，1997年11月。

中国现代文学史·下（修订版），郭志刚、孙中田主编，高等教育出版社，1999年5月。

20世纪中国文学史·上，朱栋霖、丁帆、朱晓进主编，高等教育出版社，1999年8月。

20世纪中国文学史·上（新一版），黄修己主编，中山大学出版社，2004年8月。

（二）综　论

专著（辑）

文坛五十年（续编）·离乱中的小说，曹聚仁，香港新文化出版社，1976年。

传统与革新——钱锺书与中国现代文学，西陀尔·大卫·赫特斯，斯坦福大学博士论文，1977年。

《儒林外史》与现代中国小说的关系，斯卢佩斯基，1977年瑞典诺贝尔基金会编印《诺贝尔专题论丛》第32种《近代中国文学与社会》英文版论文集。

不受欢迎的缪斯——中国文学在上海和北京（1937—1945），管德华，纽约哥伦比亚大学出版社，1980年。

中国现代百部长篇小说论析（下），刘中树等，吉林大学出版社，1986年1月。

记钱锺书与《围城》，杨绛，湖南人民出版社，1986年5月。

艰难的选择，赵园，上海文艺出版社，1986年9月。

钱锺书专辑，黄维梁，《联合文学》(台北)，5卷6期（1989年4月）。

钱锺书小传，胡定邦、黄维梁。

钱锺书先生早年的两封信和几首诗，罗久芳。

在七度空间逍遥——钱锺书谈艺，黄国彬。

从《易》一名三义说到模棱语——《管锥编》读后，黄庆萱。

卷里诗裁白雪高——略论钱锺书对"好诗"的看法，李元洛。

当时年少青衫薄——钱锺书先生的少作，梁锡华。

徐才叔夫人的婚外情——读钱锺书的《纪念》，黄维梁。

钱锺书著作单行本目录，霍玉英。

评论、介绍、访问钱锺书资料目录初编，黄维梁、霍玉英。

钱锺书佚文系年（1930—1948），陈子善。

编者赘语。

钱锺书研究（第1辑），文化艺术出版社，1989年11月

《钱锺书研究》发刊词，《钱锺书研究》第一辑，文化艺术出版社，1989年11月

显学与俗学新解，郑朝宗，《人民日报》，1989年11月3日；《钱锺书研究》第一辑

开启智慧的宝藏——关于《钱锺书研究》创刊的几句话，周振甫，《人民日报》1989年11月3日；《钱锺书研究》第一辑，文化艺术出版社，1989年11月

学养深厚与纵逸自如，傅璇琮，《人民日报》，1989年11月11日；《钱锺书研究》第一辑，文化艺术出版社，1989年11月

实至名归事所必然——写在《钱锺书研究》出版之时，陆文虎，

《文艺报》，1989年11月11日；《钱锺书研究》第一辑，文化艺术出版社，1989年11月

　　编委笔谈，黄裳，《钱锺书研究》第一辑，文化艺术出版社，1989年11月

　　论《围城》的修改，张明亮

　　文人的手眼，黎兰

　　诗化哲学与钱锺书，李洪岩、毕务芳

　　钱锺书喜剧美学思想初探，胡范铸、解志熙

　　钱锺书小说对现代小说史的贡献，夏志清

　　《围城》英译本导言，（美）茅国权、陆文虎译

　　作家兼学者钱锺书的《围城》，（苏）艾德林、陈世雄译

　　钱锺书的《宋诗选注》，（日）小川环树、竺秀威译

　　钱锺书著作目录，一甫

　　《谈艺录》人名别称索引，宁夫

　　钱锺书研究资料目录，西山子

《钱锺书研究》（第2辑），《钱锺书研究》编辑委员会，文化艺术出版社，1990年11月

　　编委笔谈钱锺书、黄克，《钱锺书研究》第二辑

　　钱锺书诗画论，何开四

　　钱锺书对中国书画史论的贡献，李志坚

　　钱锺书编作的分期和系统，张文江

　　谈钱录，范旭仑

　　"类型"散论，臧克和

　　《管锥编》一座中国式魔镜，莫妮卡

　　中西灵犀一点通——钱锺书的《管锥编》，莫妮卡

与钱锺书论比喻——《管锥编》管窥

一种启人心智的文体论——《谈艺录》(补订本)研究之一,范明华

《谈艺录》二题,丁毅

鉴赏诗的典范——《谈艺录》评析《锦瑟》诗,周振甫

碧海掣鲸闲此手,只教疏凿别清浑——略谈《宋诗选注》第二版的修改,陆文虎

形象的哲学及其它——《围城》补论,解志熙

《围城》疏证,范明辉

《围城》十年研究综述,杨芝明

钱锺书先生及译诗,许渊冲

钱锺书和他的《围城》——美国学者论钱锺书,张泉编译,中国和平出版社,1991年11月

钱锺书研究(第3辑),《钱锺书研究》编辑委员会,文化艺术出版社,1992年5月

编委笔谈(三),庞朴、陈子谦

《徐燕谋诗草》序,钱锺书

《围城》疏证(续),范明辉

孤独的泥娃娃——探索《围城》对"中西文化"的思考,张明亮

《围城》主题新论,程致中

《围城》人物命名漫笔,马钧

论《围城》的三次接受高潮及其嬗变,王卫平

钱锺书比喻的特点,田建民

钱锺书论李贺诗谈片,徐传武

灵诗与灵感——读钱锺书《寻诗》诗，赵伯陶

略论古汉语的"相反相成"——《管锥编》部分语言学论述阐发，徐国强

《离骚》中的角色转换，顾农

关于《宋诗选注》注释的几点参考意见，吴宗海

"以象拟象"与《锦瑟》诗——从"钱学"看古代文评兼创作的一种风气和传统，陈子谦

阐释的虚静与视界的溶化——钱锺书评鉴与阐释思想论析，胡范铸

谈钱漫笔，许渊冲

跨文化交流中的钱锺书现象，张泉

钱锺书史学观刍说，林校生

钱锺书先生"六经皆史说"，李洪岩

写在钱锺书先生1957年给我的一封复信之前，孔凡礼

写给《千家诗》的读者，李西亭

关于钱锺书先生的一封信，王绍曾

钱锺书先生三题，巫奇

钱锺书书札书钞（资料），罗厚

附录：钱锺书著作目录（续编），钱锺书研究资料目录（续编）

钱学论，陈子谦，四川文艺出版社，1992年8月

钱锺书研究采辑（1），陆文虎编，生活·读书·新知三联书店，1992年11月

前言

钱学缀要，舒展

倩女离魂法——钱锺书作为中西文化的牵线人，莫妮克

法文版《钱学五论》前言，郁白

喜见钱锺书夫妇，蔡淑卿

读《诗可以怨》，郑朝宗

鉴赏的典范——《谈艺录》论李贺诗，周振甫

钱锺书的《谈艺录》，胡志德

《管锥编》校疏杂志，臧克和

读《中国古代戏曲中的悲剧》，陆文虎

半透明·省略号·隔壁醋——论《围城》写方鸿渐同孙柔嘉的恋爱经过，张明亮

谈钱锺书的《围城》，迮茗

文化的吃——钱锺书《围城》中的一顿饭，黄维梁

读周锦《〈围城〉研究》，孙立川

《围城》的重印和盗印版，黄伊

《围城》电视剧改编者的感悟，孙雄飞

关于电视连续剧《围城》的评论综述，孙琮

钱锺书语言学研究概述，克谐

《围城》研究综述，杨芝明

《写在人生边上》研究综述，马光裕

《人·兽·鬼》研究综述，马光裕

报刊文选：丹青难写是精神——钱锺书论读书治学札记，陈子谦；现象：观察活动与观念体系的根本起点——钱锺书学术与艺术思想研究之一，胡范铸；论《谈艺录》对《随园诗话》的批评，傅明善；钱锺书小说对新文学的杰出贡献，唐金海、张晓云；《围城》与喜剧精神的兴起，余吾金；关于小说《围城》的两篇奇文，章明；《〈管锥编〉索引》读后，傅聚卿

附录：钱锺书先生生平述略，戎一生；钱锺书著译系年（上），方羽；钱锺书研究资料目录，赵大昕；[简讯]运城"钱学"小组活动情况

编后

钱锺书与中国文化精神，臧克和，百花洲文艺出版社，1993年5月

钱锺书的生平与学术，李洪岩，河北教育出版社，1995年5月

写在钱锺书边上，罗思编，文汇出版社，1996年2月

钱锺书研究采辑（2），陆文虎编，生活·读书·新知三联书店，1996年2月

作家钱锺书通论，文尖

论钱锺书语言艺术的特点，（美）张隆溪

《中文总结：管窥锥度杜甫》，莫芝

钱锺书语言研究的当代文化意义，胡河清

"自己攻自己"——读钱锺书先生对其《谈艺录》和《管锥编》的修改，马蓉

中国古典诗学的集大成和传统诗话的终结——读钱锺书《谈艺录》，陆文虎

札记体在《宋诗选注》中的运用，黎兰

钱锺书史学卓识例说，林校生

钱锺书的荒诞文学创作论刍议，郑淑惠

钱锺书的"痴气"初探，马钧

在中专生中普及钱锺书的体会，李伟民

《围城》日译版跋，荒井健

《围城》俄文版再版前言，符·索罗金

"钟嵘症"与"钱锺书征候"——论《围城》的运典隶事，张明亮

最是《围城》多风雨，（澳大利亚）沙予

"写在人生边上"的"人·兽·鬼"——再论钱锺书，迮茗

钱锺书的文体与巧喻——以《上帝的梦》做一分析，黎活仁

报刊文选：反封建的思想锋芒——《钱锺书论学问选》选编札记，舒展；钱锺书论文品与人品——附说钱锺书其人其学，陈子谦；《管锥编》循环阐释论探微，何开四；钱锺书的古代书论研究，姚淦铭；评《〈管锥编〉述说》，白克明

附录：钱锺书研究资料目录（1991—1992年），赵大昕

编后

钱锺书评论（卷一），李洪岩、范旭仑编，社会科学文献出版社，1996年11月

真精神 旧途径——钱锺书的人文思想，胡河清，河北教育出版社，1997年1月

东方睿智学人——钱锺书的独特个性与魅力，王卫平，河北教育出版社，1997年5月

钱锺书语文思辨录，蒋波，湖南师范大学出版社，1997年8月

钱锺书与读书，沈小兰，明天出版社，1997年12月

《管锥编》与杜甫新解，莫芝宜佳著，马树德译，河北教育出版社，1998年1月

钱锺书与近代学人，李洪岩，百花文艺出版社，1998年2月

走出魔镜的钱锺书，王吟风，金城出版社，1999年1月

鲁迅钱锺书平行论，刘玉凯，河北大学出版社，1999年3月

文化昆仑：钱锺书其人其文，李明生、王培元编，人民文学出版社，1999年7月

钱锺书：20世纪的人文悲歌，刘中国，花城出版社，1999年9月

香港文艺之缘，王一桃，当代文艺出版社，1999年10月

十作家批判书，朱大可、吴炫、徐江、秦巴子等著，陕西师范大学出版社，1999年11月

为钱锺书声辩，李洪岩、范旭仑编，百花文艺出版社，2000年1月

"文革"中的钱锺书和杨绛，亚明编，江苏文艺出版社，2001年4月

从辅仁走向世界的钱锺书，徐敏南主编，华东理工大学出版社，2001年6月

古槐树下的钟声——钱著管窥，李洲良，吉林人民出版社，2001年9月

钱锺书与现代西学，季进，上海三联书店，2002年1月

读钱识小，徐达、宋秀丽，河北教育出版社，2002年5月

钱锺书——爱智者的逍遥，龚刚，北京出版社，2005年1月。

论钱锺书，陈子谦，广西师范大学出版社，2005年5月

透视钱锺书，汤溢泽，湖南人民出版社，2006年5月

现代知识分子作家在"群"中的自我体认与改写，张立新，苏州大学博士论文，2007年

钱锺书和他的时代：厦门大学钱锺书学术研讨会论文集，谢泳主编，威资讯科技股份有限公司（台北），2009年4月

单篇论文

石遗室诗话续编，陈衍，无锡国专丛书，1934年。

冯至·钱锺书·卞之琳，丝韦，《新晚报》（香港），1973年10月14日

追念钱锺书先生——兼谈中国古典文学研究之趋向，夏志清，《中国时报》（台北），1976年2月9—10日；夏志清：《人的文学》，（台北）纯文学出版社，1977年版；《秋水》半年刊（香港），总第6期（1979年9月）

"欧洲研究中国协会"简介，《外国研究中国》（4），中国社会科学出版社，1980年5月

美国对中国现代文学的研究，李欧梵，《编译参考》，1980年8期

也谈钱锺书，霍汉姬，《明报》（香港），1981年2月26日

没有改错，戴鸿森，《读书》，1982年1期

四十年代中期的上海文学，唐弢，《文学评论》，1982年3期

钱锺书创作浅尝，柯灵，《星岛晚报》（香港），1983年1月12日

评夏志清《中国现代小说史》，袁良骏，《文艺报》，1983年8月号

钱锺书文艺批评的哲学基础，陈子谦，《厦门大学学报》（哲学社会科学版），1983年增刊

文章例话，周振甫，中国青年出版社，1983年12月1版

风格与人格之关系，胡范铸，《内蒙古师大学报》，1984年4期

钱锺书的最新考证——关于第一首汉译美国诗，陈珏，《文

学报》,1984年4月2日

郑朝宗和《〈管锥编〉研究论文集》,汤晦,《文汇报》(香港),1984年11月3日

《〈管锥编〉研究论文集》读后,马海甸,《大公报》(香港),1984年11月12日

论中国现代小说,李欧梵,《中国现代文学研究丛刊》,1985年3期

普及钱锺书,舒展,《文艺学习》,1986年1期

关于比较文学研究方法的思考——《管锥编》《攻玉集》读后偶记,孙景尧,《广西大学学报》(哲学社会科学版),1986年1期

钱锺书、杨绛著译书目,《中国现代作家著译书目续编》,北京图书馆书目编辑组编,书目文献出版社,1986年4月

中国比较文学的现状与前景,乐黛云,《中国社会科学》,1986年2期

美国作家论钱锺书,冈恩·E.著,张家译,《译海》,1986年3期

文化昆仑——钱锺书——关于刻不容缓研究钱锺书的一封信,舒展,《随笔》,1986年5期

从钱锺书到济公与《道德经》,宋大雷,《新观察》,1986年8期

一代学者钱锺书,林湄,《深圳风采》,1986年11期

"稀有金属"钱锺书,韩三州,《教工月刊》,1986年11期

画龙点睛,恰到好处——读《记钱锺书与〈围城〉》,郑朝宗,《文艺报》,1986年8月23日;收入《海滨感旧集》

首倡"钱学"研究风的学者郑朝宗及其《梦痕录》,黎宗科,《新晚报》(香港),1986年10月9日

浅论钱锺书,丁平,《中国现代作家论》,昭明出版社(香港),

1986 年 9 月

负暄录，黄裳，湖南人民出版社，1986 年 12 月

一点建议，石三夫，《随笔》，1987 年 1 期

论四十年代的讽刺文学及其知识分子形象，陈平原，《学术研究》，1987 年 2 期

研究钱锺书势在必行，王国清，《随笔》，1987 年 2 期

对普及"钱学"的一点看法，王若，《随笔》，1987 年 2 期

钱锺书以默获存——细说三十年代文学，姜穆，《文艺月刊》（台湾），1987 年 7—9 期

曲高自有知音——访周振甫先生，钱宁，《人民日报》，1987 年 1 月 12 日

请读一点钱锺书，陆文虎，《文艺报》，1987 年 2 月 28 日

钱锺书其人其书，陆文虎，《解放军报》，1987 年 3 月 15 日

八尺楼小简，柯灵，《人民日报》，1987 年 5 月 25 日

漫谈"普及钱学"，吴志实，《北京日报》，1987 年 7 月 10 日

中西比较文学手册·钱锺书，上海外语学院外国语言文学研究所编，四川人民出版社，1987 年 9 月

东西文化夹缝中的中国现代知识分子——兼论四十年代讽刺文学，陈平原，《在东西方文化碰撞中》，浙江文艺出版社，1987 年

钱学管窥，李洪岩，《山东大学研究生通讯》，1988 年 1 期

钱学二题，郑朝宗，《厦门大学学报》（哲学社会科学版），1988 年 3 期

弗洛伊德主义在中国现代文学中的影响与流变，王宁，《北京大学学报》，1988 年 4 期

钱锺书的创作生命，何志韶，《钱锺书：当代世界小说家读

本四八》，光复书局股份有限公司（台北），1988年2月

向青年朋友介绍一位大学者，李洪岩，《天津青年报》，1988年1月23日

中国现代文学采英，沈振煜、李守仍、吴健波，湖北教育出版社，1988年3月

中国现代文学漫话，郭志刚，知识出版社，1988年6月

新文学现实主义的流变，温儒敏，北京大学出版社，1988年6月

文化冲突与审美选择，杨义，人民文学出版社，1988年9月

诺贝尔奖与文学批评，黄维梁，《我的副产品》，明窗出版社（香港），1988年

钱锺书轶文系年（1930—1948），陈子善，《联合文学》（台北），5卷6期（1989年4月）

四十年代讽刺小说的叙述方式，王卫平，《文学评论》，1989年5期

文学之观念、思想、语言的传承——钱锺书学术、艺术思想研究之二，胡范铸，《华东师范大学学报》（哲学社会科学版），1989年6期

反封建的思想锋芒——读钱锺书学术著作札记，舒展，《大公报》（香港），1989年6月21日—25日

比较文学及其在中国的兴起·钱锺书，刘献彪，广西人民出版社，1989年11月

关于钱锺书研究的通信，陆文虎，《风格与魅力》，解放军出版社，1989年

浅论钱锺书：《信》、《卖弄》、《钱锺书创作浅尝》（即《钱锺

书的风格与魅力》),柯灵,《随笔》,1990年1期

关于重写文学史,唐弢,《求是》,1990年2期

细读法和钱锺书的微观批评,甘建民,《铁道师院学报》,1990年4期

在历史风雨中突进的现实主义——《中国新文学大系》1938年—1948年长篇小说序言,荒煤、洁泯,《河北师院》,1990年4期

现象:观察活动与观念体系的根本起点——钱锺书学术思想与艺术思想研究之一,胡范铸,《复旦学报》,1990年5期

钱锺书小说对新文学的杰出贡献,唐金海等,《复旦学报》,1990年5期

现代作家的存在探寻——存在主义与中国现代文学,谢志熙,《文学评论》,1990年5、6期

妙乎?拙乎?——与水晶先生论钱锺书,张如忆,《博览群书》,1990年10期

钱锺书和他的著作,胡范铸,《语文学习》,1990年11期

"钱学"研究的里程碑——读《钱锺书研究》创刊号,马海甸,《大公报》(香港),1990年1月1日

钱学十年,黄维梁,《星岛日报》(香港),1990年1月20日

钱锺书风格一窥,张政明,《解放日报》,1990年2月17日

柯灵论钱锺书,其佩,《新民晚报》,1990年2月24日

钱锺书研究的一个窗口林韵,《文汇读书周报》,1990年2月26日

钱锺书研究已成热点,《文摘周报》,1990年3月14日

关于钱锺书研究的"雅"与"俗",张文江,安迪,《文汇读书周报》,1990年3月17日;《文摘报》,1990年3月29日

我看"钱学",张家彦,《书报导刊》,1990年5月25日

读书札记,林默涵,《人民日报》,1990年5月31日

从《围城》说到读书及读书人,黄强华,《文汇报》,1990年11月2日

国内外钱锺书研究概况,张文江,《文汇读书周报》,1990年11月17日

虚怀若谷 舍己耘人——读钱锺书的一封近札,陈诏,《文学报》,1990年12月6日

钱锺书夫妇幽默记略,刘孝存,《北京日报》,1990年12月8日

汉语文字与审美心理,臧克和,学林出版社,1990年1月

《西方文艺思潮与二十世纪中国文学》序,乐黛云,《西方文艺思潮与二十世纪中国文学》,中国社会科学出版社,1990年11月

弗洛伊德主义与二十世纪中国文学,王宁,《西方文艺思潮与二十世纪中国文学》,中国社会科学出版社,1990年11月

钱锺书散论,胡河清,《南京社会科学》,1991年1期

超越文学派别观念的界障:钱锺书学术与艺术思想研究,胡范铸,《北方论丛》,1991年2期

中西文化合流中的蜕变人格及其人生,宋延平,《辽宁师范大学学报》,1991年2期

钱锺书论语言谐趣,臧克和,《青岛大学学报》,1991年3期

风格:真伪的认识与现象的发覆:钱锺书学术与艺术思想研究之四,胡范铸,《华东师范大学学报》(哲学社会科学版),1991年4期

翻译:语言墙壁的凿通与人类文化的互文——钱锺书学术与

艺术思想研究之五，胡范铸，《暨南学报》(哲学社会科学)，1991年3期

关于钱锺书和中国现代文化的对话，谷梁，《上海文论》，1991年4期

钱锺书语言研究的当代文化意义，胡河清，《上海文学》，1991年9期

钱锺书论，胡志德，《钱锺书和他的〈围城〉》，中国和平出版社，1991年11月

漫话钱锺书，何开四，《四川日报》，1991年1月5日、12日、19日、26日

漫谈《围城》与"钱学"，罗新璋、李世耀、李洪岩，《北京日报》1991年6月22日

钱锺书"锺书"述略，陆文虎，《光明日报》，1991年9月7日

阐释之循环——钱锺书初论，季进，《阴山学刊》，1992年1期

钱锺书论文品与人品——附论钱锺书其人其学，《峨眉》，1992年1期

诗文反差——聂绀弩与钱锺书，李延华，《美文》，1992年2期

论"穷而后工"及其原因——读钱札记，徐达，《贵州社会科学》，1992年3期

试论钱锺书的比较文学观，宁云峰，《运城高专学报》，1992年3期

钱锺书研究述评，陈斌，《社科信息》，1992年5期

温理论观墨迹——钱锺书论书与画，李伟民，《写字报》，1992年5月22日

近年来钱锺书研究综述，沈荣英，《中文自学指导》，1993年

4期

喻苑巨擘——浅论钱锺书在比喻理论上的杰出贡献，李忠初，《湘潭大学学报》（社会科学版），1994年1期

从不同语体看钱锺书的语言风格，黄鹤，《暨南学报》（哲学社会科学），1994年1期

新时期十五年的中国现代文学研究，严家炎，《唐都学刊》，1994年4期

钱锺书的天才，韩毓海，《当代作家评论》，1994年4期

钱锺书论，胡河清，《当代作家评论》，1994年第4期

读钱解鲁，刘玉凯，《鲁迅研究月刊》，1994年5期

沉郁：士大夫文化心理的积淀，林继中，《文艺理论研究》，1994年6期

再论钱锺书比喻的特点，田建民，《河北大学学报》（哲学社会科学版），1995年1期

中国现代文化人形象的自我塑造，赵学勇，《兰州大学学报》（社会科学版），1995年1期

钱锺书痴气初探，马钧，《贵州大学学报》（哲学社会科学版），1995年2期

郑朝宗与"钱学"研究，陈师雄，《文艺理论与批评》，1995年2期

人格探察与幽默品格：钱锺书的幽默艺术，舒象宝，《中南民族学院学报》（哲学社会科学版），1995年5期

钱锺书先生之人格与风格，陆文虎，《大地》，1995年11期

关于《钱锺书研究丛书》的通信，李洪岩，《大公报》（香港），1995年10月24日

关于"诗史互证"——钱锺书与陈寅恪比较研究之一，李洪岩，《贵州大学学报》（社会科学版），1996年4期

钱锺书"逃名"的文化内涵，刘玉凯，《河北大学学报》（哲学社会科学版），1996年S1期

钱锺书学术思想中文人自律意识述要（上），孙小著，《六安师专学》（综合），1997年1期

钱锺书与比较诗学，胡亚敏，《中国现代文学丛刊》，1997年3期

管锥之连类取比——钱锺书著述思维论证特色，谢会昌，《贵阳金筑大学学报》，1997年4期

西南联大的学术传统，谢泳，《东方艺术》，1997年4期

试论钱锺书对古典诗学的阐析及其论诗特色，《学术论坛》，1997年4期

论钱锺书的文学创作，舒建华，《文学评论》，1997年6期

钱锺书识略，孙郁，《当代作家评论》，1997年6期

钱锺书的"隐"趣，孙郁，《北京政协》，1997年10期

陈寅恪与钱锺书：一个隐含的诗学范式之争，胡晓明，《华东师范大学学报》（哲学社会科学版），1998年1期

钱锺书对中国小说的研究略论，孔庆茂，《河南师范大学学报》（哲学社会科学版），1998年2期

钱锺书对中国讽刺幽默文学的贡献，王卫平，《贵州大学学报》（社会科学版），1998年2期

钱锺书对传统政治文化的思考与扬弃，孙小著，《六安师专学报》（综合版），1998年第2期

"钱学"——心理求同之人学，尚乐林，《甘肃社会科学》，1998年6期

钱锺书研究集刊（第一辑），冯芝祥编，上海三联书店，1999年1月

论钱学的基本精神和历史贡献——纪念钱锺书先生，敏泽，《文学评论》，1999年3期

钱锺书论略，李之林，《广西社会科学》，1999年4期

追寻"大象无形"的美学理想——关于钱锺书的文学理论发现，殷国明，《嘉应大学学报》（哲学社会科学），2000年1期

20世纪学者随笔略论，喻大翔，《中国现代文学研究丛刊》，2000年1期

读钱锺书札记——理论思维的形象性，舒展，《民主》，2000年3期

钱锺书的生存境界与人格力量，杨乃乔，《文艺争鸣》，2000年3期

从"钱锺书热"看中国文化界的悲剧，汤溢泽，《衡阳师范学院学报》，2000年4期

钱锺书小说创作心态管窥，伏涤修，《淮海工学院学报》，2000年9月专刊

钱锺书研究集刊（第二辑），冯芝祥编，上海三联书店，2000年12月

钱锺书、王朝闻文艺美学研究的比较，於贤德，《汕头大学学报》（人文科学版），2001年4期

论钱锺书对道家思想和西方近现代哲学的兼容与开拓，田萱，《陕西经贸学院学报》，2001年4期

欧美"钱学"述要，龚刚，《中华读书报》，2001年7月18日

冷嘲与热讽——钱锺书与王蒙的幽默艺术风格比较，余海乐，

《广西师院学报》(哲学社会科学版),2002年1期

困惑的知识分子——钱锺书与索尔·贝娄之比较,李秀艳,《延边大学学报》(社会科学版),2002年2期

批判与超越——论钱锺书独立的文化意识,赵红,《长安大学学报》(社会科学版),2002年2期

钱锺书与鲁迅能够比肩吗,洪耀辉、韩鲁华,《陕西广播电视大学学报》,2002年3期

论钱锺书与形式批评,季进,《中国现代文学研究丛刊》,2002年3期

钱锺书的修辞观,高万云,《修辞学习》,2002年4期

钱锺书对莱辛《拉奥孔》的超越——兼评对钱锺书学术成就的贬低,吴俊,《贵州教育学院学报》(社会科学版),2002年4期

钱锺书悲剧意识初探——兼与鲁迅比较,李晓刚,《陕西经贸学院学报》,2002年5期

难以使人信服的批评——论蒋寅先生评钱锺书诗及其他,刘梦芙,《博览群书》,2002年8期

论钱锺书对知识分子精神世界的批判与建构,赵红,《理论导刊》,2002年8期

钱锺书研究集刊(第三辑),冯芝祥编,上海三联书店,2002年12月

也说钱锺书,杨志杰,《人民日报》(海外版),2002年6月28日

中西交流文化为先,潘治,《新华每日电讯》,2002年11月10日

"打造"与"解构"——徐复观与钱锺书对中国古代文论研究的不同范式,王守雪,《河南师范大学学报》(哲学社会科学版),

2003年2期

留学背景与现代文学的开放，郑春，《文学评论》，2003年4期

鲁迅、钱锺书翻译思想比较，任淑坤，《河北大学学报》（哲学社会科学版），2003年4期

论钱锺书《中国文学小史序论》中的文学史观，许龙，《福建师范大学学报》（哲学社会科学版），2003年4期

斯人去后世界空——钱学答问：再谈正确理解钱锺书，陈子谦，《社会科学研究》，2003年4期

近20年大陆"钱锺书热"的文化剖析，胡慧翼，《学术探索》，2003年10期

大陆二十年"钱锺书热"的文化剖析，胡慧翼，《河北学刊》，2003年4期

论鲁迅与钱锺书小说对中国女人"无妻性"问题的思考，隋清娥，《山东社会科学》，2004年2期

学术昆仑同仰止——"钱锺书与中国现代学术"研讨会述评，黄志浩，《江南大学学报》（人文社会科学版），2004年3期

关于"钱学"的观察与思考，刘梦芙，《江南大学学报》（人文社会科学版），2004年4期

与文化同在——论钱锺书对中国现代学术之启示兼及钱氏文化性格，肖向东，《甘肃社会科学》，2004年4期

钱锺书与现代中国学术，杨义，《甘肃社会科学》，2004年4期

钱锺书与中国现代学术，杨义，《文汇报》，2004年4月4日

钱锺书与中国现代学术研讨会综述，黄志浩整理，《文学评论》，2004年5期

论陈寅恪与钱锺书的"诗史"之争,左汉林,《湖北社会科学》,2004年10期

钱锺书诗学研究的现代启示,黄志浩,《甘肃社会科学》,2005年1期

钱学研究门外谈,刘梦芙,《甘肃社会科学》,2005年1期

文学阐释与心理分析——钱锺书文学阐释思想研究之一,李清良,何书岚,《湖南师范大学社会科学学报》,2005年3期

钱锺书小说的思想意蕴探讨,黄志军,《西安文理学院学报》(社会科学版),2005年3期

五十年代的四位著名知识分子,谢泳,《党史纵横》,2005年4期

钱锺书:知识分子命运的时代烙印,谢泳,《中国新闻周刊》,2005年48期

钱锺书与比较文学,王华云,《语文学刊》(高教版),2006年1期

论钱锺书对人类理性能力的质疑与反思,罗新河,《船山学刊》,2006年4期

学者怎样成为文化桥梁,刘琼、杨雪梅,《人民日报》,2006年8月28日

论钱锺书对人类理性能力的质疑与反思(下),罗新河,《船山学刊》,2007年1期

钱锺书和马一浮学术态度比较,刘炜,《江南大学学报》(人文社会科学版),2007年1期

钱锺书论老子,张隆溪,《中国文化》,2007年2期

陈寅恪与钱锺书学术思想及治学方法之比较,刁生虎,《史学月刊》,2007年2期

对圣化钱锺书的"钱学"学者的质疑,汤溢泽,《湖南社会

科学》，2007年2期

钱锺书——现代人性的思考者与表现者，吕周聚，《山东师范大学学报》(人文社会科学版)，2007年6期

钱锺书两篇英文文章所引起的论争，田建民，《中国现代文学研究丛刊》，2007年6期

西南联大给我们留下了什么？——从陈寅恪、钱锺书、杨振宁等说起，谢泳，《传承》，2008年1期

"钱周学案"与文学史书写的两种可能性，魏英，《安庆师范学院学报》(社会科学版)，2008年2期

诗成异曲诧同工——试论钱锺书的文学素养对其文学批评的潜在影响，陈颖，《社科纵横》，2009年1期

论钱锺书杨绛小说的婚恋模式与互文性，黄志军，《泉州师范学院学报》，2009年5期

哲学视野中的艺术语言观念迁转论，甘锋，《云南社会科学》，2009年5期

从文学身份视角论20世纪学者散文经典，王雪，《沈阳师范大学学报》(社会科学版)，2009年5期

唐君毅和钱锺书：文化诗学的异同，侯敏，《宜宾学院学报》，2009年10期

钱锺书与陈衍诗论之异同，侯长生，《社会科学论坛》(学术研究卷)，2009年6期

诗、画、乐：瑞恰慈与钱锺书评论之比较，许丽青，《福建论坛》(社科教育版)，2009年12期

怨恨：中国现代十位小说家文化反思的现代性体验，王明科，山东师范大学博士论文，2006年

从同一性走向一体性，许扬男，湖南大学硕士论文，2009年

钱锺书与前期海德格尔，黎兰，《厦门大学学报》（哲学社会科学版），2010年1期

（三）生平和思想研究

专著（辑）

干校六记，杨绛，三联书店，1981年7月

钱锺书文艺批评中的辩证法探要，陈子谦，福建人民出版社，1984年2月

《钱锺书传记资料》第1辑，（台北）天一出版社，1985年

钱锺书这个人，秦贤次

魔鬼夜访钱锺书先生，（上、中、下），罗青

钱锺书印象，庄因

关于《钱锺书印象》的补充，庄因

也谈费孝通和钱锺书，周榆瑞

会见钱锺书，夏志清

回忆两篇，杨绛，湖南人民出版社，1986年5月

钱锺书致黄裳书笺《霞》，人民日报出版社，1986年9月

师友篇，金兆，（台北）联经出版事业公司，1987年

碧海掣鲸录——钱锺书美学思想的历史演进，何开四，成都出版社，1990年3月

钱锺书杨绛研究资料，田惠兰等编，华中师范大学出版社，1990年4月

钱锺书，（美）胡志德著，张晨等译，中国广播电视出版社，

1990年12月

钱锺书人生妙语，高雪编，甘肃人民出版社，1991年4月

钱锺书艺术人生妙语录，君华编，海峡文艺出版社，1992年2月

痴气人生（钱锺书灵魂生意经），大宁编，内蒙古大学出版社，1992年2月

钱锺书传稿，爱默，百花文艺出版社，1992年3月

钱锺书传，孔庆茂，江苏文艺出版社，1992年10月

钱锺书学术思想研究，胡范铸，华东师范大学出版社，1993年5月

文化昆仑——钱锺书传，张文江，业强出版社（台北），1993年6月

营造巴比塔的智者——钱锺书传，张文江，上海文艺出版社，1993年12月

记钱锺书先生，牟晓朋、范旭仑编，大连出版社，1995年11月

钱锺书杨绛研究资料集，田蕙兰等选编，华中师范大学出版社，1997年1月

钱锺书与杨绛，孔庆茂，海南国际新闻出版中心，1997年3月

名家简传书系·钱锺书，孔庆茂，中国华侨出版社，1998年7月

一寸千思：忆钱锺书先生（修订本），何晖、方天星编，辽海出版社，1999年4月

不一样的记忆——与钱锺书在一起，沉冰主编，当代世界出版社，1999年8月

精神的光芒：一代人的心灵历史，刘智峰主编，中华工商联

合出版社，1999年9月

丹桂堂前——钱锺书家族文化史，孔庆茂，长江文艺出版社，2000年9月

民国第一才子钱锺书，汤晏，时报文化出版企业股份有限公司，2001年12月

无锡时期的钱基博与钱锺书，刘桂秋，上海社会科学院出版社，2004年3月

我认识的钱锺书，吴泰昌，上海文艺出版社，2005年4月

一代才子钱锺书，汤晏，上海人民出版社，2005年5月

钱锺书诗学思想研究，许龙，中国社会科学出版社，2006年3月

静一学术论丛·熊十力陈寅恪钱锺书阐释思想研究，李清良，中华书局，2007年4月

和钱锺书同学的日子，韩石山编，陕西人民出版社，2007年7月

听杨绛谈往事，吴学昭，生活·读书·新知三联书店，2008年10月

单篇论文

钱锺书杨绛夫妇，赵景深：《文坛忆旧》，北新书局，1948年4月初版，上海书店1983年12月影印

上海文艺界的一个盛会，赵景深：《文坛忆旧》，北新书局，1948年4月初版，上海书店1983年12月影印

忆钱锺书，邹文海，《传记文学》，第1卷1期，1962年7月

忆吴雨僧教授，杨树勋，《传记文学》，1卷5期，1962年10

月

才情并茂的钱锺书，黄俊东：《现代中国作家剪影》，友联出版社（香港），1972年12月

钱锺书的生平和著述，麦炳坤，《明报月刊》，11卷8期（1976年8月）

新月诗派及其作者列传，秦贤次，《诗学》2辑，1976年10月

钱锺书，李立明：中国现代六百作家小传，波文书局，1977年10月初版

钱锺书在意大利（文化短讯），康祥，《明报月刊》，第13卷第10期，1978年

有关钱锺书的一些资料，马力、黎治仁，《开卷》，1卷7期（1979年2月）；2卷1、2期（1979年8、9月）

重会钱锺书纪实，夏志清，《中国时报》，1979年6月16—17日；夏志清：《新文学的传统》，时报文化出版公司，1979年

钱锺书访哥大侧记，汤晏，《南北极》总109期，1979年6月

钱锺书、杨绛访问记，赵昌春，《新晚报》，1979年7月19日

侍钱"抛书"杂记——两晤钱锺书先生，水晶，《明报月刊》，1979年7期

我所认识的钱锺书，方丹，《明报月刊》，1979年8月

念人忆事·钱锺书，盛澄华、徐訏，《明报月刊》，15卷4期（1980年4月）

写在钱锺书边上，黄维梁，《明报》，1980年6月21日

朝着痛苦的微笑，大卫·霍克斯，《泰晤士报文学增刊》，1980年6月27日

钱锺书京都座谈记，孔芳卿，《明报月刊》，1981年1月

七情以外一情，吴其敏，《大公报》，1981年11月5日

钱锺书杨绛印象，邓国治，《中报月刊》总24期，1982年1月；《中新通讯社》，1983年1期；《人物》，1983年5期

关于《管锥编》的作者，黄裳：《榆下说书》，三联书店，1982年2月

槐聚词人——一篇积压三十年的报道，黄裳：《榆下说书》，三联书店，1982年2月

在三里河，黄裳：《花步集》，花城出版社，1982年5月

钱锺书访问记，彦火：《当代中国作家风貌续编》，昭明出版社（香港），1982年1版

京华三日记，郑朝宗：《护花小集》，福建人民出版社，1983年3月

记拜访钱锺书先生，林疋，《当代文艺》，1983年3月

编辑杂忆，赵家璧，《人民日报》，1983年4月22日

钱锺书论愧，唐琼，《京华小记》，三联书店，1983年8月出版

清华的回忆，饶余威：《清华大学第五级学生毕业五十周年纪念》，1984年

钱锺书美学思想的历史演进，何开四（硕士论文），《(管锥编)研究论文集》，福建人民出版社，1984年4月

钱锺书先生印象记，李金波，《团结报》，1984年11月3日

他们在读什么书？《瞭望》，1985年1期

邻壁之光，顾承甫，《读书》，1985年1期

钱锺书先生谈文学,杨昆岗,《香港文学》,1985年10月号

我就是财富,陈祖芬,《报告文学》,1985年12期

钱锺书《谈艺录》美学思想初探,何开四,《文艺论丛》21辑,上海文艺出版社,1985

一个开拓者的生活道路——记中国科学院学部委员钱钟韩教授,闵卓,《人物》,1986年5期

丙午丁未纪事——乌云与金边,杨绛,《收获》,1986年6期

陈石遗先生二三事,许莘农、陈松英,《文教资料》,1986年6期

落索身名免谤增——钱锺书谢绝龙喻,舒展,《人民日报》,1986年3月27日

钱锺书发表对诺贝尔文学奖的看法,《文艺报》,1986年4月5日

钱锺书访问记,吴明,《人民日报》(海外版),1986年8月22日

杨绛谈钱锺书,《文汇报》,1986年8月30日

话说"干校女侠三戏管锥道人",司马玉常,《羊城晚报》,1986年9月6日

不知世事的"痴人"——钱锺书,王里,《书刊导报》,1986年10月2日

书名——孙犁印象记,韩映山,《北京晚报》,1986年10月13日

舒展提出建议设立钱锺书研究所,《文汇报》,1986年11月29日

补谈八股文,曹聚仁,《中国学术思想史随笔》,生活·读书·新知三联书店,1986年6月

师友杂忆钱穆，岳麓书社，1986 年 7 月

怀旧，郑朝宗，《随笔》，1987 年 1 期；郑朝宗，《海滨感旧集》，厦门大学出版社 1988 年 6 月版

续怀旧，郑朝宗，《随笔》，1987 年 2 期；郑朝宗，《海滨感旧集》，厦门大学出版社 1988 年 6 月版

钱锺书——关注意大利文学的作家和学者，朱·白佐良，《世界文学》，1987 年 3 期；《钱锺书研究》第一辑，文化艺术出版社，1989 年 11 月

钱锺书为何用文言著述，舒展，《文艺学习》，1987 年 3 期

写《围城》的钱锺书，杨绛，《博览群书》，1987 年 12 期

文学界精英——介绍钱锺书，石席生，《书讯报》，1987 年 1 月 26 日、2 月 2 日、2 月 9 日

钱锺书的名字与"抓周"，林韵，《文汇读书周报》，1987 年 2 月 7 日

钱锺书的被发现，阿兰·佩罗纳，《世界报》（法），1987 年 2 月 13 日

《管锥编》作者的自白，郑朝宗，《人民日报》，1987 年 3 月 16 日；收入《海滨感旧集》

钱氏三兄弟的心愿，胡国华、杨远虎，《瞭望》，1987 年 4 月 13 日

李健吾与《文艺复兴》，唐湜，《文艺报》，1987 年 8 月 1 日

钱锺书与杨绛，邓伟，《中国文化报》，1987 年 10 月 14 日

学贯中西 笔纵古今——钱锺书传略，郝立群，《书讯导报》，1987 年 10 月 29 日、11 月 5 日

钱锺书，邓伟，《中国文化人影录》，三联书店，1987 年出版

忧愤与超越的美学：文艺美学理论家钱锺书，温德夫，《沈阳师范学院学报》，1988年2期

谐谑论：钱锺书美学思想研究之一，胡范铸，《华东师大学报》，1988年2期

原怨——释"诗可以怨"，陆文虎，《文学自由谈》，1988年3期

记钱锺书先生，吴忠匡，《随笔》，1988年4期

关于钱锺书的新月书评，T.赫特斯著，张泉译，《批评家》，4卷5期，1988年9月

浅论钱锺书"忧世伤生"的爱国主义思想，张顺发，《贵州大学学报》（季刊），1988年4期

才气纵横学贯中西的钱锺书，秦贤次，《钱锺书：当代世界小说家读本四八》，光复书局股份有限公司，1988年2月

钱锺书年表，秦贤次，《钱锺书：当代世界小说家读本四八》，光复书局股份有限公司，1988年2月

书本以外的钱锺书，林韵，《文汇读书周报》，1988年8月13日

超越生死的文学因缘，陈福康，《人民日报》，1988年8月27日

学人说钱锺书，朱仲蔚，《团结报》，1988年10月8日；《文汇读书周报》，1988年10月29日

青年钱锺书，其佩，《新民晚报》，1988年10月15日

学识赛五车 耿介一书生——记钱锺书先生，《文摘报》，1988年10月20日

书痴访奇人，杜渐，《大公报》（香港），1988年10月30日——

11月2日

"奇怪"的钱锺书，文朴，《武汉日报》，1988年12月13日

钱锺书先生的一封信，《龙门阵》，1989年3期

促膝闲话中书君，柯灵，《读书》，1989年3期;《联合文学》(台北)，5卷6期(1989年4月);《钱锺书研究》第1辑

百无一用是书生，金克木，《读书》，1989年5期

钱锺书之谜，杨江源，《当代文坛》，1989年5期

朝花夕拾的金子，阿黄，《博览群书》，1989年12期

钱锺书手不释卷，杨绛，《瞭望》，1989年2月6日

走在人生边上，其佩，《新民晚报》，1989年3月4日

读书如经商，商友敬，《新民晚报》，1989年8月28日

一本专门研究钱锺书的学术丛刊将问世，《文艺报》，1989年9月9日

作家的家，徐红，《文学报》，1989年10月19日

黄蜀琴二次拜访钱锺书夫妇，《上海文化艺术报》，1989年10月24日

钱锺书妙语解颐，曹双木，《扬子晚报》，1989年11月2日

影人行踪，《扬子晚报》，1989年11月6日

最甘寂寞的老人，如水，《人民政协报》，1989年11月21日

研究钱锺书，咏涛，《新民晚报》1989年11月28日

《钱锺书研究》创刊出版，《中国新闻》，1989年12月2日

谈谈《钱锺书研究》，陆文虎，《中国青年报》，1989年12月3日

《钱锺书研究》创刊出版，《文汇报》，1989年12月5日

《钱锺书研究》创刊出版，《文学报》，1989年12月7日

钱锺书的名字，志林，《周末报》，1989年12月9日

喜见《钱锺书研究》创刊，李洪岩，《人民日报》，1989年12月19日

《钱锺书研究》创刊，《北京晚报》，1989年12月30日

钱锺书，敏泽，《中国当代美学家》，河北教育出版社，1989年8月

淡泊自守的钱锺书，季进，《国文天地》，1990年1期；《文史知识》，1990年10期

钱锺书比喻论及其文艺美学思想，夏文，《当代文坛》，1990年2期

读《钱锺书研究》，吴相，《博览群书》，1990年4期

我所崇拜的钱锺书，孙雄飞，《文化与生活》，1990年6期

绘人物真像，写人间真情——读杨绛散文集，谭解放，《博览群书》，1990年10期

书癖钻窗，诗情绕树：上海友人漫说钱锺书，鲁萍、王为松，《语文学习》，1990年11期

钱锺书先生一面，谷苇，《语文学习》，1990年11期

国学大师钱锺书与他的夫人杨绛，王自力，《爱情婚姻家庭月刊》，1990年12期

淡泊的钱锺书，米舒，《新民晚报》，1990年2月6日

开采"宝山"，中华尚有人在——《碧海掣鲸录：钱锺书美学思想的历史演进》编后，陈伯，《文艺报》，1990年3月10日

钱锺书与田翠竹通信，田翠竹，《今晚报》，1990年4月8日

两种回忆，查志华，《书讯报》，1990年6月18日

钱先生禀性改也难，舒展，《大公报·大公园》(香港)，1990

年9月30日;《海上文坛》1990年1期

但求宁静:钱锺书先生近况,如水,《人民日报》(海外版),1990年11月20日

寿钱锺书先生八十,刘永翔,《新民晚报》,1990年11月21日

钱锺书先生在暨大,林子清,《文汇读书周报》,1990年11月。

秋天里的钱锺书,吴泰昌,《新民晚报》,1990年12月2日;《散文选刊》,1991年3期

孜孜不倦,落索自甘:钱锺书夫妇印象记,徐泓,《紫荆月刊》(香港),1991年5期

钱锺书的"禅境"说,郑淑慧,《文艺研究》,1991年1期;《现代传播》,1991年2期

钱锺书的偶合观,王生平,《甘肃社会科学》,1991年1期

中国文坛"奇人"钱锺书,石遥,《半月谈》(内部版),1991年2期

《管锥编·毛诗正义》中的文艺观,许厚今,《安庆师范学院学报》,1991年2期

关于《关于〈围城〉的若干史实》,黄维梁,《香港文学》,1991年4期

钱锺书不期然地面对世界,深林,《大学生》,1991年6期

超尘脱俗的钱锺书伉俪,徐泓,《家庭》,1991年7期

电视剧《围城》播出后钱锺书感叹道:为什么不让我安静一会儿,《报刊文摘》,1991年1月15日

秋天里钱锺书,吴泰昌,《新民晚报》,1991年1月23日

和钱锺书先生的交往,黄伊,《经济日报》,1991年3月31日

钱锺书的"玉葱",胡河清,《文汇读书周报》,1991年7月

6 日

大音无声 大智若愚——文化昆仑钱锺书先生，王东明，《书刊导报》，1991 年 9 月 19 日

幽默是水做的——钱锺书美学思想小识，马新，《青海日报》，1991 年 11 月 16 日

钱锺书文论浅释之七，吴益民，《宜昌师专学报》，1992 年 2 期

我所浅知的钱锺书先生点滴，舒展，《随笔》，1992 年 3 期

吴宓与钱锺书，张君宝，《博览群书》，1992 年 4 期

钱锺书杨绛的恋爱经过，孔庆茂，《书摘》，1992 年 4 期

吴组缃畅谈钱锺书，李洪岩，《人物》，1992 年 5 期

襟怀——记钱锺书先生二三事，樊国安，《散文》，1992 年 9 期

钱锺书先生琐事，黄伊，《北京日报》，1992 年 8 月 15 日

钱锺书的天命批判，胡河清，《贵州大学学报》（社会科学版），1993 年 2 期

我写《钱锺书传》，张文江，《文汇读书周报》，1993 年 10 月 23 日；《书城杂志》，1994 年 1 期

钱锺书世界的文化阐释——谈张文江著《钱锺书传》，王水照，《文汇读书周报》，1994 年 1 月 22 日

钱锺书和他的美学思想，许金如，《社科信息》，1994 年 4 期

钱锺书和《围城》的一段忆旧，沈立人，《书与人》，1994 年 5 期

魔镜里的钱锺书，张建术，《传记文学》，1995 年 1 期；《读者》1995 年 6 期

钱锺书翻译美学思想初探，李晓霞、周文，《张家口师专学报》（社会科学版），1995 年 1 期

钱锺书史学思想三题，林校生，《史学理论研究》，1995年4期

人格探察与幽默品格——钱锺书的幽默艺术，舒象宝，《中南民族学院学报》(哲学社会科学版)，1995年5期

钱锺书大隐于书，赵宗符，《今晚报》，1995年4月19日

钱锺书与西南联大，谢泳，《博览群书》，1996年9期；《新闻出版交流》，1996年6期

五本钱锺书评传，伍立杨，《博览群书》，1996年6期

钱锺书，高莽，《南方周末》，1996年1月19日

怀念英国现代派诗人燕卜逊先生——西南联大回忆录之一，赵瑞蕻，《文汇读书周报》，1996年2月3日

追忆似水年华——西南联大回忆录之一，许渊冲，《文汇读书周报》，1996年3月2日

钱锺书：书生气又发作了，谢泳，《粤海风》，1998年8期

钱锺书美学思想初探，许金如，《江南论坛》，1999年4期

经典诠释与中西比较——对王国维、陈寅恪、钱锺书有关思想的一点讨论，冯川，《西南民族学院学报》(哲学社会科学版)，2000年1期

钱锺书学术思想中文人自律意识述要，孙小著，《江海学刊》，2000年2期

钱锺书眼里的周作人，何尔光，《中国现代文学研究丛刊》，2000年2期

如何对得起钱锺书先生和读者，陈福康，《中华读书报》，2000年6月21日

钱锺书改诗，吴宗海，《团结报》，2000年7月8日

钱锺书拒绝"著名"，武柏索，《人民日报》(海外版)，2000

年8月29日

哀钱锺书先生，李廷华，《中国经济时报》，2000年9月8日

青年钱锺书与西方哲学，徐庆年，《安徽大学学报》(哲学社会科学版)，2001年2期

文坛奇才钱锺书，晓笛，《云南经济日报》，2001年4月9日

一束矛盾钱锺书，桂苓，《中国文化报》，2001年5月12日

垂馨百代 共筑昆仑——钱锺书、杨绛"好读书"奖学金设立前后，徐葆耕，《光明日报》，2001年9月5日

钱锺书故居困陷"围城"，陈彬斌，《中国文化报》，2001年11月6日

钱锺书的生活，鲍玉珩，《人民日报》(海外版)，2000年11月22日

清华园中的钱锺书，李洪岩，《大众科技报》，2002年3月21日；《四川政协报》，2002年6月27日

钱锺书的三方自用印，唐吟方，《中国文物报》，2002年5月22日

斥《吴组缃畅谈钱锺书》，袁良骏，《中华读书报》，2002年6月26日

《钱锺书批注〈吴组缃畅谈钱锺书〉》辨正，范旭仑，《中华读书报》，2002年6月26日

钱锺书故居冲出"围城"，陈琪，《新华每日电讯》，2002年10月15日

钱锺书与清华"间谍案"，谢泳、舒芜，《新文学史料》，2003年4期

钱锺书与杨绛的婚礼，居未央，《人民政协报》，2003年1月

465

1日

还是要提倡淡泊名利，余忠泉，《光明日报》，2003年2月20日

当智慧无法解决生存的困顿，晓博，《中国图书商报》，2003年5月16日

钱锺书：营造巴比塔的智者，张文江，《社会科学报》，2003年6月26日

钱基博：治学育人的楷模，吴继平、刘中兴，《光明日报》，2003年7月24日

钱学研究的重要基地——无锡钱锺书纪念馆，管海花、丰颖颖，《华东旅游报》，2003年12月5日

我们仨，杨绛，生活·读书·新知三联书店，2003年7月

爱智、乐知和钱锺书，龚刚，《人民日报》（海外版），2003年12月12日

钱锺书的文化哲学思想试论，徐亭，《柳州师专学报》，2004年3期

钱锺书文艺观初探，马德富，《江南大学学报》（人文社会科学版），2004年4期

钱锺书是怎样做读书笔记的，杨绛，《北京日报》，2004年3月8日

梦里长歌——琐谈《我们仨》，王小微，《吉林日报》，2004年3月13日

钱锺书的十六字养生术，钟文，《卫生与生活报》，2004年7月12日

钱锺书与休谟哲学，徐庆年、王达敏，《安徽大学学报》（哲学社会科学版），2005年4期

钱锺书故居保护记，顾育豹，《中国档案报》，2006年2月24日

钱锺书散论尼采，钱碧湘，《文学评论》，2007年4期

另一个更好的钱锺书，章益国，《书屋》，2007年9期

我校举办追思钱锺书先生系列纪念活动，学生部基金会，《新清华》，2008年12月26日

通变的文化哲人——钱锺书"大"文化观探幽，陈颖，《牡丹江大学学报》，2009年1期

钱锺书的文化观，聂友军，《天府新论》，2009年1期

打通：寻找中西共同的诗心文心——对钱锺书中西比较诗学观的梳理和研究方法的剖析，袁仕萍，《世界文学评论》，2009年2期

从《林纾的翻译》看钱锺书的翻译思想，薛蓉蓉，《山西大同大学学报》（社会科学版），2009年2期

从"零星随感"到"圆照周览"——钱锺书文学批评思想的历时性演进，陈颖，《大连民族学院学报》，2009年2期。

君子之交——回忆与余冠英、钱锺书两位先生的一段往事，卞孝萱，《中国社会科学报》，2009年3期

钱锺书与侯外庐——关于钱锺书先生的一封信，龚元，《书屋》，2009年3期。

重新解读钱锺书的翻译思想，赵巍，《北京航空航天大学学报》（社会科学版），2009年4期

老舍、钱锺书幽默讽刺艺术及成因剖析，莫丽君，《辽宁工程技术大学学报》（社会科学版），2009年6期

费孝通夫人"问罪"杨绛，沈伟东，《钟山风雨》，2009年6期

钱锺书翻译《毛泽东选集》趣事，杨绛、吴学昭，《党建》，

2009 年 6 期

《顾颉刚日记》中的钱锺书，张霖，《书屋》，2009 年 6 期

钱锺书：大师的超然洒脱，姜义婷，《传承》，2009 年 11 期

西南联大的奇才怪杰，谢轶群，《传承》，2009 年 15 期

"生死之交"的燕京大学，陈远，《同舟共进》，2009 年 8 期

从古今中西的冲突浅谈钱锺书的学术思想，金玮，《天府新论》，2009 年 S1 期

什么是学术前辈留下的真精神，汪涌豪，《文汇报》，2009 年 7 月 29 日

钱锺书的文艺复兴情结，吴颖姝，湖南大学硕士论文，2009 年

（四）创作研究

专著（辑）

对钱锺书的三部创作（《围城》《人·兽·鬼》《写在人生边上》）的语言—文学研究，胡定邦，《亚洲研究博士论文》（美国）（FJ. 沙尔曼编）第一卷，1975 年

从语言和文学的观点研究钱锺书的《围城》《人·兽·鬼》及《写在人生边上》，美国威斯康星大学东亚语文系博士论文，1976 年

论钱锺书的《围城》之文学及社会意义，美国史丹福大学亚洲语言系博士论文，1976 年

钱锺书的《围城》，珍妮·凯利，（美国）印第安纳大学出版社，1979 年

《围城》英译本导言，茅国权，（美国）印第安纳大学出版社，1979 年

《围城》研究，周锦，（台湾）成文出版社，1980年6月

围城（汇校本），钱锺书著，胥智芬汇校，四川文艺出版社，1991年5月

围城内外——从小说到电视剧，解玺璋主编，世界知识出版社，1991年8月

钱锺书和他的《围城》，张泉编，中国和平出版社，1991年11月

"围城"内外——钱锺书的文学世界，陆文虎，北京解放军文艺出版社，1992年4月；（台湾）书林出版社，1997年

钱锺书作品妙喻百例，田建民，河北人民出版社，1992年9月

钱锺书诗学论要，许厚今，黄山书社，1992年10月

《围城》艺术论，蔡新乐，河南人民出版社，1994年1月

撩动缪斯之魂：钱锺书的文学世界，辛广伟、李洪岩编，河北教育出版社，1995年5月

石语，钱锺书，中国社会科学出版社，1996年6月

槐阴下的幻境：论《围城》的叙事与结构，张明亮，河北教育出版社，1997年7月

钱锺书《围城》批判，汤溢泽，湖南大学出版社，2000年12月

中外名著解读丛书·解读围城，钱锺书著，龚刚解读，京华出版社，2001年1月

《围城》导读，程然，江苏教育出版社，2001年8月

诗兴智慧：钱锺书作品风格论，田建民，河北教育出版社，2002年1月

破围——破解钱锺书小说的古今中外，钱定平，天津百花文艺出版社，2002年3月

鲁迅钱锺书文学比较论，隋清娥，山东文艺出版社，2004年9月

听钱锺书讲文学，阿涂，陕西师范大学出版社，2008年8月

钱锺书讲文学，程帆主编，中国致公出版社，2008年12月

单篇论文

编余，李健吾，《文艺复兴》，1卷2期，1946年2月25日

《围城》读后，屏溪，《大公报》，1947年8月19日

《围城》评介，彭斐，《文艺先锋》，第11卷3期，1947年10月

论香粉铺之类，《横眉小辑》，横眉社，1948年2月25日

师陀的《结婚》，唐湜，《文讯》，1948年3月

从《围城》看钱锺书，张羽，《同代人文艺丛刊》，1卷1期，1948年4月20日

读《围城》，无咎，《小说月刊》（香港），1卷1期，1948年7月1日

《围城》与"Tom Jones"，《观察》周刊，5卷14期，1948年11月27日；《读书》，1984年9期（发表时题目是《〈围城〉与〈弃儿汤姆琼斯的历史〉》）

论钱锺书的小说，慕容龙图，《盘古》，第37期，1971年2月

读《围城》，毛敬羲，《偶感录》，文艺书屋，1971年9月

离乱中的小说，曹聚仁：《文坛五十年》（续集），新文化出版社，1971年

钱锺书的《围城》，胡汉君，《快报快趣》，1976年3月19日

从《围城》看中国小说的习用写法，胡志德，《亚洲研究文选》

1卷,新墨西哥亚洲研究学会,1976年

从语言—文学角度研究钱锺书的小说《围城》,胡定邦,《亚洲研究》,37卷3期,1978年5月

《围城》的讽刺艺术,马力,《华风》7期,1978年7月

蝉——夜访张爱玲,水晶,《张爱玲的小说艺术》,大地出版社,1978年

深一层看潜伏在《围城》里的象征,王润华:《中西文学关系研究》,东大图书公司,1978年

钱锺书冲出围城,桑鲁卿,《联合报》,1979年1月21日

评《围城》的英译本,Palandri,《亚洲研究》,40卷1期

评《围城》的英译本,Dennis Hu,《中国文学》,4卷1期

徘徊在"围城"内外——谈钱锺书《围城》的象征,杨玉峰,《开卷》(香港),2卷7期,1980年2月

钱锺书先生的《旧文四篇》,黄宝生,《读书》,1980年2期

中国小说《围城》在美出版,伊,《世界文学》,1980年5期

《围城》质疑,黄骧,《幼狮文艺》,51卷6期(1980年6月)

关于钱锺书的《围城》,姜龙昭,《新生报》,1980年7月12日

誉满国外的《围城》,航,《文学书窗》,1980年8期

喜见《围城》英译本问世,汤晏,《南北极》,总123期,1980年8月16日

《围城》及其他,郭志刚,《人民日报》,1981年1月31日

现代文学史上的一部杰作——喜见《围城》再版,敏泽,《新文学论丛》,1981年1期

最伟大的中国现代小说——介绍国外对《围城》的评价,施

成荣,《新文学论丛》,1981年1期

新版《围城》,叶积奇,《明报》,1981年2月2日

《围城》重印引起的感想,叶积奇,《明报》,1981年2月9日

《围城》的日译者,容逋,《明报》,1981年2月13日

讽刺艺术的杰作——《围城》读后,敏泽,《文汇月刊》,1981年2期

我国现代文学史上的优秀长篇——《围城》,郭志刚,《光明日报》,1981年3月4日

咀华新篇·重读《围城》,李健吾,《文艺报》,1981年第3期;《李健吾文学评论选》,宁夏人民出版社,1983年3月

漫谈《围城》,鲲西,《名作欣赏》,1981年4期;《现代小说名作欣赏》,山西人民出版社,1985年10月

已到春暖花开时——读《重印〈围城〉前记》随感,刘金,《文汇月刊》,1981年5期

现代病态知识社会的机智讽刺——《猫》和钱锺书小说艺术的独特性,吴福辉,《十月》,1981年5期;《借鉴与探讨—中国文学部分》,北京十月文艺出版社,1985年2月

《围城》介绍,《苏联妇女》,1981年6月号

《围城》引起的回忆,沈鹏年,《读书》,1981年7期

评《围城》,李福清,《外国文学》,1981年7期

苏联翻译出版我国文学作品《围城》,《参考消息》,1981年8月12日

《围城》俄译本序,艾德林:《围城》,莫斯科出版社,1981年

钱锺书小说的历史地位,赵辛予,《广西大学学报》(哲学社

会科学版），1982 年 1 期

谈《围城》的用喻，杨江源，《绵阳师专学报》，1982 年 1 期

"怨"和文学琐谈——读钱锺书先生杂文有感，《郑州大学学报》，1982 年 1 期

诗·画·音乐——读钱锺书的《旧文四篇》，鲲西，《读书》，1982 年 3 期

试论钱锺书《围城》的语言特色，胡范铸，《华东师范大学学报》（哲学社会科学版），1982 年 4 期

浅谈钱锺书的小说和文学评论，彦火，《新晚报》，1982 年 6 月 21、25 日

横看成岭侧成峰——论《围城》的评价，朱国藩，《星岛晚报》（香港），1982 年 8 月 4 日

钱锺书·《围城》·比喻，陈颂，《新晚报》，1982 年 8 月 6 日

知识分子的嘴脸——读钱锺书的小说《围城》，周粲:《绿窗读书录》，新加坡教育出版社，1982 年

漫谈《围城》的艺术特色，何开四，《厦门大学学报》（哲学社会科学版），1982 年 S1 期

钱锺书的风格与魅力——读《围城》《人·兽·鬼》《写在人生边上》，柯灵，《读书》，1983 年 1 期

钱锺书小说艺术初探，金宏达，《江汉论坛》，1983 年 1 期

一个小资产阶级知识分子的心灵写照——论《围城》中的方鸿渐，吴凤祥，《江汉大学学报》，1983 年 1 期

黯淡生活中滴进的苦闷的颜色——读钱锺书的短篇小说《纪念》，吴福辉，《广州文艺》，1983 年 1 期

略谈《围城》的比喻手法，王宜庭、黄慧芳，《名作欣赏》，

1983 年 3 期

《围城》的比喻浅说，毛德富，《郑州大学学报》，1983 年 4 期

《围城》中比喻小议，王宜庭、黄慧芳，《语文教学与研究》，1983 年 4 期

评胡志德著《钱锺书》，Buk，《亚洲研究》，1983 年 4 期

机智幽默，绰乎有余——《围城》译后记，荒井健，《文艺报》，1983 年 9 月 24 日

胜似山阴道上行——《围城》比喻手法欣赏，何养岩，《修辞学习》，1983 年 4 期

幽默·奇谲·广博·机智——略谈钱锺书小说的艺术特色，郝利群，《天津师大学报》，1983 年 4 期

论《围城》，郭志刚，《文学评论丛刊》总 17 辑，中国社会科学出版社，1983 年

怎样评价《围城》，杨志今，《新文学论丛》，1984 年 3 期

《围城》英译者谈《围城》，珍妮·凯利、茅国权，《文学研究动态》，1984 年 8 期

关于钱锺书的《围城》和师陀的《结婚》——晨光文学丛书中的两本长篇小说，赵家璧：《编辑忆旧》，生活·读书·新知三联书店 1984 年 8 月

评《围城》，徐启华，《书林》，1984 年 4 期

一部优秀的中国现代小说——评钱锺书的《围城》，李景华，《唐山师专学报》，1984 年 4 期

《围城》与"Tom Jones"，林海，《观察》周刊，5 卷 14 期；《读书》，1984 年 9 期

译名别译，王少梅，《读书》，1984 年 10 期

《围城》讽刺艺术初探,张环,《文艺论丛》20辑,上海文艺出版社,1984年6月

钱锺书《围城》艺术漫议,邱文治,《现代作家作品艺术谈》,天津人民出版社,1984年

论《围城》的喜剧性,季桂起,《山东师大研究生论文辑》1辑

湮没的明珠,文苑的奇葩——《围城》的艺术特色,徐光炎,《抚州社会科学》,1985年1期

《围城》的讽刺艺术初探,曾耀农,《宜春师专学报》,1985年1期

钱锺书的幽默语言赏析,殷仪,《艺谭》,1985年2期

《围城》语言的艺术特色,苏涵,《山西师大学报》,1985年2期

通感修辞带给《围城》的艺术效果,崔慧波,《广西大学学报》,1985年2期

方鸿渐性格的喜剧性——兼谈《围城》人物塑造的喜剧手法,陈奔,《福建师范大学学报》(哲学社会科学版),1985年2期

《围城》的艺术风格浅窥,王敏华,《黔南民族师专学报》,1985年2期

喻苑奇葩——试谈钱锺书小说的比喻特色,钱家珍,《沈阳教育学院学刊》,1985年3期

论《围城》的讽刺艺术,张如法,《洛阳师专学报》,1985年3期

不幸时代的不幸产儿——评《围城》中的孙柔嘉,魏尔平,《唐山师专学报》,1985年3、4期

《围城》——中国现代文学的奇葩,王锦园,《上海广播电视》(文科月刊),1985年5期

人物的画廊、知识的渊薮——谈《围城》，郑择魁，《电大教学》（语文版），1985年6期

《围城》提要，郑松锟，《中国小说提要现代部分》（下），郭启宗、杨聪凤主编，江西人民出版社，1985年8月

《围城》喜剧细节的构成，吴凤祥，《写作》，1985年10期

现代杰出的讽刺小说——《围城》，蔡宗隽，《新村》，1985年12月号

把人物丑的内核猛射外化，曾庆瑞、赵遐秋：《中国现代小说140家札记》，漓江出版社，1985年9月

试论钱锺书小说的幽默风格，钟成林，《语文园地》，1986年1期

一个丰富复杂的人物形象——《围城》主人公方鸿渐的性格特征浅析，张大年，《无锡教育学院学报》，1986年1期

一个复杂而单纯的艺术形象——《围城》主人公方鸿渐的性格特征，竞林，《吉林师院学报》（哲学社会科学版），1986年3期；《北华大学学报》（社会科学版），1986年3期

蕴藉者和浮慧者——中国现代小说的两大技巧模式，黄维梁，《明报月刊》，21卷3期，1986年3月；《中外文学》，15卷9期，1987年2月

读《写在人生边上》，王依民，《读书》，1986年3期

略谈《围城》的主题意蕴，王伟，《艺谭》，1986年4期

试析《围城》的讽刺性比喻，徐邦莹，《淮北煤炭师院学报》，1986年4期

因曲成喻和因喻成曲——析钱锺书比喻的曲折化，陈本元，《修辞学习》，1986年6期

独特心理和独到表现——谈钱锺书比喻的动态化，辜晓东，《修辞学习》，1986年6期

钱锺书短篇小说集《纪念》在联邦德国出版，江宁，《世界文学》，1986年6期

从地狱变相图到出版，吴世茫，《新观察》，1986年8期

一语天然万古新，黄集伟，《读书》，1986年12期

《围城》与它的作者之谜——读杨绛《记钱锺书与〈围城〉》，陈子谦，《书林》，1986年12期

钱锺书和《写在人生边上》，林韵，《文汇读书周报》，1986年7月26日

论开玩笑，舒展，《中国青年报》，1986年8月12日

钱锺书的风格，陆灏，《文汇读书周刊》，1986年9月27日

《围城》研究识小，杜良继，《大公报》，1986年11月7、8日

谈钱锺书的《灵感》，王德威，《中国时报》，1986年11月21日

《围城》，李凤吾，《中国现代百部中长篇小说论析》，吉林大学出版社，1986年1月

读钱锺书的《围城》，郭志刚，《小说鉴赏文库·中国现代》（3），陕西人民出版社，1986年3月

未甘术取任缘差——杨绛《记钱锺书与〈围城〉》读后，张明亮，《读书》，1987年1期

钱锺书的长篇小说《围城》浅说，石杰，《锦州师院学报》，1987年1期

《围城》研究综述，汪少华，《江西大学研究生学刊》，1987

年 2 期

方鸿渐的性格特征新论，张大年，《江淮论坛》，1987 年 2 期

浅谈《围城》的讽刺艺术，陈少培，《梧州地区教师进修学院学报》，1987 年 2 期

《围城》论，中岛长文，《飙风》，19 期，1987 年 3 月

钱锺书作品在法国翻译出版，立德，《世界文学》，1987 年 3 期

融汇多种辞格　比喻五光十色——浅谈《围城》的比喻，胡建进，《扬州师院学报》，1987 年 4 期

比喻的俏皮，舒展，《当代文坛》，1987 年 4 期

《围城》的议论艺术，郑春元、石杰，《许昌师专学报》，1987 年 4 期

钱锺书出现在法国人面前，吴岳添，《读书》，1987 年 5 期

钱锺书的作品在法国，阿兰·帕诺伯著，燕汉生译，《编译参考》，1987 年 6 期

苏轼的曲喻，王依民，《读书》，1987 年 7 期

灵感小谈，舒展，《文汇报》，1987 年 2 月 4 日

杨绛的钱锺书的《围城》，查志华，《解放日报》，1987 年 2 月 12 日

钱锺书作品法译本在巴黎出版，贾斌，《光明日报》，1987 年 2 月 21 日

钱锺书的一些作品被译成法文，《人民日报》，1987 年 2 月 28 日

《围城》、《诗学五篇》在巴黎出版，《书讯报》，1987 年 4 月 27 日

·形神兼备　栩栩如生——析《围城》中人物的肖像刻画，《语文》，1988 年 1 期

从讽刺艺术看《围城》对《儒林外史》的继承与发展,田建民,《河北大学学报》(哲学社会科学版),1988年2期

《围城》结构三谈,宋延平,《东疆学刊》,1988年3期

机智·犀利·奇趣:浅谈钱锺书小说的讽刺艺术,洪维平,《江西师范大学学报》(哲学社会科学版),1988年3期

钱锺书谈序文,王少梅辑,《读书》,1988年3期

《围城》日译本出版,赖育芳,《世界文学》,1988年4期

从"围城"的符号意义看《围城》的主题思想,李频,《河南大学学报》(社会科学版),1988年5期

《围城》中景物描写的艺术特色,陈家生,《写作》,1988年12期

浪打《围城》的回声——四十年代的《围城》研究及其他,解志熙,《河南大学学报》增刊,1988年9月

《围城》漫画式比喻手法蠡谈,骆宝臻,《山东师范大学学报》(社会科学版),1988年增刊

《围城》日译本在日本出版,刘福如,《中国文化报》,1988年4月20日

关于书法的妙喻,陈封雄,《人民日报》,1988年5月24日

《围城》的博喻——《围城》比喻说略,伍立扬,《中国青年报》,1988年6月19日

读钱锺书先生旧作随笔,李洪岩,《天津日报》,1988年11月10日

《洗澡》、《围城》比较谈,马海甸,《大公报》(香港),1988年12月5日

笔剑书·钱锺书的幽默;《围城》记愧期诗,梁羽生,湖南

文艺出版社，1988年7月

方鸿渐——欲坦诚生活而偏坎坷多磨的"多余人"，李春林，《中国现代文学人物画廊》，辽宁大学出版社，1988年9月

苏文纨——矜持自负、俗不可耐的女博士，李春林，《中国现代文学人物画廊》，辽宁大学出版社，1988年9月

赵辛楣——风流倜傥、天良未泯的纨绔子弟，李春林，《中国现代文学人物画廊》，辽宁大学出版社，1988年9月

《围城》中比喻的语言形式，朱强，《中文自学指导》，1988年11月

《围城》的讽刺艺术有什么特色，栾建梅，《中国现代文学精解》，上海文艺出版社，1988年

钱锺书的小说讽刺语言三题，杨继兴，《中国现代文学研究丛刊》，1989年1期

围城与汤姆琼斯，宋延平，《东疆学刊》，1989年1、2期

二十世纪的新"儒林外史"：关于《围城》的创作，李标晶，《语文月刊》，1989年2期

《围城》结构三说，宋延平，《东疆学刊》，1989年3期

浅谈钱锺书小说的讽刺小说，洪维平，《江西师院学报》，1989年3期

超越现实的界障——论《围城》的语言幽默，胡范铸，《中文自修指导》（月刊），1989年5期

人生的困境与存在的勇气——论《围城》的现代性，解志熙，《文学评论》，1989年5期

试论钱锺书小说的幽默风格，李钦业，《星岛晚报》（香港），1989年1月23日

冲进《围城》——小说《围城》的电视剧改编,《文学报》,1989年7月20日

一个日本人看《围城》,(日)荒井健、李洪岩译,《人民日报》,1989年8月3日

"小说是真的",宏图,《瞭望周刊》,1989年38期,1989年9月18日

我读《围城》,林放,《新民晚报》,1989年10月2日

结婚狂诗曲,陈福康,《书讯报》,1989年10月30日

中国文学形象辞典·方鸿渐,广西人民出版社,1989年11月

读书辞典·钱锺书,围城本书编委会编,中国广播出版社,1989年11月

钱锺书小说幽默风格浅尝,李钦业,《名作欣赏》,1990年1期

《围城》心理描写艺术浅析,廖传江,《乐山师专学报》,1990年1期

《围城》主题:单相思——《围绕〈围城〉》之一,张明亮,《名作欣赏》,1990年1—3期

沧浪之水浊兮:话说《洗澡》,胡晓明,《书林》,1990年1期

钱锺书、杨绛谈《围城》改编,孙雄飞,《文汇月刊》,1990年3期

《碧海掣鲸录》卷头语,郑朝宗,《当代文坛》,1990年3期

读《洗澡》,孙歌,《文学评论》,1990年3期

《骆驼祥子》和《围城》的用喻比较,胡培安,《信阳师范学院学报》,1990年3期

《围城》中艺术议论的特色,陈家生,《修辞学习》,1990年3期

钱锺书的幽默品格论，郑淑惠，《东疆学刊》，1990年3期

从《围城》看钱锺书艺术创作的审美品格，郑淑惠，《学习与探索》，1990年4期

细读法与钱锺书的微观批评，甘建民，《铁道师院学报》，1990年4期

说"胡言"，胡范铸，《书林》，1990年4期

狂慧万里别有天——谈钱锺书《写在人生边上》，张如忆，《名作欣赏》，1990年5期

主题与变奏：评钱锺书先生的小品文集《写在人生边上》，刘剑，《博览群书》，1990年12期

"电视连续剧《围城》研讨会"综述，黄江平，《社会科学》（沪），1990年12期

《围城》导演谈《围城》，包明廉，《大众电视》，1990年12期

读默存山中杂诗漫书辄寄，冒效鲁，《文汇报》，1990年1月25日

钱锺书和《围城》的改编，孙雄飞，《人民日报》（海外版），1990年2月27—28日

我为何编《钱选》？舒展，《大公报》（香港），1990年2月25—27日

钱锺书名著将搬上荧屏——十集电视连续剧《围城》正式开拍，包明廉，《文汇报》，1990年4月2日

替电视剧《围城》担心，牧惠，《大公报》（香港），1990年4月9日

名著，像一块磁铁……——十集电视剧《围城》拍摄散记，陈晓黎，《文汇报》，1990年4月16日

满天的星又密又忙，伍立扬，《中国青年报》，1990年4月15日

《围城》改编电视剧，其佩，《新民晚报》，1990年4月15日

《围城》改编电视剧，其佩，《新民晚报》，1990年4月28日

筑方城，唐宁，《新民晚报》，1990年5月8日

《围城》在沪开镜，《南京广播电视报》，1990年5月28日

素心人商量培养之事——访电视连续剧《围城》导演黄蜀芹，唐宁，《文学报》，1990年6月21日

柯灵谈《围城》——从小说到电视剧，《文学报》，1990年9月20日

普及、锤炼和升华——《围城》上屏幕引起的思考，王云缦，《文学报》，1990年10月11日

钱锺书谈《围城》，红枫，《武汉晚报》，1990年11月3日

江南才子第一书：浅谈钱锺书的《围城》，宣博熹，《团结报》，1990年11月10日

说《围城》，黄裳，《青年报》，1990年11月16日

电视剧《围城》讨论会纪要，陈伯海等，《文汇报》，1990年11月28日

钱锺书在文坛卷起"锺书风"，黄维梁，《信报》，1990年11月30日

《围城》点滴，徐晓，《团结报》，1990年12月5日

话说《围城》，童道明，《北京青年报》，1990年12月7日

"替沉闷的人生透一口气"：看电视剧《围城》，蔡葵，《文艺报》，1990年12月8日

沙叶新与《围城》，杜仲华，《今晚报》，1990年12月15日

漫议《围城》，天云，《中国文化报》，1990年12月16日

艺苑采撷：一、《围城》的悲剧意识，余倩，《文汇报》，1990年12月18日

英若诚谈《围城》，郭宇，《北京青年报》，1990年12月21日

《围城》三层面说——兼评小说和电视剧，王纪人，《社会科学》，1991年1期

作为形式要素的旅行——论《围城》中旅行的功能，吕芃，《山东大学学报》(哲学社会科学版)，1991年2期

钱锺书小说《人·兽·鬼》内容初探，田建民，《河北大学学报》(哲学社会科学版)，1991年2期

钱锺书、杨绛看电视剧《围城》，孙雄飞，《艺术家》，1991年2期

钱锺书文章之美发微，胡河清，《中文自修》，1991年2期

关于《围城》的若干史实，陈子善，《香港文学》，1991年2期

在悲喜剧的背后——论《围城》的文化与人生底蕴，李莘，《广东社会科学》，1991年2期

中西文化撞击中的弱质型知识者典型——方鸿渐论，程致中，《学语文》，1991年2期

《围城》的象征意蕴，廖彬，《中文自修》，1991年2期

《围城》的讽喻与掌故，赵一凡，《读书》，1991年3期

试论《围城》的复合主题，刘宏伟，《山东社会科学》，1991年3期

《围城》与戏剧精神的兴起，俞吾金，《复旦学刊》，1991年3期

风炉日炭更无双——钱锺书小说审美特征论，张如忆，《名作欣赏》，1991年3期

"观潮者"深层心态的艺术开掘,张晓云,《名作欣赏》,1991年3期

试论《围城》的讽刺艺术,车永强,《学术研究》,1991年4期

论《围城》的评述性语言,婷宛,《海南大学学报》,1991年4期

试评钱锺书的短篇小说《猫》,王建中,《辽宁大学学报》,1991年4期

钱锺书的叙事文学创作思想探析,郑淑慧,《延边大学学报》(哲学社会科学版),1991年4期

重新发现和重新认识的钱锺书——近年来"钱学"出版简评,邹振环,《中国图书评论》,1991年4期

略论《围城》幽默讽刺的表现艺术,庄大军,《中国文学研究》,1991年4期

《围城》的隐喻及主题,赵一凡,《读书》,1991年5期

《围城》随想点滴,谢复心,《博览群书》,1991年5期

《围城》新论,卜召林,《语文函授》,1991年5期

试评钱锺书短篇小说《猫》,王建中,《辽宁大学学报》,1991年5期

《围城》比喻的艺术特色,张大鸣,《社会科学辑刊》,1991年6期

《围城》分析,张文江,《华东师大学报》,1991年6期

隐喻·象征·寓言——《围城》随感,牛渝,《重庆社会科学》,1991年6期

《围城》初刊本,宏图,《读书》,1991年7期

方鸿渐与倪吾诚——谈谈"归来的文学",思蜀,《作品与争

鸣》，1991年7期

钱锺书先生的《说笑》衍义，陆文虎，《文论月刊》，1991年10期

透过《围城》看文化审思的自嘲品格，余峥，《理论学习月刊》，1991年10期

论钱锺书的小说，夏志清，《钱锺书和他的〈围城〉》，中国和平出版社，1991年11月

反对浪漫主义作家钱锺书，耿德华，《钱锺书和他的〈围城〉》，中国和平出版社，1991年11月

评《围城》的英译本，胡定邦，《钱锺书和他的〈围城〉》，中国和平出版社，1991年11月

《围城》的悲剧意识，俞兆平，《教育时报》，1991年2月9日

《围城》随想，钱定一，《团结报》，1991年3月16日

人生的复调及其文化的穿透力：《围城》札记，黄式宪，《光明日报》，1991年5月7日

一面千人——《围城》人物外貌的幽默修辞赏析，赖正清，《语文报》，1991年6月10日

钱锺书说"笑"，陆文虎，《文艺报》，1991年9月21日

孤独人生的幻想——论《围城》，李江峰，《淮北煤炭师范学院学报》，1992年1期

《围城》创作主旨新探，曲文年，《文史哲》，1992年1期

《围城》的悲剧意识与幽默基调，杨凡周，《新文学研究》，1992年1期

论讽刺艺术的现代品格——兼论《围城》，吴声雷，《文艺争鸣》，1992年2期

论《围城》的语言艺术,杨芝明,《东疆学刊》,1992年2期

《围城》与《城堡》比较,刘晓文,《外国文学研究》,1992年2期

"巴洛克风格"的最佳体现——钱锺书的随便《谈交友》,《名作欣赏》,1992年2期

记钱锺书与《围城》,杨绛,《名作欣赏》,1992年2期

《围城》用典论,徐达,《贵州民族学院学报》(哲学社会科学版),1992年2期

试论钱锺书散文的幽默风格,刘明银,《山东师大学报》(社会科学版),1992年2期

浅论《围城》的思想意义,党志敏,《贵州民族学院学报》,1992年2期

法在虚实之间——钱锺书《围城》艺术境界浅论,吴凤祥,《写作》,1992年2期

《围城》——感伤的讽刺,王晓琴,《长江大学学报》(社会科学版),1992年3期

高超的讽刺艺术——读钱锺书的《围城》,小溪,《殷都学刊》,1992年3期

亚李欧桃南北海 花灾卉难东西同——《围城》和《生命中不能承受之轻》的某种相类似的人生困境简析,肖晓克,《佳木斯教育学院学报》,1992年3期

在创世的寓言——读钱锺书的《上帝的梦》,陆文虎,《小说评论》,1992年4期

略论《围城》的讽刺艺术,吴国凤,《福建论坛》,1992年4期

钱锺书说理趣,许厚今,《安庆师范学院学报》,1992年4期

《人·兽·鬼》的文化品格——兼及对中国现代讽刺文学的贡献,郑淑慧,《延边大学学报》(哲学社会科学版),1992年4期

从《围城》《洗澡》观照钱氏夫妇的文化心理,金琼,《怀化学院学报》,1992年4期

从《围城》研究到研究方法——钱锺书先生关于《围城》研究的一封信,余心,《商丘师范学院学报》,1992年4期

浅谈《围城》的讽喻艺术,张嘉敬,《兰州大学学报》(社会科学版),1992年4期

人生永远是进取——对一种《围城》理论的思索,雷家仲,《四川师范学院学报》,1992年5期

论《围城》的主题隐喻,李泽民、蔡新乐,《河南大学学报》(社会科学版),1992年5期

方鸿渐名讳考与钱锺书,胡河清,《文汇读书周报》,1992年2月8日

《围城》有续集,钱老食不宁,李捷,《上海文化艺术报》,1992年11月6日;《光明日报》,1992年11月21日

智慧而通达地洞悉人生——《写在人生边上》浅析,乔世华,《大连大学学报》,1993年1期

论《围城》对新时期知识分子题材小说创作的影响,李志明、周坤,《中国文学研究》,1993年1期

《围城》:从小说到荧屏——影视剧改编艺术论之一,陈一辉,《杭州大学学报》(哲学社会科学版),1993年1期

《围城》幽默手法初探,吴俊,《四川师范大学学报》(社会科学版),1993年4期

《围城》与新时期文学,李志明、周垄,《当代文坛》,1993年4期

试论钱锺书散文的思辨性,田建民,《河北大学学报》(哲学社会科学版),1993年S1期

陈思和、黄裳的《围城》议论之外,何满子,《文汇读书周报》,1993年11月6日

关于《围城》汇校本、版权法及其他,辛广伟,《文汇读书周报》,1993年12月18日

精神的围城与超越:作品角色蕴含着的宗教意义研究,沉风,《文艺评论》,1994年2期

你看一盘散沙,我看一船珍珠——论《围城》的结构,张明亮,《贵州大学学报》(社会科学版),1984年2期

《围城》主题的深层意蕴,陈子谦,《贵州大学学报》(社会科学版),1994年3期

钱锺书论幽默喜剧美的创造,郑淑慧,《延边大学学报》(哲学社会科学版),1994年3期

《围城》语言特色浅谈,金志坚,《名作欣赏》,1994年4期

《围城》四女性,方道文,《河北学刊》,1994年4期

《阿Q正传》与《围城》的意义,万书元,《鲁迅研究月刊》,1994年10期

《围城》与《普宁》的艺术手法比较,王璞,《深圳大学学报》,1994年11期

我对《围城》汇校本的几句话,纪申,《文汇读书周报》,1994年1月29日

《围城》英译本的一些问题,孙艺风,《中国翻译》,1995年1期

《围城》比喻手法赏析,袁志坚,《中州大学学报》,1995年4期

《围城》"比喻"幽默艺术谈,言文,《修辞学习》,1995年4期

读《围城》一疑,田春利,《读书》,1995年5期

漫议《围城》及方鸿渐形象的个体意义,王振彦,《南都学坛》,1995年5期

从这里走向《围城》——《写在人生边上》新读,袁良骏,《博览群书》,1995年11期

"围城"的寓意及其来源,王俊祥,《周末》,1995年3月11日

也谈"围城"的寓意及其来源,金陵,《周末》,1995年4月8日

《围城》与中国现代讽刺小说,王卫平,《江海学刊》,1996年1期

《围城》中的知识分子与知识分子的"围城",翟学伟,《南京大学学报》(哲学社会科学版),1996年2期

《围城》与西方现代主义文学的精神联结,王卫平,《中国现代文学研究丛刊》,1996年2期

漫谈钱锺书创作中的比喻,殷少林,《上海师范大学学报》,1996年3期

作为哲理小说的《围城》,张先飞,《江汉论坛》,1996年9期

《围城》中语言比喻的审美特色,况在泉,《贵州师范大学学报》(社会科学版),1997年1期

"围城"与"金锁"里的世界——论钱锺书《围城》与张爱玲《传奇》的文学价值与异同,林莹、郑晓,《宁波大学学报》(人文科学版),1997年4期

意蕴丰富韵味悠扬——钱锺书作品中的幽默，卢斯飞，《阅读与写作》，1997年6期

钱锺书讽刺意识新探，（韩）金泰万，《中国现代文学研究丛刊》，1998年2期

钱锺书《围城》与卡夫卡《城堡》之比较，曾艳兵、陈秋红，《文艺研究》，1998年5期

钱锺书小说的本文与插入本文，马云，《河北师范大学学报》（哲学社会科学版），1999年2期

钱锺书小说《人·兽·鬼》内容初探，田建民，《河北大学学报》（哲学社会科学版），1999年2期

对于人生的讽刺和感伤——钱锺书《围城》症候分析，蓝棣之，《贵州社会科学》，1999年3期

试论《围城》的叙事结构模式，任国权，《浙江师大学报》（社会科学版），1999年4期

简析钱锺书比喻的新解胜义，毛元晶，《中山大学学报论丛》，1999年6期

论钱锺书的幽默观，田建民，《河北师范大学学报》（哲学社会科学版），2000年1期

幽默观的形象化表述——钱锺书散文《说笑》赏析，田建民，《河北大学学报》（哲学社会科学版），2000年1期

谈钱锺书亦庄亦谐的作品风格，田建民，《青海师专学报》（社会科学），2000年1期

《阿Q正传》与《围城》的审丑艺术比较，隋清娥、宋来莹，《山东社会科学》，2000年3期

钱锺书与卡夫卡的精神对话——从《围城》与《城堡》看中

西文化精神之差异,王艳玲,《河北大学学报》(哲学社会科学版),2000年3期

方鸿渐的"围城",周献,《中国现代文学研究丛刊》,2001年1期

"企慕之情境"——论《围城》的美学追求,邵继强,《甘肃教育学院学报》(社会科学版),2001年S2期

智者的言说——小议钱锺书散文,陈旭光,《人民日报》海外版,2001年7月23日

试论《围城》的审丑意蕴,隋清娥,《聊城大学学报》(哲学社会科学版),2002年1期

《围城》比喻批判,周锦国,《云南师范大学学报》(哲学社会科学版),2002年3期

试论《围城》中的弱质知识分子形象,张韵婷,《广东社会科学》,2002年6期

人性的缺陷——从钱锺书小说《猫》谈起,顾凡,《中国经济时报》,2002年10月24日

读钱锺书《写在人生边上》,潘小松,《科学时报》,2002年12月27日

《围城》的戏谑性初探,周水涛,《天津大学学报》(社会科学版),2003年2期

从《写在人生边上》看钱锺书散文的风格与魅力,杜啸尘,《青岛科技大学学报》(社会科学版),2003年3期

男性中心主义与"围城"意识——钱锺书小说的重新解读,高俊林,《新疆大学学报》(社会科学版),2003年3期

《围城》与四十年代海派小说,左怀建,《商丘师范学院学报》,

2003年4期

《围城》中跨语选择的修辞功能,王进、贺凤霞,《语文学刊》,2003年4期

钱锺书作品幽默语言的思维游戏范式探微,黄志军,《漳州职业大学学报》,2003年4期

《围城》的修改与版本"本"性,金宏宇,《江汉论坛》,2003年6期

比喻砌成的《围城》——钱锺书对比喻的研究与运用,王彬彬,《小说评论》,2003年6期

商务版《钱锺书手稿集》前三卷本月问世,宋铔,《中华读书报》,2003年5月14日

《围城》里的艾略特,曾艳兵,《中华读书报》,2003年5月21日

《围城》中知识分子生存困境分析,王延雄,《延安教育学院学报》,2004年1期

试论《围城》的审丑艺术形式,何永波,《延边大学学报》(哲学社会科学版),2004年2期

智者的游戏:无奈与宽容——试论钱锺书《围城》的讽刺艺术,汪坚强,《西华大学学报》(哲学社会科学版),2004年2期

站在中西文化碰撞的平台上与西方人对话——钱锺书英文论著初探,田建民,《文学评论》,2004年2期

关于《围城》的文学史地位,阎浩岗,《江南大学学报》(人文社会科学版),2004年3期

《围城》的钟摆意象与存在主义哲学思维,王冰,《沈阳师范大学学报》(社会科学版),2004年4期

钱锺书《围城》的文化想象与叙事智慧,黄科安,《理论学刊》,2004年6期

试论《围城》的文化批判价值,何永波,《延边大学学报》(哲学社会科学版),2005年4期

《围城》比喻的审美文化意蕴,徐秀芝,《学术交流》,2005年6期

灰色知识分子阿Q——《围城》中知识分子形象的人性探究,陆辉,《河南社会科学》,2005年6期

钱锺书《围城》与中国现代小说,杨扬,《图书馆杂志》,2005年11期

论钱锺书小说的反爱情神话,《黄志军》,学术探索,2006年1期

生之寂寞与爱与美的叹惋——钱锺书小说的思想意蕴探讨,黄志军,《兰州教育学院学报》,2006年1期

知识分子怨恨:论钱锺书小说文化反思的现代性体验,王明科,《社会科学评论》,2006年2期

"自由"的"忧"与"伤"——论方鸿渐与钱锺书,李双,《海南师范学院学报》(社会科学版),2006年2期

《围城》的文化批判及其现实意义,梁丹译,《河南理工大学学报》(社会科学版),2006年3期

在人生边上的智慧言说——钱锺书与《写在人生边上》,黄科安,《青岛大学师范学院学报》,2006年3期

以钱锺书文学语言为个案谈文学表现的"陌生化"效果,田建民、杜希宙,《河北大学学报》(哲学社会科学版),2006年6期

打通"存在"的"城""墙"——钱锺书的《围城》和萨特的《墙》

在表现荒谬上的共同点,林初阳,《江苏社会科学》,2006年S2期

钱锺书用典之研究,汤溢泽,《船山学刊》,2007年2期

《围城》的性际关系及深层意蕴,宋颖慧,《湖州职业技术学院学报》,2007年4期

《围城》叙事的修辞品格——通感和象征,赵辉、陈烁,《社科纵横》,2007年4期

《围城》中词语附加修辞功能的运用,靳媛媛,《中北大学学报》(社会科学版),2007年S1期

钱锺书《围城》与西方反讽诗学,龚敏律,《中国文学研究》,2008年3期

钱锺书《围城》中作者女性偏见原因探析,刘秀丽,《汕头大学学报》(人文社会科学版),2008年6期

走进"围城",李郁林、段云行,《湖南日报》,2008年7月23日

钱锺书与周作人之文论,顾农,《钟山风雨》,2009年1期

荒诞与虚无中的"绝望抗争"——《围城》存在主义的解读,欧阳钦,《长春理工大学学报》(高教版),2009年1期

比较《二马》与《围城》对中西文化的不同批判,吴菲菲,《绥化学院学报》,2009年2期

《围城》中知识女性的现代思想意识及其悲剧根源,杨新生,《河南师范大学学报》(哲学社会科学版),2009年4期

生存的困境与人性的荒诞——阎连科的《风雅颂》与钱锺书的《围城》之比较,裴恒高,《沧桑》,2009年4期

钱锺书小说中的比喻修辞格浅析,于晶晶、方之恒,《伊犁师范学院学报》(社会科学版),2009年4期

《围城》：现代知识精英的神话破灭，宋剑华，《晋阳学刊》，2009年5期

论钱锺书笔下的女性人物形象，沈恒娟，《黑龙江史志》，2009年18期

解读《围城》对苏文纨的男性偏见，常凌翀、符银香，《楚雄师范学院学报》，2009年10期

钱锺书《围城》的创作与其文艺观之比较，胡方红，《哈尔滨学院学报》，2009年12期

距离产生的新奇美——论《围城》的比喻特色和机理，王姗姗，《湖北广播电视大学学报》，2009年12期

诗性·智性·乡土，孙郁，《北京日报》，2009年9月21日

方鸿渐与奥德修斯：不同时代的反英雄，李楠，《山西师范大学学报》（哲学社会科学版），2010年2期

试论小说《围城》中隐喻的翻译策略，王蓉、蔡忠元，《南京理工大学学报》（社会科学版），2010年1期

论钱锺书的散文和小说，麦炳坤，（香港）中文大学硕士论文，1976年

钱锺书《围城》的叙事研究，宋学娟，西北师范大学硕士论文，2001年

审丑：《围城》的艺术世界，何永波，延边大学硕士论文，2002年

一种全新散文体式的创造——梁遇春与钱锺书散文合论，杜啸尘，青岛大学硕士论文，2004年

《围城》比喻解读，江林森，河北大学硕士论文，2004年

幽默和幽默翻译：从文字幽默总论和关联理论的角度看《围

城》，吕琳琼，广东外语外贸大学硕士论文，2004 年

《围城》文化负载词（词组）及其翻译，杨红英，广西大学硕士论文，2005 年

《围城》英译中文化信息的传递，宋广芬，哈尔滨工程大学硕士论文，2005 年

论《围城》的辞格翻译，付澎，对外经济贸易大学硕士论文，2006 年

《围城》英译本解构主义策略的研究，谢雁冰，贵州大学硕士论文，2006 年

论钱锺书的幽默理论与实践，郑建军，广西师范大学硕士论文，2006 年

从荒诞的存在到"围城"的循环，杨春霞，吉林大学硕士论文，2006 年

试评珍妮·凯利、茅国权的《围城》英译本中比喻的翻译，李银燕，上海外国语大学硕士论文，2006 年

从功能翻译理论谈《围城》英译本中的文化传输，郅丽梅，山西大学硕士论文，2006 年

鲁迅、老舍、钱锺书小说幽默讽刺艺术三环比较论，李佳，辽宁师范大学硕士论文，2006 年

论《围城》的隐喻翻译，王静，上海外国语大学硕士论文，2006 年

论《围城》中汉语文化负载词的翻译，章丽娜，山东大学硕士论文，2007 年

《围城》的语言艺术，张敏杰，兰州大学硕士论文，2007 年

《围城》中粘连手段的中英对比研究，李箐璠，上海外国语

大学硕士论文，2007年

从等效论视角看《围城》中语言变异的翻译，邓梅，华中师范大学硕士论文，2007年

《围城》的主述位研究，杨莉，天津理工大学硕士论文，2007年

论钱锺书杨绛小说的知识分子抒写，郭崚，福建师范大学硕士论文，2007年

《围城》中讽刺性幽默的再现，邓文韬，西南交通大学硕士论文，2007年

人生智者的都市寓言，石红梅，华中科技大学硕士论文，2007年

《围城》英译本中谚语翻译的文化功能对等研究，王芳芳，内蒙古大学硕士论文，2007年

一个经典话语的形成与读解，傅清音，厦门大学硕士论文，2007年

《围城》中人物对话的语用分析与探讨，冀倩，山东师范大学硕士论文，2007年

论《围城》英译本的审美再现，李佳楠，哈尔滨工程大学硕士论文，2007年

论《围城》幽默风格的传译，陈莹，上海外国语大学硕士论文，2008年

从功能对等理论看《围城》中的讽喻翻译，韩雪，上海外国语大学硕士论文，2008年

从美学角度谈《围城》的辞格翻译，冯岚，上海外国语大学硕士论文，2008年

《围城》与荀子，曾润丽，浙江大学硕士论文，2008年

《围城》及其英译本中隐喻的模因论研究，白晓燕，内蒙古大学硕士论文，2008年

浅谈关联理论视角下《围城》英译本中隐喻的翻译，苏瑜，南京农业大学硕士论文，2008年

营造巴别塔的智者钱锺书，周慧，中南大学硕士论文，2008年

从目的论看《围城》英译本归化与异化的合理性，陈琼，湖南师范大学硕士论文，2008年

《围城》中人物对话的语用学研究，卢素芬，湖南师范大学硕士论文，2008年

从顺应论角度看《围城》的翻译，吴新红，中南大学硕士论文，2008年

老舍、钱锺书小说幽默讽刺艺术比较（1925—1946年），莫丽君，东北师范大学硕士论文，2008年

《围城》与《小世界》中的现代学者形象之比较，贺晚青，上海外国语大学硕士论文，2009年

《围城》中文化负载词汇的语用翻译，谭彬，广东外语外贸大学硕士论文，2009年

"围城"中的女性，王春燕，河南大学硕士论文，2009年

归化抑或异化——评《围城》英译本中隐喻的翻译，王晓慧，西安电子科技大学硕士论文，2009年

从功能对等角度看《围城》英译本幽默效果的传达，吕冰，上海外国语大学硕士论文，2009年

概念隐喻认知分析及其翻译策略，黄晓，西南交通大学硕士论文，2009年

论《围城》英译本中文化负载词的翻译方法，张萍，苏州大学硕士论文，2009年

《围城》与《小世界》中的现代学者形象之比较，贺晚青，上海外国语大学硕士论文，2009年

《人·兽·鬼》反讽艺术与英国十八世纪讽刺文学，杨蕾，北京语言大学硕士论文，2009年。

（五）治学论评

专著（辑）

诗词例话，周振甫，中国青年出版社，1979年5月

钱锺书论学文选（全6册），舒展选编，花城出版社，1990年1月

《管锥编》《谈艺录》索引，陆文虎编，中华书局，1990年12月

《管锥编》述说，蔡田明，中国友谊出版公司，1991年4月

钱锺书《谈艺录》读本，周振甫、冀勤编著，上海教育出版社，1991年11月

语象论——《管锥编》疏证，臧克和，贵州教育出版社，1992年9月。

《管锥编》读解，张文江，上海古籍出版社，2000年3月

书海擎鲸龙——钱锺书的读书生活，袁峰，中原农民出版社，2001年1月

在澹定中寻觅——钱锺书学术的人间晤对，李廷华，河北教育出版社，2002年5月

"隔"与"不隔"的循环:钱锺书"化境"论的再阐释,于德英,

上海译文出版社，2009 年 1 月

《管锥编》研究论文集，郑朝宗等，福建人民出版社，1984年 4 月

《〈管锥编〉研究论文集》序，敏泽，《〈管锥编〉研究论文集》，福建人民出版社，1984 年 4 月

钱锺书文艺批评中的辩证法探要，陈子谦，硕士论文，《〈管锥编〉研究论文集》，福建人民出版社，1984 年 4 月

论《管锥编》的比较艺术，陆文虎，硕士论文，《〈管锥编〉研究论文集》，福建人民出版社，1984 年 4 月

《管锥编》文艺鉴赏方法论初探，井绪东，硕士论文，《〈管锥编〉研究论文集》，福建人民出版社，1984 年 4 月

《〈管锥编〉研究论文集》后记，郑朝宗，《〈管锥编〉研究论文集》，福建人民出版社，1984 年 4 月

钱锺书与宋诗研究，季品锋，复旦大学博士论文，2006 年

"对话"语境中的钱锺书文学批评理论，陈颖，辽宁大学博士论文，2009 年

单篇论文

谈艺录（书评），阎简弼，《燕京学刊》35 期，1948 年 12 月

对《宋代诗人短论十篇》的意见，曹道衡，《文学研究》，1958 年 4 期

评《宋诗选注》，刘敏如，《读书》，1958 年 20 期

评《宋诗选注》序，胡念贻，《光明日报》，1958 年 12 月 14 日

清除古典文学选本中的资产阶级观点——评钱锺书先生《宋诗选注》，黄肃秋，《光明日报》，1958 年 12 月 14 日

读《宋诗选注》序，周汝昌，《光明日报》，1958年—12月28日

钱锺书的《宋诗选注》，小川环树，《中国文学报》(日本)，第10册，1959年

如何评价《宋诗选注》，夏承焘《光明日报》，1959年8月2日

钱锺书所著《管锥编》简介，周振甫：《古籍整理出版情况简报》，1979年2月

钱锺书的《管锥编》，《读书》，1979年第4期

钱锺书的《管锥编》，高阳，《联合报》，1979年7月26—27日

钱锺书对《宋诗选注》的修改，马力，《开卷》，2卷2期，1979年9月

初读《管锥编》，马蓉，《读书》，1980年3期

与钱锺书论比喻——《管锥编》管窥，黄维梁，《明报月刊》，1980年4月

研究古代文艺批评方法论上的一种范例——读《管锥编》与《旧文四篇》，郑朝宗，《文学评论》，1980年6期，《〈管锥编〉研究论文集》，福建人民出版社，1984年4月

钱锺书与《谈艺录》，陈香，《更生日报》(台湾)，1980年6月19日

评钱著《管锥编》，龚鹏程，《台湾时报》(台湾)，1980年7月2日

钱锺书的《宋诗选注》，孟令玲，《文学评论》1980年6期；(台湾)《自立晚报》，1989年6月1日

学界期待的钱锺书《管锥编》终于出版，黎活仁，《开卷》(香港)，1980年6期

读《宋诗选注》,连燕堂,《读书》,1980年8期

"中人"考辨,宁宗一,《读书》,1980年9期

读书琐记——小议《管锥编》等二则,俞明芳,《上海师院学报》,1981年1期

选诗何必一窝蜂,吴其敏,(香港)《大公报》,1981年2月28日

《管锥编》中比较文学平行研究,赵毅衡,《读书》,1981年2期

文学批评和比较文学的一本早期名著——读《谈艺录》,张文江,《读书》,1981年10期

钱锺书谈比较文学与"文学比较",张隆溪,《读书》,1981年10期

试论钱锺书以实涵虚的文艺批评,陈子谦,《文学评论丛刊》(14),中国社会科学出版社,1982年4月

应当重视《管锥编》,陆文虎,《福建论坛》,1982年4期

《宋诗选注》,黄立振:《八百种古典文学著作介绍》,中州书画社,1982年8月;但开风气不为师,郑朝宗,《读书》,1983年1期;郑朝宗主编:《〈管锥编〉研究论文集》,福建人民出版社,1984年4月;郑朝宗:《梦痕录》,(香港)三联书店1986年7月

借得丹青写精神——《谈艺录》方法谈,钟元凯,《读书》,1983年2期

钱氏《谈艺录》补注山谷诗,庞石帚:《养晴室笔记》,四川文艺出版社,1983年3月

《管锥编》义例探胜,纪健生,《淮北煤师学报》,1983年3期

通感杂谈,朱修文,《语文园地》,1983年4期

也谈"通感",鲁西,《语文园地》,1983年6期

试论《管锥编》文艺批评中的"一与不一"哲学,陈子谦,《中国社会科学》,1983年6期

《管锥编》与比较文学,陆文虎,《厦门大学学报》,1983年增刊

《管锥编》文艺批评举隅,何开四,《厦门大学学报》,1983年增刊

钱锺书先生论美学——介绍《谈艺录》之一,周振甫,《联合书讯》44期,1984年3月15日

钱锺书的《管锥编》,敏泽,《文汇月刊》,1984年3月号

创造性继承民族文化遗产的范例——《管锥编》在古代文献注释领域的方法创新,王光,《作家与作品》,中国展望出版社,1984年4月

《谈艺录》补注中的文论——介绍《谈艺录》之二,周振甫,《联合书讯》45期,1984年4月15日

谈艺新论——介绍《谈艺录》之三,周振甫,《联合书讯》46期,1984年5月15日

《管锥编》论通感的启迪,廖得为,《文艺论丛》第20辑,上海文艺出版社,1984年6月

求疵与改错,王少梅,《读书》,1984年5期

钱锺书著作评介,王月,《丹东师专学报》,1984年4期

钱锺书的《谈艺录》,周振甫,《文汇报》,1984年7月24日

起承转合节律试谈,林方直,《内蒙古大学学报》,1984年3期

鸣兼哀乐义并讽颂,林天均,《内蒙古大学学报》,1984年3期

评《谈艺录》论"六经皆史",仓修良,《章学诚和〈文史通义〉》,中华书局,1984年12月

厦门大学开课讲授《管锥编》，何开四，《中国比较文学》，1985年1期

读《谈艺录》札记，马里千，《中华文史论丛》，1985年1期

读《管锥编》札记，项楚，《中华文史论丛》，1985年2期

对于"通感"辞格的再认识，袁晖，《扬州师院学报》，1985年2期

求是的诗话，周振甫，《中国青年报》，1985年4月14日

初读《谈艺录》，黄克，《联合书讯》，1985年8月15日；《瞭望》，1985年34期

《管锥编》是怎样一本书，陆文虎，《青年评论家》，1985年9月10日

龙的飞舞——钱锺书先生和他的《谈艺录》，黄克，《人民日报》(海外版)，1985年10月9日；《书人书事新话》，东方出版社，1985年11月

体大思精 戛戛独造——读钱锺书先生《谈艺录》，晓霁，《中国青年报》，1985年12月12日

诗画分界析——关于莱辛《拉奥孔》和钱锺书《旧文四篇》的比较研究，何开四，《当代文坛》，1986年1期

从《管锥编》看钱锺书的比较文学观，陆文虎，《文学研究参考》，1986年1、2期

"喻之二柄"与喻之多边，李苏明，《修辞学习》，1986年2期

"喻之二柄"补正，李和明，《修辞学习》，1986年2期

《谈艺录》补订本的文艺论，周振甫，《文学遗产》，1986年2期

《谈艺录》的"擘肌分理，取心析骨"，周振甫，《书品》，1986年2期

一个需要深入探讨的问题——怎样理解钱锺书先生的通感说，舒苑，《承德师专学报》，1986年2期

再论文艺批评的一种方法——读《谈艺录》补订本，郑朝宗，《文学评论》，1986年3期

全体才是真理——谈谈《管锥编》的方法论，陈子谦，《书林》，1986年4期

宋朝人与亚历山大帝——读《宋诗选注》一得，梁捷，《北京日报》，1986年11月4日

"囮"不能释为"译"（关于《林纾的翻译》中"囮"字的商榷），锐声，《疑难字词辨析集》，上海辞书出版社，1986年12月

重读《谈艺录》，黄国彬，《文艺欣赏》，远东图书公司（台北），1986年

《管锥编》与比较文学，王岳，《济宁师专学报》，1987年2期

向《谈艺录》献一疑，金实秋，《江海学刊》，1987年2期

丹青难写是精神——钱锺书论读书治学札记，陈子谦，《书林》，1987年2期；《人民日报》，1987年5月13、14、16、18、19、20日

蠡酌《谈艺录》和《管锥编》，周振甫，《出版史料》，1987年3期

《管锥编》"契阔"说质疑，郭小武、叶青，《文史》28辑，1987年3月

题钱锺书先生《管锥编》，周振甫，华钟彦编《五四以来诗词选》，河南大学出版社，1987年10月

谈《谈艺录》，柯灵，《文汇报》，1987年2月9日

杨绛的《记钱锺书与〈围城〉》，查志华，《解放日报》，1987

年 2 月 12 日

《管锥编》是怎样一部书，舒展，《解放军报》，1987 年 2 月 15 日

从文体说到汉赋，舒展，《中国文化报》，1987 年 4 月 1 日

钱锺书与《宋诗选注》，石席生，《书讯报》，1987 年 9 月 14 日

说"不隔"，卢善庆，《厦门日报》，1987 年 9 月 25 日

对我影响最大的书，吴小如，《北京日报》，1987 年 11 月 20 日

《管锥编》略解，陆文虎，《中国文化报》，1987 年 12 月 13 日

《管锥编》与佛经，黄宝生，《外国文学评论》，1988 年 1 期

《宋诗选注》译注，内山精也，《橄榄》（日）1 期，1988 年 4 月

读《宋诗选注》，查志华，《解放日报》，1988 年 4 月 2 日

论《管锥编》对刘勰和《文心雕龙》的批评，诸葛志，《浙江师大学报》，1988 年 2 期

钱锺书《谈艺录》的文论思想，陆文虎，《当代文坛》，1988 年 5、6 期

文章千古事　得失寸心知，郑朝宗，《随笔》，1988 年 5 期

《谈艺录》论李贺读后初感，胡宗鳌，《齐齐哈尔师院学报》，1988 年 5 期

试论钱锺书的《宋诗选注》，黎兰，厦门大学硕士论文，1988 年

《管锥编》的打通说，周振甫，《书品》，1989 年 1 期

《围城》的三层意蕴，温儒敏，《中国现代文学研究丛刊》，1989 年 1 期

"《三百篇》有物色而无景色"——与钱锺书先生商榷，俞明芳，《上海师范大学学报》（哲学社会科学版），1989 年 1 期

书外余音——关于《钱锺书论学文选》的话题,舒展,《文汇月刊》,1989 年 1 期

仁以取予——读《管锥编》论《货殖列传》,张明亮,《中国文化报》,1989 年 1 期

《管锥编》训诂思想初探,臧克和,《华东师范大学学报》(哲学社会科学版),1989 年 3 期

《管锥编》"异质同构"论,臧克和,《上海大学学报》(社会科学版),1989 年 4 期

关于《宋诗选注》的对话,王水照、内山精也,《文史知识》(月刊),1989 年 5 期

《管锥编》的四种文献结构,张文江,《上海文论》,1989 年 6 期

三论《管锥编》对刘勰和《文心雕龙》的批评,诸葛志,《浙江师范大学学报》(社会科学版),1990 年 1 期

论《管锥编》对刘勰和《文心雕龙》的批评,诸葛志,《浙江师范大学学报》(社会科学版),1990 年 1 期

下笔妍雅　片言生辉——《管锥编》译句赏析,郑延国,《中国翻译》,1990 年 2 期

《谈艺录·补订》和《七缀集》分析,张文江,《华东师范大学学报》(哲学社会科学版),1990 年 2 期

论钱锺书古典文学研究的特征与贡献,李洪岩、毕务芳,《文学遗产》,1990 年 2 期

文辞、文学、文化的贯通:钱锺书修辞哲学撷论之一,胡范铸,《修辞学习》,1990 年 3 期

读《管锥编》三则,李金波,《上海师范大学学报》,1990 年 3 期

钱锺书论《诗品》——读《谈艺录》《管锥编》札记之一，徐达，《贵州民族学院学报》，1990年4期

《谈艺录·序言》笺释，陈子谦，《文学遗产》，1990年4期

《谈艺录》的启示，蒋寅，《文学遗产》，1990年4期

《管锥编》值得写么？黄秋耘，《随笔》，1990年5期

钱锺书与朴学，罗韬，《学术研究》，1990年6期

钱锺书的译艺谈，罗新璋，《中国翻译》，1990年6期

论钱学品格，陈子谦，《文学评论》，1990年6期

《写在人生边上》，宋远，《读书》，1990年10期

备稽检而供采择，李洪岩，《读书》，1990年12期

钱锺书古代文学研究述略，孔庆茂，《古典文学知识》，1990年12期

忠实原著再现神韵，汤娟，《书讯报》，1990年1月1日

《钱锺书论学文选》即将面世，《文艺报》，1990年2月3日

读钱锺书先生的《谈艺录》，陈述元，《两间庐诗话》，云南教育出版社，1990年6月

读《钱锺书论学文选》，李洪岩，《大公报》（香港），1990年7月3日、4日、5日16版

通：钱锺书学术特色，李洪岩，《天津日报》，1990年8月16日

面对此书，如何上"纲"？——读《写在人生边上》谵妄梦忆，舒展，《大公报·大公园》，1990年10月21日

论《谈艺录》对《随园诗话》的批评，傅明善，《宁波大学学报》（教育科学版），1991年1期

陆机《文赋》"知"、"纯"说——读钱札记之四，徐达，《贵州大学学报》（社会科学版），1991年1期

钱锺书与清学,胡河清,《晋阳学刊》,1991年2期

水怀珠而川媚——钱锺书《宋诗选注》中的两个理论问题,徐达,《贵州社会科学》,1991年2期

钱锺书对修辞象限的阐释,张炼强,《中学语文教学》,1991年2期

浅谈《管锥编》的文学与言论,阎诚,《内蒙古民族师院学报》,1991年3期

《管锥编》的训诂理论与实践,宋秀丽,《贵州大学学报》(社会科学版),1991年4期

钱锺书与"知人论世",樊星,《长江日报》,1991年1月10日

一点商榷:关于《管锥编》中的两处文字,吴添汉,《文汇读书周报》,1991年3月9日

说《谈艺录》行文之美,伍立杨,《光明日报》,1991年6月8日

钱锺书的《管锥编》导读,马文蔚,《北京日报》,1991年7月20日

钱锺书《宋诗选注》的文论思想,陆文虎,《当代文坛》,1992年1期

钱锺书论翻译,陆文虎,《语言教学与研究》,1992年1期

审美俯视下的道德批判——钱锺书的学术心态,舒建华,《浙江大学学报》(人文社会科学版),1992年2期

论钱锺书的《楚辞》研究——兼论其学术研究之特色,林家骊、张润生,《殷都学刊》,1992年2期

钱锺书论《沧浪诗话》,徐达,《贵州大学学报》(社会科学版),1992年2期

钱锺书的修辞理论和实践，张炼强，《云梦学刊》，1992年2期

《管锥编》两版校读记，陆文虎，《海南师范学院学报》(社会科学版)，1992年3期

《谈艺录》分析，张文江，《贵州大学学报》(社会科学版)，1992年4期

历史知识的特质——钱锺书的文献史学之一，林校生，《福建论坛》，1992年4期

弘扬传统文化 沟通中西学术——钱锺书《史记》研究方法探析，张石鑫、姚淦铭，《苏州大学学报》(哲学社会科学版)，1992年4期

语言形象与世界万物的多边两柄——钱锺书比喻哲学论析，胡范铸，《贵州大学学报》(社会科学版)，1992年4期

《管锥编》与中国比较文学的兴起，张德劭，《社会科学》，1992年6期

《管锥编》句样论，臧克和，《学术月刊》，1992年10期

《管锥编》之管窥，刘忠泽，《中国文化报》，1992年8月9日

钱锺书的译学贡献，陈福康，《中国译学理论史稿》，上海外语教育出版社，1992年11月

彼此系连 交互映发——钱锺书修辞理论和修辞实践管见，张炼强，《贵州大学学报》(社会科学版)，1993年2期

钱锺书《宋诗选注》中的几种比较研究，陆惠解，《湖州师专学报》，1993年2期

漫谈《围城》中的比喻，范生军，《上海师范大学学报》(哲学社会科学版)，1993年3期

钱锺书的修辞理论与实践，秦旭卿、谭南冬，《湖南师范大

学社会科学学报》，1993年3期

钱锺书古代小说研究述评，沈治均，《贵州大学学报》(社会科学版)，1993年3期

片断思想的哲学功能——钱锺书学术思想衍论，马钧，《贵州大学学报》(社会科学版)，1993年4期

关于"规往"——读《管锥编》札记之二，俞明芳，《上海师范大学学报》(哲学社会科学版)，1994年2期

《管锥编》对传统训诂批评的独特视角，宋秀丽，《贵州大学学报》(社会科学版)，1994年2期

钱锺书的《诗经》艺术研究——《钱锺书〈诗经〉研究概说》之一，林祥征，《泰安师专学报》，1994年2期

钱锺书《诗经》诗学研究，林祥征，《贵州教育学院学报》(社会科学版)，1994年3期

宋诗与意境——读钱锺书《宋诗选注》，蓝华增，《云南学术探索》，1994年3期

《谈艺录》的内在思路与隐含问题，舒炜，《当代作家评论》，1994年4期

论钱锺书的楚辞研究方法，梅琼林，《荆州师范学院学报》，1994年6期

试论钱锺书的《宋诗选注》，黎兰，《文学与文化》，1995年1、2期

《管锥篇》的阐释，马光裕，《书城》，1996年1期

钱锺书的《楚辞》艺术研究，林祥征，《云梦学刊》，1996年1期

钱锺书"化境"说新释，许建平，《清华大学学报》(哲学社

会科学版），1997年1期

关于宋诗，胡明，《文学评论》，1997年1期

钱锺书对《诗经》诗学的开拓，林祥征，《中州学刊》，1997年1期

幽默：钱锺书的学术品格，张培锋，《贵州大学学报》（社会科学版），1997年1期

钱锺书的"化"论及其翻译实践，谭福民，《湖南师范大学社会科学学报》，1997年2期

论钱锺书早期的衡文观，田建民，《湘潭大学学报》（哲学社会科学版），1998年1期

钱锺书《管锥编》中的艺术哲学对待范畴，王晋中，《广播电视大学学报》（哲学社会科学版），1998年1期

钱锺书早期衡文观研究，田建民，《河北学刊》，1998年2期

管锥之连类取比——钱锺书著述思维论证特色，谢会昌，《贵州民族学院学报》（哲学社会科学版），1998年3期

钱锺书比较美学撷拾，李欧，《青海社会科学》，1998年4期

钱锺书论翻译修辞，杨林成，《修辞学习》，1998年4期

试论钱锺书"打通"的思维模式，曲文军，《理论学刊》，1999年2期

钱锺书对中国古代悲剧戏曲的研究，陆文虎，《解放军艺术学院学报》，1999年2期

《谈艺录》的审美原则与精神品格，曲文军，《山东教育学院学报》，1999年2期

钱锺书《管锥编》民俗文化观论析，李亚军，《阴山学刊》，1999年2期

钱锺书论黄遵宪述说，左鹏军，《华南师范大学学报》（社会科学版），1999年3期

钱锺书史学观念试析，李玉梅，《学术研究》，1999年3期

钱锺书的文化通变观与学术方法论，党圣元，《中国社会科学》，1999年4期

读《管锥编》《谈艺录》札记，高恒文，《文艺理论研究》，1999年6期

人道主义：钱锺书学术思想的基调，孙小著，《福建论坛》（人文社会科学版），2000年1期

《管锥编》中的"文革"话语与"文革"忧思，孙小著，《山西大学师范学院学报》（哲学社会科学版），2000年3期

"中国辩证法"是钱锺书治学之本，贾永雄，《榆林高等专科学校学报》，2000年3期

钱锺书《管锥编》语言研究的文化视野，李亚军，《阴山学刊》，2000年4期

钱锺书与比较文学批评，陈圣生，《湖南商学院学报》，2000年4期

钱锺书论史传文修辞，杨林成、杨新宇，《修辞学习》，2000年5、6期合刊

《谈艺录》论宋诗，张福勋，《阴山学刊》，2001年2期

钱锺书"化境说"的创新意识，郑海凌，《北京师范大学学报》（人文社会科学版），2001年3期

钱锺书《宋诗选注》注释体例探析，吕明涛、宋凤娣，《西北师范大学学报》（社会科学版），2001年3期

试论《管锥编》的整体思维，王治理，《阴山学刊》，2001年

3 期

由《宋诗选注》看钱锺书的选诗标准,李洲良,《佳木斯大学社会科学学报》,2001 年 3 期

诗与史——论钱锺书在《宋诗选注》中对诗、史关系的阐释,李洲良,《学术交流》,2001 年 4 期

《谈艺录》论宋诗,张福勋,《阴山学刊》,2002 年 2 期

试述钱锺书的《文选》评点,陈复兴,《社会科学战线》,2002 年 2 期

钱锺书对《诗经》训诂学的开拓,林祥征,《泰安师专学报》,2002 年 2 期

本"源"承"流"——钱锺书《宋诗选注》中的基本诗学思想,宁江夏,《贵州文史丛刊》,2002 年 4 期

钱锺书先生与宋诗研究,王水照,《文汇报》,2002 年 4 月 6 日

钱锺书以史证诗简说,杜贵晨,《光明日报》,2002 年 8 月 21 日

主客相融 体异性通——试论钱锺书的"同感"说,郭勇,《三峡大学学报》(人文社会科学版),2003 年 1 期

钱锺书论神韵,林英德,《四川师范学院学报》(哲学社会科学版),2003 年 1 期

钱锺书《宋诗选注》的文献价值及文献疏失,王兆鹏,《中国文化研究》,2003 年春之卷

钱锺书旧体诗及其晚年心境,刘士林,《浙江学刊》,2003 年 3 期

《管锥编》审美文化建构的途径——一个主题学研究实践的启示,王立,《文学评论》,2003 年 4 期

试论钱锺书"六法"失读说——兼与"气韵生动"说商榷,

李洲良,《学术交流》,2003 年 4 期

对《宋诗纪事补正》的几点意见,陈福康,《文汇报》,2003年 6 月 15 日

也谈钱锺书先生与《全宋诗》——以《钱锺书先生未刊稿〈宋诗纪事补正〉摘抄》一文为例,高明峰,《西华师范大学学报》(哲学社会科学版),2004 年 2 期

析钱锺书对船山诗论的几点评论,吴海庆,《浙江师范大学学报》(社会科学版),2004 年 3 期

变迁的张力:钱锺书与文学研究的现代转型,龚刚,《中国比较文学》,2004 年 3 期

从接受学角度看钱锺书的韩愈研究,尚永亮,《中国人民大学学报》,2004 年 3 期

钱锺书的翻译理论与西语雅译,佘协斌等,《长沙铁道学院学报》(社会科学版),2004 年 3 期

钱锺书文化反思的现代性——从《围城》说开去,王明科,《南京师范大学文学院学报》,2004 年 3 期

透过理论敞开现象:论钱锺书文学解释的有效性,刘阳,《南京医科大学学报》(社会科学版),2004 年 3 期

以言去言:钱锺书文论形态的范式奥蕴,刘阳,《文艺理论研究》,2004 年 4 期

钱锺书《槐聚诗存》21 处疏误考证,刘玉凯,《河北大学学报》(哲学社会科学版),2004 年第 4 期

钱学中的红学论申说,刘丁瑒,《甘肃社会科学》,2005 年 1 期

钱锺书与词学,刘扬忠,《文学评论》,2005 年 1 期

钱锺书与辞书,姚淦铭,《辞书研究》,2005 年 2 期

美国学术界读到了怎样的《管锥编》?——评艾朗诺的英文选译本，陆文虎，《文艺研究》，2005年4期

《管锥编》英文选译本导言，艾朗诺、陆文虎，《文艺研究》，2005年4期

钱锺书"阐释之循环"论的学术价值，焦印亭，《求索》，2005年4期

译释并举——论钱锺书对中国古代文论术语的翻译方法及其意义，潘纯琳，《社会科学研究》，2006年2期

钱锺书与《文选》学，林英德，《西华师范大学学报》(哲学社会科学版)，2006年3期

历史不仅仅是历史——钱锺书历史修辞思想札论，胡范铸，《福建师范大学学报》(哲学社会科学版)，2006年3期

试述《管锥编·毛诗正义》的文学史意义，陈复兴，《社会科学战线》，2006年4期

重新认识钱锺书的"化境"理论，陈大亮，《上海翻译》，2006年4期

钱锺书的陆游诗歌研究述略——文学本位研究的范例与启示，吕肖奂，《四川大学学报》(哲学社会科学版)，2006年6期

近二十年国内《谈艺录》研究综述，李晓静，《安徽文学》，2006年8期

学人之诗得解人，张应中，《中国新闻出版报》，2006年3月29日

钱锺书推崇的"真理"，傅德海，《中国教育报》，2006年4月13日

读《谈艺录》札记，马斗全，《太原日报》，2006年6月19日

钱锺书《宋诗选注》研究，李丽，河北大学硕士论文，2006 年

"盖人共此心，心均此理"——试论钱锺书的比较诗学观，许龙，《南华大学学报》（社会科学版），2007 年 1 期

互文性视野下的类书与中国古典诗歌——兼及钱锺书古典诗歌批评话语，焦亚东，《文艺研究》，2007 年 1 期

"化境"背后：钱锺书的文本价值论，葛中俊，《云南民族大学学报》（哲学社会科学版），2007 年 1 期

钱锺书"阐释循环"论辨析，李清良，《文学评论》，2007 年 2 期

论陈衍对钱锺书的影响，刘建萍，《贵州社会科学》，2007 年 2 期

钱锺书与《红楼梦》，王人恩，《文学评论》，2007 年 2 期

钱锺书双关论的修辞史研究方法论意义，王哲、胡胜，《修辞学习》，2007 年 4 期

钱锺书先生对元好问诗歌研究的贡献，张静，《山西大学学报》（哲学社会科学版），2007 年 6 期

钱锺书评宋诗，许厚今，《江淮论坛》，2008 年 1 期

钱锺书的杜甫研究及杜诗对其诗歌创作的影响，孔令环，《中州学刊》，2008 年 3 期

钱锺书翻译实践论，聂友军，《中国比较文学》，2008 年 3 期

语言中心论与钱锺书的诗歌价值论美学，李咏吟，《广东社会科学》，2008 年 4 期

由"诗艺"向"诗义"的透视——钱锺书的解诗方法，项念东，《辽东学院学报》（社会科学版），2008 年 4 期

钱锺书的通学方法，赵一凡，《中国图书评论》，2008 年 8 期

论钱锺书文学创作与《周易》研究之关系,张毅、王园,《中州学刊》,2008年9期

钱锺书如何诠释文学,柳漾,《中国图书商报》,2008年10月10日

李商隐诗歌的总体特点及其咏史诗特点——兼论钱锺书先生《管锥编》有关诗乐关系论述,尹晓红,《内蒙古民族大学学报》(社会科学版),2009年1期

跨越时空的交流——《永州八记》创作实践与《谈艺录》文学创作理论契合点之论证,郭静,《内蒙古农业大学学报》(社会科学版),2009年2期

是"误订"还是"误辩"——答陶符仁对《钱锺书〈宋诗选注〉发微》的责难,李裕民,《社会科学评论》,2009年2期

旁观与偏见——论钱锺书创作相对于五四的思想倾向,罗新河,《船山学刊》,2009年2期

用事不使人觉的完美境界——钱锺书用典研究之一,田建民,《河北大学学报》(哲学社会科学版),2009年2期

陈衍对钱锺书宋诗观的影响,侯长生,《兰州学刊》,2009年2期

钱锺书学术渊源探微,陈颖,《牡丹江大学学报》,2009年2期

从《宋诗选注》看钱锺书的注释方法,李月,《江西教育学院学报》,2009年2期

融化百花与断章取——钱锺书用典研究之三,田建民,《海南师范大学学报》(社会科学版),2009年2期

打通:寻找中西共同的诗心文心——对钱锺书中西比较诗学观的梳理和研究方法的剖析,袁仕萍,《世界文学评论》,2009年

2 期

明用典故：激起读者的新鲜感和求知欲———钱锺书用典研究之二，田建民，《河北学刊》，2009 年 3 期

钱锺书汉语修辞史研究的方法论思考，傅惠钧，《古汉语研究》，2009 年 3 期

论《管锥编》的语言艺术，邵春驹，《黄冈职业技术学院学报》，2009 年 3 期

论《宋诗选注》中的"比较"艺术，廖宏春，《四川职业技术学院学报》，2009 年 3 期

钱锺书"系统垮塌说"驳辩，田义勇，《晋中学院学报》，2009 年 4 期

钱锺书"桐城亦有诗派"续说，卢坡，《合肥师范学院学报》，2009 年 4 期

生存的困境与人性的荒诞——阎连科的《风雅颂》与钱锺书的《围城》之比较，裴恒高，《沧桑》，2009 年 5 期

善于利用图书馆治学的读者——钱锺书，宋剑祥，《新世纪图书馆》，2009 年 5 期。

评三联书店版《谈艺录》，张纹华，《中国图书评论》，2009 年 7 期

《宋诗选注》注诗方法初探，邹巧燕，《边疆经济与文化》，2009 年 10 期

钱锺书《黄山谷诗补注》对《内集注》补正举隅，吴晓蔓，《韶关学院学报》，2009 年 11 期

从阐释学角度探析钱锺书"化境"说，王庆红，《中国电力教育》，2009 年 12 期

试论钱锺书先生在文选学领域的卓越贡献，王亚楠，《和田师范专科学校学报》，2010年1期

钱锺书的比较诗学观——试以《通感》、《诗可以怨》为例，仲米磊，《河南教育学院学报》（哲学社会科学版），2010年1期

中国诗学技法思想嬗变研究，徐向阳，西南大学硕士论文，2007年

关联理论观照下的幽默翻译，牟静静，广东外语外贸大学硕士论文，2007年

论钱锺书"化境说"的科学性，李晓菲，湖南师范大学硕士论文，2007年

钱锺书与英美新批评，唐玲，湖南师范大学硕士论文，2007年

钱锺书《谈艺录》与佛教，李晓静，华中科技大学硕士论文，2007年

钱锺书《管锥编》文艺观研究，唐先乐，山东大学硕士论文，2007年

诗、史之争与钱锺书诗、史观之研究，李冬生，四川省社会科学院硕士论文，2008年

钱锺书宋诗研究论略，康思凝，兰州大学硕士论文，2008年

论《宋诗选注》的"顺着说"与"接着说"，李昱雯，上海交通大学硕士论文，2009年

后　记

　　该书是国家社科基金项目"钱锺书文学理论与文学创作研究"（11BZW089）的结项成果。研究课题能够得到国家的立项支持，这自然是值得高兴的事，但真正做起来却是艰辛甚至说有点煎熬的。当时我还在文学院长的任上，自然每天的日常就是学科建设、教学科研及各种行政事务工作，课题的研究只能挤节假日和晚上的时间来做。好在经过三年总算匆促赶出了书稿，得以按时申报结项并幸运地获得了优秀。其实自己清楚，书稿赶得太匆忙，不但一些预想的问题还没有顾得上研究，就是已成的书稿也还很粗疏，所以还要对书稿进行较大的调整、补充和修改。

　　本应一鼓作气地修改好书稿尽快出版的。但随着课题结项压力的解除，不自觉地对书稿的修改有所放松和懈怠。没想到这一放松，精力和心思就发生了转向。在当前高校的科研管理体制下，原有课题的结项实际就意味着新课题申报的开始。所以在书稿还有待修改完善的情况下，却又先后申报立项了两项有关鲁迅研究的国家项目。加之此间应李秀龙主编之邀，在《长城》杂志开了一个"经典常谈"的专栏。由此精力和心思逐步由钱锺书转向了鲁迅。本想每期为专栏写一篇对鲁迅作品重新阐释解读的文章，不会花费太多的精力，而且与鲁迅的研究课题正可以相辅相成。后来认识到这实在是有点想当然。在为"经典常谈"专栏写了五六年稿子后，实在感到力不从心了。只好单方面告停了。为此内心总对秀龙先生怀有愧疚。总之我要表明的是，因自身的懒惰、能力的欠缺与心思精力的不专注，致使该书稿的补充修改工作，断断续续拖延了七八年，直到今天才总算告一段落。

本书书后附录的"钱锺书研究索引"，其实是该书稿撰写之前的2010年由李致先生做的。当年，社科院文学所计划举办"钱锺书诞辰100周年国际学术研讨会"，当时文学所的书记刘跃进先生知道我此前应邀参加了台湾"中央大学"举办的"钱锺书教授百岁纪念国际学术研讨会"，希望我帮点忙。一是拟一个参会专家的参考名单；二是拟一个钱锺书研究文集收入文章的参考篇目；三是提供一个钱锺书研究索引，附在文集的书后。索引的事我就委托了李致先生做。会议后来升格由院方筹备举办，研究文集也改成了纪念集。李致先生耗时费力作的索引也不了了之了。这次决定把这个研究索引附在书后面世，也算对李致先生的辛劳有个交代。此外值得说明的是，笔者在对钱锺书英文论著的梳理与研读时，曾请马俊江、王燕、李致、马兰、胡海、张永辉分工翻译出大部分作品，其中马俊江与王燕二位用力最多。这对书稿相关章节的写作是很有帮助的。在此，特向几位表示感谢。

在本书的出版过程中，李致和宋宇两位老师帮忙多方协调，责任编辑刘伟先生为本书的出版付出了大量的劳动，刘勇先生百忙之中为本书撰写了极具思想深度与概括力的序言，在此一并表示诚挚的感谢。

2024年1月12日于河北大学紫园寓所